El Secreto del Dragón

El Sendero del Guardabosques, Libro 17

Pedro Urvi

Únete a mi lista de correo para recibir las últimas novedades sobre mis libros:

http://pedrourvi.com/lista-de-correo/

¡Gracias por leer mis libros!

Comunidad:

Todos mis libros: Mis libros en Amazon

Web: http://pedrourvi.com/

Twitter: https://twitter.com/PedroUrvi

Facebook Autor: http://www.facebook.com/pedro.urvi.9

Facebook Página: https://www.facebook.com/pedrourviautor/

Instagram https://www.instagram.com/pedrourvi/

Mail: pedrourvi@hotmail.com

**Copyright © 2023 Pedro Urvi
Todos los derechos reservados**

**Ilustración portada por Sarima
Corrección y edición por Olaya Martínez**

Otros libros de Pedro Urvi:

Serie El enigma de los Ilenios

Serie Los Dioses Áureos:

Mapa *7*
Dedicatoria *8*
Capítulo 1 .... *9*
Capítulo 2 .... *18*
Capítulo 3 .... *28*
Capítulo 4 .... *37*
Capítulo 5 .... *47*
Capítulo 6 .... *56*
Capítulo 7 .... *63*
Capítulo 8 .... *70*
Capítulo 9 .... *76*
Capítulo 10 .... *87*
Capítulo 11 .... *95*
Capítulo 12 .... *106*
Capítulo 13 .... *113*
Capítulo 14 .... *122*
Capítulo 15 .... *133*
Capítulo 16 .... *139*
Capítulo 17 .... *148*
Capítulo 18 .... *157*
Capítulo 19 .... *164*
Capítulo 20 .... *171*
Capítulo 21 .... *182*
Capítulo 22 .... *191*
Capítulo 23 .... *202*
Capítulo 24 .... *212*
Capítulo 25 .... *219*

Capítulo 26 ...... *227*
Capítulo 27 ...... *236*
Capítulo 28 ...... *243*
Capítulo 29 ...... *252*
Capítulo 30 ...... *262*
Capítulo 31 ...... *271*
Capítulo 32 ...... *280*
Capítulo 33 ...... *288*
Capítulo 34 ...... *296*
Capítulo 35 ...... *306*
Capítulo 36 ...... *316*
Capítulo 37 ...... *322*
Capítulo 38 ...... *331*
Capítulo 39 ...... *336*
Capítulo 40 ...... *345*
Capítulo 41 ...... *352*
Capítulo 42 ...... *362*
Capítulo 43 ...... *371*
Capítulo 44 ...... *380*
Capítulo 45 ...... *388*
Capítulo 46 ...... *396*
Capítulo 47 ...... *403*
Capítulo 48 ...... *411*
La aventura continua en: *421*
Nota del autor: *425*
Agradecimientos *426*

Mapa

Dedicatoria

Esta serie está dedicada a mi gran amigo Guiller. Gracias por toda la ayuda y el apoyo incondicional desde el principio cuando sólo era un sueño.

Capítulo 1

Las Panteras entraron en la Sala del Trono del castillo con la incertidumbre repiqueteando en sus corazones y una losa de culpabilidad sobre los hombros. Caminaban despacio, casi arrastrando los pies, intentando en vano retrasar su encuentro con el rey. Thoran les había hecho llamar, pero no solo a ellos, también a Gondabar y Raner. Si ya por lo general cuando el monarca les requería no solía ser para algo bueno, que hubiera llamado a sus líderes denotaba que no iba a ser una reunión agradable, y más después de todo lo sucedido durante la boda.

Gondabar caminaba por el largo pasillo hacia el trono liderando al grupo. Su paso era inestable y avanzaba de forma lenta, casi tanto como las Panteras. Raner iba tras el Líder de los Guardabosques. Se mantenía atento por si a Gondabar le fallaba el paso y requería de asistencia. Edwina había estado ejerciendo sus artes de sanación mágica en el afligido cuerpo del octogenario líder y había mejorado sustancialmente, si bien de vez en cuando todavía flaqueaba, como era el caso aquel día. La magia tenía sus limitaciones, incluso la de la experta sanadora.

Tras ellos iba Nilsa, que estaba más acostumbrada que el resto a aquellas situaciones. Conocía bien la gran sala si bien no podía evitar que le impresionara un poco por lo magna y regia que era y por estar llena de soldados de la Guardia Real que vigilaban frente a las columnas y a lo largo de las paredes. Se preguntaba con preocupación qué querría el rey. Con cada paso conseguía dominar un poco más la intranquilidad que le removía el estómago.

La seguían Astrid y Lasgol, que intercambiaban miradas de preocupación. Astrid estaba convencida de que Thoran les iba a pedir cuentas por lo sucedido durante la boda. Thoran sería un bruto, pero era inteligente y no de los que dejaban pasar conspiraciones e intentos de asesinato, ni movimientos encubiertos desde las sombras. Lasgol inspiró hondo. A él le preocupaba más todo lo referente a Eicewald y al dragón inmortal. Estaba seguro de que querría saber qué había sucedido y no se habría conformado con la explicación inicial que Gondabar había dado. Las implicaciones de revelar al rey lo que sabían de forma tan tardía, además de la consecuencia de la muerte de su Mago Real, iban a ser nefastas. Casi podía oír los gritos y acusaciones que iban a recibir. Estaba seguro de que se iban a escuchar hasta en los desiertos noceanos del sur.

Ingrid y Viggo iban en medio del grupo. La tiradora le había advertido a Viggo que contuviera esa lengua suya porque la audiencia iba a ser conflictiva y podrían terminar todos en los calabozos. A Ingrid le preocupaba mucho el tema de los intentos de asesinato sobre el rey y la ahora reina, y que esto les salpicara. Viggo, como siempre, había asegurado a Ingrid que iba a hacer gala de su mejor comportamiento. Él no estaba nada preocupado, no creía que pudieran implicarles en los asesinatos pues no tenían pruebas contra ellos. En cuanto a la muerte de Eicewald y el problema del dragón, bueno, Gondabar y Raner tendrían que correr con las consecuencias, no ellos.

Se encogió de hombros y luego estiró el cuello para ver quién estaba en el trono. Pudo distinguir al rey Thoran sentado en el suyo, y por supuesto no podía faltar su desagradable hermano, el duque Orten, que aguardaba de pie a la derecha del trono. A la izquierda estaba Ellingsen, el comandante de la Guardia Real, y junto a él el Mago de Hielo Maldreck. Al verlo Viggo torció el gesto. Aquella víbora traicionera no le caía nada bien y que estuviera presente no era buen augurio.

Gerd y Egil cerraban el grupo y también habían echado una ojeada hacia el trono para ver quién aguardaba. Gerd contenía su miedo a lo que fuera a ocurrirles. Sabía que era mejor no hacerse ideas. Era posible que estuvieran en un buen lío, de eso era consciente, y las eventuales consecuencias le provocaban temor, pero también sabía que debía controlarlo. Egil, por su parte, iba tranquilo… todo lo tranquilo que la situación y sus coartadas le permitían. El problema del dragón podría tener repercusiones o no, eso estaba por ver, pero el asunto de los asesinatos, el más peliagudo, lo tenía bien atado y no creía que pudieran implicarlo, ni a él ni a la Liga del Oeste. Eso era lo que esperaba, si bien podría estar equivocado. Los reyes, y en especial Thoran, podían actuar de forma iracunda e imprevista.

Gondabar llegó hasta el trono y se detuvo. Raner y Nilsa lo hicieron tras él. El resto del grupo formó una línea con la pelirroja de forma que el Líder de los Guardabosques y el Guardabosques Primero quedaran delante de ellos.

—Majestad, acudimos a la llamada de nuestro señor —saludó Gondabar y se dobló un poco para realizar una reverencia que, si bien debía ser larga, no lo fue tanto como era de esperar pues tuvo que volver a erguirse para mantener el equilibrio.

Raner no perdía detalle y estiró la mano para ayudar a su señor. Al ver que Gondabar conseguía recuperarse realizó una reverencia a la que se unieron las Panteras.

—Gondabar, tu aspecto no mejora. Tenía entendido que te había examinado la Sanadora y había ejercido su magia curativa sobre ti —dijo el rey Thoran a modo de saludo.

—Y así ha sido, Majestad. Os aseguro que, pese a mi frágil apariencia, me encuentro bien —aseveró.

—Quizás el viejo Guardabosques no está ya en condiciones de servir a su rey como su posición requiere —dijo el duque Orten a su hermano enarcando una ceja.

Lasgol captó la amenaza de inmediato. Estaban poniendo en duda la capacidad de Gondabar, y eso lo intranquilizó sobremanera. Gondabar era un pilar no solo para los Guardabosques sino para el reino. La reunión no comenzaba nada bien, tal y como ya se temía. Tuvo el claro presentimiento de que todavía se iba a poner mucho peor.

—La edad pesa en el cuerpo, pero puedo asegurar a mis señores que mi mente sigue tan lúcida como el primer día —se defendió Gondabar, que al hacerlo se tocó la sien con el dedo índice y sonrió.

—No es lo que parece —replicó Thoran.

—De hecho, parece todo lo contrario. Se diría que has perdido la cabeza —añadió Orten mirando a Gondabar con severidad.

—¿Majestad? ¿Podría saber a qué os referís? —preguntó Gondabar bajando la vista como si realmente hubiera hecho algo malo y le fueran a recriminar lo sucedido.

Thoran hizo un gesto al comandante Ellingsen y éste le entregó presto un pergamino.

—Me refiero a este informe que has escrito detallando el incidente que llevó a la muerte de mi Mago Real, Eicewald —respondió el rey con tono de enfado y mostrando el documento a Gondabar.

—El informe, Majestad, lo redacté con la información que me fue transmitida. Sé que cuesta… creer…

—¿Me estás diciendo que te reafirmas en lo que has escrito en él? —preguntó Thoran con el peso de una amenaza, conteniendo la ira.

—Majestad…

—Piensa bien lo que vas a responder, viejo Líder —amenazó Orten, que cruzó los brazos sobre su torso y separó las piernas en clara pose de enemistad.

Gondabar se enderezó y miró al Rey y a su hermano. Respiró profundo y con voz calmada y tono elegante se pronunció.

—El contenido del informe puede resultar difícil de creer y asimilar. Sin embargo, puedo asegurar a mis señores que es lo que sucedió. Así lo creo y así lo he comunicado a mi señor por la amenaza que la situación infiere y contra la que debemos preparar al reino.

—¿Preparar al reino? ¿Contra qué? ¿Contra un maldito dragón? ¿Es que has perdido la cabeza por completo? —estalló Thoran, que gritó a Gondabar con toda la fuerza de sus pulmones.

—Majestad…

—Sólo un lunático puede afirmar que un dragón mató a Eicewald —añadió Orten—. Está mal de la cabeza, hermano —dijo a Thoran.

—Pensaba que una vez la Sanadora te viera, recobrarías la cordura. Ya veo que no ha sido así —dijo Thoran negando con un gesto y con expresión de gran enfado en el rostro.

—No está en condiciones de liderar a los Guardabosques —dijo Orten.

—Os aseguro que el dragón es real y existe —insistió Gondabar gesticulando con las manos, manteniendo el tono tan calmado como podía.

—¡Si crees que existe un dragón de más de cincuenta varas de longitud, con magia, capaz de matar al Líder de los Magos de Hielo es que deliras! —gritó Thoran con tanta fuerza que por un momento pareció que iba a arrastrar a Gondabar por todo el pasillo de vuelta a la entrada a la sala.

—¡Es una insensatez! ¡El viejo está senil! —gritó Orten.

—Majestad, el informe ha sido verificado —afirmó Raner, que salió en defensa de Gondabar.

—¿Verificado? ¿Por quién? ¿Por ti?

—Entre otros, sí... —respondió Raner.

—¡Tú no eres capaz ni de evitar que dos asesinos escapen del castillo! ¡Qué vas a verificar! —gritó Thoran poniéndose en pie y fuera de sí.

—¡Mejor te callas, Guardabosques Primero! ¡Bastante ridículo has hecho ya permitiendo que los asesinos escaparan como Guardabosques! —se unió Orten, que señaló acusador al pecho de Raner.

La situación iba empeorando por momentos. Las Panteras ya imaginaban que algo así podía suceder, pero solo podían capear el temporal. Si intervenían les sucedería lo mismo que a Raner. El rey y su hermano les arrancarían la cabeza a gritos.

—¡Un dragón! ¿Es que pensáis que soy idiota? ¿Eso es lo que penáis? —preguntó Thoran señalando a Gondabar y a Raner.

—Muy al contrario —respondió Gondabar—. Su Majestad tiene una mente muy lúcida e inteligente.

—¿Y me vienes a explicar la muerte del Líder de mis Magos de Hielo con una mentira? ¿Con un cuento para niños?

—Con una fábula mitológica, más bien —dijo de pronto una voz.

Todos los presentes se giraron y vieron llegar a la reina acompañada de su guardaespaldas, Valeria, y del Druida Aidan.

—¿Qué fábula ni qué fábula? —protestó Thoran, que seguía fuera de sí.

La reina Heulyn continuó caminando hasta llegar al trono e ignorando a todos los presentes se sentó junto a su marido.

—Los dragones aparecen en fábulas basadas en mitología, las hay en muchas regiones de Tremia. En Irinel, por ejemplo, y entre los Druidas, también. ¿No es así, Aidan?

—Lo es, mi señora —respondió Aidan, que se había situado junto a Valeria al pie del trono de la reina.

—¿Es qué tú también crees en estas majaderías? ¡Eso es de estúpidos! —preguntó Thoran de malas formas a su esposa.

La reina miró a Thoran entrecerrando los ojos. Se veía con claridad que no apreciaba en lo más mínimo el tono que empleaba con ella.

—No he dicho tal cosa. Digo que los dragones son seres mitológicos con amplia representación en fábulas a lo largo y ancho de Tremia.

—¡Me da igual, siguen siendo cuentos! ¡Los dragones no existen! ¡¿Es que habéis perdido la cabeza todos?! —gritó Thoran levantando las manos al aire.

—No han existido nunca —afirmó Orten uniéndose a su hermano.

—Comandante, ¿existen lo dragones? —preguntó Thoran a Ellingsen.

—No, Majestad, no existen.

—¿Existen, Maldreck? —preguntó al Mago de Hielo.

—Por supuesto que no existen —afirmó Maldreck con total seguridad.

—Menos mal. Empezaba a pensar que estabais todos locos —dijo Thoran, que volvió a sentarse en su trono.

—O bajo un encantamiento —añadió Orten—. Eso tendría más sentido.

—¿Estáis bajo un encantamiento, hechizo, brujería o similar? —preguntó Thoran al grupo que formaban los Guardabosques frente al trono.

—No, Majestad, no lo estamos —respondió Gondabar.

—¡Entonces habéis perdido la cabeza! —gritó Thoran lleno de rabia.

—Esposo, no es necesario gritarles hasta que se queden sordos —dijo la reina, que se tapó los oídos ante los fuertes gritos.

—¡Yo creo que sí! ¿Y por qué estás aquí, en cualquier caso?

—Soy tu esposa y los gritos que dabas se oían desde Irinel. He venido a ver qué sucedía.

—Puedes retirarte. Es un asunto interno.

—Me interesa. No todos los días se escucha que los dragones existen —dijo Heulyn tan tranquila y miró a los Guardabosques—. Si bien, estando ellos implicados en esto, no me extrañaría demasiado —dijo señalando a las Panteras—. Ya te dije que no los quería asignados a mi protección. Pero como lo están, tengo derecho a estar aquí y escuchar sus explicaciones, no vaya a ser que sean contraproducentes para mi causa.

—Mis Águilas Reales no tienen nada que ver en esto. ¿Verdad? —Thoran miró inquisitivo a Gondabar y Raner.

—Majestad… —comenzó a decir Gondabar.

—Solo yo —dijo Lasgol y dio un paso lateral para que lo

pudieran ver.

—¿Qué haces? —preguntó Astrid en un susurro de inquietud.

—No lo hagas —susurró Ingrid.

El resto de sus compañeros miraban con expresiones de sorpresa y preocupación.

—Tú, ¿cuál es tú nombre y qué tienes que ver con todo esto? —interrogó Orten con tono desagradable.

—Soy Lasgol Eklund. Estaba con Eicewald cuando murió. El informe se basa en mi declaración jurada de Guardabosques.

—¿Declaración jurada de Guardabosques? —preguntó Orten, que por su expresión de incomprensión no conocía el concepto. Miró a Raner.

—Una declaración jurada de Guardabosques no puede ser rebatida ni cuestionada. Se toma por verdad confirmada pues se jura sobre el tomo de El Sendero del Guardabosques —explicó Raner.

Orten arrugó la nariz.

—Es decir, que damos por bueno que a Eicewald lo mató un dragón solo por la declaración de este Guardabosques. ¡Eso es completamente ridículo! Si un Guardabosques jura que ha visto volar a un elefante, ¿también lo vamos a dar por cierto? —se burló Orten que levantó los brazos al aire.

—Por supuesto que no —dijo Gondabar—. Hay más que únicamente la declaración de Lasgol. Hemos estado investigando la posible existencia de este dragón desde hace tiempo. Está relacionado con dos sectas secretas que hemos descubierto y que lo adoran como a su todopoderoso señor.

—Esto se pone cada vez mejor, ahora resulta que hay sectas secretas que adoran dragones en Norghana —Orten volvió a gesticular airadamente—. ¡No solo es ridículo, sino que creer sus tonterías es de necios bobalicones!

—No lo habría expresado mejor, hermano —se unió Thoran—. ¿Sectas que adoran dragones? ¿Un dragón que ha matado a mi mago? ¿sabéis lo estúpido que suena y lo idiotas que parecéis ahora mismo? Me dan ganas de lanzaros a todos a que os revolquéis con los cerdos. Ellos son sin duda mucho más inteligentes que vosotros.

—A una palabra tuya lo ordeno con gusto —se apresuró a decir Orten.

—Yo tengo una pregunta antes —intervino Heulyn.

—Hazla —dijo Thoran.

—Si esas sectas adoran al dragón todopoderoso y ese dragón ha matado al Mago de Hielo primero, ¿de dónde ha salido semejante criatura? —preguntó la reina con tono de interés genuino, no de burla o enfado.

Gondabar inspiró con fuerza.

—Es difícil de explicar... Descubrimos que el espíritu del dragón, su esencia, su poder, ha persistido en el interior de un orbe especial. Lo ha hecho permaneciendo congelado varios miles de años. El tiempo exacto lo desconocemos. Hace poco se descongeló, creemos que por acción del propio orbe. Hay indicios de que el espíritu despertó, si bien desconocemos el motivo, y eso forzó el descongelamiento usando su poder. Una vez liberado de la prisión de hielo buscó un cuerpo en el que reencarnarse. Lo encontró en un dragón fosilizado en el interior de un volcán. Con ayuda de sus sectarios prepararon un proceso por el que liberar al fósil de la pared de roca y revivir su cuerpo. Después el espíritu se transfirió del orbe al mismo, cobrando vida. Ese dragón es el que mató a Eicewald —explicó Gondabar con tanta seriedad como pudo.

—Entiendo... —dijo la reina mirando a Gondabar con ojos entrecerrados.

—¿Entiendes? —Thoran la miró en cambio con los suyos muy abiertos. Luego dirigió su vista hacia Gondabar y comenzó a reír a grandes carcajadas que resonaron por toda la sala del trono.

—¡Esa fábula es insuperable! —se unió Orten riendo con tremendas carcajadas.

Gondabar y Raner aguantaron estoicos las risas de burla de Thoran y Orten, que fueron creciendo en intensidad. Reían como si aquello fuera lo más divertido que hubieran escuchado nunca.

Las Panteras aguantaban la burla intercambiando entre ellos miradas de desconcierto. Lasgol seguía firme donde estaba, sin mostrar que le estuviera afectando, si bien lo estaba haciendo. Sabían que aquello podía pasar, lo habían comentado, pero una cosa era imaginarlo y otra sufrirlo.

Las carcajadas del rey y su hermano continuaron un buen rato. Lágrimas de risa asomaron en sus ojos por todo lo que estaban riendo. Las risotadas eran como bofetadas que todos sentían.

—Mis Guardabosques... se han convertido en bufones de la corte... —dijo Thoran de forma entrecortada por las carcajadas que no podía controlar.

—Los mejores bufones —añadió Orten, que se sujetaba el estómago con la mano derecha de tanto reír—. Solo les falta poner música al cuento y convertirlo en oda.

—¿No os ha gustado la broma? ¿No reis? —preguntó Thoran a Ellingsen y Maldreck señalándoles con el dedo.

—Es una historia muy poco creíble y... divertida... sí —dijo el Comandante sonriendo.

—Hilarante —rio Maldreck—. Sacada sin duda de un cuento mitológico de algún recóndito lugar del norte.

—Me alegra ver que no somos solo mi hermano y yo los que pensamos así. Estoy seguro de que mis Guardias Reales, e incluso los Guardabosques Reales que hay aquí en labores de vigilancia y protección, también se están partiendo de risa, aunque no se atrevan a mostrarlo —dijo Thoran que de pie les hacía gestos con la mano para animarlos—. ¡Reid! ¡Reid a gusto!

Varios de los Guardias Reales rieron y a estos les siguieron el resto hasta que toda la sala se llenó de carcajadas. Los Guardabosques Reales sonrieron, pero no llegaron a reír. La burla a sus líderes les hacía sentir muy incómodos. La reina, Valeria y Aidan no reían, ni siquiera sonreían. Se mantenían con expresión seria, observando lo que sucedía.

Las risas y la burla continuaron un rato más hasta que Thoran volvió a sentarse en su trono y su expresión se volvió seria. Entonces fueron muriendo y siguió un silencio tenso.

Thoran cogió el informe y lo rompió en pedacitos.

—¡Esto es una calumnia y una ofensa que no toleraré en mi presencia! —gritó fuera de sí en un nuevo ataque de ira.

—¡Dejáis al rey en ridículo con vuestro comportamiento, bufones! —se unió Orten, que se llevó la mano a la espada y dio un paso hacia Gondabar y Raner.

Lasgol se preparó para actuar llevado por la necesidad de proteger a sus Líderes. No podía dejar que el loco de Orten les lastimara. Si Orten daba otro paso saltaría sobre él.

Capítulo 2

Thoran señaló a Orten con su dedo índice.

—¡Quieto, hermano! ¡No derrames sangre! —gritó como quien da una orden a su perro de presa para que no ataque.

Orten, con la espada ya a medio desenvainar, tenía la cara roja de ira y parecía que no iba a poder contenerse. No iba a escuchar a su hermano.

—¡Cretinos incompetentes! —gritó mirando a Gondabar y Raner con ira en sus ojos.

Lasgol comenzó a desplazarse hacia delante con sigilo y suavidad.

—¡Detente! ¡Te lo ordeno! —gritó Thoran a su hermano.

Orten se detuvo. Luchaba por controlar su ira. Por un instante todos observaron llenos de tensión.

Dio un paso atrás y envainó la espada.

—Merecen un castigo ejemplar por su estupidez y poca cabeza —dijo Orten.

Lasgol se desplazó de nuevo a su posición con otro movimiento raudo y deseó que nadie frente a él lo hubiera visto moverse. Por fortuna, estaban todos demasiado concentrados en lo que sucedía con Orten para reparar en él. Todos menos Valeria, que le sonreía. Ella sí se había percatado. Le hizo un gesto de saludo con la cabeza y Lasgol respondió disimulando con una brevísima inclinación de la suya.

—Lo sé, hermano. Pero te recuerdo la situación en la que nos encontramos con los zangrianos. No necesito más problemas en estos momentos.

—De los zangrianos me encargo yo. No te preocupes.

—Me preocupo, hermano. No los subestimes, son peligrosos.

—Son unos brutos zopencos.

—Eso también, pero tienen un ejército muy fuerte y nosotros estamos debilitados desde la guerra con el Oeste.

Orten puso cara de no estar de acuerdo, pero no dijo más.

Volvió a hacerse el silencio. Todos fueron conscientes de que el rey no dejaría pasar aquello sin algún castigo ejemplar.

—Nuestra intención es siempre servir al reino. La explicación que hemos presentado es la que creemos correcta... —comenzó a explicarse Gondabar.

—Calla —dijo Thoran levantando la mano para que no continuara hablando—. El día que un dragón aparezca frente a mí y lo vea con mis propios ojos quizá te crea. Hoy creo que sois unos necios a los que se ha engañado con un cuento de niños y eso es algo que no puedo aceptar ni tolerar de alguien de rango a mi servicio.

—¡Destitúyelo, así aprenderá! —gritó Orten señalando a Gondabar.

Thoran levantó la mano para calmar los ánimos de su hermano.

—Gondabar, quiero que sepas que si no fuera porque estamos a punto de entrar en guerra con los zangrianos y necesito a los Guardabosques, te destituiría ahora mismo como pide mi hermano.

—Majestad... acataré vuestra decisión.

—Lo cual me hace enfurecer todavía más, ya que quiero quitarte el puesto y ahora mismo no me viene nada bien. Te aseguro que es solo porque necesito a alguien con experiencia y no tengo tiempo para vuestro Gran Consejo ni otros rituales de Guardabosques para elegir a un nuevo Líder.

—¡Nos las arreglaremos sin él! ¡Échalo! ¡Pondremos a quien queramos sin Gran Consejo! —continuó Orten con su campaña para echar al Líder de los Guardabosques.

Thoran aguardó un momento a que su hermano dejara de gritar. Se volvió a dirigir a Gondabar.

—No es el mejor momento para destituirte, y por eso, y solo por eso, te vas a salvar —dijo—. Sin embargo, nadie escapa al castigo del rey por su necedad y sus fracasos. Por ello, te condeno al calabozo hasta nueva orden. Que todos sepan que quien falla a su rey termina con los huesos en esa cloaca.

—¡Muy bien! —animó Orten a su hermano levantando el puño y jaleando.

—Como Su Majestad desee —respondió Gondabar bajando la cabeza. Su expresión era de tristeza.

—Majestad... —Raner intentó defender a su Líder.

Las Panteras murmuraron palabras de sorpresa y protesta que Orten acalló de inmediato.

—¡Silencio, la voluntad del rey no se cuestiona! —gritó

amenazante y su mano de nuevo fue a la empuñadura de su espada.

—Que estés en prisión no te eximirá de tus responsabilidades —continuó Thoran—. Dirigirás a los Guardabosques desde allí hasta que te restituya, si es que algún día lo hago, cosa que dudo visto tu lamentable comportamiento y el poco juicio que has demostrado en todo este asunto.

—Sí, Majestad… —Gondabar asintió decaído.

—Tú, Raner, actuarás como su intermediario pasando las órdenes a los Guardabosques. Voy a querer creer que tu Líder te ha llevado por el camino equivocado y que tú lo has seguido por fidelidad y honor. Sin embargo, ya me has fallado dos veces, y si vuelves a hacerlo para ti no habrá calabozo, dejaré que Orten se encargue de ti.

—Sí, Majestad —dijo Raner inclinando la cabeza.

—Será un placer encargarme. Lo espero con ansias —intervino Orten con una sonrisa maliciosa, como si deseara realmente que Raner fallara. Se frotaba las manos. No era una simple amenaza, quería que el Guardabosques primero fallara para encargarse de él. Era un sádico sin escrúpulos y no le importaba que todos lo vieran y lo supieran. Al contrario, se enorgullecía de ello.

—Vosotros, mis Águilas Reales, abandonaréis todo esfuerzo relacionado con esta estupidez del dragón y continuaréis con la misión que os encomendé —ordenó Thoran mirando a su esposa—. Seréis los protectores de la reina. Ese será vuestro único cometido. No estoy convencido de que todo el peligro haya pasado. Los zangrianos pueden volver a intentar matarla.

Heulyn miró a su esposo y fue a decir algo. Sin embargo, pareció cambiar de parecer. Su rostro, habitualmente hosco y altivo, se suavizó un poco.

—Como mi esposo desee —concedió.

Thoran pareció sorprendido. Y si el rey lo estaba, mucho más las Panteras, que se miraban entre ellos sin comprender por qué la reina no se oponía a esta orden de forma manifiesta como ya lo había hecho en las anteriores ocasiones.

Lasgol miró a Heulyn y le pareció ver en sus ojos una mirada calculadora. No estaba aceptando la orden del rey de buena gana o porque no quisiera tener otro desencuentro. Había algo más detrás de todo aquello. Qué pretendía Heulyn, Lasgol no lo podía imaginar, pero intuyó que les convendría saberlo y cuanto antes.

Los planes e intenciones de la reina seguían siendo un misterio para ellos, uno que necesitaban entender. Miró a Valeria casi de forma inconsciente. Si alguien podía tener alguna indicación de lo que tramaba y del motivo por el que no se había quejado de tener a los Águilas Reales como sus protectores, era sin duda ella. Valeria se percató de que Lasgol la miraba y sonrió. Luego miró a la reina e hizo un gesto de sorpresa. Ella también estaba pensando lo mismo que las Panteras.

—Veo que aceptas de buen grado mi criterio. Eso me agrada —Thoran sonrió a Heulyn con triunfo y esta asintió inclinando ligeramente la cabeza.

—Lo hago.

—En cuanto al Águila Real que tan impropia actuación ha tenido en esto —dijo Thoran señalando a Lasgol—, queda relegado del grupo de mis Águilas Reales. Que vuelva a tareas de Guardabosques. Sustituidlo con alguien con algo más cabeza y menos influenciable que merezca pertenecer a mis Águilas Reales.

—Como Su Majestad desee —dijo Raner.

—Nunca me has gustado —dijo Thoran a Lasgol mirándole con ojos entrecerrados—. Recuerdo quién eres, hijo de quién eres. No me extraña que te hayan engañado como lo han hecho.

Lasgol no dijo nada. Bajó la cabeza y acató los deseos de su majestad. Sabía que de intentar defenderse sólo conseguiría enfurecerlo todavía más. No iban a escuchar, ni el rey ni su hermano. Tampoco tenían el apoyo de Ellingsen y Maldreck. Se había metido con su padre, y eso le molestaba sobremanera. Un fuego comenzó a prender en su interior. Le costó aguantarse las ganas de responder y decirle cuatro verdades al monarca, pero tuvo que hacerlo pues era lo más inteligente dada la situación. No quería arriesgar la ira de ambos hermanos. La cosa podía terminar mucho peor de lo que ya iba. Era mejor ser listo y dejar pasar la afrenta. Ya habría tiempo para cobrársela.

Las Panteras estaban centradas en Lasgol y le lanzaban miradas de apoyo y pequeños gestos de ánimo con disimulo. El rostro de Astrid mostraba una mezcla de rabia y frustración. Egil le hizo un gesto de tranquilidad con las manos. Lasgol supo que su amigo estaba pensando lo mismo que él, que no era momento de confrontaciones y que ya encontraría la forma de darle la vuelta a la situación. Viggo tenía la expresión de "ni caso a ese tarugo". Le hizo un par de gestos y le guiñó un ojo. Ingrid y Gerd estaban más serios y preocupados, podía notarlo. Nilsa se secaba el sudor de las manos contra los muslos y tenía expresión de disgusto en la cara.

—En cuanto al asunto de sustituir a Eicewald en el liderazgo de los Magos de Hielo, he decidido tras consultar con Orten que sea Maldreck quien tome esa posición.

—Majestad, es un honor enorme —dijo Maldreck realizando una elaborada reverencia—. No os defraudaré.

—Más te vale que no lo hagas. Eres el más poderoso de los Magos de Hielo, pero no el que tiene un historial más brillante. Si cometes un error te ocurrirá lo mismo que a Raner y encontraré a alguien que me sirva mejor.

—Eso no ocurrirá, Majestad. He aprendido de mis errores pasados. Os serviré con fidelidad y con inteligencia. Lideraré a los Magos de Hielo y seremos una potencia mágica en el continente —dijo Maldreck y miró de reojo a Orten, que tenía su mirada clavada en el mago.

—Mucho prometes, mago… —dijo Orten con tono de no creérselo.

—Os aseguro que no tendréis queja sobre mi disposición y competencia —dijo Maldreck bajando la cabeza y con otra breve reverencia.

—Quiero a los Magos de Hielo listos para entrar en combate en cuanto lo requiera —dijo Thoran—. Si los zangrianos avanzan tendremos que rechazarlos y una de nuestras ventajas es el poder de nuestros magos, que es mucho mayor que el de los suyos. ¿Cierto?

Maldreck asintió.

—Lo es, Majestad. No son rival para nosotros.

—Los magos siempre creen que son superiores a sus enemigos, ya veremos lo que sucede. Si fracasas colgarás de las murallas —amenazó Orten señalándolo con el dedo índice.

—No fracasaré. Demostraré la superioridad de los Magos de Hielo frente a cualquier otro mago —dijo Maldreck con convicción.

—También quiero que sigas formando a los jóvenes y que me encuentres más a los que formar. Quiero disponer de un número mucho mayor que los reinos rivales —dijo Thoran.

—Eso, Majestad, es más complicado… Encontrar personas con

el Don no es nada sencillo. No porque no las busquemos, sino porque el Don se da en muy pocas personas. Ya hemos rastreado Norghana de arriba abajo y solo hemos encontrado a un par de potenciales alumnos que ya están con nosotros en la torre.

—¡Pues rastrea Norghana de nuevo, esta vez de abajo a arriba!

—Sí, Majestad, por supuesto.

—Hermano, podríamos hacer algo más al respecto... —propuso Orten.

Lasgol se inquietó. No sabía qué iba a proponer, pero conociéndolo no sería nada bueno. Se llevó la mano al pecho, donde sentía su lago de energía mágica. Esperaba que lo que fuera que propusiera no le afectara ni a él, ni a los que eran como él. Sintió un ligero cosquilleo en el estómago, uno de intranquilidad.

—Propón hermano, te escucho —permitió Thoran.

—Si no encontramos magos aquí en Norghana, podemos traerlos de fuera —dijo Orten, que comenzó a pasear frente al trono. Thoran y Heulyn observaban interesados.

—¿A qué te refieres con "traerlos"?

—Podemos hacer que vengan ofreciéndoles oro y buscar en otros reinos. Si encontramos candidatos, jóvenes o no tan jóvenes, podemos traerlos aquí para que se formen en la torre. Eso nos daría una ventaja importante en las batallas. Imagínate tener el doble de Magos de Hielo de los que tenemos ahora.

—La magia es de diferente naturaleza en diferentes personas —intervino la reina—. Lo que propones no creo que pueda hacerse. ¿Qué opinas, Aidan?

Thoran y Orten se volvieron hacia Aidan.

—Lo que mi reina dice es correcto. El Don se manifiesta de diferentes formas en las personas. No todos pueden convertirse en Magos de Hielo, aunque tengan el Don. Mi caso, por ejemplo —dijo abriendo los brazos—. Yo soy un Druida, mi magia está en sintonía con la naturaleza. No es magia de uno de los cuatro elementos como la de un Mago de Hielo.

—¿Es eso así, Maldreck? —preguntó Thoran.

—Sí, y a la vez no, mi señor. Si el Don se ha manifestado ya en la persona, esta tenderá hacia el tipo de magia que más en sintonía esté con él. Eso es correcto. Sin embargo, eso puede ser alterado si se encuentra a una persona joven cuyo Don no se ha manifestado todavía o lo ha hecho recientemente. En ese caso, podríamos reconducir su tendencia hacia el tipo de magia que deseemos, como sería la elemental de agua, y de allí especializarlo en el hielo —explicó el mago como si estuviera impartiendo una lección a sus alumnos.

—¿Eso qué quiere decir? ¿Sí o no? —Orten miraba a Maldreck con cara de disgusto. No parecía haberlo entendido del todo.

Heulyn intervino.

—Quiere decir que, si se encuentra a una persona con el Don y es muy joven, se le puede llevar por el camino de la magia que un experto decida. ¿No, Aidan?

El Druida asintió.

—No es recomendable ni aceptado entre la mayoría de las comunidades de magos, que creen que hay que cultivar la magia en la sintonía que se manifiesta, pero es así, sí.

Thoran sonrió con triunfo y avaricia.

—Buscaremos jóvenes con el Don en otros territorios, y si los encontramos, los traeremos a la torre —dijo Thoran—. Quiero más magos en mis filas.

—Es muy probable que se resistan a abandonar sus tierras… —dijo Maldreck.

—¡Pues se traen por la fuerza! —exclamó Orten.

La reina hizo un gesto de desagrado.

—Si bien comparto la opinión de mi esposo en cuanto a tener más magos que defiendan nuestros intereses, no creo que secuestrar niñas y niños extranjeros sea una buena política. Se sabrá y los rumores volarán por Tremia. Nos acusarán de secuestradores de infantes, nuestra reputación quedaría muy dañada. Mi padre no lo aprobaría y como él otros reyes.

—¡Qué más da lo que otros piensen, haremos lo que queramos! —replicó Orten.

—Sí que importa —contradijo su hermano—. No podemos enemistar a nuestros aliados con acciones que nos pongan en entredicho. Mi esposa tiene buen juicio y entiende la política —dijo con un gesto de agradecimiento hacia Heulyn—. Debemos tener cuidado.

—Podemos hacerlo en secreto —sugirió Orten.

—Se puede ofrecer la posibilidad de que se formen aquí con los Magos de Hielo y alcancen una posición de poder. Muchos campesinos y plebeyos aprovecharán la oportunidad sin pensarlo dos veces y sus padres también, pues supone un mejor futuro para sus hijos —explicó Heulyn.

—Esa idea me gusta. Ofreceremos oro y posición. Eso convencerá a la mayoría —dijo Orten.

—¿Y sobre los que ya son magos? ¿Qué opinas?

—No podremos convertirlos en Magos de Hielo si su Don ya se ha desarrollado en otro tipo de magia —advirtió Maldreck.

Thoran quedó pensativo.

—Da igual qué tipo de magia tengan si puede usarse en contra de nuestros enemigos. Les ofreceremos también oro y posición.

—Entendido. Lo organizaré —dijo Orten.

—Recuerda, hermano, no queremos parecer tratantes de niños —advirtió Thoran a Orten y le lanzó una mirada severa.

—Lo he entendido, no te preocupes —respondió Orten de mala gana.

—Maldreck, te encargarás de hacer un discreto pero honorable funeral en honor del difunto Eicewald —ordenó Thoran.

—¿Discreto, Majestad? —preguntó el Mago enarcando una ceja.

—Sí. No quiero dejar de honrar a quien muere sirviendo al reino y más al Líder de los Magos de Hielo, eso no sería bien recibido entre su comunidad. Pero tampoco quiero que todos sepan que hemos perdido a nuestro mago más poderoso, sobre todo los zangrianos. Nos pone en desventaja y muestra debilidad. Cosas que no necesito ahora.

Maldreck hizo un gesto de que entendía.

—Será un funeral solemne y secreto.

—Perfecto. Eso me complace —dijo Thoran.

Lasgol sintió gran pena al oír los deseos del rey. Eicewald se merecía un gran funeral con todo el mundo presente para mostrar respeto y agradecimiento. A él le encantaría poder despedirse de su amigo rindiéndole tributo y con todos los honores, que es lo que se merecía por todo lo que había hecho por el reino y por muchas personas, entre ellas las Panteras, sin omitir a Camu y Ona. Camu iba a estar muy triste con aquella noticia. Querría despedirse de él tanto como Lasgol.

Miró a sus compañeros y vio en sus rostros que sentían lo mismo que él.

—Y ahora centrémonos en lo que es realmente importante, los

zangrianos y sus intenciones de guerra —dijo Thoran.

—No hay movimientos en la frontera —notificó Orten—. Tenemos cada palmo vigilado desde los intentos de asesinato de la boda.

—Lo cual es de lo más significativo… —afirmó Thoran.

—¿Significativo? —Orten enarcó una ceja.

—Lo es. Deberían haber hecho algún movimiento ya. Algo traman y no sé qué es —dijo Thoran pensativo.

—Yo creo que no se atreven a atacar. Tenemos a su gran general Zotomer en el calabozo y hemos expulsado a todos los zangrianos del reino, eso quiere decir que están sin espías —dijo Orten.

—Ellingsen, ¿se ha expulsado a todo el mundo?

—Así es, Majestad. Se comenzó tras los intentos de asesinato. No hay ni un zangriano en todo Norghana, mi señor.

—¿Ha hablado el general Zotomer o alguno de los miembros de su comitiva?

—No, Majestad. Niegan cualquier implicación en el tema… Dicen que el asesino <zangriano no trabajaba para el reino, que ha sido una treta para implicarles… que no tienen nada que ver con lo sucedido…

—¡Ya, y yo soy una linda damisela! —exclamó Orten—. ¡Han sido ellos, seguro!

—Que el asesino que intentó matarme fuera zangriano no significa necesariamente que Zangria estuviera detrás de ello —intervino la reina.

—Por lo general, las cosas más obvias suelen ser las verdaderas —dijo Thoran—. Yo me inclino a pensar que fue Zangria.

—Demasiado obvio. Mi padre comparte mi observación. Le parece un intento demasiado elaborado para los brutos zangrianos.

—¿Ha conseguido alguna información adicional el rey al regresar a Irinel? —preguntó Orten.

—De momento nada. Sin embargo, estando mi familia de vuelta podrá ayudarnos mejor. Aquí sus medios eran limitados.

—Sí, ya le dije a tu padre que regresara presto a Irinel para prepararnos para lo que quiera que venga —dijo Thoran.

—Si encuentra algo que pueda esclarecer los hechos nos lo hará saber de inmediato —dijo Heulyn.

—Raner, ¿habéis descubierto algo más sobre los dos cocineros que consiguieron escapar? —preguntó Thoran con tono de no estar contento.

—Seguimos su rastro hasta la frontera con los Masig. Cruzaron el rio Utla en una embarcación que tenían preparada y se adentraron en las estepas. Allí se pierde el rastro —explicó Raner.

—¡Maldición! ¡Eso es debajo de mi castillo! —exclamó Orten enfadado.

—Y tus hombres que vigilan el río no los vieron. Flaco favor me haces, hermano, si te confiero la vigilancia de las fronteras y los asesinos las cruzan a su gusto y sin impedimentos —acusó Thoran.

—¡Los colgaré de los dedos de los pies por inútiles! —gritó Orten enrabietado por la afrenta que aquello significaba para él.

—¿Se ha descubierto cómo consiguieron los puestos en las cocinas? ¿Con ayuda de quién?

—No, señor, pero estaba muy bien organizado —respondió Raner.

—Ya lo creo, como que escaparon delante de tus narices y entre tus Guardabosques —dijo Thoran señalando a los Guardabosques presentes.

—Será difícil saber quién les ayuda ahora que han huido…

—¡Esto es fantástico! ¡Me intentan matar y los asesinos escapan! ¡Intentan matar a la reina y ahora resulta que no es lo que parece! ¡Esto es inadmisible! ¡Vergonzoso! —gritó Thoran fuera de sí.

—Señor… —intentó disculparse Ellingsen.

—Majestad… —se unió Raner.

—¡Marchad todos y traedme pruebas! ¡Pruebas irrefutables! —gritó y gesticuló con fuerza para que todos abandonaran la sala.

Lasgol se fue con el resto y no pudo quitarse de encima la sensación de que aquello se iba a complicar todavía más. Tanto que les iba a afectar de muy mala manera.

Capítulo 3

—Ha ido fenomenal —comentó Viggo con gran acidez según las Panteras entraban en la habitación que compartían en la torre.

—Ya sabíamos que algo así podía ocurrir si acudíamos al rey —respondió Astrid, que entraba tras él y sacudía la cabeza apenada—. Un espectáculo lamentable.

—Por eso Gondabar y Raner no querían acudir a él sin pruebas fehacientes. Ahora queda claro que tenían toda la razón —razonó Lasgol que entraba con la cabeza gacha.

—Yo no estaba muy convencida de no informar a Thoran de lo que habíamos descubierto—dijo Ingrid entrando con cara de estar muy defraudada—. Siempre que Gondabar y Raner se oponían a contarlo me parecía arriesgado. Sentía que iba a ser peor cuando se supiera de su existencia y nos acusaran a nosotros de haber callado lo que sabíamos. He de reconocer, visto lo visto, que estaba equivocada. Entiendo ahora el temor de nuestros líderes. Se han cumplido sus peores expectativas. Imaginaba que podía ir mal… pero ha sido peor de lo que esperaba. Un espectáculo tan vergonzoso como lamentable. No puedo creer lo que hemos presenciado. Me avergüenzo de nuestro soberano y de su hermano. Su comportamiento ha sido imperdonable. Ultrajar así al bueno de Gondabar, un líder sabio y prudente que siempre ha estado al servicio de Norghana… es imperdonable. Estoy más defraudada que nunca con quien reina y nos dirige.

Nilsa, que entraba tras Ingrid, tenía una cara que lo decía todo. Sus ojos rojos, los mofletes húmedos y la nariz mocosa daban cuenta de su angustia.

—No puedo creer que haya enviado a Gondabar a los calabozos. Es horrible, más que eso, es una tragedia. Me siento fatal por él —sollozó sin poder aguantar las lágrimas—. No se merece un trato así. Después de todo lo que ha hecho por los Guardabosques y por el reino… Un hombre que lo ha dado todo por el cuerpo y por Norghana, que se ha sacrificado toda la vida, siempre anteponiendo sus obligaciones para con su país a su vida propia. No se merece semejante maltrato y humillación —se sentó en su camastro y se llevó las manos a los ojos para cubrir sus lágrimas.

Gerd entró dando zancadas hasta llegar al final de la habitación. Muy molesto golpeó la pared con uno de sus puños, lleno de frustración.

—Ha sido vergonzoso. No se merecía ese trato. Ni él ni ninguno de los presentes. Ha sido un acto despreciable. De pensarlo me pongo malo —dijo el grandullón que volvió a pegar un golpe a la pared.

—Siempre he pensado que nuestro amado monarca era un cretino, y su hermano aún más. Cualquier día de estos Orten va a perder la cabeza y va a matar a alguien allí mismo. Esperad y lo veréis —afirmó Viggo, que se sentó en el marco de una ventana de un ligero salto y sacó sus cuchillos negros—. Egil, cuando quieras dame la orden y yo me encargo de ellos —le dijo a su compañero e hizo el gesto de degollar a alguien con los cuchillos.

—¡Viggo! ¡Eso es regicidio! ¡Ni lo pienses y mucho menos lo digas en alto! —Ingrid miraba en todas direcciones como temiendo que alguien lo hubiera oído. Por suerte, en la habitación solo estaban ellos—. Si te oye alguien te van a colgar. No puedes hablar de estos temas tan a la ligera.

—Bueno, a la ligera o no, dicho queda —Viggo miró a Egil y le guiñó un ojo.

Egil sonrió a Viggo y sus ojos brillaron.

—Nada es tan sencillo como nos gustaría que fuera. Siempre hay que buscar el momento y el lugar adecuados para realizar los movimientos encubiertos correctos en pos de un fin glorioso —fue lo que contestó con tono de intriga y secretismo.

—Pues busca ese momento y ese lugar. Ya estoy más que harto de esos dos y sus encantadores modales —respondió Viggo.

—No vamos a hacer nada en ese sentido y mucho menos después de dos intentos de asesinato. ¿No ves que el rey tiene a todos con los ojos muy abiertos? —dijo Ingrid—. Tenemos que andarnos con mucho cuidado. Un movimiento en falso y podría malinterpretarse. Ten por seguro que Thoran y Orten no olvidan quién es Egil. Seguro que vigilan sus movimientos, y por extensión los nuestros.

—Yo soy muy bueno escondiendo mis movimientos —sonrió Viggo a Ingrid.

—Por muy bueno que seas no podrás despistar a toda la Guardia Real y a los Guardabosques Reales —dijo Nilsa—. Eso sin contar a Ellingsen, Maldreck y los espías que el monarca tenga a su alrededor.

—Con la ayuda de Astrid yo creo que podría —aseguró Viggo—. ¿Te apuntas a una misión nocturna?

La chica sonrió.

—Gracias por la invitación. No digo que no sea posible para nosotros dos, pero estoy con Egil e Ingrid en esto. No es el momento ni el lugar. Demasiados ojos vigilantes y demasiada protección. Habrá mejores oportunidades.

—Yo también estoy con Egil —intervino Lasgol—. Nuestro objetivo tiene que ser encontrar y destruir a Dergha-Sho-Blaska. No debemos desconcentrarnos y lanzarnos a por otros diferentes y arriesgados. Debemos acabar con el dragón. Es el mayor peligro. Ese es el objetivo. Sé que algo trama, algo realmente malo para todos. Además, se lo debemos a Eicewald, que dio su vida luchando contra él. Todavía me cuesta creer que el buen Mago de Hielo esté muerto.

—Lasgol tiene razón. El dragón debe ser nuestra prioridad. Lo demás tendrá que esperar —afirmó Ingrid.

—Esperaré —sonrió Viggo a Ingrid—. Esperaré impaciente —dijo y sonrió con un brillo letal en sus ojos.

Ingrid, que entendió al instante lo que insinuaba el muchacho, le hizo un gesto para que no hiciera de las suyas.

Gerd resopló apoyado contra la pared del fondo.

—El problema es que no podemos hacer mucho estando asignados a la protección de la reina. No vamos a poder salir a buscar al dragón…

—Muy cierto. Nos va a complicar cualquier curso de acción —opinó Astrid—. Además, tendremos que lidiar con la rubita, de la que me fío menos que de nada.

—¿Val? No creo que sea un problema— intervino Nilsa.

—¿Y eso?

—Ella y yo tenemos un acuerdo… un entendimiento para colaborar —explicó—. Yo me fío de ella, al menos en lo referente a la reina y los druidas. No creo que vaya a jugárnosla.

—Pues haces muy mal —afirmó Astrid torciendo el gesto—. Yo no me fío un pelo de ella. Te aseguro que nos la jugará de nuevo.

Ingrid cruzó los brazos sobre el torso.

—Nos viene bien tenerla como aliada considerando el cariño que nos profesa Heulyn. Que no se haya negado a que la protejamos me ha descolocado, la verdad. ¿A vosotros no?

—Sí, mucho —dijo Lasgol asintiendo.

—Yo esperaba que se negara en redondo y volviera a insultarnos y pedir nuestras cabezas —comentó Nilsa abriendo mucho los ojos.

—Lo habitual en ella en lo referente a nosotros... —dijo Viggo.

—Sin embargo, no ha sido así. ¿Por qué? Me pregunto... —murmuró Gerd—. ¿No os parece extraño? A mí me insultó sin siquiera conocerme por ser de los vuestros. Es raro. Yo creo que algo trama, y tiene que ver con nosotros.

—Primordial, mi querido amigo —dijo Egil a forma de confirmación.

—Tenemos que entender lo que busca y qué tiene que ver con nosotros —sugirió Lasgol.

—Mantén el acuerdo con Valeria —le dijo Ingrid a Nilsa—. No te fíes del todo y no le confíes nada nuestro que pueda resultar incriminatorio. Intenta averiguar qué sucede con Heulyn, qué planea y en qué modo estamos implicados.

—De acuerdo —asintió Nilsa—. No sé cuánto podré averiguar, Valeria es muy lista y no se va a dejar embaucar como guardias y Guardabosques...

—Una pena que tus encantos no funcionen en ella, pecosa —dijo Viggo con sorna.

—Al menos yo tengo algún encanto, no como otros —replicó Nilsa con un gesto burlón.

—Buen contrataque —sonrió Viggo—. Lo mejor para sonsacar información a Valeria es que enviemos a Lasgol.

—¿A mí? —el aludido echó la cabeza atrás.

—De eso nada. Lasgol, no te acerques a esa embaucadora —dijo Astrid y le lanzó una mirada de no estar nada de acuerdo con la propuesta.

—Por lo general las ideas de Viggo no suelen ser de las mejores, pero, en este caso, reconozco que no es mala —afirmó Ingrid llevándose la mano a la barbilla y mirando a Lasgol.

—Ya hablo yo con ella y le saco lo que sea con mis cuchillos —se ofreció Astrid desenvainando.

—Me temo que eso no funcionará con Valeria —afirmó Egil—. La amenaza e incluso el castigo físico no harán mella en ella. Ya ha sobrevivido a todo. El enfoque de Nilsa, uno de amistad, es el más adecuado, en mi opinión. Primero, porque lo ha buscado la propia Valeria para acercarse a nosotros. Y segundo, porque de Nilsa se fía, aunque sea un poco. El enfoque de enviar a Lasgol no es nada malo —continuó Egil mirando a Viggo, que abrió los brazos en señal de triunfo—. El problema es que Valeria verá la trampa en Lasgol.

—¿La verá? —cuestionó este enarcando una ceja.

—Mi querido amigo, tú tienes muchas buenas cualidades, pero la de mentir no es una de ellas. Además, Valeria te conoce bien. Te leerá como a un libro abierto.

—Mas le vale no tocar el libro, ni la tapa para cerrarlo —dijo Astrid con la frente fruncida.

El grupo se fue acomodando en la habitación. La mayoría en los catres y algunos en la ventana y repisa. Se quedaron pensativos, intentando sobrellevar la frustración, la rabia y la indignación por lo sucedido. Cavilaron sobre la situación y las repercusiones, y los siguientes pasos que tendrían que dar.

—Me gustaría poder atender al funeral de Eicewald… —comentó de pronto Lasgol—. Me apena no poder despedirlo como se merece.

—Intentaré enterarme qué va a hacer Maldreck —intervino Nilsa—. Los Magos de Hielo no son precisamente los más sutiles y disimulados. Suelen actuar como que el suelo norghano que pisan les pertenece, y Maldreck no es una excepción.

—Gracias, a ver si logras descubrir cómo van a hacer el funeral —pidió Lasgol.

—Todos lo vamos a echar de menos —dijo Gerd—. Es raro encontrarse a un mago bueno y amable como era Eicewald, y fiel amigo, además. Qué lástima lo que le ha sucedido…

—Y que quisiera ayudar, e incluso enseñar —añadió Lasgol—. Nunca podré agradecerle todo lo que nos ha enseñado a Camu y a mí.

—Sí, a mí me caía bien el mago viajero y ligón —dijo Viggo.

—¿Mago ligón? ¿De dónde sacas eso? —preguntó Ingrid con

ojos muy abiertos.

—Tenía a la Reina Turquesa loquita por él, ¿no lo recuerdas? Y para ligarse a esa hay que ser muy bueno en el arte de la seducción, pues menudo carácter tenía... —dijo Viggo sacudiendo su mano derecha.

—Eso no convierte a nuestro querido amigo en un ligón —corrigió Nilsa—. Era aventurero y buen mago. Y con algún romance en sus viajes, pero no añadas más cosas que desconoces.

—Me alegro de que disfrutase de la vida —dijo Astrid con semblante pensativo—. Sí. En esta vida hay que disfrutar cada día pues nunca se sabe si será el último —comentó y miró a Lasgol a los ojos.

—Nuestro amigo era una combinación muy poco común y muy valiosa —comentó Egil mientras apuntaba algo en una de sus libretas—. Estudioso, aventurero, fiel a Norghana y al reino, profesor y líder de magos. Yo disfrutaba tanto de las conversaciones que manteníamos... Las echaré mucho de menos. Era un hombre instruido, con muchos conocimientos. Una rareza.

—¿Tenemos alguien alguna idea de dónde pudo esconder las doce perlas de plata que busca Dergha-Sho-Blaska? —preguntó Ingrid.

Todos se miraron los unos a los otros negando o bien con la cabeza o de viva voz. Las miradas convergieron en Lasgol al final.

—Me temo que no —dijo él—. El lugar que se me ocurre es el Bosque del Ogro Verde, pero de estar allí Dergha-Sho-Blaska ya las habría sentido y encontrado.

—¿Para qué las querrá? —preguntó Gerd rascándose la cabeza.

—No lo sabemos, pero debe de ser algo importante si se ha tomado la molestia de reaparecer y dejarse ver —razonó Egil—. Se mantiene oculto, en secreto, y la única vez que se le ha visto ha sido para conseguir las perlas. Por ello deduzco que deben tener un gran valor para él.

—¿Por qué se mantiene escondido? Ya sabemos que está recuperado. Luchó contra Eicewald, Camu, Lasgol y Ona y los venció con facilidad. Eso indica que está fuerte —dijo Ingrid—. ¿Por qué no hacerse ver si lo que pretende es reinar sobre Tremia?

—Yo también me pregunto lo mismo —se unió Nilsa—. Si tan poderoso es, ¿por qué no lo demuestra y aplasta a las fuerzas norghanas?

—Debe de haber una razón importante —dijo Astrid.

—Ya lo creo, porque si yo fuera él, con todo ese poder, ya habría arrasado algún que otro reino —comentó Viggo—. Aunque solo fuera por practicar. Debe estar muy oxidado después de permanecer miles de años congelado.

Ingrid le lanzó una mirada de amonestación.

—¿De verdad harías eso?

—Bueno, ya me entendéis, de ser yo dragón y no poder controlar mis instintos asesinos y de quema de reinos —se encogió de hombros.

—Creo que de nuevo nos encontramos ante una situación en la que se busca el momento y el lugar adecuados para realizar un movimiento encubierto para alcanzar un objetivo muy importante —comentó Egil.

—¿Está esperando a algo? —preguntó Lasgol.

—Eso creo, sí. No quiere mostrarse porque todavía requiere de algo que no ha conseguido, o no ha llegado el momento que espera. Podrían ser ambas cosas.

—Una podrían ser las Perlas de Plata —intuyó Astrid.

—Es posible, sí —asintió Egil—. La cuestión radica en para qué las quiere, y me temo que no será para nada bueno. Debemos averiguar qué es y evitar que se haga con ellas

—De acuerdo. Ya tenemos un objetivo tangible —dijo Ingrid llena de optimismo—. Eso me gusta.

—El problema es que tenemos que proteger a la reina… —insistió Gerd.

—Lasgol queda libre —señaló Nilsa—. Ya no es un Águila Real. Lo siento Lasgol… —se disculpó la pelirroja encogiéndose de hombros.

—No pasa nada. Somos Panteras de las Nieves, lo de Águilas Reales no me preocupa, si te digo la verdad nunca me he sentido muy Águila Real —sonrió Lasgol.

—Muy bien dicho —animó Astrid a Lasgol.

—Bueno, el ser Águila Real también tiene sus ventajas… —comentó Nilsa—. Mira qué bien nos tratan todos y con cuánto respeto. ¡Hasta los Guardabosques Reales!

—No solo eso, nos permite andar a nuestro aire por el castillo, lo cual nos viene muy bien —añadió Ingrid—. No tenemos que dar explicaciones a nadie y podemos dar órdenes al resto de

Guardabosques y hasta a los soldados.

—Lo de dar órdenes a ti te encanta —añadió Viggo con una sonrisa pícara.

Lasgol se quedó pensativo un momento.

—Es una pequeña ventaja. Al estar yo libre puedo encargarme con Camu y Ona de lo que sea necesario investigar fuera de la capital.

—Eso es una gran ventaja —dijo Egil—. A propósito, ¿qué tal está Camu? —preguntó Egil.

—Recuperado. Es mucho más duro que nosotros y también se recupera antes de las lesiones. Eso dicen el Maestro Esben y la Maestra Annika.

—Magnífico —dijo Gerd dando un par de palmadas de alegría.

—Camu quiere "encargarse del dragón". Está muy enfadado con él. Nunca lo he visto así —explicó Lasgol.

—Es natural... después de lo ocurrido... —dijo Astrid—. La muerte de Eicewald le habrá afectado mucho.

—Lo ha hecho, sí —dijo Lasgol cabizbajo. Su amigo había sufrido mucho y no era por las heridas recibidas en el combate con el dragón, sino por la pérdida del mago.

—¿Y qué ocurrirá si de repente el dragoncillo vuelve a aparecer cuando vea que Lasgol husmea donde no debe? —preguntó Viggo.

—No debes enfrentarte al dragón —dijo Astrid—. No sin nosotros, es demasiado arriesgado.

—Astrid tiene razón, si por desgracia os volvéis a cruzar debes huir —dijo Gerd—. No luches con ese monstruo si no estamos todos para ayudarte.

—Sé que no debo enfrentarme a Dergha-Sho-Blaska. Quedó claro que no somos rivales para él —aceptó Lasgol con rabia contenida.

—Debemos encontrar algún tipo de debilidad en esa bestia, algo que podamos explotar para vencerle —sugirió Ingrid.

—La debilidad ya la hemos encontrado —intervino Egil—, y es una que Lasgol confirmó. El gran dragón inmortal todopoderoso es vulnerable al arco de Aodh.

—Pero si no le hizo más que un rasguño con el arco, ¿no? —preguntó Viggo, que había fruncido el ceño.

Lasgol asintió y se quedó cabizbajo.

—Correcto. Y ese rasguño indica que esa arma puede hacerle daño, que es vulnerable a ella cuando no lo es al resto —explicó Egil.

—A ver si lo entiendo. Es vulnerable al arma pero apenas le hace nada. No veo qué ganamos —dijo Viggo.

—Ganamos que la posibilidad existe, la vulnerabilidad está ahí. Debemos entender cómo explotarla, como muy bien ha dicho Ingrid.

Viggo pareció entender lo que Egil quería decir.

—Ahhh... ya te sigo.

—Yo me he perdido —dijo Gerd.

—Yo un poco también —se unió Nilsa, que arrugaba la nariz.

—Quiere decir que hay que conseguir que el rasguño se convierta en herida de muerte. Hay que encontrar la forma —explicó Lasgol.

Nilsa y Gerd asintieron.

—Encontraremos la forma —dijo Astrid con confianza.

—De eso puedes estar segura —se unió Ingrid poniendo la mano en el hombro—. Hallaremos la manera.

Lasgol miró a Egil con disimulo.

Él tenía más dudas. No le parecía nada sencillo encontrar la forma de matar a Dergha-Sho-Blaska. La batalla perdida le había dejado una marca profunda. Las heridas sufridas por todos y la muerte de Eicewald pesaban mucho en su corazón. Supo que no estaban preparados para enfrentarse de nuevo al dragón y ese conocimiento no le dejaba descansar. Si Dergha-Sho-Blaska decidía aparecer, muchas vidas podían perderse, incluidas las de las Panteras.

Capítulo 4

El ambiente en los calabozos era tan lúgubre como cabía esperar de un lugar semejante. Muchas eran las historias que corrían por Norghana sobre lo que aquel lugar había vivido. Todas eran relatos terroríficos sobre nobles, traidores y mendigos que habían entrado allí para nunca regresar a la superficie. Los gritos de los desdichados que habían tenido la mala fortuna de terminar por esos lares morían en las paredes de roca sin ventanas. Era como si los calabozos se hubieran construido con aquella finalidad, la de ahogar los gritos de desesperación de los prisioneros.

Era un lugar con una fama aterradora en el reino. Solo mencionarlo provocaba que la gente se atemorizara. Se decía que allí habían perecido personajes ilustres, desde nobles norghanos a príncipes y hasta reyes patrios y extranjeros. Mucho eran habladurías exageradas, pero parte era verdad. Los soldados y verdugos que habían servido en los calabozos en más de una ocasión se habían ido de la lengua en una taberna o posada debido a la ingesta excesiva de cerveza, vino o aguardiente de las montañas.

Las Panteras bajaban las escaleras que conducían al oscuro mundo de terror en el subsuelo, bajo el castillo, para ver a Gondabar, que les había hecho llamar. Por lo que tenían entendido, los calabozos estaban compuestos de dos plantas subterráneas tan amplias como la base del edifico principal de la fortaleza real. Allí podían tener encerrados a todo un ejército enemigo. De hecho, esa impresión daba pues las celdas de la planta primera estaban a rebosar de prisioneros.

—Vaya, este lugar es enorme... —comentó Gerd mirando al frente, al fondo—. Y horripilante...

—A mí me parece de lo más acogedor —comentó Viggo tan tranquilo—. Mirad qué de huéspedes tiene acomodados aquí nuestro glorioso rey.

—¿Os habéis fijado en que son zangrianos en su mayoría? —se dio cuenta Ingrid.

—Sí, y los que no lo son deben de estar de alguna forma

relacionados con los intentos de asesinato —dedujo Astrid, que miraba a un par de prisioneros con aspecto de informantes o quizá espías.

—No veo a Gondabar, ¿vosotros? —preguntó Nilsa. Estiraba el cuello y penetraba los oscuros alrededores con la mirada.

—No, por aquí no lo veo, tal vez más al fondo —dijo Egil, que también lo buscaba mirando alrededor.

Lasgol observaba aquel submundo de dolor y sufrimiento. Las antorchas en las paredes y lámparas de aceite que los guardias tenían junto a sus puestos eran los únicos puntos de luz del lugar. Iluminaban lo suficiente para no tropezarse con el suelo irregular adoquinado con piedras sin ningún cuidado, pero no tanto como para poder vislumbrar todo el espacio con claridad. Las celdas de barrotes y los calabozos cerrados estaban en penumbras. Había muchos guardias, todos soldados de rostros hoscos y con aspecto de no ser muy amistosos. Hablaban entre ellos y hostigaban a los prisioneros si hacían el más mínimo ruido o si escuchaban la más mínima petición o lamento. La mayoría llevaba porras de castigo y látigos en lugar de hacha de combate.

Avanzaron hacia el fondo entre los prisioneros. En un calabozo cerrado pudieron ver los ojos y parte del rostro de un hombre que miraba por la mirilla.

—Ese es el general Zotomer del ejército de Zangria, el que estuvo en la boda y el rey hizo encerrar —dijo Nilsa.

—Bueno, al menos sigue con vida —resopló Gerd.

—Lo tendrán como rehén —intuyó Ingrid—. Es una práctica habitual en este tipo de situaciones entre naciones cuando van a la guerra.

—Tú, Viggo… acércate… —le susurró el general zangriano en norghano con fuerte acento del reino rival.

—Vaya, soy popular hasta en los inmundos calabozos. Bueno, tampoco sé por qué me extraño. Mi fama empieza a ser ya legendaria y alcanza todos los lugares —se irguió y fue hacia él.

—Ten cuidado… No hagas nada… —le susurró Ingrid, que miraba alrededor para ver qué hacían los guardias.

Él le hizo un gesto de que no se preocupara.

Se detuvieron y observaron lo que Viggo hacía al tiempo que miraban alrededor intentando que la angustia que aquel lugar emanaba no les entrara en el cuerpo.

—Veo que el condecorado e ilustre general de los ejércitos de Zangria recuerda mi nombre —dijo Viggo a Zotomer.

—Te recuerdo. Eras el Guardabosques asignado a protegernos durante la boda.

—Me honráis, mi general —dijo Viggo con un tono irónico, nunca se sabía si lo que decía era la verdad o se estaba riendo de uno.

—Tú eres un Guardabosques Especialista, ¿verdad?

—Soy el mejor Guardabosques Especialista —puntualizó.

Los ojos del general miraron por la trampilla barriendo toda la estancia.

—Bien, no nos oyen —dijo en referencia a los guardias, que charlaban no muy lejos—. Quiero que lleves un mensaje a Zangria.

Viggo enarcó ambas cejas.

—Curiosa petición. Siendo como soy Guardabosques, no creo que pueda acceder. Por eso de la traición y que me cuelguen y demás cosas relacionadas...

—Te bañaré en oro si lo haces.

—Umm... ahora empezamos a hablar un lenguaje que me interesa.

—Te diré a quién entregárselo en la aldea de Durgosten, a pocos días de cruzar la frontera. Hazlo y tendrás una vida de lujos, hasta podrás comprarte un ducado.

—Eso me gustaría, sí. Siempre he sabido que nací para ser noble y rico. Esto no es más que prueba de ello.

—¿Aceptas? —preguntó el general, cuyos ojos miraban en todas direcciones con voz de urgencia.

—No acepta nada de nada —dijo Ingrid situándose junto a Viggo.

—Pero mi rubita pendenciera... ofrece oro, nobleza, un ducado... —susurró Viggo al oído intentando convencerla.

—Y nuestro rey te ofrece la horca o decapitación por hacha —replicó Ingrid tajante.

—Sí, eso no suena nada bien —reconoció Viggo.

—Nadie tiene por qué entrarse —dijo el general Zotomer.

—Rechazamos su propuesta —cortó Ingrid tajante el tema—. Vámonos —dijo a Viggo, al que agarró del brazo y se llevó de allí.

Viggo le hizo un gesto al general de que seguirían hablando más tarde.

Uno de los soldados se percató de que algo pasaba y se acercó con otro guardia.

—No se puede hablar con los prisioneros, orden del rey —les informó.

—Entendido. Seguiremos, no estamos aquí por él —explicó Egil con tono tranquilizador saliendo a su paso.

—Muy bien, seguid, Guardabosques.

Continuaron avanzando por la planta buscando a Gondabar, al que todavía no veían, lo cual no era buena señal. Cuanto más al fondo fueran, más difíciles serían las circunstancias en las que encontrarían a su líder.

En una mesa junto a un armero y un armario de herramientas había sentados cuatro enormes verdugos. Eran tan grandes como Gerd pero algo más fofos. Así y todo, se les veía muy fuertes, capaces de hacer pedazos a una persona con sus manazas. Vestían indumentaria negra de verdugo. Solo verlos hizo que Lasgol se estremeciera. Aquellos hombres eran los que se encargaban de torturar y ejecutar a los prisioneros. Por lo que se sabía, trabajaban para el duque Orten, quien bajaba a menudo a realizar interrogaciones personales, se decía que disfrutaba causando dolor.

—No quiero saber en lo que andan esos —comentó Nilsa apartando la mirada.

—Seguro que son muy buenos jugando al escondite en este submundo tenebroso —respondió Viggo—. ¿No ves cómo van vestidos de negro?

—Esos están aquí para causar sufrimiento —afirmó Astrid, que observaba con ojos entrecerrados.

—Esperemos no conocerlos nunca —deseó Egil mirando de reojo—. Sin embargo, está bien que los veamos y seamos conscientes de los peligros que corremos. Podemos terminar aquí abajo en una celda con un par de ellos más Orten. No lo olvidéis nunca, los riesgos que a veces tomamos pueden tener consecuencias nefastas.

—Lo tendremos muy presente —dijo Lasgol—. Y tú haz lo mismo, que eres quien más riesgo corre de terminar aquí abajo.

Egil sonrió y se encogió de hombros.

—Soy consciente. El aviso es para todos y sobre todo para mí mismo.

—Allí delante veo dos oficiales —dijo Ingrid señalándoles con un gesto de la cabeza—. Hablemos con ellos.

Se acercaron y se presentaron a los oficiales a cargo de aquella planta de los calabozos.

—Águilas Reales, buscamos a Gondabar, Líder de los Guardabosques —dijo Ingrid con tono tajante a modo de introducción.

Los dos oficiales los miraron de arriba a abajo.

—Está al final —dijo el más alto y veterano.

—Lo mantenemos apartado del resto… por seguridad —dijo el otro, que era algo más bajo y joven.

—¿Seguridad? —Lasgol se alarmó.

—Hay mucho indeseable aquí adentro —dijo el veterano.

—No queremos que le pase nada —continuó explicando el joven—. A veces suceden cosas extrañas aquí.

—No le puede pasar nada. Si le ocurre algo os haré responsables —dijo Ingrid con tono duro y amenazándoles con el dedo índice.

—Y sufriréis una muerte dolorosa —se unió Astrid, que se apartó la capa y mostró sus cuchillos.

El más veterano levantó las manos.

—No tenéis que amenazarnos. Cumplimos con nuestro deber.

—Cumplidlo mucho mejor —dijo Viggo—. Me quedaré con vuestras caras, por si no es así y tengo que haceros una visita nocturna.

—Estamos todos del lado del rey —dijo el oficial más joven—. Esto no es necesario en absoluto.

—Nosotros estamos del lado de nuestro líder, al que el monarca ha enviado aquí de forma injusta —aclaró Egil—. No es exactamente lo mismo y haríais bien en recordarlo. No es una buena idea ponerse del lado malo de las Águilas Reales. De hecho, es muy pernicioso para la salud.

—Escuchad bien lo que se os dice —amenazó Gerd que se inclinó sobre los oficiales con toda su presencia bruta.

Los dos dieron un paso atrás.

—No le ocurrirá nada. Os lo aseguramos —dijo el veterano.

—Que tenga una estancia exquisita —dijo Ingrid.

—Así será. Nos encargaremos de que no le falte de nada —el joven asentía a Ingrid.

—Más vale que cuando salga Gondabar recuerde su estancia

aquí como unas cómodas vacaciones —dijo Viggo.

Los dos oficiales asintieron.

—Vamos, continuemos —dijo Ingrid y siguieron cruzando aquel lúgubre lugar de sufrimiento.

Los calabozos estaban a rebosar con prisioneros y en varios rincones se podía ver a desdichados encadenados a las paredes sin celdas ni rejas, como si fueran animales. Varios guardias vigilaban a cierta distancia.

—No entiendo cómo les permiten hacer eso —Nilsa negaba con la cabeza—. Es inhumano.

—Lo es. Han llenado las celdas y ahora, al no tener espacio, los encadenan a las paredes —dijo Astrid, que también sacudía la cabeza.

Por fin vieron la celda donde tenían preso a Gondabar. Raner estaba en la puerta, por lo que tenía que ser aquella.

—Menos mal que no lo han llevado al piso inferior —dijo Nilsa.

—¿Y eso? —preguntó Lasgol.

—Por lo que he oído contar a los Guardias Reales, quien es llevado al segundo subsuelo no vuelve a ver la luz del día —comentó ella.

—Algo así me ha llegado a mí también —dijo Egil—. Ahí llevan a los enemigos del rey. Estoy convencido de que hay nobles del Oeste allí encerrados.

—Puedo escabullirme y comprobarlo —se ofreció Astrid—. Está muy oscuro, no tendría demasiadas dificultades para fundirme con la penumbra.

—Es arriesgado… —Egil lo pensó un momento—. Tendremos tiempo para ello. Hay que planificarlo mejor.

—De acuerdo, como prefieras —dijo Astrid.

Llegaron hasta la celda. Estaba compuesta por cuatro paredes de roca y una puerta con un mirador. La puerta estaba abierta y Raner frente a ella.

—Bienvenidos —dijo con rostro que mostraba disgusto y pesar.

—Señor —Ingrid saludó con un gesto de la cabeza.

—¿Lo tienen ahí dentro? —preguntó Nilsa como si temiera que le fuera a decir que sí, aunque sabía que la respuesta era esa. Simplemente no podía creerlo.

—Así es, por desgracia. Aún me cuesta aceptarlo —reconoció Raner.

—Es una ignominia —dijo Egil, que observaba el lugar como quien está memorizándolo para luego dibujar un plano con todo detalle.

—Entrad, os aguardan —dijo Raner con un gesto de la mano.

—¿Nos aguardan? —preguntó Lasgol sorprendido por el uso del plural—. ¿No está solo?

Raner negó con la cabeza.

—Se os espera para una reunión importante.

Lasgol miró a Egil, que le hizo un gesto de interés. Astrid y Viggo arrugaron la frente.

—No hagamos esperar a quien aguarda —dijo Ingrid, que se dispuso a entrar decidida. Nilsa la siguió rauda y a ellas Gerd. El resto entraron a continuación.

La celda era más grande de lo que parecía desde el exterior. Habían tenido la decencia de asignar a Gondabar un espacio con capacidad para seis personas. Estaba poco iluminada, a un lado había un camastro y al otro una mesa de trabajo donde una pequeña lámpara de aceite producía la poca luz que había. Los muebles eran de buena calidad, por lo que los habrían traído expresamente para el Líder de los Guardabosques que estaba sentado a la mesa, trabajando, como siempre hacía. Tenía varios mensajes a un lado y estaba escribiendo uno. De aspecto estaba igual, ni mejor ni peor que cuando lo habían visto en la sala del trono. Si no fuera porque estaban en los calabozos se podría decir que el Líder de los Guardabosques seguía con su trabajo habitual en la torre.

Algo más retrasadas, de pie, había dos figuras. Las penumbras los cubrían y no se les podían ver los rostros, si bien se distinguía por sus vestimentas que eran una mujer y un hombre. Esto sorprendió a todos, que esperaban que Gondabar estuviera solo. Las dos figuras se acercaron a la mesa al ver entrar a las Panteras. Al bañarlas de luz la lámpara de aceite pudieron ver quiénes eran: la Madre Especialista Sigrid y Dolbarar, Líder del Campamento. Ambos tenían semblante serio y preocupado y no dijeron nada. Miraron a los recién llegados, les dedicaron sonrisas de bienvenida y saludaron con breves inclinaciones de cabeza que las Panteras devolvieron.

—Señor, ¿habéis requerido nuestra presencia? —presentó Ingrid al grupo.

Gondabar levantó la mirada de sus escritos y observó a las Panteras y Raner frente a su mesa.

Sonrió con una sonrisa que denotaba alegría por verlos.

—Sí, necesito hablar con vosotros de temas importantes. Cerrad la puerta, por favor, y que alguien vigile que no nos escuchen desde el exterior.

—Yo me encargo de vigilar —se presentó voluntario Gerd, que salió de la celda y cerró la puerta. Tras asegurarse de que no había nadie a distancia de escuchar nada, acercó la oreja al mirador para poder oír lo que sucedía dentro.

—Es horrible que os tengan aquí así, señor. Me rompe el alma ver lo que os están haciendo —dijo Nilsa con ojos húmedos.

—Tranquila, Nilsa. No es lo peor que podía haber ocurrido —dijo Gondabar con tono amable.

—Eso es verdad. La reunión fue muy mal... —comentó Raner—. Peor de lo que habíamos anticipado —dijo mirando a Sigrid y Dolbarar, que asintieron—. Sabíamos que podían no creernos y eso llevaría a que no nos quisieran escuchar y nos despacharan. Pensábamos que era muy plausible que nos ridiculizaran, que se enfadaran y mostraran su descontento y furia, contábamos con ello. Sin embargo, hubo momentos... peligrosos... No supusimos que llegarían tan lejos.

—No merecéis lo que sucedió y mucho menos estar aquí. Es imperdonable —dijo Ingrid muy ofendida al ver a su líder allí.

—Todos sentimos que es un castigo terrible, desproporcionado e inhumano —se unió Astrid.

—Al menos he mantenido el cargo. Sigo siendo el Líder de los Guardabosques. Esa es una pequeña victoria de la cual estoy orgulloso.

—Por un momento pensé que os lo iba a quitar —dijo Raner resoplando—. Menos mal que no lo hizo —suspiró aliviado.

—Eso nos reconforta a todos —intervino Dolbarar, que resopló y asintió. Tenía buen aspecto, mucho mejor que el de Gondabar—. Necesitamos del liderazgo, sabiduría y brillantez de nuestro líder para hacer frente a los peligros que se avecinan, que ya intuimos que van a ser terribles.

—Yo también lo pensé y me alegro de que no fuera así. Siento que aún puedo servir a los Guardabosques y a mi reino— reconoció Gondabar.

—No se atrevió a quitarte el puesto debido a la complicada situación en la que se encuentra el reino, eso es todo —intervino Sigrid, que sacudió la cabeza con los brazos cruzados. Por el tono que utilizaba parecía estar enfadada.

—Como bien ha dicho Raner, la situación fue muy tensa y difícil, pero seguimos aquí y eso es lo que importa. Podemos continuar trabajando por los Guardabosques y por el reino. Eso es lo fundamental y lo que es realmente importante —dijo Gondabar intentando llevar algo de optimismo a la reunión.

—Lo es, pero ver al Líder de los Guardabosques aquí, el trato que recibe... no nos parece honorable. Es inaceptable y nos provoca que nos hierva la sangre —dijo Lasgol y apretó las mandíbulas.

Al ver la celda en la que tenían a Gondabar y verlo a él, se sintió fatal. Le estaba costando mantener la calma, aunque ver a Dolbarar y a Sigrid allí ayudaba. Entre todos saldrían de aquel atolladero.

—Os agradezco vuestras palabras. Sé que os duele verme aquí y así, pero no debéis dejar que esto entorpezca vuestras labores nublando vuestra mente con pensamientos nacidos de la rabia y la frustración.

—Lo intentaremos... —concedió Lasgol, que no quería dar más preocupaciones a Gondabar de las que ya tenía, que eran muchas y grandes.

—Miremos el lado positivo de este desagradable incidente —dijo Gondabar—. Su Majestad no me quitó el puesto debido a la complicada situación en la que se encuentra el reino, como muy bien ha analizado la Madre Especialista, y eso debemos aprovecharlo. Por eso os he hecho llamar a todos, para tratar de resolver los problemas que nos acucian.

—Sí, señor. En lo que podamos ayudar, por supuesto que estaremos a su lado. Puede contar con nosotros y nuestra lealtad —dijo Ingrid.

—Eso os lo agradezco. Pensad que, de todos los posibles castigos, viendo cómo se tomaron nuestro informe, este no es tan malo. Ya he pasado por los calabozos antes, cuando era más joven. No estos, pero parecidos. Sobreviví entonces y sobreviviré ahora.

No debéis preocuparos por mí, sino por el reino.

—En esta ocasión quizá debáis anteponer vuestra vida a la del reino —dijo Egil con tono compasivo—. Pasar tiempo en estos lugares hacen mella en el cuerpo y también en el alma.

—Eso nunca —negó con la cabeza y la mano Gondabar—. El reino siempre debe ser lo primero, no importa lo delicada o arriesgada que sea la situación personal. Lo mismo con el cuerpo de Guardabosques. Lideramos con el ejemplo, todos los ojos de nuestros compañeros están ahora puestos en nosotros y cómo resolvamos esta situación. La entereza y determinación que demostremos les marcará el sendero a seguir.

—Lo entendemos y así lo aceptamos. Actuaremos con entereza y honor —aseguró Ingrid.

La expresión de Viggo, que se mantenía en silencio detrás de Ingrid, no era tan entregada.

—Debo hablaros de varios temas importantes —anunció Gondabar.

Sigrid y Dolbarar se inclinaron hacia delante.

—Te escuchamos, ¿qué deseas que se haga? —preguntó Sigrid.

—Estamos a vuestras órdenes —dijo Ingrid y todos escucharon con atención.

—Lo primero y más importante es que continuaremos funcionando como si estuviera en mi despacho en la torre de los Guardabosques. Nada ha de cambiar. Ya se ha dispuesto con mis ayudantes personales en la torre que ejerzan como mis mensajeros. Estarán entrando y saliendo de los calabozos entregando y enviando mensajes.

—Lo he hablado con los oficiales de los calabozos y no hay problema —informó Raner.

—Estupendo. Si por alguna razón se les prohíbe venir a verme, que podría suceder, informaré a Raner y tendremos que buscar un plan alternativo.

—Yo me encargo —confirmó Raner.

—Bien, ahora quiero discutir dos temas… —comenzó a decir Gondabar cuando la puerta de la celda se abrió y Gerd entró.

—Viene Ellingsen con soldados —anunció con urgencia.

Gondabar se llevó el dedo índice a los labios.

Las Panteras se tensaron. Raner le hizo una seña a Gerd para que le dejara recibirlos e intercambiaron posiciones.

Lasgol arrugó la frente. Podían ser malas noticias.

Capítulo 5

La puerta se abrió y Ellingsen entró en la celda seguido de dos enormes Guardias Reales. Media docena más aguardaron fuera. Las Panteras tuvieron que retrasarse para dejarles entrar, la celda no daba para más. Ellingsen se dio cuenta e hizo una seña a los dos guardias para que esperaran fuera. Luego se volvió hacia Gondabar.

—Líderes de los Guardabosques, Águilas Reales —saludó con una breve inclinación de cabeza.

—Comandante —saludó Gondabar. El resto hicieron lo propio con una leve inclinación.

—¿Hay algún problema? —preguntó Raner con mirada de sospechar que algo malo estaba sucediendo.

—No como tal. Me han informado de esta reunión y he tenido que bajar —explicó Ellingsen.

—El rey no pone impedimentos a que los líderes de los Guardabosques se reúnan para planificar su trabajo y misiones, ¿no es así? —preguntó Gondabar, pero la pregunta sonó más a afirmación que a otra cosa.

—No se opone a la reunión de los líderes, no —confirmó Ellingsen—. Vengo por otro motivo.

—¿Qué motivo es ese que os ha hecho venir a este lugar tan poco recomendable? —preguntó Raner.

—Vengo a informaros de que el monarca no desea que sus Águilas Reales visiten al líder de los Guardabosques en los calabozos —anunció, y miró a Gondabar y luego a las Panteras.

Lasgol echó la cabeza hacia atrás de la sorpresa, Nilsa pestañeaba con fuerza, Ingrid cruzó los brazos sobre su torso y Gerd y Viggo murmuraron frases de sorpresa y descontento entre dientes.

Sigrid y Dolbarar se miraron y comentaron algo entre susurros que nadie más pudo oír.

—¿Por qué razón? Es su líder, tienen que poder hablar con él —preguntó Raner, que era lo que todos se estaban preguntando.

Lasgol miró a Astrid, que le devolvió un gesto de que aquello le olía mal. Egil observaba a Ellingsen con ojos entrecerrados. Estaba calculando a qué podía deberse aquella orden.

—El rey no desea que sus Águilas Reales descuiden su obligación como protectores de la reina Heulyn.

—Puedes asegurar a Su Majestad que no lo hacen ni lo harán, no mientras yo sea Guardabosques Primero —dijo Raner con tono seco. No parecía que la intromisión del rey le estuviera gustando lo más mínimo.

—Y, sin embargo, aquí están… —comentó Ellingsen con un gesto con la mano hacia las Panteras—. Y no veo a la reina con ellos.

—La reina está a salvo en sus aposentos descansando —dijo Nilsa—. Valeria y Aidan están con ella.

—Puede que así sea, pero sus protectores están aquí, en los calabozos.

—Yo he convocado esta reunión. Han venido porque yo lo he requerido —dijo Gondabar defendiéndoles.

—Sea como fuere no cambia las cosas. Me han ordenado informaros de que las Águilas Reales tienen prohibido bajar a los calabozos.

—Pero eso es totalmente innecesario —protestó Ingrid.

—Nosotros siempre cumplimos con nuestro deber —contestó Gerd.

—Estamos compartiendo información importante con nuestro líder. Eso no puede estar prohibido —añadió Astrid.

—Solo os trasmito las órdenes que he recibido —dijo Ellingsen, que en realidad quería decir que debían callar y obedecer, pues eran órdenes directas y no se podían discutir.

—No veo la necesidad de impedir que veamos a nuestro líder —expresó Lasgol llevado por la rabia que sentía.

—Si no acatáis las órdenes seréis arrestados —avisó Ellingsen—. He traído a la guardia conmigo. El rey no se lo tomará nada bien.

—Eso no será necesario —afirmó Gondabar levantando una mano con tono tranquilizador—. Los Guardabosques siempre acatan las órdenes de su monarca y no volverán a visitarme. Podéis transmitírselo a Su Majestad.

—Muy bien —asintió Ellingsen, pero no se movió.

—¿Algo más…? —preguntó Raner al ver que no se marchaba.

—Sí. Hay una segunda orden que debo transmitiros.

Todos miraron al Comandante pensando que sería algo malo.

—Adelante, ¿cuál es la orden? —Gondabar le hizo un gesto con la mano para que continuara.

—Esto afecta a Raner y a las Águilas Reales —adelantó Ellingsen—. Su Majestad requiere que el Guardabosques Primero se encargue de formar a las Águilas como Guardabosques Reales para mejorar así el grado de protección que pueden dar a la reina y a los otros miembros de la familia real.

Las Panteras se quedaron trastocadas. Si las expresiones de extrañeza habían sido grandes con la primera orden, con la segunda lo fueron el doble.

—¿Quiere que nos formemos como Guardabosques Reales? —preguntó Ingrid con tono de no haberlo entendido bien e intentando aclarar la situación.

—Así es. Raner se encargará —afirmó Ellingsen.

—Ya somos Guardabosques Especialistas, algunos de nosotros con varias Especialidades. No lo necesitamos —replicó Astrid con gesto de disgusto.

—Yo seguro que no lo necesito. Soy diez veces mejor que un Guardabosques Real —afirmó Viggo con su habitual franqueza y carencia absoluta de humildad.

—Seréis lo que seáis, eso es irrelevante. La orden es clara y no ofrece réplica —avisó Ellingsen.

—Ya somos Águilas Reales… —insistió Nilsa.

—Sí, y Su Majestad desea que se os forme como Guardabosques Reales, cuya función es la de proteger al rey y a la familia real —clarificó Ellingsen.

—En realidad es una idea muy buena —dijo de pronto Egil. Le miraron y, por su expresión y tono, parecía hablar en serio, no estaba siendo irónico—. Si queremos ser eficientes protegiendo a la reina debemos aprender la mejor forma de hacerlo. No nos han adiestrado nunca en labores de protección o guardaespaldas. Será una buena aportación al resto de nuestras habilidades.

—Si tú lo dices… —Viggo no estaba nada de acuerdo y con los brazos cruzados negaba con la cabeza.

Astrid tampoco tenía cara de estarlo. Gerd y Nilsa parecían más sorprendidos que otra cosa. Lasgol intentaba ver si aquello podía ser bueno, como decía Egil, y por qué razón su amigo lo creía así.

—Me encargaré de que sean formados de inmediato para que puedan servir mejor a sus majestades —aseguró Raner al comandante.

—Muy bien —Ellingsen comenzó a volverse para marchar.

—¿Quiere esto decir que nos convertiremos en Guardabosques Reales? —preguntó Nilsa antes de que el comandante saliera por la puerta.

—Eso queda a juicio de Raner —dijo Ellingsen, que le hizo un gesto al Guardabosques Primero.

—Si los formo para ser Guardabosques Reales recibirán el mérito y la posición —dijo Raner, que miró a Gondabar buscando su aceptación. El Líder de los Guardabosques asintió lentamente dando su conformidad.

—Aclarado queda. Os dejo —Ellingsen pasó la vista por las Panteras—. Que esta última visita de las Águilas Reales a su líder sea breve —dijo con tono de advertencia.

—Lo será —aseguró Gondabar.

Ellingsen saludó con una leve inclinación de cabeza y salió de la celda. Un momento después, Gerd abría la puerta y sacaba la cabeza para verlos marchar.

—Se van. Estamos solos —informó al resto.

—¿Y esto? —preguntó Lasgol entre sorprendido y desconcertado.

—Esto va a ser un dolor —se quejó Viggo.

—No tiene por qué serlo —dijo Ingrid—. Miradle el lado bueno, como ha hecho Egil, aprenderemos nuevas funciones y obtendremos un nuevo rango. Yo lo veo positivo. A futuro nos ayudará.

—¿No somos un poco bajitos y faltos de músculo para ser Guardabosques Reales? —preguntó Nilsa.

—Yo no —sonrió Gerd, que flexionó un bíceps.

—Bueno, tú sí que encajas como Guardabosques Real, pero el resto de nosotros para nada.

—Por lo general los elegimos del tamaño de Gerd, es cierto —afirmó Raner—. Sin embargo, el tamaño y la fuerza no son siempre necesarios. Los Guardabosques Reales se eligen porque son muy buenos, los mejores, además de poder matar a un hombre con las manos sin despeinarse. Vosotros también sois muy buenos, así que encajaréis sin problema.

—Pero no tendremos que ser Guardabosques Reales, ¿verdad? Es que proteger al rey y la reina todo el día debe ser de los más aburrido —dijo Gerd.

—Yo los conozco bien y la verdad es que su trabajo es muy aburrido, todo el día de guardia por el castillo —se unió Nilsa.

Gondabar sonrió.

—No, no tendréis que serlo. Os necesitamos para otras misiones que sólo vosotros podéis llevar a cabo. Los Guardabosques Reales se forman cuando es necesario y podemos reemplazarlos según la necesidad. A vosotros, es más complicado sustituiros. Sois más especiales.

—Gracias. Lo somos, yo en particular —afirmó Viggo tan tranquilo.

—El rey nos están poniendo las cosas complicadas —afirmó Sigrid con expresión de disgusto.

—Servir al trono nunca ha sido una labor fácil —dijo Gondabar con tono sosegado—. Este monarca y su actual esposa supondrán alguna que otra dificultad que tendremos que sobrellevar como siempre hemos hecho, con diligencia y sin crear conflicto.

—El conflicto lo crean ellos, no nosotros, y ten por seguro que tendremos mucho más en un futuro muy cercano —aseguró Sigrid.

—Sin embargo, no nos han impedido seguir manteniendo nuestra estructura de mando y rango y seguimos pudiendo reunirnos y comunicarnos —dijo Gondabar, que de nuevo buscaba algo positivo en aquella caótica situación en la que se encontraban.

—Nunca hubiera pensado que los líderes de los Guardabosques se verían obligados a reunirse en calabozos… Vivimos tiempos raros —Raner se encogió de hombros y luego sacudió al cabeza.

—No es la primera vez que los líderes pasan por situaciones complicadas —dijo Sigrid—. Y tampoco es la primera vez que un rey de Norghana se enemista con ellos, o incluso los cuelga o decapita. Ha ocurrido en el pasado y podría volver a ocurrir.

Dolbarar miró a Sigrid y le puso la mano en la espalda.

—Esperemos que eso no tengamos que presenciarlo, mi querida amiga —dijo—. Aunque reconozco que vivimos tiempos extraños y turbulentos.

—Me alegra que estéis aquí hoy. Vuestra presencia me da fuerza —dijo Gondabar.

—Sabes que siempre contarás con nuestro apoyo —le aseguró

Sigrid.

Gondabar asintió y sonrió agradecido.

—Ahora debemos tratar varios temas de importancia. El primero es el asunto del dragón. Quiero y ordeno que, pese a que el monarca lo haya descartado como una tontería, se siga manteniendo el esfuerzo por hallarlo y destruirlo. Sigo convencido de que es un peligro real, y más ahora que ha aparecido y matado a Eicewald. Debemos proteger al reino y a sus gentes.

Sigrid miró a las Panteras con ojos entrecerrados.

—Nosotros, que no hemos visto a ese dragón, debemos creer y confiar a ciegas en vuestra palabra…

—El dragón existe. Todos lo hemos visto —aseguró Ingrid.

—Yo he luchado contra él —respondió Lasgol—. Puedo asegurar que existe, es real, muy poderoso, casi invencible, es posible que sea inmortal, y mató a Eicewald. Algo busca, algo que traerá la perdición a Norghana.

Sigrid asintió. Luego suspiró.

—Necesitaba escucharlo de vosotros. Más ahora con todo lo que ha sucedido con el rey. Si lo afirmáis, os creo. Tenéis mi apoyo.

—Lo afirmamos —dijo Ingrid.

—Os aseguro que existe —afirmó Lasgol con fuerza.

—En ese caso, existe —sentenció Dolbarar—. Yo os creo, Panteras, pase lo que pase y por muy inverosímil que pueda parecer. Os creo porque os conozco y confío en vosotros y en vuestro buen juicio y criterio.

—El Líder del Campamento nos honra —dijo Egil dedicándole una pequeña reverencia.

—Nosotros no podremos indagar —dijo Raner señalándose a sí mismo y a las Panteras—. Con la excepción de Lasgol. El rey se ha asegurado de eso.

—Yo tampoco, me estarán vigilando. Y si se entera de que sigo buscando al dragón, esta vez me cortará la cabeza —dijo Gondabar—. Sin embargo, ellos sí pueden hacerlo. Sigrid desde el Refugio y Dolbarar desde el Campamento. Quiero que os encarguéis de seguir con la búsqueda.

—Tendremos que hacerlo de forma discreta —sugirió Dolbarar—. Tendrá que ser una labor llevada a cabo en secreto o los rumores pueden llegar hasta la capital.

—Que así sea. Dolbarar, quiero que tú lleves el peso de la búsqueda desde el Campamento. Elige con cuidado a los Guardabosques que involucréis en la misma —dijo Gondabar.

—Así será —asintió Dolbarar, que miró a Lasgol y le guiñó un ojo.

—¿Qué quieres que haga yo? —preguntó Sigrid.

—Quiero que te encargues de las Perlas Blancas. Serán tu responsabilidad. Me preocupan.

—De acuerdo. Ya estamos vigilando y estudiando la Perla Blanca del Refugio.

—Iba a explicar al rey el peligro que representan… —comenzó a decir Gondabar y suspiró hondo—, pero no pude hacerlo. Visto lo sucedido, intentar explicar lo que son y significan sería un error. Perdería la cabeza y eso no ayudará a Norghana.

—No, no lo hará —dijo Sigrid—. Te necesitamos vivo, no te arriesgues más.

—¿Cuántos están al corriente de lo que son las Perlas Blancas y lo que representan? —preguntó Gondabar.

—Los que estamos en esta sala, mi hermano Enduald y Galdason, que la estudian, y Loke, que la vigila —explicó Sigrid.

—¿Los Guardabosques Mayores? —preguntó Gondabar a Dolbarar.

—No lo saben. Me pediste discreción hasta entender bien el problema y no les he adelantado nada —explicó Dolbarar.

—Lo mismo sucede con los Maestros Especialistas. No les he explicado lo que sucede, si bien sospechan que es algo grave y por ello tenemos tanto interés en la Perla. De momento no me han preguntado y yo no se lo he explicado.

—Muy bien. Sois discretos y sabios, como debe ser —felicitó Gondabar—. De momento quiero que el tema de las Perlas se trate con mucho cuidado y en secreto, no lo entenderían. No están preparados para entender lo que es un portal y lo que puede hacer. Es peligroso que lo sepan. Podrían incluso querer usarlo.

—Eso no es posible ahora mismo. Solo Camu puede hacerlo con su poder —dijo Lasgol.

—Sí, pero nadie puede asegurar que Maldreck o los otros Magos de Hielo no quieran usarlo para su beneficio. A fin de cuentas, es un Objeto de Poder, grandioso pero mágico. Los Magos de Hielo querrán apropiarse de él y estarán en su derecho, pueden apropiarse de cualquier objeto mágico en el reino.

—Eso podría ser peligroso —dijo Raner.

—Por ello nadie más debe saber de su existencia, al menos hasta que podamos controlar las Perlas —afirmó Gondabar.

—¿Controlarlas? —preguntó Sigrid arrugando la frente.

—Sí. Esa es la misión de la que quiero que te encargues. Las Perlas deben estar controladas y vigiladas.

—¿Cómo? ¿Por qué? —preguntó Sigrid que con expresión de concentración intentaba entender lo que Gondabar quería.

—Crea un grupo de Especialistas que se encarguen de vigilar la Perla. La razón es sencilla: es una puerta que permitirá al dragón plantarse en el Refugio, en Norghana, sin ser detectado. A él y a quien viaje con él. Bien podría ir acompañado de sectarios y lugartenientes. Es un riesgo enorme que debemos tener muy presente.

—Entiendo. Me encargaré de ello —dijo Sigrid.

—Por lo demás, continuad formando Guardabosques y Especialistas como siempre. Los necesitaremos.

—¿Por la guerra con Zangria que parece inevitable? —preguntó Dolbarar con tono de preocupación.

Gondabar asintió.

—Es algo que espero se pueda evitar. Sin embargo, mejor nos preparamos en caso de que no sea así.

—Estaremos preparados —dijo Sigrid.

—¿Cuándo partís?

—Mañana mismo. Los demás ya se han ido y están ocupándose de sus responsabilidades —dijo Sigrid—. Dolbarar y yo nos quedamos porque queríamos ver qué sucedía en la audiencia con el rey…

—¿Edwina también partirá con vosotros? —se interesó Gondabar.

—Me temo que no… —dijo Dolbarar con expresión de disgusto.

—¿Qué sucede? —quiso saber Gondabar.

—El rey Thoran le ha pedido que se quede aquí en la capital. Al ver que fue capaz de salvar a Orten, no quiere que se vaya.

—Pero Edwina es una Sanadora de la Orden de Tirsar, Thoran no tiene derechos sobre ella, ni siquiera es norghana.

Sigrid asintió.

—Lo sabe. Ha usado la excusa de que necesita que te trate, ya que estás mal de salud.

—Edwina ya me ha tratado. Estoy tan bien como pueda llegar a estar. Esa es una excusa baldía.

—Aun así, ha insistido en que se quede y te cuide. Edwina no se ha atrevido a negarse —dijo Sigrid.

—Y más después de saber que estabas en los calabozos —añadió Dolbarar.

—Pobre Edwina. Debe ser libre para ir a donde ella quiera ir —Gondabar negaba con la cabeza, alicaído.

—De momento la situación es esa —explicó Sigrid.

—Buscaremos una solución para Edwina —aseguró Dolbarar—. No te preocupes, recuperará su libertad.

—Trabajemos en todo esto. Tenemos mucho que hacer y me temo que poco tiempo.

—¿Sabes algo que nosotros no? —preguntó Sigrid.

—Sé que me duelen los huesos de los pies. Eso es que vienen problemas —dijo Gondabar.

—Un método de lo más fiable y probado —sonrió Dolbarar.

—A mí nunca me falla —se unió Gondabar con otra sonrisa—. Ahora marchad y ocuparos de vuestras obligaciones.

Las Panteras abandonaron la celda y dejaron que Gondabar terminara de concretar algunos asuntos con Sigrid y Dolbarar. Raner se quedó custodiando la puerta del calabozo.

Según caminaban hacia la salida de aquel tétrico lugar lleno de almas de desdichados que sufrían, Lasgol se puso junto a Egil.

—¿Por qué has dicho antes que puede ser bueno que nos convirtamos en Guardabosques Reales?

Egil miró a Lasgol y sonrió.

—Ser Guardabosques Real nos da acceso no solo a la reina, también al rey. Podremos acceder a la sala del trono y a los aposentos privados de Thoran y Orten —dijo Egil con un brillo de inteligencia en sus ojos.

—Eso es así —confirmó Nilsa, que había pegado el oído y había escuchado—. Nos da acceso a cualquier estancia a la que el monarca acceda pues debemos protegerlo y asegurarlas todas. Solo los Guardabosques Reales y parte de la Guardia Real tiene acceso a todo el castillo.

—Eso será de lo más conveniente —comentó Viggo, que

también escuchaba, y sonrió a Egil.

Lasgol tuvo la sensación de que la nueva situación en la que se encontraban iba a ser una de difícil manejo y peligrosa. Salió de los calabozos con muy mal sabor de boca.

Capítulo 6

Lasgol se acercó a los establos reales con ánimo dividido. Por un lado se sentía triste y por otro algo feliz. Un mozo de cuadra de cabello rubio casi platino y piel tan blanca como la leche se acercó a recibirle en cuanto lo vio llegar.

—¿Necesita una montura, señor? —preguntó con ánimo servicial.

—No, hoy no gracias.

—¿Puedo servirle en algo más? —se ofreció el mozo al ver que Lasgol entraba en las caballerizas de todos modos.

—Sí, tengo un animal aquí, un poni...

—Yo le acompaño.

—Gracias —sonrió Lasgol, que agradecía el buen ánimo del mozo.

—Por supuesto, señor, seguidme, por favor.

Le acompañó hasta un pequeño cercado detrás de los grandes cobertizos. Allí tenían varios caballos y ponis descansando. Todos tenían un aspecto estupendo, se les veía bien alimentados, descansados y el pelaje les brillaba de haberlos cepillado. Tenían paja y hierba seca y todos parecían tranquilos.

Con dolor en el alma, Lasgol había ido allí a despedirse de su fiel amigo y compañero. Entró en el cercado y, muy despacio para no asustar a las monturas, se acercó hasta Trotador.

«¿Cómo te encuentras, mi querido amigo?» le transmitió usando su habilidad Comunicación Animal.

El poni norghano lo vio y de inmediato relinchó de alegría y se acercó hasta Lasgol, que lo recibió acariciándole la frente y el hocico.

«¿Me has echado de menos el tiempo que has estado aquí recuperándote? ¿O la buena vida que te dan ha hecho que te olvidaras de mí?».

Trotador le lamió la cara y el pelo a Lasgol y volvió a relinchar.

«Vale, vale, ya veo que me has echado de menos y que no te has olvidado de mí. Yo te he añorado mucho» le transmitió y le dio un abrazo rodeando el cuello del poni con sus brazos.

«Tienes un aspecto estupendo». Lasgol rodeó a Trotador inspeccionándolo. El resto de monturas se apartaron dejándolos solos.

Trotador bufó y movió el cuello arriba y abajo.

«Sé que tienes ganas de volver a salir a la aventura, pero ¿cómo tienes esa pata?» le transmitió Lasgol y luego le acarició la pata delantera derecha, donde había sufrido una fea rotura.

Trotador levantó la pata y la dejó caer como para demostrar que estaba bien, pero no la apoyó con fuerza.

«¿Te duele?» preguntó Lasgol preocupado al tiempo que le acariciaba las crines.

El poni movió la cabeza de lado a lado indicando que no.

«¿Dónde voy a encontrar otra fiel montura que me entienda como lo haces tú?». A Lasgol se le humedecieron los ojos.

Trotador le cogió de la capa de un mordisquito y tiró de ella varias veces. Quería partir a la aventura.

«No puedes acompañarme, Trotador. Lo siento en el alma, pero tienes una fractura en la pata» le transmitió tocándosela. «Si vamos de aventura hay mucho riesgo de que te la rompas para siempre y no sane».

Trotador levantó las patas delanteras y relinchó. Quería demostrar a Lasgol que todavía podía acompañarle.

«Lo siento, amigo mío. No puede ser, no puedo correr ese riesgo. Tus días de aventura han acabado».

El animal bajó la cabeza y emitió unos sonidos similares al llanto. A Lasgol le caían las lágrimas por las mejillas. Todo lo que podía hacer era acariciarle y consolarle. Por un rato los dos amigos estuvieron juntos y en silencio. La cabeza de Lasgol estaba apoyada en el lomo de Trotador y la de este en la espalda de Lasgol, al que daba mordisquitos cariñosos.

«Tengo que irme» dijo finalmente. No es que tuviera que ir a ningún lado de forma urgente, pero sentía cómo aquella despedida le estaba horadando un boquete en el medio del pecho y no quería entristecer al poni dejándole ver lo que sufría.

«Te cuidarán muy bien. Te van a trasladar a los grandes corrales reales al sur de la ciudad. Allí tendrás una vida estupenda, me he asegurado de que así sea».

El buen poni asintió moviendo el cuello arriba y abajo. Aceptaba su suerte.

«Ona y Camu te envían su cariño».

Trotador bufó y le mostró los dientes.

«Ya sé que Camu ha sido un dolor para ti, pero en el fondo sé que le quieres. Y Ona siempre ha sido muy buena contigo, aunque panteras y ponis no se lleven nada bien».

Trotador le lamió la mano a Lasgol y supo que aquello era para Camu y Ona.

«Me han dicho que irán a visitarte. Espero que vayan camuflados porque de lo contrario se va a armar una buena cuando los vean el resto de los caballos y ponis».

Trotador relinchó y movió la cabeza arriba y abajo.

«Gracias por todo, amigo fiel» Lasgol lo abrazó una vez más y luego marchó sin poder contener las lágrimas.

A media mañana la puerta de la habitación de las Panteras se abrió de golpe y Nilsa entró como un vendaval. Llegó hasta el camastro donde Lasgol estaba ejercitando su magia, como hacía cada vez que tenía un momento libre. Viggo estaba practicando con su daga de lanzar al fondo de la habitación. Gerd roncaba a pierna suelta en su catre. El resto de las Panteras estaban fuera encargándose de ver que requería la reina para su protección.

—¡Ya sé dónde va a ser el entierro de Eicewald!

Lasgol perdió la concentración y abrió los ojos.

—¿Lo sabes?

—Te dije que me enteraría. Los Magos de Hielo no son nada discretos para algunas cosas. Cosas mundanas me refiero... luego para las cosas mágicas sí que son muy retraídos y amigos de guardar secretos.

—Mucho sabes tú de los Magos de Hielo —dijo Viggo—. ¿Me pregunto por qué será? —dijo inclinando la cabeza y con mirada de interés.

—¿Por qué va a ser? Porque soy un Cazadora de Magos y todo lo que tenga que ver con la magia me interesa. Los magos más cercanos, y los que puedo estudiar con mayor facilidad, son los Magos de Hielo.

—Pues será mejor que los magos de la torre no se enteren de tu interés por ellos... —Viggo hizo un gesto de que no sería bueno para ella.

—Solo los estudio. No hago nada malo.

—Bueno, los estudias para matarlos mejor. Yo creo que eso ellos lo van a entender como algo bastante malo —sonrió Viggo con ironía.

—Umm… cierto… viéndolo así…

—¿Y el funeral? —preguntó Lasgol para centrar de nuevo la conversación.

—Oh, sí. Será mañana por la mañana.

—¿En el Templo de los Dioses del Hielo? —preguntó Gerd, que acababa de despertarse de una siesta.

—Hombre, por fin se despertó el gran roncador del norte —dijo Viggo levantando las manos.

—No ronco tan fuerte —Gerd le hizo un gesto con el brazo como que exageraba, a lo que Viggo respondió con otro gesto de que no podía creerse aquella respuesta.

—Inaudito —afirmó Viggo dando la espalda a Gerd.

La verdad era que los ronquidos que soltaba el grandullón eran tan fuertes que hacían temblar los muebles. Lasgol los utilizaba como ejercicio de concentración. Ser capaz de usar su magia en medio de la atronadora respiración de Gerd, era todo un logro.

Nilsa sacudió la cabeza.

—No van al templo. Los Magos del Hielo no son muy religiosos. Es curioso, yo pensaba que lo serían, pero resulta que solo creen en la magia y en su poder. La religión no les interesa — Nilsa hizo un gesto de no entender por qué.

—Entonces, ¿dónde será? —Lasgol preguntó interesado.

—En el Bosque Albo, al norte de la ciudad. No está muy lejos, a media legua a caballo —dijo Nilsa.

—¿De qué me suena a mí ese sitio…? —preguntó Viggo, que intentaba recordar con el ceño fruncido.

—Es un bosque embrujado. Nadie pone un pie ahí, la gente desaparece en su interior para no ser vista nunca más —dijo Gerd que abrió mucho los ojos—. Mal sitio para ir.

—Ya será menos… —Viggo hizo un gesto de que no se creía que estuviera embrujado.

—Te digo de verdad que es un bosque embrujado. Todos los árboles son completamente blancos, de raíz a hoja. No hay vegetación, solo una bruma blanca que dicen que es creada por los brujos que viven en su interior y que hacen desaparecer a quien entra en sus dominios.

—¡Ja! Igual es que son caníbales y se los comen.

—¡Viggo, no hay caníbales en Norghana! ¡Tampoco está embrujado, Gerd! —chilló Nilsa.

—¿Entonces por qué se llama el Bosque Albo? —quiso saber Lasgol, al que le sonaba de algo, pero en ese momento no conseguía saber de qué.

—Porque sí que es verdad que todo en su interior es blanco, pero es debido a la variedad de árboles que crecen allí. Son robles níveos, una especie única originaria de Norghana. Cuando venga Egil os lo podrá contar, que es el experto en estas cosas.

—Siempre se ha dicho que ese lugar está embrujado —insistió Gerd—. Es bueno escuchar lo que dicen las historias… salvan vidas…

—Eso es superstición de granjeros —respondió Nilsa—. No es un bosque embrujado, de lo contrario los Magos de Hielo no entrarían en él.

—Quizás ellos puedan combatir los embrujos, al ser magos… —respondió Gerd que hizo un gesto de no conocer el motivo.

—Embrujado o no, iré al funeral. Se lo debo a Eicewald —afirmó Lasgol.

En ese momento entraron Ingrid y Astrid en la estancia.

—Nosotros no vamos a poder ir —dijo Ingrid.

—Raner nos ha puesto formación de Guardabosques Real todos los días por una estación, y empezaremos mañana —explicó Astrid.

—Parece que no quiere hacer enfadar a Thoran —dijo Viggo con una sonrisa de malicia y lanzó la daga clavándola en el marco de la ventana.

—¿Te extraña? No está el horno para que echemos más leña —dijo Ingrid.

—¿Todos los días por una estación entera? ¿No es eso mucho? —preguntó Gerd.

Ingrid negó con la cabeza.

—Parece ser que no. Según nos ha dicho el Guardabosques primero, formación y entrenamiento suelen durar tres estaciones completas. En nuestro caso la va a comprimir y dárnosla toda en una sola estación.

—Eso es porque sabe que estamos mil veces mejor preparados

que los Especialistas que suelen elegir para el puesto de Guardabosques Real —dijo Viggo, que hizo como que se quitaba el polvo de los hombros.

—¡Pero si se pasan todo el día haciendo guardia! ¿Para qué necesitamos tanta formación? ¿Qué nos van a enseñar, cómo vigilar? No lo entiendo —expresó Gerd.

—Algo más que eso hacen —dijo Astrid—. Tienen que encargarse de proteger al rey allá donde vaya y como vaya.

—Aun así, me parece mucha formación —afirmó Gerd.

—Nos lo vamos a pasar genial. En lugar de a matar a alguien, nos van a enseñar cómo evitar que maten a alguien —dijo Viggo con una mueca de horror.

—Te vendrá muy bien. Que tú solo piensas en acabar con la gente en lugar de salvarla —dijo Ingrid.

—Soy un Asesino, ¿en qué quieres que piense? —replicó Viggo y puso cara de que no era culpa suya.

—Algo de razón tiene —dijo Astrid a Ingrid—. A nosotros nos han formado para matar, no para proteger.

—Entonces esta nueva formación os vendrá muy bien a los dos —dijo Ingrid—. Yo estoy contenta de poder recibirla.

Viggo dejó de lanzar su cuchillo y la miró con ojos entrecerrados.

—Eso es porque tú quieres ser una Guardabosques Real.

Nilsa se volvió hacia Ingrid.

—¿Quieres ser Guardabosques Real? —preguntó con tono de estar muy sorprendida.

Lasgol también se sorprendió y aguardó la respuesta de Ingrid.

—Sí y no…

—Eso lo aclara todo —dijo Viggo bromeando.

—Déjala explicarse —cortó Nilsa, que quería saber qué pensaba su amiga.

—Ser Guardabosques Real es un paso necesario para llegar al objetivo que persigo.

—Ser la primera mujer en llegar a ser Guardabosques Primero —añadió Viggo para finalizar la frase de Ingrid.

—Eso es —confirmó ella.

—Entonces tiene todo el sentido —dijo Nilsa que se acercó hasta Ingrid y le puso la mano en el hombro—. Demuéstrales lo que vales.

—Lo haré —dijo Ingrid convencida—. Seré Guardabosques Real y más adelante Guardabosques Primero.

—Lo único malo de tu plan, y te apoyo al completo —dijo Viggo sonriendo—, es que Raner tiene que morir. A mí me cae mejor ahora. No le deseo una muerte pronta.

—Puede dejar el puesto por otras razones —intervino Nilsa.

—No es de los que dejan la responsabilidad. Y lleva poco tiempo en el puesto, por lo que tampoco querrá irse pronto —dijo Astrid.

—Mil cosas pueden suceder. El caso es que yo estaré lista y preparada para cuando llegue el día y busquen un nuevo Guardabosques Primero —afirmó Ingrid.

—No os preocupéis, iré con Camu y Ona. Estaremos bien. Además, es un funeral, no va a pasar nada.

—Aun así, ten cuidado —dijo Astrid con expresión de preocupación.

—Lo tendré, descuida.

—Despídete del bueno de Eicewald por nosotros —pidió Nilsa con rostro de pena.

—Sí, hazlo, por favor —dijo Gerd.

Lasgol asintió.

—Lo haré.

Capítulo 7

Lasgol llegó hasta los primeros árboles del bosque y se detuvo.

Tocó con su mano enguantada el tronco de uno de los singulares robles níveos. La corteza, las raíces, las ramas, las hojas, todo parecía indicar que era un roble normal y con buena salud; todo excepto un pequeño detalle: el roble era blanco, desde las raíces hasta las hojas. Lo observó muy interesado, preguntándose cómo podía ser algo así. Al levantar la mirada vio que el resto de los árboles de aquel lugar eran también de las mismas características, lo que proporcionaba al robledal un aspecto que atrapaba la mirada.

Recordó haberlo estudiado en uno de los tomos de conocimiento de Naturaleza en el Refugio, aunque solo de pasada. Intentó buscar en su memoria qué era lo que el tomo decía sobre aquella extraña variedad de roble. Era una especie única y autóctona de Norghana. Por alguna razón que los estudiosos no habían podido averiguar, esta variedad de roble era completamente blanca y daba la impresión de estar cubierta de una especie de nieve.

Se quitó el guante derecho y palpó las raíces, el tronco y las ramas con la mano. A continuación se la miró, esperando verla de color blanco o al menos ligeramente helada. No fue el caso. Pensó en sacar el cuchillo y cortar una rama para ver cómo era el interior, pero desechó la idea. Muchos estudiosos habían analizado ya aquellos robles y habían concluido que eran robles de una variedad única, pero normal. No tenía sentido ponerse a investigar, aunque las ganas de entender lo que había causado que fueran así le empujaran a ello.

«Mucho bonito árboles» le transmitió Camu.

Lasgol se volvió. No pudo verlo porque venía camuflado y con él Ona, pero sabía que estaban detrás.

«Lo son. Y es, "muy bonito", a ver si aprendes ya a hablar bien».

«Yo hablar mucho bien».

«Sí, precisamente» Lasgol resopló mirando al cielo cubierto.

Hacía un día gris y el cielo estaba encapotado. Daba la sensación de que llovería en cualquier momento. Estaban teniendo una primavera estupenda, por lo que aquel día parecía querer recordarles que seguían en Norghana y que no se acostumbrasen al buen tiempo. Solo de pensarlo supo que los Dioses del Hielo le castigarían con una tormenta primaveral de esas que descargaba un mar entero de lluvia.

Ona gruñó en aviso.

«Ya venir».

Lasgol se giró y vio a la comitiva acercándose por el camino en dirección al bosque. Muy rápido, dio un par de brincos y se adentró en el Bosque Albo. Escuchó las pisadas de Camu y Ona detrás. Lasgol había dejado la nueva montura que le habían proporcionado atada en una cañada algo más al sur. No había intentado comunicarse con el caballo, pues lo más probable era que solo lo tuviera de paso. Cuando lo devolviera, la siguiente vez le darían otro. Se entristeció al pensar en que no podría volver a montar a Trotador. La vida en Norghana era dura y hasta los más valientes y de corazón más puro sufrían y caían.

«¿Ellos no poder vernos?» preguntó Camu y le transmitió un sentimiento de duda.

«No, mejor que no os vean. Los Magos de Hielo son reservados y no les gusta que se interfiera en sus asuntos».

«Pero ser funeral Eicewald» le transmitió Camu con un sentimiento de protesta.

Lasgol se detuvo y se agachó.

«Lo sé, pero no quieren que nadie asista. Le han dicho a Nilsa que va a ser un funeral de Mago de Hielo privado y discreto. Parece ser que los Magos de Hielo muertos descansan en este bosque».

«Eicewald gran Mago. Bueno. Merecer gran funeral con honores».

Ona gimió una vez. Estaba de acuerdo.

«El rey Thoran ha ordenado un entierro discreto. Por eso va a ser aquí y en privado».

«Rey Thoran no gustar».

«No eres el único, créeme».

«¿Eicewald descansar bien aquí?».

Lasgol resopló.

«Buena pregunta... no sabría qué decirte. Espero que sí. Al menos estará en compañía de otros Magos de Hielo».

«¿Tú creer almas Magos muertos todavía aquí?».

Ona gimió.

«Preguntas complicadas de responder. Hay quien cree que las almas de los muertos se quedan en la Tierra, al menos durante un tiempo. Luego viajan al reino de los Dioses del Hielo para descansar para siempre».

«Yo no creer eso».

«¿No? Entonces, ¿qué crees?».

«Yo Drakoniano. No como humano».

«Sí, eso lo sabemos. ¿qué quieres decir con eso?».

«Yo alma diferente. Ir a lugar diferente».

«Oh, ya veo. Pues podría ser, no lo sé. Depende de a quién preguntes y de qué religión sea. Como no sabemos cuál es la religión Drakoniana o sus creencias, de momento tú piensa lo que mejor creas».

«De acuerdo. Yo alma inmortal».

Lasgol resopló de nuevo.

«Tampoco hay que exagerar...».

«Yo creer que alma inmortal. Yo Drakoniano» sentenció Camu, que envió el mensaje mental con un sentimiento de que el asunto estaba decidido.

Lasgol suspiró y no dijo nada. Camu no iba a cambiar de opinión, al menos de momento. Así de tozudo era.

Aguardaron escondidos a que los Magos de Hielo llegaran al bosque. Lasgol utilizó Ojo de Halcón y pudo ver que la comitiva la formaban seis Magos de Hielo que montaban yeguas blancas. Tras ellos iba un carro estrecho con el féretro tirado por un caballo percherón cuyas riendas manejaba el joven aprendiz.

A la cabeza cabalgaba Maldreck con la barbilla alta, la espalda recta y su báculo de Mago de Hielo sujeto a la parte posterior de su silla de montar. Lo llevaba como si fuera un arma y en caso de peligro echaría mano de él.

Tras Maldreck cabalgaban dos Magos de Hielo de unos cuarenta y cinco años de edad. Al llevar todos el pelo largo y blanco y vestir las mismas vestimentas de Mago de Hielo, costaba diferenciarlos. Sin embargo, Lasgol podía hacerlo, no solo por su habilidad para verlos bien a larga distancia sino porque Eicewald les había hablado de ellos en más de una ocasión.

El último de todos era más joven, de la edad de Lasgol y sus amigos. Era el último al que habían formado hacia poco. Eicewald estaba orgulloso de haber podio encontrarle e instruirle hasta convertirse en un Mago de Hielo. No siempre se daba el caso. Por lo que le había dicho Eicewald, muchos fracasaban y no conseguían llegar al objetivo. La formación y las pruebas que debían pasar para convertirse en miembros de la orden eran muy duras, similares a las que los Guardabosques tenían que hacer, solo que mucho más centradas en la magia, por supuesto.

Llevando el carro con el féretro de Eicewald iba un chaval. Era el último novicio que habían encontrado y traído a la torre a formar. Eicewald tenía esperanzas en él. Lasgol lo veía como a un niño con aspecto asustado que no sabía muy bien lo que sucedía a su alrededor. Deseó que todo fuera bien y consiguieran convertirlo en mago, pues ese era el deseo de Eicewald.

Siempre que pensaba en los Magos de Hielo o se cruzaba con ellos, sobre todo con los jóvenes, se preguntaba cómo sería ser formado para ser mago. Se preguntaba sí él podría hacerlo. Eicewald le había dicho que sin duda podría conseguirlo, pero que no se lo recomendaba pues el tipo de magia con el que Lasgol estaba alineado no era la elemental, y dentro de ella la del elemento agua, que era con lo que se especializaban los Magos de Hielo, sino con la de naturaleza. Aun así, Lasgol no podía evitar pensar qué sucedería de entrar en la torre a formarse.

Ahora ya era imposible. Aquellos pensamientos eran factibles cuando Eicewald era el líder. Con Maldreck al mando sería un suicidio intentar llegar a ser Mago de Hielo. Lasgol creía que Maldreck sabía que habían sido ellos los que robaron la Estrella de Mar y Vida, lo que provocó que cayera en desgracia para Orten. O al menos suponía que lo sospechaba. En cualquier caso, Maldreck era un elemento peligroso y era mejor mantenerse alejado de él, y más ahora que tenía el respaldo del rey.

La comitiva fúnebre llegó hasta el bosque y se adentraron en él por una zona donde el espacio entre los árboles les permitía pasar con el carro.

«Magos de Hielo poderosos. Sentir magia» transmitió Camu.

«Yo no capto su poder. Te estás volviendo cada vez mejor en sentir la magia, están algo lejos» felicitó Lasgol.

«Yo cada vez más poderoso. Entrenar mucho».

«Yo también entreno mucho mi magia, pero creo que me sacas ventaja».

«Tú no preocupar. Seguir entrenando. Ya alcanzarme un día» transmitió con un sentimiento de optimismo.

Lasgol se llevó la mano a la boca para evitar que se oyera la carcajada que estaba a punto de soltar.

«Gracias, amigo. Tu consideración me conmueve».

«De nada».

Lasgol negó con la cabeza.

«¿Ser ironía?».

«Claro que era ironía».

«Ah, yo no entender ironía bien todavía».

«Eso me hace feliz».

«¿Tú feliz yo no entender ironía?».

«Déjalo, que te va a estallar la cabeza».

«Mi cabeza no poder… oh, ya entender».

«Me alegro» Lasgol sonrió y siguió internándose en el bosque.

Se le hizo extraño perseguir a una comitiva fúnebre por medio de un bosque que parecía embrujado. Lo primero ya era raro de por sí y lo segundo lo hacía todavía más. Según se adentraban en dirección al centro del bosque Lasgol apreció que, en efecto, apenas había boscaje, sino una neblina baja que parecía haberse depositado sobre el suelo y permanecía allí, imperturbable.

Lasgol se agachó clavando una rodilla y la neblina lo cubrió por completo. Era de lo más pintoresco. En aquel bosque podía vivir gente y no la descubriría nadie. Solo tenían que agacharse o echarse al suelo para desaparecer en medio de la densa capa blanca.

«Este lugar es muy interesante. ¿Sabes si esta neblina es de origen natural o es causada por magia? Yo no lo puedo captar» preguntó Lasgol a Camu mientras con la mano intentaba coger la neblina, que se escurría entre sus dedos.

«Yo intentar captar».

Ona gruñó una vez indicando que debía de ser mágico.

Lasgol volvió a quitarse el guante y con la mano intentó sentir la substancia vaporosa en sus carnes. No era fría ni húmeda, que era lo que esperaba. Parecía como el humo, pero no afectaba a los pulmones, se podía respirar incluso sumergido en ella.

«No natural. Captar magia».

«Vaya. ¿Peligrosa?».

«No saber. No conocer magia».

«¿No es de ningún tipo de magia que hayas sentido antes?».

«No ser».

Ona gruñó dos veces.

«Interesante. Al menos no es magia Drakoniana».

«Drakoniana no ser».

«Bien, mantengámonos alerta por si nos encontramos con lo que sea que genera esta niebla baja».

«Magos de Hielo no preocupados» transmitió Camu con un sentimiento de duda.

Lasgol se quedó pensativo.

«Tienes razón. Ellos también deben percibirla o ser conscientes de que en el bosque hay magia. Sin embargo, no parecen temerla».

Continuaron siguiendo a la comitiva, que maniobraba entre los árboles en dirección al centro del bosque. El carro tenía dificultades para pasar, pero al ser estrecho lo conseguía. El chaval que lo conducía estaba haciendo un buen trabajo a las riendas. Los Magos de Hielo avanzaban despacio y lanzaban miradas a su espalda para asegurarse de que el carro lograba pasar.

A Lasgol le preocupaba que pudieran verlo. Bueno, verlo no, que pudieran percibirlo. Era casi imposible ver con aquella neblina y él estaba agazapado a buena distancia del carro. Los magos tenían la capacidad de poder sentir a otros dotados con el Talento. Eicewald le había explicado que, si la fuente de poder era poderosa, hasta los magos menos sensibles podían captarla a una distancia cercana de menos de doscientos pasos. Además, solo algunos muy poderosos y de gran capacidad podían captar la magia con facilidad.

Negó con la cabeza desechando sus temores de ser descubierto. Los Magos de Hielo eran poderosos, pero no perceptivos. Su Especialización era en magia de ataque, de carácter ofensivo y no de percepción o captación. No le descubrirían, aunque Camu y él irradiaran poder.

«Mantendremos doscientos pasos de distancia» transmitió a Camu.

«Ellos no poder sentirnos» respondió Camu.

«Sí, eso creo yo también, pero por si acaso».

Ona gruñó una vez.

«No quiero sorpresas mágicas en este bosque. Estamos aquí para despedir a Eicewald, no para encuentros arcanos».

«Encuentros divertidos».

Ona gruñó dos veces.

«Opino como ella» respondió Lasgol a Camu, que no deseaba problemas en aquel lugar. Aunque, por desgracia, muchas veces se encontraban con ellos sin quererlo.

Capítulo 8

Siguieron a los magos durante un rato más hasta que llegaron al centro del bosque. El lugar era inconfundible pues se distinguía un alto bloque de hielo rectangular, alargado y cuadrado, una especie de monolito helado rodeado de la neblina. Por alguna extraña razón esta no lo cubría, sino que parecía surgir de él, caía desde su cuerpo para luego dispersarse alrededor.

«Curioso. Ese bloque de hielo es muy singular».

«Magia venir de bloque».

«Eso todavía es más interesante. Entonces no es un brujo, mago o similar quien está produciendo la neblina».

«O vivir dentro del bloque».

«Eso lo veo muy complicado».

«Complicado, sí. Posible, sí».

«Umm… pudiera ser, sí. Ya hemos tenido una experiencia en ese sentido».

«Sí. Orbe dragón en hielo».

Lasgol asintió.

«Pero no es magia Drakoniana, ¿verdad?».

«No ser».

«Bueno, eso me tranquiliza. Lo último que necesitamos es un segundo orbe de dragón».

Ona gruñó dos veces.

La comitiva se detuvo junto al monolito de hielo, desmontaron y ataron a los caballos a los árboles cercanos. Luego Maldreck ordenó descargar el féretro. Lasgol pensó que lo iban a llevar a hombros hasta el monolito, pero no fue exactamente así. Maldreck comenzó a conjurar moviendo su báculo blanco con cabeza de joya de hielo y bajo el féretro apareció una pequeña ola gélida que lo elevó hasta una altura que sobrepasaba la cabeza de todos ellos.

Los seis magos se situaron tres a cada lado del ataúd. De pronto los seis comenzaron a conjurar moviendo sus báculos y pronunciando encantamientos arcanos. El cielo sobre el bosque se cubrió de nubes oscuras y comenzó a nevar sobre todo el área que los rodeaba. Caían copos enormes, cristalizados que, al tocar algo sólido, ya fuera una rama, hojas, el suelo, los magos o el féretro, se desintegraban como si fueran de polvo de nieve.

Por un momento Lasgol pensó que las propias estrellas del firmamento caían heladas del cielo. Era un espectáculo de lo más sobrecogedor.

«Mucho bonito» transmitió Camu.

«Lo es. Impresiona».

A una orden de Maldreck la ola gélida comenzó a avanzar hacia el monolito muy despacio. Los Magos de Hielo avanzaron al mismo ritmo escoltando el féretro. El chaval que todavía no era un mago observaba desde el carro lo que sucedía con ojos muy abiertos.

Los Magos de Hielo volvieron a conjurar y unos vientos helados comenzaron a sobrevolarles a cinco varas de altura moviendo los copos en todas direcciones al tiempo que un canto profundo, lejano y eterno comenzó a sonar. Era un cantar en la lengua arcana de los Magos de Hielo, pero no eran ellos los que recitaban, sino los vientos de la tormenta helada. Los Magos avanzaban mirando al frente en silencio y solemnes mientras los grandes copos caían y los vientos entonaban una despedida a uno de los suyos.

Se acercaron hasta el monolito. Maldreck levantó su báculo sobre la cabeza y se detuvieron. Volvió a conjurar en medio de la tormenta y el solemne cantar. Sobre el monolito, a gran altura, se formó otra nube, esta vez negra como la noche. Un momento después comenzó a tronar, como siguiendo los versos que los vientos recitaban. Un rayo tremendo golpeó el suelo junto al monolito. A este le siguió otro trueno y otro relámpago impresionantes que también golpearon el suelo con fuerza.

Lasgol, Camu y Ona contemplaban cómo los relámpagos caían alrededor del monolito sin golpear a los magos, solo la base de la estructura de hielo. Mientras se producía el espectáculo de despedida y de honra al gran Mago de Hielo fallecido, Lasgol no pudo sino sentirse muy emocionado. Recordó los buenos ratos que había compartido con él y comenzaron a aparecer en su mente: el viaje al mundo perdido de la Reina Turquesa, el encuentro en el Reino de Irinel y la huida a través del bosque de los druidas y tantos otros. Buenos momentos en los que habían compartido no solo aventuras, sino grandes ratos. Tantas charlas, algunas importantes y otras superfluas, pero todas agradables. Si algo le venía a la cabeza era lo cauto y buen intencionado que era Eicewald.

Suspiró hondo y al dejar salir el aire de sus pulmones los ojos comenzaron a humedecérsele. Recuerdos del tiempo que pasaron en el Bosque del Ogro Verde le asaltaron. Habían pasado tanto tiempo juntos allí, con Eicewald enseñándoles sobre magia con su paciencia y buen hacer. Camu y él habían intentado adquirir todo el conocimiento posible. Les había enseñado tanto sobre la magia y lo había hecho de una forma amena, cargado de una paciencia enorme. Recordó los innumerables pequeños fracasos que tanto él como Camu sufrieron, sobre todo al principio, y cómo Eicewald nunca se los tomaba mal. Él siempre les ayudaba con optimismo, seguro de que lo iban a conseguir, aunque no fuera así.

Los recuerdos le crearon un nudo en la garganta que no le dejaba tragar bien y le provocaba que sus ojos cada vez estuvieran más húmedos.

«¿Triste?» preguntó Camu a su lado, que se había hecho visible y se ocultaba tras uno de los robles albos de buen grosor.

«Sí, triste. Hemos perdido a un amigo y mentor».

Ona frotó su cabeza contra la pierna de Lasgol, que permanecía con la rodilla clavada entre la neblina. La buena pantera se agachaba y quedaba cubierta por completo menos cuando estiraba el cuello apoyada en sus potentes patas traseras.

«Maestro bueno» le transmitió Camu con un sentimiento de gran pena que se unió al que Lasgol ya sentía, y una lágrima le cayó por la mejilla.

«Nos enseñó tanto… y lo hizo siempre con amabilidad, sin perder la paciencia por lo mal que lo hacíamos».

«Mucho paciente. Mucho conocimiento».

«Ya lo creo. Es una auténtica tragedia que se haya perdido el conocimiento que tenía».

«Parte pasar a nosotros. Parte a ellos» comentó Camu mirando a los Magos de Hielo.

Lasgol observó mientras continuaban con el extraño ritual. Maldreck movió su báculo, conjuró y la ola llevó al féretro hasta situarlo frente al monolito. Los Magos de Hielo se colocaron formando una media luna tras él. Levantaron sus báculos y conjuraron a la vez una extraña letanía. Según conjuraban, la ola gélida se convirtió en un témpano de hielo que fue creciendo palmo a palmo. Era como si cada Mago de Hielo le añadiera altura hasta que alcanzó unas cuatro varas. Continuaron los extraños cánticos y el ataúd, que ahora parecía reposar en un gran pedestal de hielo, comenzó a descomponerse, la madera se fue deshaciendo como si fuera de hielo y se estuviera descongelando.

«Sí, supongo que no todo se ha perdido. Parte está en nosotros, y parte en ellos. Pero dudo que todo su conocimiento haya pasado a alguien como Maldreck. No, no creo que tenga ni la mitad del conocimiento mágico que Eicewald tenía».

«Él, no. Otro igual».

«Esperemos que sí. Quizá la semilla del conocimiento que plantó en ellos y también germine en nosotros. Quizá crezca dentro de nuestros corazones y mente y algunos de nosotros le hagamos estar orgulloso un día».

«Yo hacerle orgulloso» afirmó Camu y asintió con fuerza.

«Deberíamos, sí» se unió Lasgol.

«Hacer por él».

«Sí, por su recuerdo, en su nombre. Tenemos que hacerlo, aunque suponga un sacrificio».

«¿Sacrificio? ¿Por qué?».

«Requiere estudiar mucho. El saber no se adquiere sin más. Recuerda los tomos que nos solía traer Eicewald».

«Yo recordar».

«Y esos eran solo unos pocos para los no muy puestos en materia mágica. Hay muchos más tomos llenos de conocimiento mágico que debemos estudiar y aprender. Como siempre andamos en misiones complicadas, va a requerir un sacrificio encontrar tiempo para estudiar».

«Oh, yo entender ahora».

«Será difícil».

«Nosotros matar Dergha-Sho-Blaska y luego buscar tiempo para estudiar» el mensaje le llegó a Lasgol cargado de un sentimiento de enfado que sintió de forma clara y contundente.

Lasgol volvió la cabeza hacia Camu, que miró sin parpadear.

«Matar a Dergha-Sho-Blaska va a ser extremadamente difícil, Camu. No sé siquiera si podremos hacerlo».

«Nosotros matarlo. Así honrar Eicewald» transmitió, y de nuevo el sentimiento que acompañó al mensaje fue de enojo.

«No creo que Eicewald quisiera que nos enfrentáramos al dragón inmortal después de lo ocurrido».

Ona gimió dos veces.

«Nosotros deber a Eicewald. Tener que matar Dergha-Sho-Blaska. Honrar Maestro. Conseguir tiempo para seguir estudios».

«Entiendo y comparto lo que me transmites, Camu, pero va a ser muy arriesgado. El dragón es muy fuerte en todos los sentidos, tanto físico como mágico. El peligro será enorme».

«Eicewald valiente. Luchar con honor. Morir por nosotros. Nosotros luchar por él».

Lasgol asintió. Sabía que Camu tenía razón en lo que sentía. Eicewald no dudó un instante en enfrentarse al gran dragón inmortal. Muy probablemente supo durante el combate que no podría vencerlo y aun así continuó combatiendo, protegiéndoles a ellos. Murió como el hombre valiente, bueno y entregado que era. Murió como un héroe que se enfrenta a un monstruo tan aterrador que sabe que lo destrozará, pero lucha por proteger a los suyos.

«Fue un héroe. Sin duda».

«Nosotros vengarlo» afirmó Camu y envió un sentimiento de casi furia que Lasgol recibió como una bofetada. Se preguntó si aquellos sentimientos que Camu le enviaba podrían causarle algún daño físico alguna vez. Tendrían que investigar aquello antes de tener un accidente.

«La venganza es mal objetivo que perseguir. Lleva a la muerte o a algo todavía peor. Estás hablando así porque estás muy enfadado por haber perdido a Eicewald».

«¿Peor que muerte?» preguntó Camu ignorando el segundo comentario de Lasgol.

«Puedes perder tu alma en el camino. Puede ennegrecerse por los actos que tengas que cometer y al final se pudre o se incinera».

«Entonces hacer justicia» razonó Camu, lo que dejó a Lasgol impresionado. Su capacidad de entender conceptos complejos era cada vez mayor.

«Eso me parece bien. Haremos justicia por Eicewald, porque se lo debemos, por todo lo que nos dio de su buena voluntad».

«Por Eicewald. Justicia» dijo Camu, convencido.

El féretro terminó de deshacerse y el cuerpo de Eicewald quedó al descubierto sobre el pedestal.

«Ahí está. Cuánto lo siento, Maestro» transmitió Lasgol.

«Yo sentir mucho, Maestro» se unió Camu.

«Siempre te recordaremos, a ti y tus enseñanzas».

«Yo recordar. Yo justicia. Tú ver» transmitió Camu con sentimiento de gran pena, la misma que Lasgol sentía.

A un comando de Maldreck los Magos de Hielo señalaron con sus báculos el cuerpo de Eicewald. Un instante después de cada báculo surgió un rayo blanco casi cristalino. Los Magos de Hielo conjuraron todos a la vez y el cuerpo se volvió de una bruma invernal, gélida, con copos de nieve cristalizados en ella. La bruma se dirigió hacia el monolito de hielo, hacia su parte superior. El bloque pareció hacerse con la bruma y un momento más tarde volvía a salir de su parte inferior, juntándose con la bruma de la arboleda.

—Que para siempre aquí descanse el alma del Mago de Hielo —dijo de pronto Maldreck en norghano.

—Que para siempre en la bruma alba descanse su alma— repitieron el resto.

—Que su alma esté acompañada por las que ya habitan este lugar —dijo Maldreck.

—Por las almas de todos los Magos de Hielo —respondieron los demás.

Hubo un momento de silencio. El cielo se volvió claro y el centro del bosque volvió a quedar como lo habían encontrado: inalterable, cubierto por la neblina en la que el alma de Eicewald descansaba para siempre.

Capítulo 9

Al día siguiente Lasgol y Egil esperaban a Nilsa junto a los barracones y observaban cómo entrenaban los soldados. Tanto los soldados como el entrenamiento en sí eran diferentes, lo cual había llamado la atención de los dos amigos. Hoy se ejercitaban los Invencibles del Hielo, y eso era algo digno de presenciar.

En medio del patio de armas un centenar de Invencibles practicaban ejercicios con espada y escudo. Vestían su habitual indumentaria: casco alado, capa, petate y escudo blancos. Lo que más llamaba la atención, sin embargo, era cómo manejaban la espada. Los Invencibles no utilizaban hachas de guerra, como la mayoría de la infantería norghana, sino espadas anchas y cortas de dos filos. Eran similares a las que usaba el ejército del reino de Erenal, pero un poco más anchas. Los ejercicios de ataque, bloqueo y contrataque que estaban practicando tenían a todos encandilados.

—Se mueven con una precisión exquisita —comentó Lasgol muy interesado.

—La espada, a diferencia del hacha, requiere precisión y soltura, no fuerza. Se dice, no sin razón, que cualquier bruto puede utilizar un hacha, pero no así una espada.

—Lo imagino. Esos movimientos están muy practicados.

—Donde tú ves estocada al corazón, bloqueo lateral o tajo al cuello, en realidad hay un arte que se ha desarrollado durante siglos, principalmente por maestros de la espada que enseñaban a nobles.

—¿A ti te enseñaron? —se interesó Lasgol.

—Sí, pero no aprendí demasiado. Mi brazo no tenía la entereza necesaria para dominar la espada. O eso dijo mi querido padre.

—Lo siento…

—No lo hagas. Además, siempre hay tiempo. Eso es lo bueno de esta vida, que nunca es tarde para aprender algo nuevo. Lo he hecho con el arco, el cuchillo y el hacha corta. Ahora mi brazo es lo suficientemente fuerte y podré aprender a usar la espada como es debido —comentó Egil, que observaba con detenimiento cómo entrenaban los Invencibles y los movimientos que practicaban.

—No sé de dónde vas a sacar tiempo para hacerlo, pero me alegro de que tengas eso en mente —sonrió Lasgol.

Egil sonrió también.

—Tienes razón. Quizá me cueste algo encontrar el momento para convertirme en maestro de la espada, pero el pensamiento y el deseo ya están plantados en mi corazón. Germinarán un día, puede que lejano, pero germinarán.

Lasgol asintió y continuó observando cómo los Invencibles atacaban y se defendían con sus espadas. La mayoría de los ejercicios eran sólo de espada y los Invencibles se habían colocado el escudo redondo a la espalda. El uso del escudo, mucho más sencillo, también requería de cierto entrenamiento, pero para ahora ya lo tendrían más que aprendido.

Entre el público vieron al duque Orten con varios nobles. Hablaban de forma animada y gesticulaban, imitando los movimientos de ataque y defensa con sus brazos. Con toda seguridad aquellos nobles de la corte habían sido formados en el manejo de la espada. También parecía por sus gestos que sabían más que los Invencibles, aunque Lasgol lo dudaba mucho. Quizá Orten tuviera alguna noción, pero el resto parecían poco dados a las armas y mucho a sus riquezas y bienestar.

—A mí también me gustaría saber manejar la espada como lo hacen ellos —confesó Lasgol y su tono dejó entrever la envidia que sentía—. Bueno, tampoco tan bien, pero al menos saber manejarla. A día de hoy si me dieran una no sabría qué hacer con ella.

Egil asintió.

—Te entiendo. Sin embargo, hemos optado por el sendero del Guardabosques y en nuestro camino la espada no tiene cabida. Piensa que un arco a larga distancia y un hacha y un cuchillo a corta son bastante más eficientes que una espada a la hora de acabar con un enemigo.

—¿Eso crees?

—Lo creo. Para que un Invencible te atraviese, primero tiene que llegar hasta ti. Tú podrías matarlo a distancia, pero él a ti no. Sin embargo, es verdad que a corta distancia su espada tiene ventaja contra nuestra hacha y cuchillo.

—Eso pensaba.

—Resumiendo: no le dejes acercarse —bromeó Egil.
—No lo haré —sonrió Lasgol.
De pronto vieron algo que los llamó la atención. De la torre de los Magos de Hielo salió Maldreck seguido por otro Mago de Hielo y el joven aprendiz. Los tres pasaron junto a los Invencibles sin siquiera mirarlos, no parecían lo más mínimamente interesados en ellos.
—¿Lo estás viendo? —le dijo Lasgol a Egil.
—Lo veo. Llaman la atención a leguas de distancia. Irradian en blanco como si fueran de nieve y el sol los diera de pleno.
—Pues parece que vienen hacia nosotros…
—No lo creo. Maldreck no tiene asuntos que nos incumban —razonó Egil.
Los dos callaron y contemplaron cómo, en efecto, los dos magos y el aprendiz se dirigían al lugar donde Lasgol y Egil observaban el entrenamiento. Para sorpresa de ambos se detuvieron frente a ellos.
—Busco al Guardabosques Lasgol Eklund —informó Maldreck, que miró a ambos de arriba abajo con ojos entrecerrados.
Lasgol intentó esconder su sorpresa.
—Soy yo. ¿En qué puedo ayudar a los Magos de Hielo? —preguntó desconcertado. Luego pensó que Maldreck seguro que sabía quiénes eran ellos. Estaba convencido de que Maldreck sospechaba que habían sido ellos los que le habían robado la Estrella de Mar y Vida y provocado que se fuera al río.
—En nada —respondió con frialdad Maldreck.
—Oh… ¿entonces? —Lasgol no entendía por qué había preguntado por él.
—Estoy aquí para entregar un deseo póstumo —dijo Maldreck—. No es una labor que quiera hacer, pero es tradición entre los Magos de Hielo llevar a cabo los deseos póstumos de aquellos que departen y, como nuevo líder, es mi deber hacerlo.
—¿Deseo póstumo de Eicewald? —preguntó Egil enarcando una ceja.
—Así es. Eicewald fue un gran líder y sus deseos deben respetarse —afirmó y el Mago de Hielo que estaba tras Maldreck asintió con convencimiento en el rostro.
—¿Qué deseo póstumo es ese? —preguntó Lasgol, al que le

había entrado mucho interés por saber qué les había podido dejar Eicewald.

—Aprendiz —llamó sin mirar siquiera al joven a su espalda.

El aprendiz se acercó hasta su líder y le presentó una bolsa de cuero. Maldreck cogió la bolsa y se la ofreció a Lasgol.

—Gracias —dijo Lasgol algo desconcertado.

—Se encontró entre sus pertenencias —explicó Maldreck—. Es para ti.

Lasgol abrió la bolsa y dentro encontró dos objetos: un pequeño pergamino enrollado y sellado con un lazo blanco, y lo que parecía un diamante, pero de hielo. Si ya antes estaba desconcertado, ahora lo estaba más. Sacó el pergamino y vio que no había escrito nada en su cara exterior.

—¿Seguro que es para mí? No veo que indique mi nombre.

Maldreck sonrió con una sonrisa de superioridad.

—Lo es, te lo aseguro.

—Ha leído lo que hay en el interior —explicó Egil a Lasgol.

—El sello no está roto...

—Los Magos de Hielo no necesitamos romper sellos para leer una misiva de uno de los nuestros. Tampoco esperamos que los que no son de los nuestros puedan entenderlo —dijo Maldreck con tono condescendiente.

—Lo entendemos. Está escrito con magia de hielo y por eso ha podido leerlo —explicó Lasgol a Egil.

—Eso tiene sentido...

—Por supuesto que lo tiene.

—Entonces se ha leído una carta que está dirigida a mí. Eso no es muy ético... —se quejó Lasgol.

—Yo no he dicho eso. He dicho que podemos leer una misiva de uno de los nuestros. Solo he leído a quién iba dirigida para saber a quién entregársela —dijo levantando la barbilla con dignidad.

Lasgol y Egil intercambiaron una mirada de incredulidad. Ambos sabían que Maldreck había leído la misiva hasta la última letra, por mucho que él lo negará. Que ellos supieran que Maldreck era una serpiente traicionera tampoco jugaba a favor del mago.

—¿Y la joya de hielo? —preguntó Lasgol.

Maldreck se encogió de hombros.

—No tiene valor, está hecha con magia de agua. Nosotros las usamos como regalo hacia los jóvenes que formamos cuando suben de nivel. No sé por qué te la ha dejado.

—Oh, gracias por traernos este detalle póstumo —agradeció Lasgol intentando que no se notara que lo decía con segundas.

—Como he dicho, es mi deber como líder de los Magos de Hielo cumplir las últimas voluntades de los nuestros —expresó Maldreck y con mirada y pose altivos marchó seguido del Mago de Hielo y el aprendiz.

Una vez estuvieron lo bastante lejos, Egil y Lasgol miraron el pergamino con mucho interés y expresaron sus pensamientos.

—Esto es algo inesperado —comentó Lasgol.

—Y muy interesante —añadió Egil abriendo mucho los ojos.

—Regresemos a la habitación. Allí podremos abrirlo con tranquilidad —propuso Lasgol.

—Eso mismo estaba pensando yo.

Los dos amigos abandonaron el entrenamiento de los Invencibles y con paso raudo, aunque disimulado, se dirigieron a la torre de los Guardabosques. Lasgol no podía dejar de preguntarse si aquel mensaje póstumo de Eicewald sería algo importante, una última información que podría ayudarles. Y por la prisa que Egil tenía en llegar a la habitación, Lasgol dedujo que su amigo pensaba lo mismo.

Una vez dentro, que curiosamente estaba vacía, se sentaron en el camastro de Lasgol y sacaron los dos objetos. La joya tenía un brillo apagado y se notaba que no era un diamante verdadero.

—Te la habrá dejado de recuerdo —dijo Egil a Lasgol.

—Sí, es un detalle —la cogió en la mano y se percató de que no pesaba nada, aunque notó que tenía algo de magia. Se le erizaron los pelos de la nuca y sintió el elemento agua —. Tiene algo de magia.

—Interesante. Quizá esté relacionado con el pergamino.

—Eso estaba pensando yo también.

Se centraron en este último que estaba enrollado con el sello y el lazo blanco.

—Fíjate, el lazo ata el pergamino enrollado y el sello está situado sobre el nudo del lazo, por lo que de querer abrirlo se debe romper el sello —comentó Egil, que parecía muy intrigado y emocionado a la vez.

—El sello no está roto y el nudo del lazo parece intacto. No lo han abierto —dedujo Lasgol.

—Ni lo han manipulado, que es más importante todavía— añadió Egil, que había sacado una lente de aumento y miraba el pergamino a través del cristal.

—Pero Maldreck lo ha leído… y si nos lo ha dado es porque no contiene nada que sea revelador —razonó Lasgol.

—No adelantemos acontecimientos, amigo mío. Recuerda que Eicewald no era solo un gran mago.

Lasgol miró a su amigo sin comprender.

—¿Qué más era?

—Muy sabio e inteligente. Mucho más que Maldreck— respondió Egil sonriendo.

—Muy cierto —asintió Lasgol. Egil tenía razón. Que Maldreck hubiera leído la carta no significaba que hubiera entendido o descifrado su verdadero contenido. Quizá sí contenía algo revelador que Maldreck no había sido capaz de encontrar.

—Creo que debemos abrirla —opinó Egil.

—Vale, hagámoslo.

Egil le hizo un gesto a Lasgol para que fuera él quién lo hiciese. Lasgol asintió y con mucho cuidado comenzó a tirar del lazo blanco. Tal y como esperaba, al tirar del lazo se desató y el sello azulado se rompió.

Lasgol y Egil aguardaron por si algo ocurría al romperse el sello.

No sucedió nada.

Lasgol abrió el pergamino.

—Es una carta —informó a Egil.

—¿Qué dice?

—Te la leo:

Esta carta está dirigida al Guardabosques Especialista Lasgol Eklund.

He dejado constancia a mis magos compañeros de que esta misiva existe y debe ser entregada tras mi muerte.

Querido Lasgol,
si estás leyendo esta carta es que he muerto. No te sientas mal por mí, he vivido una vida plena, llena de conocimiento, aventura y magia. He conocido el amor en más de una ocasión, he llegado a ser un líder entre los Magos de Hielo, he recorrido medio

continente en mis viajes y aventuras y he conocido personas excepcionales y fascinantes. Y no solo personas, también criaturas. Quiero que estés contento por mí por todo lo que logré y disfruté en mi vida. Te deseo a ti, a Camu y a las Panteras todo lo mejor desde el fondo de mi corazón.

Grandes peligros acechan a nuestra querida Norghana y a sus buenas gentes. Una cosa has de recordar: por muy grande que sea el peligro, por muy invencible que parezca el enemigo que amenaza con destruirnos, siempre hay una forma de derrotarlo. Siempre. Lo difícil es encontrarla y ejecutarla.

No pierdas la esperanza. Lucha, mantente firme, no te desmoralices, apóyate en tus compañeros, en ellos hallarás las fuerzas cuando las tuyas fallen. Busca la forma de derrotar al gran enemigo que amenaza el reino y al continente. Si una cosa he aprendido es que el amor mueve montañas y la magia también puede hacerlo.

Déjame darte un último consejo de un maestro agradecido a su alumno aventajado:

Nunca dejes de aprender y nunca dejes de practicar tu magia.

Con todo mi cariño te deseo a ti y a las Panteras una vida próspera y llena de salud, amor y felicidad. Os lo merecéis.

Eicewald.

P.D. Cuida muy bien de Camu, es una criatura excepcional y una joya única. Da un abrazo a Ona de mi parte.

—Bonita carta de un hombre con un corazón bueno —comentó Egil.

Lasgol emitió un largo y profundo suspiro.

—Me ha llegado al alma.

—Es profunda, si te pararas a analizar lo que transmite. Es normal que te llegue hondo. Tómate un momento para reflexionar.

—Gracias, amigo —Lasgol hizo como Egil le había aconsejado. Leyó la carta varias veces absorbiendo el significado de cada frase y cada párrafo. Cuanto más la leía, más echaba de menos a Eicewald y más sentía la pérdida de su maestro y amigo. En el tiempo que habían pasado juntos, Lasgol había llegado a admirar y querer al líder de los Magos de Hielo. Un hombre sabio, inteligente y bueno que de forma desinteresada les había enseñado tanto a Camu como a él. Lo iba a echar mucho de menos. Sus lecciones y consejos eran más valiosos que el oro a ojos de Lasgol. ¡Una pérdida irreparable! Lo que podría haber llegado a enseñarles del mundo mágico… Y ya nunca podría hacerlo.

Egil dejó que Lasgol interiorizara la carta y lo que representaba y tras un rato se pronunció.

—Falta algo.

Lasgol le miró extrañado.

—¿Cómo que falta algo?

—Sí. La carta de despedida es profunda y bonita, pero falta algo. Eicewald no te hubiera dejado una carta de despedida como deseo póstumo. No conociéndole y con todo lo que tenemos entre manos.

—¿Tú crees? Quizá sólo quiso despedirse y mostrar su cariño.

—*"Nunca dejes de aprender y nunca dejes de practicar tu magia"*. Aquí hay algo más.

—No te sigo.

—La carta… Está encantada, seguro —afirmó Egil.

Los dos miraron la joya de hielo.

—La magia de la joya nos lo mostrará —dijo Lasgol.

—Prueba a ver.

Lasgol cogió la joya en una mano y el pergamino en la otra. Despacio, fue pasándola por todo el texto a ver qué sucedía, línea por línea.

Egil observaba muy interesado.

—No parece que pase nada.

Lasgol terminó.

—Lo vuelvo a intentar a ver.

Realizó otra pasada, tanto por delante como por detrás del pergamino, buscando que la joya de hielo revelara algún mensaje secreto.

Para disgusto de los dos, no fue así. Lasgol dejó la joya sobre la cama y se concentró en el pergamino.

—Puedo intentar captar la magia del pergamino, aunque no se me da especialmente bien.

—Hazlo. Creo que, por el mensaje en la carta, Eicewald te pide que uses tu magia.

Lasgol hizo un gesto afirmativo. Con una mano sujetó el pergamino y la otra la puso sobre el texto con la palma abierta. Cerró los ojos y se concentró. Buscó en el centro de su pecho el lago de poder donde su energía mágica residía. Invocó su habilidad Comunicación Arcana, que le permitía interactuar con objetos mágicos o con poder.

Se produjo un destello verde.

Sin embargo, no consiguió captar demasiado. Los pelos de detrás de la nuca se le erizaron, así que, en efecto, la carta tenía magia.

Volvió a intentarlo y lo que percibió esta vez fue que según pasaba por el texto este resaltaba en blanco brillante, indicando que el texto en realidad no había sido escrito con tinta, sino que se había escrito usando magia de hielo. Por eso Maldreck había podido leerlo.

—Eicewald ha usado la magia de los Magos de Hielo para escribir la carta —dijo a Egil sin abrir los ojos y sin perder la concentración.

—¿Magia de Agua?

—Sí. Maldreck ha podido leerla sin problema.

—Pero si quisiera esconder algo de Maldreck… Utilizaría otro tipo de magia, no una que pudiera descubrir un Mago de Hielo…

—¿Qué crees que hizo? —preguntó Lasgol, que seguía concentrado en la carta y en captar la magia empleada en ella.

—Quería que la leyeras tú… por lo tanto puede que haya escondido algo en ella que sólo tú puedas leer.

—Si fuera así habría usado magia de Naturaleza, que es la que uso yo. Voy a ver si capto trazas de ese tipo de magia.

—Adelante. Inténtalo —animó Egil, cuyo tono de voz dejaba ver que estaba muy emocionado.

Lasgol envió su energía interna hacia la carta con intención de hallar magia similar a la suya. Se produjo un destello verde que recorrió toda la carta comenzando por los bordes para luego recorrerla entera. Pasó por todo el texto sin encontrar nada extraño. Entonces le dio la vuelta a la carta y realizó el mismo ejercicio.

No encontró nada.

Esto le dejó desconcertado. Estaba casi seguro de que Egil tenía razón. Eicewald le había dejado un mensaje oculto, seguro, pero no podía encontrarlo. Iba a intentarlo de nuevo enviando más energía para ver si era un problema de potenciación mágica cuando pensó en algo.

La cinta.

Abrió los ojos y la vio sobre la cama. La cogió con las dos manos y se concentró en ella. Invocó de nuevo Comunicación Arcana y envió poder para recorrer la cinta de derecha a izquierda por un lado primero y luego por el otro. De pronto unas letras verdes comenzaron a aparecer a lo largo de la misma.

—¡Ahí hay algo! —avisó Egil muy emocionado.

Lasgol dejó de enviar energía y abrió los ojos. Vio que la cinta estaba escrita y la leyó.

Las doce perlas plateadas están escondidas en La Isla del Llanto. Protégelas. Son importantes. El dragón inmortal las quiere.

—¡Ya sabemos dónde están! —exclamó Egil triunfal.

—El mensaje de Eicewald es para decirnos dónde escondió las perlas plateadas —dijo Lasgol.

—Y sólo a nosotros, sólo a ti. Maldreck no ha podido leerlo, primero porque no ha buscado en la cinta sino en el pergamino, y segundo porque no está escrito con magia de agua.

—No sé cómo Eicewald lo ha hecho, pero lo ha escrito con magia de Naturaleza.

—Un gran mago con secretos y conocimientos sorprendentes.

—Hasta el final —añadió Lasgol.

—Muy cierto, hasta el final.

—¿Qué hacemos ahora que sabemos dónde están? —preguntó Lasgol.

—Debemos asegurarnos de que realmente están allí, que no las han encontrado el dragón inmortal o sus secuaces.

—O Maldreck…

—No creo que Maldreck haya descifrado el mensaje. Es un mago poderoso, sí, pero no es ningún sabio. Aunque es una serpiente, así que mejor asegurarnos.

—Sí, eso pienso yo también.

—Me parecía raro que nos la hubiera entregado, pero el comienzo de la carta deja claro que los otros Magos de Hielo sabían que existía —razonó Lasgol.

—Quiere quedar bien delante de los demás, como un líder recto y respetable que cumple con sus obligaciones y las tradiciones del grupo —explicó Egil.

—Lo más probable es que los otros magos se lo recordaran.

—Eso creo yo también, de lo contrario la habría destruido y no se habría molestado en hablar con nosotros.

—Sí, opino lo mismo.

—Tendrás que ir a cerciorarte —dijo Egil.

—Sí, soy el único que puede hacerlo ahora.

—Encuentra las perlas y no las pierdas —dijo Egil—. Por alguna razón son importantes para Dergha-Sho-Blaska.

—Las encontraré, amigo —aseguró Lasgol, que le puso la mano en el hombro.

—No esperaba menos —sonrió Egil, que también le puso la mano en el hombro.

Lasgol cogió el diamante de la cama y lo observó en la palma de su mano. Quizá para los Magos de Hielo aquel objeto no significase mucho, pues no tenía valor económico, pero para Lasgol era un recuerdo de Eicewald. Lo guardaría y cada vez que lo sacara se acordaría de Eicewald y le daría las gracias.

—Gracias por todo, maestro. No te fallaré —murmuró.

Capítulo 10

Lasgol se despedía de sus compañeros en la torre de los Guardabosques con el corazón dividido. Sabía que tenía que continuar la búsqueda de Dergha-Sho-Blaska, que era imperativo destruir al gran dragón inmortal antes de que atacase y destruyese Norghana. Así y todo, se sentía mal por tener que separarse de sus amigos y, muy en especial, de Astrid, la mujer que tanto amaba. Iba a ser duro, pero la vida del Guardabosques era ardua y sacrificada, todos lo sabían y lo aceptaban.

Ya se había separado antes de ellos en varias ocasiones y estaba acostumbrado. Sin embargo, esta vez tenía la extraña sensación de que no los iba a ver en un tiempo. No sabía por qué tenía es sentimiento, pero era así. En realidad, solo iba a seguir una pista, a ver a dónde le conducía y, sin embargo, tenía el presentimiento de que el viaje sería largo y difícil. Pensando en todo ello, el estómago se le revolvió un poco.

Sacudió los brazos intentando que aquella sensación lo abandonara. Encontraría las doce Perlas de Plata y se aseguraría de que estaban donde Eicewald las había escondido y no corrían peligro. Era una misión sencilla, no había por qué esperar complicaciones. Se tranquilizó un poco, no sucedería nada. Cerró su baúl, se echó el macuto donde llevaba lo imprescindible a la espalda y se volvió para terminar de despedirse de sus amigos.

—Bueno, esta vez si el rarito se mete en un lío de los buenos no nos arrastrará a todos con él —comentó a modo de despedida Viggo con su habitual sarcasmo.

—No digas merluzadas —regañó Ingrid—. Aquí nos apoyamos en todo y Lasgol nunca nos ha arrastrado a nada.

—No, si yo le apoyo, sólo que me alegro de estar lejos cuando se meta en el siguiente lío —sonrió Viggo con sarcasmo.

—No le hagas caso —le dijo Nilsa a Lasgol—. Todo irá bien, solo vas a asegurarte de que las perlas están bien escondidas.

—Ese es el plan —asintió Lasgol.

—Si por lo que sea se presenta Dergha-Sho-Blaska huye, no te enfrentes a él. Hazme caso y sal de allí tan rápido como puedas —

pidió Gerd.

—Tranquilo, grandullón, ya tuve bastante la última vez. No voy a enfrentarme al dragón hasta que sepa que puedo vencerlo. Al menos no sin un ejército de soldados y magos que me respalden.

—Pues puedes hacerte viejo esperando —dijo Viggo—. Tanto para lo uno como para lo otro…

—Encontraremos la manera. Eicewald estaba convencido de que hay una forma de matarlo —afirmó Lasgol.

—Claro que la encontraremos —se unió Ingrid—. Me siento fatal por no poder acompañarte, pero la formación con Raner es obligatoria y no nos va a dar permiso para ir. Órdenes del rey, ya sabes…

—Lo sé. No os preocupéis. Vosotros formaos. Averiguaré cuanto pueda y os informaré.

—Ten mucho cuidado —dijo Astrid, que se acercó hasta él, le rodeó el cuello con los brazos y le dio un dulce beso de despedida.

Lasgol saboreó la dulzura y el amor que le transmitían los labios de su preciosa morena de mirada felina.

—Bueno, si va a haber este tipo de besos yo te acompaño —dijo Viggo y miró a Ingrid pestañeando con fuerza.

—Tú te quedas aquí con nosotros, y no arruines los momentos dulces de los demás, —le dijo Ingrid.

—Mira que eres envidioso —chinchó Nilsa.

Viggo sonrió de oreja a oreja.

—¿Qué haríais sin estos momentos que os brindo?

—¿Disfrutar de la vida? —respondió Nilsa.

—A mí me hace reír mucho —apoyó Gerd.

—Gracias, grandullón. Eres de mis favoritos, Nilsa no.

—Doy gracias a los Dioses del Hielo por eso —levantó los brazos Nilsa.

—Envía aviso cuando encuentres las perlas —dijo Egil a Lasgol—. No las muevas de sitio si no es necesario. Eicewald escogió ese lugar por algo, puede que haya un motivo del que no tenemos constancia.

—Eso haré —respondió Lasgol—. No os preocupéis, estaré de vuelta en un abrir y cerrar de ojos.

—Más te vale —dijo Astrid, que le dio otro beso—. No te confíes y ten cuidado. No sabemos lo que el dragón trama. Puede sorprenderte.

Lasgol asintió.

—Estaré alerta. Además, tengo a Camu y a Ona conmigo. Todo irá bien.

—Da recuerdos al bicho y a la gatita —dijo Viggo.

—Se los daré. Los dos te adoran —respondió Lasgol con sarcasmo.

—Por supuesto. ¡Cómo no me iban a adorar! —afirmó Viggo con expresión de quien cree que es el centro del universo.

Gerd rio mientras negaba con la cabeza.

Ingrid puso los ojos en blanco y resopló.

Lasgol se despidió con la mano en la puerta de la habitación. La escena, tan de las Panteras, le llegó al alma. Se marchó guardándola en el recuerdo para los momentos de nostalgia.

No tardó mucho en reunirse con Camu y Ona a las afueras de la ciudad. Todavía no habían encontrado una nueva ubicación segura donde esconderse, pero ya no podían usar el bosque del Ogro Verde ya que Dergha-Sho-Blaska lo conocía e implicaba un riesgo innecesario. Por el momento se escondían en los bosques de alrededor de la capital, en lo más frondoso, y se movían de uno a otro cuando aparecían humanos.

Los dos salieron a recibirle en cuanto lo vieron llegar. Para este viaje a Lasgol le habían dado un caballo blanco con motas negras en las caballerizas reales. Era un ejemplar precioso que solían usar los Guardabosques en sus misiones, por lo que estaba muy bien enseñado. Lasgol pensó en Trotador y en que le hubiera gustado que lo acompañara. Pensó que ahora estaría disfrutando de una muy buena vida. Mejor que disfrutara de su merecido retiro.

Lasgol desmontó y acarició a Ona.

«¿Cómo está la mejor pantera de las nieves del mundo?» le transmitió.

Ona gruñó una vez. Disfrutó de las caricias de Lasgol y frotó su frente con la de él.

«Vaya, tienes cada vez más fuerza» le trasmitió al ver el empuje con el que ella se frotaba.

«¿Nosotros viaje?» preguntó Camu.

«Sí, vamos a buscar las doce Perlas de Plata».

«¿Dónde?».

«Eicewald me dejó una carta con un mensaje secreto. Hemos encontrado el lugar donde las escondió».

«Eicewald listo».

«Sí, lo era».

«Yo contento ir de aventura» le trasmitió, así como un sentimiento de felicidad que Lasgol sintió casi como suyo propio.

«Ya me imaginaba» sonrió.

Ona himpló una vez y movió su gran cola de lado a lado. También estaba contenta por ir de aventura.

«¿Dónde ir?»

«La Isla del Llanto».

Camu pestañeó con fuerza dos veces.

«No gustar nombre».

«Ya, es un nombre un tanto peculiar para una isla».

«¿Qué mar?» quiso saber Camu.

«La isla no está en un mar, está en un río» aclaró Lasgol.

«¿Río? Raro».

«Sí, no es muy común que haya islas en ríos, pero esta isla está en uno. Tenemos que ir hasta el río Utla».

«¿Gran río?».

«Sí, en la frontera con los territorios Masig».

Ona gruñó dos veces.

«Ona no gustar gran río».

«Lo sé, pero no tendremos que cruzarlo. El lugar al que vamos está en este lado del río».

«De acuerdo».

Ona se relajó y volvió a mover la gran cola.

«¿Preparados?».

«Yo muy preparado».

«Ya...» Lasgol sonrió y se pusieron en marcha.

El comienzo del trayecto transcurrió sin incidentes. Los tres compañeros viajaban siguiendo caminos secundarios para evitar encontrarse con gente. Cuando algún carro de un comerciante o un jinete aparecía, Camu utilizaba la habilidad Camuflaje de Invisibilidad Extendido y ocultaba a Ona. La gente tenía una reacción muy adversa al encontrarse de frente con una pantera de las nieves, aunque Lasgol no podía culparles.

Llegaron a las planicies verdes del suroeste del reino. A Lasgol siempre le chocaba que la mayoría del reino de Norghana fuese tan montañoso y escabroso y, en cambio, la zona del sur fuese tan llana. Era como si los Dioses del Hielo se hubieran olvidado de poner montañas en aquella zona.

Se dirigieron hacia el río Utla. Lasgol sabía dónde había un par de embarcaderos así que se dirigió hacia el que estaba más cercano a la isla. De pronto divisaron jinetes al sur, una docena.

«Camu, ocultaos».

«De acuerdo».

Lasgol esperaba que no los hubieran visto. El estar en terreno llano iba a ser un problema pues, si se descuidaban, alguien podría ver a Camu y Ona. Allí no había mucho donde esconderse, algunas hondonadas y unos pocos árboles dispersos. Camu tampoco podía ir todo el rato con su habilidad activada, pues le consumía mucha energía. Lasgol ya había previsto aquella posibilidad y para combatirla estaba usando su habilidad Ojo de Halcón, y estaba detectando la presencia de extraños en la distancia.

Los jinetes se acercaron a galope tendido. Venían a interceptarlo.

Mantuvo la calma. Era una patrulla de caballería ligera del ejército norghano. Debían estar patrullando los llanos del suroeste.

Llegó hasta él una docena de soldados con armadura ligera de escamas, botas de montar de cuero altas, casco de metal con un caballo encabritado sobre sus patas traseras con las delanteras al aire. Iban armados con lanzas ligeras y escudo redondo de madera reforzado con metal en el centro. Parecían tensos, preocupados. No era buena señal.

Se detuvieron frente a él. Sus caballos parecían haber estado cabalgando mucho tiempo con poco descanso.

—¿Quién va? —preguntó el oficial del grupo, un sargento de tupida barba rubia.

—Guardabosques Especialista Lasgol Eklund —respondió Lasgol.

Los jinetes se relajaron nada más presentarse.

—¿De misión, Guardabosques? —preguntó el sargento.

—Sí, rastreando la zona —mintió Lasgol, que no quería dar explicaciones.

—Me alegro de que envíen Guardabosques a este lado. La mayoría están al otro —dijo señalando con el dedo hacia el este.

Lasgol siguió con la mirada hacia donde señalaba.

—La frontera con Zangria —asintió—. Ahí está el peligro ahora.

—A nuestros brillantes generales se les olvida que los zangrianos podrían colarse también por este lado.

Lasgol asintió.

—Para eso deberían escabullirse por las llanuras del sur. No creo que puedan hacerlo sin ser vistos.

—Esos perros zangrianos son capaces de meterse en los bosques de los Usik por su parte norte para luego aparecer aquí y sorprendernos.

—Dudo que sean tan valientes.

—Locos, quieres decir.

—Eso es. Nadie entra en los bosques de los Usik, ni con un ejército. No será el primer ni último ejército que entra y no sale —aseguró Lasgol.

—Sí, eso dicen todos. Yo sólo sé que de los zangrianos no se puede fiar uno. Son tan listos como feos.

—Podrían bordear todos los bosques Usik, dirigiéndose al sur por su lado este, y luego subir por el oeste, sin entrar en ellos.

—Eso les llevaría meses, pero no lo descarto.

—¿Cuántas patrullas hay en este lado? —preguntó Lasgol.

—No las suficientes, si me preguntan a mí. Media docena a caballo, luego el Utla está cubierto por grupos de navíos de guerra que lo patrullan por si los zangrianos suben por él.

—Eso sería complicado.

—Lo dicho, yo no me fío de esos puercos peludos.

—Veré si encuentro rastro de ellos.

—Muy bien, buena suerte.

—Igualmente.

El oficial indicó a sus hombres que continuaran y marcharon en dirección este.

«Mejor si sigues camuflado un rato» transmitió Lasgol a Camu.

«Yo seguir».

«Me parece que vamos a encontrarnos con más patrullas estando las cosas como están».

«¿Guerra?».

«Sí, está muy cerca».

«Yo imaginar. Mucho soldado».

Continuaron su camino y aquella noche descansaron en una hondonada por donde transcurría un riachuelo. Ona vigilaba en la parte superior realizando la ronda como si fuera un experimentado vigía, mientras Lasgol y Camu descansaban junto a un pequeño fuego de campaña. Lasgol lo había encendido utilizando su habilidad Crear Lumbre, que habían aprendido con Eicewald. Ahora utilizaban sus habilidades siempre que podían, tanto Camu como él, pues sabían que esa era una buena forma de mejorar su nivel mágico.

Lasgol llevaba el arco de Aodh consigo. No se separaba de la bella arma de oro, hasta el punto de que ahora era su arma principal. Lo estaba limpiando y engrasando, aunque se preguntaba si realmente sería necesario, ya que no parecía sufrir el paso del tiempo o el efecto de los elementos. Cuando tiraba con él los tiros eran magníficos, como si estuviera increíblemente bien calibrado. Su cuerda especial, que parecía un hilo grueso de oro, estaba perfectamente tensada. Parecía que no podía fallar, como si la magia del arma lo impidiera y enviara siempre la flecha al punto al que se quería acertar.

Pasó el paño por las runas grabadas sobre el cuerpo del arco y se preguntó si en realidad sería un arma con capacidad para matar dragones. Viendo sus destellos en oro cuando le alcanzaban los rayos de luz de la hoguera daba la impresión de que sí. Además, había logrado herir al gran dragón inmortal, aunque fuera de forma muy leve. Eso era suficiente para crear la esperanza en el corazón de Lasgol. Quería creer que aquel arco le ayudaría a vencer a Dergha-Sho-Blaska. Sólo tenía que conseguir que los tiros fueran más potentes, letales.

Resopló. Cuanto más lo pensaba, más difícil le parecía. Sin embargo, no se iba a desanimar y abandonar. Lucharía con todo su ser hasta el final.

«¿Qué haces?» preguntó a Camu, que estaba tumbado a su lado. Parecía estar utilizando su magia. Lasgol podía ver destellos plateados que abandonaban el cuerpo de la criatura.

«Yo entrenar. Como Eicewald enseñar».

«¿Estás realizando ejercicios para mejorar tu poder?».

«Sí. Yo ejercicios».

«Me parece muy bien. De hecho, me voy a unir».

«Mucho perfecto. Los dos ejercicios».

Lasgol cerró los ojos y se puso a ejercitar su magia. Comenzó a realizar su tabla de progresión de habilidades, invocando todas sus habilidades una detrás de otra y ejecutándolas varias veces cada una. Siempre comenzaba con las más sencillas, que repetía sólo dos veces, como Comunicación Animal, que usó en Ona para no desconcentrar a Camu. La buena pantera estaba acostumbrada y no le importó. Luego siguió con las que eran un poco más difíciles, que repetía tres veces, como Reflejos Felinos.

A estas siguieron las intermedias, que repetía cuatro veces, como Ocultar Rastro, para lo que utilizó sus propias huellas junto al fuego. Luego siguió con las de arco. Cogió el arco de oro y puso un flecha en él. Se concentró y buscó un árbol en la distancia. Una por una invocó todas sus habilidades de tiro, desde Tiro Certero a Tiro Múltiple, y repitió cinco veces cada una.

Terminó la tabla de ejercicios con Protección de Boscaje y Comunicación Arcana, que le costaban más que el resto. Estas las repitió siete veces tirando de su energía interna. Los destellos verdes que desprendía su cuerpo le indicaban que lo estaba consiguiendo.

Camu estaba realizando el mismo ejercicio, de forma que practicaban todas sus habilidades para mejorarlas y para intentar mejorar el nivel mágico que tenían. Lasgol podía ver los destellos plateados de la magia de Camu, por lo que sabía que su compañero también lo estaba consiguiendo.

Una vez finalizada toda la tabla con éxito se sintió mucho mejor. El poder invocarlas de forma repetitiva y sin fallos le proporcionaba siempre sensación de tranquilidad y seguridad. Era como cuando entrenaban el ejercicio físico. Una vez terminaban y se sentaban a descansar se sentían muy bien. Aquello despertaba algo en el interior del cuerpo que los hacía sentirse bien. Y con la magia sucedía algo muy similar.

Una vez terminaron las tablas se centraron en el Principio de Creación Mágica, el que más les gustaba, y ambos intentaron conseguir desarrollar una habilidad nueva. Eso les llevaba una eternidad y los extenuaba, la mayoría de las veces sin lograr ningún éxito y casi sin lograr avance alguno. Aun así, los dos se esforzaban al máximo pues conseguir una nueva habilidad les proporcionaba una alegría y sensación de victoria como ninguna.

Aquella noche no consiguieron ninguna habilidad nueva. Los dos se fueron a dormir extenuados, pero contentos por el trabajo que habían realizado y por no rendirse. Sabían que el camino era largo y arduo y que las recompensas llegarían tarde o temprano.

Solo tenían que seguir trabajando duro y las conseguirían.
    Descansaron mientras Ona hacía guardia y cuidaba de ellos. Con el amanecer emprenderían la marcha hacia el Utla.

Capítulo 11

Aquella mañana las Panteras hablaban con un Especialista frente a la torre de los Guardabosques. Se habían apartado a un lado para que nadie pudiera escuchar lo que decían, así que formaban un pequeño corro cerrado y hablaban dando la espalda al mundo que les rodeaba.

—No estoy nada de acuerdo con esto —protestó Viggo con los brazos cruzados sobre el pecho y negando con la cabeza.

—Sí que lo estás. Es lo mejor para las Águilas Reales —replicó Ingrid.

—No seas así. Tenemos que presentarnos ante la reina de inmediato. No tenemos tiempo para tus celos —dijo Nilsa a Viggo.

—Yo no tengo celos del Capitán Maravilloso. Lo que pasa es que no le necesitamos para nada. No entiendo por qué le volvéis a pedir que se una a nosotros.

—Si no hay acuerdo entre el grupo, mejor no me uno. No quiero ser una molestia. Estoy seguro de que encontraréis a otro Especialista que quiera ayudaros —dijo Molak haciendo un gesto con la mano.

—Sí que hay acuerdo. Estamos todos de acuerdo menos el merluzo —dijo Nilsa—. Te necesitamos a ti.

—Necesitamos un sustituto para Lasgol y deprisa. El rey así lo ha ordenado… —dijo Astrid encogiéndose de hombros.

—La última vez lo hiciste muy bien —aseguró Gerd dándole una palmada de ánimo.

—Encontrar a otro con tan poco margen de maniobra, en quien confiemos y que nos entienda no es tan sencillo, te lo aseguró —dijo Egil, que le guiñó un ojo.

—Os agradezco la confianza. Sé que formar parte de este grupo es un orgullo, pero lo dicho, si no hay concordia no voy a aceptar —se mantuvo firme Molak.

—Viggo no será un problema. Se comportará como debe por el bien del grupo —aseguró Ingrid lanzando una mirada severa al aludido.

—Yo… —comenzó a protestar Viggo.

—Tú nada. Estarás encantado de tener a tan buen Especialista de confianza sustituyendo a Lasgol porque le necesitamos y porque te lo pido yo —dijo Ingrid con la frente fruncida.

—Bueno... si me lo pides así de cariñosa... con esa dulzura... ¿cómo me voy a negar, mi rubita pendenciera? —respondió Viggo pestañeando con fuerza.

—¿De acuerdo, Molak? —preguntó Ingrid al Especialista.

Molak asintió.

—Será un honor ayudar a las Águilas Reales en lo que me sea posible.

—Bien, arreglado queda —dijo Nilsa resoplando—. Ahora corramos, que tenemos que presentarnos ante la reina.

—¿Qué es lo que quiere? —preguntó Astrid.

—Ni idea, pero no creo que sea muy bueno para nosotros —respondió Nilsa—. En cualquier caso debemos ir, ya sabéis cómo es y cómo se pone si no se sale con la suya...

—Es todo encanto y simpatía. A mí me cae muy bien —dijo Viggo con una sonrisa enorme.

—Sí, todo amor y dulzura —respondió Astrid.

—En cuanto vea a Valeria intentaré sonsacarle qué es lo que trama la reina —comentó Nilsa.

—Muy buena idea —dijo Egil—. La reina es un personaje muy interesante... —comentó con aire pensativo.

—¿Personaje interesante? —Ingrid puso mala cara—. Será porque quiere despellejarnos y nos odia porque, por otra razón...

—Cierto, pero también va a jugar una baza importante en el desenlace del futuro de nuestra querida Norghana —dijo Egil acariciándose la barbilla, pensativo.

—¿Tú crees? Yo la he visto bastante supeditada a Thoran —comentó Gerd—. No la veo teniendo mucho que decir sobre el futuro del reino.

—Estoy con Gerd en eso —se unió Nilsa—. Al monarca no se enfrenta, o al menos intenta evitar el choque.

—Porque es una mujer inteligente —dijo Egil—. No es buena política enfrentarse de continuo a Thoran y Orten. Eso no lleva más que a los calabozos o a colgar de la muralla.

—Son prácticos esos dos. Un poco chillones y con muy mala leche, pero prácticos. A los enemigos los eliminan y problema solucionado. Yo también soy de esa escuela de pensamiento —

afirmó Viggo.

—¿Escuela de pensamiento? —Ingrid le lanzó una mirada de incredulidad—. ¿De verdad quieres parecerte a ellos dos en algo?

Viggo arrugó la frente.

—Bien pensado, mejor no, que igual es hasta contagiosa la rabia que tienen.

—Yo apostaría a que lo es —sonrió Astrid.

—Vamos antes de que empiecen los chillidos de Heulyn —dijo Nilsa.

Un momento después entraban en el edifico principal del castillo. Con paso ligero y vista al frente las Águilas Reales recorrieron los pasillos, escaleras y antesalas hasta llegar a la zona del castillo reservada a su majestad. Era un área grande con una docena de habitaciones. La mitad las utilizaba para sus necesidades, que eran muchas y diversas. Tenía una habitación enorme solo para los vestidos y joyas de primavera y verano.

Los guardias apostados a lo largo del trayecto, que eran muchos pues el rey Thoran había triplicado la vigilancia desde los intentos de asesinato, saludaban al pasar. Casi todos los conocían ya.

Dos de ellos les dieron el alto.

—No se puede pasar a las estancias reservadas a la reina.

—Somos las Águilas Reales del rey Thoran y estamos asignados a la protección de la reina —explicó Nilsa con tono firme.

Los dos guardias se miraron.

—Un momento —dijo el más alto y desapareció dando la vuelta a la esquina.

Al instante el soldado apareció con un oficial de la guardia.

—Son estos, señor —explicó el guardia.

El oficial miró a Nilsa y la reconoció en el acto. Luego miró al resto.

—Nilsa, Águilas Reales —saludó el oficial con una ligera inclinación de la cabeza.

—Capitán Mansen —saludó de vuelta Nilsa.

—Me han asignado esta zona por un tiempo —explicó el capitán.

—Es un honor y una responsabilidad —dijo Nilsa de forma cortés.

—Sí, mejor que estar destinado en la puerta o las almenas. Se pasa meno frío —sonrió el oficial—. Aunque tiene otras desventajas —comentó mirando sobre su hombro hacia la zona interior.

—Ningún puesto parece estar a gusto del militar —intervino Ingrid, que conocía aquel refrán.

—Eso es verdad. No conocerás a ningún militar contento con su puesto o tarea. Y si lo conoces, desconfía —aconsejó.

—Lo haré —dijo Ingrid con tono de gratitud.

—Veo que tenéis un nuevo miembro en las Águilas. ¿Es así? —preguntó Mansen al no reconocer a Molak.

—Sí. Este es Molak, sustituye a Lasgol. Lo ha pedido el rey— explicó Nilsa.

—Entendido —el oficial se volvió hacia los guardias, que esperaban sus órdenes con la espalda contra la pared—. Son quienes dicen ser. Tienen acceso ilimitado a la zona de la reina y a la mayoría del castillo —explicó.

—Sí, señor —respondió el más bajo de los dos, que aun así era bien alto, y se puso firme.

—Será mejor que os quedéis con nuestras caras bonitas. Vamos a estar por aquí mucho —recomendó Viggo.

—Lo que voy a hacer es pedir que me cambien a estos por guardias veteranos. Así tendréis menos problemas y yo también —comentó Mansen, que miraba a sus dos guardias con expresión de no confiar demasiado en ellos.

—Esa es una buena idea —estuvo de acuerdo Nilsa—. No es nada en contra vuestra, es que será más cómodo —dijo a los dos soldados, que asintieron levemente y disimularon.

—Pasad, no hagáis esperar a la reina. Hoy no tengo dolor de cabeza y me gustaría terminar el día así. Cuando se pone a gritar… —Mansen hizo un pequeño gesto de horror.

—Sí… lo sabemos… —dijo Nilsa compadeciéndose.

Continuaron avanzando por el pasillo y tras girar una vez a la izquierda y otra a la derecha, llegaron a la antesala que daba acceso a las habitaciones.

—Ya estamos —dijo Nilsa a sus compañeros.

—Menos mal, ya me duelen las plantas de los pies de tanto andar por pasillos de piedra —se quejó Viggo y cuando todos miraron negó con la cabeza y sonrió—. Os lo creéis todo. Mira que os tengo dicho que desconfiéis, pero no hay manera.

La antesala la encontraron muy vigilada, como era de esperar. Sin embargo, les sorprendió encontrar a media docena de soldados de Irinel haciendo guardia. No había duda de que eran del reino aliado pues vestían uniformes en verde y blanco e iban armados con escudo de lágrima y jabalina. Además, todos tenían cabello pelirrojo.

Se detuvieron frente a ellos y miraron. Allí debía haber soldados de la Guardia Real, no de Irinel, lo que encontraron curioso, cuanto menos.

—¿Por qué siguen aquí los soldados de Irinel? —preguntó Nilsa a Ingrid en un susurro disimulado.

—Eso mismo me estaba preguntando yo. Deberían haber partido todos con el rey Kendrick y su comitiva tras la boda.

—No es extraño que una nueva reina se quede con ayudantes, damas de compañía y hasta guardaespaldas y algunos soldados cuando es desposada en un reino lejano —comentó Egil en voz baja.

Los soldados observaban impertérritos. Nilsa fue a dirigirse a ellos cuando la puerta se abrió y un oficial de Irinel apareció.

—Bienvenidos —saludó—. Soy Patrick, oficial de cámara de la reina Heulyn. Estoy encargado de ayudarla en cuanto necesita.

—Somos las Águilas Reales. Su majestad nos ha hecho llamar —dijo Nilsa.

—Las famosas Águilas Reales… Es un honor conoceros.

—Se agradece —dijo Nilsa mirando a sus compañeros.

—Vuestra fama os precede. Ya me ha informado de que os había hecho llamar. Seguidme por favor, os aguarda.

El grupo entró en los cuartos de la reina siguiendo al oficial. Cruzaron una gran estancia que hacía de recibidor. Era recia, con elegantes muebles de roble labrado, sillones tapizados de terciopelo y cojines en verde y blanco. Las alfombras no eran norghanas, eran de color verde, gruesas y tupidas. En las paredes colgaban varios cuadros y murales que mostraban sin lugar a duda paisajes de Irinel. Las verdes campas, la lluvia y el brillante esplendor en blanco y verde quedaba perfectamente representado. Sobre dos mesas descansaban tomos con títulos en la legua de Irinel.

—Parece que se ha creado un pedacito de su tierra aquí —

susurró Nilsa a Ingrid.

—Es la reina, tiene derecho a estar a gusto en sus aposentos personales —respondió Ingrid que le hizo un gesto para que se fijara en los cuatro soldados de Irinel que guardaban la amplia estancia.

Nilsa asintió a su amiga.

—Los veo.

Continuaron por un pasillo largo y llegaron un amplio vestíbulo también decorado con recuerdos de Irinel. Cuatro sillones de terciopelo, uno en cada esquina, invitaban a esperar sentados. El suelo estaba cubierto por una alfombra enorme y de aspecto muy confortable. Había flores silvestres adornando jarrones y tiestos sobre muebles de apariencia cara. Las Águilas se dieron cuenta de que la reina se había adueñado de todas aquellas habitaciones en su área y las había convertido en su hogar fuera de Irinel. De hecho, uno no podría saber que estaba en Norghana viendo la decoración y adornos que vestían estancias, corredores y pasillos.

Finalmente, el capitán se detuvo frente a una puerta doble elaborada. Llamó con el puño golpeándola dos veces y luego de viva voz.

—Las Águilas Reales están aquí —anunció.

Por un momento nada sucedió. Aguardaron en silencio.

La puerta se abrió y la persona que apareció los miró con interés.

Era Valeria.

—Su Majestad les recibirá ahora —dijo al oficial y le hizo una seña indicando que podía marchar. Después dedicó a las Panteras una de sus sonrisas—. Pasad, la reina os espera —dijo.

—Gracia, Valeria —respondió Nilsa devolviéndole la sonrisa.

Entraron en la habitación. Era una estancia bastante grande, un estudio con un gran escritorio de roble y un enorme sillón en el que estaba sentada la reina Heulyn. Sobre la mesa tenía un tomo de tapa marrón que acaba de cerrar al ver entrar al grupo. Al lado izquierdo, junto a unas estanterías con libros de aspecto antiguo y bastante gastados por el uso, estaban Aidan y dos druidas más. Los reconocieron, eran los que había venido con Aidan para la boda.

—Pasad, Águilas Reales —dijo Heulyn sin ceremonias e indicó con su mano que se situaran en medio de la estancia.

—Majestad, ¿nos habéis requerido? —preguntó Ingrid con

cortesía.

—Sí, os he hecho llamar. Hay un par de temas que quiero tratar con vosotros.

—Siempre a disposición de la reina —respondió Ingrid.

—Valeria me dice que sois luchadores excepcionales y hábiles, de los que saben arreglarse en situaciones comprometidas —dijo mirando a Valeria, que asintió—. Me dice que me protegeréis bien, que es por eso por lo que mi querido marido os ha asignado a mi protección.

—Lo son, Majestad. Yo me he formado con ellos y los conozco. No son los Águilas Reales por casualidad o por suerte. Son excepcionales con las armas y también con la cabeza.

Las Águilas se quedaron un tanto sorprendidas por las palabras de Valeria. Suponían que tendría palabras en su contra y no a favor después de todo lo que había pasado entre ellos.

—Protegeremos a Su Majestad con toda nuestra habilidad, pericia, inteligencia y experiencia, como Guardabosques del Rey que somos —aseguró Ingrid.

—Muy bien. Mi opinión sobre vosotros no es tan elevada como la de Valeria, pero me fío de ella y de su buen criterio. Voy a hacer un esfuerzo por toleraros, cosa que no me será sencilla tras lo sucedido en Irinel, pero espero poder sobrellevaros.

—Intentaremos hacer lo posible por no molestar a la reina.

Heulyn los miró uno a uno con ojos entrecerrados.

—Lo que quiero saber es si estáis aquí para protegerme, espiarme o permitir que me asesinen.

Ingrid echó ligeramente la cabeza atrás. El comentario la había cogido por sorpresa.

—Majestad… os aseguro que estamos aquí para protegeros…

—En el Templo fueron capaces de eliminar al asesino antes de que pudiera asestar el golpe letal —dijo Valeria.

—Tú me hubieras salvado de no estar ellos.

—Sí, Majestad, pero fueron ellos quienes mataron al asesino. Lo descubrieron antes que yo.

—Lo cual fue bastante inconveniente.

Ingrid volvió a quedarse descolocada.

—¿Inconveniente? Os protegimos, Majestad.

—Ya, pero matasteis al asesino y ahora tenemos una situación de lo más farragosa entre manos con esos despreciables zangrianos. Mi marido me ha informado de que la guerra es prácticamente inevitable. Ellos claman que no enviaron al asesino y que no tienen nada que ver con el intento de acabar con mi vida y menos aún con la del rey. Thoran no les cree y su hermano también opina que han sido ellos.

—Es una situación delicada, Majestad.

—¿Esta es la líder, la que siempre habla? —preguntó Heulyn a Valeria.

—Sí, actúa como líder y cara del grupo, si bien no hay un líder designado como tal.

—Parece una buena guerrera —dijo Heulyn observando a Ingrid de arriba abajo con un renovado interés que Ingrid captó y que no le gustó nada.

—Lo es, de las mejores. Su Especialidad es el arco y la corta distancia.

—La que parece de nuestra tierra, ¿qué función ejerce en el grupo?

Nilsa se dio cuenta de que se referían a ella y se puso nerviosa.

—No tengo una función específica... —comenzó a decir, pero la reina la interrumpió levantando un dedo para que callara.

—Es la diplomática del grupo. Muy agradable y simpática. Conoce a todo el mundo en el castillo. Es Cazadora de Magos.

—Vaya, Aidan, será mejor que tú y los tuyos tengáis cuidado con ella —dijo Heulyn mirando al druida.

—Conozco a Nilsa y no temo por mi vida —aseguró y luego sonrió a la guardabosques.

—¿La morena? —siguió interrogando.

—Soy Asesina. Muy buena con venenos —dijo Astrid sin esperar a que Valeria la introdujera.

—También es espía y francotiradora.

—Muy peligrosa entonces. No sé si me hace gracia tenerla a mis espaldas —comentó.

—Yo soy más peligroso todavía. De hecho, soy el más peligroso de todos. Asesino Natural, brillante llevando la muerte a quien sea y donde sea. Quizá ya hayáis oído hablar de mí. Los bardos y trovadores ya cuentan mis hazañas —se presentó Viggo con una pequeña reverencia.

La reina abrió mucho los ojos.

—¿Cierto? —preguntó a Valeria.

—Bastante cierto, sí.

—Lo que yo recuerdo de ti es que eres un impertinente con la lengua demasiado suelta. A mi servicio te asegurarás de tener esa lengua bien quieta o haré que te la corten.

—Pero...

—Para matar no la necesitas, ¿verdad?

—La verdad es que no —tuvo que reconocer Viggo.

—Pues ya está todo dicho —dijo llevándose el dedo índice a los labios y mirando a Viggo con ojos de que no toleraría una tontería.

—El alto y guapo es Molak. Un francotirador excepcional y un Guardabosques muy bueno en prácticamente todo. No es del grupo original. Está sustituyendo a Lasgol, mi favorito, que el rey ha retirado.

—Ah, sí, ese que estuvo implicado en la fábula del dragón inmortal... —recordó la reina con desgana en el tono—. Aidan, ¿tú qué opinas de todo ese embrollo del dragón? ¿Crees que realmente un dragón ha renacido y está ahora entre nosotros?

El druida meditó la respuesta.

—Veréis, Majestad, si el encuentro lo hubieran sufrido otros, tendería a pensar que es falso. Sin embargo, teniendo en cuenta que lo tuvieron Lasgol y Eicewald, a quienes conozco y respeto, y teniendo en cuenta que Eicewald murió, me causa ciertas dudas.

—¿Dudas? —Heulyn le lanzó una mirada inquisitiva.

—El dragón es hijo de la madre naturaleza. Está en el folklore de Irinel y también en los tomos de conocimiento de nuestro pueblo. Nosotros creemos que existieron y también que un día pueden regresar. Que Eicewald, un mago tan poderoso y un erudito en muchas materias, muriera enfrentándose a un dragón, lo veo plausible si bien muy improbable.

—¿Porque el mago era muy poderoso?

—Por eso y porque era un entendido. Si alguien podía encontrar a un dragón en Tremia, Eicewald era uno de los pocos.

—Yo hasta que no lo vea con mis propios ojos no me lo creeré, digan lo que digan.

—Es entendible, Majestad —Aidan no insistió y se quedó callado.

—Sigue, Valeria, los quiero conocer a todos. Si van a pasar tiempo protegiéndome, es mejor que sepa quiénes son, aunque aguantar su presencia me esté resultando insufrible —dijo Heulyn.

Las Águilas se miraron, pero nadie dijo nada. Ingrid apretó con fuerza el brazo de Viggo, que ya iba a soltar una de las suyas como réplica.

—Por supuesto, Majestad. El más grande es Gerd —continuó explicando Valeria.

—Esa montaña de joven será el músculo del grupo, me imagino.

Valeria miró a Gerd, que puso cara de espanto ante semejante calificativo.

—Es muy fuerte y cuando hace falta lo usan por su fortaleza. Pese a su gran tamaño y aspecto de forzudo es de buen corazón.

—No me gusta la gente de buen corazón. Tienden a dejarse embaucar o morir por una tontería —la reina hizo un gesto de disgusto.

—Yo no soy tan bueno... —corrigió Gerd—. No tengo intención de dejarme embaucar o morir por nadie.

—Eso me gusta más. Sigue con ese espíritu, la verdad es que alguien con tamaño y fuerza me vendrá bien. Te quiero siempre a mi espalda.

—¿Yo? ¿Siempre? —Gerd miraba a sus compañeros en busca de auxilio.

—Siempre. Así no me llegará una puñalada o flecha traicionera.

—Sí, Majestad —Gerd tuvo que bajar la cabeza y aceptar.

—Nos queda el más debilucho. Tiene cara de escribano.

—Ese es Egil, el cerebro del grupo. Puedo atestiguar que tiene una mente privilegiada, en todos los sentidos. Muy bueno con planes y estrategias y con todo lo que tenga que ver con usar la cabeza.

—Eso me complace. Quizá me vengas bien. No tengo gente con cabeza conmigo —la reina se percató de que los druidas y Valeria la miraban—. No me entendáis mal, vosotros sois inteligentes, de lo contrario no estaríais conmigo, pero no sois unos privilegiados con la cabeza.

—Entendemos a nuestra señora —dijo Aidan con una pequeña reverencia.

—Dime, Aidan, tengo entendido que tú también los conoces, ¿estás de acuerdo con la descripción que ha hecho Valeria de cada uno?

Aidan observó al grupo.

—Yo no los conozco tan bien como Valeria y no he pasado tanto tiempo con ellos. Sin embargo, por lo que he visto y lo poco que se de ellos, creo que su valoración es acertada. Añadiré que son un grupo muy bien avenido, se respetan y se quieren. Es más, cada uno de ellos daría la vida por salvar a sus compañeros. Eso es algo excepcional, muy pocas veces se da.

—Si eso es cierto, que me cuesta creerlo, es algo impresionante —convino la reina.

Las Águilas se miraron como dándose cuenta de que, aunque nunca lo hablaban, y tampoco lo pensaban, en realidad era así y lo sabían en sus corazones.

Heulyn los miró de arriba abajo otra vez y luego miró a Aidan y sus druidas.

—Muy bien. El motivo de esta pequeña reunión, aparte de conoceros mejor, cosa que me ha revuelto el estómago y por lo que no comeré hoy, es que tengo órdenes para vosotros.

—Majestad, ¿cuáles son las órdenes? —preguntó Ingrid, a la que no le gustaban los rodeos.

—Vamos a salir del castillo, iremos a un bosque cercano —dijo mirando a los druidas—. Me acompañaréis como escolta.

Las Águilas se extrañaron y sus expresiones así lo mostraron.

—Majestad...no es aconsejable abandonar el castillo... estamos al borde la guerra... los asesinos —intentó explicar Ingrid, pero ella la interrumpió levantando una mano.

—Todo eso ya lo sé. Iremos al bosque. Está decidido. Y una cosa más, ni una sola palabra la rey de esto u os cortaré la lengua a todos —amenazó señalándoles con el dedo índice.

Las Panteras se quedaron de piedra. No solo tenían que salir al descubierto con la reina, sino que debían escondérselo al rey. Aquello no iba a terminar nada bien. Iban a perder la lengua o la cabeza, quizá ambas.

Capítulo 12

Con los primeros rayos del sol, Lasgol se sentó con la cara hacia la brisa matinal y comenzó a trabajar en reparar su puente interior como hacía siempre que le era posible. Siempre se sentía bien cuando podía concatenar una noche de entrenamiento mágico con una mañana de reparación de puente. Le producía una sensación de bienestar, de que estaba haciendo lo que debía y de que, con el trabajo, un día llegarían las recompensas. Cuando por motivos externos no podía hacer uno de los dos entrenamientos o, incluso, ninguno, se sentía mal. Sabía que era ley de vida, la vida del Guardabosques, pero sentía como que no estaba haciendo lo que debía.

Camu y Ona observaban los alrededores sobre la hondonada. Ambos eran conscientes de lo que Lasgol estaba haciendo y lo dejaban solo para que pudiera concentrarse y trabajar con tranquilidad. Como Lasgol solía estar muy concentrado y con los ojos cerrados, era muy vulnerable a posibles ataques, así que ellos se encargaban de protegerlo. Nada peor que ser sorprendido por la espalda en ese estado.

Comenzó invocando su habilidad Presencia de Aura sobre sí mismo, como solía hacer. Era la manera más rápida a su disposición para identificar el aura de su mente, la de su cuerpo y la de su poder, y centrarse así en la primera. Recorrer su mente y hallar el minúsculo punto blanco donde comenzaba el puente había sido durante bastante tiempo un proceso largo y frustrante, pero ya no, pues ahora lo identificaba casi de inmediato.

Visualizó el puente en su mente y recordó que al principio era todo blanco, aunque ahora era casi totalmente verde. Le quedaba una pequeña parte final todavía por reparar y se centró en hacerlo. Se dio cuenta de que ya solo le quedaban un par de peldaños para terminar de reparar todo el puente. ¡Casi no podía creerlo! Le parecía que le había llevado una eternidad llegar hasta aquel punto, pero finalmente estaba allí.

Invocó su habilidad Sanación de Guardabosques, que se había vuelto mucho más eficaz y potente con el paso del tiempo. Su uso continuado y los ejercicios nocturnos de ayuda para desarrollar su magia habían producido un efecto muy productivo. Transformar un peldaño del puente del blanco frígido de Izotza al verde de la magia había sido tedioso, pero ahora le resultaba mucho más fácil y le llevaba mucho menos tiempo.

Dejó el sentimiento de alegría a un lado y se centró en el puente. Siguió aplicando su energía y trabajando para repararlo. Podía ver el final muy cerca, lo tenía al alcance de la mano. Eso le dio ánimos. ¿Sería hoy el día en que por fin terminaría? Sólo de pensarlo le entró un nerviosismo tremendo. Mejor apartar esa idea y continuar trabajando como siempre lo hacía.

Mientras trabajaba, pensó en que haberse esforzado todas las mañanas de forma rigurosa le había llevado hasta aquel punto, y lo consideraba todo un gran logro. Ser constante y esforzarse todos los días en su recuperación era la única forma de conseguirlo, y eso lo sabía bien. Si extendía una mano imaginaria casi podía llegar a tocar el final del puente. Algo con lo que llevaba soñando mucho tiempo.

Trabajó concentrado y con tranquilidad, sin acelerarse, avanzando poco a poco. No sabía cuánto tiempo llevaba haciéndolo. La mayoría de las veces algún factor externo lo obligaba a volver a la realidad, pero no fue el caso aquella mañana. Pudo continuar hasta que se percató de que había convertido el último peldaño que le quedaba. Envió más energía y un momento más tarde pudo comprobar que todo el puente, de un lado al otro, era de color verde.

Se quedó con los ojos cerrados observando con su mente el gran logro. ¿Había reparado por fin el puente? ¿Lo había conseguido? Echó un nuevo vistazo y le dio la impresión de que sí. Se quedó sorprendido y sin saber cómo reaccionar. La construcción unía por un extremo su mente y por el otro su lago de energía interna. Lo había hecho, por fin, después de tanto trabajo y frustración. Casi no podía creerlo. Quería gritar de alegría y contárselo a Camu y Ona, pero primero debía asegurarse de que lo había terminado de verdad.

De pronto, el puente comenzó a destellar en tonos verduscos. Emitía brillos intensos y al hacerlo parecía que comenzaba a desaparecer. Lasgol se preocupó. Con cada destello el puente fue difuminándose hasta, poco a poco, desaparecer por completo.

Lasgol pensó que algo iba realmente mal. Si se rompía la unión entre su mente y su lago de energía interna podría perder el acceso a su poder, a su magia.

Se fijó mejor y lo que vislumbró le hizo cambiar de parecer. Descubrió que el puente se había difuminado, pero en realidad seguía estando allí. Hizo un esfuerzo por comprobar que podía distinguirlo. Sí que estaba, aunque era casi imperceptible. La unión entre su mente y el lago de energía estaba completamente reparada y era parte de su ser.

Lo había conseguido. Por fin. No podía creérselo.

Se concentró y observó su lago interno de energía. Se llevó una nueva sorpresa. Ahora podía percibirlo por completo, como si una capa que le había estado impidiendo ver el fondo hubiera desaparecido. Distinguió que su lago había cambiado. Lo veía más profundo, mucho más profundo. Y se percató de lo que eso significaba: disponía de mucha más energía.

Se quedó estupefacto.

La incredulidad se apoderó de él. Podía ver que el lago tenía mucha mayor profundidad y, por tanto, mucha más energía. Le pareció raro que reparar el puente le proporcionase más energía, pues esa no era su finalidad, pero lo pensó mejor. Quizá lo que ocurría era que la profundidad siempre había estado ahí y no la había podido ver.

Y otro pensamiento llegó a su mente. Edwina le había dicho hacía tiempo en el Campamento que su lago de energía interior estaba creciendo. Eicewald le había corroborado que eso era posible, que ocurría pocas veces en aquellos nacidos con el Don, pero que se daba. Eso significaba que tal vez lo que había sucedido era que durante todo el tiempo que había estado intentando reparar el puente, su lago había seguido creciendo y, por ello, ahora lo percibía más grande.

Resopló. No sabía si era una cosa o la otra. De hecho, podían ser ambas. Podía ser que ahora percibiera más profundidad que antes al finalizar de reparar el puente y que, además, su lago hubiera crecido. Esta idea le gustó y decidió que debía ser la buena. Como no tenía forma de saber qué sucedía de forma certera, no le dio más vueltas. Eran muy buenas noticias y las iba a disfrutar.

Estaba impresionado y encandilado. Toda aquella energía a su disposición… Podría usar mucho más a menudo sus habilidades sin tener miedo a que se le acabara y se viera forzado a dormir para recuperarla. Podría maximizar habilidades que ya tenía utilizando grandes cantidades de energía para ello. Podría desarrollar otras que consumieran mucha energía que hasta ahora no podía pues estaba limitado por el tamaño del lago Podría hacer muchas cosas más, le acercaría a convertirse en un mago de una vez por todas. ¡Esto iba a cambiar su vida!

—¡Es sensacional! —exclamó levantando los brazos al cielo.

Ona y Camu se volvieron hacia él y lo miraron sorprendidos.

«¿Qué fantástico?» preguntó Camu, que miraba con sus ojos saltones muy abiertos.

«¡He reparado el puente!».

«¿Puente mente a lago?».

«¡Sí, por fin!».

«Gran noticia. Yo alegrar».

Ona himpló una vez.

«Ona alegrar también».

«Es estupendo. Me siento tan bien que me gustaría gritar a los cielos».

«Poder gritar. Nadie cerca».

—¡Es estupendo! ¡Me siento genial! —gritó Lasgol tan fuerte como sus pulmones le permitieron.

«Baile alegría» transmitió Camu y se puso a bailar flexionando las cuatro patas y moviendo su larga cola de lado a lado.

Ona se unió a la celebración imitando a Camu: flexionaba las patas y daba brincos en el sitio mientras movía también su cola.

Lasgol estaba tan feliz con lo que había logrado que se puso a bailar con ellos dos, solo que al no tener cola, lo que sacudía era su trasero.

El espectáculo que estaban dando era digno de ver. Por fortuna para ellos, no había nadie en leguas a la redonda que pudiera observar semejante escena.

Tras la celebración de alegría continuaron hacia el río Utla. La travesía era bonita y tranquila y ahora, además, iban muy contentos, cosa que hacía el viaje mucho más ameno. Lasgol no podía dejar de sonreír y cada cierto tiempo lanzaba un grito de felicidad a los cielos. Por supuesto, Ona y Camu se le unían, no dejaban escapar ni la más mínima ocasión para disfrutar un poco.

Tal y como Lasgol había previsto se cruzaron con dos patrullas a caballo que le dieron el alto. Una vez les dijo quién era le dejaron pasar sin inconveniente. Aprovechó para charlar con los oficiales y ver cómo estaba la situación. En resumen: calma tensa, la calma que precedía a la tormenta.

Finalmente llegaron al embarcadero al que se dirigían. No era un puesto militar, ya que no querían dar más explicaciones de las debidas a los soldados, y éstos preguntarían para qué necesitaban una barcaza. Era preferible pasar desapercibidos. Tampoco querían que se supiera que se dirigían a la Isla del Llanto, para no levantar sospechas. Por ello habían elegido un embarcadero diminuto y solitario, de no muy buena reputación, donde no les harían demasiadas preguntas. Había sido idea de Egil, ya que Lasgol no conocía aquel lugar que tenía un aspecto bastante cochambroso.

«Esperad y aguardad a mi señal» transmitió a Camu y Ona, que permanecían camuflados.

«Nosotros esperar».

Lasgol llegó hasta la cabaña de madera frente a la que estaban el pequeño muelle y dos barcazas lo suficientemente grandes para llegar al otro lado del gran río con media docena de personas y algo de carga. La casa, el muelle y las barcazas tenían un aspecto lamentable. Lasgol se preguntó cómo era posible que las embarcaciones todavía flotaran. Echó un ojo y confirmó que una hacía algo de agua. La otra parecía que no.

—¿Buscas embarcación para cruzar el río? —preguntó una voz rasposa.

Lasgol se volvió hacia ella y vio a un hombre salir de la casa. Pasaba de los cincuenta años y tenía mal aspecto, sucio y con cabello y barba enmarañados.

—Sí, necesito cruzar —mintió Lasgol, que no quería dar explicaciones.

—Pues estás en el lugar adecuado. Mi establecimiento es de los más reputados en el Utla en cuanto a barcas se refiere.

Lasgol tuvo que disimular lo que en realidad pensaba. Ni el aspecto del hombre, ni el de su establecimiento, ni de sus barcas daba esa impresión.

—Una de las barcas hace aguas…

—Cierto —dijo mirando de soslayo—. Me pondré con ello en un rato. La otra está en perfectas condiciones, como nueva.
—¿Cómo nueva? —replicó el muchacho enarcando una ceja.
—Como nueva reparada. No se hundirá.
—Eso espero… —comentó con tono de no estar muy convencido.
—Aguantará. Es fiable —aseguró con una sonrisa torcida.
Lasgol no tenía más opciones, así que tuvo que aceptar.
—De acuerdo.
—El caballo no puede ir. Mis barcas no pueden llevarlo.
Lasgol asintió.
—¿Me lo cuidarás hasta que vuelva?
—Por supuesto —sonrió el barquero y mostró una dentadura a la que le faltaban algunas piezas.
—Te pagaré por una barca y por cuidar del caballo.
—De acuerdo entonces.
Les llevó un rato, pero al final ambos acordaron un precio. Lasgol le pagó la mitad con la promesa de pagarle el resto a su regreso. La cantidad era elevada, no se fiaba de aquel hombre y no quería que le pasara nada a su caballo. A regañadientes, el barquero aceptó. Eran malos tiempos y no tenía muchos clientes, sobre todo con los soldados patrullando y dando el alto a todo el mundo.

Lasgol tuvo la sensación de que aquel embarcadero era de contrabandistas. Había visto rastros de carretas disimulados detrás de la cabaña, que seguro que utilizaban para transportar mercancías ilícitas como alcohol o armas. Se preguntó si el contrabando era hacia o desde Norghana. Lo más probable es que fuera en ambas direcciones. Ahora que lo pensaba, tenía mucho sentido. Si Egil había sido el que le había recomendado usarlo, lo más seguro era que sus agentes usaran aquel embarcadero para sus negocios secretos de intercambio de bienes e información.

Lasgol aguardó hasta que el barquero entró en la cabaña y montó en la embarcación que no hacía aguas. Se situó al final en la popa.

«Venid ahora» llamó a sus dos amigos.

Con cuidado, Camu y Ona entraron en la barcaza, que en dos ocasiones pareció mecerse con una ola y se movió de lado a lado. Lasgol tuvo que agarrarse fuerte, pero consiguió no irse al agua.

La barcaza aguantó el peso de los tres. Camu ocupaba casi todo el espacio, comenzando por la proa y hasta donde estaban, y Lasgol y Ona tuvieron que encogerse en la popa. El chico consiguió sacar los dos remos y comenzó a remar como pudo. Poco a poco se fueron alejando del embarcadero rumbo al centro del río.

Según se adentraban en las aguas, Lasgol tuvo el presentimiento de que se dirigían hacia algo que no deberían.

Capítulo 13

Lasgol resoplaba. Remar en aquellas condiciones no le estaba resultando nada fácil. Por mucho que intentaba mantener el rumbo y una cadencia constante, no lo estaba consiguiendo. Puso más empeño y empleó más fuerza, pero los resultados no mejoraron mucho. Avanzaban, pero la barcaza zigzagueaba como si la estuviera llevando un marinero borracho.

«Río grande» transmitió Camu.

«Sí, a mí también me impresiona el enorme caudal que tiene el Utla».

Ona gruñó dos veces. No estaba nada contenta de estar allí.

La barcaza osciló de súbito y Lasgol casi perdió un remo. Fue capaz de sujetarlo, pero había estado cerca de no hacerlo. Si perdía un remo la cosa se iba a complicar de verdad.

«No os mováis. Me está costando avanzar en la dirección que tenemos que ir».

«No mover» aseguró Camu.

Ona iba tiesa y con la cola encrespada. No se movía ni un ápice.

«¿Podrías encogerte un poco, Camu?».

«¿Encoger? No entender».

«Hacerte más pequeño. Es que ocupas demasiado».

«No poder».

«Quizá deberías intentar desarrollar una habilidad que te haga más pequeño».

«Yo no querer ser pequeño».

«Vale. Una habilidad que reduzca tu tamaño de forma temporal para que entres en sitios como esta barcaza».

Camu no respondió por un momento. Se lo estaba pensando.

«No ser mala idea. Yo intentar».

«Deberías. Si sigues creciendo va a ser muy difícil llevarte a determinados lugares».

«Yo poder ir volando».

«No hasta que consigas volar en estado camuflado. Solo nos faltaba que la gente te viese volar. Te echarían piedras, lanzas,

flechas… ¡de todo!».
«Gente bruta».
«Sí, mucho. Que no te vean volar. La cosa terminaría mal…».
«Yo no volar delante de gente».
«Eso es».
«Un día conseguir volar camuflado. Entonces poder ir a sitios».
«Sería magnífico, sí».
«Yo trabajar. Conseguir».
«Ese es el espíritu».
Ona himpló una vez dando ánimos a Camu.
«Ona, pasa detrás de mí y tú, Camu, encógete delante. Yo me pondré entre los dos, a ver si consigo remar medianamente bien».

Así lo hicieron y con la nueva disposición Lasgol consiguió ir algo mejor, lo que le dio esperanzas de llegar a su destino. Continuaron navegando el gran río, que por fortuna estaba muy en calma. En aquella época del año, entrando en verano, el clima era excelente y los soplos del viento se mecían suaves. La corriente apenas se notaba en la embarcación y Lasgol dio gracias a los Dioses del Hielo por ello.

Miró a su alrededor mientras remaba. El Utla era como un gran mar y no se veía el otro extremo del río cuando uno se adentraba en él. Era un espectáculo para los ojos. Esperó a que el embarcadero se perdiera de vista y luego cambió el rumbo y se dirigió hacia la isla. Llevaba un mapa que Egil le había dejado en el que estaba señalada la posición del embarcadero, la isla y los puestos del ejército a lo largo del Utla. También un par de rutas que seguían los barcos de asalto norghanos cuando patrullaban. Contar con la información que Egil conseguía recabar para cualquier misión era una ventaja que muchos desearían tener y no podían.

Lasgol remaba lo mejor que sabía y podía. Avanzaban y no iban a la deriva, pero no estaba siendo una navegación ideal. Le recordó el primer viaje que hizo en un navío río arriba cuando se dirigía al Campamento. ¡Qué tiempos aquellos! Cómo habían pasado los años y la de cosas que había vivido y experimentado…

Les costó más de lo esperado divisar la isla en mitad del río, pero al menos no se habían cruzado con ninguna embarcación de guerra. La isla se fue haciendo más grande según se acercaban a ella. Se apreciaba mucha vegetación y una montaña alta en el centro con dos cascadas. Había otras áreas rocosas, pero ninguna tan alta y prominente como la central con las caídas de agua dulce.

Tras unas maniobras de acercamiento no muy precisas alcanzaron tierra. Desembarcaron en un recodo de la cara sur que daba a las dos cascadas. Nada más pisar la isla y asegurar la barcaza, Lasgol entendió por qué llamaban a aquel lugar la Isla del Llanto. Eran las cascadas, el sonido del agua cayendo sobre las rocas en un hermoso estanque verdoso sonaba como si una persona estuviera llorando. Era de lo más singular.

«Cascadas llorar» se percató Camu.

«Sí, es de lo más curioso». Lasgol escuchaba el sonido y, aunque podía deducir que nadie estaba llorando, sino que era un extraño efecto auditivo, si cerraba los ojos podía distinguir como un llanto profundo y lejano. No solo eso, se oía con potencia. Lo más probable era que el llanto se pudiera oír desde cualquier punto de la isla. Las rocas de detrás de las cascadas debían de tener una forma cóncava que debía de producir aquel efecto tan raro. O eso se imaginó Lasgol, que no le encontraba otra explicación. Si Egil estuviera allí con ellos seguro que pediría explorar las cascadas para entender el fenómeno. Lasgol sonrió. Ellos tres no tenían tanta curiosidad como para ponerse a investigarlo, aunque les asombrara sobremanera.

«Mucho interesante» expresó Camu, que miraba las dos cascadas con los ojos muy abiertos.

«No había visto nunca nada igual» tuvo que reconocer Lasgol, que no salía de su asombro.

«Oído, no visto» corrigió Camu.

«Sí, eso mismo, listillo».

«Yo mucho listo».

«Ya, y es muy, no mucho. A ver si lo aprendes ya, que te he corregido infinitas veces».

«Yo aprender todo».

«Supongo que a su debido tiempo».

«¿Sarcasmo?».

«En efecto».

«¿Ver? Yo mucho listo».

«Sí, lo veo y lo oigo» transmitió Lasgol haciéndole una mueca divertida.

«Tú cara rara».

Lasgol se percató de que Camu no había entendido su mueca.

«Vamos a buscar las perlas. Este lugar me pone un poco nervioso con ese llanto incesante».

«Llanto triste» comentó Camu.

Ona gimió una vez. Estaba de acuerdo.

Se adentraron en la isla que, sin ser grande, era bastante extensa. Lo primero que percibieron fue que era muy frondosa y también rocosa. Daba la impresión de que un trozo de montaña hubiera caído desde una alta cordillera hasta el río y la hubiese formado. La montaña con las cascadas estaba en el centro y a su alrededor había mucho boscaje.

Lasgol se fue abriendo paso entre matorrales y subió por la base de la montaña, desde cuya cima caían las dos cascadas. Ona y Camu le seguían en estado visible.

Ascendieron hasta llegar al estanque donde rompían las cascadas. Era un estanque de aguas verdosas en cuyo interior había muchas rocas de diferentes tamaños y formas.

«¿Dónde perlas?» preguntó de pronto Camu, que miraba alrededor con sus grandes ojos saltones muy abiertos.

Lasgol se detuvo y se rascó la sien.

«Eso no lo especificó Eicewald».

«¿Buscar toda isla? Llevar mucho tiempo».

Camu tenía razón, les llevaría días registrar toda la isla. Lasgol se puso a pensar. Si él fuera Eicewald, ¿dónde habría escondido las perlas? Lo meditó. Ona daba vueltas alrededor de Lasgol husmeando, atenta. Al cabo de un rato de darle vueltas al problema en su cabeza, Lasgol respondió a Camu.

«No creo que eso sea necesario. Creo que nuestro buen amigo escondió las perlas como lo hizo en el Bosque del Ogro Verde».

«Fondo estanque».

«Eso creo. Voy a averiguarlo».

«De acuerdo».

Lasgol dejó su macuto, el arco y las armas junto a un tronco caído y se desvistió. El día era caluroso para lo que estaban acostumbrados en Norghana, por lo que no sintió frío. Estiró los brazos y luego se lanzó de cabeza al estanque. El agua estaba más caliente de lo que esperaba, por lo que no le molestó, al contrario, le sentó muy bien. Tanto remar le había acalorado y el contacto con el agua lo refrescó. Buceó hacia el fondo. Iba con los ojos abiertos, pero no podía ver demasiado porque el agua estaba turbia y la vegetación en el fondo era espesa.

Tuvo que volver a la superficie a respirar.

«¿Encontrar?».

Lasgol se sacudió el agua del pelo y se la quitó de la cara.

«No se ve mucho. Hay muchas algas y flora abajo. El agua está removida».

«Tú encontrar» animó Camu, que junto a Ona estaban en la orilla observando los esfuerzos del chico.

«Voy de nuevo». Se volvió a sumergir y se dirigió al centro exacto del estanque, tenía una corazonada. Buceó entre las turbias aguas y llegó al fondo. Distinguió varias rocas y más flora acuática. Comenzó a pensar que se había equivocado. ¿Habría escondido Eicewald las perlas en algún otro lugar de la isla?

Tuvo que ascender de nuevo a respirar. En cuanto sacó la cabeza del agua le llegó la pregunta de Camu.

«¿No?».

Negó con la cabeza.

«Voy a rebuscar por todo el fondo. Hay muchas rocas, quizá estén entre ellas y por eso no las veo».

«De acuerdo».

Lasgol buceó por el estanque durante un buen rato. Ascendía, cogía aire y se volvía a sumergir, pues no estaba teniendo suerte. La duda comenzó a convertirse en una certeza: la caja con las perlas no estaba allí. Se comenzó a desanimar, pero lo intentó un rato más mientras Camu y Ona animaban desde la orilla.

Tras otra docena de inmersiones tuvo que rendirse. Salió y se sentó en la orilla con los pies todavía en el agua a descansar un poco.

«¿Por qué no estar?».

«Buena pregunta. No lo sé».

«Tener que estar en agua».

«Sí, eso creía yo también, pero…».

Mientras pensaban, Ona se alejó de ellos y, rodeando el estanque, fue hasta donde las dos cascadas rompían al fondo y gruñó una vez.

Lasgol y Camu miraron.

«¿Qué ocurre, Ona?» preguntó Lasgol.

La pantera de las nieves volvió a gruñir.

«Ona sentir algo cascada» fue la interpretación de Camu.

Lasgol se puso en pie y se dirigió al lugar. Ona miraba fijamente hacia las cascadas, o más concretamente, a través de ellas.

«¿Percibes algo, Ona?».

La pantera volvió a gruñir sin dejar de mirar hacia las cascadas.

«Muy bien, voy a ver qué puede ser».

Lasgol se dirigió a la primera caída de agua. Rompía con fuerza y el sonido a llanto profundo le hizo dudar. Parecía decirle que si intentaba cruzar lo iba a lamentar, al igual que sus instintos. La fuerza con la que el agua caía podía darle un buen disgusto y, al haber rocas por todas partes, si se iba de espaldas se podría partir la columna o la cabeza.

Sin embargo, debía investigar aquellas dos cascadas. Tenía el presentimiento de que tenía que hacerlo.

Invocó Agilidad Mejorada y Reflejos felinos, cogió un poco de carrerilla y saltó desde una de las rocas hacia el costado de la cascada a la izquierda. Sintió por un instante cómo la fuerza del agua le golpeaba en hombros y cabeza, empujándolo hacia abajo. Gracias al impulso que llevaba consiguió cruzarla y se quedó sentado en medio de una charca detrás de las cascadas.

«¿Tú bien?» llegó la pregunta de Camu junto a un sentimiento de preocupación.

«Sí, tranquilos, estoy bien».

Lasgol alzó la mirada y descubrió que estaba en una caverna de forma cóncava, tal y como había supuesto. El llanto era aquí estruendoso y tuvo que llevarse las manos a las orejas para protegerlas. Buscó por la caverna y al fondo encontró un segundo estanque más pequeño. No lo pensó dos veces y se lanzó al interior. Una vez buceó un poco el llanto dejó de llegarle a los oídos y la tortura desapareció.

De pronto, un reflejo captó su atención y buceó hasta su origen. Entre varias rocas, en una depresión, discernió lo que podría ser una caja. Se acercó más y pudo ver que además tenía grabados mágicos. Era la caja de Eicewald. Fue a llevársela, pero se quedó sin aire.

«¿Encontrar?» Camu preguntó desde el otro lado de las cascadas.

Lasgol respiró y se quitó el agua del rostro.

«Sí... creo que sí».

«Sacar. ¿A qué esperar?».

«¿A respirar?» Lasgol no podía creer que encima Camu le metiera prisa.

«Ya respirar. Bajar».

«Voy» transmitió y se volvió a sumergir. Llegó hasta el lugar donde estaba la caja y la cogió. No era demasiado pesada, así que no tuvo problemas para sacarla del estanque. La dejó en la orilla y luego subió él. Se sacudió el agua del cuerpo con las manos y luego se centró en la caja. No le transmitía nada, pero debía ser esa.

La cogió y se acercó hasta la cascada. Midió el salto que tendría que realizar por el mismo sitio por donde había entrado. Como tenía las habilidades todavía activas en su cuerpo, cogió impulso y saltó. De nuevo sintió presión sobre hombros y cabeza, pero consiguió salir y agacharse sobre una roca plana sin quedar sentado y con las posaderas doloridas.

Camu y Ona se acercaron a ver la caja que Lasgol dejó sobre la orilla del estanque exterior.

«¿Notas algo?» preguntó a Camu.

Camu se quedó quieto mirando la caja con sus grandes ojos cerrados buscando mayor concentración. Al momento respondió:

«No notar nada. No captar magia Drakoniana».

«Creo que puede deberse a que la caja la contiene. Esa es su función».

«¿Caja especial?».

«Sí, eso pienso. Recuerdo que Eicewald nos dijo que las había guardado en una caja especial con la habilidad de enmascarar fuentes que irradian magia».

«Abrir y ver».

«No queda más remedio si queremos cerciorarnos» Lasgol tuvo que estar de acuerdo.

Se vistió primero mientras razonaba si era buena idea o no abrir la caja, tenía dudas. Podía dejarla en el fondo del estanque de donde la había sacado y regresar, pero, de hacerlo, no sabría si las perlas estaban o no dentro y a salvo. Por otro lado, abrirla tenía un riesgo que no sabía si quería correr: Dergha-Sho-Blaska o alguno de sus lugartenientes podrían captarla y venir a por ella. Esa idea le inquietaba. No sabía si merecía la pena correr el riesgo. De todas formas, estaban en aquella isla deshabitada en medio del Utla, que captara su poder desde donde quiera que se escondiera le parecía muy poco probable.

Se agachó e inspeccionó la caja. Vio unas runas que identificó como de magia de agua, de la Especialización de Hielo. Eran de Eicewald. No conocía su función pero imaginaba que eran de algún tipo de ocultación de poder con el objetivo de evitar que la magia de las perlas pudiera ser captada. La magia de Agua le era ajena, pero después de pasar tiempo con Eicewald podía reconocer algunos símbolos y runas de los tomos que les había dejado para estudiar, aunque no los entendía. Se sentía triste por no poder saber su significado, y más ahora que había perdido a su maestro.

Suspiró. Era consciente de que, aunque Eicewald viviera y le enseñara a interpretar runas de magia de Agua, le llevaría mucho tiempo aprenderlo. Por otro lado, nunca había sido su intención aprender ese tipo de magia, sino la suya propia. Buscaba comprender su magia, conocerla y así poder usarla y mejorar cada día no solo el conocimiento sino lo que podía hacer con ella. Ahora estaban solos Camu y él y tendrían que arreglárselas como pudieran. Con esfuerzo y tesón lograrían ser unos grandes conocedores de sus magias y las habilidades que iban a ser capaces de desarrollar asombrarían a todos. Ese era su deseo y esperanza. Miró a Camu, que observaba con sus grandes ojos saltones. Sí, lo conseguirían.

Se decidió. No podía quedarse sin saber si las perlas estaban allí o no. La caja no tenía ninguna cerradura, así que con las dos manos hizo fuerza en sentido contrario con una mano sobre la parte superior y la otra sobre la inferior. Por un momento no sucedió nada. La fuerza que estaba empleando no pareció suficiente para abrirla. Se empleó más a fondo, tirando con mayor fuerza, pero no pasó nada.

«No puedo abrirla» transmitió a Ona y Camu.

«Caja cerrada con magia».

«Eso debe ser...».

«Abrir con magia».

«Oh, ya. Lo intentaré» respondió Lasgol, que se dio cuenta de que Camu tenía razón.

Dejó la caja en el suelo y puso su mano derecha sobre la parte superior, sobre las runas. Invocó su habilidad Comunicación

Arcana y envió energía de su lago interior a la caja. Se produjo un destello verde. De pronto, las runas comenzaron a iluminarse con un color blanco muy intenso.

«Runas activas» avisó Camu a Lasgol.

Ona gruñó una vez. Ella también sentía la magia.

Lasgol aguardó mientras todas las runas se iluminaban. Un momento después se escuchó un *click*, como si una cerradura invisible se desbloqueara, y la parte superior de la caja se abrió lentamente. Apartó su mano para no interferir.

Lasgol, Camu y Ona vieron cómo la caja se abría. En el interior, recubiertas de terciopelo blanco, estaban las doce Perlas de Plata y brillaban con un destello plateado inconfundible.

«Ahí están. Las encontramos» transmitió Lasgol cerrando el puño. Se sentía alegre y victorioso.

«Yo sentir poder. Mucho poder Drakoniano».

«Entonces son las auténticas».

«Sí, ser».

«Muy bien. Cerremos la caja, no quiero que su poder pueda ser captado. Dergha-Sho-Blaska fue capaz de encontrar la Gran Perla incluso estando protegida. No quiero forzar nuestra suerte».

«Mejor cerrar caja, sí» recomendó Camu.

Lasgol fue a cerrarla con sus manos y algo extraño sucedió. Por mucha fuerza que ejercía, la caja no se cerraba.

«Cerrar con magia».

Lasgol asintió. Puso sus manos sobre ella y, sin ejercer fuerza, invocó su habilidad Comunicación Arcana. Se produjo un destello verde y un momento después las runas brillaron en blanco y la caja se cerró.

Lasgol se sintió muy bien por haber podido abrirla y cerrarla usando su propia magia. Supuso que Eicewald habría puesto las runas previendo que él intentaría abrir la caja con su magia. Una vez que estuvo cerrada, Lasgol se sintió mucho más tranquilo.

«Esconder de nuevo».

«Sí, la dejaré donde la encontré. Evitaremos problemas, al menos hasta saber para qué sirven o cómo utilizarlas».

De súbito, Ona gruñó en forma de aviso.

«Algo pasa» transmitió Lasgol a Camu.

—Vaya, vaya, así que es aquí donde escondió la caja el muy retorcido —dijo una voz desagradable.

Lasgol se giró raudo y se encontró con una figura vestida completamente de blanco y sosteniendo un báculo del mismo color en la mano derecha.

—¡Maldreck! —exclamó sin poder creerlo.

Capítulo 14

Raner aguardaba a las Águilas frente a la torre de los Guardabosques con cuatro Guardabosques Reales. Uno de ellos era Kol, al que Nilsa reconoció de inmediato y saludó con disimulo mientras formaban una línea frente al Guardabosques Primero. Este le devolvió el saludo de igual manera y sonrió. Nilsa se sonrojó un poco. Kol era el apuesto Cazador de Magos que intentaba cortejarla siempre que tenía la oportunidad. De pronto, a Nilsa el entrenamiento no le pareció que fuera a ser tan malo, quizá hasta se volvía interesante. Bajó la cabeza un poco y lo miró de nuevo, él captó la mirada y se la devolvió acompañada de una sonrisa juguetona.

En el castillo la mayoría de sus ocupantes aun dormían, a excepción de los soldados de guardia en torres, almenas, pasillos y puertas. Los que tenían el turno de noche no habían sido relevados todavía. El resto de los soldados, sirvientes, nobles y la familia real, no habían abierto los ojos todavía, aunque lo harían en breve. El día parecía que iba a ser radiante y la actividad tomaría el castillo como un hormiguero a la orden de la reina.

Las Panteras formaban una línea frente a Raner y sus hombres y aguardaban órdenes.

—Sé que no habéis pedido el honor de convertiros en Guardabosques Reales. Sin embargo, las órdenes del rey no pueden ser desobedecidas. Por lo tanto, os formaré para convertiros en la élite de los Guardabosques —dijo Raner señalando a los cuatro fuertes Guardabosques Reales que iban con él.

—No quiero llevar la contraria al Guardabosques Primero, pero la élite de los Guardabosques está en esta línea que formamos —respondió Viggo con su habitual descaro.

Raner lo observó un instante con mirada dura.

—Muy bien, veamos cuan bueno eres.

—Estupendo —dijo Viggo sacando pecho y listo para la gresca.

Ingrid le lanzó una mirada de incredulidad.

—Guardabosques Primero, no es necesario... —comenzó a decir, pero Raner la cortó.
—Sí que lo es. Podéis pensar que sois mejores que ellos —dijo señalando a los hombres que había traído con él—. Creéis que por todas las Especialidades que poseéis, por vuestra experiencia y habilidad, por ser Águilas Reales, estáis por encima de ellos, que sois imbatibles. Sin embargo, una cosa no sois y esa es Guardabosques Reales. Os recuerdo que están por encima de vosotros en rango. Eso se debe a que son los mejores entre los Guardabosques, elegidos para una función muy especial: la de proteger a Su Majestad y a la familia real. Para ser como ellos hace falta un entrenamiento muy específico y cambiar la forma de pensar a la hora de actuar. Ellos defienden, no atacan, tienen una gran responsabilidad: proteger vidas. Hay una gran diferencia que tendréis que aprender.
—Sí, Guardabosques Primero —dijo Ingrid.
—Tú me ayudarás a darle una lección a nuestro asesino —dijo Raner a Ingrid—. Ven hasta mí.
—Sí, señor... —Ingrid avanzó hasta Raner y lanzó una mirada de reojo a Viggo.
—Asesino, prepara tus armas —ordenó Raner.
—A la orden, señor —sonrió Viggo, que sacó sus dos cuchillos de un movimiento fugaz.
Todos observaban la escena con mucha expectación. No sabían lo que iba a ocurrir, pero no tenía buena pinta. Raner era Guardabosques Primero y un asesino excepcional, se suponía que era el mejor de todos los Guardabosques. Viggo, por su parte, pensaba que era mejor que Raner. Si se iban a enfrentar habría un duelo épico. Sin embargo, ¿por qué estaba Ingrid en medio de la disputa?
Raner dio presta respuesta a las dudas de las Águilas. Con un rápido movimiento de una mano agarró a Ingrid por la cintura y la hizo girar con un fuerte tirón. Con la otra mano, sacó un cuchillo y lo puso en el cuello de Ingrid mientras se situaba tras ella, pegado, y la sujetaba con fuerza para que no se moviera.
Viggo se sobresaltó e hizo ademán de saltar hacia delante, pero se contuvo. El resto de las Águilas tuvo una reacción similar. No sabían qué sucedía, pero no les gustaba nada ver a Ingrid en peligro.

—Ahora, asesino, ¿cómo vas a liberar a la rehén? —preguntó Raner a Viggo hablando desde detrás de Ingrid.

Viggo hizo un nuevo movimiento, como si fuera a atacar, pero al ver que Raner tiraba de Ingrid contra su cuerpo, dudó y no atacó.

—Veo que hay dudas —dijo Raner mostrando el cuchillo a Viggo y poniéndolo de nuevo en el cuello de Ingrid, que permanecía sujeta.

—No ataques... —pidió Ingrid a Viggo como en una advertencia.

—Si atacas en este tipo de situación nueve de cada diez veces el rehén muere. ¿Quieres correr ese riesgo? —preguntó el Guardabosques Primero.

—Si algo le ocurre, tú mueres —amenazó Viggo con voz helada y un brillo letal en los ojos.

—Podría ser, aunque dudo de que tú puedas vencerme. En cualquier caso, eso no resuelve la situación que tenemos entre manos. ¿Cómo vas a salvar a la rehén, asesino? —preguntó Raner con tono serio pero tranquilo. No parecía temer a Viggo y sí saber cómo se podía solventar aquella situación.

Viggo entrecerró los ojos y estos brillaron. Pareció ir a hacer algún tipo de ataque, pero Raner movió el cuchillo sobre el cuello de Ingrid. Esto detuvo a Viggo, que miró a Ingrid a los ojos y se quedó quieto.

—Esta situación se os dará —explicó Raner hablando a todos—. El rehén será la persona que estéis protegiendo. Podría ser el rey si un asesino llega hasta él. Para vosotros es más querida vuestra compañera Ingrid, así que entendéis lo que está en juego si esto ocurre. ¿Entendéis ahora la importancia de lo que hace un Guardabosques Real? Porque ellos saben lo que deben hacer en este caso —dijo señalando a los cuatro Guardabosques Reales con el cuchillo—, y vosotros no.

—¿Lo saben? —respondió Viggo en tono de reto.

—Te lo demostrarán. Kol, haz el honor —pidió Raner indicándole que se situara donde Viggo.

—Sí, señor —dijo Kol que se situó junto a Viggo—. ¿Dispongo de arco o de cuchillo y hacha? —preguntó.

—Como eres muy bueno con el arco, lo pondremos más difícil, dispones de cuchillo y hacha.

—Muy bien, señor —Kol se quitó el arco que llevaba a la

espalda y lo dejó en el suelo.

—Cuando quieras —indicó Raner.

Él asintió y sin esperar un instante con un latigazo tremendo de la mano izquierda lanzó el cuchillo contra la cara de Raner. Este salió directo y Raner tuvo que esconder su cara tras la cabeza de Ingrid, que vio cómo el arma pasaba a dos dedos de su mejilla izquierda.

Las Águilas emitieron gritos ahogados de susto, pero los Guardabosques Reales no se inmutaron.

Kol continuó el ataque rodando por el suelo en dirección a Ingrid a enorme velocidad siguiendo la trayectoria del lanzamiento. La cabeza de Raner volvió a aparecer sobre el hombro izquierdo de Ingrid y vio a Kol realizando el movimiento de acercamiento. Fue a degollar a Ingrid.

El Guardabosques Real llegó hasta Ingrid como un rayo. Todavía agachado, levantó el hacha, soltó un golpe descendente enganchando el antebrazo de Raner y tirando de él hacia abajo con fuerza. El cuchillo de Raner se alejó del cuello de Ingrid por acción del hacha y su brazo salió balanceado hacia un lado.

—¡Huye! —dijo Kol.

Ingrid dio un salto hacia delante y salió del área de alcance de Raner.

Kol se puso en pie y con el hacha en la mano se situó en posición defensiva, cubriendo la huida de Ingrid.

Raner inclinó la cabeza saludando a Kol.

—Muy bien ejecutado.

—Gracias, señor —respondió Kol—. ¿El antebrazo bien?

Raner se lo miró. La bracera de cuero reforzado tenía una hendidura.

—Tendré que buscar otra bracera, pero no hay herida.

—Me alegro, señor.

Raner miró a las Águilas.

—En esta situación tan comprometida lo primero es distraer al atacante. Debemos impedir que lleve a cabo su amenaza. El lanzamiento de cuchillo al rostro es muy eficaz pues si se alcanza al atacante nos dará el tiempo necesario para llegar hasta él. Y si no lo hace, el atacante se verá obligado a resguardarse. Nadie se queda quieto cuando un cuchillo le viene a la cara. Al hacerlo, nos da el tiempo necesario para un movimiento muy rápido de acercamiento. Es lo que Kol ha hecho. Finalmente, y esto es muy importante, no se ataca al asaltante. No se hace ya que de hacerlo le daríamos opción a matar al rehén. Lo que se debe hacer es llegar al arma e inutilizarla. ¿Entendido?

—Sí, señor —dijo Ingrid que miraba a Kol con ojos de aprecio.

—Hay una técnica similar que se realiza con el arco. Os la enseñaré más adelante, si bien el objetivo es el mismo: desarmar al atacante y liberar al rehén intacto.

—Esa nos gustará —dijo Nilsa.

—Asesino. ¿Qué opinas ahora sobre los Guardabosques Reales? —preguntó Raner.

Viggo arrugó la nariz. Movió la cabeza de un lado a otro y finalmente habló.

—Me doy cuenta de que os he subestimado. No había pensado que esto de defender y proteger a la familia real pudiera complicarse tanto.

—¿Reconoces que tienes mucho por aprender?

—Lo reconozco. Puedo ser engreído, pero no soy ciego. Si veo que me he equivocado, lo reconozco. Nos vendrá bien aprender lo que ellos saben. Esa combinación de ataque y desarme ha sido brillante.

Raner asintió conforme.

—Me alegro de que aprecies lo que son capaces de hacer y lo que esta formación puede aportaros a todos.

—Lo hacemos —aseguró Ingrid.

—Muy bien. Kol, vuelve a tu posición.

—Sí, señor —Kol se situó con los otros Guardabosques Reales y no pudo evitar mirar a Nilsa, que lo observaba con ojos de asombro.

Raner se dirigió a las Águilas.

—En cuanto a la formación, lo haremos en dos grupos. De esta manera mientras un grupo la hace, el otro protegerá a la reina. No debemos olvidar que la prioridad es su salvaguarda y bienestar. Que tengamos que instruiros de forma acelerada es un inconveniente enorme que tendremos que paliar. Las mañanas será formación para Ingrid, Astrid y Molak. Por las tardes será formación para Gerd, Egil, Nilsa y Viggo.

—Lo entendemos y somos muy conscientes —aseguró Egil—. Haremos cuanto podamos para que todo vaya bien y no se produzca ninguna situación no deseada. Cuanto antes nos formemos, antes podremos dedicarnos por completo a la protección de la reina, que es lo importante.

Gerd miró de reojo a Egil con cara de que las palabras de su amigo le sorprendían.

—Yo preferiría estar en el grupo de la mañana —dijo Viggo.

—Lo imagino. Por eso te he puesto en el de la tarde.

—Pues qué bien...

—Ser engreído es lo que acarrea —dijo Raner encogiéndose de hombros—. Quizá esto te ayude a serlo menos.

—Quizá no —respondió Viggo, que no estaba nada contento con la decisión.

—¿Qué ocurre si la reina requiere protección completa? De todos nosotros, me refiero —preguntó Ingrid.

Raner la miró e hizo un gesto afirmativo.

—Ese caso puede darse. Si se da, se suspenderá la formación. Lo primero y más importante es la protección de la reina.

—Entendido, señor —respondió Ingrid.

—Los días en que ella esté en sus aposentos, sin visitas, o en otras áreas seguras del castillo, y sin compañía, será cuando podréis formaros.

—Eso será la mayor parte del tiempo —dijo Nilsa.

—Es de esperar que así sea, siendo la situación política la que es en este momento —dijo Raner.

—En cuanto al entrenamiento físico, será también parte de la formación —dijo Raner.

—Oh no... —protestó Viggo.

—¿Es necesario? —preguntó Gerd con expresión de no estar nada contento.

—Estamos muy en forma, es algo que no descuidamos —explicó Nilsa.

—Lo veo y estoy seguro de que no os supondrá mucho esfuerzo. En cualquier caso, es parte de la formación y debéis realizarla. Los Guardabosques Reales realizan entrenamiento físico los días alternos. Os uniréis a ellos —afirmó Raner señalando a sus hombres—. Hay una tanda a la mañana y otra a la tarde.

—No nos supondrá esfuerzo —afirmó Ingrid—. Además, nos vendrá bien estirar los músculos un poco.

Viggo y Gerd no estaban de acuerdo, a juzgar por las malas

caras que ponían.

—Podéis dar las gracias a Su Majestad el Rey por esto, os recuerdo que no es idea mía —dijo Raner.

—Ya... ahora mismo voy a dárselas —replicó Viggo.

—Yo no te acompaño —negó Gerd con la cabeza.

—Muy bien, y ahora, sin más preámbulos, comenzaremos con el primer entrenamiento —dijo Raner—. Ingrid, Astrid y Molak quedaos. Los demás volved con la reina y protegedla.

—Yo me quedo a ver cómo es... —comenzó a decir Viggo, pero Raner lo interrumpió de inmediato.

—Tú harás lo que te he ordenado —dijo Raner señalando con el dedo índice la entrada al edificio principal del castillo.

Viggo marchó despotricando y se volvió.

—Te vigilo —dijo a Molak y le lanzó miradas intimidatorias mientras señalaba.

—Lo sé, pero no me importa —respondió Molak, que no se dejó intimidar y le mantuvo la mirada.

—¿Algún problema entre vosotros? —preguntó Raner a Molak.

—No, señor, ninguno —respondió Molak con seguridad.

—Mejor. No podemos permitirnos tener rivalidades o discrepancias internas cuando estamos protegiendo a la familia real. Un descuido, una gresca, y puede ocurrir lo impensable. Debemos permanecer siempre alerta y sin distracción alguna. El futuro de Norghana depende de que nosotros, no cometamos ningún error.

—No habrá distracciones ni problemas, señor —aseguró Molak.

—No cometeremos un error fatal —afirmó Ingrid.

—No somos de los que cometen equivocaciones que cuestan vidas —dijo Astrid.

—Muy bien —Raner pareció complacido con las respuestas—. Lo que debéis recordar siempre que estéis sirviendo como Guardabosques Reales es que vuestra única función es la de proteger a Sus Majestades. Pueden ocurrir infinidad de cosas en el transcurso de un día de servicio, pero ninguna debe distraeros. Estáis para proteger y cuando empuñéis un arma debe ser para eso, no para atacar.

—Lo entendemos, señor —aseguró Ingrid.

—Lo primero que os enseñaré es cómo debéis situaros

alrededor del rey o la reina en todo momento y situación. También cómo debéis avanzar al paso, retroceder, cabalgar, e incluso navegar.

—Nos ponemos alrededor y tan juntos como podamos, ¿no? —simplificó la cosa Astrid—. Bueno, es lo que tiene más sentido para que un posible atacante no llegue hasta ellos.

—Esa es una buena táctica que la reina no apreciará, ya que no está acostumbrada a que se le acerquen tanto otras personas, ni permitirá que podáis seguir su caminar. Terminaríais pisándoos los unos a los otros.

—Ya... lo imagino... —comentó Astrid.

—Además, tenéis que tener en cuenta dos tipos de situaciones. La primera es si debéis proteger en solitario o con la Guardia Real. En la mayoría de los casos, la Guardia Real estará presente si es el rey o alguien de la familia real quien debe ser protegido. En ese caso, ellos serán quienes rodeen a la persona y quienes formen un cordón de protección alrededor de ésta. En ese caso los Guardabosques Reales se sitúan formando un segundo cordón más amplio y con los arcos preparados.

—Eso lo veo bien —comentó Ingrid—. La Guardia Real que vigile el perímetro interior y nosotros el exterior.

—Eso es —confirmó Raner—. Sin embargo, también se puede dar el caso en el que la Guardia Real no esté presente. Debería ser en pocas ocasiones, pero podría darse. Entonces vosotros formaréis el perímetro de defensa interior y no habrá uno exterior.

—Y mejor usar armas de cuerpo a cuerpo —dijo Astrid sacando sus cuchillos.

—Sí, es lo apropiado —confirmó Raner—. Sin embargo, cada situación es un mundo aparte así que tendréis que estar muy atentos y adaptaros a cada una según se produzca.

—Eso suena a improvisar —comentó Molak con gesto de no gustarle la idea.

—Si estás bien entrenado serás capaz de improvisar y adaptarte sin que te parezca que lo estás haciendo. Será como un instinto —aseguró Raner.

—El de supervivencia —añadió Ingrid.

—En efecto. La supervivencia de la persona que protegéis, no la vuestra —aclaró Raner—. Tendréis que poner siempre la vida del rey o de su familia primero. La vuestra es intrascendente. Si debéis sacrificaros por salvar sus vidas lo haréis sin vacilar y con honor.

—Sí, señor —asintió Molak.

—Sí, señor… —convino Ingrid, pero en su tono hubo una pizca de duda.

Astrid no dijo nada.

—Muy bien. Vamos a comenzar con el entrenamiento. La situación será una misión de protección sin soporte de la Guardia Real.

—Empezamos por lo difícil —dijo Astrid.

—Como debe ser —sonrió Ingrid.

—Kol, sitúate en medio. Harás de reina —dijo Raner al Guardabosques Real.

—Sí, señor —Kol se colocó donde Raner indicaba.

—Siempre debéis situaros dos a la espalda de la persona a proteger. Aquí y aquí —señaló Raner. Luego hizo un gesto a dos de sus Guardabosques Reales, que se colocaron donde indicaba. Había una separación con la espalda de Kol de un paso y medio—. El espacio entre los dos protectores debe ser mínimo. Debéis ir rozando hombros siempre, brazo con brazo, para evitar que no solo una persona pueda pasar entre los dos, sino también una flecha.

—¿No sería mejor una sola persona que cubriera toda la espalda de la reina? —preguntó Molak.

—No, pues en la mayoría de los ataques, suele haber más de un asesino. Por lo tanto, podrían someter a una persona entre dos o tres o podrían sorprenderla por la espalda si se despistara. Siendo los protectores dos, es más difícil que esto ocurra —explicó Raner.

—Entendido —dijo Ingrid que no perdía detalle. Estaba muy interesada en todo lo que tenía que aprender para alcanzar la posición de Guardabosques Real. Se sentía muy bien, contenta incluso. Para ella aquello era un motivo de alegría, no un castigo.

—Bien, Astrid e Ingrid, tomad posición. Molak, tú te situarás delante de la reina. La medida es la misma. Paso y medio por delante. La posición de guardia también. Hombro con hombro y brazo con brazo. Nadie puede asaltaros y llegar hasta Su Majestad.

—De acuerdo —confirmó Molak, que se puso en posición junto a Kol.

—Ahora practicaremos avanzar y girar. Siempre debéis mantener un ojo en la persona que protegéis y el otro en los posibles peligros que os rodean —explicó Raner.

—Un poco complicado si la persona a proteger está a mi espalda —dijo Molak.

—Y debes caminar mirando hacia delante, no mirando constantemente a la persona a proteger. No solo te tropezarás, sino que además a la persona que proteges no le va a gustar que estés constantemente mirándola.

—Ya, eso me lo imagino... —dijo Molak, que miró a Ingrid y a Astrid, detrás de Kol.

—Los que van en cabeza tienen la ventaja de que ven qué hay delante y la desventaja de que tienen que estar muy atentos para ver qué hace la persona que protegen y hacerlo con disimulo. Por el contrario, los que van detrás tienen la ventaja de que pueden ver a la persona a proteger y la desventaja de que no ven lo que hay a sus espaldas, por donde llegará el peligro en la mayoría de los ataques.

—Imagino que debemos estar mirando atrás con disimulo —dijo Ingrid.

—Y de forma constante —dijo Astrid, que echó la vista atrás por encima del hombro.

—Así es, sin perder la referencia de la persona a proteger —confirmó Raner—. Vamos a realizar ejercicios de caminar en todas direcciones y a diferentes pasos. Mucho cuidado cuando vayamos hacia atrás. No es lo habitual, pero podría requerirse que nos replegásemos si hay una fuerte oposición al frente y hay que hacerlo sin romper formación.

—Entendido —dijo Ingrid.

A una orden de Raner comenzaron los ejercicios. El Guardabosques Primero estuvo trabajando con ellos un buen rato hasta que vio que asimilaban las bases de lo que tenían que hacer. Los dejó entrenando con los otros Guardabosques Reales y marchó a continuar con sus obligaciones.

Ingrid, Astrid y Molak se ejercitaron con plena concentración y atendiendo a todas las explicaciones. No pudieron evitar tropiezos y falta de coordinación por momentos, pero se esforzaron como si estuvieran de vuelta en el Campamento o en el Refugio, pues sabían que con aquellos ejercicios lograrían convertirse en protectores de élite de la familia real.

Astrid no disfrutaba mucho con el ejercicio, pues no estaba en sus planes ser Guardabosques Real. Aceptaba que tenían que hacerlo y lo hacía. Sin embargo, para la quinta repetición comenzó a enfocarlo de forma diferente. Se dio cuenta de que aprendería cosas que luego podría utilizar en su Especialidad. Nada mejor que ser un experto en cómo se protege a un miembro de la realeza, para poder luego asesinarlo utilizando ese mismo conocimiento. Sí, cuanto más lo pensaba más le agradaba la idea. Aquello le iba a venir muy, pero que muy bien.

Molak aceptaba de muy buen gusto el entrenamiento. Al igual que Ingrid, él sí quería ser Guardabosques Real, y la oportunidad se le había presentado mucho antes de lo que esperaba. Había calculado que todavía tendría que servir unos años más como Especialista antes de siquiera soñar con entrar en el cuerpo de élite. Por lo general, los Guardabosques Reales eran elegidos por ser excepcionales y con experiencia. El unirse a las Águilas para hacer de sustituto de Lasgol había tenido aquel premio inesperado y Molak estaba muy contento con la oportunidad que se le brindaba. Estar con las Águilas significaba líos, problemas y riesgos, pero que por una vez fuera algo positivo, y algo que él deseaba mucho, era un cambio buenísimo que aceptaba más que gustoso.

Ingrid, al igual que Molak, estaba encantada de poder optar a ser Guardabosques Real y lo expresaba de forma abierta tanto en lo que decía como en lo que hacía. Para ella el entrenamiento no era un fastidio, sino todo lo contrario. Para alcanzar su sueño de ser Guardabosques Primera antes tenía que llegar a ser Guardabosques Real. No era un requisito insalvable, pero casi. Que ella supiera, todos los Guardabosques Primeros habían sido antes Guardabosques Reales. Ella conseguiría serlo y colocarse un poco más cerca de su sueño costara lo que costase.

Los tres continuaron formándose mientras sus pensamientos los llevaban a los fines y metas que deseaban alcanzar.

Capítulo 15

Camu y Ona también miraron al mago. Lasgol se percató de que sus amigos estaban sin camuflarse y el Mago de Hielo los había visto.

—¿Sorprendido de verme? ¿Tú y tus... criaturas? —dijo Maldreck a Lasgol.

—Sí, sorprendido —respondió él, que intentaba mantener la calma mientras razonaba cómo era posible que el Mago de Hielo estuviese allí y el motivo. El hecho de que Maldreck hubiera descubierto a Camu le inquietó tanto que perdió el hilo de sus razonamientos y un desasosiego le nació en el estómago.

—Me lo imaginaba —Maldreck sonrió victorioso—. No deja de sorprenderme lo poco inteligentes que sois.

—¿En comparación a...?

—A mí, por supuesto —el líder de los Magos de Hielo hizo una pequeña reverencia con la que se vanaglorió.

—¿Qué hace aquí el líder de los Magos de Hielo? —Lasgol intentaba ganar tiempo para ver cómo salir de aquella. Ya imaginaba lo que Maldreck hacía allí y lo que quería.

—He venido a por aquello que mi antecesor escondió aquí —dijo señalando la caja junto a Lasgol.

—Esta caja es nuestra —le negó Lasgol con un movimiento negativo de la mano.

—¿Nuestra? ¿Te refieres a tuya y de esas dos bestias? Lo dudo mucho.

—Es mía. Eicewald me la dejó a mí.

—Tú, Eicewald y vuestros jueguecitos... Lamentable.

—¿Lamentable? ¿Por qué razón es lamentable? —a Lasgol el comentario no le había gustado nada.

—Por vuestros jueguecitos a secretos. ¿Acaso crees que no sabía que Eicewald te estaba formando a escondidas? Lo sabía, y también conocía la existencia de esa criatura del hielo —dijo con un gesto de la cabeza hacia Camu.

—¡Nos has estado espiando! —acusó Lasgol señalándole con el dedo índice.

—¡Por supuesto que os he estado espiando!

—No tenías por qué, no somos enemigos.

Maldreck rio soltando una fuerte carcajada.

—Un mago inteligente conoce todos los movimientos de sus rivales. Eicewald era mi rival y lo tenía bien vigilado.

—Eicewald ha muerto, ya no es rival.

—Cierto. Al final solo quedan los mejores y más inteligentes —afirmó, y sus ojos brillaron con prepotencia.

—El final no ha llegado todavía.

—Será el mismo te guste o no, Guardabosques. Yo me saldré con la mía.

—No tenemos por qué enemistarnos. No por esto —Lasgol intentó tranquilizar las cosas.

—Es tarde para eso. Pensasteis que me ibais a engañar. Sencillamente patético. Soy mucho más brillante que vosotros.

—Aunque lo seas, las cosas pueden sorprenderte —advirtió Lasgol.

—Lo dudo mucho. Quiero el contenido de esa caja, ¡ahora! —demandó señalándola.

—¿Qué más te da lo que me haya dejado Eicewald?

—Oh, sí que me importa. Vi esa caja en nuestra torre. Sé que contiene la emanación de poder de lo que está en su interior. Por lo tanto, estoy seguro de que ahí dentro hay un Objeto de Poder valioso. De lo contrario, Eicewald no la habría usado y no habría mantenido en secreto su contenido.

—Es un regalo personal y no te incumbe.

—Todo lo que tenga que ver con los Magos de Hielo me incumbe. Todo lo que tenga que ver con Objetos de Poder me incumbe sobremanera.

—¿Cómo nos has seguido hasta aquí? No he visto que lo hicieras —preguntó Lasgol extrañado. No entendía cómo había podido hacerlo sin darse cuenta. Tendría que haberlo detectado.

La cara de Maldreck se encendió de gusto y satisfacción.

—El gran Guardabosques no se explica cómo he podido burlar su vigilancia —rio con un par de carcajadas.

Lasgol se sintió mal. No sabía cómo lo había hecho.

—No me lo explico, no.

—Te lo explicaré para que veas que no puedes medirte con quien es superior a ti. ¿Recuerdas el pergamino de Eicewald?

Lasgol lo tenía en su macuto, dentro de la bolsa que Maldreck le había dado.

—¿Has hechizado el pergamino?

Maldreck volvió a reír con carcajadas de superioridad.

—No el pergamino.

Lasgol lo entendió entonces.

—La joya de hielo...

—¡Por fin! Casi tengo que deletreártelo... La joya de hielo no es un legado de Eicewald, es un regalo mío. Porta un hechizo de localización. Emite pulsos de magia de hielo que yo puedo sentir a varias leguas de distancia y me indica su localización.

—Por eso no te he visto.

—Siempre he estado fuera del alcance de tu visión o tu magia, a un mínimo de dos leguas de distancia.

Lasgol bajó la cabeza. Maldreck le había engañado, y muy bien, además.

—Ya veo...

—Como ya he dicho, vuestros intentos son lamentables. Soy mucho más poderoso e inteligente.

—La partida no ha terminado todavía —replicó Lasgol con rabia. Se sentía furibundo por haber sido engañado.

—Para ti sí que ha terminado. Dame la caja y evitemos que se derrame la sangre.

«Preparado para atacar» transmitió Camu.

Ona gruñó una vez y se preparó para saltar al cuello de Maldreck.

El mago levantó su mano izquierda y de entre la maleza aparecieron una docena de soldados norghanos liderados por un oficial que se situaron a su espalda. El oficial se situó junto a él.

«Esperad, no atacamos».

«¿No? Querer robar perlas».

«Si atacamos los soldados se nos echarán encima y tendremos que pelear contra ellos también».

«Nosotros poder con soldados».

«Sí, pero atacar soldados norghanos se considera traición, y más en tiempos de guerra. Nos meteríamos en un lío».

«No matar. Sólo dejar fuera combate».

«Aun así... sería traición. No, no podemos atacar».

—Capitán Jakobson, el Guardabosques Eklund se niega a

entregarme esa caja que contiene un Objeto de Poder, mágico. Si es tan amable de explicarle que debe hacerlo... —dijo Maldreck e hizo un gesto con el brazo izquierdo hacia Lasgol.

El oficial, que estaba mirando a Camu con ojos de gran sorpresa, se centró en Lasgol.

—¿Por qué te niegas, Guardabosques?

—Es un regalo del difunto líder de los Magos de Hielo. Es mío. No tengo por qué entregarlo.

—Eso es indiferente. Contiene un objeto mágico. Por ley, como nuevo líder de los Magos de Hielo, tengo derecho a tomar posesión de todo objeto mágico hallado en el reino —afirmó Maldreck con tono duro.

—No estamos en Norghana —apuntó Lasgol intentando encontrar una salida.

—Estamos en el Utla y los norghanos lo consideramos parte de nuestro territorio —dijo Jakobson—. Un Guardabosques debería saberlo.

—Los norghanos hemos tomado el Utla y lo controlamos con nuestros navíos de guerra, pero no es nuestro territorio como tal —aclaró Lasgol.

—Esa distinción sigue siendo irrelevante. Reclamo el objeto mágico como Mago de Hielo. Nadie puede impedírmelo, y menos un Guardabosques del Rey.

—Maldreck tiene razón, Guardabosques. Entrégale el objeto mágico —ordenó Jakobson.

—¿Y si me niego? —Lasgol desafió al oficial con tono templado.

—En ese caso, mis hombres y yo lo cogeremos por la fuerza. No es algo que recomiende.

«Yo helar oficial».

«No, tranquilo. No ataques».

Los soldados estaban tensos y Lasgol lo notaba. Iban armados con hacha y escudo. Miraban a Ona y Camu con ojos de quien no se fía y teme algo. Más que Ona, a quien temían por ser un gran felino, era Camu quien los tenía muy confundidos pues no tenían ni idea de qué animal era.

—No será necesario, entregaremos la caja —Lasgol cedió para no tener que atacar a sus compatriotas, que no hacían más que cumplir con su deber.

—Eso está mucho mejor —dijo Maldreck haciendo un gesto con la mano para que se la diera.

Lasgol lo hizo.

—No la abras. Es peligroso —aconsejó.

Maldreck lo miró con expresión de desdén.

—Por favor. No insultes mi inteligencia.

—No sabes dónde te estás metiendo —avisó Lasgol.

—Oh, sí que lo sé. Conozco la historia del dragón inmortal que ha hecho que envíen a los calabozos reales a Gondabar. Estaba presente cuando se la contó al rey.

—Entonces entiendes la gravedad del asunto. Lo que está en esa caja lo quiere el dragón.

—Lo que entiendo es que habéis perdido la cabeza, lo cual me interesa. Si es por efecto de lo que hay aquí dentro, quiero poseerlo y dominarlo. Podría ser un arma poderosa. Estoy pensando en un hechizo de ilusión con gran potencia y duración. Eso explicaría que varias personas creyeran haber visto un dragón y lo juraran y perjuraran pese al castigo del rey.

—No es ningún hechizo de ilusión. Lo vimos con nuestros propios ojos. El dragón existe y mató a Eicewald. Y te matará a ti si no te andas con cuidado.

—Si crees que me vas a asustar con un cuento mitológico ya te puedo asegurar que no va a ser así —rio Maldreck—. No sé cómo murió Eicewald ni me interesa. Ahora que yo soy el líder de los Magos de Hielo todo lo que un día fue suyo es mío.

—Murió luchando contra un dragón, te guste o no, lo quieras creer o no —aseguró Lasgol.

El capitán Jakobson y sus soldados comenzaban a estar de lo más incomodos con aquella conversación sobre magia y dragones.

—¿Regresamos al navío? —preguntó Jakobson a Maldreck.

—Sí, regresamos. Ya tengo lo que quería.

Maldreck, Jakobson y los soldados se dieron la vuelta y comenzaron a alejarse. Lasgol no quería perder las perlas.

—¿Podéis llevarnos? Nuestra barcaza hace aguas. Lo más probable es que nos hundamos en medio del Utla —pidió.

Maldreck y Jakobson se detuvieron y se miraron.

—Es tu barco de guerra, a mí no me incumbe ni me importa —dijo Maldreck levantado la barbilla. Sabía que había ganado la partida y le daba igual. Continuó andando hacia el navío, que estaba anclado en la cara este de la isla.

—Un norghano no abandona a otro en la mar, menos aun siendo hombres del rey —dijo Jakobson—. Puedes venir.

—¿Y ellos? —preguntó Lasgol señalando a Ona y Camu.

—Ellos son bestias. No hay sitio en mi navío para bestias.

Lasgol fue a insistir, pero decidió que era mejor no hacerlo.

«Aguardad aquí mi regreso».

«¿Por qué ir?».

«No podemos perder las perlas».

Ona gruñó dos veces.

«Volveré a por vosotros. Lo prometo».

«Yo creer».

Ona gimió una vez.

«No tardaré mucho» aseguró Lasgol, aunque no estaba muy seguro de que fuera a ser así.

—Yo voy, ellos se quedan —informó Lasgol al capitán.

—De acuerdo, adelante Guardabosques —aceptó Jakobson.

Lasgol recogió su macuto y el arco de Aodh y fue tras los soldados. Lanzó una mirada de despedida a Camu y Ona.

«Suerte» le deseó Camu.

«Gracias, amigo».

Ona gimió.

Capítulo 16

Lasgol iba sentado en la proa de la embarcación de asalto norghana. Se dirigían hacia el norte. El capitán Jakobson soltó una reprimenda a unos de sus marineros que llegó hasta los oídos de Lasgol. El marinero estaba al timón en la popa y gritaba órdenes a sus soldados cada vez que veía algo que no le gustaba. Lasgol supo que aquellos soldados estaban acostumbrados a navegar en aquel navío y dedujo que era uno de los barcos de guerra que patrullaba el Utla de forma habitual.

No sabía cómo Maldreck había conseguido los servicios del capitán y su navío, pero se imaginó que, siendo el líder de los Magos de Hielo, podía requerir barcos de guerra si los necesitaba. Un Guardabosques no podía hacerlo por sí mismo, necesitaba de la autorización de Gondabar o del rey. Recordó el penoso destino del Líder de los Guardabosques y sintió una lástima profunda. Ojalá Gondabar pudiera volver a su torre pronto, aunque nada borraría de su corazón el castigo y la deshonra recibidos.

Maldreck estaba sentado en mitad de la embarcación, junto al mástil. Tenía la caja de Eicewald abierta y llevaba todo el día examinando las doce Perlas de Plata. Lasgol había vuelto a insistir en que no lo hiciera, pero le había despachado de malas formas, amenazando con convertirlo en un bloque de hielo que los soldados lanzarían al río.

Suspiró. Sabía que el mago hablaba en serio. Si le provocaba atacaría sin piedad. Maldreck era peligroso, una víbora que quería trepar muy alto y no dudaría ni un instante en librarse de cualquiera que entorpeciera sus aspiraciones. De hecho, no había venido con ninguno de los Magos de Hielo y Lasgol se imaginaba el motivo. No quería que supieran de su descubrimiento. No deseaba rivales que más adelante pudieran arrebatarle su nuevo tesoro, sobre todo si era tan poderoso como parecía ser.

Pensó en Camu y en Ona. Había tenido que dejarlos en la isla y eso le creaba un sentimiento de intranquilidad. Estaba seguro de que se las arreglarían bien, pues allí no había peligro, pero no le gustaba separase de sus amigos. Nunca se podía estar tranquilo siendo ellos y Lasgol quería estar siempre cerca por si acaso. Por desgracia, no había tenido más remedio que ir con el navío. Necesitaba ver qué iba a hacer Maldreck con las perlas.

Se fijó en el brillo de codicia que aparecía en los ojos del Mago de Hielo. Para él las perlas representaban más poder y no iba a entregarlas de ninguna manera. Eso iba a ser un problema, pues Lasgol tenía que robárselas de alguna forma. Además, tenía que ser antes de que llegaran a la capital, pues una vez las llevara a la torre de los Magos de Hielo las habrían perdido para siempre. Ni Viggo sería capaz de entrar en la torre y cogerlas. Astrid ya le había comentado en más de una ocasión que la torre debía estar llena de trampas y protecciones y que sólo un mago, y a poder ser de hielo, podría entrar en el edificio y llevarse algo que estuviera allí bien protegido.

La brisa era cálida y hacía revolotear el cabello rubio de Lasgol. El verano comenzaba y era su estación preferida junto con la primavera, que ya iban dejando atrás. Miró la caja. De alguna forma podía sentir el poder que las perlas emitían. Le resultó extraño ser capaz de captarlo sin hacer nada, sin invocar una habilidad. Era como si el poder que emanaban fuera tan grande que lo bañaba por completo. Lo que estaba sintiendo debía de estar relacionado con su nuevo estado mágico, con haber conseguido reparar su puente. De no ser así, habría sentido las perlas en el pasado y no lo había hecho. Los magos eran capaces de sentir el poder de objetos sin necesidad de utilizar su magia, solo por ser afines a la propia magia. Parecía que comenzaba a experimentar los beneficios de haber conseguido tener su mente y su fuente de poder unidas por fin.

—No deberías manipularlas —advirtió Lasgol al Mago de Hielo al verle conjurar sobre una de las perlas que tenía en la mano. Sabía que recibiría una mala respuesta, pero no pudo contenerse.

Maldreck abrió los ojos y lanzó a Lasgol una mirada de odio.

—Te he dicho que no me interrumpas cuando estoy trabajando.

—Esas perlas emanan un poder que no quieres que sea captado —advirtió.

—Ya, por un dragón inmortal nada menos. Me conozco el cuento de niños para no dormir que andáis pregonando —respondió con tono burlón.

—Aunque no me creas, sabes que no es buena idea potenciar el poder que las esferas emanan. Otros seres o incluso otros magos podrían captarlo.

—Vaya, ahora resulta que un par de lecciones de Eicewald te han convertido de repente en un mago experto —replicó Maldreck con tono de gran desdén.

—No soy ningún mago experto...

—Eso puedes jurarlo —interrumpió Maldreck—. No eres más que un Guardabosques que ha nacido con la fortuna de poseer el Talento. Eso es raro, he de reconocerlo, pero no te conviete en especial, y mucho menos en mago, aunque el ilustre Eicewald te haya dado unas pocas lecciones de magia. Recuerda que encontramos personas con el Talento cada cierto tiempo. Ahora mismo estamos buscando nuevos adeptos que podamos instruir, así que tampoco te creas tan especial. Y no pretendas convertirte en un mago, eres ya demasiado mayor para ello.

—No pretendo...

—Ni se te ocurra —volvió a interrumpir Maldreck—. Disfruta de la pequeña ventaja que tener el Talento te va a ofrecer a modo de habilidades que puedas usar con tu arco y tus trampas de Guardabosques y deja los asuntos de magos para los magos. No olvides nunca que somos mejores. Debes mirarnos con devoción, respetarnos como superiores que somos y obedecer nuestras órdenes sin rechistar.

—Eso...

—Shhh.... ¿No has escuchado lo que acabo de decir? Calla y obedece a los que son superiores a ti. No me obligues a darte una lección. Lo haría encantado y sería una a la que no sobrevivirías.

Ante la amenaza de muerte y con la certeza de que Maldreck era capaz de llevarla a cabo, Lasgol tuvo que guardar silencio. Suspiró. Personas como aquella, que todo lo sabían y se creían superiores a los demás, eran de lo más irritantes. Metió la mano en su morral para coger algo de queso y alimentarse un poco cuando dio con la bolsa del pergamino. Lasgol la sacó y colocó sobre su mano la joya de hielo.

Era la joya con la que Maldreck los había localizado. Comenzó a juguetear con ella, intentando sentir la magia que emitía y que de alguna forma Maldreck era capaz de captar a varias leguas de distancia.

Tras toquetearla un rato algo interesante sucedió. Notó cómo se le erizaba el pelo de la nuca. Eso significaba que había magia muy cerca. Debía ser la que Maldreck había seguido para encontrarles. ¿Cómo era posible que no lo hubiera sentido antes? Recordó que no había estado tocando la joya de hielo. Había viajado con él en su macuto dentro de su bolsa. Descubrirlo le causó curiosidad. Puede que no captara todavía la magia del encantamiento de Maldreck, pero podía intentarlo.

El mago le vio con el objeto en la mano.

—No podrás captarlo por mucho que te empeñes. Sólo responde a mi magia —dijo Maldreck.

—En ese caso no te importará que lo intente.

Maldreck soltó una carcajada desdeñosa.

—Intenta lo que quieras, insignificante Guardabosques.

A Lasgol el menosprecio le dio igual. Que se burlara de él le era indiferente. Con cierto tipo de gente lo mejor era ignorarles. Sin embargo, sus palabras le daban la razón. La joya tenía un encantamiento para que sólo Maldreck pudiera percibir su magia. Por ello ni Camu ni él se habían percatado del engaño.

Se concentró y se puso a inspeccionar la joya. Ahora, después de reparar su puente, debía de ser más sensible a todo tipo de magia, o al menos eso esperaba él. Como no captaba nada dedujo que eso significaba que Maldreck no sólo había hechizado la joya como localizador, sino que también para ocultarlo de ojos mágicos extraños. Por eso decía orgulloso que sólo él podía captarla.

Teniendo en cuenta su nuevo poder, Lasgol decidió que no perdía nada por investigar ese encantamiento y el de señalización, quizá podía aprender algo. Maldreck seguía muy concentrado conjurando sobre las perlas, por lo que no le iba a molestar. Se concentró e invocó Comunicación Arcana sobre el objeto. De inmediato algo nuevo sucedió. Descubrió dos auras alrededor de la joya. No lo esperaba en absoluto, así que sin querer echó la cabeza atrás y se dio un coscorrón contra el casco de madera del barco.

Aquello era muy extraño. Siempre que utilizaba la habilidad le costaba muchísimo discernir alguna magia con la que poder interactuar. Que de pronto hubieran aparecido dos auras diferentes era un logro significativo. La primera era de color blanquecino, apenas visible, pero Lasgol la captaba, no con sus ojos, pero sí con su mente. Ese debía ser el encantamiento de ocultación. Se centró en el aura e intentó comunicarse con ella, interactuar. Al principio sintió cómo una fuerza rechazaba su intento. Al instante, su mente sintió un dolor, un pinchazo agudo.

De nuevo, aquello lo cogió desprevenido y en un acto reflejo echó la cabeza para atrás y se dio un segundo coscorrón. Ahora le dolía la parte frontal de la cabeza y también la posterior. Quien dijera que la magia en la mayoría de los casos era indolora, no había experimentado suficiente con ella. Estaba claro que el encantamiento de ocultación que Maldreck había puesto también llevaba un componente de protección para que no fuera accedido y manipulado por extraños. La verdad era que no le extrañaba lo más mínimo teniendo en cuenta de la clase de persona que era.

Resopló. La cuestión ahora era ver si podía desactivar esa protección o no. Quizá no debería meter las narices, o en este caso su mente, en estos asuntos, pero quería saber si era capaz de inutilizar o no la protección. Lo veía casi como un reto. Si lo lograba, habría obtenido una victoria minúscula sobre el Mago de Hielo, pero una victoria después de todo. Por el contrario, si fallaba, se iba a sentir decepcionado, eso también lo sabía, y con la magia las decepciones eran continuas.

Pese a todo, decidió intentarlo. Se concentró, cerró los ojos y dejó que su mente, tirando de su lago de poder, alimentara la habilidad e interactuara con el aura blanquecina. Se preparó para soportar el dolor. Un nuevo pinchazo agudo le estalló en el cerebro. Esta vez no echó la cabeza hacia atrás, pero no pudo evitar el dolor y esto le obligó a detener la interacción. La cosa no iba bien, pero tampoco era de extrañar. La protección estaba ahí con esa función, obstaculizar cualquier intento de manipulación.

Sabiendo que volvería a sufrir dolor, Lasgol se preparó antes de volver a intentarlo. Se concentró en blindar su mente al ataque del encantamiento. Como sólo tenía una habilidad defensiva pura como Protección de Boscaje, se centró en intentar crear una protección similar para su mente, algo que la resguardara de ataques. Por un rato estuvo pensando cómo debía ser. No necesitaba un conjuro enorme, sólo uno que blindara el aura de su propia mente, que no era muy grande. Intentó varios enfoques diferentes, pero no funcionaron.

Inspiró profundamente y se concentró aún más. Pensó en que tenía la habilidad Sanación de Guardabosques, que le había permitido con anterioridad sanar su mente de encantamientos malignos. Lo intentó. Se concentró en la habilidad y la tuvo lista para ser invocada. El pinchazo agudo volvió. Lasgol intentó invocar su habilidad en medio del dolor, pero no lo consiguió. Esto no iba a valer, lo que ocurría era que en medio del dolor era muy difícil invocar una habilidad.

Tenía que blindarse antes de que el dolor atacara de forma que pudiera defenderse. Lo pensó un momento y se le ocurrió combinar Protección de Boscaje y Sanación de Guardabosques aplicado no al cuerpo sino a la mente. Era un intento un tanto desesperado, pues Lasgol no había tenido gran éxito combinando habilidades ya desarrolladas. Si crear una era difícil, desarrollar una específica como combinación de otras era más que complicado.

Las dificultades siempre le habían rondado y esta no era más que una más. Podría hacerlo. Sólo tenía que poner inteligencia, voluntad, magia y un poquito de suerte en acción. Si fuera Viggo diría que era facilísimo. Lasgol no era tan optimista como su amigo, pero se recordó que "quien nada arriesga, nada gana", como decía el refrán, y era muy cierto. Sobre todo en la magia.

Se concentró y comenzó a invocar Sanación de Guardabosques sobre el aura de su propia mente. Según lo hacía, invocó también Protección de Boscaje. Las dos habilidades parecieron entremezclarse. Sobre el aura de la mente de Lasgol comenzó a formarse una capa de protección amarronada que durante un instante rodeó la mente de Lasgol. Iba a funcionar. De súbito se desestabilizó y con un destello de fracaso, desapareció.

—Casi... —masculló entre dientes. Miró a Maldreck, pero seguía inmerso en sus conjuros sobre las perlas. No parecía haberse dado cuenta de lo que Lasgol estaba haciendo. Además, lo más probable era que tampoco le interesara.

El fracaso no le desalentó. Había estado cerca y lo volvió a intentar. Por un largo rato estuvo probando diferentes formas de invocar cantidades de energía para conseguir la habilidad de protección que buscaba.

Estaba a punto de darse por vencido cuando de repente sucedió. Una capa protectora de color marrón verdusco rodeó su aura. Lasgol estuvo a punto de dar un grito de alegría, pero consiguió contenerse, si bien cerró con fuerza el puño con el que sujetaba la joya de hielo.

Ahora sólo le quedaba poner en práctica se nueva habilidad a la que llamó: Protección Mental. Volvió a invocar Comunicación Arcana e interactuó con la joya. Se produjo la reacción que ya esperaba. El encantamiento de defensa de la joya atacó la mente de Lasgol, pero esta vez se encontró con la defensa. Se preparó para el dolor, pero no se produjo. La protección de su mente se debilitó y comenzó a perder color, como si se estuviera deshaciendo.

Supo que tenía muy poco tiempo. Envió una gran cantidad de energía de su lago a interactuar con la capa de protección y se focalizó en destruirla. Para ello usó Sanación de Guardabosques, como si el aura del objeto fuera un veneno o una sustancia tóxica. La protección se resistió, pero Lasgol no cedió y envió más energía. Antes no hubiera podido enviar aquellas cantidades. La defensa desapareció como si un antídoto hubiera acabado con la toxina. La capa de color blanquecino desapareció y debajo quedó una azul: la de posicionamiento.

Ya lo tenía. Aquello le pareció un logro increíble. Acababa de vencer el encantamiento de defensa que Maldreck había puesto y del que seguro se sentía orgullosísimo. Bien pensado, sería un encantamiento de los fuertes. Maldreck no era de los que se andaban con pequeñeces, sobre todo en algo importante, lo cual le proporcionó a Lasgol un sentimiento de orgullo importante.

Animado, decidió intentar manipular el encantamiento de localización que ahora distinguía con un aura azulado. Quería ver si era capaz de modificarlo de forma que él pudiera captarlo y Maldreck no. Era un intento de lo más atrevido, pues requería interactuar con el encantamiento de otro mago y, además, modificarlo. Le pareció mucho desear, pero el que no deseaba tampoco conseguía nada en la vida. Así que se puso a ello.

Se centró en el aura azulada y con la habilidad Sanación de Guardabosques comenzó a manipularla. Sabía que no era la habilidad ideal, pero no tenía otra forma de interactuar con ella. Los primeros intentos no fueron bien. No conseguía ejercer ningún efecto sobre aquella aura. La habilidad que estaba usando buscaba curar, y no era el caso del que se trataba ahora. Lo que necesitaba era una habilidad que consiguiera manipular un encantamiento ya existente.

Envió más energía al aura y comenzó a intentar modificarla. Le dio la sensación de que aquella situación era similar a una muy familiar para él: la de reparar el puente, pasando de la magia de Izotza a la suya propia. Sí, se parecía mucho. Convencido de la similitud, intentó hacer lo mismo que hacía con los peldaños del puente, solo que esta vez era un encantamiento de localización. Con calma, y sin frustrarse, intentó modificar el azul del encantamiento de Maldreck por el verde del suyo. Lo hizo como siempre que había trabajado con el puente.

Para su gran sorpresa, se produjo un destello verde que le informó de que había creado una nueva habilidad. El aura comenzó a pasar de azul a verde de forma paulatina, despacio. Lasgol envió más energía de su lago interior y terminó el proceso de transformación. El aura era ahora verde, de un verde que él conocía bien, el de su magia. De nuevo sintió una alegría enorme y se vio obligado a abrir los ojos para cerciorarse de que Maldreck no se había percatado de lo que sucedía. El Mago de Hielo continuaba absorto en el estudio de las Perlas de Plata. Tenía los ojos cerrados y parecía estar en otro lugar.

Ahora que había transformado el encantamiento, funcionaría para él, o eso creía. Sólo había una forma de saberlo. Volvió a manipularlo e inyectando su energía buscó provocar un destello verde que sólo él pudiera sentir. Por un largo rato no sucedió nada y Lasgol empezó a pensar que aquello no iba bien, pero de repente se produjo el brillo que buscaba. Y no solo eso, además de captar el destello de una forma inequívoca, supo dónde estaba el objeto. El encantamiento localizador seguía funcionando. Eso era fabuloso, ya que Lasgol no sabía cómo crear ese tipo de encantamiento, pero había conseguido modificar el que Maldreck había creado y ahora funcionaba para él.

Llevado por la emoción del éxito obtenido, intentó modificar la pauta para ver si podía hacer que emitiera pulsaciones de localización más rápidas. Ya imaginaba que le iba a llevar un rato y así fue. Las pulsaciones a modo de destellos verdes comenzaron a producirse a intervalos más cortos. Viendo que lo había conseguido, cambió de estrategia y las ralentizó, para que se produjeran bastante más despacio. También lo consiguió tras un buen rato intentándolo.

Funcionaba, era fabuloso. Quiso soltar un grito de victoria, pero se contuvo. Decidió llamar a la habilidad Manipulación

Mágica, pues le había permitido manipular el encantamiento de otro mago. Lo de dar nombres a las habilidades no era su punto fuerte, lo sabía. Un día tendría que sentarse y volver a ponerle nombre a todas, un nombre algo más llamativo y arcano. Sí, definitivamente tendría que hacerlo. Por suerte no había prisa, podría hacerlo cuando tuviera un momento de respiro. Seguro que Egil tenía buenas sugerencias. Además, seguro que las de Camu también eran extrañas.

Lasgol suspiró. Estaba muy cansado. La experimentación mágica siempre lo dejaba exhausto. Al observar el cielo se percató de que estaba anocheciendo. Metió la joya de hielo en uno de los múltiples bolsillos de su cinturón de Guardabosques con la intención de seguir experimentando más tarde y se percató de que Maldreck seguía conjurando sobre las perlas. Aquel mago era incansable. Le recordó a un perro de presa que una vez que mordía, no soltaba.

De pronto, el barco se balanceó de babor a estribor, como si hubieran golpeado un banco de arena. Lasgol se puso en pie de un brinco. Estaban en mitad del gran río, no podían haber golpeado nada. ¿O sí?

Capítulo 17

Nilsa, Egil, Gerd y Viggo entrenaban con Raner y media docena de Guardabosques Reales detrás de la torre. Era un lugar tranquilo donde nadie molestaba. Estaban realizando entrenamiento de posicionamiento básico. Raner estaba explicando cómo debían situarse alrededor de la persona a proteger. Insistía en que en todo momento debían estar bien posicionados y lo importante que esto era para poder proteger de forma eficaz en una situación de ataque o emboscada.

—Gerd, estás demasiado lejos, y tú, Egil, demasiado cerca —corrigió la posición.

—Sí, señor —respondieron y corrigieron las distancias de separación.

—Para acortar, a la persona que hay que proteger lo llamaremos "protegido" —dijo Raner—. En la mayoría de los ejercicios yo ejerceré ese papel, si bien no siempre. ¿Entendido?

—Sí, señor —respondió Nilsa por todos.

—Muy bien ahora os voy a explicar la diferencia del posicionamiento defensivo en función de si actuamos o no solos.

Los cuatro atendieron con todo detalle a las explicaciones que Raner les daba. Primero explicó el posicionamiento teniendo en cuenta que estaba presente la Guardia Real. Estos tenían que cubrir siempre el perímetro inmediato al protegido y los Guardabosques Reales se situarían cubriendo un área circular más externa. Para ilustrarlo, Raner actuó como el protegido y los Guardabosques Reales hicieron de la Guardia Real. Les indicó dónde situarse y las distancias que tenían que mantener respecto al protegido y la Guardia Real.

Para hacerlo más completo, Raner comenzó a moverse. Al instante se movieron sus Guardabosques en funciones de Guardia Real. Las Águilas se movieron también, pero ni tan seguido ni tan bien.

—Mantened las distancias. Un ojo en mí y el otro en la Guardia Real —indicó.

Raner se movió en dirección a los cuatro puntos cardinales

andando despacio, pero con zancadas grandes.

—Debéis seguir mi ritmo, y no perdáis de vista el entorno, de ahí procederá el peligro.

—Eso es mucho mirar —comentó Viggo—. Solo tenemos dos ojos.

—Utilizadlos de continuo.

—Yo me siento como que tengo dos pies izquierdos —confesó Nilsa, que estaba teniendo dificultades.

Continuaron con el ejercicio moviéndose en grupo todos a la vez en diferentes direcciones. A una señal de Raner cambiaba de dirección y debían continuar moviéndose en ese nuevo sentido. Debían hacerlo como un grupo compacto, todos a la vez, sin tropiezos y sin pérdidas de ritmo.

Después de realizar varios cambios de direcciones Raner dejó de dar la señal de cambio. Ahora simplemente lo hacía y no decía nada. Los Guardabosques Reales seguían los movimientos de Raner casi como si supieran hacia dónde iba a cambiar y cuándo lo iba a hacer. Parecían leer su mente de lo bien que se coordinaban. Raner no daba ninguna indicación, simplemente modificaba la dirección cuando él deseaba y sus hombres le seguían sin problema alguno. Se veía que habían entrenado mucho y había gran compenetración.

No era el caso de las cuatro Águilas que no eran capaces de intuir el cambio de dirección ni el momento de hacerlo, por lo que tenían problemas. Una vez el cambio se producía, les costaba ajustar el paso y mantener las distancias requeridas.

—Posición, ritmo, distancia —decía Raner y señalaba cuando tenían dificultades.

Ellos lo intentaban hacer lo mejor posible. Sobre el papel no era un ejercicio difícil, solo tenían que seguir a Raner y hacer lo que él hacía manteniendo la posición y la separación con los demás. Era casi como una danza en grupo. Sin embargo, la realidad era bien distinta. Gerd perdió el paso varias veces y dos el equilibrio. A él le costaba horrores mantener la posición debido a los problemas por la lesión que aún arrastraba y de los que no se había recuperado del todo. No le había dicho nada a Raner porque no quería un tratamiento de favor. Estaba seguro de que el Guardabosques Primero era consciente de lo que le ocurría, pero no por ello le trataba de forma diferente que al resto de sus compañeros. La dificultad mayor para Gerd eran los cambios de dirección bruscos, que le obligaban a girar con rapidez y eso le costaba y provocaba que pudiera perder el equilibrio por un momento.

No era Gerd el único con problemas, Nilsa también los estaba teniendo. Se ponía nerviosa pensando en qué nueva dirección iban a tomar y ya se había tropezado consigo misma tres veces. Esto le había provocado perder el equilibrio y había estado a punto de caer encima de dos de los Guardabosques Reales. Estaba intentando por todos los medios relajarse y tomárselo con más tranquilidad, pues esa era la forma de no cometer errores por su nerviosismo nato. Poco a poco lo iba consiguiendo, aunque tenía la certeza de que no se le pasaría todo el nerviosismo de golpe.

Egil lo hacía bastante bien y no estaba teniendo demasiadas dificultades. No giraba lo suficientemente rápido, pero se recuperaba bien y enseguida estaba de nuevo siguiendo el paso de todos a la distancia especificada. Le estaba gustando el ejercicio, entendía la finalidad y le parecía acertado. Lo veía como rodear al objetivo de dos capas de protección para impedir que nadie pudiera llegar hasta él. Una vez aprendieran a moverse a una, se convertirían en dos capas de armadura que harían difícil abatir al protegido. Según lo meditaba, le dio la vuelta al asunto en su cabeza y comenzó a pensar en modos de hacer lo contrario: llegar al protegido.

Viggo era el que mejor lo estaba haciendo. Para él amoldarse a los cambios de dirección en un instante era fácil, un juego de niños. Mantener la posición y las distancias le costaba más, pues lo encontraba antinatural. Él estaba acostumbrado a moverse siempre con total libertad, a hacer lo que quería cuándo y cómo quería. Vivía de sus reflejos y agilidad. Que le restringieran lo que podía hacer no le parecía bien ni le agradaba, así que lo hacía a regañadientes.

Continuaron con los ejercicios. Ponían todo de su parte pues eran conscientes de lo que estaba en juego: nada menos que la vida del rey o la reina de Norghana. Finalmente, y tras unos cambios de dirección bruscos, Raner lo dio por bueno.

—Bastante bien —dijo después de corregir la posición varias veces en el tramo final.

—Menos mal —resopló Gerd, que tenía la frente bañada de

sudor.

Raner se dirigió a ellos cuatro.

—Ahora entrenaremos sin Guardia Real presente, vosotros cubriréis el perímetro inmediato al protegido.

—Bien, eso será más fácil todavía —comentó Viggo.

—Lo dudo —dijo Egil con una ceja enarcada y cara de que lo estaba imaginando en su mente.

Raner dio la orden y comenzaron con los ejercicios. Los Guardabosques Reales se apartaron. El Guardabosques Primero no dejaba de darles indicaciones con tono tranquilo pero severo. No permitía que nadie cometiera un error y ahora eran mucho más evidentes pues estaban los cuatro rodeando a Raner.

—Hay que mantener la posición alrededor del protegido en todo momento. Es fundamental —insistía e indicaba toda situación incorrecta y quién había cometido el error.

Al contrario de lo que Viggo pensaba, y tal y como Egil ya había anticipado, esta segunda variante era más complicada, no solo porque no contaban con la ayuda y refuerzos de Guardias Reales que cubrieran bien con sus grandes cuerpos al protegido, sino porque les obligaba a estar mucho más atentos.

—¿Qué armamento debemos utilizar? —preguntó Nilsa.

—Dependerá de la situación. Por lo general, primero el arco por si el ataque es a distancia. Si cargan tendréis que cambiar a cuchillo y hacha con celeridad y sin dudar.

Egil asintió, tenía sentido. No podían depender de sus arcos a distancia en un cuerpo a cuerpo. Para Viggo esto era estupendo porque podía hacer uso de sus cuchillos de asesino y su daga de lanzar ligera, pero para el resto del equipo no era lo óptimo, pues se arreglaban mejor con los arcos.

Tras unos ejercicios completados bastante bien, Raner dio la orden de detenerse.

—Muy bien. Ahora vamos a realizar un ejercicio nuevo. ¡En posición! —ordenó.

—A la orden, señor —respondió Nilsa, y se colocaron como habían estado entrenando. Gerd y Nilsa se situaron a la espalda del Guardabosques Real que hacía de protegido y a Viggo lo situaron delante con Egil.

—En marcha. Damos la vuelta a la torre a paso ligero —ordenó Raner.

El grupo se puso en marcha y, siguiendo el ritmo que marcaba el Guardabosques Primero, dieron la vuelta al edificio, concentrados para no ir tan rápido como para tropezar con el protegido ni tan lento como para que éste no se diera contra las personas al frente.

Dieron la vuelta a la torre atentos a no perder la formación. De pronto, de detrás de un árbol salió Kol a gran velocidad y atacó a la retaguardia del grupo. Nilsa lo vio acercarse a toda velocidad por el rabillo del ojo.

—¡Nos atacan! —alertó—. ¡Por la espalda!

Gerd giró la cabeza justo a tiempo de ver cómo Kol se les venía encima. Tocaba maniobra defensiva.

Gerd y Nilsa comenzaron a volverse y sacaron sus cuchillos y hachas de Guardabosques en pleno giro, pero era demasiado tarde. No terminaron el movimiento. Kol saltó sobre ellos tomando mucho impulso y empleando toda la inercia que la carrera le había proporcionado. Les golpeó con los antebrazos sacando los codos y les alcanzó en el abdomen a ambos. Se los llevó por delante. Nilsa salió despedida a un lado del potente impacto y Gerd se dobló de dolor. El golpe lo había dejado sin aire.

Kol se puso en pie como una exhalación.

Viggo y Egil ya se habían girado en la parte delantera y tenían sus armas en las manos.

En ese momento Haines, un Guardabosques Real feúcho y experimentado que Nilsa también conocía, apareció de un lateral de la torre y se abalanzó sobre Viggo y Egil de forma similar a como lo había hecho Kol.

Ni lo vieron. Estaban tan atentos al ataque en la parte posterior y a defender al protegido que lo descubrieron demasiado tarde.

Haines, que era tan fuerte como feo, se llevó a Egil por delante. Viggo fue capaz de medio esquivarlo, pero como consecuencia quedó mal posicionado para contratacar. Intentó girarse e ir a por el atacante.

En la parte posterior, Gerd recuperó la verticalidad y consiguió que el aire le llegara a los pulmones. Se giró para intentar detener a Kol.

Sin embargo, Kol y Haines se desentendieron de las Águilas. Sin siquiera mirarlos, se abalanzaron sobre Raner, que permanecía en el centro, impertérrito. Le dieron muerte ficticia con sus armas de marca sin filo ni punta.

—Fin del ejercicio. Habéis fracasado —dijo Raner a las Águilas con tono de disgusto al tiempo que sacudía la cabeza.

—Ha sido... muy rápido todo... —dijo Gerd con respiración entrecortada intentando llenar sus pulmones de nuevo.

—No esperábamos un ataque, pensábamos que era un ejercicio de mantener la marcha y la posición. Ha sido una sucia emboscada —se quejó Viggo.

—Siempre hay que estar atento. Eso ya os lo he dicho, os lo digo todos los días. No voy a avisaros cuando vayáis a sufrir un ataque de la misma forma que un asesino no lo hará cuando llegue el día y el ataque sea real.

—Sí, señor —dijo Nilsa poniéndose de pie.

—Dos hombres han vencido a cuatro —dijo Egil—. Muy interesante.

Kol y Haines observaban a un lado. Tenían expresión de que lo lamentaban por las Águilas.

—Espero que aprendáis esta lección porque se volverá a repetir. Y espero que el resultado sea diferente la próxima vez que ocurra.

—Lo será —aseguró Viggo con mala cara. No le había sentado nada bien que hubieran fracasado con tanta facilidad.

—Muy bien, como recompensa por lo mal que lo habéis hecho mañana la sesión de ejercicio será doble —anunció Raner.

—Oh, no... —Gerd puso cara de horror.

—No entiendo para qué tenemos que salir a correr alrededor de la ciudad. Estamos en perfecta forma física —replicó Viggo.

—No es lo que a mí me ha parecido. Os han derribado o desestabilizado con mucha facilidad —dijo Raner.

—Porque nos habéis cogido por sorpresa, no por otra razón —se defendió Viggo.

—Además esos dos sabían lo que se hacían —dijo Gerd señalando a Kol y Haines. Los dos Guardabosques Reales miraban ahora a Nilsa y le dedicaban sonrisas de disculpa. Nilsa no pudo sino sonreír de vuelta.

—Doble carrera y doble sesión de fuerza. Cuando os golpeen deben encontrarse con una pared de músculos.

—Montaña de músculos es el grandullón —dijo Viggo—. Yo soy fibroso.

Gerd se puso colorado.

—Músculo tenemos, pero no en grandes cantidades —dijo Nilsa.

—Es momento de mejorar esa parte —replicó Raner.

—Nos vendrá bien un poco de ejercicio. Es bueno para el cuerpo y también para la mente —dijo Egil sonriendo.

Gerd le lanzó una mirada de incomprensión. ¿Por qué decía aquello Egil? Iban a pegarse una buena paliza para cuando anocheciera.

—Repetiremos los ejercicios básicos una vez más. Quiero que os mováis todos con una sincronización perfecta —dijo Raner.

Volvieron a formar y continuaron con los ejercicios. Eran tediosos cuando no había ataques sorpresa, pero poco a poco los cuatro sentían que iban mejorando.

Gerd no estaba disfrutando mucho con el entrenamiento y la formación. Él no tenía un deseo específico de convertirse en Guardabosques Real, al menos no de los que se pasaban todo el tiempo protegiendo a la familia real. Sabía que había Guardabosques Reales que hacían misiones para el rey que no eran de protección, pero eran los menos. Él estaba contento con todo lo que había aprendido y conseguido en el Refugio con las Especializaciones. Como no tenía intención de ser Guardabosques Primero ni de proteger a los monarcas, ser Guardabosques Real no tenía mucho sentido para él. En su opinión lo mejor de ser Guardabosques era poder estar en los bosques, montañas y entre la fauna. Estar encerrado en el castillo para Gerd no era divertido. Echaba de menos poder salir a los paisajes norghanos y disfrutar de la naturaleza en su esplendor. Solo deseaba terminar pronto la formación y poder salir de la ciudad.

Nilsa estaba cada día más contenta con la formación de Guardabosques Real. Al principio le había parecido que sería pesada, pero cuanto más entrenaban más le gustaba y más contenta estaba. El hecho de que entre los Guardabosques Reales hubiera varios muy guapos y que la intentaran cortejar era un punto muy positivo, sin duda. Si conseguía ser Guardabosques Real pasaría a formar parte de ese grupo de élite y sería una más de ellos. Además, tendrían que trabajar con la Guardia Real, que también tenía unos chicos altos, fuertes y de lo más guapos, lo cual era otro punto a favor de lo más interesante. Por lo demás, ser

Guardabosques Real no le interesaba demasiado. Ella quería ser la mejor Cazadora de Magos de Tremia, ese era su deseo. El resto de posición y rango no le interesaban demasiado. Sí, era bonito ascender en la pirámide de los Guardabosques, pero no era algo que Nilsa deseara realmente. En cualquier caso, como no le quedaba más remedio que formarse, lo haría. Solo esperaba que no se le asignara a proteger a Thoran o a su hermano.

Viggo, al igual que Astrid ya había hecho, comenzaba a darse cuenta de que convertirse en un Guardabosques Real podía serle muy beneficioso. Iba a aprender de qué forma se protegía a la realeza, lo cual le permitiría encontrar los puntos débiles y explotarlos. Nada mejor que ser un experto en algo para luego darle la vuelta a la situación. Si ya era excepcional en el arte de dar muerte a los enemigos, este nuevo entrenamiento le iba a proporcionar los medios para serlo todavía más. Eso le gustaba y le hacía sentirse muy bien. Ya ni los reyes iban a estar fuera del alcance de sus letales cuchillos. Sí, cuanto más lo pensaba, más veía el beneficio de aquella formación. Algún día tendría que matar a un rey, y cuando ese día llegara, Viggo iba a estar más que preparado para la misión. No fallaría. Se convertiría en un regicida y los bardos y trovadores aumentarían su leyenda con nuevas odas épicas a su nombre. Sí, el futuro se presentaba de lo más brillante para Viggo, o al menos, así lo percibía él. Dejó de protestar en la formación y se concentró en aprender y hacerlo bien. Aquella instrucción valía su peso en oro y él lo veía muy claro.

Egil era otra de las Águilas que no estaba disfrutando mucho de la formación de Guardabosques Real. Al igual que le pasaba a Gerd, no deseaba ser un protector de la familia real y la formación se le hacía pesada, sobre todo la parte física. Sin embargo, apreciaba las ventajas de conocer el funcionamiento de la protección de los reyes, al igual que lo hacían Astrid y Viggo. El conocimiento que estaban adquiriendo le vendría bien para el futuro y lo veía como positivo. No dejaba escapar un detalle de lo que Raner y los otros Guardabosques Reales explicaban en cuanto a los sistemas de protección, variaciones, turnos, rotaciones y demás. Lo memorizaba todo y lo apuntaba luego en una de sus libretas. Tenía la sensación de que toda aquella información que estaba obteniendo le iba a venir muy bien más adelante.

Raner dio por finalizado el entrenamiento y los dejó ir. Los cuatro amigos se quedaron frente a la torre charlando un poco sobre todo lo que habían aprendido aquel día. Todavía tenían mucho por delante, pero iban progresando y eso los animó a todos. Kol y Haines se les unieron con dos Guardabosques Reales más.

—Lo estáis haciendo bien —animó Kol.

—Pues a Raner no se lo parece —dijo Viggo.

—Raner es así. Es duro, pero honesto —explicó Haines.

—Vosotros tenéis mucha experiencia —dijo Nilsa—. Nos lleváis años de ventaja.

—Conociéndote, con todas esas buenas cualidades que tienes, no tardarás nada en estar a nuestro nivel —dijo Kol con una sonrisa seductora.

Haines no perdió tanda y también halagó a Nilsa.

—Nosotros no tenemos tu simpatía y belleza. Esas armas también son muy afiladas.

Nilsa se ruborizó.

—No es para tanto —dijo ella restándole importancia con un gesto de la mano, pero se apreciaba que le gustaban los halagos que estaba recibiendo.

—Yo sí que las tengo —intervino Viggo, que se pasó la mano por el cabello moreno.

—Desde luego que sí, eres el más simpático de Norghana —dijo Gerd soltando una carcajada.

—Y el más guapo, no te olvides.

—Sin dudarlo —dijo Egil también riendo.

Con buen espíritu de camaradería, los Guardabosques Reales y las cuatro Águilas continuaron de charla. Al día siguiente tendrían doble sesión de ejercicio, pero eso sería al día siguiente y no merecía la pena pensar en ello en ese momento. Dejaron que el buen ambiente y la charla distendida continuaran. Un día, si todo iba bien, si bien no era lo habitual con las Panteras, serían parte de los Guardabosques Reales. Kol, Haines y sus compañeros lo sabían y les apoyaban, pues eran conscientes de los talentos de las Águilas Reales y agradecían los refuerzos al cuerpo después de lo sucedido con los intentos de asesinato. Quizá con ellos, los intentos futuros fracasarían o no llegarían siquiera a producirse. Tendrían que esperar y ver lo que sucedía.

Capítulo 18

Un segundo golpe que casi tiró a Lasgol al suelo le dejó bien claro que se habían tropezado con algo sólido y grande, pues la embarcación de guerra era estable. Se quedó desconcertado, pues a su alrededor todo era agua y la profundidad debía de ser considerable.

—¡Atención! ¡Hemos topado con algo! —avisó el capitán Jakobson.

—¿Con qué? —preguntó Maldreck, que guardaba las perlas en la caja de Eicewald y se ponía en pie.

Los soldados miraban a babor y estribor y se hacían la misma pregunta. ¿Con qué habían topado si estaban en la parte más profunda del río?

La respuesta no se hizo esperar. Una sombra más larga que el propio navío apareció bajo el barco y parecía avanzar con él. Todos la miraban con temor en los ojos por las enormes dimensiones de lo que quiera que hubiese debajo y lo que podía significar. Era discernible desde cualquier punto del barco.

De súbito, del lado de proa, apareció la sombra saliendo del agua y se fue elevando sobre la embarcación. Lasgol agarró el Arco de Aodh y dio un brinco hacia atrás mientras ponía una flecha en la cuerda en un movimiento reflejo. Levantó la mirada y lo que vio lo dejó helado. La cabeza de una gigantesca serpiente de mar apareció más alta que el mástil de la embarcación. Tenía la boca abierta y mostraba unos colmillos enormes. Siseaba con un sonido amenazante que era tan aterrador como las impensables dimensiones de aquella bestia.

—¡Monstruo a Proa! —gritó Jakobson dando la alarma.

Los soldados corrieron a coger sus armas. Miraban de reojo a la criatura de pesadilla, que se cernía amenazante sobre ellos mostrando sus grandes fauces en una cara con ojos reptilianos de un amarillo intenso. Las escamas que cubrían el cuerpo de la bestia eran de un color verde cobrizo y de un tamaño mayor que los propios escudos de los soldados norghanos.

Maldreck cogió su báculo de Mago de Hielo y comenzó a

conjurar sobre sí mismo sin perder un instante.

La cabeza de la gran serpiente marina descendió sobre la cubierta y de un bocado se llevó a tres soldados de vuelta a las profundidades del gran río.

—¡Nos ataca! ¡Defended el navío! —ordenó Jakobson, que comenzó a lanzar órdenes a diestro y siniestro.

Lasgol apuntaba en todas direcciones, pero la serpiente no volvía a emerger y no podía tirar. Los soldados aprovecharon para armarse con arcos y lanzas en lugar de sus hachas, aunque no había para todos. Lasgol comenzó a invocar todas sus habilidades, tanto las defensivas como las de mejora como Reflejos Felinos. Múltiples destellos verdes surgieron de su cuerpo uno detrás de otro. No tardó en invocarlas todas, el entrenamiento diario realizando las tablas le permitía ahora hacerlo con mucha rapidez.

—¡Volverá a atacar! ¡Preparaos! —avisó Maldreck, que seguía conjurando.

El navío sufrió una embestida y la mitad de los soldados se fueron al suelo mientras la otra mitad se sujetaba a la baranda, cuerdas o cualquier otro asidero que encontraban. Dos no tuvieron tanta suerte y cayeron al río sin poder sujetarse a nada entre gritos de socorro.

—¡Maldición! ¡Esa bestia va a hacernos volcar! —exclamó Jakobson.

De súbito, del lado de estribor surgió la enorme serpiente marina sobre la cubierta del barco. Llevaba su letal boca abierta y mostraba las fauces hediondas que goteaban algún tipo de veneno de color oscuro.

Lasgol tiró. Se produjo un destello dorado en el arco y la flecha se dirigió directa a la boca abierta. Impactó en el interior y la serpiente la sintió, pues sacudió la gran cabeza y siseó con rabia.

Un proyectil de hielo en forma de tridente alcanzó a la serpiente en el cuello, justo bajo la boca. De nuevo la bestia se movió furibunda. El ataque de Maldreck le había dolido. El mago llevaba dos esferas protectoras encima. La primera anti-magia, aunque el monstruo no parecía tenerla o no había hecho uso de ella de momento. La segunda era una sólida de hielo para protegerse a sí mismo de ataques físicos.

—¡Atacad! —gritó el capitán a sus soldados.

Varias flechas buscaron el cuerpo de la bestia, pero, al

alcanzarlo, salieron rebotadas sin poder atravesar las escamas.

Lasgol vio lo que sucedía y de inmediato invocó Tiro Múltiple. Se produjo un destello verde que recorrió sus brazos. El arco destelleó también, pero en oro, y de él salieron tres flechas a gran velocidad que se clavaron en el cuello de la bestia, donde Maldreck había impactado con su magia. A diferencia de las flechas de los soldados norghanos, que no podían atravesar la piel de escamas del monstruo, las suyas sí que lo hicieron y se clavaron profundas. Se percató de que era debido al arco de Aodh.

La serpiente atacó llena de furia. La cabeza bajó a gran velocidad y roció media cubierta con una oscura substancia que surgió de sus colmillos y parecía veneno. Lasgol se apartó usando sus reflejos mejorados y no fue alcanzado. Varios soldados no pudieron escapar y la substancia les dio de pleno. Resultó que no sólo era tóxica, sino que también contenía ácido. Los soldados cayeron entre gritos de horror, con el ácido penetrando en sus armaduras y la toxina alcanzando sus rostros. Los que se libraron intentaron herir al monstruo con sus lanzas y hachas. Las puntas de las lanzas salían desviadas como si estuvieran golpeando metal y los hachazos salían rebotados sin hacer mella en el cuerpo del gran reptil.

Maldreck envió una docena de proyectiles de hielo que alcanzaron a la serpiente en la cabeza. Siseó de nuevo furibunda, pues la magia de hielo le estaba causando heridas. Lasgol pudo distinguir sangre amarilla viscosa. Utilizó Tiro Certero amplificado por la potencia del arco y la flecha se clavó en el interior de la boca, profunda. El monstruo volvió a sumergirse para evitar las flechas de Lasgol y la magia del Mago de Hielo.

—¡Viramos a estribor! —gritó el capitán, que comenzó la maniobra de huida con los pocos soldados que ya quedaban en pie.

—¡Hay que llegar a la orilla! —gritó Maldreck, que tenía la capa de hielo afectada por el veneno corrosivo y la estaba regenerando con su magia.

Un nuevo embiste casi vuelca por completo la embarcación y otro soldado se fue al agua al no poder sujetarse a tiempo. Lasgol se preparó, la serpiente volvería a surgir del agua para atacar. Se fue retrasando hasta donde estaba el capitán junto al timón. Maldreck continuaba junto al mástil, concentrado en mejorar sus defensas.

La bestia surgió del agua por babor y, en lugar de atacar a la tripulación, atacó el mástil, que se partió de un tremendo golpe. Lasgol tiró y volvió a herir la boca y cuello del monstruo. Maldreck tuvo que moverse para que no le cayera el palo mayor encima y conjuró un rayo de escarcha que dirigió a la cabeza del descomunal reptil. Los ataques no le gustaron a la bestia, que volvió a sumergirse.

—¡Maldito monstruo de agua dulce! ¡A los remos, todos a los remos! —exclamó el capitán con tono desesperado.

Como respondiendo a su orden, la gran serpiente surgió de pronto de nuevo y devoró a tres soldados que intentaban sacar los remos. Volvió a sumergirse al ver que Lasgol y Maldreck atacaban.

El problema ahora era que no tenían velamen ni tripulación. Sólo quedaban un par de soldados y el capitán Jakobson. La serpiente no les daba tregua y volvió a atacar por la proa, sólo que esta vez, en lugar de elevarse sobre la embarcación, se enroscó en ella, rodeando todo el barco con su larguísimo y grueso cuerpo de escamas. Parecía como si fuera a estrangularla. Lasgol se percató de que la serpiente era casi dos veces más larga que el propio barco y se quedó atónito ante semejante envergadura.

Mientras Lasgol y Maldreck atacaban la cabeza de la serpiente, la bestia comenzó a estrujar el navío. El crujido de la madera siendo aplastada por la fuerza del tremendo cuerpo de la criatura era estremecedor.

—¡Va a destrozar la nave! —gritó el capitán Jakobson, que no abandonaba el timón.

Era demasiado grande, Lasgol tiraba y tiraba pero se dio cuenta de que iba a necesitar clavarle cien flechas para herirla de forma significativa. La bestia estrujó con mayor fuerza mientras se deslizaba sobre el apresado barco y avanzaba hacia Lasgol y el capitán.

Se escuchó otro crujido terrible.

El barco se rompía bajo la terrible presión que ejercía el monstruo. Al primero siguieron infinidad de nuevos rechinamientos mientras el navío se hacía añicos.

Maldreck vio la situación perdida y cogió la caja con las esferas en un intento de huir de allí.

La serpiente atacó a Lasgol y a Jakobson. El guardabosques

consiguió esquivarla dando un salto portentoso. No fue el caso de Jakobson, al que devoró de un bocado.

El barco terminó destruido entre el cuerpo de la gran serpiente, que dando un giro atacó a Maldreck.

El mago vio la boca dirigirse a su cabeza y, dejando la caja en el suelo, atacó con otro rayo de escarcha. La serpiente lo ignoró y, en lugar de atacarle, cerró la boca sobre la caja con las perlas. Apareció una lengua enorme, viperina, que la cogió y con un movimiento ascendente se la tragó.

—¡No! —gritó Maldreck intentando reaccionar, pero el suelo bajo sus pies despareció destrozado en multitud de pedazos de madera que se quebraban. El mago cayó al río con un grito ahogado.

La serpiente abrió la boca para emitir un siseo triunfal.

Lasgol vio que también perdía pie de apoyo y se iba al agua. Según empezaba a caer tuvo una idea fugaz. Metió la mano en su cinturón de Guardabosques y con el último apoyo de su pie derecho lanzó la joya de hielo a la boca de la bestia. Entró entre sus fauces según se cerraban. Un momento después Lasgol entraba en el agua rodeado por miles de trozos de madera de lo que había sido el barco de guerra norghano.

Entró sujetando con fuerza el arco en su mano izquierda, no quería perderlo. El río tenía profundidad y una corriente bastante fuerte y de soltarlo le iba a costar recuperarlo. Mientras buceaba entre todos los residuos a su alrededor pudo distinguir el cuerpo de la gran serpiente, que viraba y se dirigía hacia el sur zigzagueando y ganando profundidad. Lasgol se colocó el arco cruzado a su espalda mientras aguantaba la respiración y observaba marchar al monstruo.

Notó la falta de aire y sacudiendo los pies ascendió hasta sacar la cabeza del agua. Respiró hasta llenar los pulmones y miró alrededor. Distinguió un par de cuerpos de soldados muertos. A su izquierda vio a Maldreck, que se sujetaba a una pieza grande de madera que flotaba, una parte de la proa por el aspecto, y se dejaba ir corriente abajo.

Intentó ver si había algún superviviente más para ir a ayudar. Buscó entre los restos del barco que flotaban diseminados por todas partes, pero no pudo encontrar ni uno solo. Los únicos que habían conseguido sobrevivir al ataque eran Maldreck y él. Nadó entre los restos un poco más para asegurarse mientras volvía a invocar algunas habilidades que le permitieran ver y moverse mejor entre todo aquel mundo de restos.

Antes de dejarlo, buceó un poco por si distinguía a alguien, pero tampoco vio a nadie a quien poder salvar. Finalmente subió a respirar y se dejó llevar por la corriente sujetándose a un gran pedazo de madera de la popa. Dejó que el río se lo llevara mientras descansaba un poco y recobraba fuerzas. Vio que perdía de vista a Maldreck, que se iba hacia la orilla contraria llevado por la corriente. La verdad era que se alegraba de perderlo de vista.

Mientras dejaba que el agua le acercara a la orilla, pensó en el ataque que habían sufrido. Nunca había visto una criatura como aquella. Era demasiado descomunal para ser una simple serpiente de río. Era un monstruo y, como tal, debía de tener alguna relación con Dergha-Sho-Blaska. La actividad de grandes criaturas reptilianas se había incrementado desde la aparición del dragón inmortal. Lasgol se preguntó de dónde podía haber surgido. Seguramente del fondo de algún abismo marítimo, aunque tuvo que descartar la idea pues había aparecido en el Utla, lo cual indicaba que era un monstruo de agua dulce. Dónde se había escondido hasta ese momento era otro gran misterio.

Lo que sí tenía claro era que lo había enviado Dergha-Sho-Blaska, ya que había ido a por las Perlas de Plata y eso solo podía haberlo ordenado el dragón inmortal. Ese monstruo debía ser uno de sus siervos. En lugar de venir a hacer el trabajo sucio, había enviado a la gran serpiente de agua. Maldreck había estado manipulando las perlas desde que las obtuvo, lo que sin duda había llamado la atención bien de Dergha-Sho-Blaska o de la serpiente, que debía estar buscándolas.

Lasgol pensó que probablemente era lo segundo. La serpiente debía andar sobre su pista y por casualidad estaba más cerca que Dergha-Sho-Blaska. Quizá el dragón no estuviera en los alrededores, ni tan siquiera en Norghana.

Se agarró mejor al trozo de barco que le ayudaba a flotar. Ya era noche oscura y las estrellas comenzaban a brillar en el firmamento.

De súbito, sintió un pulso de color verde brillar en la distancia. No supo cómo, pero sabía que era la joya de hielo con el encantamiento localizador. Más que eso, podía saber que era al este, a media legua de distancia. No lo veía, pero lo sentía, era una sensación muy extraña. Su idea estaba funcionando, la gran serpiente se había tragado las perlas, pero también su joya de hielo localizadora, por lo que podía seguirla.

Lo había hecho para no perder las perlas, pero ahora había otro factor a tener en cuenta: era más que probable que la serpiente se reuniera con Dergha-Sho-Blaska en algún lugar para entregarle su cargamento. Si era así, y él conseguía seguir a la serpiente, se encontraría con el dragón inmortal. Eso iba a resultar de lo más peligroso y problemático. Dergha-Sho-Blaska no tendría piedad.

Mientras dejaba que el agua se lo llevara, observó a su alrededor. La destrucción del navío de guerra había sido una tragedia. Se habían perdido vidas norghanas de buenos soldados. Nada podía compensar la pérdida de vidas, por muy noble o altruista que fuera el fin. El único consuelo que le quedaba era que quizá, con un poco de suerte, sus muertes no fueran en vano.

Capítulo 19

Lasgol dejó el apoyo de los restos de madera del navío y se dirigió nadando hacia tierra firme. Podía divisar la hierba alta y algunos árboles no muy lejos, así que continuó nadando con fuerza para reducir la distancia. Le llevó un buen rato llegar a la orilla del río, pues estaba más lejos de lo que parecía. Las distancias en el agua eran siempre engañosas y complicadas de calcular. Menos mal que era un buen nadador y estaba en plena forma. La vida de Guardabosques le preparaba a uno para situaciones como aquella.

De un ágil salto se puso en pie sobre un montículo cubierto de hierba en la orilla y se sacudió el agua del cuerpo mientras intentaba dilucidar dónde se encontraba. Necesitaba saber de forma aproximada a qué altura del río estaba para poder regresar a la isla a por Camu y Ona. Ahora se alegraba de que no hubieran ido con él, de lo contrario se hubieran llevado un buen chapuzón. Ona lo hubiera detestado y Camu no era el mejor de los nadadores.

El problema era que ya había anochecido y situarse de noche con la única ayuda de las estrellas y las constelaciones no era algo sencillo. Se puso en cuclillas e invocó su habilidad Luz Guía. Una luz blanca apareció flotando frente a su cabeza. Sacó el mapa que Egil le había proporcionado y calculó lo que el navío habría avanzado desde la isla en el tiempo que él había estado a bordo. Luego observó las estrellas y afinó el cálculo. Consiguió hacerse una idea bastante exacta de dónde se encontraba.

Pensó que debía seguir a la serpiente antes de perderla. La buena noticia era que se dirigía hacia el sur, donde se encontraba la Isla del Llanto. No había tiempo que perder. Se colocó bien el arco y comenzó a correr siguiendo el cauce del río en esa dirección. La noche era tibia y el cielo estaba despejado, por lo que tenía buena visibilidad. El terreno era llano y mullido por la hierba, así que avanzó con rapidez.

Corrió toda la noche realizando los descansos necesarios para no quedar exhausto. Una de las cosas que mejor sabía hacer un Guardabosques era conservar su vigor, pues una vez se vaciaba y no le quedaban fuerzas para nada, era inservible. Por ello, siempre sabía medir cuándo debía detenerse y recobrar fuerzas.

Había perdido su macuto en la lucha con la serpiente, por lo que no disponía de provisiones. Eso era un contratiempo que podía obligarle a tener que parar para encontrar algo que comer. Agua tenía a mares a su vera, así que eso no era un problema. Por otro lado, podía pasar sin alimentarse unos días, ya lo había hecho antes. Ya recuperaría energías más tarde con una buena comida.

Continuó corriendo y llegó a un pequeño puesto del ejército norghano junto al río que tenía marcado en el mapa. Decidió pedir un caballo y no dar muchas explicaciones. Siendo Guardabosques se lo concederían, aunque les resultara raro, o eso esperaba. El fuerte de mitad piedra y mitad madera se alzaba en una colina muy cerca del río. Tenía una torre de vigilancia alta construida de madera en un costado, y servía para controlar quién navegaba por el gran río.

Se presentó en la entrada y lo dejaron pasar. Era pequeño y rudimentario, pero era suficiente para labores de vigilancia. Además, aguantaría un par de asedios si era necesario.

—¿Un caballo? —preguntó extrañado el oficial que estaba subido a la almena.

—Sí, el mío ha sufrido un accidente —explicó Lasgol, que había subido a hablar con él. No era toda la verdad, pero tampoco era mentira.

—Es la primera vez que veo a un Guardabosques que pierde su montura.

—Siempre hay una primera vez para todo —se encogió de hombros Lasgol y puso cara de circunstancias.

—Sí, eso es verdad. Bien, se te concede el caballo. Es uno pinto Masig —dijo el oficial, y señaló el corral tras el pequeño fuerte. Había una docena de monturas pintas.

—¿Altercados con los Masig? —preguntó Lasgol, que se preguntó de dónde los habían sacado. Los norghanos no eran buenos domadores de caballos salvajes, así que se los debían de haber cogido a una de las tribus de las estepas al otro lado del río.

—Esos sucios salvajes de las estepas siempre están creando problemas —expresó con odio el oficial—. Nos encontramos con una de sus numerosas tribus y se los quitamos.

Lasgol supo que había mediado la violencia. Los Masig no iban a entregar sus monturas así como así, habrían luchado y perdido.

Tantas rivalidades y odios ancestrales entre los diferentes reinos y tribus de Tremia eran de lo más desalentador y frustrante. Lasgol no entendía por qué no se podía llegar a acuerdos de colaboración y que todos prosperaran en una gran alianza, en lugar de las luchas interminables sin sentido que retrasaban a todos y hacían sufrir a los pueblos.

—Si no hay problema me gustaría continuar. Tengo una misión urgente —fue lo que respondió para no meterse en aquella conversación.

—¿Te diriges hacia el sur? —preguntó el oficial.

—Sí, hacia el sur —Lasgol no dio más información.

—Suerte. Espero que regreses.

—Yo también —asintió y bajando de la almena se dirigió al corral.

Uno de los soldados que vigilaban los caballos le proporcionó uno y una silla norghana. En cuanto Lasgol montó se dio cuenta de que al caballo no le gustaba nada la silla de montar. Los Masig, por lo general, no las utilizaban. Les costó a ambos, jinete y montura, hacerse a la nueva situación, pero al final lo consiguieron.

Lasgol cabalgó raudo siguiendo el río en dirección a la isla. Iba tan rápido como el bello caballo pinto podía ir. De pronto sintió un destello verde en su mente. Era la joya de hielo. Eso quería decir que estaba de nuevo en su radio de acción. Eran buenas noticias. La serpiente no se le había escapado, al menos de momento. Azuzó más a la montura para ganar terreno a la serpiente. No sabía cuan rápido nadaba aquel ser monstruoso, pero no iría más rápido que un caballo Masig a pleno galope.

No tardó demasiado en llegar hasta el embarcadero donde había alquilado la barca para ir a la isla. Desmontó del caballo y se apresuró a llamar a la puerta de la cabaña cochambrosa. El barquero no abrió. No parecía que estuviera en casa o estaba durmiendo.

Lasgol abrió la puerta y entró. Le encontró durmiendo la borrachera. El olor a alcohol era muy ostensible en el lugar. Se acercó hasta el hombre, que dormía boca abajo roncando con gran fuerza y lo sacudió para despertarlo.

—¿Qué...?

—Despierta. Necesito otra barca.

—¿Uh...?

El barquero lo miró un momento y al siguiente volvió a caer dormido.

Lasgol lo sacudió un par de veces más pero no consiguió que despertase, estaba demasiado borracho. En aquel estado podían descuartizarlo vivo con un hacha y no se enteraría. Lasgol sintió lástima por aquel personaje, si bien sabía que no era una buena persona en el fondo. Que bebiera, no lo excusaba.

Salió al embarcadero y se dirigió a la barcaza que hacía aguas. La inspeccionó. Si la cogía se arriesgaba a naufragar al poco tiempo de comenzar a cruzar el río. Por otro lado, si no la cogía no llegaría hasta la isla donde esperaban Camu y Ona.

Tenía que intentar comunicarse con Camu. La isla estaba demasiado lejos para que in mensaje mental le llegara a su amigo, pero tenía que intentarlo. Se concentró e intentó utilizar su habilidad Comunicación Animal usando una gran cantidad de energía para amplificar su alcance.

«Camu, ¿te llega mi mensaje?» envió Lasgol y se quedó aguardando una respuesta con los ojos cerrados y la mente alerta. Pasó un momento y la respuesta no llegó. Lasgol dio por fallido el intento.

Lo volvió a intentar. Esta vez envió una gran cantidad de energía a la habilidad, no solo para incrementar el radio de alcance sino también para aumentar la potencia del mensaje. Al no ver el aura de la parte receptora de la comunicación, el mensaje se enviaba a ciegas, y que alguien lo captara iba a ser muy complicado. Por fortuna, Camu y Lasgol estaban muy acostumbrados a enviarse mensajes en todo tipo de situaciones y entornos variopintos. Por lo general eran capaces de comunicarse, aunque no se vieran ni captaran sus auras mentales. Lasgol confiaba que en aquella ocasión también se produjera la comunicación.

«Estoy en el embarcadero» envió. Sintió como se consumía una cantidad considerable de su energía, con lo que supo que el mensaje había salido. Ahora solo quedaba que Camu lo captara. Aguardó otro momento. Nada. No hubo respuesta.

Decidió intentarlo una última vez enviando todavía más energía a la habilidad, como si la estuviera maximizando.

«Voy a por vosotros» envió. La energía se consumió. El mensaje salió. Aguardó un momento. No hubo respuesta. Tuvo que aceptar la derrota. O bien los mensajes no llegaba hasta la isla, lo más probable, o bien llegaban pero Camu no los captaba. En cualquier caso, no estaba funcionando.

Tendría que ir a por ellos sin avisarlos. El problema era que no sabía cómo hacerlo. Tendría que reparar la barcaza de forma improvisada. Miró hacia la destartalada cabaña. Madera y clavos podía sacar de ella y usar su hacha de martillo. Con el cuchillo podría incluso serrar algo si lo necesitaba.

Se puso a ello, con determinación. Sacó la barcaza del agua tirando con la ayuda de los dos caballos de los que ahora disponía. El pinto y el que había traído consigo la primera vez y que estaba atado a un árbol detrás de la cabaña. Le dio la vuelta a la barcaza, también con la ayuda de los dos caballos. Estudió el problema. Había dos grandes grietas en el casco por el que entraba el agua. Tendría que taparlas.

Fue hasta la cabaña y buscó dos tablas que pudieran servirle por tamaño y material. Las encontró y las arrancó con cuidado usando su cuchillo. También buscó varios clavos y remaches y también los arrancó. Llevó el material hasta la barcaza y se puso a trabajar. Sabía que la reparación no aguantaría mucho, pero si le servía para ir a la isla y volver era suficiente.

A pesar de los tirones, golpes y más ruido que hizo durante la reparación, el barquero no despertó. Debía haberse tomado toda una garrafa de aguafuerte del norte. Lasgol trabajó con ímpetu hasta tener las gritas bien tapadas por los dos lados, el interior y el exterior. En otras condiciones hubiera creado un pegamento de resina para sellar del todo las grietas, pero no tenía tiempo de buscar resina y preparar el compuesto. Las serpiente marchaba hacia el sur por el río y debían seguirla.

Tendría que bastar con la pequeña reparación. Empujó la barcaza al agua y observó cuanta entraba. Era poca. Valdría. Se subió a la barcaza, cogió los remos y comenzó a remar. Según se alejaba del pequeño embarcadero y el agua comenzaba a entrar en la barcaza, se dio cuenta de que aquella no había sido la más calculada de sus decisiones. Remó con todas sus fuerzas para avanzar cuanto más rápido y minimizar la entrada de agua.

Remaba y remaba y de vez en cuando buscaba la isla con la mirada. No aparecía. En verdad que era grande el río Utla. Continuó remando mientras el agua comenzaba ya a ser mucha en el suelo de la barcaza. Le cubría ya los dos pies y pronto le llegaría al tobillo. No tenía buena pinta.

De pronto, viniendo en dirección contraria vio una barcaza. Se extrañó. Venía de la isla, que ya asomaba en la distancia. Lasgol estiró el cuello e invocó Ojo de Halcón. Lo que vio lo dejó estupefacto. En la proa de la barca iba Ona como si fuera la ***de la embarcación. En la popa iba Camu que tenía su larga cola metida en el agua. Destellaba en azul, lo cual implicaba que estaba usando su magia. A Lasgol le costó un momento darse cuenta de lo que estaba presenciando. Camu estaba usando su habilidad Latigazo Mágico para con su cola propulsar la embarcación.

-No me lo puedo creer... mascullo atónito.

De alguna forma incompresible para Lasgol, Camu estaba consiguiendo con su cola y su magia que la embarcación avanzara. No solo eso, sino que avanzaba bastante recto, con desviaciones a babor y a estribor que Camu iba corrigiendo con cada latigazo de su cola.

«¡Lasgol!» le llegó el mensaje de Camu junto con un sentimiento de sorpresa y gran alegría.

«¡Camu Ona!» los saludó Lasgol con uno de sus remos.

«Nosotros navegar».

«No puedo creerlo».

«Navegar mucho bien».

«ya estoy viendo» transmitió Lasgol viendo cómo se dirigían hacia su barca.

«Yo muy Marino».

«Lo veo y no lo creo». Lasgol estaba atónito.

La embarcación de Ona y Camu llegó hasta la de Lasgol.

«Tu hundirte» le avisó Camu.

«Sí, ya lo veo».

«Tu no bueno marino como yo>> le transmitió Camu todo orgulloso.

Lo peor de todo era que Camu no lo decía en broma, lo decía en serio. Se creía mejor marino.

«Ya lo hablaremos luego. ¿De quién ha sido la idea?».

«De Ona. Ella mover su cola grande en la barca».

Lasgol suspiró hondo. Menudo par, aquellos dos.

«Impresionante».

«Tu pasar a nuestra barca. Sino hundir».

Lasgol no tuvo más remedio que hacerles caso. Paso a su barca y se colocó en la proa junto a Ona que le lamió la cara y el pelo.

«Al embarcadero por favor» le pidió a Camu que utilizó su habilidad y la cola se movió en al agua propulsando la embarcación.

Lasgol fue callado el resto del viaje de vuelta. Se había quedado sin palabras. Cuando lo contara al resto no se lo iban a creer. Viggo desde luego que no.

Capítulo 20

Raner envió a uno de sus Guardabosques Reales a la torre para comunicar a Astrid, Ingrid, y Molak que se reunieran con él en la antesala a la sala del trono. Ingrid y Astrid ya estaban preparadas y Molak se unió a ellas abajo, en la puerta de acceso a la torre, pues compartía alojamiento con otros Especialistas en una habitación en el segundo piso. Nilsa había propuesto que dejaran a Molak dormir en el catre de Lasgol, pero Viggo se había negado en redondo. Había incluso insinuado que podría darse un accidente y que Molak apareciera degollado, y como habría sucedido con Viggo en estado sonámbulo, no podrían culparlo. Ante tales amenazas, decidieron no correr el riesgo.

Los tres fueron a reunirse con Raner de inmediato.

Cuando llegaron se encontraron con él y tres Guardabosques Reales veteranos. A uno de ellos lo conocían: era Mostassen. Lo habían conocido durante la misión de guerra contra Darthor, en el cuarto año en el Campamento.

—Señor, ¿nos ha requerido? —se presentó Ingrid.

—Sí, me complace que hayáis llegado pronto.

—Mostassen, ¡cuánto tiempo sin verte! —saludó Astrid.

—Astrid, Ingrid, Molak —saludó de vuelta Mostassen con un leve gesto de la cabeza.

—¿Conocéis a Mostassen? —se extrañó Raner—. No es de los que suele estar por el castillo.

—Conocemos al Rastreador Incansable, de la guerra contra Darthor y sus aliados en el Continente Helado —explicó Ingrid.

—Servimos a sus órdenes, nosotros estábamos todavía formándonos en el Campamento —aclaró Astrid.

—Yo he estado en un par de misiones a sus órdenes —comentó Molak.

Mostassen asintió y les dedicó una muy pequeña sonrisa de reconocimiento.

—Vaya, sí que es pequeño Tremia —comentó Raner.

—Por él no pasa el tiempo —comentó Astrid—. Está igual.

Era cierto, no había envejecido una pizca. Seguía siendo la viva imagen de un guerrero Norghano: fuerte de hombros y brazos, alto y con el pelo largo y rubio. Sus ojos de color verde claro parecían verlo todo y su mentón cuadrado norghano podía aguantar cualquier derechazo.

Mostassen negó con la cabeza, pero no dijo nada. Astrid recordó que, a diferencia del típico soldado bruto y ladrador norghano, Mostassen era muy callado y le costaba hablar y solía darles las órdenes por gestos. Se preguntó si ahora sería más hablador, pero lo dudaba. Esa era una característica de una persona que no solía cambiar con el tiempo. También recordó algo que le preocupó. Mostassen sabía algo del pasado de Egil y de las Águilas que podía ponerles en un grave aprieto. Tendría que cerciorarse de que seguían estando seguros.

—¿Podemos preguntar qué hace aquí, señor? No es por nosotros, ¿verdad? —preguntó Ingrid, que debía estar pensando lo mismo que Astrid. Que Mostassen estuviera allí podía ser una coincidencia o un serio problema que podía estallarles en la cara en cualquier momento.

—Mostassen está recuperándose de una herida en una pierna —explicó Raner—. En cuanto esté recuperado volverá a rastrear. El rey necesita buenos rastreadores en la frontera con Zangria.

—Pues nos alegramos de verle —dijo Astrid.

—Sí, mucho —añadió Molak.

—Como veis los Guardabosques Reales, los veteranos sobre todo, pueden ejercer múltiples funciones. Mostassen hoy actuará de instructor. Es lo bueno de tener experiencia.

—Sí, señor —respondió Ingrid.

—Muy bien. Ahora centrémonos en el entrenamiento. Hoy versará sobre cómo proteger a Sus Majestades en recintos cerrados, como la sala del trono —explicó Raner—. Es una de las funciones principales de los Guardabosques Reales ya que los monarcas no suelen estar en campo abierto salvo en contadas ocasiones como visitas, cacerías, desfiles o torneos. Por lo general, pasan la mayor parte del tiempo a resguardo en sus castillos y fortalezas. Por ello es imprescindible tener muy claro cómo proceder en todo momento cuando se hallen en recintos interiores.

—Entendido, señor —expresó Astrid, que era consciente de que la mayor parte del tiempo los Guardabosques Reales estaban pegados a una pared o columna vigilando la sala donde estaba el rey.

—Bien, seguidme a la sala del trono —ordenó Raner empujando la gran puerta doble y abriendo camino.

Astrid tenía siempre un sentimiento raro en la boca del estómago cuando entraba en aquella sala. Vio el largo pasillo donde había apostados varios soldados de la Guardia Real y supo que era porque allí solía estar el rey Thoran y su hermano Orten. Ahora, además, estaría en muchas ocasiones la reina Heulyn, y con ella, estarían las Águilas, por lo que le iba a tocar estar allí más a menudo.

—A estas horas tan tempranas sólo encontraréis en la sala del trono a la Guardia Real —explicó Raner.

—¿Y los Guardabosques Reales, señor? —preguntó Ingrid.

—Sólo están de servicio cuando el monarca está presente. Dado que la situación política se ha puesto muy complicada y hay riesgo inminente, he ordenado que cubran partes del castillo —explicó Raner y señaló al fondo, a los tronos, detrás de los cuales hacían guardia cuatro Guardabosques Reales.

—Entiendo, señor —contestó Ingrid.

—Nuestro cometido principal es proteger al rey, lo acompañamos en todo momento junto a su Guardia Real, o realizamos las misiones que ordene.

Pasaron junto a la Guardia Real apostada en el pasillo y llegaron frente a los tronos. Raner se detuvo. Con calma les explicó los detalles de dónde debían situarse si les tocaba turno de guardia en esta sala. Fue indicando una por una las posiciones que podrían ocupar.

—En cada turno, como ahora —explicó señalando a los cuatro Guardabosques Reales tras los tronos—, el Guardabosques más veterano será quien establezca quién ocupa cada posición. Sin embargo, todos debéis saber las posiciones de memoria, no solo las de esta estancia, sino las de las otras áreas importantes del castillo donde podéis tener que hacer guardia.

—El castillo es muy grande, señor... —comentó Molak con mirada de que podían situarse en infinidad de lugares.

—Lo es, pero nosotros nos situamos solo en lugares específicos: los que hemos estudiado que son los mejores para la protección del rey. Tened en cuenta que Su Majestad no deambula por todo el castillo, solo lo hace por ciertas zonas de su agrado o por necesidades de su posición.

—¿Hay algún mapa donde se indiquen esos puntos donde debemos situarnos? —preguntó Molak.

—No lo hay y la razón debería ser obvia —Raner se volvió hacia ellos y miró con ojos entrecerrados.

Astrid, Ingrid y Molak lo pensaron.

—Porque si lo hubiera… podría ser robado o copiado… y el enemigo tendría un mapa del interior del castillo… —dedujo Ingrid.

—Y sabría por dónde se mueve el rey, pues los puestos de guardia lo indicarían y eso es peor… —añadió Astrid.

—Si cayera en manos de los zangrianos podrían intentar un atentado… —reflexionó Molak—. Eso sería algo muy problemático.

Raner observaba con cara de estar analizándoles.

—Buenas deducciones y todas correctas. Hace tiempo existió un tomo que lo detallaba todo con esquemas y mapas del castillo y las áreas donde el rey y su familia se movían. Con muy buen criterio, nuestros líderes decidieron memorizarlo y luego destruirlo. Ahora se pasa de viva voz. El Líder de los Guardabosques lo pasa al Guardabosques Primero, y éste a los Guardabosques Reales.

—Brillante sistema, señor —dijo Molak—. Así se conserva el secreto dentro de un grupo reducido de Guardabosques. Porque entiendo que no se desvela al resto, ¿verdad?

—No, no se hace, ni siquiera a los otros líderes.

—¿Sigrid y Dolbarar no lo conocen? —preguntó Astrid, extrañada.

Raner sacudió la cabeza.

—Sólo los que he comentado.

—Un sistema muy interesante y estricto —dijo Ingrid—. Me gusta.

—Habrá que memorizar mucho —comentó Molak arrugando la frente.

—En efecto. Tendréis que hacerlo. No podréis discutirlo con nadie que no sea uno de vuestros compañeros y siempre con mucha discreción.

Los tres intercambiaron miradas de duda.

—Como podéis apreciar, para ser Guardabosques Real hay que

tener además de habilidades físicas muy buenas, una cabeza inmejorable. Memorizaréis todo los que os explique y os lo iré preguntando según tengamos sesiones de entrenamiento y formación. Todo será oral. Nada de apuntar cosas en ningún lado. Espero que estéis bien de esto —dijo señalándose la cabeza con el dedo índice.

—Supongo que pronto lo sabremos —dijo Astrid.

—Estoy convencida de que daremos la talla —afirmó Ingrid, que se irguió un poco.

Molak no dijo nada y observó a su alrededor, como si estuviera ya memorizando lo que Raner les había dicho.

—Bien. Un poco de terminología propia —avanzó Raner—. A la tarea de vigilancia en estancia interna, como es lo que están haciendo los cuatro compañeros que veis tras los tronos, lo llamamos V.E.: Vigilancia Estática.

Astrid, Ingrid y Molak observaron un momento.

—Comprendido —dijo Ingrid.

—No siempre es estática en el interior, ¿verdad? —preguntó Molak.

—Correcto. Os recuerdo que hay un grupo asignado siempre a la protección del rey que lo acompaña a donde vaya. Son seis de los nuestros. Aguardan a la entrada de los aposentos reales y cuando Su Majestad sale cubren la misma ruta. También os puede tocar formar parte de ese grupo. Lo llamamos E.R.

—¿Escolta Real? —dedujo Molak.

—Así es —confirmó Raner—. Solo los más veteranos pueden formar parte del E.R. y acompañan al rey. De momento no tenéis que preocuparos de pertenecer a esta unidad, aunque se os entrenará para hacerlo.

—Entendido —asintió Astrid.

—¿Y la Guardia Real? —preguntó Ingrid—. ¿Cómo funcionan ellos?

—Tienen un sistema diferente. Utilizan diferentes grupos para diferentes tareas. Está más militarizado y jerarquizado que nuestro cuerpo. Hay oficiales asignados a los diferentes grupos, que son quienes dan las órdenes y marcan las tareas a realizar. También tienen suboficiales. Ellingsen se encarga de que todo ruede bien. He de decir que cumplen bien con su función. Nosotros nos complementamos perfectamente con ellos y lo saben, tanto

Ellingsen como sus soldados.

—¿No hay rivalidades? —preguntó Ingrid.

—Yo no diría tanto. Algo de rivalidad hay, pero es una rivalidad sana, para decidir quién es mejor. Lo que no puede haber, y no se acepta, son provocaciones ni rencillas. Ellos tienen una función que hacer y nosotros otra.

—Un Guardia Real es muy bueno en combate cuerpo a cuerpo con hacha o espada y escudo, pero no es nada bueno con el arco —dijo Molak.

—Eso es correcto. Por esa razón ellos se encargan de defender al rey de ataques a distancias cortas y nosotros de ataques y peligros a larga distancia —especificó Raner.

—Comprendido —asintió Ingrid.

—Eso en interiores, porque un Guardia Real no sabría qué hacer en medio de un bosque o una montaña —comentó Astrid bajando la voz para que no le oyeran los que estaban de guardia en la estancia.

—Eso puedes jurarlo —apoyó Mostassen.

Los otros Guardabosques Reales sonrieron, pero se contuvieron y no dijeron nada.

Raner torció ligeramente el labio y cambió de tema.

—Una de las cosas esenciales que debéis aprender y ensayaremos es cómo sacar al rey de una situación de peligro y llevarlo a un lugar seguro. Me situaré frente al trono —dijo mientras lo hacía—. Seré el protegido. Molak, en posición de guardia en aquella columna. Ingrid, en esa esquina, y algo más abajo en la otra esquina, Astrid.

Los tres hicieron como les había ordenado y se colocaron listos para actuar.

—Vosotros tres no hagáis nada en este ejercicio. Solo quiero que observéis y aprendáis.

—Sí, señor —dijeron desde sus posiciones.

—Muy bien, ¡Guardabosques Reales! —gritó Raner.

Mostassen y el resto se situaron en otras posiciones en la sala.

—A mi señal —dijo Raner, aguardó un momento y levantó la mano—. ¡Al protegido! —llamó.

Al instante todos los Guardabosques Reales de la sala corrieron a situarse alrededor de Raner con una rapidez y eficacia impresionantes. En un segundo estaban todos perfectamente situados, cubriendo a Raner en todas direcciones, con los arcos en alto con una flecha cargada. Formaban en media luna, pues los tronos impedían formar tras Raner. Miraban cada uno en una dirección de la enorme estancia. Era como si a Raner lo hubiera rodeado un caparazón con puntiagudas espinas.

Mostassen se situó frente a Raner.

—Yo guío —indicó con voz tranquila—. Ponga su mano en mi hombro.

Raner hizo lo indicado.

—¡Adelante, tres pasos! —ordenó Mostassen.

Todo el grupo se movió y libraron los tronos. Con rapidez se situaron rodeando de nuevo a Raner y Mostassen ya sin el escollo de los tronos.

Astrid, Ingrid y Molak observaban la posición que cada Guardabosques Real había cogido y cómo protegían a Raner con sus espaldas hacia él y los arcos hacia el exterior. Viniera de donde viniera la amenaza, recibiría una flecha. Si una flecha buscaba dar muerte al protegido se encontraría con el cuerpo de alguno de los protectores, pues no dejaban espacio para que pasara nada.

—¡Lo sacamos! —dio la señal Raner.

A una, todos se movieron hacia una puerta detrás de los tronos, rodeándolos lo suficiente para librarlos. Era todo un espectáculo ver cómo lo hacían. Todos se movían a la vez, como si estuvieran realizando una coreografiada danza. Raner intentaba ir más rápido que el grupo, como si quisiera escapar llevado por el miedo o los nervios. Mostassen se lo impedía, obligándole a mantener la calma y seguir el ritmo que marcaba el grupo, que era hermético. El grupo llegó hasta la puerta con la misma forma con la que se habían situado alrededor de Raner. Uno de los que apuntaba con su arco hacia la puerta, el más cercano, la abrió y salió al pasillo.

—¡Despejado! —avisó.

Salieron por la puerta de uno en uno sin romper formación en ningún momento. Astrid, Ingrid y Molak pudieron ver a través de la puerta abierta que en el pasillo mantenían la formación y se marchaban hacia el este.

Un momento más tarde volvían a entrar y Raner volvió a situarse frente a los tronos.

—Los que estáis de V.E. volved a vuestros puestos —dijo.

Los cuatro Guardabosques Reales asintieron y volvieron a su

puesto.

—Astrid, Ingrid, Molak. Acercaros —pidió Raner.

—Ha sido impresionante —dijo Ingrid sin poder contener lo maravillada que estaba por lo bien que lo habían hecho.

—Lleva tiempo y práctica lograr hacerlo así de bien —dijo Raner.

—Mucha práctica, imagino —dijo Molak también con expresión de estar impresionado.

—Sí, tendréis que practicar mucho.

—¿Y si el protegido no colabora? —preguntó Astrid—. ¿Qué hubiera tenido que hacer Mostassen?

Raner miró a Mostassen y le indicó con la cabeza que contestara él.

—Lo más importante es la vida del protegido. Si no colabora, habría que forzarle a colaborar —respondió el veterano.

—Eso puede ser perjudicial. A los reyes no les gusta que se les obligue a nada —dijo Astrid.

—Y menos que se les ponga una mano encima —añadió Ingrid.

—Se hará lo necesario —reiteró Mostassen.

—Eso podría llevarnos a colgar —dijo Molak.

—Podría, depende de cómo de mal se lo tome el rey o la reina. Es un riesgo que debemos correr —dijo Raner—. Es nuestra obligación, por eso somos Guardabosques Reales.

—Una cosa es morir por defender al rey, y otra diferente que él ordene matarte por defenderle —dijo Astrid.

—Olvidas que lo principal aquí no es tu vida, es la suya —dijo Raner de forma tajante—. Se hará lo necesario y se aceptarán las consecuencias. El monarca debe vivir, a cualquier coste.

—Lo entendemos —dijo Molak con tono convencido.

—Lo aceptamos —dijo Ingrid, aunque su tono no era tan convincente.

Astrid calló.

—Muy bien. Ahora os dejaré con Mostassen. Él os explicará todos los aspectos técnicos de lo que acabáis de presenciar, así como los puestos de V.E. que debéis memorizar aquí y en las áreas adyacentes.

—Sí, señor —dijeron los tres.

Raner se marchó y se llevó con él al resto de los Guardabosques Reales.

Mostassen se acercó hasta ellos.

—Antes de nada, he de deciros que me alegra veros aquí.

—Y a nosotros verte a ti —dijo Ingrid.

—Me refiero a veros entrenando para ser Guardabosques Reales.

—Oh, gracias —dijo Ingrid.

—¿Qué tal la herida? —preguntó Molak señalando la pierna, de la que cojeaba un poco.

—No es nada, un rasguño —le quitó importancia Mostassen.

—Para ser un rasguño cojeas bastante —dijo Astrid enarcando una ceja e inclinando la cabeza.

—Es un rasguño algo profundo —tuvo que reconocer Mostassen—. Como no puedo hacer misiones me han traído a servir en el castillo.

—Aquí no tendrás que correr mucho —dijo Molak sonriendo.

—Me tienen de vigilancia en la sala del trono la mayor parte del tiempo.

—No te aburrirás entonces con nuestro querido monarca y sus momentos de ira —dijo Astrid.

—La verdad es que no me aburro nada. La cosa está caliente desde la boda.

Ingrid, Astrid y Molak se miraron.

—¿Mal ambiente? —preguntó Ingrid.

—Digamos que la cosa está ardiendo.

—Entendido —dijo Molak.

—Tú que eres veterano y con mucha experiencia en este puesto y en misiones. ¿Crees que valemos para esto? —preguntó Astrid—. Sé sincero.

Mostassen se tocó la barbilla con el dorso de su mano, pensativo.

—Creo que lo haréis muy bien. Necesitamos sangre nueva con buenos instintos. Vosotros los tenéis, me di cuenta cuando os conocí.

—Gracias, es un honor viniendo de ti —dijo Molak.

—Ser Guardabosques Real no es solo ascender de categoría, es un honor y un privilegio. Recordadlo.

—Lo haremos —aseguró Ingrid.

—Muchos Guardabosques quieren llegar hasta aquí, pero no lo consiguen —dijo Mostassen señalando a sus compañeros—. Hay que ser bueno y tener aguante.

—Aguante tenemos —aseguró Astrid con una sonrisa pícara.

—No es un trabajo fácil y es muy desagradecido —advirtió Mostassen—. Nunca ocurre nada y nadie os agradecerá jamás vuestro servicio. Pero si ocurre algo, como ha pasado con los últimos dos atentados... Entonces será vuestra culpa y los castigos serán ejemplares.

—¿Ha habido castigos? —preguntó Astrid con expresión de extrañeza.

Mostassen suspiró hondo.

—Los ha habido, sí, principalmente en la Guardia Real. A varios de los guardias de Ellingsen los han enviado a los calabozos. A nosotros nos ha tocado también.... Tres de los nuestros han sido encarcelados.

—¡Pero si no han hecho nada malo! —exclamó Ingrid con expresión de incredulidad.

—Eso da igual. No han estado a la altura que las circunstancias exigían y el rey no tolera los errores. Ellingsen y Raner han estado muy cerca de terminar también en los calabozos. Si no fuera porque vamos a la guerra y son necesarios estarían ya presos.

—No me parece justo —se quejó Astrid.

—¿Crees que entraremos en guerra? —preguntó Molak con tono de preocupación.

—Es casi seguro ya. Thoran no ha liberado a la delegación zangriana y su monarca no lo perdonará. No puede consentirlo. Estará buscando apoyos para la campaña y por eso no ha comenzado todavía. Una vez los tenga, atacará.

—Malas noticias —comentó Astrid.

—También puedo equivocarme, pero es lo que mi nariz me dice —afirmó Mostassen tocándosela con el dedo índice.

—Parece que salimos de una guerra y siempre estamos entrando en otra —dijo Molak.

—Bueno. Es algo que no podemos evitar —se encogió de hombros.

—Por cierto, ¿recuperaste la memoria tras el incidente en la Bahía de las Orcas? —preguntó Astrid arriesgando a que la respuesta fuera que sí.

Ingrid miró a Astrid con expresión de que aquella pregunta era arriesgada. Asrael había hechizado a Mostassen para que no pudiera recordar ciertos eventos importantes: la traición de Egil y sus hermanos al unirse a Darthor y los pueblos del Continente Helado.

Mostassen negó con la cabeza y arrugó la nariz.

—No, ni creo que lo haga.

—No es importante, era solo por saber cómo estabas— respondió Astrid, disimulando.

Ingrid resopló por lo bajo.

—Estoy bien. No es más que otra pequeña herida de guerra.

—Es una buena forma de verlo —asintió Astrid.

—Será mejor que nosotros nos dediquemos a lo nuestro, tenéis mucho que aprender —dijo Mostassen.

—Tienes toda nuestra atención —dijo Astrid.

—Pues vamos a ello —dijo Mostassen.

Capítulo 21

Ona, Lasgol y Camu llegaron hasta el embarcadero. No había rastro del barquero, que debía de seguir indispuesto. Abandonaron la barcaza no sin cierta dificultad y una vez en tierra Lasgol les explicó lo que había ocurrido en el navío de guerra con la gran serpiente de agua.

«Monstruo siervo dragón» afirmó Camu con seguridad.

«Sí, es lo que estoy pensando».

«Mucho listo lanzar joya».

«Gracias, ni lo pensé. Fue pura reacción».

«Serpiente llevar perlas dragón. Seguro».

«Debió enviarlo Dergha-Sho-Blaska a interceptarlas».

«¿Poder seguir serpiente por agua?».

«Creo que sí. El encantamiento localizador funciona. Supongo que tengo que estar lo suficientemente cerca para sentirlo».

«Seguir río».

«Ese es mi plan. Tengo dos caballos que puedo alternar. Montaré a todo lo que den e iré siguiendo el río hacia el sur».

«Tú mejor ir solo. Más rápido».

«¿Y vosotros dos?».

«Nosotros seguir, más despacio. No poder correr como caballos».

Ona gimió dos veces.

«No me gusta la idea de volver a dejaros ahora que justo nos acabamos de volver a encontrar».

«Nosotros bien. Tú ir. No perder serpiente».

Lasgol dudó de si era la decisión correcta. No quería dejar a sus compañeros, bastante le había costado volver a encontrarlos y la preocupación por si estaban bien siempre le atosigaba. También era consciente de que o seguía a la serpiente ahora y sin perder más tiempo, o se le iba a escapar y con ello la única oportunidad que tenían de encontrar al dragón.

Camu tomó la decisión por él.

«No pensar más. Tú ir».

Ona soltó un gruñido de aprobación.

Lasgol suspiró hondo y fue a por su caballo. Un momento después montaba en el que había llegado la primera vez. Cogiendo las riendas del otro caballo, el pinto, salió de allí a galope tendido.

«Tú encontrar serpiente. Nosotros encontrar tú» envió Camu.

«Seguid el río por este lado, nos vemos más adelante».

«De acuerdo».

El terreno era propicio para una buena galopada. Hierba alta, terreno llano y con pocos obstáculos. Cabalgaba pegado a la vera del gran río. Lasgol llevaba a su caballo tan rápido como podía mientras se aseguraba de que la montura pinta iba a su lado. No sabía cuan rápido nadaría la gran serpiente, pero dudaba mucho de que fuera tan rápido como su caballo en aquel momento, ya que parecía volar sobre la llanura verde.

Según cabalgaba oteaba el horizonte y el río. Iba atento a sentir una pulsación del encantamiento localizador en la joya. Había perdido bastante tiempo en reparar la barcaza y encontrar a Camu y Ona y temía haber perdido a la serpiente, que ya fuera demasiado tarde. El sentimiento de fracaso comenzó a rondarle, pero lo desechó. La serpiente tenía que estar en el gran río. ¿A dónde iba a ir semejante monstruo? Solo podía estar en un río como aquel, o quizá el mar si es que podía vivir en agua salada.

A la velocidad a la que montaba la brisa veraniega le daba en la cara y su cabello volaba empujado por el suave y cálido viento. Lasgol se sentía libre, contento y feliz mientras seguía el río a galope tendido.

Su montura empezó a perder brío al cabo de un rato. Estaba agotada por el tremendo ritmo que Lasgol le había impuesto y por el peso del jinete, que no era excesivo, pero cansaba al animal. Detuvo el avance y dejó al caballo descansar. Tendría que abandonarlo allí. Tenía hierba y agua por doquier y no había un alma en leguas. Estaría bien.

Montó en el caballo pinto, que, aunque había corrido con ellos, no había tenido que aguantar ningún peso y todavía estaba bastante fresco. En nada estaban galopando de nuevo a gran velocidad. Lasgol estaba disfrutando de la persecución. Nada mejor que cabalgar en un bello ejemplar a toda velocidad descendiendo hacia el nacimiento del río Utla.

Estaba disfrutando tanto que cuando el esperado pulso le llegó, lo pilló desprevenido. Sintió el destello verde en su mente y supo que estaba a una legua al sur y un poco al oeste.

—¡Ya lo tenemos! —le dijo a su caballo.

No forzó más el ritmo. Ahora que había encontrado la señal lo último que necesitaba era perder a su montura por forzar demasiado. Si se obligaba demasiado a un caballo, este podía tener una lesión o, lo que era peor, un ataque al corazón. Eran animales tan nobles que obedecerían hasta la muerte, pero Lasgol evitaría esa situación a toda costa. Un Guardabosques siempre cuidaba muy bien de su caballo. Así lo indicaba el Sendero.

Cuando le llegó la segunda pulsación Lasgol redujo aún más la velocidad. Permitió que su caballo fuera más despacio y pudiera así recuperar algo de aliento. No se detuvo, pero bajó mucho el ritmo. Estaban cerca y la serpiente no parecía estar ganándoles terreno, por lo que no había necesidad de agotar a su montura. Estiró el cuello hacia el río y con su visión mejorada intentó ver la sombra del enorme monstruo bajo la superficie azulada del río.

Se preguntó hacia dónde se dirigiría. El Utla comenzaba a hacerse más pequeño, y algo más al sur se dividía en varios ramales que descendían desde montañas y lagos a más altitud. Tramara lo que tramase el monstruo, a Lasgol no le quedaba más remedio que seguirlo y ver qué sucedía. Se detuvo y desmontó. Dejó un rastro claro en el suelo marcado con sus dos manos de forma que Ona y Camu pudieran seguirlo. Volvió a montar y miró hacia el norte. No había rastro de ellos todavía, cosa que no le extrañó. Les había sacado mucha ventaja.

Continuó rastreando hasta que el Utla se subdividió. Entonces tuvo que esperar a recibir una pulsación para poder saber cuál de los ramales había cogido la gran serpiente de agua. Mientras aguardaba y dejaba que su montura descansara, Lasgol observaba el bello paisaje. Al oeste podía ver las grandes cordilleras rocosas que rodeaban el territorio de Rogdon. La Fortaleza de la Media Luna debía de estar muy cerca, así como el paso que protegía. Era la entrada desde el este a las tierras de los lanceros de azul y plata. Se preguntó si sería allí a dónde irían a continuación.

Sacudió la cabeza. No se imaginaba cómo iba la serpiente a poder cruzar hacia el oeste. El Utla se acababa allí, o más bien, nacía donde estaban ahora. En cualquier caso, dudaba mucho de que la serpiente abandonara el agua para seguir por tierra, aunque cosas más sorprendentes había visto en su corta vida. Quizá había un mar subterráneo en aquella zona y nadie lo sabía.

Le llegó la pulsación desde el sur, en el ramal más largo. Volvió a dejar un rastro para que Ona y Camu lo siguieran y montó de nuevo.

—Vamos, bonito, sigamos. Tranquilo —dijo y comenzaron a seguir el ramal. La serpiente estaba cerca, así que Lasgol prefirió no precipitarse e ir con cautela.

Ascendieron por terreno en pendiente durante un buen rato para descubrir que habían llegado a un lago en la cima. Al observarlo, Lasgol se percató de que al lago llegaban varios riachuelos más pequeños que descendían desde un terreno elevado. No eran montañas como tal, sino elevaciones, como picos no demasiado altos. Estaba todo cubierto de hierba alta que comenzaba a secarse por la entrada del verano.

Detuvo la montura y desmontó a observar los alrededores. El lago era amplio y probablemente pudiera esconder en su interior a la serpiente, así que prefirió andarse con cuidado. Descendió un poco hasta un desnivel en el terreno de forma que su caballo no fuera visible desde el lago. Lo dejó pastando y subió a observar. Se tumbó detrás de unas rocas sueltas lo suficientemente grandes como para cubrir su cuerpo.

Una nueva pulsación le indicó que tenía a la serpiente en frente, justo a su lado. Tal y como esperaba, la serpiente estaba escondida en el lago. Esto le puso nervioso a la vez que le dio una pequeña satisfacción. No la había perdido. El problema era qué hacer ahora y eso iba a depender mucho de lo que el monstruo hiciera... si es que hacía algo.

Inconscientemente, Lasgol miró a los cielos despejados, donde el sol radiaba con fuerza. En esta zona había temperaturas más cálidas que en Norghana. Lo que temía era que del cielo bajara Dergha-Sho-Blaska como había sucedido en el Bosque del Ogro Verde. Solo de pensarlo sintió como si una garra invisible le estrujara el pecho. Si el dragón inmortal hacía acto de presencia y venía a recoger las perlas en persona, Lasgol iba a tener un problema enorme.

Además, dependiendo de cuándo se presentase podría coincidir con la llegada de Camu y Ona, si bien eso supondría que llegaría en un buen rato pues sus dos amigos tardarían todavía bastante en darle alcance. Lasgol sabía que Ona sería capaz de seguir los rastros que les había dejado sin ningún problema. Camu no era nada buen rastreador, su olfato era pésimo. Sin embargo, Ona era buenísima.

Aguardó inquieto, mirando al cielo cada poco tiempo. Tenía la sensación de que de súbito las grandes garras del dragón aparecerían sobre su cabeza para descender a destrozarle el cuerpo y sintió un escalofrío. Tuvo que hacer un esfuerzo por calmarse. De momento no había rastro del dragón. Pensar en el peor desenlace no le iba ayudar en nada. Mejor estar concentrado y atento.

De súbito, una sombra apareció en el lago. Era larga y ennegreció el agua azulada de la superficie. La sombra se movió, acercándose a la zona este del lago. Del agua surgió la enorme cabeza de la serpiente. Sus ojos reptilianos observaron el entorno. Al verla de nuevo, Lasgol volvió a quedarse pasmado de lo enorme que era. Parecía un ser mitológico sacado de una leyenda de dioses y guerreros nórdicos. Los guerreros con toda seguridad habrían muerto al enfrentarse a un monstruo de los dioses.

De su boca surgió su lengua viperina que emitió varios siseos largos y fuertes. Lo repitió unas cuantas veces en las cuatro direcciones cardinales.

Lasgol se dio cuenta de lo que el monstruo estaba haciendo: llamaba a algo o a alguien. Con cuidado cogió el arco de Aodh que llevaba a la espalda y lo dejó junto a su mano. Tenía la sensación de que lo iba a necesitar muy pronto. Un momento después estaba invocando todas las habilidades que siempre usaba antes de un posible combate. Formaban una de las tablas de entrenamiento a la que Lasgol denominaba Tabla de Precombate. Terminó de invocar sus habilidades y algo más tranquilo observó lo que sucedía.

Comenzó a escuchar un sonido de pasos, pero muy pesados. Casi podía sentir la tierra temblar. Se agachó y puso la mano sobre el suelo. Temblaba como si algo muy grande estuviera acercándose con fuerza. ¿Sería Dergha-Sho-Blaska? Estiró el cuello para observar mejor los alrededores.

Entonces lo vio, o más bien, lo vislumbró, porque sus ojos no fueron capaces de captarlo del todo.

Un monstruo de más de veinte varas de largo de aspecto reptiliano, similar a un gigantesco cocodrilo, avanzaba hacia el lago dando largos y pesados pasos con cuatro patas de un tamaño enorme. De anchura debía tener cinco varas. La cabeza y morro eran más similares a los de un caimán pues este último era muy largo, más que el de un cocodrilo. Discernió una ristra de fauces enorme que le dejaron helado. La piel de escamas grandes parecía muy dura y tenía protuberancias óseas que parecían formar una armadura muy fuerte y difícil de penetrar. Parecía estar protegido para enfrentarse al mismísimo Dergha-Sho-Blaska.

Sin embargo, había algo en el monstruo que dejó a Lasgol perplejo. Su piel cambiaba de color y se mimetizaba con el entorno. Por eso no lo había podido ver bien. Lasgol se frotó los ojos para asegurarse de que no estaba teniendo alucinaciones. Su Ojo de Halcón no le engañaba. Aquel monstruo de aspecto antiquísimo tenía una habilidad similar a la de Camu. Esto lo dejó muy desconcertado. Hasta ahora Lasgol siempre había pensado que la habilidad de Camu debía provenir de sus orígenes, que estaban en el Continente Helado. Sin embargo, aquel cocodrilo gigantesco y monstruoso no era del Continente Helado, ni de la parte central de Tremia.

—Sorpresas que te da la vida... —murmuró mientras observaba cómo el gran reptil se acercaba a la orilla del lago.

Continuó observando al descomunal cocodrilo, que llegó hasta la orilla y emitió un sonido extraño, como un gruñido muy grave. Parecía una respuesta a los siseos que emitía la gran serpiente cuya cabeza y parte del cuerpo seguían fuera del lago elevados varias varas sobre la superficie del agua. Por un rato los gigantescos monstruos parecieron entablar una conversación a modo de intercambio de gruñidos y siseos. Lasgol no tenía ni idea de qué estaban hablando, pero no perdía detalle. Que aquellos dos reptiles monstruosos pudieran comunicarse era aterrador.

De pronto, la conversación terminó y ambos monstruos se quedaron mirándose. La serpiente pareció sufrir arcadas mientras el cocodrilo abrió su larguísima boca llena de dientes. Con un movimiento que no dejó dudas de lo que era, la serpiente vomitó parte del contenido de su vientre a la boca del gran cocodrilo.

Lasgol debería haber sentido algo de asco, pero no fue así, pues sabía lo que estaba sucediendo. La serpiente estaba pasando su preciada mercancía al cocodrilo, que se la tragó a su vez.

La serpiente siseó y desapareció en el lago para no volver a aparecer. El cocodrilo cerró la boca y con un gruñido pareció despedirse. Se giró lentamente hacia el sur y comenzó a desplazarse sobre sus potentes patas.

Lasgol había sido testigo de un intercambio entre dos monstruos que recordaría toda su vida. Observó cómo la gran bestia se alejaba. Sus movimientos eran lentos y pesados, pero al ser tan grande, en cuatro pasos recorría bastante trayecto. Lo que seguía dejando a Lasgol atónito era que con cada paso el monstruo cambiaba de color, imitando los de su entorno, mimetizándose con este. Si dejaba de mirar, lo perdería de vista y le costaría un rato volver a encontrarlo. Aquel monstruo era algo terrible y fascinante. A Camu seguro que le iba a encantar.

Al pensar en su amigo recordó que debía marcarles el camino. Les dejó dos claras señales para que supieran que había estado allí. Ahora la decisión a tomar era si matar al monstruo y recuperar las Perlas de Plata o no atacar y seguirlo hasta Dergha-Sho-Blaska, que era hacia donde Lasgol se imaginaba que se dirigía. Una decisión interesante. Si lo mataba y conseguía recuperar las perlas, se las negaban a Dergha-Sho-Blaska. Esa era la opción más segura. Sin embargo, al hacer eso, perderían la oportunidad de dar con el dragón y descubrir su plan.

Lasgol resopló. Las dos opciones eran buenas. La primera era más segura y la segunda mucho más arriesgada, pues si seguían al monstruo y éste entregaba las perlas a Dergha-Sho-Blaska no iban a poder recuperarlas por mucho que supieran dónde se encontraba el dragón. Lo pensó. Saber dónde se escondía además podía llevarlos a descubrir por qué razón lo hacía y eso podía ser también importante a futuro. Lasgol sentía que si el dragón no estaba ya arrasando naciones no era porque no quisiera hacerlo, sino porque algo se lo impedía.

Observó cómo el monstruo se alejaba y de pronto sintió un pulso. Provenía del gran cocodrilo.

—Vaya, interesante… —le dijo a su caballo pinto.

No solo se había tragado la caja con las perlas, también la joya de hielo. Eso era un golpe de suerte que no esperaba. Ahora podría seguirlo como había hecho con la serpiente, aunque no pensaba que el gran cocodrilo fuese a despistarlo, ni con su habilidad. Las pisadas que dejaba debido a su gran peso eran demasiado obvias para que Lasgol no las pudiera encontrar y seguir. Una cosa era engañar a la vista y otra muy diferente no dejar rastro o disimularlo.

Decidió que, por el momento y hasta que Camu y Ona lo alcanzaran, lo seguiría y no se enfrentaría a él. Lo decidió así porque no tenía claro qué hacer, así que pospuso la decisión a tomar. Prefería tener las ideas claras, pero había ocasiones en las que no era posible, la prudencia mandaba en ese tipo de situaciones.

Montó sobre su caballo y comenzó la persecución, esta vez a ritmo lento. No había necesidad de correr y no quería que el monstruo se percatara de que lo seguía. Por medio día fue tras el gran reptil, que se dirigía al sur en línea recta, como si tuviera una ruta prefijada en su mente. En la distancia, al este, Lasgol podía ver el comienzo de los insondables bosques de los Usik. Recordó la aventura que habían vivido allí adentro y se alegró de que el monstruo no se dirigiera a territorio de los salvajes de piel verde y caras pintadas de rojo o negro.

Observó el oeste y en el horizonte vio las altas cordilleras de las montañas que rodeaban el reino de Rogdon. Intentó recordar lo que le había contado Egil sobre las tribus que vivían en la zona sur entre las cordilleras y los bosques. Por lo que sabía, allí vivían tribus nómadas que subsistían gracias a la caza y la pesca emparentadas con las tribus Masig al norte, pero que eran de una etnia diferente e independiente. De hecho, no se llevaban bien con sus primos del norte. Le vino el nombre: los Inon. Su etnia se distinguía por el color de piel granate, casi tan oscura como el vino noceano y más oscura que la piel rojiza de los Masig.

Si se encontraba con ellos tendría que evitarlos, de la misma forma que era mejor evitar a los Masig. No eran tribus que tendieran a ser agresivas, pero no les gustaba encontrar extranjeros cruzando sus tierras, sobre todo a los grupos de guerreros que las patrullaban. Tendría que andarse con ojos bien abiertos y evitarlos. El problema era que el territorio era muy llano y se distinguía a un jinete a leguas de distancia.

Viendo que el ritmo con el que avanzaba el gran reptil era constante y podía seguirlo con facilidad, Lasgol decidió ir muy lento, de forma que Ona y Camu pudieran llegar hasta él. Al llegar la noche el monstruo se detuvo a descansar y Lasgol aprovechó para hacer lo mismo a una distancia prudencial. No encendió ningún fuego, no lo necesitaba. La temperatura era estupenda y cuanto más al sur viajaran, más calor haría.

Con las primeras luces la bestia reptiliana se puso en marcha de nuevo. Lasgol se tomó su tiempo. Quería medir el alcance de la joya de hielo ahora que no corría el riesgo de perder a su presa. En efecto, le marcaba la situación a más de dos leguas de distancia. Aumentó la separación para ver si llegaba a tres y, para su sorpresa, resultó que así era. Le pareció impresionante. Intentó con cuatro leguas, pero eso ya fue demasiado. Tuvo que seguir las huellas para recuperar el terreno perdido.

Dos días de persecución más tarde, justo antes del amanecer, Lasgol escuchó cómo se le aproximaban por la espalda. Con un movimiento reflejo clavó una rodilla y puso una flecha en la cuerda de su arco de oro. Si eran los Inon podría verse obligado a combatir. Levantó el arco y apuntó hacia el sonido.

Capítulo 22

Lasgol se preparó para tirar y una sensación de peligro le atenazó el estómago. No quería luchar con los Inon, pero si se veía obligado, lo haría.

«Ser nosotros» llegó el mensaje mental de Camu.

Bajó el arco, resopló y sonrió.

Camu y Ona aparecieron frente a él, que los recibió con un abrazo.

«Me alegra mucho que me hayáis alcanzado».

«Nosotros venir rápido».

«Sí, más rápido de lo que me esperaba» sonrió Lasgol.

Ona gimió y frotó su cabeza con la frente de Lasgol para mostrarle su cariño. Él agradeció en el alma la caricia de la pantera. Era todo un encanto. Buena, obediente y un amor. Y letal también, cuando debía serlo.

«¿Qué pasar con gran serpiente agua?» quiso saber Camu.

«Os lo cuento ahora, que es bastante curioso».

«¿Sorpresa?».

«Sí, algo así».

«A mí gustar sorpresas».

«Veremos si esta te gusta».

Lasgol les explicó lo sucedido con la serpiente y el cocodrilo y la situación en la que se encontraban ahora. También lo peculiar que era que tuviera un sistema de camuflaje similar al de Camu.

«Sorpresa buena».

«Eso dices ahora, espera a que veas el tamaño y las fauces del monstruo».

«¿Mucho fuerte?».

«Sí, es uno de los que te deja sin aliento».

«¿Tener magia?».

«No lo sé. No he sentido que usara magia, si bien su habilidad para camuflarse podría ser mágica».

«Tener que saber».

«Sí, es algo importante que debemos tener en cuenta».

«¿Qué hacer?».

«Esa es la cuestión. No lo tengo muy claro. Podemos intentar arrebatarle las perlas y ponerlas a salvo. O podemos seguirle y ver si nos lleva hasta Dergha-Sho-Blaska».

«Mucho decisión».

«Sí, ese es el problema. La primera opción es la segura. Sin embargo, perderemos la oportunidad de encontrar a Dergha-Sho-Blaska».

«Yo querer encontrarlo. Luego matar».

«Lo sé y te recuerdo que no podemos enfrentarnos a él. No sin poderosos aliados y uno o dos ejércitos, por lo menos».

«Dergha-Sho-Blaska pagar por matar Eicewald» transmitió Camu con un sentimiento de rabia y enfado.

«No debemos dejar que nuestros sentimientos nos lleven a cometer un error terrible».

Camu se quedó pensativo y al cabo de un momento se pronunció.

«Nosotros no matar. Sólo seguir monstruo cocodrilo».

«Ya me imaginaba que tú ibas a elegir esa opción porque es la que nos acerca al dragón».

Ona gimió una vez. Estaba de acuerdo con Camu.

«Si las perlas son muy importantes para Dergha-Sho-Blaska, cosa que así parece, y se las estamos entregando por no recuperarlas ahora, ¿entonces qué?».

«Nosotros seguir perlas hasta Dergha-Sho-Blaska. Saber dónde esconderse. Luego quitar perlas».

«Eso suena muy complicado y demasiado arriesgado» Lasgol no estaba nada convencido con aquel plan.

«Complicado y arriesgado ser nuestra especialidad».

Lasgol tuvo que sonreír ante la ocurrencia de Camu.

Ona himpló una vez.

«Suenas como Viggo, lo cual no es demasiado bueno».

«Viggo divertido».

«Ya, pero ahora estamos solos nosotros tres. Tenemos que solucionar esto nosotros».

«Nosotros poder» transmitió Camu convencido.

Lasgol no era tan optimista ni estaba tan convencido. Resopló fuerte.

«Está bien, seguiremos al gran cocodrilo. Pero no podemos dejar que entregue las perlas a su amo».

«Nosotros robar perlas luego» transmitió Camu con seguridad.

Lasgol suspiró. Aquel plan le parecía demasiado arriesgado. Sobre todo porque solo estaban ellos tres. Si aparecía el dragón inmortal... No quería ni pensar lo que podría suceder. La última vez habían perdido a Eicewald y esta vez sería uno de ellos tres, o todos. El dragón no les iba a perdonar. Ya les había dado la oportunidad de unirse a él y la habían rechazado. Esta vez los mataría. Quien dijera que librar al mundo del mal era sencillo, se equivocaba por completo. Se resignó y aceptó que debían seguir adelante.

Con la decisión tomada y el amanecer llegando se pusieron en marcha tras el gran cocodrilo hacia el sur.

La primera jornada de viaje la hicieron sin ningún problema. Todo estaba despejado y tranquilo. Por un momento Lasgol disfrutó de los bellos parajes y dejó de lado los malos augurios. Seguir al gran reptil era fácil, aunque usara su camuflaje, así que no estaban preocupados. Mantenían una distancia prudencial, siempre dentro del rango de acción de la joya de hielo.

La tranquilidad les duró otra jornada más, pero a media mañana de la tercera la cosa cambió.

En la lejanía descubrieron a un grupo numeroso de jinetes. Lasgol pudo verlos usando Ojo de Halcón y no tuvo duda, eran guerreros Inon. Su piel era de un granate oscuro que asemejaba al color del vino. Tenían ojos oscuros y llevaban el cabello cortado de una forma como nunca había visto antes. Los laterales de la cabeza los llevaban afeitados a cuchillo, mientras que en el centro de la misma llevaban una franja de cabello de un palmo de altura desde la frente hasta la nuca. Lasgol se imaginó que para mantener aquel cabello en punta debían utilizar grasa de animal o algo similar. La cara la llevaban pintada, la mitad superior de negro y la mitad inferior de blanco.

El torso y la espalda iban protegidos por unas armaduras hechas de cuero curtido de varias capas, como si hubieran cosido varias prendas una sobre la otra. No llevan mangas, los brazos iban al descubierto dejando ver el color granate de su piel. El granate también se veía en sus piernas, que llevaban al aire, ya que usaban unos pantalones de cuero que sólo las cubrían hasta las rodillas. En los pies vestían mocasines. Todos iban armados con arcos cortos. A Lasgol le dio la sensación de que eran guerreros que luchaban a caballo tirando con sus arcos al enemigo sin dejar de cabalgar.

Todos montaban caballos pintos como los de los Masig. Lasgol recordó que parte de la enemistad entre las dos etnias era precisamente a causa de los caballos pintos. Ambas creían que esa raza de equinos les pertenecía y las disputas entre el norte y el sur por las manadas de caballos salvajes eran constantes. La verdad era que no había nada mejor que tener a Egil como amigo. La cantidad de información y conocimiento que repartía de forma desinteresada era increíble. Muchos de los datos que aportaba acababan siendo de utilidad tarde o temprano, y ese era el caso en el que se encontraba ahora. No podía estar más agradecido a su amigo por todo lo que le enseñaba.

De pronto sucedió una cosa de lo más interesante. El gran reptil se detuvo y se tumbó sobre la hierba alta. Debía haber detectado la presencia de los guerreros Inon. En un instante estaba perfectamente camuflado y había desaparecido por completo. Todo lo que se veía era una planicie verde con algún que otro montículo o cañada tapizados de igual color. El gran reptil se había convertido en uno de los montículos.

«Camuflaje bueno» transmitió Camu a la vez que un sentimiento de sorpresa.

«Lo es. ¿Será mágico?».

«Yo creer sí. Estar lejos para captar».

Ona gruñó una vez. Ella también lo creía.

«Entonces puede que tenga alguna otra habilidad. Debemos tener cuidado» advirtió Lasgol.

«Yo captar magia si cerca».

«Ya nos acercaremos, tranquilo, pero con mucha cautela. Ese monstruo es enorme».

Observaron lo que sucedía. La patrulla de guerreros Inon bajaron a una explanada cerca de donde estaba camuflado el gran reptil y no parecieron verlo. O quizá estaban más interesados en una manada de bisontes que pacía algo más al este, tras el lugar donde se ocultaba el monstruo. Dos de los guerreros salieron cabalgando como una centella hacia el norte y Lasgol dedujo que debían de ir a informar sobre la manada a sus cazadores. Allí tenían carne para todo el verano.

Lasgol, Ona y Camu aguardaron a ver qué sucedía escondidos en una cañada. Los guerreros Inon se dirigieron hacia la manada de bisontes y no vieron al gran reptil, aunque pasaron muy cerca. Los Inon eran los dueños y señores de las estepas del sur. Todo aquel territorio desde las montañas de Rogdon hasta los bosques de los Usik era suyo. A diferencia de los Masig, que estaban dispersos en cientos de tribus en las estepas más al norte, los Inon sólo tenían tres grandes tribus que se movían por los pastos del sur como grandes reinos ambulantes.

Observaron lo que sucedía intrigados. Una vez que ya no quedaron guerreros a la vista el cocodrilo gigante comenzó a avanzar de nuevo en dirección sur. Avanzaba siempre en la misma dirección, en línea recta, con grandes zancadas de sus potentes cuatro patas. Nada parecía importarle o preocuparle, lo cual no era de extrañar dado que era un monstruo descomunal.

Uno de los jinetes Inon se quedó retrasado sobre una pequeña colina, se giró sobre su montura y observó hacia donde el gran reptil marchaba hacia el sur. Pese al camuflaje, por estar en movimiento, el jinete pareció verlo. Abrió mucho los ojos y observó con cara de incredulidad. No parecía convencido de que lo que estaba medio viendo fuera real. Azuzó a su montura y se acercó al gran reptil por detrás. Pareció que el jinete fue capaz de ver la enorme cola del cocodrilo. Asustado, dio la voz de alarma gritando en un lenguaje tribal de los Inon.

El resto de los jinetes escucharon los gritos y se volvieron. Dejaron de seguir al rebaño de bisontes y cabalgaron raudos hasta el jinete que les hacía las señas. El gran reptil se percató de que lo habían descubierto y se detuvo. Se tumbó y de nuevo desapareció convirtiéndose en una loma de hierba.

El jinete señalaba hacia el monstruo y gritaba en su lengua, muy afectado. Varios desmontaron y buscaron el rastro. Encontraron las grandes pisadas del reptil, eran inconfundibles. De pronto, unos cuantos comenzaron a tirar contra lo que aparentemente era una loma. Las flechas abandonaron sus arcos y se clavaron en la espalda del monstruo y algo sorprendente sucedió. Cuando las flechas se clavaron en las escamas se hicieron visibles.

Los guerreros pudieron ver que algo extraño sucedía pues las flechas se clavaban y no era en una loma de hierba. El que debía ser el jefe de la partida, que llevaba la cresta de múltiples colores, ordenó atacar al gran reptil. Los guerreros azuzaron sus monturas y comenzaron a tirar pasando a toda velocidad junto a él.

El gran reptil se puso en pie y rugió abriendo sus enormes fauces. Lasgol pensó que los guerreros Inon se asustarían o, al menos, se quedarían perplejos al ver semejante monstruo. No fue así. Comenzaron a gritar con chillidos agudos mientras lo rodeaban y atacaban como si fuera un bisonte gigantesco que cazar.

«Estos Inon mucho locos» transmitió Camu.

«No sé si locos, pero un poco brutos sí que son para enfrentarse así a ese monstruo».

Ona gimió una vez.

Los guerreros rodeaban a galope tendido al gran reptil, que era incapaz de atraparlos con su gran boca de lo rápido que cabalgaban. Lasgol apreció que los Inon eran jinetes excelentes que cabalgaban con una facilidad y maestría pasmosas. Mientras daban pasadas alrededor del monstruo a gran velocidad, ponían flechas en la cuerda de sus arcos cortos y tiraban contra él.

Una cosa de la que Lasgol se dio cuenta de inmediato fue que aquellos guerreros eran muy buenos tiradores. Todas las flechas hacían blanco y alcanzaban la dura piel de escamas y protuberancias óseas del monstruo reptiliano. El problema era que apenas se clavaban en la capa exterior, no le estaban hiriendo de consideración, al contrario, sólo estaban haciéndole rasguños exteriores.

Camu se percató de la circunstancia.

«Guerreros Inon no matar monstruo. Flechas no traspasar capa protectora».

«Ya me he dado cuenta, su piel debe ser muy dura. A menos que tiren a los ojos o la boca cuando la abra, no van a conseguir nada».

Los guerreros Inon habían rodeado por completo al monstruoso cocodrilo, que se había detenido a defenderse. Cabalgaban alrededor de él formando un círculo y tiraban una y otra vez. Mientras lo hacían emitían gritos de guerra y chillidos para atemorizar a su presa con toda la fuerza de sus pulmones y gargantas.

El descomunal cocodrilo, al ver que no conseguía atraparlos con su boca, soltó de pronto un tremendo latigazo con su cola. Este ataque imprevisto cogió por sorpresa a los jinetes y media docena salieron despedidos con montura y todo. Golpearon el suelo a varios pasos de distancia. La mayoría no se volvió a levantar, había muertos y heridos tanto entre los jinetes como sus monturas pintas.

«Vaya... Eso ha sido un golpe tremendo...».

«Yo latigazo mejor, con magia».

«No le ha hecho falta magia. Ese golpe de cola puede derrumbar edificios».

Ona gruñó una vez.

Los guerreros continuaron el ataque, rabiosos por las bajas sufridas. No estaban consiguiendo herir de gravedad al monstruo y esto parecía que los estaba enfureciendo. Los gritos de guerra eran agudos y cada vez más fuertes.

El gran cocodrilo pareció cansarse de aquellos mosquitos y comenzó a avanzar dirección sur ignorándolos. Los jinetes ajustaron sus movimientos de ataque para avanzar con él. Seguían tirando flecha tras flecha, pero no lograban hacer mella. El monstruo avanzaba con paso firme hacia donde fuera que se dirigiese.

Lasgol sacó su mapa y calculó la trayectoria. Si seguía avanzando en esa dirección sin desviarse, como había hecho hasta el momento, iba a llegar al Mar Central. Eso no eran buenas noticias, ya que el gran cocodrilo podría perderse en las aguas. Y de ser así, la cosa volvería a complicarse.

«Creo que se dirige al Mar Central».

«No bueno. En mar no poder seguir».

«Eso mismo estoy pensando yo».

«Guerreros Inon no permitir».

«No lo tengo tan claro. No creo que consigan detenerlo».

«No bueno».

«Eso mismo».

De pronto un grupo numeroso de medio centenar de guerreros Inon apareció sobre una loma al oeste. Observaron lo que sucedía: sus compañeros atacaban al gran monstruo mientras éste huía. Un momento después se oyeron gritos de guerra y los Inon, que acababan de aparecer se unieron a los que ya atacaban al monstruo.

«Esto se pone interesante».

«Más guerreros».

«Veamos si consiguen detener a esa criatura».

Los guerreros atacaron al gran cocodrilo de forma similar a la que ya lo hacían sus compañeros, tirando con arcos cortos contra los costados. La piel allí era menos dura que en la parte superior y la bestia parecía sentir los pinchazos con más intensidad. Volvió a detenerse y atacar con cola y fauces y consiguió alcanzar a media docena más de guerreros, que murieron del terrible golpe de la cola o entre las fauces del monstruo.

Los Inon siguieron atacando pese a las bajas que sufrían. Varios de los guerreros consiguieron saltar sobre el cuerpo del gran reptil y comenzaron a trepar por su cola mientras el monstruo la sacudía intentando librarse de ellos entre rugidos profundos. Los que habían conseguido encaramarse a su espalda continuaban subiendo hacia su cabeza crestada.

«Guerreros Inon mucho loco. Muy divertido» reiteró Camu, que parecía gratamente sorprendido.

«No te voy a decir que no». Lasgol estaba sorprendido por la agilidad y la ferocidad con la que luchaban aquellos guerreros. No sólo eran excelentes jinetes y arqueros montados, sino que el coraje y la habilidad para luchar contra semejante monstruo eran impresionantes.

«Recordar a Viggo. Mucho divertido».

«En eso no estoy muy de acuerdo».

El monstruo se sacudía con fuerza entre rugidos de rabia. Uno de los guerreros que ascendía por la espalda se fue al suelo. El cocodrilo era tan descomunal que al caerse se dio un golpe y se partió la columna. Los otros llegaron hasta la cabeza de la bestia y comenzaron a clavar sus cuchillos en ella.

«No van a conseguir herirlo en la cabeza. Es donde más fuerte parece su protección».

«Monstruo cabeza dura».

«Sí, como la tuya» Lasgol se refería a la cresta dura que recubría la cabeza de Camu a modo de protección.

«¿Sarcasmo?».

«Esta vez no, aunque podría serlo».

El ataque de los Inon continuó, pero no parecía que fueran a vencer. El monstruo ya había matado a otra docena de jinetes entre cola y fauces e intentaba librarse de los que tenía sobre la cabeza. Uno de ellos llegó hasta el ojo derecho de la bestia e intentó acuchillarlo. El monstruo cerró el ojo y el cuchillo se clavó en el parpado, que era también duro como un tronco.

Furioso, el gran cocodrilo sacudió la cabeza con bruscos

movimientos a derecha e izquierda y otro de los guerreros que estaban en ella se fue al suelo. Con un gruñido y un ojo cerrado, el cocodrilo reanudó su marcha hacia el sur.

«Escapa. Tendremos que seguirlo» transmitió Lasgol a Ona y Camu.

«De acuerdo».

Se pusieron en marcha, guardando una distancia prudencial, aunque los guerreros estaban demasiado ocupados intentando matar al monstruo como para fijarse en ellos. Tampoco querían utilizar la habilidad de camuflaje de Camu a menos que fuera necesario. Nunca se sabía cuándo les iba a hacer falta que Camu tuviera toda su energía, así que era mejor no gastarla a menos que no quedara más remedio. No podían olvidar que Dergha-Sho-Blaska podría aparecer en cualquier momento.

El monstruo avanzaba y a cada pocos pasos se intentaba sacudir los pocos guerreros que le quedaban encima o utilizaba sus fauces y cola para arremeter contra los que cabalgaban a su alrededor atacando con flechas.

Lasgol ya tenía claro que no serían capaces de acabar con él, ni siquiera de detenerlo, más bien al contrario. Si no se andaban con cuidado, lo más probable era que aquel descomunal cocodrilo los matase a todos. Nada más pensarlo, vio cómo uno de los guerreros, que parecía uno de los jefes por su cresta multicolor, enviaba a tres jinetes hacia el sur a gran velocidad. Lasgol se preguntó para qué sería.

El monstruo continuó avanzando como si aquella fuera la única cosa en su mente. No había acelerado el ritmo, lo mantenía constante, pero avanzaba pese a todo. Los guerreros habían cambiado de estrategia e intentaban ahora herir sus patas. Parecía que comenzaban a tener éxito, ya que se distinguía sangre que caía de las cuatro patas donde las flechas se estaban clavando. No tenían tanta protección como la espalda o la cabeza.

Entre gruñidos de rabia el monstruo continuó su camino. Alzando la mirada, Lasgol pudo ver ya el azul del mar en el horizonte frente a ellos. Llegaban al Mar Central. ¿Conseguiría el monstruo llegar? Los guerreros no se lo iban a poner fácil, pero si llegaba lo perderían.

De pronto, al sur, justo hacia donde se dirigía el cocodrilo, aparecieron un centenar de jinetes montados sobre sus caballos pintos formando una larga fila. A una orden del jefe, los guerreros dejaron de atacar y galoparon a todo lo que daban sus caballos para unirse a la línea que formaban sus compatriotas al sur.

«Van a intentar detenerlo antes de que llegue al mar».

«No conseguir».

«Yo no estoy tan seguro».

«Tú ver».

El cocodrilo se dirigió directo a la línea de guerreros Inon con paso firme. No cojeaba, pero sus cuatro patas sangraban. Los guerreros comenzaron con cánticos levantando sus arcos hacia el cielo y gritando con todo su ser y repartieron flechas con los guerreros que las habían acabado. No iban a apartarse, de la misma forma que el monstruo no iba a detenerse. Iban a colisionar.

El momento no tardó en llegar. El gran cocodrilo llegó hasta la línea. Daba la impresión de que iba a pasar por encima de los Inon y continuar hasta el mar, que ya estaba muy cerca.

No fue el caso.

Los guerreros salieron cabalgando, abriéndose a ambos lados del monstruo, y comenzaron a tirar todos contra las cuatro patas.

«Son listos. Han encontrado la debilidad y la van a aprovechar».

«Sí, mucho loco y listos».

Los jinetes daban de nuevo vueltas alrededor del monstruo tirando contra sus patas mientras este avanzaba hacia su objetivo. Le quedaba muy poco para llegar. Los gritos de guerra eran ahora estruendosos por la cantidad de guerreros que estaban atacando al cocodrilo.

De pronto, la pata posterior izquierda le falló a la criatura y perdió el equilibrio por un momento. Consiguió recuperarse, pero cojeaba. Aun así, el monstruo siguió adelante.

Los guerreros continuaron tirando. El grupo inicial se había quedado sin flechas pese a que les habían dado algunas más y se retiró para dejar espacio a los refuerzos, que continuaron con el ataque. La pata posterior derecha cayó un momento después. El monstruo tenía las dos patas traseras malheridas, pero seguía su camino impertérrito, arrastrando las dos patas con la fuerza de las delanteras. Los guerreros se dieron cuenta y atacaron con más ímpetu.

Lasgol observaba con atención desde la lejanía. No estaba

seguro de que el monstruo lo fuera a conseguir. El mar estaba cerca, pero al ritmo al que avanzaba y bajo el ataque constante de los jinetes, podía muy bien no llegar. Si los guerreros Inon lo detenían, o conseguían matarlo, tendrían más fácil recuperar las perlas, pero no les llevaría hasta Dergha-Sho-Blaska.

El monstruo luchó con todas sus fuerzas entre gruñidos graves de los que parecía sacar la energía para continuar. Los guerreros siguieron atacando sin descanso, pero al igual que les había ocurrido a sus compañeros, terminaron quedándose sin flechas. Varios intentaron terminar de lisiar las patas delanteras con sus cuchillos, pero el monstruo los devoró atrapándolos con sus fauces y engulléndolos.

Tras varios intentos infructuosos en los que murieron varios guerreros, los jefes llamaron a retirada y se apartaron del monstruo. Cabalgaron hacia el oeste y se situaron sobre una loma a observar. A Lasgol le pareció que daban la cacería por concluida, no querían perder más guerreros. Si el monstruo caía, habrían vencido. Si el monstruo llegaba hasta el mar, habrían perdido. En cualquier caso, habían hecho cuanto podían.

La criatura continuó arrastrándose y, para sorpresa de Lasgol, llegó hasta la costa. Se dirigió a un acantilado no muy alto y con un último gruñido grave se lanzó al mar, dejando que su enorme cuerpo cayera al agua.

«¿Ver? Yo razón» transmitió Camu a Lasgol.

«Sí, esta vez has tenido razón, por poco, pero has tenido razón».

«Yo siempre razón».

«De eso nada».

Ona gruñó dos veces.

«¿Ahora qué hacer?».

«Ahora seguiremos al monstruo por mar antes de que lo perdamos».

Capítulo 23

Raner había reunido al grupo de la tarde para la formación. Lo había hecho a las afueras de la ciudad, hacia el oeste, y todos iban a caballo, lo que indicaba que el entrenamiento tendría que ver con la protección mientras montaban. Se habían detenido en medio del camino, antes de que éste cruzara un bosque de hayas. El día era soleado con pocas nubes y no parecía que fuera a llover. Esto animaba a todos ya que los últimos días había estado lloviendo con bastante intensidad.

Al fondo, sobre una colina, había una torre de vigilancia del ejército y se veían soldados. No les extrañó. El reino estaba en estado de preguerra, por lo que los soldados del ejército habían sido llamados y estaban en constante movimiento. Tomaban torres, fuertes, puertos y fortificaciones de valor estratégico a lo largo del reino. Dos de los ejércitos principales del rey: el Ejército de las Nieves y el Ejército del Trueno se habían posicionado al sur, hacia la frontera zangriana. Por las noticias que llegaban de los Guardabosques en misiones de vigilancia fronteriza, el ejército zangriano también se estaba movilizando y la situación estaba a punto de escalar.

Raner se dirigió al grupo.

—Hoy tendremos un entrenamiento que estoy seguro de que os gustará. Es uno de los ejercicios que mejor recuerdo deja en todos.

—Seguro que a nosotros también —afirmó Nilsa con una sonrisa optimista.

Viggo, a su lado, le susurró:

—Lo está diciendo con segundas.

Nilsa torció el gesto.

—Seguro que no.

—Ya lo verás —auguró Viggo.

—Espero que esta lección os quede grabada en la mente —dijo Raner, que comenzó a dar instrucciones a sus Guardabosques Reales.

—No sé yo si eso suena bien… creo que Viggo tiene razón —comentó Gerd en voz baja.

—Yo siempre tengo razón, y no seas miedica, grandullón.

—No lo soy, es que no me gusta cómo ha sonado.

—Tampoco nos va a pasar nada aquí —respondió Viggo con un gesto de la mano—. Estamos en medio del camino en un descampado.

—Eso no lo sabemos con seguridad —intervino Egil—. Creemos que será así, pero no es algo que esté escrito en piedra.

—He intentado indagar sobre los ejercicios —comentó Nilsa—. He preguntado a Kol, Haines y otros, pero ninguno me quiere contar nada. Guardan silencio. Es como si fuera un secreto castigado con pena de cárcel. Me conocen, no sé por qué no me lo cuentan. Es bastante frustrante.

—Vaya, ¿acaso ya no funcionan tus artes de seducción? —preguntó Viggo jocoso.

—Más vale que te preocupes de las artes de seducción de Molak y no de las mías —respondió Nilsa y al momento a Viggo el cambió la cara.

—Mejor será que el Capitán Maravilloso no intente nada o lo va a lamentar —dijo rabioso—. Le cortaré las orejas, o algo peor —amenazó.

—No te alteres. Estoy seguro de que Molak se comportará como el caballero que es. No olvides que es uno de los nuestros, y uno de los buenos —dijo Gerd.

—Ya, tú y tu visión buenista de la vida. No todo es bueno o malo. Hay términos intermedios —afirmó Viggo con mirada astuta.

—He de decir que en eso Viggo tiene razón —comentó Egil—. Nos gustaría que todo fuera más sencillo en esta vida y que las cosas fueran siempre buenas o malas. Por desgracia, no es así. Las personas tienen diferentes cantidades y combinaciones de lo uno y lo otro. Los resultados son personas complejas con su lado bueno, malo y diferentes respuestas ante situaciones en base a esa combinación. Por lo tanto, es muy difícil augurar cómo se va a comportar una persona.

—Eso, lo que el sabiondo ha dicho de forma tan embrollada —aseveró Viggo.

Gerd se encogió de hombros.

—Una pena que las personas no sean más transparentes y predecibles.

—En muchos casos lo son —comentó Nilsa.

—Ya, tú pon una buena cantidad de oro a su alcance y verás qué sustos te llevas —replicó Viggo.

—Bien, ya está organizado —dijo Raner volviendo su atención hacia ellos—. Este será un ejercicio con armas de marca, no letales. ¿Entendido?

—Sí, señor —respondieron los cuatro, que repasaron sus cuchillos y hachas sin filo ni punta y las flechas con punta de marca hueca que dejaban una mancha roja al hacer impacto.

—No quiero que ocurra ningún accidente. Aseguraos bien.

—Todo en orden —dijo Egil tras observar a sus compañeros.

—Bien. ¿Estáis listos para el ejercicio?

—Listos —respondió Nilsa y en su tono apareció el nerviosismo.

—Muy bien, formad. Hoy cambiaremos de posiciones. Viggo y Egil detrás. Nilsa y Gerd delante. El ejercicio será a caballo. Yo haré de protegido —dijo Raner y se puso una pechera blanca que le cubría el dorso y la espalda—. Dos Guardabosques Reales avanzarán a mi izquierda y dos a mi derecha. Así tendremos formación completa y cobertura total.

—Entendido —dijo Gerd, que observó cómo los Guardabosques se colocaban en posición. Al momento ellos cuatro lo hacían también con Raner en medio.

—En marcha —ordenó Raner y comenzaron a seguir el camino en dirección al bosque.

—Iré marcando el ritmo, debéis seguirlo sin perder la posición.

Un momento más tarde Raner aumentaba el ritmo al que montaban.

Viggo y Egil no tenían problema en seguir el ritmo, pues Raner montaba frente ellos. Tampoco los dos Guardabosques Reales a ambos costados, ya que montaban a la par del Guardabosques Primero. Los que sí tenían algo más de problemas eran Nilsa y Gerd, que al ir primeros tenían que ir mirando hacia atrás sobre el hombro para mantener el ritmo sin ir demasiado rápido o demasiado lento.

Raner cabalgó a trote lento y todos mantuvieron bien la posición. Eran buenos jinetes y no tenían problema para seguir un ritmo sostenido. Los cascos de los caballos sonaban sobre el camino y la brisa cálida les acarició los rostros y cabellos. El bosque estaba algo más adelante y se iban acercando poco a poco.

—Esto es pan comido para nosotros. Un paseo —susurró Viggo a Egil con expresión de que aquello era demasiado fácil para unos expertos como ellos.

—No te confíes. El ejercicio no será tan fácil —aconsejó Egil, que miraba la espalda de Raner.

Como si lo hubiera oído, este cambió de ritmo y comenzó a cabalgar rápido y de forma brusca, sin avisar. Viggo y Egil azuzaron sus monturas para no quedar atrás. Los Guardabosques Reales siguieron el ritmo de inmediato, como si Raner les hubiera avisado. De alguna forma se habían ajustado al cambio de ritmo en un instante. No fue el caso de Nilsa y Gerd, a quien pilló desprevenidos.

El Guardabosques Primero llegó hasta ellos.

—Atentos, nunca debéis perder la posición. Si nos atacaran por la espalda habríais entorpecido la huida.

—Lo siento, señor —se disculpó Nilsa azuzando a su caballo.

—¿Nos atacan por la retaguardia? —preguntó Raner mirando a Viggo y a Egil.

Viggo y Egil echaron la vista atrás por si estaban siendo atacados. Resultó que no, pero tampoco lo habían vigilado, solo habían seguido a Raner.

—No, señor —respondió Egil.

—Un poco tarde para comprobarlo, ¿no os parece?

—Sí… señor —respondió Viggo un tanto molesto consigo mismo por no haber mirado atrás.

—Debéis estar atentos a cualquier movimiento sospechoso, bien sea del grupo o del exterior. Buscad su origen y reaccionad en un instante —dijo con tono serio, hablando por encima del sonido del cabalgar de los caballos sin levantar la voz o gritar.

Nadie dijo nada y todos adecuaron el ritmo al impuesto por Raner. En cuanto lo hicieron, lo volvió a cambiar de golpe. Esta vez detuvo a su montura casi en el acto tirando con fuerza de las riendas y sin avisar. No dijo una palabra o hizo gesto alguno. Tenía la intención clara de pillarles desprevenidos y sorprenderles.

Nilsa y Gerd se dieron cuenta y detuvieron sus monturas un momento después que Raner. Viggo y Egil, que lo vieron tirar de las riendas, intentaron detener sus caballos, pero no lo hicieron lo bastante rápido y se acercaron demasiado a Raner, casi chocando con él.

Raner negó con la cabeza.

—Muy lentos, debéis reaccionar mucho antes —dijo con tono de no estar contento.

—Ha sido a propósito —se quejó Viggo.

El Guardabosques Primero se volvió hacia él.

—Por supuesto que ha sido a propósito para ver vuestro tiempo de reacción y ha sido muy lento. Por otro lado, los Guardabosques Reales han reaccionado al instante y se han detenido en el momento preciso.

—Porque saben los trucos —replicó Viggo.

Raner abrió mucho los ojos.

—¿Trucos? Aquí no hay trucos. Uno debe fijarse y reaccionar. ¿O piensas embestir con tu caballo a la reina cuando se detenga de golpe a observar algo? Estoy seguro de que no le va a hacer demasiada gracia.

—Ya... eso seguro... —tuvo que reconocer Viggo.

—Dejad de pensar con mentalidad de ataque. Aquí estamos defendiendo, debéis pensar siempre en reaccionar para proteger, no para atacar.

—Lo intentamos —dijo Nilsa.

—Vuestro primer instinto cada vez que hay una acción inesperada es echar mano de las armas. Os he visto, es vuestra reacción natural.

—Es que por lo general nos jugamos la vida —dijo Gerd, que se colocaba bien el arco al que había echado mano como Raner decía.

—Es un acto reflejo —se unió Nilsa, que hacía lo propio con la aljaba.

—Lo sé y lo entiendo. Todo Guardabosques lo tiene. Sin embargo, aquí debéis pensar un instante antes de sacar las armas.

—No me gusta mucho... prefiero sacar las armas y pensar después —replicó Viggo.

—Eso puede ser contraproducente —comentó Egil.

—Muy contraproducente. Podéis crear una situación de peligro e incluso perder a la persona que protegéis —dijo Raner.

Ninguno de los cuatro dijo nada. Entendían y sabían a qué se refería Raner. Tenía razón y se la concedían.

Dio la orden de reanudar la marcha y comenzó a realizar

diferentes cambios de ritmo tan bruscos como rauda era su recuperación. En mitad del bosque cambió de pronto de dirección dando la vuelta por completo y cabalgaron de nuevo por el camino que habían recorrido en sentido contrario. Esto desconcertó un poco a las Águilas, aunque lo que tenían claro era que el Guardabosques Primero intentaba ponérselo lo más difícil que podía.

Continuó con movimientos bruscos, ahora hacia los lados, y el grupo tuvo serios problemas para mantener la posición. El Guardabosques Primero aleccionaba cada vez que lo hacían mal, pero ya no paraba ni esperaba a que se recompusieran, continuaba cabalgando.

Llegaron casi al principio del bosque y volvió a girar en redondo para comenzar a galopar por el camino de nuevo en dirección al centro del bosque. El grupo maniobró tan rápido como pudo y consiguieron, más mal que bien, seguir a Raner manteniendo la formación.

—Como de un frenazo ahora nos lo comemos —dijo Viggo a Egil.

— Si gira al este o al oeste de golpe, creo que tendremos problemas —respondió este —. No lo estamos haciendo muy bien...

—Atento a la siguiente maniobra, que no nos pille. Me estoy cansando de que nos haga estos jueguecitos suyos —dijo Viggo con mirada de zorro.

—Atento voy —dijo Egil con ojos muy abiertos—, y no son jueguecitos. Intenta enseñarnos a mantener siempre la formación —explicó mientras manejaba su montura.

—Pues me está cansando un poquito... —Viggo arrugó la frente y usó las riendas para dirigir a su caballo.

El Guardabosques Primero realizó varias maniobras mientras cruzaban el bosque y las Águilas aguantaron bastante bien, al menos a su entender, aunque a Raner no le pareció que lo estaban haciendo al nivel que debían y así se lo indicaba.

—¿Cómo vas? —preguntó Gerd a Nilsa.

—Me arreglo bastante bien con el caballo, al menos cuando gira a derecha o izquierda. Pero cuando reanuda al galope de golpe me cuesta ganar ritmo.

—A mí me pasa igual, y mi caballo tiene problemas para coger ritmo por mi peso…

—Tendrás que pedir un caballo más fuerte. Ese es un poco pequeño para soportar tu tamaño —sonrió ella.

—No me vuelve a pillar —dijo Gerd asintiendo. Miró atrás de inmediato por si se producía otro movimiento brusco.

Estaban llegando al final del bosque y Raner bajó el ritmo a trote ligero. Todos se adaptaron y pareció que esta vez lo habían hecho bien porque Raner no tuvo ningún comentario que hacerles. Esto les dio un pequeño descanso que necesitaban. Viggo fue a decir algo a Egil cuando, de súbito, de entre los árboles, por detrás y delante del grupo, surgieron varios atacantes armados con arcos, hachas y cuchillos.

—¡Nos atacan! —avisó Nilsa, que de inmediato puso una flecha en su arco y tiró contra el primero que se acercaba a la carrera. Le dio de pleno en el torso y se fue al suelo.

—¡Cinco por delante! —avisó Gerd que, al igual que Nilsa, puso una flecha en el arco y con habilidad tiró contra el segundo asaltante. Lo alcanzó en el pecho y cayó a un lado sin poder llegar hasta ellos.

Egil observaba a otros cuatro asaltantes acercarse a la carrera por la parte trasera del grupo.

—¡Cuatro atrás! —avisó y, volviendo su montura con pericia, apuntó con su arco.

Una flecha salió directa hacia Egil, que la vio y con un movimiento ágil se dobló sobre el cuello de su caballo. La flecha le pasó rozando una oreja sin alcanzarle.

Viggo optó por una alternativa diferente. Dio un salto y bajó de su caballo sin siquiera dar la vuelta. Para cuando puso los pies en el suelo ya tenía los cuchillos en las manos. Dos asaltantes corrían hacia él y con un movimiento rapidísimo rodó sobre su cabeza mientras una flecha pasaba a dos dedos de su espalda. Llegó hasta los dos asaltantes y atacó. El primero estaba poniendo una nueva flecha en el arco mientras el segundo atacaba con cuchillo y hacha.

—Ilusos —dijo antes de saltar a por ellos.

Egil se irguió y tiró con rapidez contra el que había tirado contra él. Su oponente lo vio y se lanzó a un lado para esquivar la flecha. No lo consiguió del todo. El proyectil le alcanzó en una pierna. Se arrastró por el suelo mientras Egil cargaba otra flecha para rematarlo.

En la parte anterior, Gerd había desmontado y se enfrentaba a un asaltante con cuchillo y hacha. Su oponente iba armado de la misma manera.

Nilsa, sobre el caballo, ponía otra flecha en su arco mientras buscaba su próximo blanco con ojo certero de tiradora. Dos asaltantes con arco se le acercaban uno por su derecha y otro de frente. El de la derecha estaba ya casi encima. No lo pensó dos veces e inclinándose un poco sobre su montura para tener mejor ángulo de tiro, lo abatió de una flecha al estómago. El otro asaltante se acercó a la carrera por su izquierda. Nilsa saltó del caballo para cubrirse tras el animal, pues si tiraba le alcanzaría con facilidad. El asaltante estaba al otro lado del caballo. Nilsa desechó el arco y sacó cuchillo y hacha para acabar con él.

Gerd se encargó del otro atacante y al igual que Nilsa se volvió para acabar con el que estaba entre ellos dos.

Pero el asaltante no fue a por ninguno de los dos. Se coló entre los caballos de Gerd y Nilsa a la carrera dejándoles atrás.

—¡No! —exclamó Nilsa que vio cómo el asaltante tiraba contra Raner entre los caballos.

La flecha salió rauda y alcanzó a Raner en el torso.

Una segunda flecha procedente de la parte posterior alcanzaba a Raner en la espalda.

—¡Oh, no! —exclamó Egil al verlo.

Viggo se volvió. Había acabado con los dos asaltantes a los que se enfrentaba. Vio al tirador que se les había colado a Egil y a él por la parte posterior.

—Maldición —dijo entre dientes y dio una patada a una roca.

Raner negaba con la cabeza con expresión de estar muy desilusionado. Se quitó la pechera blanca. Estaba marcada delante y detrás con dos manchas rojas que indicaban que había sido alcanzado.

—Un fracaso rotundo —dijo con tono de gran decepción.

Los atacantes abatidos comenzaron a ponerse en pie. Eran Guardabosques Reales. Todos estaban marcados con pintura roja donde las flechas y armas de las Águilas les habían alcanzado. Todos menos los dos tiradores que se habían escurrido y acabado con el protegido. Al llevar todos armas de marca, nadie había resultado herido.

—¿Cuál es vuestra función principal? —preguntó Raner a las

Águilas, que se acercaron a él con la cabeza baja.

—Salvaguardar la vida de la persona que protegemos —respondió Nilsa.

—¿Y qué habéis hecho?

—Hemos respondido al ataque —dijo Viggo.

—¿Y qué ha ocurrido?

—Que hemos perdido a la persona que debíamos proteger... —respondió Egil con tono de reparo.

—En efecto. No dudo de que hubierais acabado con todos los asaltantes y de que incluso lo habríais logrado sin sufrir heridas graves, pues sois grandes luchadores. Sin embargo, eso no hubiera salvado al protegido. Habéis reaccionado como los buenos luchadores que sois en lugar de como los buenos protectores que necesitamos que seáis.

—Sí, señor... —Nilsa se sentía avergonzada y su rostro lo mostraba.

—Deberíamos haber pensado en protegerlo primero, antes de rechazar el ataque —dedujo Egil.

—Si nos atacan, nos defendemos, es puro instinto —dijo Viggo levantando los brazos.

—Es complicado no rechazar un ataque directo —se unió Gerd.

—Un instinto que debéis aprender a redirigir. No digo que no debáis rechazar el ataque, pero debéis hacerlo siempre protegiendo primero. De lo contrario ocurrirá lo que ha pasado en el ejercicio de hoy.

—Lo entendemos. Tendremos que aprender a afrontar estas situaciones con otro punto de vista —dijo Egil—. Nos llevará algo de tiempo, pero lo lograremos —aseguró.

—Algunas costumbres son difíciles de cambiar —comentó Nilsa mirando a Viggo.

—Tendréis que hacerlo para poder convertiros en Guardabosques Reales. Debéis plantear las misiones de escolta siempre como si llevarais con vosotros a una persona vulnerable a la que quieren matar. Vosotros no sois el objetivo del ataque, nunca lo seréis. Sois un estorbo que sobrepasar para llegar al objetivo y abatirlo —explicó Raner mostrándoles la pechera manchada de rojo.

—Lo haremos. No se preocupe, señor —aseguró Gerd.

—Eso me gusta más. El ejercicio ha finalizado, volvemos al

castillo. Meditad lo que ha ocurrido aquí hoy y lo que os he explicado.

Nilsa, Egil, Gerd y Viggo asintieron.

Los Guardabosques Reales fueron a por los caballos que tenían escondidos en el bosque. Todos montaron y regresaron.

Según regresaban, Gerd iba pensando que Raner no gritaba nunca, ni cuando hacían mal los ejercicios. Parecía mantener la calma en todo momento, cosa que era de agradecer. Nada peor que un instructor odioso que gritaba a la menor ocasión. Lo que sí hacía era hablar con tono que transmitía lo descontento y defraudado que estaba cuando no cumplían sus expectativas. Eso escocía mucho más que los gritos y los castigos. Sí, mucho más. Gerd quería que las cosas salieran bien para que Raner estuviera contento. Intentaría que así fuera y sabía que sus compañeros también. A Viggo le iba a costar adaptarse un poco más que a ellos. Su naturaleza era atacar de inmediato. Aun así, tenía la esperanza de que conseguiría adaptarse y esperaba que no le llevara demasiado tiempo.

Mientras entraban en la ciudad, Gerd pensó en Lasgol, Ona y Camu. ¿En que estarían metidos? Esperaba que les fuera bien. Luego pensó en todos los líos en los que se habían metido antes y en el dragón inmortal, y la duda lo asaltó. Más les valía andarse con cuidado y con los ojos muy abiertos, más que eso, con todos los sentidos alerta.

Capítulo 24

Lasgol, Ona y Camu llegaron a un pueblo pesquero en la zona más al sur entre el reino de Rogdon y los bosques de los Usik, justo donde se abría el Mar Central. Por lo que Lasgol sabía, era un mar de aguas tranquilas y cálidas en el que no solía haber demasiados problemas, al menos no de mala mar, aunque con ellos de por medio nunca se sabía. Para empezar, un monstruoso cocodrilo se había precipitado a sus aguas.

El mar separaba la parte superior de Tremia de la inferior. En la superior estaban los reinos de Tremia Central como Erenal o Zangria; en la inferior, territorios bajo el control del Imperio Noceano, con sus desiertos y aquel sol abrasador que hacía muy difícil vivir en ciertas regiones por la escasez de agua.

«¿Entrar pueblo?» transmitió Camu a Lasgol.

«Sí, iré yo. Seguidme camuflados, pero a distancia. Necesitamos una embarcación».

«¿Peligroso?».

Lasgol observó el pueblo de pescadores en la distancia. Parecía muy tranquilo. Contó una treintena de casas pequeñas sencillas, un muelle rústico que dos hombres reparaban con tres barcos de pesca amarrados en él y mar adentro se distinguían una docena de embarcaciones pescando. Era un pueblo Inon, por lo que no sabía qué se encontraría. Lasgol sólo esperaba que no fueran muy agresivos con los extranjeros.

«No lo sé. Veremos».

«Tener cuidado».

«Tranquilo, lo tendré».

Ona gimió una vez. Quería ir con Lasgol.

«Lo siento, no puedes venir, los asustarías. Estoy seguro de que nunca han visto una pantera de las nieves tan al sur».

«Nosotros estar cerca».

«Eso es. Quedaos fuera del pueblo, pero cerca, intentaré negociar algo».

«De acuerdo».

Lasgol se dirigió a la entrada del pueblo. Nunca había tenido contacto alguno con los Inon. De momento sabía que tenían un aspecto que daba miedo, que eran excelentes jinetes y arqueros a caballo, y que luchaban con coraje. Esperaba que los pescadores de su etnia fueran menos agresivos.

    Entró en el pueblo por la única calle que tenía. Montaba su caballo pinto y avanzaba muy despacio. Llevaba el Arco de Aodh a la espalda y las armas de la cintura cubiertas bajo su capa. No quería aparentar que buscaba problemas. Tras recorrer un cuarto de la calle, pudo ver que su presencia había llamado la atención de los locales. Varios niños de unos siete u ocho años, que para su sorpresa llevaban ya el pintoresco peinado en cresta con los laterales de cabeza afeitados, corrían a informar a los mayores.

    También vio algunas mujeres que repasaban las redes de pesca y se metieron en sus casas con rapidez al verlo acercarse. Otras que estaban junto a un río lavaban ropa. A Lasgol le sorprendió que las mujeres llevaran el pelo en dos largas trenzas que caían a los lados. También se fijó en que llevaban pinturas en la cara. No sabía qué significaban los círculos y formas varias que se habían pintado ni el porqué de los colores que usaban, pero le resultó singular.

    Nadie salió a atacar ni a recibirle, así que se dirigió con paso lento al muelle. Allí, los dos hombres que había visto reparándolo dejaron lo que estaban haciendo y se pusieron en pie. Ambos se llevaron las manos a sus cuchillos. No eran guerreros y, sin embargo, llevaban el mismo peinado que estos, así que debía ser algo tribal y no ligado a la función que cada uno ocupaba en la sociedad.

    Lasgol levantó las manos y mostró las palmas abiertas.

—No tenéis nada que temer de mí —dijo en norghano.

Los dos hombres hablaron en su lengua, pero Lasgol no pudo entenderles y tuvo que pasar a los signos. Lo primero que quiso transmitirles era que no quería hacerles daño. Vio por el rabillo del ojo que otros tres hombres se acercaban con cuchillos en las manos. Para hacerlo muy aparente, se quitó el arco y, sin bajarse de la montura, lo tiró al suelo. Luego hizo lo mismo con la aljaba y finalmente con el cuchillo y el hacha de Guardabosques.

    Los cinco pescadores lo miraban con ojos de desconfianza. Continuaron haciéndole preguntas en su lengua, pero parecían más tranquilos al ver que Lasgol estaba desarmado y sobre su caballo sin intentar nada.

La infructuosa conversación continuó por un rato. Lasgol no entendía nada de lo que le decían. Muy despacio desmontó manteniendo las manos en alto con las palmas abiertas y se acercó a una de las embarcaciones. Era un bote de pesca, el más grande que había en el muelle. Tenía una vela y bastante tamaño, Lasgol calculó que podrían entrar los tres.

—Necesito este bote —dijo señalando la embarcación.

Los pescadores le hicieron señas negativas y continuaron hablando en su lengua, por lo que Lasgol no pudo entender nada.

—Bote de pesca por oro —dijo Lasgol y, muy despacio, se metió la mano en el cinturón de Guardabosques hasta encontrar la bolsa con el oro. Sacó dos monedas norghanas y se las mostró.

Los pescadores reconocieron el oro, era una divisa internacional y cualquier reino o tribu lo apreciaba, por muy arcaico que fuera. Lo que tuviera grabado en cada lado daba igual mientras fuera de oro.

—Dos de oro por el bote —dijo y les hizo señas señalando el bote y luego las dos monedas de oro.

De pronto, uno de los pescadores le mostró cuatro dedos y comenzó a decirle cosas.

—¿Cuatro? —Lasgol le mostró a su vez cuatro dedos.

El pescador asentía.

—Cuatro es demasiado por un bote de pesca, te doy tres —dijo Lasgol, que sabía que le estaban timando, pero necesitaba el bote.

Los otros pescadores se unieron a la conversación y comenzaron a regatear también con Lasgol.

Después de un rato de negociaciones y regateos por signos, Lasgol consiguió el bote pesquero por dos monedas, lo que le pareció todo un triunfo. Los pescadores habían comenzado a pujar los unos contra los otros y al final Lasgol había salido favorecido.

Pagó y luego cambió el caballo pinto, que no podía llevarse, por comida y bebida para una semana. Recogió sus armas y el macuto lleno de provisiones y se despidió como pudo de los pescadores, que volvieron a sus quehaceres. Lasgol dedujo que aquel pueblo ya había tenido más visitas extranjeras al comprobar que estaban acostumbrados a negociar con oro.

Finalmente, cuando estuvo listo, llamó a Camu y Ona para que montaran. El bote de pesca estaba pensado para capturar pescado con uno o dos pescadores en él, no para transportar carga, así que iban a tener una travesía de lo más inconveniente. Se acomodaron lo mejor que pudieron. Camu ocupaba casi todo el bote, así que Lasgol se puso en la popa y Ona encima de Camu. Como los dos no eran visibles, Lasgol no supo que estaban así hasta que abandonaron el pueblo pesquero y se adentraron en las aguas.

«¿Vais bien?» preguntó mientras intentaba sujetar la vela como podía. Necesitaban del viento para navegar.

«Yo de costado, Ona encima. No bien».

Ona gruñó dos veces.

«Tendréis que aguantar un poco».

«¿No tener barco más grande?» se quejó Camu.

«Este era el bote más grande que había en el muelle, no podía esperar a que regresara otro mayor. No podemos perder al cocodrilo».

«Yo no contento».

Ona se unió al descontento con dos gruñidos más.

«No vais tan mal, no os quejéis tanto» transmitió Lasgol, que se sentía mal por ambos, pero no podía hacer más que darles un poco de amor duro.

«¿Dónde cocodrilo?».

«Buena pregunta. No he recibido todavía ninguna señal. Iremos hacia el sur, que es la dirección que seguía en tierra».

«Igual sur sólo para llegar a mar».

«Eso estoy temiéndome yo también. Puede haber cambiado de rumbo».

Continuaron navegando y pasaron cerca de unos barcos pesqueros. Camu y Ona se camuflaron usando la habilidad de Camu y Lasgol saludó a los pescadores con la mano, que lo miraron boquiabiertos. Esperaban a un compatriota de piel granate y pelo en punta, no a un blancucho rubio de pelo raro.

Nada más pasar a los pescadores, Lasgol sintió la señal de la joya. Indicaba al sur a dos leguas de distancia.

«Lo tengo. Sigue hacia el sur».

«Nosotros perseguir y alcanzar».

«Lo intentaremos, a ver si conseguimos acercarnos».

Lasgol puso rumbo hacia el sur y tuvieron la buena fortuna de que el viento soplaba en su favor. El bote de pesca iba bastante más rápido de lo que Lasgol esperaba, sobre todo teniendo en cuenta lo que pesaban los tres, y en especial Camu.

Al este divisaron una isla. Lasgol intentó recordar su nombre, pues el mapa que llevaba no incluía el Mar Central y no había calculado que fuera a necesitar mapas de aquella región.

Era la Isla de Coporne. Estaba habitada por una etnia, los Coporneos, originarios de la isla, que con el paso de las centurias habían tomado todas las islas del Mar Central y desde ellas controlaban el comercio marítimo.

«Barco grande» avisó Camu.

Lasgol vio una nave grande que se acercaba desde el sur. Era un trirreme enorme, parecía un barco Coporneo de guerra en misión de patrulla. Observó el velamen y pudo ver con claridad las siglas CP pintadas en negro dentro de un gran círculo del mismo color. Era el emblema de los Coporneos.

«Ocultaos, no queremos problemas con ellos».

«¿Ellos quién?».

«Los Coporneos. Son de una isla cercana. Son comerciantes marítimos que usan grandes trirremes, tanto para el comercio como para la guerra».

«Barco bonito».

«Lo es».

El gran trirreme era espectacular. Debía llevar una tripulación de cerca de un centenar de personas, la mayoría de las cuales estaban a los remos por la velocidad con la que se acercaba.

«¿Por qué guerra?».

«Los Coporneos tienen una fuerte rivalidad con el Imperio Noceano, el reino de Erenal y la Confederación de Ciudades Libres del Este. Todos intentan controlar el Mar Central y su comercio, pero de momento son los Coporneos quienes lo gestionan».

«¿Oro?».

«Sí, oro, plata, hierro, sedas, alimentos, especias y un sinfín de cosas más que se comercian entre naciones».

«Venir para nosotros».

«Sí, no os dejéis ver. No deberían atacarnos».

El gran trirreme pasó cerca del bote y a estribor Lasgol pudo ver a varios soldados Coporneos. Eran de piel blanca aunque algo más tostada que la de los norghanos. De rostros finos y ojos pardos, llevaban cabellos y barbas largos de color castaño. Usaban armaduras de color bronce con peto, braceras y espinilleras del mismo tono. Sobre la cabeza usaban un casco sencillo también que dejaba libres ojos y nariz. Iban armados con espadas y arcos cortos. Los militares observaron desde la borda a Lasgol, que disimuló haciendo como que sujetaba mejor la vela. Al lado del gran trirreme el bote de pesca parecía de juguete.

«No os mováis, nos están inspeccionando» avisó Lasgol a Camu y Ona.

A una orden de su capitán, el trirreme continuó y dejaron tranquilo a Lasgol, que resopló. De haberse detenido la situación se habría complicado, sobre todo en caso de bajar al bote a requisar mercancía, cosa muy común en aquel mar. Varias olas fuertes producidas por el paso del trirreme golpearon al bote, que casi volcó. Camu estuvo a punto de irse al agua y Ona se sujetó con su habilidad felina.

«¡Casi al agua!» protestó Camu.

«Casi volcamos, que es peor. Esos navíos de guerra son enormes y desplazan mucha agua al pasar».

«Tú decirles mirar por donde van».

«Mejor no les decimos nada y no nos metemos en problemas».

«No mejor, pero de acuerdo».

Continuaron navegando rumbo sur hasta que Lasgol recibió una nueva señal. El rumbo era el correcto. Si seguían yendo en esa dirección iban a llegar a la costa norte de los desiertos bajo el control del Imperio Noceano. ¿Se dirigía allí el gran cocodrilo? Si era así, ¿a dónde? La persecución comenzaba a ponerse de lo más peligrosa, pues estaban entrando en territorios de reinos del sur y no precisamente de los que aceptaban de buena gana a los extranjeros que llegaban a husmear. Lo peor era que no podían hacer otra cosa más que seguir al gran reptil y desear que no sucediera nada.

Navegaron varios días siguiendo la señal, que siempre marcaba sur. Se cruzaron con otros dos trirremes Coporneos, estos mercantiles, que les ignoraron pasando a gran velocidad y creando olas a su estela. Lasgol resopló aliviado al ver que no querían nada con ellos.

«Otro barco. Diferente» avisó Camu de pronto.

Lasgol se giró y observó el navío que cruzaba frente a ellos en la distancia.

«Eso es un navío noceano. El casco y las velas son diferentes».

«¿No trirremes?».

«No, es otro tipo de embarcación».

«¿Más fuerte?».

«Más veloz».

Que avistaran ya navíos noceanos indicaba que estaban muy cerca de la costa norte del sur de Tremia. Eso implicaba que pronto se encontrarían con más presencia noceana, y no eran buenas noticias. Los noceanos no eran amigos de encontrarse con extranjeros en sus tierras.

Lasgol no se equivocó.

Pronto avistaron tierra firme en el horizonte. Una larga franja de color marrón con una capa de color arena sobre ella apareció levantándose del mar.

«Tierra» informó a Camu y Ona.

«Ya ser hora. Costado doler» protestó Camu.

Ona himpló una vez y se giró para poder verla.

«No mover, Ona. Cosquillas».

La pobre pantera volvió a tumbarse, pero mirando a tierra.

Poco después a Lasgol le llegó una nueva señal indicando la posición del cocodrilo. Seguía hacia el sur.

«El cocodrilo ha llegado a tierra y sigue hacia el sur».

«Más lento tierra».

«Eso sí, pero está en territorio noceano, en los desiertos…».

«¿Qué hacer nosotros?».

Lasgol lo pensó por un largo rato mientras mantenía el rumbo fijo. No podía perder las perlas y no encontrar a Dergha-Sho-Blaska.

«Seguiremos a la bestia».

Capítulo 25

Alcanzaron la costa noceana y desembarcaron en una pequeña playa con dunas. Lasgol empujó el bote hasta el interior, por si lo necesitaban para regresar, no quería que el mar se lo llevara. Miró a su alrededor. Estaban solos en una preciosa playa de arena blanca. Tenían el mar a su espalda y enfrente grandes dunas con alguna vegetación entre ellas que ya presagiaban lo que se iban a encontrar detrás.

«Seguimos hacia el sur» transmitió Lasgol a Ona y Camu.

«De acuerdo».

Ona himpló una vez.

Se pusieron en marcha y subieron los montículos de arena para encontrarse con un paisaje que era tan bello como desolador. Un enorme desierto comenzaba tras las primeras dunas y se extendía por todo lo que el ojo alcanzaba a ver, con pequeñas zonas con vegetación. Al suroeste vieron las murallas y torres de lo que parecía una gran ciudad. La ciudad de Marucose, una de las más al norte del Imperio Noceano.

«Muy desierto».

«Eso puedes jurarlo. Lo peor es que el desierto se extiende leguas y leguas en todas direcciones».

«¿No agua?».

«Hay algunas ciudades, pueblos y oasis, pero el agua escasea en esta parte del mundo».

«No bueno».

«No, no lo es».

El sol brillaba con fuerza en un firmamento con apenas un par de nubes dispersas en su inmensidad azul. Lo que preocupaba a Lasgol era que estaban en verano y se iban a meter en los desiertos noceanos. Eso no era nunca una buena idea, pero mucho menos en verano. Se iban a abrasar vivos.

«Seguir es peligroso sin un guía… y con este clima…».

«No poder parar ahora» respondió Camu.

Ona himpló una vez.

«Está bien, pero recordad que los desiertos os matarán si no os andáis con cuidado».

«Nosotros cuidado».

Comenzaron a adentrarse en el desierto con mucha intranquilidad. El trayecto resultó duro desde el principio. La ardiente arena y el sol abrasador eran terribles, lo iban a pasar muy mal. Además, dar un paso allí costaba el doble que sobre terreno llano. Era incluso más difícil que hacerlo sobre la nieve, aunque debían admitir que no estaban acostumbrados y por eso les resultaba tan complicado y agotador.

Según avanzaban Lasgol intentó animar a sus compañeros pese a las adversas condiciones.

«Imaginaos que estamos en los territorios del norte y esta arena es nieve».

«Imaginar demasiado».

Lasgol sonrió.

«Lo sé, pero es lo único que se me ocurre para aliviar el trayecto».

Le llegó de pronto un pulso señalando la posición del cocodrilo y se detuvo para asegurarse de que lo situaba bien. Camu y Ona aguardaron a su lado en silencio bajo un sol que cada vez sentían más abrasador. Parecía que quería achicharrarlos por alguna ofensa grave que hubieran cometido contra él.

«Se ha desviado, va hacia el sureste. Ha virado algo al este, aunque sigue yendo hacia el sur. Se aleja de Marucose».

«¿Eso bueno?».

«Pues no lo sé. Desconozco qué ciudades o emplazamientos hay en esta zona».

«¿No mapa?».

Lasgol negó con la cabeza.

«No tenemos mapa, no, y necesitamos uno. Internarnos en el desierto sin un mapa es una locura».

«Seguir cocodrilo».

«¿Y si nos lleva a morir a los desiertos?».

«Entonces no bueno».

Ona gimió dos veces.

«Sigamos un poco más, pero si la cosa se pone fea regresaremos a la playa» Lasgol señaló a su espalda con el pulgar.

Continuaron la persecución y Lasgol no tardó en encontrar el rastro del gran reptil. Era un rastro enorme que se distinguía a gran distancia en medio de la arena del desierto. Lo que le extrañó era que seguía avanzando con las dos patas traseras lisiadas, arrastrándolas. Así no podría llegar muy lejos. Además, debía estar realizando un esfuerzo increíble para arrastrarse por allí de aquella manera. En el mar no habría notado tanto el estar lisiado, pero sobre tierra era otra cosa muy diferente.

«Sigamos el rastro, no podrá llegar muy lejos».

«Mejor. Yo muy caluroso».

Ona, que iba con la lengua fuera, ni siquiera emitió un sonido.

«Ya. Tú y Ona no estáis hechos para este clima. Lo vuestro es el frío».

Lasgol se sintió mal por ellos. Para un norghano el desierto era una tortura terrible, pero para criaturas de la nieve y el hielo como Ona y Camu, todavía más. El sol era abrasador y los castigaba con cada paso que daban en la arena. Apenas podían respirar del calor que sentían.

Lasgol llevaba la capucha puesta para proteger su cabeza y rostro del sol y las manos cubiertas con guantes, así que no tardó nada en estar empapado de sudor. Caminaban sobre la arena avanzando con lentitud, siguiendo el claro rastro que el monstruo había dejado. Lo más probable era que aquel animal no sufriese el castigo del sol como lo estaban sufriendo ellos. Los cocodrilos de mar estaban costumbrados a las altas temperaturas, al menos los que vivían en territorio noceano.

El trayecto pronto se volvió un infierno. Camu y Ona caminaban con la lengua fuera. Ona se había colocado a la sombra de Camu para que el sol no le castigara tanto. Lasgol caminaba intentando mostrarse fuerte, pero el calor tórrido que sentía se lo estaba haciendo pasar fatal. Nunca pensó que desearía tanto volver a las heladas tierras a congelarse de frío.

Pasó el primer día y llegó la noche, así que se detuvieron a descansar donde estaban. Lasgol miró alrededor, pero todo lo que pudo ver era un interminable desierto sin un alma en él. Ona y Camu se dejaron caer sobre la arena, exhaustos por las condiciones climáticas que habían tenido que soportar. Lasgol les dio agua de las provisiones que llevaba y cuando sus dos amigos terminaron de beber, bebió él.

«¿Mejor?» preguntó.

Ona gimió una vez.

«Poco mejor».

«¿Qué tal llevas el calor, Camu? ¿Podrás seguir?».

«Calor mal. Costar respirar».

«¿Te quema las escamas?».

«No quemar. Sentir como asar por dentro».

«Vaya, eso es malo».

«No creer que poder andar por desierto. Malo para mí».

«Sí, eso mismo estaba pensando yo. Y Ona no va mucho mejor que tú con todo ese pelaje invernal que tiene».

La pantera de las nieves gimió.

«Creo que lo mejor es que viajemos de noche. Si seguimos avanzando de día bajo ese sol temible os puede pasar algo».

«¿Y cocodrilo?».

«Con el rastro que está dejando es imposible que nos despiste».

«Pero igual llegar tarde».

«Sí, eso es un riesgo que tendremos que correr».

«Tú ir delante, nosotros ir detrás».

Lasgol arrugó la nariz. Entendía lo que Camu le estaba diciendo, pero no quería dejarlos atrás otra vez.

«Tú ir. Nosotros seguir rastro de noche. Descansar día».

«No. No os dejaré en medio de un desierto. De eso nada. Iremos todos juntos de noche».

Ona himpló una vez.

«Descansad un poco y retomaremos la marcha».

«De acuerdo».

Unas horas más tarde los tres amigos retomaban la persecución. La noche era fresca y llegó un momento que hasta se volvió fría, lo que los tres agradecieron en el alma. Pudieron avanzar bastante antes de la llegada del amanecer. En cuanto el sol comenzó a despuntar con fuerza se detuvieron.

«Tenemos que improvisar algún tipo de refugio o nos vamos a asar vivos».

«¿Cómo refugio?».

«Pues no lo sé. No he traído una tienda de campaña» se lamentó Lasgol.

Miraba alrededor pero no veía ni un árbol, ni una roca... nada. Sólo un inmenso mar de arena.

«Probar magia».

«¿Quieres ponerte a experimentar ahora?».

«No refugio, nosotros asar».

«Cierto. Pero no creo que podamos crear una habilidad en estas condiciones».

«Intentar».

«Tienes razón, no perdemos nada por intentarlo. Al menos, mientras podamos».

Los dos se pusieron a intentar crear algún tipo de refugio. Lasgol se concentró cerrando los ojos y buscó crear una tienda que los protegiera del sol y rechazara los rayos que quemaban su cuerpo. Sin embargo, sucedió lo que temía. El calor tan alto y la dificultad para respirar impedían que pudiera crear la habilidad. Cada vez que lo intentaba se consumía parte de su energía interior, pero la habilidad no se producía. El destello verde comenzaba a formarse para apagarse un instante después. Lasgol se sintió de lo más frustrado.

A su lado, Camu también probaba con el mismo resultado. Tenía los ojos cerrados y cada vez que fallaba sacudía la cola, muy frustrado. Ona, sentada entre los dos, los miraba agachando las orejas.

Los intentos continuaron por medio día y el sol empezó a ser insufrible, se estaban carbonizando vivos bajo sus intensos rayos. No había dónde esconderse, era una sensación tan dura como desagradable.

De pronto, Camu destelló con una intensa luz de color plateada. Lasgol lo vio y abrió mucho los ojos. Eso era una habilidad, había conseguido algo. O eso esperaba por el bien de los tres. Un instante después, una cúpula los cubría a todos. Era translúcida, similar a la que Camu solía crear para proteger de la magia exterior. Sin embargo, una vez formada, la cúpula comenzó a congelarse, y un momento más tarde apareció escarcha recubriéndola por completo y creando sombra en el interior.

Los rayos del sol intentaban penetrar la cúpula de escarcha pero salían rebotados. No solo eso, dentro de la cúpula comenzaron a sentir un cierto frescor provocado por el hielo del que estaba formada.

Ona se frotó contra la pared de hielo para refrescarse.

«¡Lo has conseguido, Camu!».

«Yo mucho bueno».

«¡Es estupendo! ¡Nos protege y nos enfría!».

«Sólo un problema».

Lasgol lo adivinó de inmediato.

«Se está derritiendo».

«Mucho derretir. Tener que usar más magia».

«Bueno, no es perfecto, pero sirve. Envía magia a reforzarlo, pero la necesaria para mantener el efecto. Veamos cuánto tiempo puedes mantenerlo».

«Yo intentar».

Para sorpresa de Lasgol, Camu pudo mantener el refugio de hielo activo casi todo el día. Eso les permitió estar a salvo del inclemente sol y descansar fresquitos, por lo que siguieron camino antes de que anocheciera, una vez el refugio quedó deshecho.

«¿Te queda algo de energía?» preguntó Lasgol a Camu, preocupado.

«Sí. Tú tranquilo. Yo guardar un poco».

«Fenomenal». Lasgol temía que la criatura agotara toda su energía interior y luego cayera inconsciente. Los dos debían siempre estar muy atentos a ello.

«¿Cómo vas a llamar a esta nueva habilidad?».

«Refugio Helado».

«Me gusta».

Ona himpló una vez.

Siguieron el rastro del gran reptil y Lasgol se percató por las huellas que dejaba que cada vez tenía más problemas para seguir adelante. Iba más lento y arrastraba más de su cuerpo, así que las fuerzas comenzaban a fallarle. Aumentaron el ritmo para poder llegar hasta el gran monstruo.

Caminar de noche por aquellos desiertos bajo las estrellas y un firmamento completamente despejado no era tan malo, sobre todo cuando la temperatura descendía bastante. Camu y Ona iban bien y Lasgol también se sentía bastante bien, exceptuando que la arena que le entraba en las botas le iba a dejar los pies llenos de llagas. Tendría que cuidárselos en el siguiente descanso. Definitivamente, prefería las montañas nevadas de su tierra al desierto.

Finalmente encontraron al gran reptil, y el lugar y el modo en el que lo encontraron los dejó atónitos. Estaba dentro de las aguas de un oasis de grandes proporciones en una hondonada entre las dunas de arena.

«Eso ser agua. ¿Cómo poder ser?».

«Es un oasis. Bajo la arena hay un depósito natural de agua» explicó Lasgol.

«Cocodrilo disfrutar».

Lasgol observó cómo el gran reptil flotaba dentro del agua ocupando casi todo el espacio. Estaba como adormilado, o al menos con los ojos cerrados. Parecía estar disfrutando del baño y descansando.

«¿Ser este el sitio?».

«No lo sé. Tendremos que esperar un poco y ver qué sucede».

Se tumbaron sobre la duna y se quedaron a observarlo. Por dos días enteros el cocodrilo permaneció a remojo descansando. Ona, Camu y Lasgol tuvieron que hacer campamento algo más retrasados de forma que el gran reptil no los pudiera ver. Como el oasis estaba en una gran hondonada, no era muy probable, pero no se arriesgaron.

«Mucha envidia» transmitió Camu a Lasgol.

«Sí, a mí también me la da, no te creas que no».

Ona se unió al sentimiento con un gemido.

Ver al monstruo disfrutar del agua del oasis era un castigo casi insufrible, sobre todo cuando el sol apretaba y ellos tenían que buscar cobijo en el Refugio Helado que Camu creaba a su alrededor.

«Este refugio también está muy bien».

«Refugio bien, oasis mejor».

Ona gimió una vez.

«Ya, además no te obliga a usar tu magia durante todo el día».

Al tercer día, el monstruo se movió al fin. Con torpes zancadas salió del agua y comenzó a subir una de las dunas hacia el este.

«Se va» avisó Lasgol.

«Ahora andar mejor».

«Sí, creo que ha estado descansando, curando sus heridas y reponiendo fuerzas».

«Este no ser sitio».

«No, continúa su camino. Tendremos que seguirlo».

Dejaron que el monstruo continuara para estar fuera del alcance de su visión y luego descendieron al oasis. Los tres amigos se agacharon a beber de inmediato. Una vez hubieron apagado su sed, se metieron en el agua y disfrutaron de un baño que valía por la mitad del oro de las arcas norghanas. No solo era agua dulce y limpia, sino que el oasis estaba rodeado de palmeras y otras plantas exóticas que no conocían y alegraba el alma en medio de aquel mundo árido y amarillento.

Lasgol subió a ver si el cocodrilo seguía su rumbo o se daba la vuelta, pues no quería que los sorprendiera allí bañándose. Vio que era así, que seguía su camino sin mirar atrás cruzando el desierto hacia el sureste. Volvió a bajar y se tiró al agua a chapotear con Camu y Ona, que ya se divertían persiguiéndose en aquel pequeño lago.

Por un largo rato olvidaron las penurias, el sol abrasador, los desiertos, las quemaduras y el calor y disfrutaron. Luego se tumbaron los tres sobre la orilla debajo de dos palmeras, a su hermosa sombra, a descansar antes de continuar la persecución.

Cinco figuras con vestimentas azules los observaban desde la duna a sus espaldas.

Lasgol presintió que algo no iba bien, se giró en el suelo y los vio.

«¡Atentos, a nuestra espalda!».

Capítulo 26

La tarde era cálida y el cielo estaba despejado, cosa que animó a todos antes de comenzar con la formación. Nilsa, Egil, Gerd y Viggo aguardaban en el punto de reunión a las afueras de la ciudad hacia el sur, en el cruce de caminos reales. Estaban junto a la señal de madera que indicaba las ciudades más próximas. Habían dejado los caballos atados a un par de encinas al este del camino y charlaban con tranquilidad.

—Qué día más agradable —apreció Nilsa abriendo los brazos y mirando al sol para que sus cálidos rayos la bañaran.

—Un día perfecto para que nos lo arruinen con una guerra, un intento de regicidio o algo de ese estilo —dijo Viggo, que mordía el extremo de una hierba en su boca.

—No seas gafe —regañó Gerd—. ¡Con lo bien que estamos! Disfrutemos del momento y de este estupendo día.

—Raner no tardará en llegar. Estoy impaciente por saber qué aprenderemos hoy —Egil se frotaba las manos y tenía una sonrisa y expresión animadas.

—Seguro que la lección será cómo ayudar a montar a Su Majestad poniéndonos a cuatro patas como si fuéramos un banco. O quizá algo más humillante todavía.

Nilsa soltó una carcajada y Gerd se le unió.

—No creo que sea ese el caso —corrigió Egil, que también reía.

—Entonces será algo tan importante como acunar a Su Majestad y cantarle canciones para que se duerma por las noches —continuó con la broma Viggo.

—Eso me gustaría experimentarlo —comentó Gerd riendo.

—A mí no. No quiero ni imaginármelo —Nilsa puso cara de espanto.

—Eres incorregible —dijo Egil a Viggo y le dio una palmada en la espalda.

Raner no tardó en aparecer con cuatro Guardabosques Reales y el rato agradable de descanso de las Águilas llegó a su fin. El día era radiante, pero Raner traía una expresión de preocupación que hizo evidente que algo sucedía.

—Señor —saludó Nilsa con una leve inclinación de la cabeza.

—Guardabosques Especialistas —devolvió Raner el saludo.

—¿Todo bien, señor? —preguntó Egil.

Raner resopló.

—El rey ha ordenado a todos sus ejércitos que pasen a estado de alerta. Parece que la guerra es inminente. También ha empezado a reclutar a la milicia. Ha enviado orden a los nobles del Oeste para que envíen a sus soldados a formar parte del ejército o a que se unan personalmente a la cabeza de sus respectivas tropas a los ejércitos del rey.

—Seguro que estarán encantados —dijo Viggo con ironía—. Irán todos en persona corriendo a formar en las primeras líneas.

—Eso es indiferente. Deben obedecer, son órdenes reales —el tono severo de Raner no dejó duda de que era un hombre del rey.

—Estoy seguro de que los nobles del Oeste acudirán a la llamada del monarca —comentó Egil con tono apaciguador.

—Todo el reino debe unirse cuando una fuerza extranjera amenaza —comentó Nilsa, que miró a Egil de reojo. Su amigo le devolvió la mirada sin decir nada.

—Yo sigo deseando que no lleguemos a las armas —expresó Gerd con tono esperanzado—. Puede que se encuentre una solución pacífica a esta situación.

—Me temo que las cosas han tomado la dirección contraria —dijo Raner.

—Pero el rey no ha podido demostrar que los intentos de asesinato fueran encargados por Zangria —replicó Gerd.

—Eso no lo detendrá si está convencido de que es así y de que tiene la razón. Me temo que nos encontramos ante ese caso —dijo Raner.

—Aguardemos y veamos qué sucede. No sirve de nada precipitar acontecimientos y conclusiones. Suele ser contraproducente —afirmó Egil.

Raner asintió.

—Cierto. Centrémonos en la formación —continuó Raner—. Hoy practicaremos la protección en situaciones donde vosotros vayáis a pie, pero el protegido vaya a caballo.

—¿Eso se da con frecuencia, señor? —preguntó Gerd con cara de extrañeza.

Raner arrugó la nariz.

—No es lo deseable, pues deja al protegido en clara situación vulnerable, pero se da, sí.

—Eso estaba pensando yo, señor. Es peligroso —comentó Nilsa.

—Lo es y mucho. Por ello debemos estar preparados. Esta situación se da generalmente en desfiles, comitivas, procesiones, paseos y similares. El protegido o protegidos, pues puede ser más de uno, van a acaballo y despacio, lo que les deja visibles y vulnerables. Los Guardabosques Reales van a pie rodeándole. Es una situación compleja y peligrosa.

—¿Por qué no vamos a caballo con ellos? —preguntó Gerd—. Si les rodeamos, les podemos cubrir mucho mejor.

—No siempre es posible. Hay ocasiones en las que el protegido desea ser la figura central, visible, radiante... el centro de atención. En esas ocasiones no desea que nada ni nadie le haga sombra —explicó Raner.

—Oh, entiendo... —comentó Gerd, que se quedó pensativo.

Uno de los Guardabosques Reales le comentó algo a Raner en voz baja y se pusieron a conversar entre susurros.

Viggo aprovechó y le susurró a la oreja a Gerd.

—¿Para qué quieres rodearlo? ¿Para recibir una flecha envenenada en su lugar?

Gerd lo miró con cara de no poder creer lo que le decía.

—Somos sus protectores —susurró de vuelta.

—Eres un buenazo y un tontorrón —dijo Viggo al oído—. Te llevaré flores a la tumba. Yo no pienso morir por el cretino de Thoran o su insoportable señora.

Gerd lo miró con ojos muy abiertos.

—Es nuestro deber...

—Será el tuyo, el mío ya te digo yo que no. Abre los ojos, grandullón. No desperdicies tu vida por quien no merece tu lealtad.

Gerd fue a replicar, pero se calló y se quedó pensativo. Las palabras de Viggo le llegaron hondo.

—Muy bien, vamos a practicar. Yo haré de protegido e iré a caballo. Los demás en posición alrededor como si fuera a pie.

—Sí, señor —confirmó Nilsa.

Las Águilas se situaron a los laterales: Nilsa y Gerd hacia el oeste y Viggo y Egil hacia el este. Los Guardabosques Reales dejaron sus caballos atados junto a los otros. Dos de ellos se situaron delante y otros dos detrás para tener los seis miembros de un grupo de protección, que era el mínimo requerido. Se situaron alrededor de Raner siguiendo las instrucciones sobre dónde y cómo colocarse, que ya conocían de memoria.

—Imaginad que estamos en mitad de la capital, yo soy el rey y voy saludando al pueblo según bajamos la avenida principal saliendo del castillo. Es un día despejado, toda la ciudad ha salido a ver el desfile, a ver a su monarca —explicó Raner mientras avanzaba con su caballo.

—¿Tenemos refuerzos en las alturas, señor? —preguntó Nilsa.

—En este ejercicio no. Podría haber un tirador escondido en alguna posición elevada —informó Raner.

—Eso nos pone en mucha desventaja —comentó Gerd.

—Es un ejercicio difícil, pero uno que se suele dar —explicó Raner encogiéndose de hombros.

Viggo tenía expresión de que no estaba conforme.

—Si el ejercicio nos pone en clara desventaja, no se puede esperar que lo superemos.

Raner lo miró con ojos de enfado.

—¿Eres un auténtico Guardabosques o eres alguien que se echa atrás al primer obstáculo?

Viggo murmuró algo entre dientes en la línea de que deseaba que se bajara de su caballo para enseñarle lo que era un Guardabosques de verdad, pero decidió que era mejor no enfrentarse al Guardabosques Primero, al menos de momento. Ya llegaría el día.

—Detendré la flecha dirigida a su corazón con mi mano, no se preocupe, señor —respondió con tono de ironía.

—Nada menos espero de mis Guardabosques Reales —afirmó Raner y, por el tono de voz que empleó, lo decía en serio.

—Sí, señor. Así será —intervino Gerd para que no hubiera problemas.

Raner continuó cabalgando y se acercaron a una granja a la izquierda del camino. Se divisaban dos edificios de madera: lo que debía ser la casa de los granjeros y un cobertizo para el ganado junto a ella. Los edificios estaban a unos cien pasos del camino. Al lado opuesto de las granjas, al otro lado del camino, se distinguía un pequeño bosque de hayas.

—En este tipo de protección debéis estar muy atentos por si alguien asalta al protegido desde una distancia cercana. Es un blanco claro para un tirador, pero también para un asaltante que intente llegar hasta él.

Continuaron avanzando. Al llegar a la altura del bosque y la granja extremaron precauciones. Raner iba tan tranquilo en su papel de monarca despreocupado mirando a derecha e izquierda y realizando gestos con la cabeza de pequeño saludo, como si de verdad estuvieran avanzando entre una multitud que hubiera salido a saludar. Sin embargo, todo lo que había eran unas pocas vacas pastando junto a la granja y ardillas y pájaros en el bosque.

—Edificios al oeste, posibles tiradores —alertó Raner, que señaló con su mano hacia los dos edificios.

—Cubrámoslos —dijo Egil a Viggo y puso una flecha en su arco.

—Creo que veo a alguien en el tejado del cobertizo —dijo Viggo, que ya ponía una flecha en el suyo.

—Yo no lo distingo, ¿estás seguro? —preguntó Egil.

—Si nos paráramos un momento a observar podría asegurarlo —dijo Viggo, que miraba con ojos entrecerrados. Se giró hacia Raner. El Guardabosques Primero seguía avanzando sobre su montura.

—¿Cobertizo o granja? —preguntó Egil, que apuntaba a una y a otra con su arco.

—Cobertizo. Juraría que he visto a una sombra moverse sobre el tejado del cobertizo.

Los dos apuntaron al tejado buscando al tirador al tiempo que mantenían el paso de la comitiva, que seguía avanzado.

De súbito, de entre los árboles del bosque al oeste surgieron cinco Guardabosques Reales con lanzas que se precipitaron a la carrera contra Nilsa y Gerd, que protegían ese costado.

—¡Nos atacan! ¡Por el oeste! —gritó Nilsa dando la alarma y colocando una flecha en su arco.

—¡Llevan lanzas! —avisó Gerd, que levantó su arco para apuntar.

—¡Rechazadles! ¡Seguimos avanzando! —ordenó Raner señalando al frente.

Los dos Guardabosques Reales en cabeza continuaron avanzando, siguiendo las órdenes. Con ellos avanzó Raner sobre su caballo sin alterarse. No salió al galope y tampoco lo hicieron los Guardabosques Reales que cerraban el grupo.

—¡Hay que ayudarles! —exclamó Viggo al ver que eran cinco asaltantes y con lanzas.

Egil observaba lo que Raner hacía intentando razonar cuál era la mejor forma de proceder en aquella situación.

—¡No nos detenemos nunca! ¡Seguimos avanzando! —ordenó Raner.

—Pero… —Viggo señalaba a Nilsa y Gerd.

—¡Avanzamos! —insistió Raner.

Nilsa soltó y su flecha alcanzó al atacante que tenía más cerca. Se fue al suelo. Con mucha rapidez, sacó otra de la aljaba a su espalda y la puso en la cuerda de su arco.

Gerd soltó y abatió a otro de los atacantes, que cayó a un lado. Comenzó a poner otra flecha en su arco, pero se percató de que no le daría tiempo a tirar. Un atacante se le echó encima con la lanza por delante que se comió el espacio que los separaba en un pestañear. Gerd golpeó la punta de la lanza que iba dirigida a su estómago con su arco y la desvió. Le pasó rozando el costado. Dejó caer el arco y con sus dos grandes manos agarró al atacante por la solapa. Era casi tan grande como él. Con un fuerte tirón lo levantó un palmo del suelo y lo tiró a un lado. El atacante se dio un golpe y antes de que pudiera reaccionar, Gerd ya había sacado su cuchillo y hacha y se lanzaba sobre él.

Nilsa había tenido tiempo de volver a tirar y alcanzó al asaltante en el hombro, lo que hizo que soltara la lanza. Sin embargo, la herida no era letal. El atacante se percató y sacó cuchillo y hacha. Nilsa lo hizo también y se lanzaron al combate.

Ignorando lo que estaba ocurriendo, el quinto asaltante con lanza fue directo a por Raner. Nilsa y Gerd habían dejado el costado desprotegido al enzarzarse en la pelea por lo que llegó hasta él, pero los dos Guardabosques de la retaguardia levantaron sus arcos para abatirlo.

Por desgracia la lanza era muy larga y llegó hasta el protegido primero.

De un tirón tremendo, Viggo desmontó a Raner hacia su lado, que cayó al suelo y con agilidad rodó el golpe de la caída.

La lanza solo encontró aire.

Dos flechas abatieron al asaltante.

Nilsa y Gerd acabaron con los dos atacantes contra los que luchaban.

Raner se levantó despacio, sin mirar a Viggo. Se puso en pie y se sacudió el polvo de las vestimentas. La caída hubiera sido dura para un noble, no para el Guardabosques Primero, que como un gran felino había evitado un buen golpe contra el suelo apoyando pies y brazos y rodando sobre su cuerpo para minimizar el impacto. En cualquier caso, había sido una solución drástica que seguro que a Raner no le iba a gustar nada. Se irguió, no dijo una palabra por un momento y luego habló.

—Ejercicio fallido —proclamó.

Viggo levantó los brazos en protesta.

—¿Cómo que fallido? He salvado al protegido y todos los asaltantes están muertos.

Egil se unió a su compañero.

—La resolución ha sido un poco extravagante y algo forzosa, pero ha funcionado.

Raner los miró con ojos entrecerrados y frente fruncida.

—Esta no es la forma correcta de resolver la situación.

—Bueno, pues será la forma incorrecta, pero ha funcionado, que es lo que importa al final, ¿no? —insistió Viggo, que no podía creer que Raner no le estuviera felicitando por salvarle de la lanza.

—No se puede derribar nunca al protegido de su caballo y menos usando la fuerza —afirmó Raner.

—Era lo más rápido —se defendió Viggo.

—Sí, pero podría darse un mal golpe, lesionarse o hasta matarse si se golpea la cabeza contra el adoquinado o lo pisa su caballo.

—No ha pasado nada de eso... —continuó defendiéndose Viggo.

Raner miró a Viggo a los ojos.

—¿Qué crees que te sucedería si derribas a Thoran de su caballo por la fuerza?

Viggo lo imaginó. Arrugó la nariz.

—No se lo iba a tomar muy bien.

—En efecto, aunque lo salvaras. El castigo por poner la mano encima al rey es la muerte y ser Guardabosques Real no te exime de la pena.

Viggo puso expresión de "qué desagradecido", pero no lo dijo en voz alta.

—¿Cómo tendría que haber desmontado al rey? —preguntó por no discutir.

—Lo que tenías que haber hecho era pasar por debajo del caballo e interceptar la amenaza antes de que llegara al protegido.

—Bueno... eso no se me ha ocurrido en el momento...

—Lo he visto. Eso se debe a que era más fácil tirarme al suelo. La solución más sencilla o más a mano no tiene por qué ser la mejor. Hay que pensarlo y actuar teniendo en cuenta todos los factores.

—Eso es mucho pensar, además, había otra amenaza en el tejado del cobertizo —afirmó Viggo señalando en aquella dirección—. No me podía poner a pensar con dos amenazas a la vez.

—La amenaza del cobertizo era un señuelo para engañaros y distraeros —explicó Raner y señaló a un costado de las granjas por donde se acercaba un Guardabosques Real.

—Oh... pues qué bien... —Viggo cruzó los brazos sobre el pecho y puso mala cara.

—Muy elaborado el ataque y difícil de resolver —comentó Egil, que estaba encantado de todas las explicaciones que Raner les daba.

El resto de los atacantes, que eran también Guardabosques Reales, se pusieron en pie. Nadie estaba herido pues todos llevaban armas de marca, no letales.

—El protegido y su escolta siempre avanzan, sea cual sea la situación y el peligro que les rodee. De lo contrario, si se detienen, el protegido estaría muerto. Esta es una máxima que debéis tener presente. Ante un ataque, hay que salir de la situación. Dicho de otra forma, sacar al protegido de allí.

—Eso tiene toda la pinta de huir —comentó Viggo—. ¿No sería mejor rechazar el ataque?

Raner se volvió hacia él.

—No, esa es la reacción que todos tenemos cuando nos atacan, pero no es la más válida para que el protegido salga con vida de la trampa. Hay que sacarlo de la emboscada y rápido. Por lo tanto, nunca debemos parar.

—¿Y si hay una barricada, un fuego o algo que nos impida continuar? —preguntó Egil.

—En ese caso hay que buscar otra vía de escape, pero no quedarnos quietos. Esto aplica a casi todas las situaciones, ya sea a pie o a caballo.

—Entendido, señor —a Egil la explicación pareció encajarle.

—Ha dicho a casi todas, ¿a cuál no aplica? —quiso saber Nilsa.

—Hay una situación muy específica en la cual esto no aplica y en la que nos detendremos. Os lo mostraré más adelante.

—Muy bien, señor —convino Nilsa.

—Un detalle más, por derribarme del caballo por la fuerza tendréis doble sesión de ejercicio físico —anunció Raner.

—¿Todos, señor? —preguntó Gerd.

—Todos. Podéis agradecérselo a Viggo.

Viggo negaba con la cabeza y su rostro era uno de no poder creerse el castigo.

—Pero… —comenzó a protestar Nilsa.

Raner levantó la mano para que las protestas cesaran.

—Si os sirve de consuelo, sabed que con dolor y esfuerzo entra mejor el aprendizaje.

Marcharon con Viggo refunfuñando groserías entre dientes.

Capítulo 27

Ona y Camu se pusieron de pie de un brinco y se volvieron hacia las cinco figuras, que observaban con tranquilidad desde la duna. Llevaban largas túnicas azules y negras que les cubrían todo el cuerpo a excepción de la cara y las manos. En la cabeza llevaban un pañuelo al estilo del desierto e iban armados, al cinto portaban cuchillos y espadas curvas.

«Son moradores de los desiertos» transmitió Lasgol al tiempo que con mucho cuidado cogía su arco y su aljaba.

«¿Enemigos?».

«No te sabría decir. Algunos son amistosos y otros no».

«No amistosos, tú ver».

«Sí, con nuestra suerte sería lo más normal».

Los moradores de los desiertos continuaron mirándolos sin hacer movimiento alguno. Lasgol lo interpretó como que no estaban buscando hostilidades, aunque a los mejor se lo estaban tomando con calma. La verdad era que el muchacho no tenía apenas conocimientos sobre los pueblos del desierto y sus costumbres. ¡Cuánto echaba de menos a Egil en aquel tipo de situaciones!

«Nos retrasamos despacio» transmitió a sus dos amigos. Era una maniobra defensiva. Quería mostrar que no se habían adueñado del lugar y que no tenían intenciones bélicas.

«De acuerdo».

Los tres se fueron yendo hacia atrás, bordeando el agua para situarse justo en el lado contrario a los cinco moradores. Mientras se retiraban, las cinco figuras observaron sin hacer ningún movimiento.

«¿Qué hacer ahora?».

«No lo sé. Si salimos corriendo puede que nos dejen ir o puede que nos den caza».

«Sólo ser cinco».

«Cinco que veamos. Quizá haya más detrás de esas dunas».

Ona gruñó una vez.

«Ona decir haber más».

«Su olfato los habrá captado. Mejor no echar a correr siendo esa la situación. No quiero que nos ataquen, sean pocos o muchos».

«Yo preparado lucha».

Ona gruñó.

«Sé que estáis preparados para luchar, pero siempre es mejor intentar evitarlo. Si es posible, claro».

Uno de los cinco, el que estaba en medio, levantó la mano. Lasgol no supo qué hacer así que levantó la mano también. Los dos se quedaron con las manos levantadas, era un poco cómico. El morador le hizo gestos para que se quedaran quietos, eso Lasgol lo entendió. Sobre todo, cuando le señaló su espada en clara amenaza. Lasgol quiso insistir en que no tenían intención alguna de causarles daño así que levantó ambas manos con las palmas abiertas. El morador se giró y dijo algo a su espalda.

Un poco después una caravana de dromedarios bajaba hacia la hondonada. Estaba formada por una veintena de moradores, hombres en su mayoría. Dejaron que los dromedarios bebieran y comenzaron a llenar pellejos y vasijas de la preciada agua. Todos vestían de azul y llevaban la cabeza cubierta. Se les apreciaban manos y rostros tostados, así como ojos oscuros. Las mujeres vestían algo diferente, con tonos más alegres en sus túnicas y faldas largas. La tonalidad de la piel, tostada pero no demasiado oscura, no dejaba duda de que eran autóctonos de los desiertos.

Lasgol intuyó que era una caravana de mercaderes o tal vez parte de una tribu de los desiertos que se trasladaba a algún lado. No parecían peligrosos.

«Voy a intentar dialogar con ellos».

«¿Buena idea?».

«No lo sé, la verdad, quizá no lo sea, pero me gustaría saber dónde estamos y a dónde nos dirigimos. Me tiene muy intranquilo no saberlo».

«Nosotros atentos».

Ona gruñó una vez.

Hizo un gesto para llamar la atención de su interlocutor, que se fijó al instante. Lasgol le indicó por señas que quería hablar con él. No pareció entenderlo porque no hizo ademán alguno. Lasgol lo intentó de nuevo con gestos similares pero diferentes. Para él estaba claro lo que transmitía, pero no parecía que le entendieran.

De pronto, el interlocutor le hizo unos gestos que Lasgol entendió como que quería que hablaran ellos dos a solas.

Lasgol asintió. El morador le hizo una seña y apuntó a un lugar al lado oeste. Lasgol asintió en conformidad.

«Voy a ir a hablar con él. No os movías de aquí».

«¿Seguro? Poder ser trampa».

«No lo creo. Si quisieran atacarnos ya lo habrían hecho. Son un grupo numeroso».

«De acuerdo. Nosotros atentos».

«Muy bien, pero no intervengáis a menos que os lo pida».

«Nosotros esperar señal».

Ona gruñó una vez.

«Así me gusta».

Lasgol comenzó a bajar de la duna hacia el lugar indicado. Iba pensando que Camu y Ona no aguardarían a su señal y actuarían en cuanto vieran cualquier posible peligro, por mucho que dijeran que iban a esperar. Eran una bendición y un tormento a la vez, pero Lasgol no podía quererlos más, aunque muchas veces desobedecieran o tomaran decisiones no muy acordes con sus deseos.

Llegó al punto de reunión y aguardó. Tenía el arco de Aodh a la espalda y su cuchillo y hacha en la cintura. Esperaba no tener que usarlos, pero por si acaso realizó la Tabla de Precombate rápidamente. Los destellos verdes se sucedieron mientras su interlocutor se acercaba con paso lento. Lasgol imaginó que aquel hombre de los desiertos no era un mago, por lo que no podría distinguir que estaba invocando habilidades.

—Hola, me llamo Lasgol —saludó en cuanto llegó hasta él y gesticuló el saludo. Después se señaló el torso con el pulgar.

El hombre era mayor de lo que pensaba. Se había quitado el pañuelo que le cubría la boca y pudo ver una barba blanca. La piel tostada alrededor de sus ojos oscuros y profundos estaba llena de surcos. Sus cejas eran blancas y pobladas. Saludó levantando la mano.

—Abudbalis —se presentó y se inclinó ligeramente.

Lasgol asintió mostrando que lo entendía.

—¿Dónde estamos? —preguntó Lasgol señalando al oasis y luego a los cuatro puntos cardinales.

El hombre torció la cabeza y le preguntó algo en su lengua que

Lasgol no entendió.

—Perdido —dijo Lasgol y puso cara de estar confundido. Volvió a señalar el oasis y los cuatro puntos cardinales.

Abudbalis sonrió y le respondió algo en su idioma.

Lasgol no lo entendió, pero le dio la impresión de que el morador le había comprendido.

—Wahalatan —dijo Abudbalis señalando hacia el oasis.

—Oh, el oasis se denomina Wahalatan —dijo Lasgol, señalando.

Abudbalis asintió.

—¿Dónde estamos en relación a la ciudad de Alaband? —preguntó Lasgol animado al ver que se entendían.

—¿Alaband?

—Sí, ¿dónde? —Lasgol le hizo señas preguntando en qué dirección estaba la ciudad. Necesitaba saber cuán lejos estaban de ella.

El hombre asintió y le hizo un gesto para que aguardara. Se volvió y, con paso lento, marchó hacia la caravana que descansaba a la sombra de las palmeras del oasis.

Lasgol se quedó un poco desconcertado, pero hizo como le indicaba y aguardó el regreso del hombre del desierto. Volvió con el mismo paso sosegado. No parecía tener prisa en absoluto, o quizá era una técnica para que el calor no le afectara tanto.

Abudbalis sacó algo de debajo de su larga túnica azul y Lasgol se sobresaltó, pues el movimiento fue más rápido de lo esperado.

No era un arma. Lo que sacó era un mapa dibujado en una piel de animal curtida, seguramente de dromedario. Abudbalis le mostró el mapa. Los dibujos eran muy sencillos, rústicos. Puntos con nombres que Lasgol no entendía, líneas que mostraban el mar y ríos y algunos símbolos que debían significar oasis o similares. Señaló un punto dibujado en ella con su largo y fino dedo de un marrón tostado.

—Alaband —dijo.

Lasgol entendió. Le mostraba la ubicación de la ciudad. Abudbalis señaló otro punto al sureste de Alaband. Era otra ciudad.

—Marucose.

—Oh, de acuerdo. ¿Y este oasis? ¿Y Wahalatan?

El hombre del desierto se lo mostró en el mapa. Al verlo Lasgol echó la cabeza atrás. Estaban más al sudeste de lo que pensaba.

—¿Seguro que es aquí? —Lasgol señalaba el suelo con su dedo índice, que llevaba dentro del guante de cuero para que el sol no le achicharrara la piel.

Abudbalis asintió varias veces e indicó con su dedo índice el suelo.

—¿Comerciante? —preguntó Lasgol y señaló a los dromedarios. Luego escenificó como si intercambiaba algo ficticio con él.

Abudbalis lo miró intrigado y al momento entendió. Le tiró de la capa y de la camisa a Lasgol, luego de los pantalones y señaló sus dromedarios y el oeste.

—Lamura —dijo y señaló un oasis en el mapa, al oeste.

—Lamura —asintió Lasgol, allí era a dónde se dirigían—. Nosotros sur —Lasgol señaló en la dirección.

En cuanto lo hizo Abudbalis puso expresión de horror y negó con la cabeza.

—¿No? ¿Por qué no?

Abudbalis señaló el rastro del gran cocodrilo. Hizo un gesto con los brazos indicando algo enorme. Luego, también con los brazos, uno sobre el otro, imitó la boca de un cocodrilo abriéndose y cerrándose.

—Sí, lo sabemos. Cocodrilo. Gigante —Lasgol repitió los gestos de Abudbalis y asintió. Quería que supiera que eran conscientes de que el monstruo había ido al sur. Lo más probable era que lo hubieran visto y estuvieran esperando a que abandonara el oasis para acercarse, como habían hecho Ona, Camu y él.

El comerciante del desierto le hizo gestos negativos. Le mostró el dedo índice y señaló al rastro del gran cocodrilo. Luego le mostró, dos, tres, cuatro, cinco dedos y también le indicó el rastro del monstruo. ¿Le estaba indicando que había más de uno? ¿Decía que había cinco o más cocodrilos gigantes donde quiera que se dirigiera el que seguían?

—¿Cinco? —Lasgol le mostró los cinco dedos de la mano.

Abudbalis le mostró diez dedos.

Lasgol se quedó de piedra.

—¿Diez?

La respuesta consistió en gestos afirmativos. Luego le hizo otra serie de señas con las manos que no entendió del todo. Creyó que decía serpiente y, quizá, lagarto o algún otro animal del desierto.

Eso eran noticias terribles. Si había una decena de cocodrilos, serpientes o lagartos gigantes donde quiera que fuesen la situación cambiaba por completo. Una cosa era un hipotético enfrentamiento con un único monstruo y otra muy diferente enfrentarse a una decena de ellos.

—¿Dónde es eso? —preguntó Lasgol por si sabía el lugar exacto.

Abudbalis le mostró el mapa y señaló unas montañas y al final de ellas una ciudad, al sur de donde se encontraban ahora.

—Salansamur —dijo.

—Salansamur. ¿Ciudad? ¿Cómo Alaband? —Lasgol señaló a Alaband.

Abudbalis asintió y luego negó con la cabeza.

—Alaband —el hombre de los desiertos asintió—. Salansamur —señaló el pecho y luego movió el dedo índice de forma negativa poniendo cara de gran horror. Estaba interpretando, pero el horror que sentía parecía real.

—Salansamur, ¿no ir? ¿Por qué? —Lasgol hizo la pregunta escenificándola con las manos y el rostro.

El comerciante intentó explicárselo con frases en su idioma y con gestos, pero Lasgol no puedo entenderlo. Lo que daría por tener a Egil allí con él para que le ayudara en aquella situación. Seguro que su amigo se las ingeniaba para entender lo que aquel hombre intentaba decirle. Desde luego parecía importante y un aviso.

Abudbalis cogió el mapa y le mostró una trayectoria hacia el sur, desviándose al sureste para evitar Salansamur y llegar a la ciudad más al sur del centro de los desiertos y que daba al Mar del Sur, justo debajo de donde estaban en el mapa.

—Zenut —dijo y asintió varias veces.

—De acuerdo. Zenut, sí —Lasgol asintió—. Salansamur, no —Lasgol negó con la cabeza.

Abudbalis sonrió. Le había entendido.

A Lasgol la ciudad de Zenut le sonaba. Era una ciudad grande e importante del Imperio Noceano. Por la posición que ocupaba en el mapa estaba claro que era la de mayor tamaño yendo hacia al sur y que daba al mar. Esperaba no tener que ir hasta allí, pues eso representaría que habría cruzado todos los desiertos por la zona central del sur de Tremia. Sólo de pensarlo se puso a sudar.

—¿Nadie Salansamur? —Lasgol señaló a las personas de la caravana. Quería entender si es que no eran bien recibidos ellos por ser extranjeros.

El comerciante negó con fuerza con la cabeza y luego con las manos.

—Salansamur —dijo y luego sacó un cuchillo e hizo como que se degollaba. Luego señaló a su caravana y repitió el gesto señalando a su gente.

—Entiendo. Nadie va allí. Si van, mueren.

Abudbalis señaló a Lasgol con el cuchillo.

—Salansamur —dijo y le pasó el cuchillo por el cuello.

Lasgol entendió. Nadie iba a aquella ciudad o moriría. El único problema era que Lasgol sabía con total seguridad que allí tendrían que ir. Si había una ciudad prohibida en medio del desierto conocida por matar a quien se acercara a ella, ese era su destino.

Miró a Camu y Ona, que aguardaban sobre la duna. Resopló, la cosa comenzaba a ponerse fea de verdad.

Capítulo 28

Lasgol intentó obtener algo más de información de Abudbalis. El jefe de la caravana del desierto era amable y parecía buena persona, de esas que ayudan a alguien en un aprieto. Siendo como eran moradores del desierto seguro que estaban acostumbrados a encontrarse con personas necesitadas: perdidas, sedientas y abrasadas por aquel sol incesante sin clemencia.

Consiguió saber que había una cadena montañosa junto a la ciudad prohibida de Salansamur, Amsaljibal. Por las explicaciones del buen hombre Lasgol había entendido que se llamaban Montañas del Pasado, o del Ayer. También le indicó que mejor no ir a esas montañas. Parecía evitar todo lo que estuviera cerca de Salansamur.

También le habló de otro oasis al sur de las Montañas del Ayer al que denominó Tanwalha. Estaba entre las ciudades de Salansamur y Zenut, al oeste de ambas. Lasgol agradeció la información y que se lo indicara en el mapa varias veces. Nada mejor que saber dónde había un oasis cerca cuando uno se adentraba en los desiertos. Cuanto más le indicaba Abudbalis, más insensato se sentía Lasgol por haber tenido la audacia de adentrarse en aquel paraje sin tener ni idea de a dónde se dirigía y sin un mapa. Nunca más en la vida volvería a hacer semejante insensatez.

Lasgol se despidió del jefe de la caravana dándole mil gracias de voz y con gestos que esperaba que el buen hombre entendiera.

—La ayuda prestada me llega al corazón —dijo Lasgol como final y señaló el suyo.

El hombre de los desiertos levantó una mano y con la otra le entregó el mapa sobre el que habían estado hablando.

—¿Para mí? —Lasgol preguntó sorprendido y agradecido.

Abudbalis asintió y dijo algo en su lengua del desierto.

—Muchas gracias —Lasgol sacó dos monedas de oro norghanas de su cinturón de Guardabosques y se las ofreció.

El comerciante las observó e hizo un gesto de que no era necesario. Lasgol le respondió mediante un ademán de que insistía en que las cogiera.

Finalmente las aceptó. Lasgol volvió a despedirse agradeciéndole como pudo toda su ayuda. Por la sonrisa y las inclinaciones de cabeza del hombre, creyó que le había entendido.

Subió hasta la duna donde esperaban Ona y Camu y les relató todo lo que el comerciante de los desiertos le había contado haciendo hincapié en la prohibición de ir a la ciudad de Salansamur.

«Ya saber dónde nosotros ir» transmitió Camu de inmediato.

«Sí, eso mismo he pensado yo. Si nos mencionan una ciudad prohibida donde todos los que van mueren, allí es a dónde tendremos que ir».

Ona gimió una vez.

«Esperaremos a la noche y marcharemos entonces. No creo que les importe que nos protejamos del sol en las palmeras a este lado del oasis».

«De acuerdo».

Lasgol no se equivocó. Los miembros de la caravana no les molestaron en absoluto. Se mantenían en su lado del oasis mirando a Ona y Camu con recelo, pero Lasgol tuvo la sensación de que no era la primera vez que veían extrañas criaturas en el desierto.

Abudbalis envió a un joven con dátiles y otras frutas exóticas que no conocían, y que asumieron eran de la zona. Lasgol le hizo señas de agradecimiento.

Al llegar la noche los tres amigos se pusieron en pie. Lasgol se despidió con la mano de Abudbalis y éste les deseó suerte, eso sí lo entendieron.

Se pusieron en marcha siguiendo el rastro del gran reptil. Les daba pena dejar aquel lugar de ensueño para volver a adentrarse en el terrible desierto, peo no tenían otra opción si querían recuperar las perlas.

Pronto el oasis quedó atrás y desapareció en la distancia como si la arena se lo hubiera tragado. Lasgol supo que habían tenido suerte de que el gran reptil estuviera herido y parara allí, de lo contrario, su travesía hubiera sido una experiencia terrible.

Un cielo nocturno completamente despejado y lleno de estrellas que parecían guiñarles un ojo desde las alturas mientras caminaban sobre la arena, los animó un poco. Lasgol sentía que se dirigían a una situación de gran peligro y así se lo transmitió a Ona y Camu. Todos avanzaban muy atentos a cualquier cosa que pudiera surgir de entre las dunas. El rastro que seguir era muy claro, así que a lo que debían estar atentos era a los peligros que pudieran salir a su paso.

Llegó el amanecer y con él el sol abrasador. Camu hizo uso de su nueva habilidad y creó el refugio helado a su alrededor. El sol castigaba con fuerza y Camu tuvo que utilizar casi toda su energía para mantenerlo durante medio día. Lasgol decidió que era más importante que guardara parte de su energía que protegerles del sol, pues tenía el presentimiento de que iban a necesitarla.

Al llegar la noche descansaron un poco para que Camu recargara energías. Durmieron media noche y avanzaron la otra media. Lo hicieron así durante varios días. Fueron jornadas duras, de marcha penosa y pocas palabras. El desierto era un entorno de lo más hostil y triste. Lasgol recibió por fin una señal de que el gran reptil estaba a dos leguas, así que lo volvían a tener cerca, ya no lo perderían, aunque fuera al mismísimo centro del desierto.

Continuaron por varios días más. Utilizaban la misma estrategia de descansar medio día y media noche y avanzar las otras dos mitades. Todos sufrían el castigo espantoso que aquel sol ardiente les imponía. Lasgol iba pensando que la deidad que debía ser el sol en aquellas tierras estaba más que enojado y por esa razón castigaba a cuantos osaban pasar bajo su mirada.

Una media tarde abrasadora divisaron por fin lo que debían ser las Montañas del Pasado, o del Ayer, y la ciudad de Salansamur. Se detuvieron a observar. Era un paisaje de lo más curioso. Entre las dunas de arena se apreciaba una alta y larga cordillera montañosa hacia el oeste y al final de la cordillera, en el lado este, se alzaba una ciudad: Salansamur. Por lo que podían apreciar desde aquella distancia, era una ciudad bella, con edificios altos de paredes blancas y cúpulas del color del oro.

«Ciudad bonita» comentó Camu.

Lasgol, que ya estaba utilizando Ojo de Halcón, se percató de algo singular.

«No hay gente en esa ciudad. Los edificios parecen intactos, pero es una ciudad fantasma. No se ve ni un alma».

«¿Ciudad maldita?».

«Ciudad prohibida, seguro» asintió Lasgol, que buscaba algún resto de vida entre los edificios. Era una gran urbe, con capacidad para varios miles de personas y no había sufrido los desperfectos de una guerra o una invasión. Todos los palacios, edificios, fuentes, pozos y plazas se mantenían en pie. Incluso los jardines y palmeras que adornaban las zonas ricas seguían intactos.

«No detectar magia».

«¿Tampoco? Estaba pensando que, si la ciudad estaba vacía pero los edificios intactos, igual había sido por causa de Magia de Sangre o Magia de Maldiciones».

«¿Magia de Sangre y Magia de Maldiciones?» preguntó Camu con un sentimiento de duda.

«Sí, parece ser que los hechiceros noceanos practican ese tipo de magia y es realmente perniciosa para los humanos».

«Sí, ahora recordar Eicewald contar. ¿Tú creer que noceanos hacer esto?».

Lasgol se frotó la barbilla, tenía muchas dudas.

«Puede ser eso o puede ser que Dergha-Sho-Blaska haya matado a todos los residentes».

«¿Dónde cuerpos?».

«Buena pregunta. No veo ninguno y tampoco distingo manchas de sangre. No parece que haya habido lucha en sus calles».

«Raro».

Ona gruñó una vez.

«Sí, mucho. Una ciudad tan grande no se habría rendido sin oponer resistencia. Debería haber tenido hombres armados para defenderla».

«Igual todos huir».

«Eso podría ser. ¿Pero qué habría hecho huir a toda una ciudad sin luchar?».

«Dergha-Sho-Blaska».

«Sí, eso estoy pensando yo también».

«Cocodrilo llegando».

Lasgol observó los primeros edificios de la ciudad y vio al gran reptil, que ya llegaba a ellos.

«Tenemos que acercarnos y entender lo que sucede ahí».

«Mucho cuidado».

Ona gruñó una vez.

«Así me gusta» transmitió Lasgol y los tres se pusieron en marcha, agazapados. Las dunas los cubrían, pero no del todo.

«Camu será mejor que nos hagas desaparecer a los tres. ¿Podrás?».

«Mucho cerca».

«Iremos pegados a ti».

«Mejor si tocarnos».

Ona se pegó a Camu de inmediato.

«Perfecto. Necesitamos acercarnos sin que nos detecten. Si ves que no puedes mantener el camuflaje, avísanos».

«De acuerdo. Yo avisar cuando no poder».

Se acercaron a la ciudad con mucha cautela y en estado camuflado. El sol seguía abrasándoles y los tres estaban sufriendo para finalizar el trayecto. El camuflaje no les escondía de sus rayos que golpeaban cuanto encontraban a su paso, fuera visible o no. Lasgol sudaba tanto bajo su ropaje de Guardabosques que temía dejar un rastro de sudor tan evidente que fuera imposible no verlo y fueran descubiertos. Camu y Ona iban con la boca abierta y la lengua colgando a un lado, sufriendo lo indecible por el calor y con serios problemas para respirar.

Llegaron a la cara norte de la ciudad y se protegieron contra una pared de un edificio. El lugar no estaba amurallado, por lo que no debía de ser una ciudad fortaleza. Por lo poco que Lasgol había podido ver y la belleza arquitectónica de los edificios altos y abovedados, dedujo que era una ciudad rica, comercial. Quizá en la cordillera montañosa, que comenzaba casi en la propia urbe, habría minas y vivían del rico comercio que proporcionaban. Desde luego campos de labrado y bosques con madera allí no había.

«Vamos a desplazarnos hacia el sur bordeándola. Busquemos siempre la sombra» transmitió Lasgol.

«De acuerdo».

Los tres se movían a una, cosa que no era fácil, pero que pronto consiguieron dominar. Para Ona aquello resultaba de lo más natural. Donde Camu ponía una pata, ella lo hacía casi al mismo instante. El que tenía más problemas era Lasgol, ya que sólo tenía dos piernas y tenía que moverse a mitad de movimiento que sus compañeros. Camu iba en medio, Ona a su izquierda y Lasgol a su derecha.

La ciudad estaba en completo silencio. Tampoco había animales en ella, ni perros, ni gatos, ni aves de corral o cabras, nada. El viento del desierto corría por sus calles vacías y levantaba nubes de arena, ese era todo el sonido que se escuchaba. Parecía un lugar fantasmagórico, donde sus habitantes hubieran sido enviados al más allá por fuerzas del mal. Lasgol prefirió no pensar en ese tipo de cosas.

Allí ocurría algo raro, malo, pero era mejor no adelantar acontecimientos. Todo tenía siempre una explicación. Eso era lo que Egil decía. Lo que ocurría era que muchas veces la explicación no era del agrado del que la buscaba, sobre todo cuando eran temas relacionados con la muerte.

Llegaron a la zona sur y se encontraron con que el gran reptil aguardaba a la entrada de la ciudad en silencio frente a un majestuoso palacio de altas paredes con ventanas y tres bóvedas a diferentes alturas pintadas de color oro. Parecía el palacio de un gran comerciante o noble. Lasgol echó un vistazo al interior por una de las ventanas y vio que estaba vacío, si bien todos los muebles y objetos estaban en su lugar. Era como si a sus ocupantes se los hubiera llevado el viento del desierto.

Se detuvieron a observar en la esquina más al este, en el último edificio. Como estaban en una posición bastante segura Lasgol le pidió a Camu que dejase de usar el camuflaje y no gastase más energía por el momento. Era posible que la fueran a necesitar más tarde.

«De acuerdo. Yo ahorrar energía».

«Ona, retrásate un poco que no te vea».

Ona obedeció al momento.

¿A qué aguardaba el gran cocodrilo? No podía entrar en la ciudad, su tamaño era demasiado grande para que pudiera pasar por las calles. Por si los descubría y tenían que luchar o llegaba Dergha-Sho-Blaska, Lasgol realizó su tabla Precombate. Camu se percató.

«Yo preparado pelea».

«Muy bien, pero no empecemos ninguna hasta saber qué ocurre aquí».

El gran reptil abrió su enorme y alargada boca y emitió un extraño gruñido continuado. Sonaba más a una queja que a un gruñido. Estuvo en silencio un momento y después volvió a emitir el mismo rugido prolongado.

«Creo que está llamando a alguien».

«¿Dergha-Sho-Blaska?».

«Podría ser».

«Mejor matar cocodrilo ahora. Coger perlas».

Lasgol resopló.

«No sé si es la mejor opción. ¿Y si no aparece Dergha-Sho-Blaska y matamos al cocodrilo? Bueno, tampoco sé si lo vamos a poder matar. ¿Y si aparece otro monstruo para transportarlas de aquí a donde sea?».

«Eso también poder ser».

Ona gruñó una vez.

«Tampoco estoy muy ilusionado con la idea de atacar a un monstruo de semejante tamaño. Nos puede hacer pedazos a los tres. A su lado parecemos unos pollitos».

«Pollito muy peleón».

«Sí que lo eres» sonrió Lasgol.

De pronto la arena comenzó a moverse alrededor del gran reptil. Se formaron seis espirales donde la arena se movía y salía hacia la superficie. Algo lo estaba produciendo desde debajo.

«Atención, algo pasa» avisó Lasgol.

De una de las espirales donde la arena estaba siendo removida apareció de pronto una gran pinza de color azul negruzco seguida por una segunda que lo hizo al cabo de un momento. En las otras zonas donde se estaba moviendo la arena comenzaron a aparecer otras similares de colores verde y marrón.

Lasgol, Camu y Ona no pudieron aguantarse y observaron con ojos muy abiertos desde la esquina.

No sabían qué sucedía, pero aquellas pinzas no presagiaban que fuera a suceder nada bueno a continuación. Lasgol se preguntaba qué iba a surgir de debajo de la arena, allí había algún tipo de ser enterrado. Que estuviera justo a la entrada de la ciudad, le llevaba a creer, además, que debían ser guardianes de algún tipo.

La primera criatura apareció frente al gran cocodrilo. A las pinzas les siguió una cabeza con mandíbulas y un cuerpo largo cubierto de un caparazón negro que se soportaba sobre ocho patas, cuatro a cada lado, también recubiertas. Pero lo que no dejó duda a ninguno de los tres observadores sobre qué tipo de criatura era, fue ver la larga cola que terminaba en un enorme aguijón y que llevaba sobre el cuerpo.

«Eso es un escorpión».

«Mucho grande».

«Yo diría que es un escorpión rey, pero de un tamaño nunca visto».

Lasgol lo intentó medir una vez estuvo fuera de su escondite. En comparación al gran cocodrilo no era muy grande, pero para ser un escorpión, era descomunal. Debía tener el tamaño de ellos tres juntos, lo que lo hacía gigantesco. El resto de los escorpiones surgieron de sus escondites rodeando al cocodrilo. Eran todos del mismo tamaño, como si alguien hubiera experimentado con su especie y los hubiera hecho tan grandes como un carro de carga tirado por dos percherones norghanos.

«¿Notas si tienen poder?».

«No captar magia. Pero poder ser. No ser normales».

«Eso seguro. Lo único que nos faltaba es que encima tengan magia».

«Esperar y ver. Si tener no emitir mucho. Yo no captar nada».

Lasgol suspiró. Eso era un pequeño consuelo. Que Camu no captara que tuvieran poder indicaba que de tenerlo no sería demasiado grande, lo cual le tranquilizaba un poco. Con aquellos aguijones parecían piezas de asedio capaces de perforar las puertas de cualquier ciudad. De pronto la visión de uno de esos monstruos atravesándole con su aguijón de lado a lado le vino a la cabeza. Tuvo que sacarse la idea de su mente, de nada servía tener aquel tipo de miedos.

Los seis escorpiones que habían estado enterrados bajo la arena estaban ahora sobre la superficie y aguardaban. ¿Estaban esperando a que llegara Dergha-Sho-Blaska? Sin duda aquel lugar era un punto de encuentro y aquellas criaturas servían al gran dragón, no podía ser de otra forma. De dónde habían salido semejantes bestias era algo que a Lasgol le gustaría saber.

El cuerpo del gran cocodrilo se movió de pronto. Sufrió una convulsión seguida por una segunda y una tercera. Abrió la boca y devolvió. Entre el vómito apareció la caja de las Perlas de Plata y la Joya de Hielo, que emitió un pulso de posición. Lasgol pudo sentirlo y ver la joya en el suelo junto a la caja.

«Está entregando la carga».

«¿A escorpión?».

«Eso parece. Veamos qué sucede».

Lasgol sintió un poco de alivio al ver que no tendrían que matar al descomunal cocodrilo para quitarle las perlas, eso podía haber terminado en un gran desastre.

Dos de los escorpiones se acercaron a la caja y pareció que la olisqueaban, o la sentían de alguna forma. Uno de ellos la cogió entre sus pinzas y la levantó del suelo. El segundo cerró su pinza sobre algo y lo levantó también. Lasgol, que observaba desde la esquina con medio rostro fuera, vio lo que era y tuvo que acallar una exclamación.

¡Había cogido la Joya de Hielo!

Metió la cabeza para no ser visto. Lo que acababa de ver no le había gustado nada. Que encontraran la pequeña joya le llevaba a pensar que, o bien había brillado por el reflejo del sol y aquella criatura la había visto, o que la había sentido y por lo tanto aquellos escorpiones tenían algún tipo de magia. Se decantó por la segunda opción. Si había dos opciones siempre era más sabio pensar que la peor era la que se daría, y con ellos casi siempre era el caso.

Los escorpiones parecieron reunirse y conversar de alguna forma frente al gran cocodrilo. Tras un rato entraron en la ciudad por la calle principal en dirección norte.

«¿Qué hacer?» preguntó Camu.

«Sólo podemos hacer una cosa».

«¿Seguir perlas?».

Lasgol asintió con fuerza.

«Seguir perlas».

Capítulo 29

Astrid, Ingrid y Molak aguardaban a Raner sobre sus caballos al este de la capital, tal y como habían recibido orden de hacer. Estaban a media legua en el camino real y debían esperar a que el Guardabosques Primero se les uniera. No muy lejos podían divisar la Colina del Castor, llamada así porque en la cima había una roca que desde la distancia se asemejaba mucho a uno.

—¿Qué creéis que nos tiene preparado hoy el Guardabosques Primero? —preguntó Molak a sus compañeras.

—Hasta ahora todo lo que nos ha preparado ha sido de lo más instructivo e interesante —comentó Ingrid con tono de estar satisfecha—. Así que espero que lo que nos toque hoy lo sea también.

Astrid acarició el cuello de su caballo.

—Opino igual. La verdad es que el entrenamiento de Guardabosques Real me ha sorprendido para bien.

—¿No pensabas que fuese a ser interesante? —preguntó Molak con tono de que le sorprendía el comentario.

—Si te soy sincera, no me esperaba que me fuera a ser útil y por lo tanto pensaba que me iba a aburrir. Sin embargo, me está resultando lo contrario. Creo que en las Especialidades de Asesino en el Refugio debería de estudiarse parte de lo que aprendemos aquí.

—Desde el punto de vista del atacante, quieres decir —clarificó Ingrid.

—Eso es. Creo que se lo comentaré a Engla la próxima vez que la vea. Es un conocimiento muy ventajoso.

—Quizá ya lo sepan y no lo enseñen por alguna razón —añadió Molak, que también acarició el cuello de su caballo para que estuviera tranquilo.

—¿A qué te refieres? —preguntó Ingrid con mirada de no entender qué insinuaba.

—Se refiere a que no nos lo enseñan por una razón concreta, no por un descuido o que no se hayan dado cuenta de que puede ser valioso para los asesinos que forman —intervino Astrid, que entendía a qué se refería Molak.

—¿Qué razón? —quiso saber Ingrid.

—Que no quieren que sepamos cómo matar a nuestro querido rey —explicó Astrid.

—Eso es —asintió Molak.

—¿Eso creéis? —Ingrid puso expresión de no creerlo—. No será por eso…

—Pues si lo piensas un poco, tiene todo el sentido —argumentó Astrid—. Los únicos Guardabosques que podrían ser capaces de matar al rey serían Guardabosques Reales y entre ellos los que más fácil lo tendrían serían los de las Especialidades de Asesino.

—Raner lo cumple todo —comentó Molak e hizo un gesto de "es para pensárselo".

Ingrid negó de lado a lado con la cabeza.

—Se os olvida que eso requeriría que haya traidores entre los Guardabosques Reales y eso me niego a creerlo.

—Esperemos que tengas razón —dijo Astrid enarcando ambas cejas.

—Seguro que la tiene. Yo tampoco creo que pueda haber traidores entre los nuestros —comentó Molak con tono convencido.

—Gracias, Molak. A veces creo que soy la única que confía en la integridad de los cuerpos reales y del ejército de Norghana.

—De nada. Ya sabes que tú y yo pensamos igual en muchas cosas. Esta es una de ellas —sonrió Molak.

—Gracias. Resulta de lo más frustrante cuando hablas con ciertas personas sobre estos temas. Parece que se ha perdido por completo el honor que debe estar siempre presente y guiar a todo cuerpo militar.

—Las nuevas generaciones, como nosotros, tenemos la obligación de mantener el honor de los cuerpos y los principios que los guían —apoyó Molak.

—Os deseo buena suerte a los dos con todo eso. Estoy segura de que nuestra monarquía y sus nobles os lo agradecerán —dijo Astrid con tono de ironía—. Sólo hace falta ver dónde ha terminado nuestro líder tan honorable y fiel servidor del reino.

Ingrid fue a replicar, pero vio a un grupo de jinetes que se aproximaba.

—Creo que ya vienen.

—Antes de que lleguen, quería daros las gracias —dijo Molak.
—¿Por qué razón? —se interesó Ingrid.
—Por haberme dejado ser parte de las Águilas Reales. Gracias a vosotros voy a ser Guardabosques Real y es un honor y un privilegio que no pensaba que conseguiría alcanzar. Por eso os quiero dar las gracias de corazón.
—No hay de qué, Molak. Tu nos estás haciendo un favor sustituyendo a Lasgol. Somos nosotros los que debemos darte las gracias a ti —respondió Astrid.
—Opino igual —dijo Ingrid—. Además, tu ibas a conseguir ser Guardabosques Real por tus propios méritos. Eres un Especialista excelente con un historial muy bueno. Lo único que hemos hecho es acelerar el proceso un poco. De eso no tengo dudas.
Molak bajó la cabeza algo emocionado.
—Gracias de todas formas, sobre todo a ti, Ingrid.
—¿A mí? ¿Por qué?
—Por no oponerte. Ya sabes… por nuestro pasado… —Molak bajó la mirada—. Pensé que igual te opondrías.
Ingrid miró a Molak y suavizó su expresión.
—Lo pasado, pasado está. Es un poco incómodo para ambos, lo reconozco, pero es el pasado. Siempre he pensado que eres un Guardabosques excepcional, de los mejores, y con un futuro brillante. Miremos hacia delante y dejemos el pasado atrás. Espero verte compitiendo conmigo para llegar a Guardabosques Primero un día.
Molak sonrió y asintió.
—Cuenta con ello —dijo sonriente.
Raner llegó cabalgando hasta ellos acompañado de cinco Guardabosques Reales.
—Buenos días, Guardabosques —saludó deteniéndose a su lado.
—Buenos días, señor —respondieron ellos.
—Hoy tenemos un ejercicio complejo. He traído veteranos conmigo —dijo Raner señalando a su espalda con el dedo pulgar.
—Reconocemos a Mostassen —dijo Molak, que saludó con la cabeza.
—También a Nikessen —dijo Ingrid—. Ha pasado mucho tiempo.
—Ya lo creo. Me alegra ver que seguís bien y progresando —

respondió el Cartógrafo Verde que habían conocido, al igual que a Mostassen, durante la guerra entre Uthar y Darthor.

—Astrid, a mí también me recordarás, ¿no? —dijo un tercero.

—Ulsen, ha pasado tiempo —reconoció Astrid con una sonrisa.

—Así es —respondió Ulsen, que sonrió de vuelta—. Desde la guerra con Darthor.

—Nos tocó misión de vigilancia, Ulsen la lideraba —explicó Astrid al resto—. Cómo pasa el tiempo…

—A nosotros nos lo vas a decir —sonrió Ulsen.

—Parece que todos los Guardabosques Reales veteranos están de vuelta —comentó Ingrid con tono de extrañeza—. Viéndoos aquí me da la sensación de que hemos vuelto a los tiempos de la guerra con Darthor y los pueblos del Continente Helado. No es un buen augurio.

—La mayoría están aquí de nuevo. Tenemos la guerra encima y debemos prepararnos para la contienda. Han venido para recibir órdenes y nuevas misiones de guerra. Mientras tanto, me ayudarán con vuestra formación —explicó Raner.

—Será un honor que unos veteranos con tanta experiencia nos enseñen —dijo Molak con tono agradecido.

—Sin duda aprenderemos mucho y bien —se unió Ingrid—. Es un privilegio.

—Muy bien, comencemos con el ejercicio de hoy —ordenó Raner—. La disposición será: Mostassen y Nikessen delante. Ingrid y Molak a mi derecha. Astrid y Ulsen a mi izquierda. Maltron, detrás con Lowel.

—A la orden, señor —dijo Ingrid.

Todos maniobraron con sus caballos para situarse como el Guardabosques Primero había indicado. Una vez en posición comprobaron las armas.

—Una cosa más. Hoy todos llevaremos pecheras blancas —dijo Raner, que metió la mano en las alforjas y sacó un puñado que repartió entre todos.

Ingrid y Molak intercambiaron una mirada de extrañeza. Por lo general era Raner quien llevaba el peto blanco. Aquello era extraño. Astrid les lanzó una mirada de suspicacia desde el otro lado.

A una señal de Raner comenzaron a cabalgar por el camino real a ritmo tranquilo. Astrid, Ingrid y Molak miraban en todas direcciones pues no se fiaban de lo que el Guardabosques Primero tuviera preparado.

No tardó mucho en comenzar a realizar cambios de ritmo a los que todos se amoldaron con rapidez. Los veteranos casi de forma instintiva y los tres novatos tan rápido como podían. Tanto Astrid como Ingrid y Molak eran buenos jinetes y después del entrenamiento que llevaban a cuestas cada vez se adecuaban mejor a las maniobras de Raner, que siempre buscaba sorprenderles de alguna forma.

Un bosque extenso de encinas apareció bajo el Pico del Castor en una amplia depresión en el terreno frente a ellos. El camino dividía el bosque en dos. La sección justo bajo el pico era más pequeña, frondosa y escarpada. La del otro lado se extendía hasta un río bastante caudaloso y era amplia, con encinas y algunos tilos más al este.

Al verlo, Astrid, Ingrid y Molak intercambiaron miradas de aviso. Era más que probable que en el bosque les aguardara una emboscada. Como todos llevaban petos blancos, las Águilas asumieron que el ataque sería perpetrado por fuerzas numerosas. De forma inconsciente los tres se llevaron las manos a sus arcos.

Según entraban en el bosque que cruzaba el camino real, Raner estableció un ritmo tranquilo, de paseo. Estaba claro que no deseaba cruzarlo al galope, lo cual reforzaba la sospecha de que en cualquier momento les iban a atacar surgiendo de ambos lados del camino. Como ya preveían un ataque, con disimulo, Ingrid cogió su arco y se preparó. Molak la siguió presto y un instante después lo hacía Astrid.

Los tres barrían las inmediaciones con la mirada buscando un movimiento sospechoso sobre el que poder tirar. Sin embargo, para su sorpresa, no se producía. Todo estaba en calma a ambos lados del camino. Se escuchaban los cantos de los pájaros e incluso distinguieron un venado de tamaño pequeño. Esto los dejó confundidos. Si hubiera atacantes escondidos entre los tilos lo más probable era que los pájaros y los venados se hubieran marchado, no los oirían ni los verían.

Astrid lanzó una mirada a Ingrid, que captó el significado: "algo no encaja". Ingrid le hizo un gesto indicando que ella pensaba igual. Después miró a Molak y vio algo en sus ojos.

—No atacarán desde el bosque —le dijo a Ingrid con tono de

que acababa de darse cuenta de lo que sucedía.

Se escuchó un silbido letal que todos identificaron. Era el sonido de una flecha al cortar el aire. Mostassen recibió el impacto en mitad del torso. Fue un impacto seco y duro. El veterano cayó del caballo a un lado.

—¡Nos atacan! —dio la alarma Nikessen.

—¡Todos a las armas! —llamó Ulsen.

En un instante todos los Guardabosques tenían sus arcos en las manos, una flecha en la cuerda y apuntaban hacia los árboles. Buscaban un enemigo contra el que tirar, pero, por desgracia, no lo encontraban. Del bosque no surgió nadie a quien atacar. Delante y detrás de la comitiva el camino estaba despejado.

Raner seguía cabalgando a ritmo tranquilo, sin decir nada.

El silbido letal volvió a producirse y esta vez fue Molak quien avisó.

—¡Francotirador!

La flecha alcanzó a Nikessen en pleno torso y lo desmontó.

—¿Dónde? —preguntó Ulsen.

Molak señaló arriba, a la cima del pico.

—¡En el castor!

—¡Defended al protegido, tirad! —ordenó Ulsen.

Todos tiraron contra una silueta que casi no se percibía oculta tras la roca con forma de castor. Las flechas volaron certeras, pero ninguna llegó.

—¡Está a más de cuatrocientos cincuenta pasos! —dijo Ingrid.

—¡Llevamos arcos compuestos, no conseguiremos abatirlo a esa distancia! —gritó Ulsen.

—Necesitamos arcos largos —dijo Ingrid, que miró las alforjas de su montura buscando el arma de largo alcance, aunque estaba segura de que sólo llevaban arcos compuestos.

—El tirador lleva un arco de francotirador —dijo Molak señalando una de las flechas, que era más larga de lo normal.

—Podemos ir a por el francotirador —propuso Astrid, que señalaba hacia la cima.

Ulsen la miró y negó con la cabeza.

—No se abandona al protegido.

Un tercer silbido avisó de que otra flecha iba dirigida a ellos.

—¡Señor, cubríos! —pidió Ulsen a Raner y se situó frente a él para protegerlo pues los dos jinetes en cabeza habían caído.

La flecha alcanzó a Ulsen en el costado. Se fue al suelo.

Raner pareció reaccionar y comenzó a huir a galope.

Los demás se unieron a la huida.

Maltron iba en la parte trasera y azuzó su caballo hasta situarse delante de Raner para proteger la huida y controlar que el caballo del protegido no se desbocase.

Pasaban justo debajo del Pico del Castor cuando se produjo un nuevo silbido.

Astrid vio la flecha dirigirse a su torso y se echó hacia el lado opuesto en el caballo. Estuvo a punto de caerse por la velocidad a la que cabalgaban, pero consiguió asirse y la flecha no la alcanzó.

—¡Hay que salir de su alcance! —gritó Molak.

—¡Vamos, cabalguemos todos al máximo! —se unió Ingrid.

Una nueva flecha derribó a Lowel, que iba cerrando el grupo.

—¡No lo vamos a conseguir! —dijo Astrid, que volvió a situarse sobre su silla de montar.

Cabalgaban a todo lo que daban los caballos y Raner no les daba ninguna pista sobre lo que debían hacer. Continuaba cabalgando en silencio.

Una flecha llegó desde las alturas y alcanzó de pleno la espalda de Maltron. Un momento después caía de la montura.

—¡Nos está derribando uno a uno! —dijo Molak mirando hacia el castor.

—¿Cuánto para estar fuera de tiro? —preguntó Astrid.

—¡Treinta pasos más! —respondió Ingrid, que se puso a la cabeza para forzar al caballo de Raner a que fuera más rápido.

El silbido volvió a escucharse. El letal sonido que todos temían resonó en sus oídos.

Esta vez la flecha alcanzó de lleno a Raner en la espalda.

—¡Oh, no! —exclamó Astrid apretando los dientes con fuerza.

Raner tiró de la rienda de su caballo y dejó que fuera parando. Astrid, Ingrid y Molak se detuvieron con él.

—Ejercicio fallido —informó.

—Ya… Lo sentimos, señor —dijo Ingrid.

—Deberías porque lo habéis hecho muy mal.

—¿Muy mal? Casi logramos escapar. No faltarían ni diez pasos para estar fuera de alcance —replicó Ingrid.

—Volvamos con los otros y hablaremos de lo sucedido —dijo Raner, que con un gesto de la cabeza indicó que volvieran atrás.

Se juntaron todos a medio camino. Los veteranos se frotaban las zonas donde habían recibido los impactos de las flechas de marca. No mataban, pero dolían y bastante. Tendrían unos buenos moratones.

—¿Todos bien? —preguntó Raner, que los observaba buscando heridas.

—Todo bien, señor —confirmó Mostassen.

—Buenos tiros, precisos y limpios —afirmó Nikessen.

—Buen tirador —felicitó Ulsen.

—Esperemos a que nuestro tirador se una a nosotros —dijo Raner.

Aguardaron a que el tirador descendiera de la colina. Como ya intuían, llevaba un arco de Especialista.

—Este es el Guardabosques Real Eyegreson. Como ya habréis deducido, su Especialidad es la de Francotirador del Bosque.

—Sí, lo he imaginado al ver una sombra junto al castor —dijo Molak señalando la cima.

—Tu aviso fue bueno, Molak. Buen ojo y buena intuición —felicitó Raner.

—¿Qué hemos hecho mal? —quiso saber Astrid.

Raner se volvió hacia Eyegreson.

—Si no te hubiera ordenado tirar primero contra los veteranos. ¿Cuántos tiros hubieras necesitado desde esa posición ventajosa para acabar conmigo?

—Uno. Dos como máximo. La posición era muy buena.

—¿A pleno galope también? —preguntó Ingrid.

—Que te respondan tus compañeros, ellos también son Francotiradores —dijo Raner.

Ingrid suspiró.

—Tiene razón. Desde allí arriba en dos tiros el protegido estaba muerto.

—Se puede hacer en uno, como ha dicho Eyegreson —dijo Molak.

—¿Entonces? ¿Cómo lo defendemos? —preguntó Ingrid.

—El inicio fue bueno, Molak intuyó el peligro. En ese momento debería haber evitado que el protegido fuera un blanco fácil —explicó Raner.

—¿Saliendo al galope? —preguntó Ingrid.

—¿Cómo os ha ido haciendo eso? —replicó Raner.

—No muy bien —tuvo que reconocer ella.

—Pensadlo, Ingrid, Molak. Desde allí arriba, ¿hubierais fallado mi espalda, aunque escapara al galope?

Ingrid negó con la cabeza.

—Le hubiéramos alcanzado —dijo Molak.

—¿Entonces? No entiendo… ¿qué deberíamos haber hecho? —preguntó Astrid.

—Creo que los Francotiradores pueden decírtelo —dijo Raner con un gesto hacia Ingrid y Molak.

—Buscar cobijo de inmediato —dijo Ingrid.

—Esconderse del tirador —confirmó Molak.

—Correcto —corroboró Raner—. Deberíais haber desmontado y cobijaros en el bosque, no salir al galope. Esta es esa ocasión especial que os mencioné en la que no se debe continuar avanzando con el protegido. Ante un Francotirador se debe desmontar de inmediato y parapetarse. Nunca continuar.

—Oh… ahora entiendo —asintió Astrid.

Ingrid y Molak se miraron.

—No sé cómo no lo pensamos —se lamentó Astrid.

—Porque estamos acostumbrados a lo contrario, a tirar y a que escapen al galope de nosotros —dijo Molak—. Por eso asumimos que esa era la mejor opción, porque es lo que generalmente hacen los que son atacados.

—Por eso y porque seguís pensando con mentalidad de atacante en lugar de defensor —dijo Raner.

—Sí, ya lo veo —asintió Astrid, que se daba cuenta del error que habían cometido y por qué.

—El Francotirador que ya está situado y esperando en una posición elevada tiene una ventaja prácticamente insalvable. Es por ello por lo que son el mayor peligro que el protegido afrontará siempre.

—Y es la ocasión en la que no hay que huir con el protegido, sino que debemos escondernos del tirador —recapituló Molak.

—En efecto. Una vez el protegido está a cubierto y a salvo, se neutraliza al tirador. No antes.

—Lo tendremos en cuenta —aseguró Ingrid.

—Eso espero, o el protegido morirá y eso no podemos permitirlo —dijo Raner mirándolos a los ojos.

Los tres asintieron.

—No sucederá, señor —dijo Ingrid.

—Muy bien. Lo dejamos aquí por hoy. He de regresar a la capital.

Raner y los Guardabosques veteranos marcharon al galope un momento después dejando a los tres compañeros comentando lo que había sucedido y lo que debían haber hecho.

—Un apunte. Visto lo que hemos visto y aprendido hoy, ya no son los Guardabosques Reales con Especialidad de Asesino los que más sencillo lo tienen para matar a un rey. Un Francotirador del Bosque lo tiene más fácil, en mi opinión —razonó Molak.

—Vas a tener razón… —se la dio Astrid, y se quedó pensativa.

—Estoy de acuerdo y, además, esto lo hace un tanto divertido —comentó Ingrid con una sonrisa sagaz.

—¿Divertido? ¿Cómo? —quiso saber Astrid.

—Porque Molak y yo somos Francotiradores, y si toda va bien, seremos Guardabosques Reales.

—¿No estarás sugiriendo…? —Molak inclinó la cabeza y miró a Ingrid con ojos de incredulidad.

—No sugiero nada —levantó las manos Ingrid—. Solo digo que es una situación interesante. Dos de nosotros podríamos matar al rey con relativa facilidad, o al menos, sabríamos cómo hacerlo.

—Es una idea que mejor mantenemos entre nosotros —comentó Molak.

—Entre nosotros incluye a Egil… —comentó Astrid.

—Egil se dará cuenta en cuanto haga este ejercicio, si no lo ha hecho ya —asintió Ingrid.

—¿Y por qué mencionáis a Egil? —preguntó Molak—. Todos nos daremos cuenta.

Astrid e Ingrid intercambiaron una mirada.

—Por nada, no te preocupes —respondieron a la vez.

Capítulo 30

Lasgol aguardó un momento y pensó en si su plan podría funcionar o si les descubrirían y tendrían que enfrentarse a aquellas criaturas monstruosas de los desiertos. No estaba nada seguro de que fuera una buena idea seguir a los escorpiones, y menos aún por la ciudad prohibida, pero tampoco tenía muchas más opciones.

«Atentos, vamos a seguir a los escorpiones. No creo que puedan vernos bajo el camuflaje de Camu, pero debemos tener mucho cuidado».

«Camuflaje bueno. Ellos no ver» envió Camu convencido.

«Hay más de una forma de ver. Podrían detectarnos por sonido o por el rastro que dejamos, por ejemplo».

Ona gimió una vez.

«Oh, ya entender. Yo no evitar eso».

«Por eso digo que debemos extremar las precauciones».

«Nosotros siempre cuidado».

«Ya, siempre…» Lasgol estaba pendiente de lo que sucedía. «Han entrado en la ciudad. Seguirlos entre sus calles será peligroso».

«Ciudad vacía, no peligroso».

«También estaba vacía la entrada y han aparecido los escorpiones».

Camu tuvo que darle la razón a Lasgol asintiendo con su cabeza.

«Ona a la izquierda y yo a la derecha. Camu, mantente siempre en el centro de las calles».

«De acuerdo».

Entraron en la ciudad fantasma por la vía principal. Era amplia y con cabida para al menos cinco de aquellos enormes escorpiones. Los edificios que escoltaban la gran vía eran de una belleza que Lasgol sólo podía admirar. En Norghana todo era cuadrado, de roca y tirando a gris o negro. Regio, pero no bonito. Aquellos bloques eran de colores vivos: blancos, oros y platas. También se apreciaban lilas y azules en los adornos de algunos balcones y ventanas. La arquitectura era muy diferente a la norghana. Allí todos los edificios tenían cúpulas y formas abovedadas, con arcos en las entradas, balcones, patios y similares. Nada era cuadrado o rectangular.

Avanzaron por la calle sin perder de vista a los escorpiones, que iban delante. Guardaban una distancia prudencial por si aquellas criaturas podían oírlos o detectarlos de alguna forma. Lasgol iba con todos los sentidos atentos y preparado por si sucedía cualquier eventualidad. Miraba al interior de edificios, palacetes y casas residenciales que un día debieron estar llenos de gente y riquezas. En más de un lugar pudo discernir objetos de valor, desde cubertería de plata a ricos tapices y exquisitas alfombras. En los cuartos interiores seguro que todavía había baúles y cofres con joyas.

Era de lo más extraño subir por aquella avenida desierta siguiendo a aquellos monstruos con enormes aguijones. Llegaron a un cruce de vías en forma de plaza con una fuente en medio. Los escorpiones bordearon la plaza y siguieron hacia el norte de la ciudad. Cuando ellos llegaron a la plaza observaron a este y oeste. Había dos grandes avenidas, una en cada dirección, y edificios en muy buen estado a sus costados. Daba la impresión de que todo el mundo había desaparecido hacía poco tiempo y con mucha prisa, pues no se habían llevado nada con ellos. De eso Lasgol estaba seguro ahora de que podía ver parte del interior de los edificios. Solo esperaba y deseaba que hubieran podido huir con vida. Como no habían encontrado rastros de sangre era optimista.

«Lo que sea que ocurriese aquí fue hace poco y por sorpresa» comentó a Camu y Ona.

«No parecer lucha».

«Sí, eso es lo más extraño de todo».

«¿Ver escorpiones y huir?».

«Podría ser, pero habrían luchado de una forma o de otra».

«Misterio».

«Sí, y del malo, me parece».

Continuaron siguiendo a los escorpiones, que pasaron dos plazas más y giraron hacia el este. El viento del desierto circuló por las calles de la ciudad fantasma con un silbido que erizó los pelos de la nuca a Lasgol. Sopló primero del este y luego del oeste, como si quisiera golpearlos en ambas direcciones.

De pronto, cuatro de los escorpiones a los que seguían se

dieron la vuelta y comenzaron a bajar la calle hacia donde estaban Lasgol, Camu y Ona.

«Quietos, tranquilos» transmitió Lasgol.

«¿Descubierto?».

«No lo creo. Quizá sólo han terminado su misión de escolta y regresan a la entrada de la ciudad.

Los escorpiones llegaron a quince pasos de ellos y se detuvieron. A Lasgol esto le pareció muy raro. Miró atrás, hacia la plaza que acaban de pasar.

Se quedó de piedra.

Seis cobras reales de un tamaño impensable de unas tres varas de altura tenían tomada la plaza. Se elevaban sobre sus cuerpos, tan amplios como los de un norghano, a más de dos varas de altura y mostraban sus colmillos. Metían y sacaban su lengua bífida con rapidez. Sus escamas eran de color oliváceo con parches ventrales de un tono amarillento y las escamas de la cabeza, de color negro, ponían los pelos de punta.

«¡Emboscada!» advirtió Lasgol a sus compañeros.

«¡Ellos no poder ver nosotros!» Camu no lo entendía.

«¡Quizá no nos vean, pero saben que estamos aquí!».

«¿Cómo?».

«Eso no lo sé».

Lasgol observó el rastro que habían dejado a su paso. Tal vez las cobras lo habían descubierto y seguido hasta allí. Las enormes serpientes continuaban con sus lenguas fuera.

Lasgol se dio cuenta entonces de lo que había ocurrido.

No es que los hubieran visto, ni a ellos ni a su rastro. ¡Los habían olido! Recordó sus enseñanzas sobre serpientes. Tenían un sentido del olfato muy agudo. Sacaban la lengua y con ella recogían los olores de los alrededores y luego los transportaban al paladar. Respiraban con las fosas nasales, pero olían con la lengua y cuando la sacaban en realidad estaban recogiendo olores químicos del aire.

«Nos han olido con sus lenguas» advirtió Lasgol.

«¿Con lenguas? Yo no poder».

«Ellas sí y créeme, captan los olores demasiado bien».

Preparó el arco y puso una flecha en la cuerda con gran rapidez al tiempo que invocaba Protección de Boscaje. Miró a la izquierda y vio que había una muralla de un palacete de unas tres varas y media de altura. Miró a la derecha y vio tres casas altas, una pegada a la otra con las puertas cerradas. No tenían vía de escape clara por los laterales.

«Atentos, tendremos que abrirnos camino».

«¿Escorpiones o cobras?» quiso saber Camu.

Lasgol observó a los enormes escorpiones y sus caparazones negros y luego a las cobras y sus cuerpos cubiertos de escamas. Se decidió por las serpientes, le pareció que sería más fácil matarlas que a los escorpiones. Sólo era una suposición, pero eso es lo que le pareció en aquel momento crítico.

«Cobras».

«De acuerdo».

«Yo me encargo de ellas. Ona, ayúdame. Tú, Camu, vigila que los escorpiones no nos alcancen por la espalda antes de abrir camino».

«Yo vigilar».

Lasgol apuntó con el arco a la cobra de en medio y se preparó para atacar.

«Nosotros poder».

«Espero que así sea. Estos monstruos no me gustan nada. No hagáis el primer movimiento, creo que no saben exactamente dónde estamos».

De pronto tres de las serpientes se apresuraron a avanzar y cuando estaban a pocos pasos lanzaron veneno desde sus colmillos en un chorro con una substancia que cayó sobre los tres alcanzándoles en diferentes partes del cuerpo.

«¡Es veneno! ¡Que no os entre en los ojos, nariz o boca!».

«¡Darme en patas!» exclamó Camu al verlo.

Lasgol se miró el cuerpo y vio que a él le había alcanzado a la altura del estómago. Miró hacia Ona y vio substancia venenosa en lo que debía ser la espalda de la Pantera, que estaba un poco más adelantada. Se colocó bien el pañuelo de Guardabosques cubriendo su nariz y boca, dejando únicamente los ojos al descubierto. En ese momento se dio cuenta de algo, si él se veía la mancha del veneno y la de Camu y Ona, ¡las cobras y los escorpiones también!

Las seis serpientes se lanzaron al ataque. Los habían marcado con el veneno y aunque no podían ver sus cuerpos porque la habilidad de Camu los camuflaba ya sabían su posición. Ahora los podían oler y ver de forma parcial.

Lasgol no perdió un instante e invocó la habilidad Tiro Múltiple apuntando a la que se encontraba en el medio. Se produjo un destello verde en su brazo y tres flechas salieron de forma simultánea. Al abandonar el arco de Aodh el arma brilló con un destello dorado muy leve y las tres flechas alcanzaron de pleno bajo la boca a las serpientes que avanzaban. Lasgol estaba seguro de que con aquel tiro las mataría a las tres.

No fue el caso.

Las flechas se clavaron en sus cuerpos, pero no con la profundidad suficiente. Las escamas que los recubrían impidieron que las puntas penetraran más.

«¡Las flechas no perforan las escamas!» avisó Lasgol.

Las serpientes sisearon y mostraron sus fauces. Del impacto de las flechas sus cuerpos se fueron hacia atrás un momento, pero pronto se irguieron otra vez dispuestas para atacar. Era una visión terrorífica. Eran tan grandes como horribles y sus colmillos y veneno revolvían el estómago.

Ona vio que se le acercaba una de ellas con intención de clavarle sus colmillos y no perdió un instante. El tiempo de reacción de un felino era menor que el de una serpiente, y Ona era extremadamente rápida y precisa. La serpiente se echó hacia delante buscando morder a Ona, que esquivó los colmillos y a su vez mordió a la cobra en su cuello y apretó sus fauces con todas sus fuerzas. Cobra real y pantera de las nieves lucharon revolcándose por el suelo.

Camu se volvió hacia los escorpiones. Dos venían directos a por ellos. Dejó de utilizar la habilidad Camuflaje Extendido pues ya los habían marcado con el veneno y prefería conservar su energía. Los tres se hicieron visibles en el momento en que Camu abrió su boca y utilizó su habilidad Aliento Helado. Un chorro tremendo de una mezcla entre agua y vaho gélidos surgió de su garganta y golpeó al primero de los escorpiones. El monstruo recibió el chorro en boca, pinzas y cuerpo a gran potencia. Aun así, continuó avanzando, intentando llegar hasta Camu para clavarle su gran aguijón. Este mantuvo el chorro helado. El caparazón de aquellos monstruos debía protegerlos también del hielo.

«Escorpiones caparazón duro. Igual magia».

«Serpientes también» informó Lasgol.

Camu siguió enviando su aliento helado usando más energía

para la habilidad hasta que el escorpión no pudo soportar las bajas temperaturas. Quedó a dos pasos de Camu completamente congelado.

Mientras, Lasgol intentaba buscar una forma de matar a aquellas cobras descomunales antes de que se le echaran encima. Cambió de táctica y, desplazándose a un lado con mucha rapidez, invocó Flechas Elementales. Apuntó a la cobra de en medio y tiró creando una Flecha de Fuego. Al destello verde de la habilidad de Lasgol le siguió el de oro del arco. La flecha de fuego alcanzó a la cobra en la capucha bajo la boca y se clavó un poco. Al clavarse se produjo el estallido de fuego que la serpiente debió sentir, pues comenzó a retrasarse mientras movía la cabeza de un lado a otro con movimientos sinuosos defensivos.

Viendo que había tenido algo de efecto, Lasgol utilizó de nuevo la habilidad mientras volvía desplazarse hacia el muro. Quería que las cobras lo siguieran a él. Esta vez utilizó una Flecha de Tierra que al impactar detonó una nube de tierra y material aturdidor dejando medio ciega y mareada a la serpiente. Una tercera se lanzó sobre Lasgol e intentó clavarle los colmillos en el cuello. Él se agachó como el rayo para evitar el mordisco y, según estaba agachado, invocó su habilidad Lanzar Suciedad. Una nube de polvo y suciedad fue directa a los ojos y boca abierta de la cobra, que quedó cegada.

Lasgol se percató de que sus habilidades ahora tenían más potencia y más radio de acción. En lugar de volver a tirar, como tenía la serpiente encima, sacó el cuchillo de Guardabosques y acuchilló a la cobra en el cuerpo con un golpe seco. Para su sorpresa, el cuchillo no consiguió penetrar las escamas. Sin duda aquellas cobras estaban usando algún tipo de magia para endurecer su protección. Como la serpiente estaba ciega y tenía la boca abierta, Lasgol le soltó una cuchillada directa al paladar. El cuchillo entró con fuerza y se clavó hasta el cráneo. La serpiente murió al instante. Lasgol retiró el cuchillo y la serpiente se fue al suelo.

«Las escamas son duras, pero el interior de la boca no» avisó a sus compañeros.

Ona tenía a la serpiente cogida por el cuello con sus fauces y presionaba para estrangularla, pues no podía perforar las escamas, aunque sí ejercer mucha fuerza con sus fuertes mandíbulas. La cobra había intentado enroscarse en el cuerpo de Ona, pero la pantera se había salido con agilidad y ahora la tenía sometida con sus potentes patas delanteras.

Camu había congelado por completo al segundo de los escorpiones que había intentado acercarse a clavarle el aguijón. Sin embargo, el tercero atacó con gran velocidad y esquivó el aliento gélido. Llegó hasta él y descargó su aguijón sobre la espalda de Camu. Justo cuando iba a hacer impacto, Camu consiguió golpear al escorpión con su habilidad Latigazo Mágico. La cola de la criatura envió al enorme escorpión varios pasos hacia atrás consiguiendo que el aguijón no llegase a tocarle. El escorpión volvió a atacar y al bajar el aguijón Camu utilizó su habilidad Zarpazo Helado. La punta del aguijón salió despedida por los aires. El escorpión atacó con sus pinzas intentando inmovilizar a Camu con una y cortarle el cuello con la otra. La respuesta de este no se hizo esperar: dos Zarpazos Helados y un Latigazo Mágico con la cola dejaron al escorpión boca arriba y moribundo.

Lasgol aprovechó que tenía a una de las serpientes cegada y aturdida por la Flecha de Tierra e invocó Tiro Certero. Esperó a que abriera la boca para sacar la lengua y soltó. Se produjo un destello verde que sorprendió a Lasgol por su rapidez. Aquella habilidad era una de las que más le costaba invocar y prácticamente no había pasado un instante entre invocarla y que se produjera. La flecha entró por la boca y se clavó profunda en el paladar. La serpiente murió sin salir de su estado de aturdimiento. Las habilidades de Lasgol estaban funcionando mejor que nunca. Eran más potentes y rápidas, y consumían menos energía de lo habitual. Lasgol estaba encantado. Lo único malo era que estaba en una situación de lo más complicada.

Ona terminó de asfixiar con su potente mordida a la cobra que tenía atrapada cuando otra de ellas la atacó lanzándole veneno a la cara. La pantera dio un brinco a un lado, como si la hubieran asustado por detrás, y el veneno pasó rozándole sin llegar a tocarla. Una vez hizo pie, apoyó las dos patas traseras y dio un salto prodigioso. Derribó a la cobra y con las patas delanteras la empujó contra el suelo impidiendo que la serpiente se levantase. Un instante después le mordía parte de la cabeza con todas sus fuerzas. La cobra intentó abrir la boca para morder, pero las fauces de Ona eran como un cepo de cazador y no había forma de abrirlas.

Camu estaba teniendo más dificultades con el último de los escorpiones. Le había sujetado la cola con una pinza y con la otra el cuello, empujándole la cabeza hacia atrás. No podía usar ni Latigazo Mágico, ni Aliento Helado. Comenzó a soltar Zarpazos Helados de forma desesperada, ya que el aguijón venía a clavarse en su cara. Una flecha voló rauda y alcanzó al aguijón, seguida de tres más. Lasgol estaba utilizando Tiro Rápido repetidamente y las flechas iban a una velocidad pasmosa. El aguijón quedó acribillado y cuando fue a clavarse en el cuerpo de Camu, golpeó sus escamas y no pudo penetrar. Los zarpazos habían destrozado la boca y ojos del escorpión, que murió un momento después.

Lasgol estaba dando la espalda a las cobras para ayudar a Camu cuando vio una sombra por el rabillo del ojo y dio un salto, se apoyó en la pared de la muralla del palacete y cogiendo impulso dio otro salto. En el aire se giró e invocó Tiro a Ciegas para alcanzar en el ojo derecho a la cobra que intentaba clavarle los colmillos. En cuanto pisó el suelo volvió a saltar ayudado por sus reflejos felinos y volvió a usar Tiro a Ciegas. Alcanzó a la cobra en el ojo izquierdo. Las escamas eran una gran armadura, pero los ojos y la boca eran un punto débil.

La última de las serpientes atacó a Lasgol lanzándole veneno primero e intentando alcanzarle en un brazo con sus colmillos. En un acto reflejo se desplazó a un lado evitando ambos ataques. Sus habilidades Reflejos Felinos y Agilidad Mejorada estaban funcionando muy bien. Llevaba activada Protección de Boscaje y se preguntó si los colmillos serían capaces de traspasarla para llegar hasta su carne. Probablemente no, pero no era buena idea pararse a experimentarlo. Invocó Flechas Elementales y con otra Flecha de Tierra alcanzó a la serpiente en plena boca dejándola aturdida y cegada. Aguardó a que abriera un poco la boca y con un Tiro Certero la mató.

Ona terminó de matar a la cobra que tenía apresada entre sus fauces.

Lasgol miró alrededor. Las cobras y los Escorpiones estaban muertos o congelados. Lasgol tiró contra uno de los escorpiones para ver si su flecha atravesaba el caparazón y pudo constatar que no era así.

«Esos escorpiones tienen un caparazón muy duro».

«Usar Zarpazo Helado. Ser ataque de magia. Caparazón no

poder parar».
«Muy bien pensado».
«Yo mucho listo».
«Y guapo».
«Mucho, mucho, guapo».
Lasgol puso los ojos en blanco.
«Ona, ¿estás bien?».
Ona gruñó una vez.
«No te han picado, ¿verdad?».
Ona gruñó dos veces.
«Menos mal».
«Monstruos duros. Tener magia en piel».
«Sí, Dergha-Sho-Blaska debe darles esa magia. ¿Pero de dónde han salido estos monstruos? Parecen sacados de las profundidades de los desiertos».
«No saber. No bueno».
«Si el dragón inmortal tiene ahora estos aliados vamos de mal en peor, eso seguro».
«Servir a Dergha-Sho-Blaska, seguro».
«Sí, eso me temo yo también» Lasgol resopló mirando alrededor y luego se dirigió a sus dos amigos «Lo habéis hecho muy bien, los dos».
«No problema» respondió Camu.
Ona gruñó una vez.
«¿Qué hacer ahora?».
«Ahora tenemos que buscar las perlas, no queda otra».
«Perlas con escorpiones».
«Veamos qué más sorpresas nos tiene preparado el desierto».
«Sorpresas no buenas, tú ver».
«Sí, ya me lo imagino».
«Pero no problema. Yo mucho poderoso».
«Ya, ningún problema».

Capítulo 31

Ona, Camu y Lasgol avanzaron por la ciudad fantasma siguiendo a los enormes escorpiones que se habían llevado las Perlas de Plata. El rastro era bastante claro, ya que dos pares de ocho patas de escorpión caminando sobre calles parcialmente cubiertas por arena eran inconfundibles. Lasgol no estaba teniendo ningún problema para seguirles la pista. Además, se habían llevado la joya de hielo, por lo que, en caso de perder el rastro, podía esperar a que un pulso señalara dónde estaban.

Lasgol iba pensando que, por fortuna, el gran cocodrilo no se había unido a la pelea en medio de la ciudad, eso habría sido un problema. Además, habría destrozado media ciudad de entrar en ella, por lo que era hasta cierto punto normal que no lo hiciera. Todo lo normal que podía ser encontrarse a un gigantesco cocodrilo a la entrada de una ciudad del desierto con escorpiones y cobras descomunales como guardianes. Cuando lo contara en Norghania no le iban a creer.

Giraron a la izquierda y luego a la derecha. Iban sin camuflarse, pues la sustancia venenosa que las cobras les habían echado encima los marcaba, y eso suponía un problema para la habilidad de Camu. Si bien era cierto que era una gran habilidad que les daba mucha ventaja, ya empezaban a encontrar debilidades en ella. Además, las cobras les habían olido y el rastro que dejaban también podía ser descubierto. El mundo de las habilidades y la magia en general siempre estaba lleno de sorpresas y limitaciones. No había ningún conjuro, hechizo o encantamiento que fuera infalible.

De pronto, de uno de los edificios con un jardín abierto salieron lo que parecían dos enormes escarabajos rinoceronte. Eran del tamaño de un elefante, sólo que estaban recubiertos de una coraza negra y marrón y en medio de la frente tenían un cuerno con el que parecía que podían derribar una casa.

«¡Atención, problemas!» avisó Lasgol.

«Escarabajo gigante feo».

«Y peligroso, me temo».

Los dos escarabajos cargaron contra ellos como si fueran enormes rinocerontes. Lasgol apenas podía creerlo. Aquellas bestias acorazadas iban a representar un serio problema. Tuvo la sensación de que la coraza de los escarabajos gigantes sería más dura aún que la de los escorpiones.

Lasgol se desplazó a un lado y el escarabajo que cargó contra él pasó de largo y golpeó un edifico tras ellos derribando media pared del impacto. El otro escarabajo atacó a Ona y Camu. Ona dio un brinco potente saliendo de la trayectoria de la embestida y Camu le soltó un Latigazo Mágico al escarabajo según cargaba, ya que no podía desplazarse con la agilidad y rapidez de sus amigos.

No fue una buena idea.

El latigazo alcanzó al escarabajo, pero no lo frenó y la bestia se llevó a Camu por delante.

«¡Camu!», exclamó Lasgol muy preocupado al ver el golpe que su amigo se había llevado. Camu salió despedido y golpeó otro de los edificios. Se quedó tirado en el suelo.

«Ouch...» transmitió.

Lasgol vio que tenía que hacer algo o aquellas dos moles acorazadas los destrozarían. Los dos escarabajos atacaron de nuevo intentando alcanzar a Lasgol y Ona, pero ambos se apartaron con saltos ágiles. Si el cuerno les alcanzaba los atravesaría de lado a lado, pues ellos no tenían escamas duras como Camu. Golpearon dos edificios y parte de las fachadas se derrumbaron por el terrible impacto. Aquellas criaturas tenían una fuerza devastadora.

No teniendo muy claro cómo detener a semejantes monstruos, Lasgol puso una flecha en la cuerda de su arco y tiró contra el escarabajo que estaba atacando. Utilizó la habilidad Flecha Elemental y tiró una de fuego para ver si asustaba a aquellos bichos. El proyectil alcanzó en la frente al escarabajo y se produjo una llamarada que claramente no le gustó y movió la cabeza con el cuerno de arriba a abajo y de lado a lado.

Ona hizo algo impensable y cuando el escarabajo emprendió la carrera contra ella dio un salto y se subió a su cabeza. Comenzó a atacar los ojos del escarabajo soltando zarpazos buscando cegarlo para que no pudiera seguir atacando.

Lasgol supo que para penetrar aquella coraza iba a necesitar de un tiro muy poderoso. Se concentró en el monstruo, que ya maniobraba en la calle dándose la vuelta para volver a embestir.

Lasgol necesitaba un tiro poderoso que atravesara aquel escudo. Se concentró y buscó su energía interior.

El gran escarabajo cargó.

Concentrado, Lasgol previsualizó que su tiro perforaba el caparazón del escarabajo a la derecha del gran cuerno. Intentó crear la habilidad según el escarabajo cargaba. Se fue a producir un destello verde, pero falló. El cuerno del escarabajo iba directo a atravesar el torso de Lasgol, que en el último instante logró echarse a un lado haciendo que el escarabajo se empotrase contra una pared, derribándola.

Ona seguía soltando zarpazos mientras el monstruo al que se había encaramado movía la cabeza en todas direcciones para quitársela de encima. La pantera aguantaba el equilibrio como podía.

Camu comenzó a levantarse poco a poco. El tremendo golpe lo había dejado dolorido y mareado. Consiguió ponerse en pie y tambaleándose fue a refugiarse a un patio con una fuente por la que ya no salía agua.

Lasgol volvió a intentar crear la habilidad de un tiro poderoso de gran potencia que atravesara corazas y caparazones. Si podía desarrollarlo le vendría genial en aquel entorno. El único problema era que quizá no fuera el mejor de los momentos para intentar desarrollar una habilidad nueva. O quizá sí. La presión y la criticidad del momento podían ser clave para crear una habilidad. Era muy arriesgado, pero no se le ocurría ninguna otra cosa que pudiera hacer contra aquellos dos monstruos tan enormes y de caparazón tan duro.

El escarabajo atacó a Lasgol, que ya se imaginaba lo que buscaba. Envió gran cantidad de energía a crear la habilidad mientras se mantenía de pie en medio de la calle y el gran bicho arremetía contra él como un rinoceronte. La habilidad pareció comenzar a formarse y Lasgol envió todavía más energía.

Se produjo un destello verde al que siguió otro dorado del arco. La flecha salió con una potencia tremenda y se clavó en la frente de la bestia bien, atravesando el durísimo caparazón. Lasgol se echó al lado derecho en el último momento y, aunque libró el cuerno, no pudo librar del todo el golpe, que le alcanzó en las piernas. Fue tan tremendo el impacto que Lasgol salió por los aires girando sobre sí mismo y cayó a unos pasos con un terrible dolor en ambas piernas.

No sabía si se las había roto.

Gruñó de dolor y se las tocó con cuidado para comprobar si estaban rotas o no. Le llevó un momento cerciorarse, pero solo estaban muy magulladas. Se puso en pie tan rápido como pudo.

El escarabajo sacudía la cabeza intentando deshacerse de la flecha que Lasgol le había clavado. Viendo la oportunidad, volvió a invocar la nueva habilidad Tiro Poderoso y dejó salir la flecha. Le volvió a dar en la cabeza. La flecha entró profunda perforando el caparazón como si fuera quebradizo y el monstruo emitió unos extraños sonidos agónicos. Lasgol no perdió tiempo y le clavó tres flechas más, una detrás de otra, en medio de la frente. El monstruo cayó hacia delante y se quedó quieto, muerto.

Se volvió hacia el otro escarabajo, que había conseguido tirar a Ona de su cuerpo, pero a la que no conseguía empalar. La pantera esquivaba los ataques con gran agilidad y dando saltos tremendos para salir de su alcance. Viendo lo que sucedía, Lasgol volvió a invocar Tiro Poderoso y alcanzó una de las patas para lisiar al monstruo y que Ona tuviera ventaja. La flecha atravesó la pata que, aunque tenía una capa protectora, no era tan fuerte.

Antes de que el monstruo se volviera hacia Lasgol, éste tiró tres veces seguidas y perforó tres patas. El gran escarabajo fue a por Lasgol al ver que le estaba atacando. Intentó correr a embestirle, pero no pudo debido a las patas heridas. Lasgol tampoco podía moverse demasiado bien, pues el golpe recibido en las piernas le había dejado tocado. Tiró tres veces más sobre las mismas patas y consiguió que el escarabajo se fuera a un lado. La bestia golpeó el suelo con fuerza, como un barco que encalla en una playa de arena blanquecina.

«Camu, ¿cómo estás?» preguntó Lasgol intentando ir hacia su amigo, pero el dolor que sentía se lo impidió.

«Estar tocado».

«¿Herido?».

«Golpe fuerte. Doler».

Ona se acercó hasta Camu, que se había refugiado tras la fuente y estaba echado en el suelo, y le lamió la cabeza con cariño.

«¿Tienes algo roto?».

«No roto, tocado».

«Está bien. No hagas movimientos bruscos, esperaremos un

momento a recuperarnos».

Aguardaron a que el dolor disminuyera un poco y Lasgol se palpó las piernas. Aunque no estaban rotas, había recibido un buen golpe. Por lo que le dolían estaba seguro de que había estado a punto de partírselas.

Camu estaba en una situación parecida. No tenía nada roto, pero se había llevado un golpe tremendo. Habían tenido suerte.

«Tenemos que tener más cuidado. Aquí hay monstruos de lo más duros».

«Duros y grandes».

Ona gruñó una vez.

«¿Tú matar con flechas?».

«Es una nueva habilidad, Tiro Poderoso o Potente, no sé qué nombre me gusta más, pero funciona muy bien».

«Yo ver. Gustar».

Lasgol consiguió por fin andar medianamente bien. Tenía unos moratones enormes en las piernas y cojeaba un poco. El tobillo derecho le dolía bastante, pero no era suficiente para detenerle.

«¿Seguir? Yo preparado» preguntó Camu al tiempo que le transmitía un sentimiento de coraje.

«Vamos, pero con cuidado».

Siguieron por varias calles y Lasgol buscó el rastro de los escorpiones hasta dar con él. Luego lo siguieron despacio y con los ojos bien abiertos. Cada edificio que bordeaban, cada cruce, cada palacete o plaza, lo investigaban antes de dar un paso en falso. Lo último que querían era encontrarse de frente con un peligro insalvable.

Lasgol tenía la sensación de que aquella ciudad fantasma del desierto era una gran trampa diseñada para acabar con quien quisiera atravesarla. Lo que le tenía preocupado era que seguían dirección noroeste. ¿A dónde se dirigían los escorpiones? Empezaba a tener un mal presentimiento sobre todo aquello. Intentó calmar los nervios y pensamientos negativos y se centró en resolver la situación en la que se encontraban paso a paso, dificultad a dificultad. Cuando las hubieran superado todas estarían a salvo y con un poco de suerte con las Perlas de Plata en su poder y no en manos del dragón inmortal.

Siguieron el rastro y torcieron en una calle hacia el oeste. Ante ellos apareció un gran palacio. Se detuvieron.

Lasgol vio que los rastros de los escorpiones llevaban a su interior. Observaron el gran edificio antes de adentrarse en él temiendo una emboscada en su interior.

«Estudiemos el lugar».

«Yo no sentir magia».

«Esa es buena señal. De todos modos, debemos tener cuidado».

El palacio tenía cuatro torres circulares con bóvedas de oro. Gran parte del interior estaba compuesto por jardines y terrazas abiertas y muy elaboradas, con suelos de mármol de diferentes colores y varias fuentes. Al no estar cuidados, la arena lo ensuciaba todo y las fuentes ya no tenían agua. Sin duda, aquel lugar debió de ser bellísimo.

Al fondo se alzaba un edificio muy bello pintado de blanco con tejados ovalados en oro y plata. Las grandes puertas dobles de madera estaban abiertas. Los escorpiones debían haber entrado allí.

«Ona, ¿hueles algo?».

La pantera se adelantó un poco a inspeccionar y regresó al cabo de un momento.

Dos gruñidos fueron su respuesta.

«No parece que haya nadie».

Lasgol cerró los ojos y comprobó que todavía tenía las habilidades de combate activas.

«Entremos. No os fieis. Id atentos».

Entraron en los jardines. Lasgol llevaba una flecha en la cuerda del arco y observaba cada rincón y cada sombra de aquel bello lugar. Camu iba a su izquierda y Ona a la izquierda de Camu. Los tres avanzaban al mismo paso, lento y precavido. El palacio debía de haber sido del señor o dirigente de la ciudad, o de un príncipe del desierto, pues no solo era muy bello, sino que era de grandes dimensiones. O quizá de algún otro noble muy influyente, pues podría haber un palacio mayor en la ciudad que no habían visto todavía.

Llegaron a quince pasos de las puertas abiertas del edificio principal cuando dos de los enormes escorpiones aparecieron en ellas.

«Cuidado» avisó Lasgol y se detuvieron.

Aquellos no eran los escorpiones que perseguían, así que de debían ser guardianes. Los que llevaban las perlas debían de haber entrado en el edificio y estos estaban allí para impedirles el paso.

«Sólo ser dos. No problema» envió Camu con un sentimiento de confianza.

«No te confíes...» advirtió Lasgol, que no se fiaba lo más mínimo.

Los escorpiones comenzaron a golpear las pinzas sobre su caparazón creando un sonido extraño, como metálico y hueco.

«¿Qué pasar?».

«No lo sé» Lasgol miraba a los escorpiones y a su alrededor en busca de alguna respuesta que no llegó.

De súbito, una sombra pasó volando sobre sus cabezas.

El corazón de Lasgol se encogió como si lo estuviera estrujando la mano de un Golem de piedra. Levantó la mirada hacia la sombra seguro de que era Dergha-Sho-Blaska que venía a acabar con ellos. La sombra voladora descendió delante de ellos y aterrizó en el suelo.

No era Dergha-Sho-Blaska. Era algún tipo de dragón, pero de menor tamaño que el dragón inmortal.

Lasgol lo estudió. Parecía un auténtico dragón, pero más pequeño. Debía medir seis varas de amplitud con las alas abiertas y otra tantas de longitud desde la cabeza hasta el final de su cola. El aspecto, sin embargo, no era de un dragón joven o una cría de dragón, sino el de un dragón adulto. Sería más pequeño, pero sin duda era un dragón y parecía fuerte, poderoso y muy peligroso. Era de color rojizo, con vetas de color arena que le bajaban por la espalda y el torso. Sus ojos reptilianos eran rojizos y tenía la cabeza sin cuernos o cresta, lo que le hacía parecer joven. Abrió la boca y mostró sus fauces.

«Drakoniano menor. Peligroso» transmitió Camu a Lasgol.

«¿Qué es un Drakoniano menor?» Lasgol preguntó sorprendido de que Camu supiera lo que era aquella criatura.

«Sirviente de un Drakoniano».

«¿Cómo sabes tú eso?».

«Drokose decir yo un día tener Drakonianos menores a mi servicio».

«Vaya, ¿y no se te ocurrió contármelo?».

«Tú no dejarme tener sirvientes».

Lasgol tuvo que admitir que no le faltaba razón. No le iba a dejar tener sirvientes o esclavos. Eso estaba mal, fueran Drakonianos o no.

«Ya hablaremos de eso».

«Yo saber...».

El dragón estiró las alas y las movió mostrando toda su envergadura y levantando arena. Irguió la cabeza, abrió la boca y rugió de nuevo, mostrando sus temibles fauces a sus rivales. Mostró sus garras para que se fijaran en ellas y vieran lo afiladas y fuertes que eran. Su actitud era de superioridad.

«Un humano, un Drakoniano superior y una pantera de las nieves. Extraña compañía» les llegó el mensaje mental del dragón. Lo sintieron como si les golpeara la mente con fuerza.

Los tres echaron la cabeza atrás, sorprendidos e impactados. Aquel dragón podía enviar mensajes mentales. Ona sacudió la cabeza como intentando sacarse aquella extraña voz.

Lasgol invocó Comunicación Animal y captó el aura de la mente del dragón. Era de color rojizo, fuerte. Intentó comunicarse con él.

«¿Puedes comunicarte?».

«Por supuesto que puedo comunicarme, humano. Lo extraño es que puedas tú».

«Mi Don me lo permite».

«Debes ser de la sangre entonces».

«¿De la sangre?» Lasgol quería saber qué significaba aquello.

«De la sangre Drakoniana. Sólo los de la sangre pueden usar el poder de la mente».

Lasgol se quedó desconcertado, si bien era consistente de que ya había oído decir que parte de su poder era de origen Drakoniano.

«Soy humano. No puedo ser Drakoniano».

«No, pero puedes ser de descendencia Drakoniana».

«¿Cómo es eso posible?» Lasgol vio la oportunidad de obtener una aclaración e intentó aprovecharla.

«No estoy aquí para enseñar a un humano, aunque sea de la sangre».

«¿Porque soy humano?».

«Los humanos son débiles de cuerpo, mente y poder. Los Drakonianos, al contrario, son fuertes. Nosotros hemos nacido para reinar, vosotros para servir».

«¿Incluso los de la sangre?».

«Los de la sangre, precisamente. Vuestro propósito es

servirnos. Para eso fuisteis creados».

«¿Y los que no son de la sangre?».

«Esos pueden elegir entre servir de rodillas y en dolor o morir. Nosotros preferimos lo segundo».

«No tienes en mucho aprecio a los humanos».

«No os aprecio en absoluto. Los míos solo aprecian a los de su misma sangre, pues somos superiores a animales y humanos, entre los que no hay demasiada diferencia a nuestros ojos».

«No superior a mí» transmitió Camu con tono desafiante.

El dragón inclinó la cabeza y pareció analizar a Camu, como si estuviera captando su poder.

«No, no soy superior a ti, pero tampoco te sirvo».

«¿A quién sirves?» quiso saber Lasgol.

«A mi señor, amo y creador, al rey entre dragones, a Dergha-Sho-Blaska».

Lasgol asintió.

«¿Tienes un nombre?».

«Mi nombre es Saki-Erki-Luzen».

«¿Qué es lo que quieres, Saki-Erki-Luzen?».

«Esta ciudad está bajo mi vigilancia. Nadie puede entrar, sea animal, humano o Drakoniano. Quien entra, muere. Esas son las órdenes de mi señor y esas son las órdenes que cumpliré».

«No lo sabíamos. No es necesario que haya más derramamiento de sangre. Nos marchamos» transmitió Lasgol, que tenía el presentimiento de que aquel dragón, aunque fuera de rango menor, sería un adversario formidable al que era mejor no enfrentarse.

El dragón rio.

«Los humanos son tan predecibles… Rogando por su vida cuando no hay salvación posible».

«Yo ser Drakoniano superior. Ordenarte dejarnos ir» transmitió Camu con un sentimiento de orden.

«Yo solo sirvo a mi señor. Es hora de morir».

Capítulo 32

Nilsa, Viggo, Egil y Gerd volvían de realizar los ejercicios físicos con seis de los Guardabosques Reales, entre los que estaban Kol y Haines. Los dos corrían delante con Nilsa e iban charlando con ella. Estaba más que claro que ambos tenían mucho interés en la simpática pelirroja y no eran los únicos, otro de los Guardabosques Reales se les unió en el descenso hacia la capital cuyas intenciones se veían desde la lejanía. Estaba anocheciendo y el hambre y el cansancio les estaban empezando a hacer efecto. Quien quería estar en forma tenía que sufrir un poco y los Guardabosques Reales lo sabían mejor que nadie. Debían aguantar jornadas enteras de pie pegados a una pared vigilando, eso entumecía y reblandecía los músculos a cualquiera. Por ello era importante que salieran a realizar ejercicio físico.

Viggo corría en cabeza e iba tan rápido como el rayo. Quería llegar cuanto antes y demostrar a todos los Guardabosques Reales que él era mejor que ellos. Ya le habían avisado Nilsa y Gerd de que eso era una tontería, pero, como siempre, Viggo tenía sus propias opiniones y hacía lo que se le metía en la cabeza sin hacer caso a consejos amigos. Dos de los Guardabosques Reales corrían a su lado dispuestos a demostrarle que se equivocaba y que no podría dejarlos atrás. Cuanto más rápido iban, más apretaba Viggo. Pronto la ventaja con el grupo del medio se hizo ostensible.

Gerd y Egil iban los últimos formando su propio grupo de dos. Corrían a su ritmo, después de todo aquello era ejercicio de mantenimiento, no una competición. Además, Gerd no podía ir tan rápido como solía hacerlo antes debido a su lesión. Egil prefería ir algo más despacio con su amigo para darle apoyo moral y para guardar energías.

—Si sigue corriendo así se va a hacer daño —dijo Gerd sobre Viggo.

—Ya ni se les ve, nos han dejado muy atrás —comentó Egil.

—Y los de adelante van tan absorbidos por Nilsa que les da todo igual —comentó Gerd con un gesto de la cabeza hacia el grupo de enfrente.

—Es lo que tienen estas cosas —sonrió Egil.

Pasaron cerca de un bosque de robles y escucharon el aullar de un lobo, lo que hizo que Egil y Gerd miraran en la dirección del sonido, pero no vieron más que unas sombras. No era raro que algunos lobos rondaran los bosques, aunque estaba bastante cerca de la capital lo que lo hacía poco habitual.

Egil se detuvo de pronto y se agachó para agarrarse el tobillo.

Gerd se paró a su lado.

—¿Torcedura? ¿Te has hecho daño? —preguntó preocupado.

Egil levantó la mirada y vio cómo los dos grupos de delante seguían hacia la ciudad.

—No me he hecho nada, tranquilo.

Gerd miró extrañado.

—¿Estás fingiendo?

—Hasta que ya no nos vean —dijo Egil observando cómo sus compañeros desaparecían en la lejanía.

—Los quieres despistar.

—Esa es la idea —confirmó Egil.

—¿El lobo? —preguntó Gerd mirando hacia el bosque.

—Primordial, mi querido amigo.

—Ya me ha parecido. He notado algo un poco raro en ese aullido.

—¿Como si fuera un tanto humano?

—Oh, ya veo. Sí, eso es.

Egil sonrió.

—Vamos al bosque, me esperan.

—¿Una reunión secreta de las tuyas?

—Esas son siempre las mejores.

—Bueno, no estoy yo muy convencido de eso —dijo Gerd, que miraba hacia el bosque y ya tenía una mano en su hacha.

—Tranquilo, no preveo problemas.

Gerd se colocó el arco a la espalda y el cuchillo y hacha a la cintura.

—Tú quizá no, a mí me gusta estar preparado. Tus encuentros clandestinos no siempre van bien.

—Muy cierto, mi querido guardaespaldas —le dio la razón Egil, que al igual que Gerd se colocó bien las armas.

—Vamos —indicó con un gesto de la cabeza.

Los dos amigos entraron en el bosque con cuidado y no

tardaron mucho en distinguir tres figuras. Estaban de pie y junto a ellos estaban sus monturas atadas a un roble. Algo más atrás había otras tres cuyos caballos estaban también atados a un árbol.

—¿Seguro que son amigos? —susurró Gerd a Egil.

—Eso se supone —respondió Egil.

Gerd puso mala cara. La respuesta no le había convencido lo más mínimo.

Avanzaron hasta las figuras y se detuvieron a cinco pasos de ellas. Gerd y Egil observaron intentando adivinar quiénes eran. No hicieron movimientos bruscos, lo cual era buena señal, aunque Gerd no se relajó. Al primer movimiento sospechoso sacaría sus armas y tomaría control de la situación.

—¿Acudís a la llamada del lobo? —preguntó una voz que Egil reconoció.

—El lobo del Oeste llama y la manada responde —dijo Egil a modo de saludo pactado.

—Mis saludos, Rey del Oeste —saludó el del centro y se inclinó mostrando respeto. Los dos que estaban con él también se inclinaron de la misma manera.

Egil devolvió el saludo con una pequeña inclinación de cabeza.

—Me honráis.

Reconoció al conde Malason en el centro. El duque Erikson y Svensen estaban a su lado, lo que le sorprendió. Era la plana mayor de la Liga del Oeste. Algo debía de suceder para que estuvieran allí.

—Nos alegra veros bien —dijo Malason.

—Y a mis veros bien también. He de decir que me sorprende que hayáis acudido los tres a esta reunión. Sólo necesitaba un agente. ¿Acaso sucede algo importante que requiera de mi presencia?

—Nuestro señor es perceptivo —dijo Erikson.

—¿Está el bosque asegurado? —preguntó Egil lanzando una mirada alrededor que Gerd también siguió.

—Lo está, señor tenemos hombres del Oeste apostados en el perímetro —confirmó Malason.

—Necesitamos acordar qué vamos a hacer ahora que Thoran y la nueva reina han sobrevivido a la boda real —explicó Svensen.

Egil asintió.

—Los intentos contra sus vidas no salieron bien, era de esperar.

Según mis cálculos había una oportunidad de cien de un asesinato exitoso dadas las circunstancias tan adversas.

—Y fracasaron como nuestro señor había previsto —le dio la razón Malason.

—Lo cual nos obliga a replantearnos el futuro y los siguientes movimientos —continuó Svensen.

—Entiendo. Lo primero sobre lo que quiero tener seguridad es que el segundo atentado, el intento de acabar con la reina, no fue obra nuestra —dijo Egil y miró a los tres nobles del Oeste con mirada dura.

—No lo fue. No tuvimos nada que ver con ese ataque— aseguró Erikson.

—De lo contrario os hubiéramos avisado —dijo Malason.

—¿Estamos completamente seguros de que esto no es obra de alguien del Oeste? —insistió Egil con tono más duro y su mirada se fijó en el duque Svensen.

—No fuimos nosotros —aseguró Svensen—. Hay divisiones en la Liga, pero nadie va a dar semejante golpe sin permiso y sin haberlo planeado hasta el último detalle, como se hizo con el del rey.

—Nuestro señor no desconfía de nosotros, ¿verdad? —preguntó Malason.

—Desconfiar no es la palabra adecuada. Tenemos el mismo objetivo final, sin embargo, los tiempos de ejecución son diferentes. Algunos de vosotros tenéis agendas más agresivas en tiempo y método —respondió Egil, que seguía mirando a Svensen.

—Eso es cierto, no voy a negarlo —replicó este—. Pero eso no significa que vayamos a actuar sin el conocimiento y aprobación de los líderes de la Liga y, por supuesto, nuestro señor.

Egil miró a las tres personas al fondo y asintió.

—Acordamos un golpe contra el rey en la cena. El riesgo era tremendo y no salió bien, como ya pronostiqué. Dije que os ayudaría porque sabía que daríais el golpe de todas formas y los resultados hubieran sido catastróficos. Los aquí presentes colgaríais de la muralla del castillo, pues Thoran descubriría quién estaba detrás de ello. Lo hice por vosotros y por el reino. Por eso quiero vuestra palabra de honor de que no participasteis en el segundo intento.

—La tenéis, mi señor —dijo Malason, que se llevó el puño al

corazón.

—Y la mía —imitó el duque Erikson.

—Lo juro por mi honor. No participé en el segundo ataque en forma alguna —aseveró Svensen.

Egil asintió dos veces con lentitud. Estaba dándole vueltas al asunto en su cabeza.

—Debemos asumir, por tanto, que el intento de asesinato de la reina fue perpetrado por otros intereses.

—Todo apunta a que fueron los zangrianos —comentó Erikson.

—Por lo que hemos podido averiguar, la mayoría de los reinos dan por hecho que fueron ellos —afirmó Svensen.

—Es lo que nosotros también creemos y lo que Thoran cree —comentó Malason.

Egil sacudió al cabeza.

—Y, sin embargo, yo no lo creo así.

Los tres nobles reaccionaron con gestos y expresiones de sorpresa a las palabras de Egil.

—¿No? ¿Por qué razón? —preguntó Svensen.

—Precisamente porque encaja demasiado bien en lo que todos desean. Thoran quiere que sean los zangrianos para ir a la guerra contra ellos con el apoyo de Irinel. Erenal se frota las manos y aguardará a ver cómo se las arregla Zangria en una guerra para más adelante atacar por la espalda o directamente unirse a Norghana e Irinel y aplastar a Zangria. Los rogdanos o los noceanos, así como las ciudades estado del Este, ven con buenos ojos que haya guerra en Zangria porque debilita a otras potencias. Todo ello y que el rey Caron no haya movido ficha todavía, me llevan a pensar que el intento es una jugada muy bien planificada y ejecutada por otro interés que se mantiene oculto.

—¿Cuál es ese interés oculto? —quiso saber Erikson.

—Eso es lo que debemos averiguar antes de tomar ninguna acción precipitada, pues no sabemos qué está sucediendo, ni cuál será el siguiente movimiento de quien haya planeado esto. Podría ser muy contraproducente para nosotros hacer un movimiento sin tener toda la información que necesitamos.

—Si la guerra se produce, y por lo que estamos viendo se va a producir en breve, puede ser una buena ocasión para nosotros, Thoran tendrá que salir a campo abierto —razonó Svensen.

—En campo abierto en medio de una batalla habría

posibilidades de acabar con él —comentó Erikson.

—Es una opción, sí. ¿Es la mejor opción? En mi opinión, no —dijo Egil—. Hay formas mejores para un regicidio que intentar matarlo cuando está rodeado por miles de soldados fieles a su causa.

—También estará rodeado de miles que no lo son, sino que nos son fieles a nosotros —dijo Svensen.

Egil sonrió con ligereza.

—Esos estarán en la primera línea de combate, no cerca del rey. De eso se asegurarán Thoran y sus nobles del Este.

—Es lo más probable, sí —dio la razón Malason—. No nos permitirá acercarnos lo suficiente.

—Lo cual nos lleva a otro problema que vamos a tener que afrontar: la guerra y el rey llamándonos a filas —dijo Erikson.

—Cierto. Si la guerra se produce, y todo apunta a que será así, Thoran nos llamará a servirle, como sucedió en la guerra contra Darthor y las fuerzas del Continente Helado —razonó Malason.

—No podremos negarnos. No después de la guerra civil— afirmó Erikson.

—No lo haremos —dijo Egil con tono frío.

De nuevo las expresiones de los tres mostraron sorpresa. Esperaban recibir una respuesta diferente.

—Deberíamos —dijo Svensen.

—Pero no será así —insistió Egil—. No haremos nada que le proporcione una excusa y una oportunidad para azotar al Oeste. Thoran y Orten saben quiénes sois y qué tramáis, no creáis que no es así. Sois los nobles más importantes del Oeste y saben que no aceptáis de buen grado su reinado. No han ido en vuestra contra porque no han tenido una oportunidad manifiesta. No podemos proporcionarles el motivo que esperan para actuar contra nosotros. Vuestras cabezas corren serio peligro.

—Siempre lo han hecho y siempre lo harán —dijo Svensen con gesto de que aquello no era nada nuevo.

—Sí, pero antes Thoran y el Este estaban en una posición de debilidad. Ahora son fuertes y con la alianza con Irinel lo serán todavía más. No nos conviene enfrentarnos —explicó Egil.

—Sí, eso ya lo previmos, de ahí el atentar contra su vida en el banquete —dijo Erikson.

—¿Qué propones? —preguntó Svensen a Egil.

—Primero debemos asegurarnos de que lo que hagamos no puede ser trazado de vuelta hasta nosotros y proporcionar a Thoran la ocasión que espera.

—Los perpetradores están bien escondidos. No han sido descubiertos, ni lo serán —dijo Erikson.

—No es suficiente, deben salir de Norghana —dijo Egil.

—Nos encargaremos —comentó Malason.

—Quiero los detalles —pidió Egil.

—Los tendrás, por supuesto —dijo Erikson.

—Segundo, debemos descubrir quién atentó contra la reina y ver cómo nos afecta. Puede incluso ser positivo. Quizá tengamos un posible aliado en la sombra que, si encontramos, nos pueda servir.

—Eso va a ser más complicado —comentó Erikson.

—Nuestros agentes no han conseguido demasiada información al respecto —explicó Svensen con tono de decepción.

—Tampoco hemos buscado muy a fondo. Hemos dado por seguro que eran los zangrianos —comentó Malason.

—Debemos volver al principio y asumir que no fueron ellos —explicó Egil—. Y si no fueron ellos, ¿quién fue? —lanzó la pregunta mirando a los ojos a los tres nobles.

—Entendido. Indagaremos —dijo Erikson.

—Tercero, si la guerra se produce y Thoran llama a los nobles del Oeste y sus soldados a luchar con él iremos. Nadie se negará —dijo Egil.

—Nos pondrá en primera línea de batalla. Seremos carnaza para los zangrianos.

—Eso es mejor a que los tres colguéis por negaros y después se envíen vuestras fuerzas a primera línea de todos modos —dijo Egil.

—Podemos retrasarlo alegando problemas logísticos y unirnos al final —comentó Malason.

—Esa es buena idea, así no podrá enviarnos los primeros —comentó Erikson.

—Mejor que pensemos buenas excusas para el retraso. No les va a gustar —comentó Svensen.

—Eso seguro —dio la razón Malason.

—Muy bien. Acordado queda —dijo Egil—. Antes de marchar necesito que uno de nuestros agentes me busque cierta información.

—Por supuesto, lo que necesites —dijo Erikson.

—Muy bien. Mejor si dejamos aquí a la reunión. No puedo demorarme más, debo volver al castillo. Buena suerte a todos —se despidió Egil.

—Buena suerte a ti, Rey del Oeste —se despidió Malason.

—Suerte para el Oeste —continuó Erikson.

—Por el trono —terminó Svensen.

Egil le hizo una seña a Gerd y abandonaron el bosque mientras los nobles desaparecían en su interior. Por un momento no hablaron y continuaron descendiendo a paso rápido para recuperar algo del tiempo perdido y así no levantar sospechas.

Con la ciudad ya muy cerca Gerd se pronunció.

—Ahora entiendo por qué querías el entrenamiento físico. Porque así puedes hablar con contactos fuera de la ciudad al terminarlo.

—Primordial, querido amigo —sonrió Egil.

—Pues podías encontrar otra forma, esto es una pequeña tortura para mí.

—Que te sentará muy bien y que a mí me viene también de maravilla para tener encuentros y conversaciones en la oscuridad. Necesitamos que esas conversaciones no sean escuchadas por oídos no amigos.

—Entiendo… —suspiró Gerd—. Ten cuidado. Seguimos estando cerca de la ciudad y habrá espías de varios bandos rondando.

—Lo tengo muy presente. No te preocupes por ello, mi grandullón —aseguró Egil con tono suave pero firme.

—Es decir, que vas a seguir arriesgando.

—No puede ser de otra forma —sonrió Egil.

Capítulo 33

Saki-Erki-Luzen, el Drakoniano menor, atacó sin más aviso que un rugido de intimidación. Dio un paso hacia delante, abrió la boca como para volver a rugir y de ella surgió una bocanada de fuego que dirigió contra Lasgol, Camu y Ona.

Lasgol saltó a un lado haciendo uso de sus reflejos y agilidad mejorados. Fue un movimiento de defensa instintivo al ver el fuego y sentir su abrasador calor.

Ona se apartó hacia el otro lado con un potente brinco para salir del área de acción de las llamas. Sus instintos felinos la salvaron de terminar abrasada por el ataque del dragón.

Camu optó por una defensa diferente. Él no podía saltar con la agilidad de sus dos amigos, así que abrió la boca y utilizó su habilidad Aliento Helado. El chorro de aliento gélido que envió chocó de pleno contra la parte de las llamas que se dirigían hacia él. Al contacto de los dos ataques, el de fuego y el de agua, los efectos se anularon mutuamente.

Los escorpiones que guardaban la puerta, al ver a su señor en plena batalla, también se lanzaron al ataque y fueron a por Ona y Lasgol en los costados. Se movían con bastante velocidad para lo enormes que eran. Los aguijones iban ya preparándose para picar y meter una dosis enorme de veneno en los cuerpos de sus presas.

Lasgol se puso sobre una rodilla, apuntó contra el escorpión que venía hacia él y tiró utilizando la habilidad Tiro Certero. Se produjo un destello verde en su brazo y el arco destelló en color dorado. La flecha se dirigió directa al ojo derecho del escorpión y le alcanzó de pleno. El enorme bicho movió las pinzas de lado a lado mientras emitía un extraño sonido que debía ser una especie de grito ahogado.

Ona esquivó el ataque dando un nuevo salto hacia un lado. El escorpión se giró y volvió a atacar, esta vez con su aguijón, que descendió raudo sobre la cabeza de la pantera. Con otro brinco hacia atrás esquivó el picotazo, que golpeó con fuerza el suelo de la terraza.

Camu y Saki-Erki-Luzen seguían inmersos en su batalla

particular. El dragón le lanzó un flujo de llamas intensas y concentradas al cuerpo formando un cono. Las llamas alcanzaron a Camu por los laterales, ya que la parte central la contrarrestaba el hielo que seguía enviando. Sintió dolor, el intenso dolor de una quemadura. No le gustó nada e hizo que se enfadara.

Tuvo que improvisar, pues su Aliento Helado siempre surgía como un chorro de su boca y no se expandía mucho, así que envió magia a su habilidad y se concentró en modificarla. Debía contrarrestar el ataque del fuego. Sus escamas estaban aguantando, pero el dolor que sentía y que se iba incrementando por instantes le indicaba que no lo harían por mucho tiempo. Movió la boca de forma casi inconsciente y el chorro helado comenzó a cambiar de forma y se fue abriendo. Continuó modulándolo hasta que consiguió crear un cono muy similar al de fuego que Saki-Erki-Luzen estaba usando contra él.

Lasgol se lanzó a un lado para esquivar las tenazas del escorpión tuerto que le atacaba. Volvió a invocar Tiro Certero y le alcanzó en el otro ojo sobre la boca. Este volvió a detener un momento su ataque al verse herido. Lasgol miró a ver cómo iban Camu y Ona para ayudarles. Vio que Camu estaba conteniendo el ataque del dragón menor y le pareció algo fenomenal. Invocó Flechas Elementales y tiró contra el otro escorpión, que intentaba picar a Ona con su aguijón. Le alcanzó la boca con una Flecha de Fuego y la llamarada provocó que el escorpión tuviera que detenerse.

Intentó volver a tirar cuando el aguijón del escorpión contra el que estaba luchando bajó directo hacia su cabeza y de forma instintiva dio un brinco hacia atrás. La punta, que era del tamaño de un cuchillo largo, pasó rozándole la nariz. Sus reflejos y agilidad mejorados le habían salvado. El movimiento de escape había sido rapidísimo. De nuevo se dio cuenta de que aquello debía deberse a que había reparado el puente y ahora todas sus habilidades parecían potenciadas.

El escorpión volvió a atacar, esta vez con las pinzas, y Lasgol rodó a un lado para esquivarlas. Esto no era posible, el escorpión estaba cegado, ¿cómo podía verlo? Levantó la mirada hacia la cabeza del monstruo, que se giraba otra vez hacia él, y entonces lo entendió. Tenía cinco ojos más en un lado. Lasgol se lamentó por no haberse acordado de eso. Los escorpiones tenían varios ojos a los costados a parte de los dos principales sobre la boca. Había cometido un error que debía subsanar de inmediato.

Ona dio un saltó tremendo para caer sobre la cabeza del escorpión que la atacaba. Comenzó a darle zarpazos y morderle, pero el caparazón era demasiado duro para que sus garras o dientes penetraran. La pantera dio un zarpazo a uno de los ojos frontales y lo arrancó de cuajo. Luego fue a por el otro. El escorpión intentó quitársela de encima con las tenazas, pero no era capaz. Giraba sobre sí mismo intentando tirar a la pantera, que con un equilibrio tremendo y apoyándose en su gran cola, no se caía. Al ver que no la alcanzaba con sus pinzas, intentó darle con el aguijón, pero para entonces ya no tenía ojos en la parte superior, por lo que no podía apuntar bien. Ona vio el peligro y volviéndose atacó el aguijón mordiéndolo con todas sus fuerzas. Las fauces encontraron hueco entre la junta de dos partes del caparazón de la cola y consiguieron penetrar.

Camu contrarrestaba el poder de fuego de Saki-Erki-Luzen con el suyo de hielo. El duelo se mantuvo parejo por un largo rato hasta que finalmente Camu extinguió las llamas que le llegaban. El aliento gélido llegó hasta la cabeza del dragón y Camu supo que ya lo tenía, lo congelaría entero y habría vencido.

«Yo superior. Tú menor. Yo ganar» envió Camu a Saki-Erki-Luzen con un sentimiento de victoria.

«Tú no eres más que un cachorro de un Drakoniano superior. No te engañes a ti mismo. No puedes vencerme. Seré un Drakoniano menor, pero estoy plenamente formado y desarrollado tanto en cuanto a mi cuerpo como a mi mente y poder, tú no» transmitió de vuelta Saki-Erki-Luzen con un sentimiento de burla.

Camu fue a responder cuando se percató de que el Aliento Helado, al golpear el cuerpo del dragón, se encontró con algún tipo de defensa mágica sobre las escamas que hizo que destellaran en color plateado.

«Yo mucho superior» respondió sin dejarse amedrentar.

«Tienes mucho que aprender todavía, pequeño. Es una pena que no vayas a poder hacerlo. Tus días llegan a su final aquí» envió Saki-Erki-Luzen junto a un fuerte sentimiento de dolor.

Camu sintió de pronto el dolor en su mente, como si le hubieran atacado físicamente. No pudo soportarlo y dio un paso atrás, dolorido.

Lasgol encaraba al escorpión utilizando su nueva habilidad, Tiro Poderoso, para tirar contra la boca. Se produjo el destello verde, al que acompañó el dorado del arco, y la flecha entró directa y con tremenda potencia por la boca del escorpión que, al recibir el impacto, dio un paso atrás. Lasgol no perdió un instante y volvió a invocar la misma habilidad. Un segundo tiro salió de su arco y la flecha entró de nuevo con gran fuerza por la boca del escorpión, que del impacto se retrasó otro paso.

Ona colgaba de la cola del escorpión a peso muerto con sus fauces clavadas bajo el aguijón. Él intentaba quitársela de encima, pero la pantera pesaba demasiado para el escorpión, que no podía con ella. Ona tocó tierra con sus patas traseras y, ayudándose del apoyo que ahora tenía, movió la cabeza con todas sus fuerzas hasta arrancar el trozo final de la cola con el aguijón. La tiró a un lado y gruñó.

Camu intentaba recomponerse del ataque mental sufrido. Decidió contratacar con Latigazo Mágico para golpear con fuerza al dragón y que no pudiera atacar con su mente. La habilidad se invocó y se produjo un destello plateado. Su cola golpeó el cuerpo del dragón con tremenda fuerza, pero el ataque murió en las escamas de este sin impacto alguno. Se produjo un destello plateado en el cuerpo del dragón que lo protegió del ataque mágico.

«No podrás atravesar mis defensas con tu magia. Es lamentable que, siendo el ser que eres, tenga que darte tu última lección de vida» envió Saki-Erki-Luzen con tono desdeñoso y de nuevo atacó con otro golpe mental que Camu recibió como si le hubieran dado en la cabeza con un mazo. Se quedó aturdido, con un dolor tremendo en su mente que se expandía por su cuerpo. En un momento sintió un dolor agudo, terrible, de los que paralizaban.

Apretando la mandíbula para soportarlo Camu contraatacó saltando hacia delante y soltando un Zarpazo Helado. El zarpazo debería haber herido al dragón, pero, de nuevo, su defensa mágica destelló impidiendo que el ataque penetrara.

«¿Acaso no sabes que todos los Drakonianos tenemos defensa mágica innata? Tu magia no puede afectar a otro Drakoniano, o para ser más exacto, debes vencer la defensa mágica que tu rival tiene».

«Yo saber» transmitió Camu dando un par de pasos hacia atrás.

No lo sabía, pero no lo iba a reconocer.

«¿Lo sabes? Yo no lo creo así. Tampoco sabes que los de nuestra sangre, los Drakonianos, podemos usar nuestra mente para atacar y dominar la mente de otros seres. Ten en cuenta, además, que todos los seres son inferiores a nosotros».

«Yo saber todo» mintió Camu, que necesitaba ganar tiempo para recomponerse.

«No es cierto. Te instruiré un poco antes de matarte. Con tu mente puedes matar o dominar a los seres inferiores como humanos, semihumanos y bestias. A esos dos que te acompañan, por ejemplo».

«Ser amigos».

«¿Amigos? Los Drakonianos no tenemos amigos, no entre nosotros, y mucho menos con seres inferiores».

«Yo ser diferente».

«Lo eres, sí. Me da cierta lástima tener que matar a un Drakoniano superior, a uno de la sangre. Por otro lado, eso me traerá gloria y mi amo y señor me recompensará por ello».

«Matar cachorro no gloria» transmitió Camu con rabia.

«Cierto. Ni siquiera eres capaz de expresarte con propiedad. Lo dicho, lo lamento, pero mi amo me recompensará cuando les lleve vuestras cabezas».

Camu había conseguido un poco de tiempo con la charla y que el dolor cesara algo. Entendía lo que estaba pasando y también cómo el dragón atacaba con su mente. Ahora debía impedírselo. Se concentró y antes de que llegara el siguiente ataque mental invocó su habilidad para negar magia. Creó una cúpula defensiva a su alrededor, evitando que ninguna magia pudiera producirse en su interior.

«Es hora de morir» transmitió Saki-Erki-Luzen y envió un fuerte ataque mental.

Camu había terminado de levantar la cúpula protectora, por lo que el ataque golpeó en ella, que desprendió un reflejo plateado y al atravesarla se disipó.

El dragón abrió mucho los ojos al ver que Camu no sufría el ataque.

Mientras, Lasgol tiraba su cuarto Tiro Potente y mataba al escorpión.

Acto seguido se dispuso a ayudar a Ona. El enorme escorpión

había atrapado una de las patas de la pantera con su pinza derecha e intentaba engancharle el cuello con la otra mientras Ona se defendía soltando zarpazos contra la pinza y desviándola. Lasgol puso una flecha en su cuerda y, con rapidez, apuntó a la pinza con la que apresaba la pata de Ona. Invocó Flechas Elementales y tiró. La flecha salió del arco generando un Flecha de Aire. Al golpear en la pinza, se produjo una pequeña detonación que sonó como un trueno seguida de una descarga eléctrica. El escorpión, cogido por sorpresa, abrió la pinza y la sacudió intentando librarse de la descarga.

Ona quedó libre y dio un brinco tremendo para salir del área de alcance de la otra pinza.

Lasgol invocó Tiro Potente y una flecha entró con gran potencia por la boca del escorpión. Al recibir el impacto, la criatura se retrasó. Siguieron dos Tiros Potentes más y el escorpión cayó muerto al suelo.

Saki-Erki-Luzen torció la cabeza y rugió a Camu. Abrió y cerró las fauces como si estuviera hablando, pero a Camu no le llegó ningún sonido.

De pronto se dio cuenta de que, al negar la magia con su cúpula protectora, también negaba los mensajes mentales del dragón. Se concentró e intentó filtrarlos, de forma que dejara pasar el mensaje, pero no el resto de la magia. Era peligroso y esperaba hacerlo bien pues no quería que se colara un ataque junto a un mensaje.

«El cachorro aprende rápido» envió Saki-Erki-Luzen con tono de burla.

«Yo mucho inteligente».

«No lo dudo, eres un Drakoniano superior después de todo».

«Rendirte y vivir» ofreció Camu.

Saki-Erki-Luzen rio con fuerza.

«Yo viviré, vosotros, no. No podéis vencerme, soy un dragón. Me hace mucha gracia que creáis que tenéis alguna oportunidad. Dejadme aseguraros que no es así». El dragón menor abrió las alas y cogiendo impulso con ellas dio un salto tremendo hacia delante para caer sobre Camu con sus cuatro garras extendidas, como si de una gran águila real cazando a una presa se tratara.

Camu intentó reaccionar y apartarse, pero no fue lo suficientemente rápido y recibió el golpe en la parte derecha del cuerpo. Las garras golpearon con fuerza sus escamas, aunque no consiguieron penetrarlas. Sin embargo, Camu sufrió toda la fuerza del impacto y quedó tirado en el suelo muy dolorido.

Lasgol y Ona se percataron de que su amigo estaba en peligro y atacaron al dragón. Ona corrió y de un salto se precipitó hacia la espalda del Drakoniano. Lasgol apuntó con rapidez y usando Tiro Preciso tiró contra el ojo de Saki-Erki-Luzen. La flecha voló rauda a clavarse en él. Sin embargo, el dragón la vio y abriendo la boca soltó una bocanada de fuego que la incineró por completo reduciéndola a carboncillo. Los reflejos de Saki-Erki-Luzen y la rapidez con la que lanzaba fuego eran espeluznantes.

Aprovechando que Saki-Erki-Luzen estaba distraído defendiéndose del ataque de Lasgol, Ona cayó a su espalda y fue directa a clavar sus fauces al cuello del dragón, que ya giraba la cabeza para ver quién atacaba por la espalda. Ona llegó al cuello antes de que terminara de girarse y mordió con todas sus fuerzas. Los colmillos apretaron sobre las escamas rojas y de arena, pero no consiguieron atravesarlas. Aun así, Ona apretó con ahínco el pedazo de cuello que había mordido ejerciendo presión, buscando penetrar las escamas o dificultar la respiración de la criatura.

«¡Estúpidas bestias y humanos inferiores!» insultó Saki-Erki-Luzen. Lasgol y Ona recibieron el mensaje de rabia como una bofetada en sus mentes.

El dragón envió otra bocanada de fuego hacia Lasgol, que estaba a punto de tirar.

No pudo hacerlo. Se vio obligado a lanzarse a un lado para esquivar las llamas. Saki-Erki-Luzen soltó un latigazo con su cuello y Ona salió despedida hacia un lado sin poder aguantar la mordida. Las escamas eran como de metal y no pudo agarrarse.

«Es ridículo que seres inferiores crean que pueden combatirnos. Os demostré lo insignificantes que sois» dijo Saki-Erki-Luzen con rabia. Clavó sus reptilianos ojos rojos en Lasgol y le lanzó un ataque mental.

Lasgol sintió un terrible dolor en su cabeza y cayó de espaldas como si le hubieran dado un hachazo en el cráneo con un hacha de guerra norghana. Quedó mareado mientras el dolor se extendía por todo su cuerpo, incapacitándole.

Saki-Erki-Luzen miró a Ona y le lanzó otro ataque mental. La pantera dio un brinco, se retorció en el aire de forma violenta y cayó al suelo para quedar tumbada boca arriba, convulsionando.

«Creo que ahora empezareis a comprender. Haré que vuestras muertes sean dolorosas por haber tenido la audacia de atacarme. Las ignominias se pagan con sufrimiento y dolor».

Camu se puso en pie. Le dolía el cuerpo horrores, pero eso no impediría que ayudara a sus amigos. Debía hacerlo. El dragón iba a matarlos a todos si no encontraba la forma de detenerlo.

«Yo acabar contigo antes» envió.

«¿Tú? Ni siquiera sabes de lo que eres capaz, cachorro. Si no quieres sufrir puedes bajar la cabeza ante mí y te daré una muerte rápida e indolora».

«Yo preferir tú mueres».

Saki-Erki-Luzen volvió reír.

«Te di tu oportunidad. Cuando supliques, recuérdalo, porque no tendré piedad. Los de la sangre no la tenemos, como tampoco tenemos paciencia».

Capítulo 34

Las Águilas ya aguardaban a ser recibidas por la reina Heulyn frente a sus aposentos. Esperaban en una antecámara decorada como si estuvieran en Irinel, hasta había escudos y jabalinas del reino colgados de la pared. Varios soldados guardaban la entrada. Les habían indicado con amabilidad, pero firmeza, que debían esperar allí. Como la reina había requerido de su presencia, las Águilas no podían sino complacerla.

Las puertas dobles se abrieron y una cara conocida apareció a recibirles.

—Buenos días, Águilas Reales —saludó Valeria con espíritu animado y una sonrisa en el rostro.

—Buenos días, Valeria —devolvió el saludo Nilsa con una ligera sonrisa.

—La reina nos ha hecho llamar —comentó Ingrid con tono de interrogación.

—Y es un poco temprano para nuestro gusto —se quejó Viggo bostezando de forma obvia—. Quizá le puedas indicar a su majestad que no son horas apropiadas para reuniones matutinas. Mejor después de un buen desayuno, a media mañana.

Valeria soltó una pequeña carcajada.

—No creo que pueda decir tal cosa a la reina, no le gusta que se cuestione nada de lo que hace u ordena.

—Ya, por eso te he dicho a ti que se lo digas —Viggo le hizo un gesto cómico.

—Eres un encanto, Viggo, pero mejor le cuentas tú tus quejas en persona. Estoy seguro de que las escuchará encantada —sonrió Valeria.

—Ni se te ocurra decirle nada a la reina —prohibió Ingrid a Viggo—. Bastante mal le caemos ya. No hace falta empeorar las cosas.

—Si soy un encanto, ¡cómo iba yo a empeorar las cosas! —se encogió de hombros él y sonrió como si nunca hubiera hecho o dicho nada malo en su vida.

—¿Qué desea la reina hoy de las Águilas Reales que nos hace

llamar antes del alba? —preguntó Egil enarcando una ceja y con cierto tono de sospecha.

—Desea que sus protectores la acompañen esta mañana— respondió Valeria.

Astrid y Molak intercambiaron miradas de sospecha.

—En ese caso no la hagamos esperar —dijo Egil.

Todos siguieron a Valeria, que los llevó al interior de las estancias destinadas a los aposentos de Heulyn. Los condujo por un pasillo hasta una pequeña biblioteca junto a los dormitorios. La estancia tenía las paredes llenas de libros sobre cuatro enormes estanterías que las recorrían de lado a lado y del suelo al techo. En medio había una mesa redonda de roble y dos butacones para la lectura.

—Entrad —dijo Valeria.

Se encontraron con Heulyn y el druida Aidan, que aguardaban al fondo de la estancia. No hubiera resultado extraño que ambos estuvieran allí leyendo o estudiando tomos si no fuera porque iban vestidos como Guardabosques, lo que dejó a las Águilas más que sorprendidos.

—Majestad, ¿nos habéis hecho llamar? —preguntó Ingrid sin poder disimular la sorpresa por los atuendos que llevaban.

—Sí. Hoy necesito que me acompañéis y protejáis.

—Por supuesto, Majestad. Estamos siempre a vuestra disposición para protegeros —aseguró Ingrid.

—Eso lo sé y es lo que espero —respondió ella con sequedad.

—Por supuesto, Majestad —expresó Ingrid.

—Habéis estado formándoos como Guardabosques Reales, por lo que espero que me protejáis como expertos.

—Así será —aseguró Ingrid.

—Muy bien. Porque hoy tendréis que protegerme fuera de la capital —informó sin siquiera mirarlos.

—Majestad... No podéis abandonar la seguridad del castillo... Estáis en peligro tras el intento de asesinato —explicó Ingrid.

—¿Disculpa? ¿Cómo osas decirme lo que puedo o no puedo hacer? Soy la Reina Druida y haré lo que me plazca cuando me plazca.

Ingrid calló.

—Lo que queremos decir es que el rey no desea que nadie de la familia real salga del castillo y menos de la ciudad. Así nos lo ha comunicado —intervino Egil para rebajar la tensión del momento.

—Yo haré lo que quiera, le guste a mi esposo o no. Nadie me dice lo que puedo o no puedo hacer. Vamos a salir de la capital y nadie va a poner ninguna pega ni va a informar al rey de nada. ¿Me he expresado con claridad?

Las Águilas se miraron con dudas. No podían desobedecer al rey, pero tampoco a la reina. La situación era imposible para ellos. Si desobedecían a Thoran se meterían en un gran problema y si desobedecían a Heulyn, también. Era una situación en la que hicieran lo que hicieran iban a salir perdiendo.

—Su Majestad se ha expresado con total claridad y por supuesto cumpliremos sus órdenes —dijo Egil con tono suave buscando complacerla.

—Eso está mejor. Os recuerdo que estáis asignados a protegerme. Podría ir sin vuestra protección, pero entonces no cumpliríais con vuestro cometido. Si algo me pasara, el rey os colgaría por ello. ¿Preferís eso?

—En absoluto —respondió Egil—. La seguridad de nuestra reina es prioridad para nosotros.

—Debemos cumplir con nuestro cometido y así lo haremos —aseguró Ingrid.

—No se hable más del asunto. Salimos ahora mismo. ¿Está todo preparado? —preguntó a Valeria.

—Todo ha sido organizado —confirmó ella asintiendo.

—Antes de partir quiero vuestra palabra de Guardabosques de que nada de lo que veáis hoy llegará a conocimiento de nadie fuera de los que estamos en esta habitación. Debe quedar todo en secreto, pues de otra forma mi vida correrá peligro y vosotros habréis fallado en vuestro cometido de protegerme.

Las Águilas intercambiaron miradas. Egil indicó que asintieran.

—Tenéis nuestra palabra —aseguró Ingrid.

—Quiero la de todos, uno por uno —exigió ella.

Todos juraron secretismo por el honor de los Guardabosques y según lo hacían se dieron cuenta de que aquello no iba nada bien. Tenía toda la pinta de que se iban a meter en un buen lío, de lo contrario la reina no se andaría con tantos juramentos.

—Muy bien. En marcha entonces —ordenó.

Las Águilas se volvieron hacia la puerta de salida y, ante su sorpresa, Valeria la cerró. Extrañados miraron a la reina.

—Es por aquí —dijo Heulyn empujando tres libros en medio de la segunda estantería del fondo. Se escuchó un *"click"* metálico y parte de la estantería se fue hacia atrás, como si la pared cediera y se hundiera. En el suelo apareció una trampilla que hasta ese momento estaba oculta por la estantería que había tenido encima.

—Permitidme, mi reina —dijo Aidan, que se agachó y la levantó tirando de una argolla que tenía incrustada en la madera. Con un chirrido la trampilla se abrió dejando ver unas escaleras de piedra que descendían hacia algún lugar oscuro.

—Este es el Pasadizo de la Reina —explicó Heulyn—. Se construyó para que la reina pudiera huir en caso de que vinieran a matarla. Como sois mis guardaespaldas, es lógico que sepáis de su existencia, y también que lo guardéis en secreto.

—Por supuesto, Majestad —dijo Ingrid mirando de reojo a Egil. Aquello no lo esperaban.

—No hemos sido informados de la existencia de este u otros pasadizos en el castillo —se disculpó Egil—. Hubiera sido de gran ayuda conocerlos para protegeros mejor.

—Ahora ya conocéis este y, por supuesto, si la reina tiene un pasadizo de escape... —comenzó Heulyn.

—El rey también dispondrá de otro igual —dedujo Egil finalizando su frase.

—Chico listo —dijo Heulyn.

Valeria encendió una lámpara de aceite que había sobre una mesita auxiliar y se la pasó a Aidan. Luego hizo lo mismo con una segunda que se quedó ella.

—Abriré camino —se prestó Aidan y comenzó a bajar por las escaleras.

Heulyn fue a seguirle, pero Ingrid la detuvo.

—Será mejor que vayamos en formación de protección, Majestad. No sabemos qué nos puede esperar ahí abajo o más adelante.

—Vosotros sois los guardaespaldas. Decidme cómo deseáis que procedamos. No me opondré a ser protegida.

—Astrid, Nilsa, Molak y yo iremos delante, seguidos por su Majestad, y detrás irán Gerd, Egil, y Viggo. Valeria puede ir la última.

—No. Quiero a Valeria siempre a mi lado —exigió ella.

—Como su Majestad desee —concedió Ingrid.

Siguiendo las indicaciones de Ingrid fueron bajando las escaleras que conducían a un pasillo largo, similar a un túnel, pero rectangular y construido como un pasadizo. Tenía cabida para dos personas a lo ancho y de altura debía de medir dos varas. Viggo, que iba el último, cerró la trampilla tras él. Aidan accionó una palanca abajo y se escuchó el sonido de cadenas rozando la roca. La estantería se volvió a situar donde inicialmente estaba, tapando la trampilla sobre sus cabezas.

Las lámparas de aceite que llevaban iluminaban lo suficiente para que pudieran recorrer el túnel sin problemas. Olía a humedad y polvo, a cerrado y rancio. Por allí no circulaba mucho aire, más bien nada. Tampoco parecía que se utilizara demasiado aquel pasadizo, lo cual tenía sentido ya que era un pasadizo secreto de huida.

Llegaron a otras escaleras de piedra y las bajaron. Daban a una pequeña bifurcación con dos salidas sin puertas.

—Por la derecha —indicó Aidan y avanzó.

Todos se preguntaron a dónde conduciría la salida izquierda, pero nadie dijo nada, continuaron en silencio por un nuevo pasadizo que era de medidas similares al inicial. Tuvieron que bajar tres tramos de escaleras más. Cada uno desembocaba en un pasaje similar a los anteriores, lo único que variaba era que cuanto más descendían, más humedad notaban a su alrededor, así como escasez de aire. Estaba claro que estaban bajando mucho.

—Este es el último tramo de escaleras —dijo Aidan.

Bajaron y tomaron un nuevo pasadizo. Notaron que debían de estar bajo el nivel de la superficie, pues olía a tierra y las paredes estaban muy húmedas. No solo se encontraban bajo tierra, sino que había agua muy cerca, un río probablemente. La idea no les agradó demasiado. Si entraba agua en aquel túnel, podrían ahogarse y perecer en una muerte horrible.

El pasadizo se les hizo eterno, como si estuvieran caminando hasta el otro extremo de Norghana. Cada ciertos pasos torcían a la derecha o a la izquierda, lo que les confundía un poco más en cuanto a la distancia que estaban recorriendo. Quien quiera que hubiera cavado aquella ruta de escape subterránea había tardado años, considerando además que habría sido un trabajo realizado en secreto.

Finalmente, Aidan se detuvo frente a lo que parecía un muro de piedra sólido que cerraba el pasadizo. A un lado del muro había una palanca de metal. El druida tiró de ella. Se escuchó de nuevo el roce de cadenas sobre roca y el muro de piedra se abrió como si fuera una puerta en ángulo que dejaba pasar a una persona.

Aidan salió primero y todos le siguieron. Estaban en un subsuelo en una estancia no muy grande. Indicó una trampilla sobre su cabeza, tiró de ella y se abrió hacia el interior. Subió por la trampilla con un salto y ofreció la mano desde arriba. No había escaleras.

Fueron subiendo todos. Gerd se puso a cuatro patas y la reina subió a su espalda para luego ascender con la ayuda de Aidan.

Una vez estuvieron todos arriba, se dieron cuenta de que habían aparecido en el interior de un molino de piedra abandonado. Tomaron posiciones con los arcos en las manos y observaron el exterior.

Escucharon un ruido al este, entre unos robles, y las Águilas Reales apuntaron con sus arcos en esa dirección.

—Tranquilos, son de los nuestros —informó Aidan.

Distinguieron a dos druidas con caballos para todos. Debían haber salido del castillo con anterioridad y conseguido las monturas.

—Seguiremos a caballo —explicó Valeria.

Salieron del molino cubriendo a la reina como Raner les había estado enseñando a hacer y se percataron de que estaban fuera de la capital. Podían ver la ciudad al sur, las murallas y edificios inconfundibles. Estaban a media legua de distancia. Por eso se les había hecho eterno el trayecto bajo tierra. A su alrededor solo estaba el viejo molino, un río de aguas bastante rápidas y dos bosques, uno al norte y otro al oeste, que ocultaban el molino casi por completo. No había caminos que llevaran hasta allí.

Fueron hasta donde los druidas aguardaban con los caballos y montaron. Se situaron protegiendo a la reina como habían estado entrenando con Raner en la formación de Guardabosques Reales y dejaron que Aidan y los druidas guiaran al grupo.

No cabalgaron mucho tiempo. El lugar al que se dirigieron fue un bosque de tilos al noroeste del molino abandonado lo suficientemente lejos como para que nadie sospechara que habían surgido del molino, pero lo bastante cerca para no tener que perder mucho tiempo en llegar al lugar.

—Es aquí —anunció Aidan al llegar a un pequeño claro con un estanque y un riachuelo.

Desmontaron y las Águilas aseguraron el lugar. Valeria se encargó de los caballos.

Aidan, los dos druidas y Heulyn se acercaron al estanque ignorando a su escolta.

—Nos colocaremos formando un círculo de protección —dijo Ingrid a sus compañeros.

El grupo se situó cubriendo a la reina en todas direcciones y a una distancia de doscientos pasos para que ningún mago pudiera acercarse lo suficiente como para atacar. Todos sabían lo que tenían que hacer y el riesgo que representaba tener a la monarca en un claro de un bosque en los tiempos turbulentos que corrían por Tremia.

Mientras vigilaban, las Águilas observaban de reojo a los druidas y la reina. Aunque no entendían lo que veían, estaba claro que tenía que ver con la magia de los druidas y la naturaleza. Aidan y Heulyn estaban sentados en la orilla del estanque. Aidan tenía una mano en el agua y la otra sobre la hierba, y le indicó a Heulyn que se situara de la misma manera. Luego cerraron los ojos. Aidan recitaba palabras extrañas y Heulyn las repetía. Los otros dos druidas estaban detrás de la reina y también entonaban frases en el lenguaje mágico de los druidas.

Alrededor de Heulyn comenzó a formarse un pequeño remolino de aire que provocaba que su melena pelirroja volara en todas direcciones. El remolino no era natural, eso lo podían intuir todos, lo que no sabían era si lo estaban creando los dos druidas que debían estar ayudando a la reina. De pronto, una columna de agua del estanque comenzó a elevarse junto a Aidan, y un momento después otra, mucho más pequeña e inestable, que subía y bajaba algo incontrolada, junto a la mano de Heulyn.

Todos observaban en silencio los ejercicios mágicos de su majestad. Valeria tampoco decía nada. Observaba un poco separada lo que sucedía, pero sin intervenir. Los asuntos mágicos era mejor dejarlos a los magos o, en este caso, a los druidas.

Los ejercicios continuaron durante un gran rato hasta que la reina cayó desvanecida sobre la hierba. No había conseguido controlar la columna de agua y el esfuerzo parecía haber sido demasiado para ella.

Valeria se acercó y se arrodilló junto a ella para asegurarse de que estaba bien. La reina despertó al poco.

—Estoy bien. No ha sido nada —le dijo a Valeria.

Aidan y los dos druidas la observaban en silencio.

—Os habéis desmayado, no es nada —dijo Aidan.

—Es el precio que requiere aprender a usar el poder de la naturaleza y lo pagaré encantada. Sigamos —le dijo a Aidan.

—¿Seguro que estáis bien? —preguntó Valeria con tono de preocupación.

—Lo estoy, no te preocupes.

Aidan y los dos druidas la llevaron hasta uno de los tilos. Los cuatro pusieron las manos sobre el tronco del árbol y comenzaron a recitar frases de poder. Estuvieron haciéndolo un largo rato. Las hojas del árbol comenzaron a caer sobre ellos, pero parecían revolotear como mariposas sin llegar a tocar suelo.

Las Águilas seguían observando de reojo y no entendían lo que sucedía, más allá de que parecían estar comunicándose con el tilo y sus hojas, lo cual era de lo más extraño. Por otro lado, la magia de los druidas era magia de Naturaleza, muy unida a esta, por lo que tampoco era tan extraño que estuvieran interactuando con el árbol. No pudieron entender el propósito del ejercicio.

Finalmente, la reina quedó exhausta y tuvieron que dar por finalizado el entrenamiento.

—Regresemos, por hoy es más que suficiente —dijo Aidan.

—Sí, regresemos, necesito descansar —afirmó Heulyn.

Ingrid dispuso la protección y todos montaron. Regresaron hasta el molino abandonado y allí se separaron de los druidas, que marcharon con los caballos. Ellos entraron en el molino e hicieron todo el camino de vuelta hasta el castillo. Aparecieron en la biblioteca, que permanecía cerrada por dentro.

—Ni una palabra de lo que hoy ha sucedido a nadie o haré que os despellejen vivos antes de mataros —advirtió la reina.

—Nadie sabrá nada por nosotros —aseguró Ingrid.

—Más os vale —los miró con ojos letales.

La amenaza no hacía falta, sabían muy bien lo que se jugaban si hablaban y conocían a la reina.

—Marchad —despidió ella, que tenía aspecto de estar agotada.

Las Águilas marcharon dejándola con Valeria y Aidan.

Cuando regresaron a su habitación en la torre de los

Guardabosques, las Águilas comentaron lo sucedido, ninguno podía esperar a dar su opinión sobre lo que había pasado.

—Ha sido de lo más refrescante e interesante. Me encanta cuando nos meten de cabeza en pasadizos secretos y luego nos llevan a bosques a experimentar con magia de los druidas. ¡Es que no se puede pasar el día de mejor manera! —comentó Viggo con tono de gran sarcasmo.

—Calla, merlucito, son órdenes de la reina y ya sabes que no podemos desobedecer —dijo Ingrid.

—Estoy de acuerdo contigo, Viggo. Ha sido de lo más interesante —comentó Egil muy emocionado.

—¿Interesante? ¿Cómo que interesante? —Ingrid miró a Egil sin comprender—. Menudo lío en el que estamos metidos ahora. ¿Qué vamos a hacer si el rey nos pregunta?

—Es una situación muy comprometida para nosotros —se unió Molak—. Nos pueden colgar por esto.

—¿Y si guardamos silencio? —propuso Nilsa, que se frotaba las manos—. No decir nada no es exactamente traición.

—Si hablamos nos metemos en un lío y si nos callamos también —expresó Gerd con tono de no estar nada contento con la situación—. Al rey le parecerá traición que no se lo hayamos contado.

—Egil dice lo de interesante por el descubrimiento del pasadizo —clarificó Astrid.

—Primordial —sonrió Egil—. Es un gran descubrimiento. Ahora sabemos la vía de escape de la reina en caso de una situación grave en el castillo.

—Y la vía para llegar hasta ella desde el exterior y matarla —añadió Astrid levantando ambas cejas.

—Primordial de nuevo —volvió a sonreír Egil.

—También sabemos que hay otro pasadizo para la huida del rey y, por lo tanto, para llegar hasta él y cortarle el pescuezo —comentó Viggo.

—Pri... —comenzó a decir Egil.

—Lo sabemos —interrumpió Gerd, que le dio una palmada en la espalda.

Egil sonrió.

—Otra cosa que no me gusta nada es que podrían intentar matarla en el bosque —conjeturó Ingrid—. Entonces sí que estaríamos en serios problemas.

—Tomando precauciones y vigilando con mucho cuidado podremos evitarlo —afirmó Molak—. Aunque he de reconocer que tengo un malestar tremendo en la boca del estómago. Me siento como si traicionara al rey, a quien he jurado servir fielmente.

—Ya te irás acostumbrando... —dijo Viggo—. Con nosotros no existen el bien y el mal. Siempre caminamos sobre una línea intermedia.

—Y soy leal al rey y a Norghana. No hay líneas que valgan.

—Sí, ya veo lo bien que vas caminando por el bien —se burló Viggo.

—La situación es muy retorcida —se defendió Molak.

—Espera un poco, que se volverá todavía peor, ya lo verás.

—¿Y si preparan una emboscada muy elaborada? —temió Ingrid volviendo al tema del bosque y el entrenamiento druida de la reina.

—Hoy no ha sucedido nada —respondió Nilsa.

—No, hoy no, pero ¿y la próxima vez? —preguntó Gerd.

—Tendremos que aguardar y esperar acontecimientos —dijo Egil con una sonrisa extraña.

Los demás le miraron. Ninguno se quedó muy tranquilo.

Capítulo 35

Saki-Erki-Luzen se elevó sacudiendo las alas con fuerza y se dispuso a caer de nuevo sobre Camu para golpearle con toda la potencia y peso de su considerable tamaño. En comparación, el dragón era bastante más grande que Camu, que se daba cuenta de la circunstancia y de lo que eso significaba. Viendo que se le iba a venir encima y que él no era precisamente ágil, decidió cambiar de táctica para evitar la embestida.

El dragón se lanzó sobre Camu con las cuatro garras por delante.

Camu invocó Vuelo de Drakoniano. Se produjo un destello plateado potente en su cuerpo y las alas de plata aparecieron en su espalda refulgiendo con esplendor. Dio un brinco agitándolas con vigor y se elevó.

El dragón golpeó el suelo con sus cuatro garras con enorme fuerza destrozando las baldosas de mármol del patio, que salieron, hechas añicos, en todas las direcciones. Camu ya estaba a tres varas de altura. Había librado el ataque por una escama.

El dragón miró hacia arriba.

«Así que el cachorro sabe volar. No es tan cachorro entonces» envió Saki-Erki-Luzen, y agitó las alas. Dio un salto potente y salió a atacar a Camu en el aire.

La criatura lo vio y comenzó a ganar altura para evitar ser alcanzado. El problema era que si su magia no tenía efecto en el dragón no iba a poder derrotarle. Él no tenía afiladas garras, terribles fauces o mucha fuerza con la que atacar, como el dragón, así que voló tan rápido como pudo para que no lo alcanzara.

Mientras tanto, en el suelo, Lasgol intentaba recuperarse. El agudo dolor que sufría en la cabeza y en todo el cuerpo le impedían moverse, casi no podía ni pensar. El mareo se le estaba pasando, lo cual era una buena noticia. Ahora necesitaba poder centrarse y moverse, algo que no estaba consiguiendo. Su subconsciente, que era lo único que todavía parecía funcionar, le indicó que tenía que recuperar su mente y protegerla. De lo contrario, otro ataque mental del dragón lo mataría.

Ona gimió y Lasgol la oyó. Si él estaba así de mal, Ona estaría igual o peor. Debía ayudarla. Intentó concentrarse a pesar del agudo dolor de cabeza. Era como si tuviera una migraña del tamaño de un castillo norghano. No le iba a resultar nada sencillo, pero sabía que si no lo conseguía era más que posible que el dragón los matara a los tres. Era un pensamiento horrible que le apretaba y le revolvía el estómago.

Miró hacia el cielo y vio pasar a Camu planeando seguido de cerca por Saki-Erki-Luzen, que intentaba darle caza. Parecía como si un águila persiguiera a un halcón para matarlo. Estaba en aprietos. Dedujo que si su amigo huía debía ser porque no había conseguido dañar al dragón con su magia y esto le puso todavía más intranquilo. Tenía que calmarse, focalizar su mente, concentrarse y conseguir recuperarse.

Respiró profundamente e inhaló de forma sostenida tres veces seguidas. Consiguió una pizca de alivio y la usó para concentrarse. Invocó su habilidad Sanación de Guardabosques. No se creyó capaz de conseguirla con el dolor que sentía, pero debía intentarlo. Efectivamente la habilidad no se invocó. La suerte le era esquiva aquel día.

No se dejó vencer por el pesimismo y volvió a respirar tres veces mientras veía a Camu volar en círculos sobre su cabeza perseguido por el dragón, que lanzaba llamaradas.

Más concentrado, Lasgol volvió a intentarlo. Por suerte esta vez sí funcionó e inmediatamente la aplicó al aura de su mente, que captaba muy difusa, casi inexistente, como si algo la hubiera atacado hasta casi destruirla. Supo lo que tenía que hacer: debía reforzarla. Envió una gran cantidad de energía interior de su lago a su mente. Por efecto de la habilidad el aura comenzó a brillar con más fuerza y al instante el dolor de cabeza comenzó a reducirse hasta desaparecer al cabo de un momento.

Ya se sentía mejor. Ahora debía proteger su mente por si el dragón volvía a atacar. Utilizó Protección Mental, que había descubierto hacía poco, y protegió su aura. Esperaba que le sirviera como defensa contra un ataque, aunque no sabía si funcionaría.

Con la mente despejada, intentó ponerse en pie. El dolor corporal se mantenía, era como si todo su cuerpo hubiera sido atacado, como si le hubieran apuñalado de la garganta a los pies. Lo sentía más fuerte por la espalda y en el corazón, lo que le preocupó. Era más que posible que el dragón consiguiera hacer que su corazón explotara con un ataque mental poderoso. Con esa idea en la cabeza volvió a enviar energía a reforzar su protección mental, no quería darle al dragón una segunda oportunidad de matarle.

Se puso en pie con dificultad por el dolor que le torturaba y vio a Ona tirada no muy lejos. Supo que no podría ayudarla, pues sus habilidades sólo funcionaban en sí mismo. Sintió una pena y una rabia tremendas al oírla gemir pidiendo ayuda y los ojos se le humedecieron. Dos sombras pasaron de nuevo por encima de su cabeza y vio a Camu en problemas. Debía ayudarle.

Corrió primero hasta donde estaba Ona y la cogió en brazos. La llevó corriendo al interior del edifico principal y observó por si había algún escorpión más de guardia. Al ver que la estancia estaba vacía, la dejó con cuidado en el interior. No quería que el dragón pudiera matarla ya que estaba indefensa.

Salió del edificio y miró al cielo buscando a Camu. Al principio no los vio y aprovechó el momento para volver a realizar la tabla Precombate. Algunas de sus habilidades se habían agotado, así que se aseguró de reforzar Protección de Boscaje, por si el dragón intentaba partirlo en dos o despedazarlo con sus garras.

De pronto aparecieron en su campo de visión. Lasgol era consciente de que no podría atravesar las escamas del dragón con un tiro normal, así que decidió utilizar su habilidad Tiro Certero. Invocó la habilidad mientras apuntaba con el arco intuyendo el recorrido que trazarían Camu y el dragón en el aire. No era un tiro fácil, si cambiaban de trayectoria de forma brusca, fallaría. La habilidad se produjo con un destello verde y Lasgol soltó. El arco destelló en oro y la flecha fue en dirección ascendente y algo hacia la derecha.

Impactó en el cuerpo del dragón y penetró las escamas, pero no mucho.

Saki-Erki-Luzen detuvo la persecución de Camu y se quedó suspendido en el aire moviendo las alas con fuerza. Se miró la herida.

«¿Cómo es esto posible?» envió mirando a Lasgol, que ya ponía otra flecha en su arco.

«Baja y te lo enseño» respondió Lasgol buscando la atención de la bestia para conseguir alejarlo de Camu.

«El insignificante humano va a morir en un mar de dolor por esto» amenazó el dragón y se lanzó en picado a por él.

Según el dragón descendía, Lasgol invocó Tiro Poderoso, pero esta vez maximizando el tiro y enviando gran cantidad de energía para potenciar la habilidad. Soltó la flecha y su tiro alcanzó a la bestia en el torso en pleno vuelo. De nuevo la flecha se clavó penetrando en las escamas algo más, pero no lo suficientemente profunda. Las escamas del dragón conseguían amortiguar el impacto y proteger los órganos vitales.

Con un rugido de rabia el dragón envió un chorro de fuego sobre Lasgol a gran velocidad. Al ver el fuego caerle encima, Lasgol se lanzó a un lado para evitar ser abrasado. Aun así, le alcanzó en una pierna. La Protección de Boscaje le salvó, aunque no pudo evitar del todo que se quemara parte de la extremidad. El aliento de fuego del dragón era demasiado potente y podía incinerar todo. Quedó tendido en el suelo con una mueca de dolor y se miró la pierna. Estaba quemada, pero no la perdería.

Se puso en pie y volvió a apuntar con el arco. Necesitaba más potencia para atravesar las escamas y que la flechas se clavaran profundas. El problema era que ya había intentado maximizar la habilidad usando mucha energía y aun así no había sido suficiente. Quizá la protección física de los dragones era demasiado fuerte para su magia.

«Veamos si sobrevives a esto, débil humano» dijo Saki-Erki-Luzen, que pasó volando cerca y le lanzó un ataque mental.

Lasgol recibió el ataque en su mente.

Fue como si un Salvaje de los Hielos le diera en mitad de la frente con un hacha de dos cabezas. Se le fue la cabeza para atrás. El ataque llegó a su mente y Lasgol pensó que se iría al suelo en un mar de agonía. No fue así. La protección que había activado fue capaz de minimizar el efecto del ataque. Lasgol sintió un dolor agudo en su mente que se propagó a todo su cuerpo, pero fue mucho menor que en el primer ataque. Apretó con fuerza la mandíbula y aguantó el dolor. Se mantuvo en pie, doblado hacia delante por el dolor, pero sin caer.

«¿Cómo puede ser esto posible?» preguntó el dragón, que no podía creerse que Lasgol no cayera al suelo, mientras se mantenía en el aire moviendo sus grandes alas.

«Por... que... yo... soy... también... de la sangre» respondió

Lasgol.

«Un descendiente de la sangre no puede tener el poder de mantenerse en pie ante mí».

«Quizá... te equivoques».

«Un dragón no se equivoca. Te lo demostraré».

Lasgol estaba seguro de que iba a enviar un ataque mental todavía más fuerte. Su Protección Mental había quedado aniquilada, así que intentó volver a invocar la habilidad, pero con el dolor que sufría no fue capaz. El dragón lo iba a matar. Intentó levantar el arco para un último tiro, aunque sin poder utilizar una habilidad sería en vano.

El dragón fue a atacar, pero Camu aterrizó de golpe con uno de sus aterrizajes forzosos y se llevó a Lasgol con él del impacto, arrastrándolo una docena de pasos por el suelo. Quedaron los dos tendidos en una especie de abrazo extraño.

«¿Qué crees que haces, cachorrito? Eso no salvará a tu insignificante humano».

Camu se incorporó junto a Lasgol e invocó una cúpula de negación de magia a su alrededor para protegerlos a los dos de cualquier ataque mágico. Se produjo un destello en plata y la cúpula se formó. Era translúcida, si bien reflejaba algunos brillos plateados.

El dragón envió el ataque mental contra Lasgol, pero la protección de Camu lo impidió. La cúpula brilló con un destello de color plata, negando la magia que intentaba entrar en ella.

«No ser mi humano y no ser insignificante» replicó Camu con rabia.

El dragón lo observaba, pero no decía nada, cosa que extrañó a Camu. Se dio cuenta de que la protección impedía que le llegaran los mensajes mentales del dragón. Envió energía a la cúpula y dejó que los mensajes pasaran, pero solo el mensaje, sin ningún sentimiento o fuerza unido a él.

«Mereces morir, no eres digno de los Drakonianos. Ninguno de los nuestros se rebaja a ayudar a un humano. Esa conducta es despreciable, de alguien débil y sin la fortaleza de carácter de un ser de nuestro calibre» transmitió Saki-Erki-Luzen con enorme desdén.

«Yo no débil. Yo honor. Tú no».

El dragón descendió y aterrizó delante de Camu y Lasgol

apoyando las cuatro garras en el suelo y extendió las alas rojizas en toda su envergadura. Las escamas de color arena brillaron con el reflejo del sol sobre ellas. Levantó la cabeza y abrió la boca para mostrar sus temibles fauces. Era un monstruo poderoso, grande, bello y aterrador.

«De honor habla el cachorro ignorante. Por supuesto que tengo honor, pero hacia los míos. Soy un dragón menor, pero un dragón, al fin y al cabo. No podéis vencerme. Ni vosotros ni un ejército con sus magos y hechiceros. Sus armas no pueden traspasar mis escamas. Su magia no puede sobrepasar mi defensa mágica Drakoniana».

«Sí poder».

«El tiempo de los hombres llega a su fin. Una nueva era está pronta a comenzar. ¡Una era de dragones! Destruiremos el mundo y reinaremos sobre los nuevos reinos que surjan de sus cimientos como los seres superiores que somos. Nadie podrá detenernos. Quienes se sometan a sus nuevos amos y nos veneren como dioses, sobrevivirán. El resto, perecerán».

«Eso no sucederá. Lo impediremos» envió Lasgol, que ya se había recuperado y apuntaba al dragón con su arco.

«No podréis. Es demasiado tarde. Mi amo y señor lo tiene todo estratégicamente pensado y preparado. Lo llevará a cabo y el mundo volverá a ser de los dragones, sus dueños originarios, como un día lo fue. Es ya inevitable».

«Nosotros vencerte» replicó Camu sin temor.

«Todo es evitable» se unió Lasgol.

«Os lo demostraré. Moriréis y en vuestros últimos instantes de vida, en medio del sufrimiento, sabréis que todo es inútil».

Saki-Erki-Luzen lanzó una llamarada tremenda directa a ambos y la mantuvo intentando traspasar la cúpula de protección de Camu.

Este envió más de su energía interna a mantener la protección, que se iba debilitando por tener que negar la magia del ataque del dragón. El ataque era muy poderoso, lo que significaba que podía destruir la cúpula si Camu no la mantenía y reforzaba con su energía interna. Aguantó el primer golpe, pero sabía que no podría mantenerlo eternamente, su energía se iría consumiendo hasta perder la defensa.

Lasgol supo que tenía que ayudar a Camu, debía encontrar la

forma de herir a aquel dragón o las defensas de Camu terminarían por venirse abajo y los dos morirían abrasados. Era una cuestión de tiempo. Algo le decía que el ritmo al que Camu estaba consumiendo su energía interior para protegerles del ataque era mayor que el que el dragón usaba para provocarlo. Su amigo perdería la batalla.

Y entonces una idea surgió en su cabeza. Si las leyendas eran ciertas, y podían serlo visto lo visto, el arco de Aodh, podía matar a aquel dragón. Tenía que encontrar la forma de hacerlo funcionar. Veía los destellos dorados que emitía cada vez que lo usaba en conjunción de una de sus habilidades. Era como si le estuviera diciendo que él también estaba listo para ser usado e imprimiese algo de su magia al tiro que ejecutaba. Así había conseguido traspasar, aunque no mucho, las escamas que un arma normal no podía.

Camu aguantaba, pero ya intuía que al final se iba a quedar sin energía, pues estaba consumiendo mucha a un ritmo muy alto. Pensó en atacar al dragón con su Aliento Helado, pero eso sólo conseguiría que tuviera que utilizar todavía más energía y ésta se acabara antes. De hecho, lo más probable era que Saki-Erki-Luzen estuviese intentando precisamente que se quedase sin energía y por ello se había plantado frente a ellos. Podía atacar desde el cielo con ataques mentales. Si estaba delante era para provocar. Sí, era una trampa y no caería en ella, defendería a Lasgol hasta su última gota de energía.

Lasgol utilizó su habilidad Comunicación Arcana, esta vez para interactuar con el arco de Aodh. Después de todo, era un Objeto de Poder encantado con algún tipo de magia ancestral. No era la magia de los Drakonianos, eso Lasgol lo sabía, pues Camu no la sentía como tal y tampoco había podido interactuar con la magia del arma. Sólo podía ser la magia de aquellos que habían derrotado a los dragones y los habían forzado a abandonar Tremia. Si estaba en lo cierto, que no lo sabía en realidad, él era descendiente de ese linaje al igual que del de los dragones, y por lo tanto debería de poder usar el arma. Tenía sentido ya que el arma respondía con destellos dorados cuando la utilizaba.

Se animó un poco, aunque la situación era muy comprometida y se estaban quedando sin tiempo. Camu no aguantaría mucho y las llamas intentaban llegar hasta ellos para carbonizarlos. La habilidad le permitió captar el aura de poder del arma. Lo visualizó como un destello de color de oro alrededor de todo el arco.

Intentó interactuar con el aura dorada. Envió su energía interna y al contacto de su energía con el aura del arco, algo extraño sucedió: su energía se dividió en dos. Una parte interactuó con el arco y otra se consumió, como si la habilidad hubiera fallado. Esto lo desconcertó. Sin embargo, la mitad de la energía que había conseguido interactuar con el arco hizo que su aura brillara con más potencia. Esa era una muy buena señal. Estaba potenciando el arma. Lo que significaba que el tiro sería más poderoso o más dañino. Este descubrimiento sí que animó mucho a Lasgol.

«No quedar mucha energía» transmitió Camu junto a un sentimiento de gran preocupación.

«Aguanta, creo que he logrado algo».

«Bien. Hacer algo rápido. Nosotros morir».

Lasgol invocó Tiro Potente al mismo tiempo que seguía enviando energía al arco de Aodh mediante la habilidad Comunicación Arcana.

Saki-Erki-Luzen vio el destello.

«No conseguirás más que hacerme un rasguño minúsculo. Preparaos para arder vivos. Voy a disfrutar de cada grito de sufrimiento que salga de vuestras gargantas» se jactó.

Al destello verde de la habilidad de Lasgol siguió el destello potente y dorado del arco.

«¿Qué es eso?» al dragón no le gusto el brillo dorado y sospechó algún tipo de peligro.

La flecha salió del arcó un instante después y fue directa al torso de Saki-Erki-Luzen. Al verla, el dragón interpuso su ala para protegerse. La flecha llegó hasta el ala golpeando las escamas. Las traspasó, así como también la carne y el hueso y continuó hacia el torso. Afortunadamente entró penetrando en las escamas y clavándose hasta el fondo.

El dragón rugió de dolor.

«¡No puede ser!» clamó entre dolor y furia.

Lasgol vio la flecha clavada profundamente y supo que lo había conseguido. Su magia sumada a la del arco habían logrado lo impensable: traspasar las defensas innatas del dragón. No perdió un instante y puso otra flecha en la cuerda del arco. Lo levantó para tirar y comenzó a repetir el proceso. Tenía una oportunidad y debía aprovecharla. Era ahora o nunca.

El dragón reaccionó lleno de rabia. Movió las alas y dio un gran salto para destrozar a Lasgol con sus potentes garras.

Este se dio cuenta del peligro y se tiró a un lado para rodar sobre su cabeza.

«¡Me comeré tu cuerpo por esto pedacito a pedacito mientras lo presencias!» amenazó el dragón, que soltó un golpe con su cola que alcanzó a Lasgol mientras rodaba por el suelo y lo envió rodando con más fuerza todavía.

La protección de boscaje y la agilidad mejorada consiguieron protegerlo del golpe y, rodando un poco más, salió del área de alcance del dragón. No había sufrido daño grave gracias a sus habilidades.

«¡Cuidado!» transmitió Camu con urgencia.

Lasgol se enderezó y vio que el dragón le iba a lanzar una llamarada. Se lanzó hacia delante y volvió a rodar sobre su cabeza. Las llamas casi le alcanzaron en la espalda, pero consiguió evadirlas por un pelo.

«¡Venir a mí!» llamó Camu, que seguía manteniendo la cúpula anti-magia.

Lasgol corrió con toda la velocidad de su cuerpo huyendo de las llamas que le perseguían mientras el dragón enviaba hacia él en un chorro ígneo que calcinaba cuanto tocaba.

Con un último esfuerzo, Lasgol llegó hasta Camu. Se detuvo de golpe, se giró en redondo e invocó Tiro Certero. Luego envió energía al arco de Aodh y se dio cuenta de que podía interactuar con él sin necesidad de volver a invocar Comunicación Arcana. Esto le sorprendió y le encantó. Se había formado un vínculo entre su magia y la del arco y ahora podría enviar energía al arma de forma casi inconsciente como hacia cuando se comunicaba con Camu.

«¡Os voy a descuartizar!» exclamó Saki-Erki-Luzen con un gran rugido de rabia y saltó a destrozarles con toda su fuerza.

Se produjeron los dos destellos, verde y dorado, según el dragón caía sobre ellos y la flecha entró profunda por su ojo derecho.

Lasgol y Camu recibieron el terrible golpe del ataque y las garras intentaron darles caza. Ambos salieron despedidos de espaldas. Las escamas de Camu aguantaron, pero el impacto lo dejó muy dolorido. La Protección de Boscaje salvó a Lasgol, que tenía un corte en el estómago y otro en la pierna derecha. En medio del dolor vio que sangraba mucho.

El dragón rugía furioso y parecía haber perdido la cabeza. Daba vueltas sobre sí mismo enviando llamaradas a diestro y siniestro con las alas abiertas. La flecha se le había clavado llegando a la parte posterior de la cabeza. Habría alcanzado su mente y por ello se comportaba de forma errática.

Lasgol no perdió un instante. Obviando el dolor que sentía por los cortes puso una nueva flecha en la cuerda del arco y levantándolo apuntó a la cabeza del dragón. Los rugidos y la furia desbocada de la criatura continuaban con movimientos caóticos mientras enviaba llamaradas a todas partes.

Camu se acercó hasta Lasgol para protegerlo por si una de las llamaradas le alcanzaba.

Lasgol pensó qué habilidad usar, pues el dragón giraba sobre sí mismo y movía la cabeza al mismo tiempo en extraños e imprevistos ángulos. Tiro Certero no valdría, pero quizá otra de sus habilidades podría servir. Invocó Tiro a Ciegas, apuntó al ojo izquierdo y luego cerró los ojos. Soltó. Se produjeron los dos destellos y la flecha buscó el ojo izquierdo cambiando la dirección a medio vuelo. Lo encontró.

El dragón rugió de dolor y rabia. Intentó huir y echar a volar, pero no pudo. Dio un brinco extraño y un instante después se desplomó a un lado.

Camu y Lasgol se miraron con incertidumbre. ¿Habían matado al dragón? ¿Lo habían conseguido de verdad?

Se acercaron muy despacio y con cuidado, podía ser una treta. Vieron que tenía las dos flechas clavadas en los ojos hasta el cráneo y una tercera en medio del torso. Aún respiraba, con una respiración débil y entrecortada.

«Cuidado, aún vive» avisó Lasgol a Camu para que no se confiara. Todavía podría revolverse una última vez.

«No vivir más».

Lasgol observó a la moribunda criatura y asintió. No le quedaban más que unos instantes.

Camu puso su cabeza cerca de la del dragón moribundo.

«¿Entender ahora? No ser humano insignificante. Yo decir. Nosotros matarte. Tú morir, nosotros no».

Saki-Erki-Luzen exhaló una llama que se extinguió al tiempo que lo hizo su vida.

Capítulo 36

El grupo de la tarde regresaba de realizar el ejercicio físico en los alrededores de la capital. Viggo seguía queriendo demostrar que era mejor que los Guardabosques Reales, por lo que volaba cuesta abajo llevando cinco pasos de ventaja a dos de ellos que se esforzaban por darle caza y adelantarle.

Un aullido de lobo procedente del bosque al este avisó a Egil, que corría junto a Gerd al final del grupo, de que lo requerían. Miró al grandullón, que le devolvió una mirada de complicidad. Levantó la mano derecha y se dobló hacia un lado.

—¡He de parar! —avisó Gerd a sus compañeros.

Nilsa y los Guardabosques Reales que iban delante conversando mientras bajaban corriendo se detuvieron y lo miraron.

—¿Estás bien, Gerd? —se preocupó Nilsa.

—Sí, es la cadera. Molestias. Nada de qué preocuparse. Se me pasará enseguida. ¡Seguid!

—¿Estás seguro de que no es nada? —se interesó Nilsa acercándose mientras los otros aguardaban algo más abajo.

—Tranquila, se me pasa en un momento —dijo sin incorporarse.

—Yo me quedo con él. En cuanto se recupere bajamos —comentó Egil con tono amistoso.

—De acuerdo. Si necesitáis algo os estaré esperando en la entrada de la ciudad —se interesó Nilsa.

—Gracias. No creo que haga falta —dijo Egil.

—Sigue, Nilsa, no es más que mi... lesión...

—Oh, vale. Sigo entonces —respondió ella y continuó corriendo. Llegó hasta los Guardabosques y les hizo una seña para seguir.

Egil y Gerd esperaron a que se perdieran en la distancia antes de adentrarse en el bosque. Según entraron divisaron a dos figuras que aguardaban.

Egil los reconoció. Eran los duques Svensen y Erikson. Algo más retrasadas había otras dos personas.

—Nos vemos de nuevo —saludó Egil.

—Siempre es una alegría ver al Rey del Oeste —saludó Erikson con una pequeña reverencia.

—Una alegría y un honor —añadió Svensen, que también realizó una reverencia.

—La alegría y el honor son míos por tener tan buenos aliados —saludó Egil con una ligera inclinación de la cabeza.

—Somos fieles servidores del Oeste y de Norghana —afirmó Erikson.

—Veo que tenemos un joven pariente en el grupo de hoy —comentó Egil mirando con ojos entrecerrados a uno de los dos jóvenes al fondo y en un tono de voz más elevado para que pudieran oírle desde atrás.

El joven al que se refería dio un paso al frente dejándose ver mejor.

—Saludos, primo Egil.

—Hola Lars. Acércate, por favor y déjame verte bien. ¿Qué tal se encuentra el último de los Berge?

Lars asintió y avanzó hasta donde estaban los duques. Egil observó los rasgos de su primo. Seguía sin ver a un Olafstone en él, pero claro, era un Berge. Los ojos, muy grises y de aspecto triste, eran como los de su tía.

—Me encuentro bien de salud, gracias por preocuparte.

—Ven, dame un abrazo —pidió Egil abriendo los brazos.

—Me alegra mucho verte —dijo Lars y se dieron un abrazo frío, norghano, de parientes no muy cercanos, aunque lo eran.

—Somos familia, la única familia que nos queda. Debemos preocuparnos el uno por el otro —dijo Egil con tono de doble intención. Era consciente de que su primo podría apartarlo del camino al trono e ir a por la corona él mismo. De hecho, cuando Egil se había negado a ayudar con el intento de asesinato del rey, así lo habían sugerido algunos de los nobles del Oeste. Debía vigilarlo, a él y a los que lo apoyaban, pues un día el joven Lars podría clavarle un cuchillo en la espalda.

—Me honráis —dijo Lars con una reverencia—. Me alegra en el alma que mi primo se preocupe por mi bienestar y quiera reforzar lazos de familia.

—Te han tenido oculto de mí demasiado tiempo. Me gustaría verte más y que se formara una amistad sincera entre nosotros. La familia debe perdurar —explicó Egil con tono muy sentido.

—Ese es mi deseo también, primo —aseguró Lars.

—Y también el nuestro —dijo Svensen—. Cuanto más unido esté el Oeste más fuerte será y mayores serán las opciones de victoria.

—En eso toda la Liga está de acuerdo —dijo Erikson.

—¿Lo tenéis en vuestro castillo, Svensen? —preguntó Egil con una mirada hacia Lars.

—Sí, actúa como mi hijo adoptado. Los rumores que circulan es que es un hijo ilegitimo y le he dado mi apellido.

—Esa es una buena tapadera y además os honra —asintió Egil con una sonrisa.

—El rey y su hermano no deben conocer de la existencia de Lars o su vida correrá peligro —apuntó Erikson.

—Así debe ser —concordó Egil.

Pensó que si Lars se volvía un enemigo con hacer llegar al rey de forma anónima la información de la existencia de un heredero al trono en el Oeste se acabaría el problema. Esperaba no tener que llegar a esos extremos, pero uno debía ser precavido y tener preparadas formas de esquivar y contratacar.

—Nos han informado de algo que nos ha interesado sobremanera —dijo Erikson cambiando de tema.

—¿Qué información es esa?

—Que Thoran os ha asignado a la escolta de la reina— comentó Svensen.

—Así es. Ha ordenado a sus Águilas Reales la protección de Heulyn —explicó Egil, que presintió que el interés no era solo informativo.

—Eso representa una gran oportunidad —afirmó Svensen.

—Una gran responsabilidad es lo que es —replicó Egil.

—Svensen tiene razón. Se podría intentar un golpe. Tendréis toda la información sobre sus movimientos y cómo planear el mejor momento para hacerlo —argumentó Erikson.

—¿Queréis matar a la reina? —preguntó Egil con tono duro.

—Eso debilitaría la alianza con Irinel y nos libraría de un enemigo en el camino hacia el trono —aseveró Svensen.

—Ya se ha intentado y no funcionó —refutó Egil.

—No desde dentro. No con toda la información en la mano y con acceso directo a la reina —arguyó Erikson.

—¿Habéis venido a plantearme este asesinato?

—No es la razón principal de este encuentro… —tuvo que reconocer Erikson.

—Hemos venido porque los dos hombres que dieron el golpe para matar a su majestad han desaparecido —explicó Svensen con tono de gran preocupación.

Egil se puso muy serio. Eran muy malas noticias.

—¿Desaparecido? Creí haber acordado que los sacaríais de Norghana para que no pudieran ser encontrados.

—Lo hicimos —confirmó Erikson—. Los escondimos en Rogdon. Nos han llegado noticias de que han desaparecido.

—Eso son nuevas graves. Esto nos pone a todos en serio peligro —razonó Egil—. Si hablan y confiesan el rey sabrá que fue el Oeste el que intentó matarlo y no los zangrianos, como cree ahora.

—No sabemos si los agentes de Thoran o su hermano Orten han llegado hasta ellos, aunque eso es lo que nos tememos —explicó Svensen.

—Esa parece ser la opción más plausible —dijo Egil mientras miraba al cielo pensativo, era un revés importante.

—Quizá se hayan fugado. No estaban del todo contentos con esconderse durante tanto tiempo —sugirió Erikson.

—¿Ha habido derramamiento de sangre? —preguntó Egil.

—Encontraron a los dos guardias que teníamos con ellos sin sentido. No sabemos si fueron ellos mismos quienes atacaron o agentes externos.

—Debemos ponernos en el peor de los escenarios y asumir que están en manos de agentes del rey o de su hermano —dijo Egil.

—En ese caso tenemos serios problemas —reconoció Erikson.

—¿Eran hombres leales al Oeste? —preguntó Egil.

—Lo eran —aseguró Svensen.

—Aun así, hablarán bajo tortura. ¿Pueden señalar a alguien de la Liga? —preguntó Egil.

—No directamente, pero son hombres del Oeste, se nos acusará del intento de asesinato —razonó Erikson.

—Cierto. ¿Hace cuánto ha ocurrido esto?

—Dos días —informó Svensen.

—Entonces están todavía de camino. Esos hombres no pueden llegar a Norghana —dijo Egil.

—Vigilamos las rutas de entrada por mar y por tierra.
—No vendrán a la capital —afirmó Egil.
—¿No? ¿No los llevarán ante Thoran? —preguntó Erikson con cara extrañada.
—Yo apostaría mi oro a que los llevarán a la fortaleza de Skol —dijo Egil, que se rascaba la barbilla.
—¿A la fortaleza del duque Orten? —Erikson puso cara de no estar muy convencido.
—Tengo la sensación de que esto lo ha encargado Orten. Querrá interrogarlos él mismo y lo hará en su fortaleza.
—Vigilaremos los accesos a la fortaleza entonces —cambió de plan Erikson.
—No permitiremos que los lleven ante Orten —aseguró Svensen.
—Hay mucho en juego en esto. Os advertí de los riesgos. Vuestras cabezas pueden rodar si Orten los interroga. Hará que os señalen en cuanto sepa que son del Oeste. Es una excusa única para acabar con los nobles de la Liga de un plumazo, y no creáis que no sabe que seguís confabulando, porque lo sabe —explicó Egil.
—Siempre hemos sido cuidadosos. No puede atacarnos sin una razón de peso y pruebas —dijo Svensen.
—Tendrá ambas cuando los dos asesinos confiesen —aseguró Egil.
—No llegarán a Skol —cerró el asunto Erikson.
Egil asintió.
—¿Habéis conseguido la información que os pedí? —preguntó cambiando de tema.
Erikson y Svensen se miraron.
—No ha sido nada fácil —respondió Erikson.
—Ha costado una fortuna que no nos podemos permitir... —Svensen hizo un gesto de descontento.
—Os aseguro a los dos que es una fortuna bien empleada. Dará su rendimiento con creces cuando el día llegue.
Los dos duques se miraron de nuevo.
—Lo que el Rey del Oeste requiera se le conseguirá —aseguró Erikson y, adelantándose, le dio un trozo de pergamino con un nombre en él.
—Miroslav —leyó Egil.

Todos asintieron.

Egil dio la vuelta al trozo de papel.

—¿Lo encontraré aquí? —preguntó.

—Sí, pero mucho cuidado. Es muy peligroso —advirtió Erikson.

—Gracias. Lo tendré —asintió Egil leyendo la localización.

—¿Y en cuanto a la reina? —preguntó Svensen.

—Os diré lo mismo que os dije cuando me propusisteis matar al rey. Demasiado arriesgado y no es el momento adecuado.

—Pero la oportunidad es manifiesta —insistió Svensen.

—Lo es, pero es una oportunidad que seguiremos teniendo. Recordadlo.

—¿Y si os quitan del servicio de su protección? —preguntó Erikson.

—Seguiré teniendo toda la información y la oportunidad seguirá existiendo. Será menos manifiesta, cierto, pero seguirá siendo un golpe posible con todo lo que ya conozco.

—¿Lo planearéis entonces?

Egil lo meditó un momento.

Lars, Svensen y Erikson lo miraban con intensidad aguardando su respuesta.

—Lo planearé. Pero será mi decisión y responsabilidad ejecutar el plan.

Los tres asintieron dando su conformidad.

Capítulo 37

Lasgol y Camu observaban al dragón muerto sobre el suelo del patio con cierta incredulidad. Camu no iba a reconocer que le parecía difícil de creer, pues su carácter luchador y testarudo le había llevado al convencimiento de que podrían vencerle. Lasgol, en cambio, sí pensaba que había sido algo increíble, una hazaña impensable que casi les cuesta la vida a los tres.

Un gemido hizo que los dos se volvieran. Ona se acercaba cojeando desde el interior del edificio.

«¿Cómo estás, Ona?» preguntó Lasgol, que se agachó a recibirla. Al hacerlo gruñó de dolor por los dos cortes que tenía en el estómago y el muslo. Ya se había dado cuenta de que no eran simples rasguños.

La pantera de las nieves llegó hasta él gimiendo, y le lamió la cara.

«Ona, nosotros matar dragón» dijo Camu orgulloso señalándolo con la cabeza.

Ona gruñó una vez.

«Y casi nos mata él a nosotros» añadió Lasgol.

«Nosotros vencer. Mucho bueno. Poderosos».

«Que no se te suba a la cabeza...».

«Yo decir verdad. Tú saber».

«Vayamos al interior del edificio y ocupémonos de las heridas. No me gusta estar aquí al descubierto, podría aparecer otro dragón».

«Eso nada bueno».

«Por eso. Vayamos dentro y refugiémonos».

Lasgol abrió camino sujetándose las heridas. Sangraba bastante, lo cual no era nada bueno. Ona cojeaba y Camu andaba a trompicones, como si le dolieran las patas traseras. Lasgol pidió a los Dioses de Hielo que no les enviaran más enemigos a combatir hasta que consiguieran recuperarse de aquella batalla.

Entraron en el edificio y Lasgol se sentó en un largo sillón de terciopelo frente a un espejo enorme con marcos de madera grabados. Ona y Camu se tumbaron frente a él sobre unas alfombras gruesas y mullidas que parecían de muy buena calidad, sin duda de las que usaban los nobles ricos. Todo el mobiliario en aquella estancia parecía bueno y caro.

Con cuidado, Lasgol puso el arco junto a él en el sofá y se quitó la aljaba y el macuto que llevaba a la espalda. Los dejó en el suelo. Dentro del macuto llevaba un pellejo con agua y lo cogió.

«Tengo que coserme las heridas. ¿Os ayudo antes?» se ofreció Lasgol.

«Tú curar primero. Luego nosotros» transmitió Camu junto a un sentimiento de tranquilidad.

Ona himpló una vez.

«Haré cuanto pueda» trasmitió para tranquilizarles, pero en realidad sabía que contra golpes fuertes poco iba a poder hacer si los traumas eran internos o sangraban por dentro, cosa que era muy peligrosa y podía matarlos. Muchas veces una herida interna que no se veía era mucho más peligrosa que una externa, como las que él sufría en aquel momento.

Se limpió las heridas con agua y un jabón desinfectante que llevaba en su cinturón de Guardabosques, una creación de Annika. Le dolió más desperdiciar el agua que el propio dolor de las heridas al lavarlas y desinfectarlas. Luego sacó aguja de suturar e hilo y se puso a ello. Era desagradable, pero no dolía tanto como parecía. Cosió las heridas lo mejor que pudo consciente de que dejaría cicatriz. Eran bastante profundas, por lo que no había forma de evitarlo. Al menos podría presumir de ser un Guardabosques curtido cuando Astrid las viera. No pensó que a ella le importaran, seguro que hasta le gustaban porque le darían aspecto de experimentado.

Mientras pensaba en Astrid, terminó las curas. Guardó la aguja y el hilo en su compartimento del cinturón de Guardabosques y sacó un ungüento contra infecciones que todos ellos llevaban. Era un salvavidas. Las heridas mal curadas mataban a más hombres que las propias armas. Por cada muerto por espada había cinco por cortes infectados. Aplicó el ungüento por todo el corte en ambas heridas, y tendría que volver a hacerlo al día siguiente. Eso si no se veían en algún otro aprieto.

Cuando terminó lo guardó y esperó un momento a recuperar un poco de fuerzas. Algo más repuesto intentó ayudar a Ona. Se tiró sobre la alfombra junto a ella.

«Dime dónde te duele. Te presionaré suave para ver qué te pasa» transmitió.

La buena pantera gimió una vez.

Lasgol comenzó a palpar con cuidado empezando por la cabeza por si tenía un golpe fuerte, que podría ser muy peligroso. Ona no protestó, por lo que Lasgol resopló aliviado. Siguió con el examen físico. Al llegar al costillar por la parte derecha Ona gimió con fuerza y Lasgol se detuvo. Tenía las costillas derechas tocadas. Esperaba que no estuvieran rotas porque eso podía ser un gran problema. Continuó y al llegar a la pata derecha trasera se encontró con la misma reacción. Empezó a preocuparse.

«Túmbate del otro lado» pidió.

Ella obedeció entre gemidos de dolor y se tumbó sobre el lado derecho. Lasgol examinó su lado izquierdo y los golpes aquí estaban en ambas patas. La verdad era que la pobre había recibido golpes muy duros.

«No te preocupes. Tengo un ungüento para golpes muy bueno».

Lasgol lo sacó y fue aplicándolo en todos los puntos donde la pantera estaba herida. Cuando terminó la dejó descansando. Se sentía fatal por no poder hacer nada más por ella. Si Egil estuviera allí, con sus conocimientos de Guarda Sanador podría hacer más. Deseó que no tuviera nada roto, solo fisuras pequeñas y algún golpe más fuerte de lo normal, pero sobre todo que no hubiera ninguna hemorragia interna.

«Ahora tú, Camu».

«De acuerdo».

Lasgol inspeccionó a Camu y descubrió que tenía las costillas y las patas traseras tocadas. La verdad era que el dragón les había dado una paliza tremenda. De hecho, de no ser por sus escamas Camu estaría muerto. Al igual que había hecho con Ona, le puso el ungüento para los golpes. Esperaba que funcionara. En Ona y en sí mismo Lasgol sabía que lo haría, pero Camu era una incógnita que tendrían que desvelar. Su cuerpo era diferente y a veces funcionaba de formas extrañas.

«Descansemos un poco. Dejemos que nuestros cuerpos se recuperen».

Repartió provisiones que le quedaban en el macuto y bebieron del agua del pellejo. Lo importante era que habían sobrevivido, al menos de momento. Se quedaron dormidos un rato, lo que les ayudó a recuperar no solo las fuerzas sino también la energía mágica. No fue un descanso completo porque estaban atentos a cualquier sonido y se despertaban cada poco, pero pese a lo peligroso del lugar, la situación y lo agotados que estaban, consiguieron reposar.

«Arco funcionar» transmitió de pronto Camu a Lasgol, que se había despertado.

«Sí, he podido interactuar con la magia del arco» este despertó también y le explicó lo que había sucedido.

«Mitad magia tuya funcionar».

«Eso parece».

«Poder matar dragones ahora».

«No sé si eso es del todo correcto, pero al menos podemos herir a dragones menores y a esas criaturas reptilianas. Con el dragón inmortal tengo mis dudas».

«Seguro tú poder».

«Estas son criaturas menores, Dergha-Sho-Blaska es un dragón milenario y será cien veces más fuerte y duro».

«Entonces buscar más armas, haber más».

«Esa es una buena idea. Tendremos que hablarlo con el resto del grupo cuando volvamos».

«¿Qué hacer ahora?».

«Podemos huir o podemos investigar un poco más».

«Investigar» transmitió Camu seguro.

«¿Tú has visto cómo estamos? Si no podemos ni andar».

«Nosotros poder».

«Tú eres demasiado optimista».

«Yo siempre tener razón».

«No siempre. Ser testarudo y tener razón son dos cosas muy diferentes».

«Yo mucho siempre».

Lasgol puso los ojos en blanco y no siguió discutiendo, no iba a conseguir nada y lo sabía. En ese momento sintió un pulso de la joya de hielo que procedía del noroeste, pero algo no le encajó, le pareció que venía de arriba, no del mismo nivel en el que estaban en ese momento.

«Extraño pulso…».

«¿Qué ser extraño?».

«La joya está en movimiento hacia el noroeste… y hacia

arriba».
«¿Hacia arriba?».
Lasgol señaló el techo del edificio.
«¿Segunda planta?».
«Más como cuarta planta».
«Ir y ver».
«No sé...».
«Ya estar todos mejor».

Lasgol no quería rendirse y entregar las perlas a Dergha-Sho-Blaska, pero no estaban en condiciones para más combate, no con aquella dureza, y eso era lo que se iban a encontrar si seguían husmeando por allí.

Ona se unió y gruñó un "sí".

«Dos contra uno» transmitió Camu.

«Ya, pero aquí decido yo, que vosotros dos no tomáis las mejores decisiones y menos aun cuando hay mucho peligro de por medio. Os conozco muy bien a ambos».

Camu iba a contestar y Lasgol le cortó levantando un dedo. Lo pensó.

«Seguiremos un poco más. Pero al primer signo de problema, huiremos».

«Mucho de acuerdo».

Lasgol suspiró hondo. Esperaba no estar cometiendo un error porque, de ser así, sería el último.

Siguieron el rastro que los escorpiones habían dejado por el edificio. No fue difícil pues ya sabían hacia dónde se dirigían gracias al pulso recibido. Cruzaron varias estancias muy distinguidas y un patio interior con una fuente que parecía de oro. Llegaron a la parte trasera del edificio y continuaron. Lasgol iba buscando escaleras que condujeran a los pisos superiores. Habían pasado ya dos, pero el rastro que los escorpiones habían dejado no subía por ellas.

Llegaron a la última estancia en la parte más al norte y se encontraron con lo que parecía un almacén. Contenía agua en barriles y cajas de comida salada. Lasgol las inspeccionó para ver si podían consumirlas. Parecía que estaban en buen estado, así que metió un poco de comida en el macuto y llenó el pellejo de agua. Todos bebieron de los barriles para no gastar del pellejo.

De pronto Camu notó algo.

«Magia Drakoniana. Aquí».

Lasgol miró alrededor, pero sólo había cajas, barriles y cuatro paredes de roca con una puerta por donde ellos habían entrado. De hecho, el rastro de los escorpiones acababa allí. Se quedó sorprendido y sin saber qué sucedía. Esperaba que no hubiera un peligro oculto que no estuvieran viendo.

Camu se acercó a la pared trasera, cerró los ojos y se quedó captando la magia por un momento. Lasgol lo observaba. Él no captaba nada. Se pasó la mano por la nuca, donde solía sentir magia activa, pero no sintió nada.

«¿Seguro que captas magia Drakoniana?».

«Seguro» respondió Camu, desplazándose hasta la esquina izquierda, donde se unían las dos paredes. Acercó la cabeza a la esquina y, para enorme sorpresa de Lasgol, la cabeza de Camu atravesó la esquina.

Ona gimió dos veces.

«¿Qué ha sido eso?» Lasgol no podía creer lo que estaba viendo. Camu tenía la cabeza metida en la esquina y había desaparecido mientras el resto de su cuerpo seguía en la estancia.

«Ser pasaje secreto» transmitió.

«Ten cuidado no...» pero Lasgol no pudo terminar el mensaje mental. Camu ya había cruzado al otro lado desapareciendo por completo. Para Ona y Lasgol lo que tenían delante era la esquina formada por dos paredes de piedra sólidas.

«Venir. No problema» informó desde el otro lado.

«Tú sí que eres un problema. ¡Te metes de cabeza en líos!» transmitió Lasgol, que se metió en la esquina y pasó al otro lado. Observó el lugar al que había salido. Era una estancia rectangular que estaba vacía. Estaba a oscuras y esperó a que los ojos se le acostumbraran. Una puerta en la pared oeste parecía ser la única salida.

Ona gimió desde la estancia, no podía pasar.

«Tranquila, Ona, la esquina es falsa, es una ilusión. Cruza».

Por desgracia, a Ona las paredes que veía le parecían muy reales. No podía cruzarlas.

Gimió dos veces.

«Voy a buscarla» transmitió Lasgol a Camu y volvió a cruzar.

«Yo vigilar este lado».

«Ona, salta a mi espalda» le transmitió Lasgol, que se inclinó ligeramente hacia delante dándole la espalda a la pantera.

Ona obedeció, como siempre hacía, y saltó con agilidad a la espalda del muchacho.

«Vaya, pesas como un buey» se quejó, y sintió sus heridas resentirse por el peso.

«Cierra los ojos, vamos a cruzar».

Ona himpló una vez.

Cruzó y nada más hacerlo le dijo a Ona que bajara. La pantera bajó al suelo y miró alrededor con desconfianza.

Lasgol resopló. Las heridas le dolían.

Camu estaba ya en la puerta de salida de la estancia mirando hacia fuera.

«No sentir nadie».

«Déjame ir en cabeza» pidió Lasgol una vez se recompuso.

«Todo oscuro. No ver nada».

«Yo me encargo» dijo invocando Luz Guía. Un punto de luz blanca apareció frente a él iluminando la puerta y el pasillo que había tras ella.

«¿Seguir?».

«Sí, vamos» Lasgol abrió camino con Ona tras él y Camu cerrando la fila. La luz era de gran ayuda, pues no había ni una en aquel corredor. Era amplio, de unas cuatro varas de anchura y otras tantas de altura. Lasgol iba buscando el rastro de los escorpiones, pero sobre aquella superficie de piedra le iba a resultar muy difícil hallarlo. En cualquier caso, tenían que haber ido por allí, tarde o temprano recibiría un pulso y podría calibrar si iban bien.

Avanzaron por el largo pasadizo hasta llegar a otra estancia muy amplia. Las paredes y el techo de aquel lugar ya no eran de construcción humana, sino las propias de una cueva. Los tres observaron la caverna y se dieron cuenta de que ya no estaban en el edificio por el que habían entrado, sino detrás, al oeste.

«Creo que estamos en el interior de las montañas» razonó Lasgol.

«Sí, eso parecer».

«Atentos, esto no me gusta».

La caverna sólo tenía una salida hacia el oeste, así que la siguieron. Comenzaron a descender por una rampa natural que iba haciendo curvas. Un lado era de roca de la montaña, pero en el otro había un abismo oscuro que parecía descender muchas varas hacia una oscuridad cerrada. Lasgol se detuvo, cogió una roca desprendida de la pared del tamaño de una manzana y la dejó caer al precipicio. Se quedó esperando para oír cuándo golpeaba el fondo. Tardó un largo rato.

«Tiene mucha profundidad, tened cuidado».

«Yo poder volar».

«Cierto. Ona, tú y yo mejor seamos precavidos».

La pantera gruñó una vez.

Continuaron descendiendo y llegaron a una especie de pasarela sobre el abismo, ya que la pared que les daba seguridad desapareció para convertirse también en precipicio. Por fortuna el paso era amplio, de unas cinco varas, por lo que no había mucho riesgo de caer. Que los pasos fueran tan amplios a Lasgol no le gustó demasiado, eso indicaba que eran para que criaturas de bastante tamaño pudieran ir por ellos.

La luz guía era una gran ayuda pues iluminaba bastante de la oscuridad que les rodeaba en aquellas cavernas, aunque les dejaba muy expuestos en caso de cruzarse con algún vigía o guardián. Lasgol iba con su Oído de Lechuza bien alerta. Cruzaron el paso sobre el abismo y llegaron a otra gran caverna de dos salidas: una continuaba bajando y la otra ascendía.

«¿Qué hacer?» Camu observaba ambas sin saber cuál tomar.

«Tenemos que ascender, la joya marcaba un recorrido ascendente, pero antes veamos a dónde lleva la otra».

«De acuerdo».

«Voy a apagar la luz guía por si hay alguien vigilando».

Ona gruñó. A ella tampoco le gustaba tanta luz, pero la pantera veía mejor que ellos en la oscuridad.

Salieron por la abertura que descendía y comenzaron a bajar por una espiral que a Lasgol le pareció que no era natural, sino tallada en la roca. Se paró a estudiar el suelo y la pared. Los tocó con las manos y observó las marcas. No había duda, aquello lo habían cincelado humanos con herramientas. No era natural y no se había usado magia, era obra de humanos. El problema era que no habían visto ni uno solo desde que habían llegado a la ciudad fantasma. Además, la amplitud de la espiral seguía siendo de unas cuatro varas, una amplitud que ellos no necesitaban. Aquello estaba hecho por humanos para criaturas más grandes.

Según seguían descendiendo Lasgol empezó a preocuparse. No

sabía a dónde iban y la última señal que había recibido indicaba ascender, no descender como estaban haciendo. Empezaba a arrepentirse de haber tomado aquel camino. De pronto, tras bajar un nivel más, escuchó algo y levantó la mano. Los tres se quedaron muy quietos dejando que la oscuridad los envolviera.

Permanecieron en silencio y escuchando. Un repiqueteo comenzó a llegarles de las profundidades. Sonaba como si un martillo estuviera golpeando la roca, solo que de forma caótica, sin seguir un ritmo o cadencia determinado. Agudizó el oído y siguió captando el sonido. Dedujo que no era un único martilleo, sino que lo que les estaba llegando era el sonido acoplado de muchos a la vez.

Lasgol resopló y dio gracias a los Dioses de Hielo por haber apagado la luz guía. A unos niveles por debajo de donde estaban se apreciaban luces y movimiento, mucho movimiento.

«En pleno sigilo ahora» transmitió Lasgol a Ona y Camu.

«¿Usar camuflaje?».

«¿Cómo estás de energía?».

«No mucha. Necesitar dormir más».

«Ya, yo estoy igual. Mejor conserva la energía, puede que la necesitemos más tarde».

«De acuerdo. Yo guardar».

No poder dormir por un largo rato para recuperar la energía consumida era un gran problema, pero no estaban en un lugar donde pudieran descansar. Además, para recuperar todo lo que habían gastado necesitarían dormir una noche completa y sus cuerpos también lo necesitaban. No podían permitirse ese lujo donde estaban ahora.

Observaron lo que sucedía tumbados en el suelo y sacando ligeramente la cabeza. A unas diez varas de profundidad descubrieron una enorme caverna iluminada por infinidad de antorchas que colgaban de las paredes. En el suelo había grandes fuegos. La caverna era descomunal y la vigilaban un gran número de escorpiones y cobras. Debía de haber un centenar de unos y otros dispersados por toda su extensión, pero eso no fue lo que más les sorprendió. Lo que realmente les dejó perplejos y sin aliento fue descubrir a más de un millar de humanos trabajando con picos, palas, cinceles, martillos y todo tipo de herramientas para perforar la roca a diferentes alturas en las cuatro caras de la gran caverna.

«Ahí están» explicó Lasgol comprendiendo.
«¿Estar quienes?».
«Los habitantes de la ciudad fantasma».

Capítulo 38

Las Águilas no sabían qué era peor, si los días de entrenamiento con los Guardabosques Reales o los días de servicio protegiendo a la reina. Los primeros empezaban a ser rutinarios, pues ya habían aprendido todo lo que debían saber y ahora solo realizaban maniobras cada vez más difíciles, rayando en imposibles. Era como si Raner hubiera decidido que debían fracasar sí o sí, y hubiese creado ejercicios que era casi imposible solventar sin que el protegido muriera. Los segundos tampoco eran más sencillos. Tenían que aguantar los gritos de Heulyn por el castillo durante todo el día y parte de la noche o cubrirla en sus escapadas a los bosques con los druidas.

Se podría decir que el ánimo de las Águilas no era muy alto. Para hacerlo todo un poquito peor, se hablaba de que los ejércitos del rey se pondrían en marcha hacia la frontera con Zangria próximamente, lo cual solo podía significar que venía una guerra. Por ello, aquella mañana, cuando Raner los llamó con las primeras luces, esperaban tener un día que fuera entre malo o peor. Por supuesto no se quejarían, a excepción de Viggo que se quejaba por todo. Sabían que era su deber como Guardabosques y lo aceptaban.

—Águilas Reales —saludó Raner a la puerta de la torre.

—Guardabosques Primero —dijeron ellos al unísono.

—Hoy debéis acompañarme —informó.

—A la orden —respondió Ingrid.

Nadie preguntó a dónde o por qué razón. Si el Guardabosques Primero pedía que se le acompañara, se le obedecía sin rechistar. Lo que sorprendió a todos fue que no los llevó a entrenar, ni tampoco les asignó la protección de la reina, los condujo a los calabozos reales, algo que ninguno esperaba.

Bajaron al submundo de sufrimiento que eran los calabozos del rey e intentaron no mirar demasiado lo que había y sucedía. No era bueno para el alma.

Raner llegó hasta la celda donde tenían a Gondabar, que estaba custodiada, y llamó a la puerta.

—Se presenta el Guardabosques Primero Raner —informó.

—Adelante, Raner —llegó la voz de Gondabar.

Entró y les hizo un gesto para que pasaran tras él. Encontraron a Gondabar trabajando en su mesa. No tenía buen aspecto y no era solo por el lugar tan horrible donde se encontraba, parecía débil y marchito, consumido.

Sin embargo, saludó a todos con una sonrisa.

—Me alegra ver a mi Guardabosques Primero acompañado de las Águilas Reales.

—Nuestro líder nos honra —dijo Raner y las Águilas saludaron con inclinaciones respetuosas de cabeza tras situarse en una línea.

—Os veo muy bien a todos, me complace. Parece ser que Molak está ocupando bien el lugar de Lasgol.

—Así es —confirmó Raner.

—Es un honor poder hacerlo —respondió Molak.

—Estoy seguro de que lo haces muy bien. Eres un Guardabosques de primera —alabó Gondabar.

—Gracias, señor, lo intento —respondió este algo ruborizado.

—¿Alguna novedad del dragón inmortal? —preguntó Gondabar al grupo.

—No, señor —respondió Ingrid—. No hay noticias de que haya sido avistado ni de que haya atacado a nadie en Norghana.

—Tampoco hay noticias de otros reinos —añadió Raner.

—Es de lo más extraño —expresó Gondabar asintiendo lentamente—. No dejo de pensar que si el dragón no aparece es porque está planeando algo.

—O porque guarda un secreto que no quiere descubrir todavía —añadió Egil.

—Sí, eso también. Puede que ese secreto sea el plan que va a ejecutar y que no desea que sepamos.

—Opino igual —convino Egil.

—Un ser tan poderoso podría haber atacado y arrasado Norghana. Si no lo ha hecho es por un motivo importante —añadió Raner.

—Quizá no se encuentre lo suficientemente fuerte y está aguardando a que se complete su recuperación tras revivir —sugirió Astrid.

—Eso tiene sentido. Pueden ser ambas cosas —dijo el Líder de lo Guardabosques.

—Seguimos buscando, en cuanto aparezca lo sabremos —

explicó Raner.

—Bien, hay que descubrir qué trama y detenerle —deseó Gondabar.

—He traído a las Águilas Reales como me pedisteis —anunció Raner al ver que Gondabar se quedaba perdido en sus pensamientos.

—Oh, sí, por supuesto —volvió a la realidad del momento—. Raner me ha informado de que habéis hecho un muy buen trabajo en la formación de Guardabosques Reales. No tenía ninguna duda de que lo harías muy bien, formáis un grupo excepcional.

Todos agradecieron la valoración positiva.

—Gracias, señor —dijo Ingrid.

—He informado a nuestro líder de que doy por concluida vuestra formación como Guardabosque Reales. Me hubiera gustado disponer de más tiempo, pero tampoco creo que hubierais mejorado mucho más. Ha sido una formación acelerada, pero con un grupo tan excepcional y con tanto talento como el vuestro eso no ha supuesto un problema. Lo habéis asimilado todo a una velocidad que me ha sorprendido muy gratamente. Es por ello por lo que estamos ahora aquí, para nombraros Guardabosques Reales.

Los siete, que no lo esperaban, se sorprendieron.

—¿Hemos terminado la formación? —preguntó Nilsa.

—Así es. Estáis más que preparados —dijo Raner.

—Con la mitad nos hubiera bastado —replicó Viggo.

—Tampoco hay que pasarse. Habéis tenido la justa que necesitabais —aseguró Raner.

—Estamos muy contentos y honrados —agradeció Ingrid.

—Sí, es un honor —se unió Molak.

—Ha sido de lo más interesante —comentó Astrid.

—Y un poco cansado con tanto ejercicio —añadió Gerd.

—Hagámoslo oficial —dijo Gondabar, que se levantó de su mesa y cogió una bolsa de cuero que tenía a un lado. Se acercó hasta Ingrid y la miró a los ojos.

—Ingrid Stenberg. Por haber completado toda la formación con éxito y tener la aprobación del Guardabosques Primero, te nombro Guardabosques Real. Inclina la cabeza, por favor.

Ingrid hizo como Gondabar le pedía. El Líder de los Guardabosques sacó un medallón de madera de la bolsa y se lo colgó a Ingrid al cuello.

—Es un honor y un privilegio —dijo ella observando el medallón. En un lado tenía tallada una corona y en el otro un arco sobre un hacha corta y un cuchillo, las armas de los Guardabosques.

Gondabar sonrió. Se puso frente a Nilsa y repitió las mismas palabras. Luego le puso el medallón en el cuello.

El líder de los Guardabosques nombró Guardabosques Reales a todos y les fue poniendo los medallones uno por uno. Cuando terminó se dirigió a ellos con tono solemne.

—Ahora sois Guardabosques Reales, los mejores entre los Guardabosques, los que tienen como responsabilidad principal proteger al rey y su familia. No falléis al monarca, no falléis a Norghana. Cumplid con vuestra obligación y comportaos siempre con honor. Por el rey y por Norghana.

—Así lo haremos —aseguró Ingrid y el resto se le unieron.

—Muy bien, con esto concluye la ceremonia. No es el lugar que yo habría elegido, pero las circunstancias son las que son —se lamentó Gondabar.

—Nuestro líder nos honra, no podríamos estar más agradecidos —dijo Egil con una sonrisa amable.

Gondabar agradeció las palabras.

—Marchad ahora y servid a Norghana con valentía y honor.

Raner abrió camino y los demás le siguieron. Lo habían conseguido, eran Guardabosques Reales. No era algo que hubieran pedido, pero ahora que lo habían logrado, en el fondo, les llenaba de orgullo.

La alegría por haber conseguido ser Guardabosques Reales les duró poco. Nada más llegar a la torre de los Guardabosques se encontraron con Kol y Haines.

—Antes de nada, permitidnos daros la enhorabuena, os lo merecéis —dijo Kol.

—Ya lo creo. No había visto nunca a nadie entender y aprender los ejercicios como vosotros. Sois buenos para ser tan jóvenes —dijo Haines.

—Somos los mejores —corrigió Viggo—. Bueno, yo al menos lo soy y ellos no me van muy detrás.

Ingrid le dio con el codo en las costillas y Viggo se dobló un poco.

—Mira a ver si encuentras la modestia por algún lado, se te

debe haber caído —dijo ella con sorna.

—Siento ser yo quien os agüe la fiesta, pero hay malas nuevas —dijo Kol.

—¿Qué sucede? —quiso saber Egil.

—El rey ha ordenado a los ejércitos que se movilicen.

—¿A dónde los envía? —inquirió Egil muy interesado.

—A la frontera con Zangria.

—¿Va solo el ejército? —continuó preguntando.

—De momento sí, con algunos Guardabosques.

—¿Y los nobles y sus hombres de armas?

—Todavía no los ha llamado, pero me imagino que será lo siguiente que haga —explicó Haines.

Egil asintió y se quedó pensativo.

—¿Entonces estamos en guerra con Zangria? —preguntó Nilsa con expresión de horror.

—No lo sabemos. No se ha dicho abiertamente, pero si el ejército va a la frontera...

—Quiere decir que se va a declarar muy pronto —terminó la frase Astrid.

—Eso es —dijo Haines.

—Mal asunto —negó con la cabeza Gerd.

—Las guerras siempre lo son —se lamentó Egil.

Capítulo 39

Ona, Camu y Lasgol observaban con incredulidad a todos aquellos humanos trabajando bajo la vigilancia de los escorpiones y las cobras reales. Los repiqueteos que habían estado escuchando tenían ahora todo el sentido del mundo. Había hileras de trabajadores subidos a grandes andamios de madera apoyados contra las cuatro caras de las paredes de la cueva. Los trabajadores parecían realizar su labor por zonas y a diferentes alturas. Al ver toda la vigilancia Lasgol se dio cuenta de que no eran trabajadores, sino esclavos.

«¿Qué hacer humanos?».

«No estoy seguro... Están tallando las paredes, lo que no sé es para qué».

«¿Escaleras?».

«No. Lo que estén haciendo no tiene que ver con vías de acceso».

«¿Oro? ¿Plata?».

«Eso podría ser. Sin embargo, no veo que amontonen el material... No sé, es muy extraño».

«¿Bajar y ver mejor?».

«Estoy tentado, pero no sé si el riesgo merece la pena. Hay demasiados guardias ahí abajo».

Un grupo de seis serpientes comenzaron a subir por la espiral.

«Suben hacia aquí. Nos vamos» transmitió Lasgol.

«De acuerdo».

Los tres se pusieron en pie y, con mucho cuidado de no hacer ruido, comenzaron a subir para alejarse de las cobras. Ascendieron en silencio hasta llegar a la gran caverna de la que habían partido.

«Vamos hacia arriba, quiero entender lo que sucede en estas montañas y por qué han esclavizado a esa gente».

Siguieron hasta la salida de la caverna y entraron en un túnel amplio y largo que les condujo hacia el oeste. Según avanzaban a oscuras, notaban cómo crecía la pendiente. El túnel parecía no tener final y aquello no era natural, claramente lo habían cavado para unir la caverna de la que habían partido y en la que desembocaron.

Se fijaron y vieron que era una caverna más pequeña con antorchas colgadas de las paredes. En una esquina descubrieron más de un centenar de grandes barriles de agua. En otra zona había cajas amontonadas que por el olor a moho y a rancio que desprendían contenían carne salada un tanto pasada.

«Esto es un almacén intermedio para dar de beber y comer a los trabajadores».

«No trabajadores. Esclavos» corrigió Camu.

«Tienes toda la razón. Continuemos, cada vez tengo un peor presentimiento acerca de este lugar».

Salieron de la cueva almacén y se encontraron con una gran pasarela también de cuatro varas de amplitud que ascendía. La cruzaron y, según lo hacían, bajo ellos descubrieron otra gran caverna similar a la primera y llena de esclavos, a los que vigilaban escorpiones y cobras. Se tumbaron a observar. Estaban en una especie de gran puente de piedra que cruzaba la enorme y profunda cueva en cuya base trabajaban los esclavos. En esta caverna trabajaban todos picando y cincelando el suelo, no las paredes.

«Muy esclavos».

«Sí. Empiezo a creer que tienen a toda la ciudad aquí trabajando en algo».

«¿Ser qué?».

«No lo sé, pero vamos a averiguarlo».

Cruzaron el puente y continuaron por varios túneles, siempre en dirección oeste. Lasgol tenía la sensación de que estaban cruzando las montañas por su interior y que todos aquellos pasadizos, túneles y puentes se habían creado con ese fin, pues no eran naturales. También intuyó que quienes habían hecho todo aquel trabajo debían de ser los esclavos que estaban viendo.

Para aumentar el desasosiego que Lasgol ya sentía con fuerza dándole vueltas en el estómago, pasaron por dos cuevas más similares a las que habían dejado atrás. En ellas se encontraron la misma situación. Más de un millar de esclavos trabajando en lo que fuera que estuvieran haciendo, algunos en paredes y otros en los suelos de las cavernas, pero todos vigilados por escorpiones y serpientes. Ya no cabía duda, tenían a todos los supervivientes de la ciudad trabajando en diferentes cavernas en el interior de las montañas.

Era espantoso. Parecía que unos esclavistas hubieran tomado la montaña para extraer sus riquezas con miles de esclavos. Pero la realidad era todavía peor, ya que los esclavistas eran reptiles enormes que no debían existir y servían a un dragón inmortal.

Por un momento pensó que quizá todo aquello no era más que una operación minera, pero no había visto carros llenos de mineral, ni que transportaran grandes cantidades de ningún material. ¿Qué estaban sacando de la roca si no era eso? ¿Piedras preciosas diminutas tal vez? Por más que le daba vueltas en la cabeza no se le ocurría qué podía ser, tendrían que seguir investigando. El gran problema para sacar conclusiones válidas era que los prisioneros estaban al fondo de las cavernas y bajar era muy peligroso. Lasgol no quería arriesgar tanto, pues en caso de ser descubiertos, como había sucedido con las cobras, no podrían escapar de las entrañas de aquellas montañas.

Continuaron por otro gran puente de piedra y desembocaron en una plataforma que daba a una nueva espiral y descendía hacia las profundidades de una caverna mucho más grande que las que se habían encontrado hasta el momento. Debía de tener más de cincuenta varas de profundidad desde donde ellos estaban y otras veinte hacia la parte superior de la cueva. En cuanto a longitud y amplitud, Lasgol calculó que ocuparía más de cien varas en ambos sentidos. Las paredes de la inmensa caverna eran azuladas con vetas blancas, lo que le sorprendió. En medio había un lago con agua que burbujeaba desprendiendo vapor que subía hacia la parte superior. De varios puntos en las paredes caía agua hacia el lago subterráneo.

«Gran cueva. Lago raro».

«Muy curioso, sí. Por el vapor que desprenden deben de ser aguas termales…».

«¿Termales?» Camu le envió un sentimiento de que no entendía.

«Agua caliente».

«Estar en desierto. Todo caliente».

«Ya, pero no es por el efecto del desierto o del sol. Es por el de la temperatura bajo las aguas. Aquí no hay sol ni calor» explicó Lasgol señalando la oscuridad de la cueva, que en comparación con la temperatura exterior estaba hasta fría.

«De acuerdo. Agua caliente. Entender».

«No la toquéis, puede estar extremadamente caliente. Hay riesgo de quemarse».

«No gustar ese lago. Mala agua. Mejor agua oasis».

«No lo dudo. Solo os digo lo que me parece que es y que tengáis cuidado de no tocarla. Si caemos al lago podríamos sufrir una muerte de lo más dolorosa y horrible».

«Yo no caer».

Ona dio un brinquito hacia atrás indicando que ella tampoco.

«Tampoco estoy del todo seguro de que sea lo que os explico, pero por si acaso tengamos cuidado».

Un pulso le indicó a Lasgol que la joya estaba al fondo de la caverna.

«Hemos llegado, la joya está ahí abajo».

«Mucho abajo» señaló Camu sacando la cabeza por el final de la plataforma para intentar ver qué les esperaba.

Observaron la base de la descomunal caverna y notaron muchas luces, pero poco movimiento y nada de repiqueteo, lo que les confundió.

«No trabajando».

«Eso parece. En esta cueva sucede algo diferente».

«¿Bajar?».

«Sí, bajaremos, pero con mucha precaución».

Descendieron con sigilo, agazapados, atentos a cualquier luz y sonido que pudieran percibir.

Consiguieron llegar a una altura lo suficientemente cerca como para espiar lo que sucedía sin tener que arriesgarse a que los vieran. En aquella cueva no había esclavos trabajando, ni parecía un almacén de víveres o materiales. Todo estaba tranquilo y en silencio, aunque se apreciaban varios grupos de reptiles y hasta un par de grupos de humanos.

Lasgol intentó ver qué eran. Identificó a un grupo de escorpiones a un lado. Uno de ellos era bastante más grande y de color rojizo. No le gustó nada, debía de ser su líder. Otro de los grupos estaba formado por cobras y, al igual que los escorpiones, tenían un líder que era tres veces más grande en tamaño y de color rojizo.

«El escorpión grande y rojo y la cobra grande y roja deben de ser los líderes. Atentos».

«Ser mucho feos».

Ona tenía los pelos de la cola erizados.

«Y serán peligrosos».

«Nosotros poder» envió Camu con confianza.

«Nosotros estamos en malas condiciones y no podemos con nada ahora mismo».

«Verdad. Yo olvidar».

Observaron con atención todo lo que sucedía. Aparte de escorpiones y cobras, vieron un escarabajo gigante. Y por si eso no fuera suficientemente peligroso, también había media docena de cocodrilos tres veces más grandes que uno normal.

«Muchos reptiles y peligrosos. No me gusta nada este lugar».

«Mejor no descubiertos».

«Eso seguro».

También vieron dos grupos, uno con tres humanos y el otro con cuatro, separados los unos de los otros. Al principio Lasgol asumió que serían prisioneros de la ciudad, como los que habían visto trabajando en las otras cuevas. Su sorpresa fue grande cuando pudo identificarlos por las vestimentas que llevaban. El grupo de tres hombres lo formaban miembros de los Defensores de la Sangre Verdadera y el de cuatro de los Visionarios.

«¿Habéis reconocido a los humanos?».

«Sí reconocer».

«Parece que siguen al servicio de Dergha-Sho-Blaska».

«Raro».

«Sí, no sé por qué los reptiles no los matan».

«Ser aliados».

«Sí, pero viendo a esos reptiles no creo que Dergha-Sho-Blaska necesite a sus servidores humanos».

«Igual sí».

«Tienes razón. Si están aquí y siguen con vida es por alguna razón. Deben proporcionar un servicio que los reptiles no pueden aportar».

Desde la posición en la que estaban pudieron descubrir algo que desde arriba no podían discernir y que los dejó helados. En la pared a la derecha de donde estaban situados, había un enorme fósil de lo que parecía ser un gran reptil. Estaba incompleto, pero parecía ser parte del esqueleto de un dragón.

«Drakoniano» confirmó Camu a Lasgol.

«Vaya, eso no es nada bueno. ¿Está Dergha-Sho-Blaska

intentando traer a la vida a otro dragón?».

«No completo. Faltar huesos».

«Cierto, le falta toda la parte trasera del esqueleto. No le servirá para traerlo de vuelta a la vida, ¿no?».

«No saber».

«Mira en la pared a la izquierda» indicó Lasgol a Camu. La pared estaba repleta de fósiles. Había más de una veintena de diferentes animales y por el aspecto de los esqueletos fosilizados eran en su mayoría reptiles. Lasgol intentó identificar a las criaturas, pero le resultaba muy complicado por su tamaño y porque algunos de los restos debían pertenecer a animales ya extintos.

«Mucho esqueletos».

«De reptiles... algunos enormes...».

Lasgol se quedó mirando las paredes, intentando entender qué estaba pasando allí. Aquellas montañas debían de ser el lugar donde aquellas criaturas habían quedado enterradas. Algo debió de matarlas allí dentro y ahora estaban contemplando sus fósiles.

«Creo que este lugar es un cementerio de grandes reptiles de la antigüedad».

«Como cocodrilo».

«Y como la serpiente de agua...» Lasgol seguía dándole vueltas a todo lo que habían descubierto hasta el momento, intentando darle sentido.

«Escorpiones y cobras» añadió Camu.

Lasgol asintió. Continuaron espiando escondidos en la oscuridad de la espiral, que estaba muy poco iluminada. No podrían verlos, pero Lasgol no sentía que estuvieran a salvo. Le preocupaba que los detectaran por el olor o por la magia que tanto Camu como él poseían.

«¿Saber dónde perlas?» preguntó Camu a Lasgol.

«Sé dónde está la joya, así que imagino que las perlas estarán junto a ella. Hay dos escorpiones cerca del final de la caverna, donde parece que empieza otra cueva».

«Sí, ver ahora».

De pronto, de la caverna posterior que acaba de mencionar aparecieron dos reptiles. Dos que Ona, Camu y Lasgol hubieran preferido no ver.

Eran dos dragones menores.

Uno tenía escamas de color azul y el otro de color marrón. Ambos debían de medir lo mismo que el dragón rojo que habían matado, así que Lasgol supuso que tendrían unas seis varas de anchura con las alas abiertas. Y unas cinco de longitud desde la cabeza hasta el final de la cola. Verlos hizo que sufriera un escalofrío. Le parecieron dragones jóvenes y fuertes, y poderosos, como al que se habían enfrentado. Los dos tenían ojos reptilianos rojizos que le dieron la impresión de que de alguna forma no eran reptiles naturales. Vio que también tenían vetas de color arena que bajaban por la espalda y el torso, eso debía ser significativo.

Esa suposición le hizo pensar en cómo habrían nacido aquellos dragones. ¿Habían estado ocultos en aquella cueva durante cientos de años? ¿Los había traído de vuelta Dergha-Sho-Blaska de forma similar a como había hecho consigo mismo? ¿Cómo era posible que existieran y nadie los hubiera visto hasta ahora? Cuanto más lo pensaba, menos sentido tenía todo aquello.

«Muy problemático» transmitió Camu junto a un sentimiento de gran preocupación.

«Creo que eso se queda corto para expresar lo que siento ahora».

Ona no emitía ni un sonido, pero tenía las orejas hacia atrás.

«Si descubrir, muy problema».

«Ya lo creo. No saldremos de aquí con vida».

«Mejor no descubrir».

«Eso mismo pienso yo. Ni respiréis».

Cuando los dos dragones menores entraron todos los reptiles presentes bajaron la cabeza hasta tocar el suelo, quedando de manifiesto quién mandaba allí. Los dragones eran los reptiles superiores.

Observaron cómo el dragón menor de color azul se situó frente a los dos escorpiones que tenían la caja de las perlas y la joya.

«Siervos, presentad los objetos» llegó el mensaje mental del dragón azul con claridad y potencia.

Los tres amigos se quedaron sorprendidos al recibir el mensaje.

«¿Por qué llegar mensaje?» preguntó Camu.

Ona sacudió su cabeza.

«Debe ser que hablan sin filtrar los receptores. No tienen por qué hacerlo ya que son los amos y señores del lugar y las criaturas que lo habitan».

«Nosotros entender».

«Sí, eso es muy curioso. Ese mensaje es para los reptiles, no debe estar en un lenguaje humano y, sin embargo, lo entendemos».

«Mensaje en Drakoniano».

«Oh, pues yo no debería entenderlo, ¿no?».

«Igual sí».

«Sea por la razón que sea, somos capaces de comprender los mensajes mentales, lo cual nos puede ayudar».

«Egil igual saber».

«Sí, tendremos que contarle todo esto y ver qué opina... si salimos vivos de aquí».

«Dejad los objetos en el suelo» continuó con las órdenes el dragón azul.

Nada más recibir los mensajes mentales los dos escorpiones depositaron ambos objetos en el suelo.

«Siervos humanos, abrid la caja» ordenó el dragón marrón.

Dos humanos que Lasgol reconoció por las vestimentas como Defensores se acercaron raudos respondiendo a la petición de los dragones. Con cuidado manipularon la caja y la abrieron. Según se abrió la tapa el poder de las doce perlas se hizo manifiesto.

«Son estas. Realmente las tenemos» transmitió el dragón azul con gran satisfacción.

«Nuestro amo y señor estará muy complacido» transmitió el dragón marrón.

Lasgol, Camu y Ona no solo recibían los mensajes mentales sino también los sentimientos que iban unidos a ellos, como solía hacer Camu. Esto preocupó a Lasgol porque si los dragones enviaban sentimientos muy fuertes, podrían dañarles y todavía no sabían muy bien cómo defenderse de ellos.

«Dragones tener perlas. No bueno».

«Lo sé... esto nos pone en una situación muy complicada».

«¿Qué hacer?».

«Déjame pensar una salida» pidió Lasgol.

«Pensar rápido».

Comenzó a darle vueltas en la cabeza a algún plan para salir de allí con las perlas. Las opciones eran pocas y muy arriesgadas. Pensó en lo que su amigo Egil haría en aquella situación, pero no se le ocurrieron grandes planes, pues él no era Egil. ¡Cuánto lo echaba de menos! Quizá no hubiera solución. Bastante tenían con salir de allí de una pieza. Tendrían que renunciar a las perlas por salvar sus vidas. Sin embargo, no quiso rendirse tan rápido.

En ese momento se escuchó un estruendo, como si parte de la bóveda de la cueva hubiera caído al suelo. La caverna comenzó a temblar y Lasgol, Camu y Ona se miraron. Los tres auguraron algo malo.

No se equivocaron.

De la otra cueva apareció Dergha-Sho-Blaska.

Capítulo 40

Astrid, Nilsa, Ingrid, Egil, Gerd y Viggo observaban el camino del sur del reino montados en sus caballos sobre una colina lejana.

—¿Estás seguro de que será aquí? —preguntó Ingrid a Egil.

—Es lo que la información que me han provisto establece.

—¿Eso es un sí? —preguntó Viggo.

Egil asintió.

—Debería ser, sí.

—Pero puede que la información no sea correcta —puntualizó Astrid.

—Puede, sí —reconoció Egil.

—Tu información suele ser buena, nueve de cada diez veces lo es —afirmó Gerd—. Seguro que será aquí.

—Esperemos que así sea —sonrió Egil.

—¿Y en cuanto al día? —preguntó Nilsa.

—Lo mismo. Debería ser hoy —confirmó Egil.

—Vale —asintió Nilsa.

—Aún estáis a tiempo de volveros y no veros involucrados en esta acción —ofreció Egil.

—Es un poco tarde para eso. Estamos contigo. Te ayudaremos a conseguir la corona —explicó Astrid convencida.

—Yo, además, me divertiré en el proceso —añadió Viggo con una sonrisa.

—No te lo tomes a broma. Esto es serio, nos pueden acusar de alta traición —dijo Ingrid.

—Solo si nos pillan, y no va a ser el caso —replicó Viggo convencido.

—¿Qué ha dicho Molak? —preguntó Nilsa—. Le habrá parecido sospechoso que desaparezcamos todos.

—Le he dicho que era un asunto de las Panteras y que era mejor que no se viera involucrado —explicó Ingrid.

—Has hecho bien —concordó Egil—. Es mejor que no se vea implicado en esto.

—Seguro que al Capitán Maravilloso le ha encantado que le dejes de lado, como en los viejos tiempos —comentó Viggo con acidez.

—No le ha gustado y es normal, muestra que no confiamos en él. Y deja el pasado en el pasado.

—Confiamos en él, pero no en esto —corrigió Astrid—. Además, es mejor para él no estar envuelto. Así no podrán colgarlo por traición.

—Nadie nos va a colgar por traición —afirmó Gerd—. No nos van a pillar y no es traición si estás ayudando al rey legítimo.

—Ya, cuéntaselo a Thoran y Orten y a ver si entienden tu distinción —inquirió Viggo con ironía.

—Os agradezco que arriesguéis vuestras vidas por mi —dijo Egil—. Lo digo de corazón. Siento que tenga que ser así.

—Por ti, y por Norghana —guiñó un ojo Ingrid.

El camino que vigilaban procedía del suroeste, del río Utla, y se dirigía hacia la fortaleza de Skol, que controlaba la entrada al reino por el sur. Desde donde el grupo estaba podían ver en la distancia la gran fortaleza contra las montañas. Era impresionante, y, según decía el folklore, inexpugnable. Esa era una de las razones por las que Orten se había apoderado de ella y la había convertido en su hogar. Allí estaba seguro de ejércitos invasores y los asesinos habituados a la noche lo tendrían muy difícil gracias a las altas murallas y lo fuertemente vigilada que estaba, pues la fortaleza tenía al menos un par de miles de soldados guarnecidos en ella.

Egil observaba con ojos entrecerrados esperando que apareciera un grupo. Debían impedir que llegaran a Orten o el Oeste y sus líderes sufrirían un golpe devastador. No le gustaba la idea de tener que intervenir de esa forma, pero sabía que aquella operación era demasiado importante como para dejarla en manos de terceros. Ya había dejado que otros dieran un golpe que no debían y se encontraban en una situación muy comprometida. Si Thoran y Orten descubrían que el intento de asesinato sobre el rey lo había llevado a cabo la Liga del Oeste estarían acabados.

De pronto un grupo de jinetes apareció al oeste en el camino. Eran más de los que Egil había anticipado. A primera vista contó dos docenas escoltando a dos prisioneros que iban en el centro. Los apresados eran fáciles de reconocer pues eran más delgados y bajos que el resto de los jinetes. Sin duda los captores eran soldados de Orten, inconfundibles por su enorme tamaño y aspecto rudo.

—Ya vienen —advirtió Ingrid.

—¿Son ellos? —preguntó Nilsa.

—Lo son. Todos a vuestras posiciones. Seguid el plan y todo irá bien —garantizó Egil.

—Muy bien, en marcha —dio la orden Ingrid.

Todos se pusieron la capucha y se cubrieron la boca y la nariz con el pañuelo de Guardabosques. El grupo se dividió en tres. Astrid desmontó de su caballo y se preparó sobre la loma; Viggo, Ingrid y Nilsa se dirigieron a un pequeño bosque al este; y Egil y Gerd se dirigieron hacia un grupo de árboles al oeste. El camino pasaba por delante de todos ellos, por lo que tendrían buena disposición táctica.

Le llevó al grupo de soldados un buen rato llegar hasta la primera posición, la de Egil y Gerd, que habían desmontado y atado los caballos a un árbol. Tenían sus arcos en las manos y una flecha en la cuerda y vigilaban el camino con mucha atención y asegurándose de que no los vieran.

El grupo de jinetes pasó frente a ellos y Egil y Gerd se escondieron detrás de unos árboles dejando que los soldados pasaran de largo. Egil constató que había observado bien. Contó veinticuatro soldados y dos prisioneros que llevaban las manos atadas e iban amordazados. Eran soldados de los que podían partir a un hombre en dos con sus grandes hachas o romper la nariz y varios dientes a alguien de un solo puñetazo. Montaban caballos grandes porque pesaban demasiado para montar caballos ligeros o ponis.

El grupo continuó avanzando por el camino. Los soldados miraban en todas las direcciones atentos a un posible ataque. Por suerte para las Panteras, aquellos eran soldados y no estaban acostumbrados a ver más allá del final de sus hachas, así que no verían a un Guardabosques escondido en la maleza ni aunque se tropezaran con él por accidente. A Egil le dieron un poco de lástima. Sabía que eran brutos, toscos y despiadados. No eran buenas personas y por ello los tenía Orten a su servicio. Matarían sin dudar y les daría igual a quién.

Los jinetes pasaron por la zona descampada. Sobre una colina, tumbada en el suelo y cubierta con una manta de camuflaje para que no la vieran, aguardaba Astrid. Tenía su arco de francotiradora a su derecha y la aljaba con flechas largas especiales a la izquierda. Los observó pasar siguiendo el ritmo lento que llevaban y sonrió levemente. Aquellos desdichados no sabían dónde se estaban metiendo, pero pronto lo descubrirían.

Los soldados estaban llegando al bosque donde aguardaban el resto de las Panteras. Como soldados que eran no llevaban exploradores, confiados en que nadie se atrevería a enfrentarse a ellos, un gran error que no tardarían en descubrir.

Un tercio de los jinetes estaban pasando frente al bosque cuando, de súbito, tres flechas volaron y cayeron en medio de los soldados. Extrañamente, las tres flechas realizaron un vuelo con mucha parábola, fallaron en los soldados por completo y se estrellaron contra el suelo. Al hacerlo se escuchó el sonido de contenedores de cristal rompiéndose. De ellos surgió un gas azulado que subió del suelo expandiéndose entre los jinetes.

—¿Qué es esto? —dijo el soldado que iba en cabeza, mientras miraba a todos los lados sin poder ver quién o qué atacaba.

—¿Nos atacan? —preguntó el que estaba con él, que tenía todavía más cara de bruto.

Dos de ellos se cayeron de los caballos en medio de la sustancia azulada que seguía expandiéndose. Otros tres cayeron un momento después.

—¡Nos atacan! —gritó el soldado en cabeza.

—¡Alarma! —gritó uno de los de en medio.

—¡A las armas! —gritó otro que iba más atrás.

Tres flechas de Tierra salieron directas a los soldados que estaban delante y que todavía se mantenían en pie. Les golpearon en el torso y al detonar los aturdieron y cegaron. Un momento después, hacía efecto el Sueño de Verano y caían al suelo sin sentido.

—¡Nos atacan desde el bosque! —gritó uno de los soldados.

—¡Cargad! ¡Entrad en el bosque y matad a esos bastardos! —dijo otro.

Seis de los soldados obedecieron y entraron en el bosque con los caballos. Los dos primeros recibieron dos flechas de Aire en el torso y las descargas eléctricas que siguieron al estruendo los dejaron fuera de combate. Se cayeron del caballo. Los otros cuatro desmontaron y se adentraron en el bosque. A dos de ellos los abatieron dos flechas de Tierra a las que siguieron sendos golpes de Ingrid y Nilsa. A los dos últimos les saltó Viggo encima desde un árbol. Según caían les golpeó con las empuñaduras de sus cuchillos hasta dejarlos sin sentido.

Los soldados que quedaban se dieron cuenta de que habían perdido a la mitad de sus efectivos y optaron por la retirada.

—¡Nos retiramos!

—¡Coged a los prisioneros y retrocedamos!

Varios soldados se llevaron a los dos prisioneros, que miraban lo que sucedía con ojos desencajados por el miedo.

Salieron a galope tendido en dirección contraria, alejándose del bosque donde se había producido la emboscada.

Astrid salió de debajo de su manta de camuflaje y tiró contra el que iba en cabeza. Le alcanzó con una flecha de punta dura cuya función era golpear con fuerza, no matar. Hizo saltar el casco alado del soldado y lo derribó gracias a la potencia que llevaba el tiro. El que iba tras él miró hacia Astrid y recibió otra flecha en el pómulo que le golpeó con la fuerza de un derechazo de un Salvaje de los Hielos. Cayó del caballo sin sentido antes de golpear el suelo.

—¡Atacad al tirador! —gritó un soldado.

—¡Cargad contra el arquero! —gritó otro.

Astrid vio a dos soldados que salían a por ella y con tranquilidad puso otra flecha en la cuerda del arco. Apuntó, tomó el tiempo necesario y soltó. El proyectil alcanzó al primer jinete en medio de la frente. El casco alado salió por los aires y el soldado, con un fuerte latigazo de la cabeza, se fue de espaldas en su caballo y cayó al suelo. Ya no tenía tiempo de volver a tirar con el gran arco, así que Astrid corrió hacia su montura y cogió el arco compuesto. Puso una flecha de Aire y tiró contra el soldado que cargaba contra ella, dándole en el torso. La descarga hizo que cayera del caballo. Astrid soltó el arco, sacó su cuchillo y con dos golpes en las sienes lo dejó sin sentido.

El resto de los soldados que todavía podían montar intentaban huir hacia el oeste con los prisioneros. Llegaron junto a los árboles donde Gerd y Egil aguardaban y soltaron. Sus flechas se estrellaron contra los cuerpos de los primeros jinetes. Eran flechas con cabeza de Letargo de Invierno, más potente que el Sueño de Verano. La sustancia azul violáceo envolvió no solo a los primeros jinetes, sino a los dos siguientes. Los cuatro pasaron frente a los árboles mientras Egil y Gerd volvían a apuntar.

—¡Emboscada a la izquierda! —gritó uno de ellos con voz de horror.

—¡Hay tiradores por todas partes!

—¡Nos están diezmando!

Gerd y Egil volvieron a soltar sobre esos soldados, que cayeron poco después. Los últimos, viendo que los estaban tumbando a flechazos, abandonaron a los prisioneros y huyeron a galope tendido hacia el oeste.

Un momento después Egil y Gerd salían de los árboles y se aproximaban a los dos prisioneros, que permanecían quietos sobre sus monturas con cara de espanto. Del bosque al este salieron Nilsa, Ingrid y Viggo, que se cercioraron de que todos los soldados estaban inconscientes y al que no lo estaba le hacían perder el sentido de un golpe.

Astrid permaneció sobre la colina. Tenía en las manos su arco de francotiradora de nuevo por si había que encargarse de algún peligro más.

—Tranquilos, no os vamos a hacer daño —dijo Egil a los dos prisioneros.

Estos intentaron hablar, pero estaban amordazados.

Egil le hizo un gesto a Gerd para que les quitara las mordazas. El grandullón se acercó hasta ellos e hizo como Egil había indicado.

—¡Por favor, no nos matéis! —pidió el primero, que era rubio y de ojos azules.

—¡Nosotros no hemos hecho nada! —aseveró el otro, de cabello castaño y ojos pardos.

Egil levantó la mano derecha.

—Os voy a decir lo que va a ocurrir ahora. Vais a acompañarme a un lugar seguro y vamos a tener una conversación.

—¡Pero nosotros somos inocentes! —clamó el rubio.

—No os he acusado de nada.

—¡No hemos hecho nada, lo juramos! —afirmó el castaño.

—Tampoco he dicho que lo hayáis hecho.

—¡Dejadnos marchar! —rogó el de ojos claros.

—Eso no lo puedo hacer. Tenéis información muy peligrosa para mucha gente.

—¡No la revelaremos a nadie! —aseguró el de ojos pardos.

—Lo primero es lo primero. Charlaremos y me contaréis lo que habéis hecho y con quién habéis hablado. También me revelaréis lo sucedido en Rogdon. Espero por vuestro bien que las respuestas que me deis sean las que espero —dijo Egil con tono de que no se fiaba de ellos.

—¡No diremos nada! —exclamó el rubio.

—Me temo que me lo contaréis todo. Y la verdad, además. Tengo un par de amigos, Jengibre y Fred, que os harán decirme toda la verdad —sonrió Egil.

Los dos volvieron a negarlo todo y pedir que les dejaran ir. Egil le hizo un gesto a Gerd para que les pusiera de nuevo las mordazas.

—¿Es necesario? —preguntó Gerd a Egil con tono de preocupación cuando hubo terminado de amordazarlos de nuevo.

Egil suspiró y asintió.

—Lo es, por desgracia.

—¿Y si han traicionado al Oeste? —preguntó Gerd dando la espalda a los dos hombres y hablando en murmullos para que no le oyeran.

Egil lo miró con una mirada helada.

—En ese caso, el Oeste se encargará de que paguen.

Capítulo 41

Si la situación era complicada antes, ahora se había vuelto imposible. El gran dragón inmortal entraba en la caverna haciendo que retumbara con sus pasos. Era tan grande, fuerte y pesado que con cada paso de su cuerpo de más de cincuenta varas de longitud todo temblaba.

Lasgol reconoció los ojos amarillos reptilianos que brillaban con intensidad en una cabeza crestada con cuernos tan grandes como aterradores. Una cresta bajaba y recorría su espalda para descender por la larga y potente cola. En medio de la poca luz de la caverna distinguió las escamas de color rojo negruzco que cubrían todo el cuerpo y las enormes alas que llevaba recogidas y pegadas al mismo. Avanzaba sobre sus cuatro cortas y poderosas patas terminadas en afiladas y desgarradoras garras.

Camu, Ona y Lasgol solo pudieron contemplar llenos de horror al espeluznante monstruo y todo el poder y muerte que representaba.

Los dos dragones menores, los reptiles y los humanos bajaron la cabeza ante su amo y señor para mostrar pleitesía a su dios en la tierra.

«Hemos recuperado las lágrimas de Sher-Mos-Dash, mi amo» anunció el dragón azul a su señor.

«Esperamos complazca a nuestro amo y señor» transmitió el dragón marrón.

«Siento su poder, me llama» expresó Dergha-Sho-Blaska, que avanzó hasta situarse a unos pasos de la caja con las perlas.

El dragón inmortal miró la caja y con un movimiento de su cabeza las doce perlas comenzaron a elevarse para quedar flotando en medio del aire frente a él. Dergha-Sho-Blaska utilizó su magia y de pronto las perlas comenzaron a emitir destellos plateados a diferentes intervalos.

«Tienen poder Drakoniano, sin duda. Esto me complace» transmitió.

«También han traído este objeto, mi señor. Estaba con las perlas» señaló el dragón azul, haciendo levitar la joya.

Dergha-Sho-Blaska observó el objeto y a Lasgol se le paró el corazón por un instante. Los iba a descubrir. Camu estaba pensando exactamente lo mismo. El gran dragón iba a darse cuenta del encantamiento de localización y sabría que alguien lo habría seguido hasta allí, los descubriría y los mataría.

«Percibo Magia de Naturaleza. Ese objeto no está relacionado con las lágrimas, no debería estar aquí». De pronto abrió la boca y una llamarada salió de ella destruyendo la joya en un instante.

Lasgol se quedó a la espera de si iba a haber alguna repercusión más, listo para salir corriendo de allí, aunque no creía que pudieran llegar a la plataforma superior antes de que Dergha-Sho-Blaska los incinerara. El estómago se le revolvió. Camu y Ona tenían miradas de gran preocupación. Sus vidas pendían ahora mismo de un hilo.

Dergha-Sho-Blaska volvió su atención a las perlas olvidando la joya que acababa de destruir.

«¿Son las auténticas, mi señor?» preguntó el dragón marrón.

«Por el poder que emanan parece que lo son» añadió el dragón azul.

«Solo hay una forma de saber si son las auténticas Lágrimas de Sher-Mos-Dash» respondió Dergha-Sho-Blaska.

«¿Preparamos el ritual, señor?» preguntó el dragón marrón.

«Adelante, preparadlo. Quiero asegurarme de que son las auténticas. Llevo mucho tiempo buscándolas. Demasiado...».

«Como deseéis» dijo el dragón marrón.

Dergha-Sho-Blaska mantuvo las perlas en el aire. Ahora no brillaban, no debía estar usándolas, pero las observaba con mucho detenimiento. Sus ojos amarillos relucían con el brillo de una inteligencia y sabiduría antiquísimas, despiadadas y mortales.

Lasgol le hizo un gesto a Camu para que no dijera nada y luego otro para que no usara magia. Estaban demasiado cerca del dragón inmortal. Si usaban magia se arriesgaban a que Dergha-Sho-Blaska la detectara, pues sabían que era capaz de sentir la magia Drakoniana a leguas de distancia y no podían arriesgarse, no allí. Camu pareció entender lo que Lasgol le comunicaba por gestos y asintió dos veces.

El dragón marrón fue hasta una de las esquinas de la caverna, donde había una docena de singulares contenedores de cerámica. Parecían grandes ánforas y estaban hasta rebosar de una sustancia que daba la impresión de ser plata líquida. Tenían runas que las distinguían unas de otras. Lasgol no supo qué significaban las runas, pero parecían Drakonianas. Camu observaba también y le preguntó alzando las cejas. Camu respondió negando con la cabeza. No sabía que significaban.

El dragón destelló en plata, lo que Lasgol interpretó como que utilizaba su magia. De tres de las ánforas se elevaron unos objetos envueltos en aquella especie de plata líquida. Cuando la sustancia se escurrió vieron lo que parecían huesos y partes fosilizadas de animales. Lasgol dedujo que debían de ser reptiles, aunque no tenía forma de saberlo desde donde estaban. El dragón se dio la vuelta y regresó con su señor mientras los fósiles le seguían levitando por el aire.

Lasgol y Camu se miraron. Aquello se estaba poniendo muy extraño, algo iba a pasar y Lasgol tenía la sensación de que no iba a ser nada bueno. Cuando había dragones y monstruos reptilianos de por medio, nunca lo era.

El dragón azul se acercó hasta el lago y destelló en plata. Su magia se dirigió sobre el agua termal y las burbujas que se apreciaban sobre la superficie se incrementaron de pronto, como si al agua estuviera comenzando a hervir.

Mientras los dos dragones usaban su magia para preparar el ritual, todos los reptiles que estaban en la cueva comenzaron a emitir un sonido extraño. Era como un siseo grave de unos y un gruñido hondo de otros. Era sostenido y rítmico. Lasgol no supo qué significaba, pero era extraño y al tiempo, tranquilizador, como si su función fuera la de calmar los nervios que todos ellos sentían en presencia del gran dragón inmortal. Se dio cuenta de que en realidad los únicos que sentían nervios eran ellos tres. Los reptiles y humanos en la cueva estaban totalmente entregados a su amo y señor.

Lo pensó mejor y dedujo que sería una especie de plegaria. Viendo al gran dragón y los reptiles con la cabeza baja siseando y gruñendo, Lasgol se dio cuenta de que lo que estaban presenciando era a un dios de los reptiles al que sus súbditos adoraban. Empezó a darse cuenta de la magnitud del problema que tenían frente a ellos. No estaban ante un dragón inmortal, sino ante una deidad de reptiles entregados y a su servicio.

El dragón marrón presentó los fósiles a su señor, que los observó un momento, analizándolos.

«Son aceptables. Continúa».

Usando su magia, el dragón marrón rodeó cada fósil de una burbuja plateada compuesta de energía Drakoniana, que poco a poco se fue imbuyendo en los huesos fosilizados. Al momento, los restos de los antiguos reptiles comenzaron a brillar con destellos plateados.

Mientras tanto, el dragón azul levantó una columna de agua de varias varas de altura en el centro del lago. La columna parecía estar compuesta por agua azulada hirviendo que emitía un vaho que se elevaba hacia la parte superior de la caverna.

Dergha-Sho-Blaska observaba los preparativos mientras mantenía las doce perlas en al aire, que volvían a refulgir con intensidad. Parecía estar interactuando con ellas y, quizás, midiendo su poder.

«La esencia de nuestra sangre ha sido purificada» anunció el dragón marrón presentando los fósiles a su señor.

«El agua sagrada ha sido consagrada» anunció el dragón azul mostrando la columna de agua que hervía burbujeante y emanaba vaho.

«Comencemos con el ritual de la nueva vida tras la muerte por la gracia y para servir al dragón inmortal, rey entre los dragones ancestrales, los primeros y más poderosos» ordenó Dergha-Sho-Blaska.

Los reptiles continuaron con su extraña plegaria.

Dergha-Sho-Blaska seleccionó una de las perlas y la envió sobre la columna de agua, a una vara de distancia sobre ella. Luego usó su magia para llevar los tres fósiles que le habían presentado y los situó entre la perla y la columna de agua.

Lasgol observaba cómo los dragones movían objetos con el poder de su mente y le parecía impresionante y temible. De la misma forma que movían aquellos objetos, lo más probable era que pudieran mover también a seres humanos. Eso le heló la sangre.

Los cánticos se intensificaron. Todos aquellos reptiles monstruosos estaban entregados a aquella invocación. Lasgol estaba anonadado con todo lo que estaba presenciando. Se imaginó que la cosa se iba a poner muy fea en cualquier momento.

«Sed testigos del poder de la vida y la muerte por la gracia de vuestro amo y señor» transmitió el dragón azul.

«Que los una vez muertos revivan para servir al dragón, rey inmortal» transmitió el marrón.

Degha-Sho-Blaska utilizó su magia y una esfera plateada apareció envolviendo la perla, los tres fósiles y parte del agua de la columna. La perla comenzó a dejar salir parte de su energía hasta llenar la esfera como una nube plateada que se iba expandiendo. Al mismo tiempo, el agua que estaba dentro de la esfera comenzó a expandirse por todo su interior, mezclándose con la energía de la perla. Los fósiles desaparecieron en medio de la esfera envueltos en la energía y el agua.

Lasgol, Camu y Ona observaban absortos y sin perder detalle. Aquel ritual era extrañísimo.

Dergha-Sho-Blaska hizo que la esfera destellara con fuerza y luego que descendiera despacio por la columna de agua, mientras continuaba brillando con fuerza. Cuando la esfera llegó a la superficie de agua del lago, destelló tres veces y tras la tercera se desintegró. Los fósiles cayeron al agua y la perla de plata volvió a subir por la columna hasta situarse sobre esta, ocupando de nuevo el lugar que había ocupado al comenzar el proceso.

Hubo un impasse mientras los cánticos seguían.

De pronto, del interior del lago de aguas termales, apareció uno de los temibles escorpiones negros.

«¡Renace y sirve a tu señor, el rey inmortal!» proclamó el dragón azul.

Al escorpión le siguió una cobra que surgió del agua siseando mientras regresaba a la vida.

«Inclínate ante Dergha-Sho-Blaska, tu amo, señor y dios» ordenó el dragón marrón y la serpiente obedeció.

Siguiendo al escorpión y a la cobra apareció un cocodrilo de dimensiones importantes.

«Los siervos regresan al mundo de los vivos para servir al rey entre dragones» aclamó el dragón marrón.

«Ocupad vuestro lugar entre los vuestros» ordenó el azul y las tres criaturas recién creadas se dirigieron a sus respectivos grupos.

Dergha-Sho-Blaska trajo hacia sí la perla de plata.

«El ritual ha sido un éxito. Esto lo confirma, las lágrimas son verdaderas y por fin están en mi poder. Con ellas podré continuar con mis planes. Este mundo será de nuevo de sus legítimos dueños y señores, los dragones».

«Lo será, mi señor» dijeron ambos dragones.

«Este mundo volverá a ser mío. Reinaré de nuevo sobre hombres y bestias, rodeado de los de la sangre».

Lasgol sintió escalofríos. Ahora entendía lo que Dergha-Sho-Blaska estaba planeando. Iba a crear un ejército de reptiles monstruosos a su servicio con el que dominar el mundo, por eso habían visto un número creciente de grandes monstruos reptilianos en Norghana y otras regiones. Era solo el comienzo. Debía haberlos creado aquí o despertarlos de su letargo con su magia. Ahora creaba escorpiones, cobras, cocodrilos, escarabajos y otros reptiles usando su magia y el poder de las perlas.

De pronto supo qué era lo que todos aquellos esclavos estaban sacando de las cuevas. No era oro, ni plata, ni diamantes, sino fósiles. Toda la montaña era un cementerio de reptiles y estaban buscando los fósiles y restos para crear el ejército de Dergha-Sho-Blaska. El pensamiento de un ejército con miles de aquellos enormes monstruos al servicio del gran dragón hizo que a Lasgol le diera la vuelta el estómago. ¿Qué ejército humano iba a poder derrocar a semejante fuerza? Más aún si contaba con los dragones menores o el propio gran dragón inmortal.

«El tiempo de los hombres toca a su fin. Ha llegado la hora de que comience una nueva era de dragones» proclamó Dergha-Sho-Blaska.

«Nuestro amo gobernará como rey inmortal de los dragones» dijo el dragón azul.

«Sus sirvientes somos, le ayudaremos a reinar ahora y siempre» añadió el dragón marrón.

«Soy Dergha-Sho-Blaska, dragón inmortal, rey entre dragones, renacido en un nuevo cuerpo para reinar en una nueva era» proclamó Dergha-Sho-Blaska.

El dragón inmortal hizo un movimiento con la cabeza y las perlas se situaron a su derecha, levitando junto a ella. Comparadas con el tamaño de ésta, parecían cerezas. Luego hizo otro gesto y de la cámara posterior entró volando un objeto plateado que se situó a la izquierda de la cabeza del dragón inmortal.

Era la gran perla que les había robado. La que Eicewald murió defendiendo.

La imagen era terrible y desalentadora. Dergha-Sho-Blaska tenía todas las perlas con él y usaría su poder para sus fines de dominación del mundo.

«Es momento de comprobar si las lágrimas tienen suficiente poder para crear un siervo Drakoniano menor».

«La gran lágrima lo tiene. Con ella se nos creó a nosotros» comentó el dragón marrón.

«¿No deberían también poder las lágrimas menores, mi señor?» preguntó el dragón azul.

«Lo comprobaremos ahora. Traedme una reliquia de Drakoniano» ordenó Dergha-Sho-Blaska.

Los dos dragones se dirigieron a la pared donde estaba el enorme fósil de dragón. Situado bajo este había tres ánforas. Usando su magia el dragón azul obtuvo del ánfora un hueso fosilizado del gran dragón y el dragón marrón lo inspeccionó con cuidado.

«La reliquia está en buen estado. Ha sido purificada en la plata sagrada» informó a su señor.

Por lo que había presenciado hasta el momento, Lasgol dedujo que lo que había en las ánforas era algún tipo de plata a la que habrían imbuido magia. Debía de ser parte del proceso de preparación de los fósiles, tanto de reptiles como de dragón. Cuanto más presenciaban, más impresionado se quedaba con todo aquel mundo arcano de dragones del que nada sabían. ¿Por qué era la plata tan importante para ellos? ¿Cómo realizaban aquellos procesos de preparación? ¿Por qué lo trataban como si fueran ritos sagrados sobre reliquias también sagradas? Sin duda las creencias y mitología Drakonianas debían ser de lo más complicadas e inexplicables. Quizá, si ganaban entendimiento sobre lo que los dragones creían, adoraban y respetaban, encontrarían una forma de entenderse con ellos. De hablar y llegar a algún acuerdo.

«Traedme la reliquia. Crearemos un siervo poderoso que me sirva y luche a mi lado contra los hombres y sus ejércitos. El día en que todos los humanos me sirvan como esclavos se aproxima. Reinaré como un dios inmortal y ellos me servirán de rodillas, como los seres inferiores e insignificantes que son».

Lasgol tragó saliva. Se dio cuenta de que por mucho que entendieran mejor a los dragones, por mucho que quisieran llegar a un acuerdo de paz con ellos, estaba claro que no se daría. Los dragones no querían saber nada de los humanos. Lo que querían era reinar sobre el mundo y esclavizarlos, no aceptarían nada menos y arrasarían a quien se les enfrentara.

Otro pensamiento más sombrío le vino a la mente. Dergha-Sho-Blaska era muy inteligente y no iba a correr ningún riesgo. Estaba planeando todo aquello precisamente para evitarlos, para que nada ni nadie pudiera detenerle. Un solo dragón contra toda la humanidad era una cosa, pues los hombres tendrían una oportunidad si se unían contra él. Dergha-Sho-Blaska lo sabía y no iba a arriesgarse, por muy poderoso que fuera y por pocas que fuesen las posibilidades de los hombres contra él. Había optado por disponer de un ejército de monstruos reptilianos y dragones menores que le aseguraran la victoria.

Los dos dragones menores llevaron la reliquia purificada hasta Dergha-Sho-Blaska. El dragón inmortal la observó, analizándola.

«Me complace. Que comience el ritual de la nueva vida tras la muerte para un Drakoniano, uno de los nuestros, uno que merece regresar a servirme y dominar el mundo a mi lado».

Al escuchar la voz de su amo y señor los reptiles entonaron de nuevo su extraña letanía. Lasgol y Camu intercambiaban miradas de preocupación, la cosa se estaba poniendo cada vez más fea.

Dergha-Sho-Blaska observó la gran perla un instante y luego miró las doce perlas. Seleccionó una, como había hecho antes, y la envió hasta situarla sobre la columna de agua. Luego usó su magia para llevar la reliquia de dragón hasta colocarla entre la perla y la columna. Finalmente, creó la esfera plateada envolviendo la perla, la reliquia de dragón y lago. El proceso se repitió dentro de la esfera, donde la energía de la perla, el agua y la reliquia se mezclaron. La esfera descendió por la columna hasta sumergirse, destelló tres veces y se deshizo.

Lasgol deseaba con todas sus fuerzas que el ritual fuera un fracaso, que Dergha-Sho-Blaska no consiguiera su propósito. La desilusión que sufrió cuando vio salir del agua a un dragón menor de color blanco con vetas de arena fue tremenda.

«Contemplad el retorno a la vida de un nuevo dragón menor, por la gracia de mi sabiduría y poder».

Los cánticos se elevaron todavía más entre los reptiles al presenciar el milagro de la nueva vida.

«Nuestro amo y señor es sabio más allá de los milenios» señaló el dragón azul.

«Nuestro amo y señor es poderoso más allá de los tiempos»

añadió el marrón.

«Acércate, renacido, e inclínate ante mí, tu amo y señor» ordenó Dergha-Sho-Blaska al dragón menor.

El dragón blanco se acercó y se postró abriendo las alas y tocando con cabeza, cuello y alas el suelo ante su señor.

«A servir a tu amo vienes, a morir por él sin dudar. Te llamarás Zuri-Bada-Zara y someterás a mis enemigos en mi nombre».

«Zuri-Bada-Zara seré y a mi señor y amo serviré hasta la muerte» expresó el dragón como un juramento.

«Las lágrimas tienen el poder suficiente para crear Drakonianos menores, como ya había anticipado» señaló Dergha-Sho-Blaska mirando las perlas, que levitaban junto a su cabeza.

«Podré guardar el poder de la gran lágrima para otro fin mucho más importante, uno que nadie imagina y devolverá a este mundo su antiguo esplendor y belleza».

«Aguardamos las órdenes de nuestro señor con ansia» afirmó el dragón azul.

«Debo realizar preparativos. Un viaje me espera que debo emprender antes de poner en marcha mis planes finales».

«¿Qué debemos hacer, nuestro señor y amo?» preguntó el dragón marrón.

«Seguid con los planes que he establecido aquí. No debe haber dilaciones. Cuanto antes terminemos nuestro cometido aquí, antes podremos reinar sobre el mundo exterior».

«Cumpliremos los deseos del dragón inmortal» aseguró el dragón azul.

«Los planes seguirán adelante sin interrupciones» dijo el marrón.

«El viaje que he de emprender es largo y me llevará un tiempo. Aguardad mi regreso. No me decepcionéis o las consecuencias se pagarán en sangre».

Los tres dragones se postraron ante su señor, seguidos por el resto de los reptiles en la sala.

«Dejo las lágrimas aquí. Que nadie las use en mi ausencia. Solo yo las usaré para los fines que yo crea que merecen. El poder de las lágrimas es finito y, una vez consumido, las lágrimas se destruyen. Nadie puede usarlas».

«Nadie osará tocarlas, gran dragón inmortal» aseguró el dragón azul.

Dergha-Sho-Blaska observó a sus dragones y reptiles un momento más, como midiendo si su amenaza había sido lo suficientemente clara, y luego se volvió de forma lenta y pesada pues apenas entraba en la gran cueva. Un momento después desaparecía en la cueva posterior llevándose todas las perlas con él.

Lasgol vio marchar al gran dragón y sintió una tremenda desesperanza. Se iba con las perlas, sabía que no podía dejarlas allí. Lo que Dergha-Sho-Blaska estaba haciendo era mucho peor de lo que habían sospechado. Lo había presenciado y aun así casi no podía creerlo. Estaba creando un ejército que le sirviera y con el que conquistar Tremia. No solo eso, estaba creando dragones menores para sus fines. La pesadilla más improbable se volvía realidad. No solo tendrían que derrotar al dragón inmortal sino también a su ejército. Cuanto más lo pensaba más inquieto y atemorizado se sentía. Por eso nadie había visto al dragón inmortal, porque había estado escondido en las profundidades de las montañas ejecutando sus planes secretos de conquista. ¿Y a dónde se dirigía ahora? ¿Qué era ese viaje secreto que debía realizar y del que ni siquiera informaba a sus fieles siervos? No sería nada bueno, eso seguro.

Lasgol trató de calmarse. La situación era crítica y el futuro tenía un aspecto aterrador después de lo que habían descubierto, pero debía controlar sus nervios y afrontar lo que venía. Lo primero que pensó fue que debía contárselo a las Panteras y a Gondabar. Tenía que haber esperanza. Sin embargo, en aquel momento y lugar le costaba encontrarla.

Capítulo 42

Las Águilas Reales observaban desde la muralla sur de la capital cómo los ejércitos de Thoran partían hacia la frontera con Zangria, al sureste. Subidos a la almena y escorados al este observaban las maniobras en la gran explanada.

Thoran, Orten y Heulyn estaban sobre las puertas de la ciudad, en las almenas, y a sus pies formaban los temibles Invencibles del Hielo, que no permitirían a nadie llegar hasta ellos. Eran soldados no muy grandes para ser norghanos, pero de aspecto ágil y curtido. Se les conocía por ser expertos espadachines y porque siempre vestían completamente de blanco: casco alado, peto y capa, incluso sus escudos eran blancos. Únicamente el acero de sus espadas norghanas no era blanco en ellos.

La reina no necesitaba hoy de las Águilas Reales. Además de los Invencibles, tenía a la Guardia Real y a los Guardabosques Reales protegiéndola. Por la forma en la que los Invencibles guardaban la entrada a la ciudad, y por cómo Thoran, Orten y Heulyn estaban situados, parecía que estaban despidiendo a los ejércitos. No daba la sensación de que fueran a ir con ellos.

—¿Sabéis si el rey va a unirse a los Invencibles y sus ejércitos? —preguntó Ingrid.

—Yo diría que no —respondió Astrid.

—Lo más prudente es que sus ejércitos abran primero camino hasta la frontera y que luego que se una a ellos —comentó Egil.

—Eso parece que va a hacer —se unió Gerd.

—Si pensabais que Thoran iba a ir abriendo camino, orgulloso y valiente como un líder, es que no lo conocéis demasiado —se jactó Viggo.

—Muy cierto —estuvo de acuerdo Nilsa.

Los primeros en colocarse en formación y maniobrar fueron los soldados del Ejército del Trueno. Eran inconfundibles por lo grandes y fuertes que eran, auténticos soldados norghanos de asalto. Llevaban cascos alados sobre sus rubias cabelleras y barbas doradas. De anchos hombros eran guerreros altos y rudos. Vestían armaduras de escamas completas, escudos redondos de madera reforzados de acero y portaban hachas, una a la cintura y otra enorme de cabeza doble a la espalda. El peto de color rojo fuerte con trazas diagonales en blanco sobre el torso los diferenciaba.

—Impresionan. Parece que podrían derribar esta muralla —comentó Nilsa.

—"Ellos abren camino y el resto del ejército sigue" —recitó Ingrid recordando su lema.

—Muy brutos para mi gusto —señaló Astrid—. Son como osos blancos enfurecidos.

—Estoy contigo, alguien con nuestra habilidad podría acabar con ellos antes de que levanten sus enormes hachas para golpear —comentó Viggo mirando a Astrid.

—Son casi el doble de grandes que un zangriano —comentó Ingrid.

—No hay que subestimar a los zangrianos. Son fuertes, aunque no altos, y son buenos luchando con sus lanzas y escudos de acero —explicó Egil.

—Además de que son muy feos —aportó Gerd con una sonrisa.

—Sí, estoy seguro de que asustarían a esos osos furiosos del norte —dijo Viggo jocoso.

El Ejército de las Nieves comenzó a maniobrar para situarse detrás del Ejército del Trueno también formado por soldados fuertes y grandes con pecheras completamente blancas sobre la cota de malla, que les cubría hasta los muslos. Llevaban espada además de un hacha corta a la cintura.

—Nuestra infantería pesada —comentó Ingrid al verlos maniobrar.

—Buenos en la lucha en formación contra otras infanterías —añadió Egil.

—Los zangrianos pronto les temerán —aseguró Gerd.

—Ya lo hacen, seguro —comentó Nilsa.

Por último, se pusieron en marcha los soldados del Ejército de la Ventisca, con su armadura ligera y con petos con trazas de colores rojo y blanco, horizontales. Entre sus filas había caballería ligera, de reconocimiento, y también arqueros y lanceros. Formaban un grupo mixto multifunción: reconocimiento montado, tiro a distancia y lanceros anti-caballería enemiga.

—¿No deberían ir delante? —preguntó Nilsa.

—La caballería ligera se pondrá en marcha y hará

reconocimiento de avanzadilla para asegurar el trayecto —confirmó Egil.

—Los arqueros y lanceros se quedarán al final —añadió Ingrid.

Una vez los tres ejércitos formaron en tres rectángulos, uno detrás del otro, Thoran dio orden de partir. Entre cuernos que anunciaban la marcha, iniciaron el trayecto hacia la frontera.

—¿Cuántos soldados contáis en total? —preguntó Gerd.

—He calculado dieciocho mil hombres por el número de líneas que he contado en los rectángulos de marcha que forman —respondió Egil.

—Unos seis mil por ejército, entonces —comentó Gerd.

—Eso es.

—¿Y quién los lidera? Porque Thoran y Orten están ahí con los Invencibles, pero no marchan con ellos —preguntó Nilsa.

Ingrid miró a Egil.

—¿Lo sabes?

Egil asintió sonriendo.

—Lo sé. El Ejército del Trueno lo dirige el general Olagson, el Ejército de las Nieves el general Rangulself, y el Ejército de la Ventisca el general Odir.

—¿Son buenos? —preguntó Ingrid.

—Olagson es grande y fuerte como un oso y cuenta con experiencia bélica y con la espada. Rangulself es el estratega, es inteligente. Sé que por físico se parece más a alguien del reino de Erenal que a un norghano, pero es de aquí. De Odir no he oído buenas cosas. Dicen que es temperamental y alocado.

—Esperemos entonces que sea Rangulself el que dirija las acciones —comentó Ingrid.

—Sí, mejor —se unió Nilsa.

—¿Os habéis fijado en que el rey tampoco manda a sus nobles? —comentó Astrid.

—Lo hará en cuanto sus ejércitos tengan controlada la frontera —explicó Egil—. Llamará primero a los del Oeste y los enviará. Luego ira él con su hermano y el resto de los nobles del Este.

—¿Cuándo será? ¿Algún pronóstico? —preguntó Ingrid a Egil.

—En una semana, aproximadamente —respondió él.

—¿Cómo lo sabes? —preguntó Gerd.

—Porque me ha llegado información de que el ejército de Irinel está cerca ya de la frontera con Zangria desde el este.

Todos miraron a Egil sorprendidos.

—¿Viene el rey Kendryk con sus hombres?

—Por supuesto, de lo contrario Thoran no se atrevería a ir contra Zangria. Cuenta con el apoyo de Irinel —comentó Egil—. Han firmado una alianza y, además, el intento de asesinato contra Heulyn lo realizó un zangriano.

—Lo que da causa a su padre, el rey de Irinel, para ir contra Zangria.

—Esto se pone de lo más interesante —comentó Viggo sonriendo.

—Interesante no es la palabra que yo utilizaría —corrigió Ingrid.

Observaron marchar a los ejércitos. En efecto, tal y como esperaban, el rey y los Invencibles se quedaron en la capital.

—Gerd, voy a necesitar que me ayudes esta noche —dijo Egil.

—¿Una de tus misiones secretas? —preguntó el grandullón.

—Primordial, mi querido amigo —sonrió Egil.

—¿Nos unimos? —preguntó Astrid.

—No es necesario, con la ayuda de Gerd será suficiente. Mejor si vosotros os quedáis en la torre por si la reina os hace llamar de improviso —dijo Egil.

—De acuerdo, así lo haremos —respondió Astrid.

—¿A dónde vamos? —preguntó Gerd.

—A ver a un agente con muy buena reputación.

—¿Buena de que es fiable o buena de que es muy bueno en cosas sombrías?

—Lo segundo —sonrió Egil.

—No sé por qué, pero ya me lo temía —se encogió de hombros el grandullón.

Estaba anocheciendo cuando Egil y Gerd llegaron a caballo a la hacienda de un comerciante acomodado al sureste de la capital. Entraron a galope por la vía ajardinada que llevaba hasta un torreón elegante de estilo norghano de cuatro pisos de altura y tejado muy inclinado a ambos lados. Estaba iluminado y había hombres armados de aspecto hosco de guardia frente a la puerta.

Les dieron el alto.

—¿Quién va? —preguntó un guardia de mediana edad armado con espada corta y cuchillo. Era alto y delgado, con una cicatriz en la barbilla.

Egil y Gerd detuvieron sus monturas frente a los guardias.

—Queremos ver a Miroslav —respondió Egil sin bajarse del caballo.

—Aquí no hay nadie con ese nombre —rechazó él y cuatro hombres armados aparecieron para situarse cerca de Egil y Gerd.

—Oh, cierto. En Norghana se hace llamar Mikolson. Queremos ver a Mikolson, si eres tan amable de informar a tu señor.

El guardia los miró de arriba abajo, inspeccionándolos.

—Mi señor no recibe a nadie a estas horas y menos sin cita previa.

—A mí me recibirá —dijo Egil con tono de seguridad.

—¿Quién eres tú? Parecéis Guardabosques.

—Eso es porque lo somos.

—Mi señor no trata con los siervos del rey —dijo, y se llevó las manos a las armas. Los otros cuatro guardias también lo hicieron.

—Dile a tu señor que el Rey del Oeste está aquí y quiere verle.

El guardia se quedó desconcertado.

—¿El Rey del Oeste? ¿Qué Rey del Oeste? No hay ningún Rey del Oeste.

—No te preocupes, informa a tu señor. Querrá verme, te lo aseguro.

Volvió a mirarlos, esta vez con ojos de duda.

—Aguardad aquí. No desmontéis.

—Aguardaremos —confirmó Egil con tono amable.

El guardia entró, no sin antes advertir a sus compañeros.

—Si intentan algo matadlos.

Mientras esperaban vieron que otros tres guardias aparecían de la parte posterior del edificio. Egil y Gerd se mantuvieron tranquilos.

El más veterano no tardó en salir.

—Mi señor te recibirá —informó.

—Gracias —Egil desmontó y Gerd lo hizo tras él. Se dirigieron a la puerta como si nada temieran, aunque la situación era peligrosa. Aquellos guardias tenían muy mal aspecto.

—Me llamo Iresten. Seguidme —dijo.

Egil asintió y entraron en la casa. Tres guardias entraron tras ellos. Si ya por el exterior se veía que era una hacienda de alguien con medios, lo que vieron en el interior de la gran casa norghana lo corroboró. Había alfombras de piel de oso blanco en los suelos, tapices extranjeros en las paredes, muebles de calidad y objetos decorativos de aspecto valioso.

Les condujeron a una estancia grande en la primera planta. En ella había varios sillones de terciopelo de diferentes colores y tres grandes armeros de los que se usaban para exponer armas, no tanto para guardarlas.

—Aguardamos aquí —dijo Iresten. Los tres guardias se situaron en la puerta.

Egil y Gerd observaron las armas en los armeros. En el primero había espadas de diferentes estilos muy bien elaboradas. Las había de diferentes reinos, de hecho, casi parecía una exposición de espadas de Tremia. Las había del Imperio Noceano, de Rogdon, de Erenal, de Irinel, del lejano este... En el siguiente armero tenían lanzas y picas también de diferente reinos y regiones de Tremia. Algunas eran enormes, debían pesar una barbaridad, solo manejables por guerreros del tamaño de Gerd.

Si los dos primeros armeros les encantaron, el tercero los dejó maravillados. Exponía arcos de todo tipo de exquisita elaboración. Había también varias ballestas que llamaron la atención de Egil y Gerd, pues eran armas poco conocidas y solo usadas en el este, en las ciudades estado de la costa.

—¿Admirando mi colección de armas? —preguntó una voz aguda.

Egil y Gerd se volvieron.

—Magníficas armas, impresionantes, de hecho —alabó Egil.

—Lo son, y me han costado una fortuna —sonrió el hombre que acababa de llegar. De cerca de sesenta años, se conservaba bien. No era norghano, sus rasgos eran de más al este. Era alto y delgado y sonreía con una sonrisa peligrosa. Sus ojos eran verdes, intensos.

—Algunas son de una exquisitez asombrosa —comentó Egil señalando una de las espadas.

—Creadas por los mejores artesanos. Eso puedo constatarlo.

—Se aprecia solo con mirarlas.

Miroslav sonrió.

—Imagino que no estáis aquí por mi colección privada de

armas.

Egil se volvió hacia su interlocutor.

—No, estamos aquí por un asunto delicado.

—Entiendo que eres Olafstone.

Egil asintió.

—Y yo que tú eres Miroslav.

—Hace tiempo que no uso ese nombre. Ahora se me conoce como Mikolson. Es mejor para los negocios —sonrió y mostró una dentadura blanca y bien cuidada.

—Sin duda —asintió Egil.

—Me ha extrañado que te presentes con tu título prohibido. Es uno que solo se usa en ciertos ambientes y nunca se hace en abierto —comentó Miroslav.

—He pensado que un comerciante tan bien informado y relacionado sentiría curiosidad si me presentaba con ese título. Además, tengo algo de urgencia y no quería perder tiempo.

—Siento curiosidad, sí.

—No creo que aquí, en este ambiente, mi título represente peligro.

Miroslav sonrió.

—No lo representa. En esta, mi casa, todos pueden negociar, reyes y mendigos, siempre que tengan oro. También te diré que se aprecia la honestidad de los negociantes sobremanera.

—Eso tenía entendido.

—¿En qué puedo ayudar al Rey del Oeste? —preguntó Miroslav abriendo los brazos.

—Necesito un nombre y me han informado de que tú puedes proporcionármelo.

—Parte de mis negocios es tratar con nombres. ¿A qué cuál te refieres?

—A uno que contrató a un asesino zangriano para acabar con la reina.

Miroslav echó la cabeza atrás, sin duda sorprendido, y luego asintió varias veces.

—¿Y si dijera que ese trato no pasó por mis manos?

—Desafortunadamente no te creería y tendríamos un problema —dijo Egil muy serio.

Los guardias de Miroslav se llevaron las manos a las armas. Gerd reaccionó haciendo lo mismo.

Egil y Miroslav se quedaron mirándose el uno al otro fijamente a los ojos.

—Quietos todos —dijo Miroslav a sus guardias—. Estoy seguro de que la Liga del Oeste sabe que su líder está aquí. Si algo le pasara vendrían a por nosotros y son unos cuantos miles de hombres.

—También las Águilas Reales del rey —añadió Egil.

—Cierto, lo había oído. Tienes amigos poderosos y peligrosos.

—Pero he venido a verte sin ellos. No deseo una confrontación, sólo necesito la información. Sé que tú mediaste en el trato y la tienes. Prefiero que me la des que tener que arrebatártela por la fuerza.

—Cosa que harás si no te la doy...

—Como he dicho, la necesito. Es importante.

—¿Y si te diera un nombre zangriano?

—Estaría muy decepcionado. Los dos sabemos que la mano detrás del intento de asesinato no es zangriana.

Miroslav sonrió.

—Había oído que eras muy inteligente y ya veo por qué lo dicen y por qué Thoran tendrá un día un grave problema contigo.

Egil se encogió de hombros y sonrió.

—Tú y yo somos hombres de negocios. Podemos seguir haciéndolos en el futuro —ofreció Egil sonriente—. Yo necesitaré de contactos e información que sé que tú tienes. Dispondré de oro del Oeste y pago muy bien a mis colaboradores.

Aquella propuesta pareció interesar a Miroslav, que se quedó pensativo.

—Interesante. Tal y como lo veo puedo matarte ahora y arriesgarme con la Liga y los Guardabosques o puedo hacer negocios contigo ahora y en el futuro.

—Y sin riesgos —añadió Egil.

—Necesitaré un gesto de buena voluntad —exigió Miroslav.

Egil asintió.

—Lo esperaba —metió la mano en su capa de Guardabosques y sacó una bolsa de oro que le entregó.

Miroslav no la abrió, simplemente sintió el peso en su mano.

—Muy bien. Tienes un trato —dijo a Egil y le ofreció la mano.

—Es un trato —confirmó Egil tomándola y estrechándola con fuerza.

—El nombre que buscas es Rolemus, un noble y espía del Reino de Erenal.

Egil asintió.

—¿Dónde lo encuentro?

—Está en la frontera zangriana con Norghana, asegurándose de que la guerra se produce. Se esconde en el lado de Zangria, en la aldea de Murdol.

—Es un placer hacer negocios contigo —dijo Egil.

—Lo mismo digo. Pronto hablaremos de otros negocios más lucrativos.

—Desde luego. Con tu permiso, debemos regresar, nos esperan asuntos importantes.

—No hay problema —Miroslav les dio paso a la puerta con el brazo.

Egil y Gerd abandonaron la hacienda y cabalgaron de vuelta a la capital. Mientras regresaban Gerd no pudo resistirse a preguntar, tenía muchas dudas por lo que había sucedido.

—¿Crees que te ha dado la información buena?

—Lo ha hecho, le interesa.

—¿Te fías de él? Te has presentado como el Rey del Oeste... ¿No es un riesgo?

—Por supuesto que no me fío. Es un hombre peligroso, muy inteligente y con cantidad de contactos. Le he dado una información que él ya conocía. Hay agentes en la sombra que saben quién soy y cómo se me conoce en el Oeste.

—Eso es peligroso.

—Lo es, pero ninguna información puede permanecer como secreto para siempre. Tarde o temprano se conoce.

—Entonces, ¿fue Erenal quien intentó matar a la reina?

—Primordial, querido amigo.

—¿Y qué vamos a hacer?

—Vamos a evitar una guerra y quizá empezar otra.

—Eso no suena muy bien.

—Lo sé, pero es cuanto podemos hacer.

Los dos amigos continuaron cabalgando mientras la noche los envolvía en el camino hacia la capital.

Capítulo 43

Camu, Ona, y Lasgol vieron a Dergha-Sho-Blaska irse y desaparecer en el interior de la cueva posterior. Los dragones menores comenzaron a dar órdenes a los reptiles, que empezaron a moverse. Únicamente los humanos se mantenían quietos junto al lago de aguas termales. Varios de los escorpiones comenzaron a subir por las rampas en espiral hacia donde ellos se escondían.

Lasgol les hizo gestos a sus compañeros indicando que debían ascender. Subieron en silencio, intentando no hacer ruido hasta llegar a la atalaya superior. Lasgol hizo otra seña y buscaron una caverna intermedia, una de las de almacenamiento de víveres y agua, para esconderse. Los tres se resguardaron detrás de unos enormes barriles.

No tardaron en pasar por la cueva varios escorpiones en dirección a otras cuevas anteriores. Como no los habían descubierto, Lasgol dio como bueno el escondite.

«Ya habéis visto lo que trama Dergha-Sho-Blaska. ¿Qué hacemos?» preguntó a sus amigos, aunque la pregunta también iba dirigida a sí mismo.

«Ir ahora a cueva y hacer justicia» transmitió Camu con tono enfadado y enviando un sentimiento de rabia.

«Esa no es una buena opción, Camu. Sé que estás muy enfadado por la muerte de Eicewald, pero no podemos enfrentarnos a Dergha-Sho-Blaska nosotros solos».

«Sí poder» insistió Camu, testarudo.

Ona gimió dos veces.

«Escucha a tu hermana, ella sabe que es una locura. No podemos enfrentarnos al dragón inmortal y mucho menos cuando tiene tres dragones menores con él y todo tipo de grandes reptiles a su servicio. Nos despedazarían en un abrir y cerrar de ojos».

«Nosotros mucho poderosos. Yo magia, tú magia y arco. Nosotros poder» insistió Camu con cabezonería.

«La rabia y el enfado que sientes no te dejan pensar con claridad. Lo entiendo, yo me siento igual. También quiero justicia para Eicewald y me gustaría acabar con el dragón inmortal. Y más ahora que sabemos que sus planes son esclavizar a la humanidad y reinar en todo el mundo. Pero no podemos enfrentarnos a él y a todos sus monstruos, eso es una locura que terminaría con nosotros muertos. Así no conseguirás justicia ni que la rabia desaparezca, solo que nos maten a todos».

Las palabras de Lasgol parecieron tener efecto en Camu, que se quedó pensativo un rato.

«No querer morir todos por mi culpa» transmitió Camu con un sentimiento de pena que llegó a Lasgol y Ona.

«Lo sé, tranquilo. Solo lo he dicho para hacerte entrar en razón».

«Tener que hacer algo» transmitió y el sentimiento de rabia volvió.

«Sí, eso estoy valorando. Si merece la pena que nos arriesguemos o no».

«¿Arriesgar qué?».

Lasgol hizo una mueca de desasosiego.

«No podemos enfrentarnos al dragón inmortal y tampoco a sus dragones menores y reptiles. De hecho, no estamos en condiciones de enfrentarnos a nadie después de la paliza que nos ha dado el dragón rojo. Y, además, se nos echarían todos encima. Pero tampoco quiero que Dergha-Sho-Blaska se quede con las perlas. Estoy pensando, aunque es muy peligroso, que deberíamos intentar robárselas. De esa forma desbarataríamos sus planes inmediatos...».

«Buena idea. Yo gustar».

«Pero es muy arriesgada...».

«No poder dejar que Dergha-Sho-Blaska salir con sus planes».

«Sí, eso estoy pensando yo también».

«Nosotros robar perlas» transmitió Camu convencido.

A Lasgol la duda le estaba matando. Por un lado quería impedir a toda costa que el dragón inmortal pudiera seguir adelante con sus planes de conquista y esclavización. Por otro, tenía la horrible sensación en la boca del estómago de que si intentaban ir a por las perlas, morirían. O peor, que Camu y Ona muriesen por su culpa, por haber intentado una locura y no haber tenido mejor juicio.

«No lo sé... es demasiado peligroso...» transmitió con gran preocupación.

«Yo decir riesgo merecer pena».

Ona gruñó una vez.
Lasgol resopló y luego suspiró habiendo tomado una decisión.
«Está bien. Intentaremos robar las perlas».
«¡De acuerdo!» exclamó Camu muy contento.
«Solo espero que no acabemos los tres muertos».
«Nosotros conseguir. Tú ver».
«Ojalá tuviera tu optimismo. O bueno, mejor no. Un poco de sentido común es necesario, aunque empiezo a pensar que lo estoy perdiendo poco a poco».
«Situación crítica. Decisión mucho crítica. Siempre buena».
«Ya… con esa filosofía de vida no llegaremos a mañana» Lasgol negó con la cabeza.

Aguardaron un rato antes de lanzarse a la misión. Varios escorpiones pasaron en ambas direcciones, unos regresando de la gran caverna con el lago termal y otros yendo hacia ella. Eso no era nada bueno, les podían descubrir.

Lasgol decidió esperar a que se hiciera de noche en el exterior. No porque les fuera a ayudar en cuanto a la oscuridad, porque el lugar era ya oscuro y solo las antorchas lo iluminaban, sino porque confiaba en que los guardias reptilianos se fueran a descansar, y eso sí les daría una ventaja. Aunque no podían saber si era ya de noche fuera, aguardaron.

Al ver que no pasaba ninguna criatura, Lasgol se decidió a actuar.

«Vamos, con mucho cuidado. Evitemos que nos descubran».
«De acuerdo».
«Si nos descubren huiremos. ¿Entendido?».
«Sí, entendido».
Ona gruñó una vez.

Camu hizo uso de su habilidad de Camuflaje Extendido y salieron de su escondite. Muy despacio y atentos a cualquier sonido se dirigieron a la gran cueva. Estaban a punto de llegar cuando se encontraron con el primer obstáculo. Sobre la plataforma que daba acceso a la espiral que descendía a la base de la cueva había dos escorpiones de guardia.

«¿Qué hacer?» preguntó Camu.

Los escorpiones no podían verlos y tampoco su rastro, pues sobre la roca no estaban dejando huellas. El problema era que no dejaban paso.

«Tengo una idea. Estad atentos» Lasgol se agachó y con cuidado cogió un par de piedras que había en el suelo rocoso. Aguardó un momento y las lanzó a un lado de la plataforma, el más alejado y en penumbras. Lo hizo con fuerza y al golpear la pared de roca emitieron un sonido delatador.

Los dos escorpiones se giraron hacia la procedencia del sonido. Observaron pero no pudieron ver nada pues estaba muy oscuro. Intrigados, se acercaron a investigar lo que sucedía con sus aguijones y pinzas listos para atacar.

«¡Ahora, rápido, vamos a la espiral!».

Se movieron los tres con rapidez. Camu marcaba el paso y Lasgol y Ona lo seguían a su lado para no salir del área de efecto de la habilidad que los ocultaba. Comenzaron a bajar por la espiral en el momento en que los dos escorpiones, al no descubrir nada extraño, regresaban a su posición.

«Ha funcionado» transmitió Lasgol con un resoplido bajo.

«Nosotros mucho buenos. Yo saber».

«Ya, demasiado sabes tú».

Continuaron descendiendo hasta llegar a la parte baja.

«Nos pararemos a observar» dijo Lasgol y se detuvieron. Se acercaron al borde y estudiaron la situación. Lo primero que vieron fue que seguían estando los grupos que antes habían visto. En una esquina estaban los escorpiones con su líder y en la otra las cobras. Había dos escarabajos gigantes junto a las aguas en mitad de la caverna. Los humanos, Defensores y Visionarios estaban más apartados en otra esquina.

Lasgol esperaba que no hubiera tanta presencia enemiga, que se hubieran retirado a descansar a alguna otra cueva. No era el caso. La caverna estaba llena de siervos del dragón inmortal, lo cual dificultaba la incursión sobremanera. Empezaba a sentir que cada vez que tenían que realizar alguna misión complicada, la suerte no los acompañaba. La fortuna no era siempre su aliada y hoy parecía no sonreírles.

«Mucho guardia».

«Sí, nos lo ponen complicado».

«Nosotros poder».

Lasgol observó la caverna y trazó una ruta que los llevaría desde la espiral en la que estaban hasta la caverna posterior. Lo hizo teniendo en cuenta dónde se encontraban las cobras, que eran las que mayor peligro representaban ya que podían descubrirles por el olor. Los escorpiones, escarabajos y humanos no los iban a descubrir a menos que hicieran ruido, o eso esperaba.

«Vamos a cruzar. Iremos pegados al lago, lo más alejados posible de las cobras».

«¿Pegados lago?».

«Sí, lo más arrimados al lago posible, pero cuidado con las cobras, los humanos y los escorpiones, nada de ruidos».

«De acuerdo».

Lasgol dio un par de golpecitos en la espalda de Camu y comenzaron el descenso. Llegaron a la base de la espiral y se detuvieron. Observaron la caverna y a sus ocupantes. Parecían tranquilos, descansaban, pero al mismo tiempo estaban vigilando. En cuanto hubiera la más mínima sospecha de que algo sucedía, todos se pondrían en movimiento y se les echarían encima, algo que Lasgol quería evitar a toda costa.

Comenzaron a avanzar muy despacio, paso a paso, todos a una, y se dirigieron por el centro hacia el lago. Esta parte del recorrido estaba despejada, al menos al principio. Lasgol observaba las cuatro esquinas de la caverna y a los diferentes grupos de enemigos en ellas. Con cada paso que daban la tensión subía. Era como caminar entre un montón de leones dormidos que en cuanto despertaran los devorarían.

Lasgol se sacudió aquel pensamiento de encima, aunque sabía que los tres iban pensando lo mismo. Debían tener un cuidado y compenetración total o su audacia iba a terminar muy mal. Los pasos los daban a la vez, sin apresurarse para no hacer ruido. Un paso cada vez, despacio y en silencio. Era complicado de llevar a cabo puesto que no se veían. Tenían que hacerlo según Camu se movía y no era fácil.

De pronto, el escorpión jefe y la cobra líder abandonaron sus grupos y se juntaron en medio de la caverna. Camu se detuvo y con él Ona y Lasgol. Aguardaron a ver qué sucedía. Los dos líderes parecieron comunicarse de alguna forma, aunque ellos no fueron capaces de entender cómo. Al estar los dos en medio de la caverna les cortaban el paso, así que Camu cogió el camino largo dando la vuelta al lago por detrás en lugar de por delante, que era lo que iban a intentar inicialmente.

Comenzaron a bordear el lago muy despacio. La tensión iba en aumento pues veían a sus enemigos allí mismo, frente a ellos, y eso les hacía ponerse muy nerviosos. La cosa se complicó enseguida. En la parte posterior del lago había varios cocodrilos de gran tamaño a los que no habían visto por los vahos que salían de él. Camu se detuvo. Parecían dormitar, estaban quietos junto al agua. El problema que representaban era que tendrían que pasar entre ellos, pues había dos con medio cuerpo en al agua y medio cuerpo fuera. No iban a poder seguir por el borde.

«Con cuidado. Pasemos entre ellos» envió Lasgol.

«De acuerdo» respondió Camu.

Llegaron hasta el primer cocodrilo, que tenía la cola y la parte trasera dentro del lago y el resto del cuerpo y la boca fuera. Con mucho cuidado, Camu maniobró para pasar frente a él, pero sin llegar a pisar a otro que estaba un poco más a su derecha, también durmiendo. Debían atravesar entre ambos sin pisar a ninguno de ellos. Lasgol se dio cuenta de que sudaba, y no era por las aguas termales. Avanzaron con extrema cautela y esquivaron al primero pasando cerca del que tenía en frente. El problema fue que había un segundo cocodrilo también con medio cuerpo en el agua y medio fuera y frente a él dos más.

Con una sangre fría tremenda, Camu maniobró entre ellos. Hubo un momento en que se vieron en medio de seis cocodrilos enormes. Lasgol tenía la sensación de que los iban a descubrir y que las fauces de los monstruos iban a clavarse en sus piernas en un instante y por sorpresa. Era como ir por un bosque plagado de trampas ocultas. Pisarían una, saltaría y luego, al intentar huir, saltaría el resto. Los cocodrilos los iban a despedazar.

Con cada paso observaban si los habían oído o descubierto de alguna forma. El trayecto era un suplicio, no solo para Lasgol, también para Ona y Camu. Pisaban con tanto cuidado que solo avanzaban un poquito con cada paso.

Bordearon el lago sin que los descubrieran y llegaron a la parte superior. De allí al final de la caverna no había demasiado, pero implicaba salir al descubierto por completo. La protección que el lago les proporcionaba se terminaba.

Avanzaron despacio, muy atentos a cualquier movimiento enemigo. Las cobras no estaban lejos y eso les intranquilizaba mucho. De detectar su olor todo terminaría en un abrir y cerrar de ojos. Lasgol ya imaginaba lo que sucedería. Las cobras se les lanzarían encima, rociándoles con su veneno. Luego los escorpiones serían capaces de verlos e irían a por ellos. Por último, los escarabajos, cocodrilos y humanos se lanzarían a despedazarles. No saldrían con vida de allí.

Pese a los malos augurios continuaron avanzando hacia el final de la caverna. Las cobras no parecieron detectarles, por lo que consiguieron cruzar toda la cueva y llegar al final.

Temían encontrarse con Dergha-Sho-Blaska en la cueva posterior, pero por fortuna no estaba allí. La caverna era descomunal, más grande incluso que la que acaban de cruzar. No tenía parte superior hacia el lado norte y se apreciaban el firmamento y las estrellas. El gran dragón debía de haber abandonado la cueva por allí. Esto les daba un respiro, la ausencia de Dergha-Sho-Blaska era una ventaja. De haber estado hubieran tenido que salir de allí de inmediato. Lasgol resopló por lo bajo. Era una buena noticia.

En medio de la caverna, los tres dragones menores descansaban. Estaban tumbados en el suelo y parecían dormir con respiración pesada. Tras ellos se levantaban dos pedestales de plata sobre los que estaban las perlas, que destellaban con intermitentes brillos argénteos. Sobre el primer pedestal estaba la lágrima y sobre el segundo las doce perlas pequeñas. Estaban expuestas como trofeos, al alcance de la mano, solo que con tres monstruos guardianes que las protegían.

Nadie podía acercarse a ellas y mucho menos cogerlas, para eso estaban allí los tres dragones, para impedir tal osadía, una que ellos iban a intentar cometer. Lasgol supo casi de manera instintiva que detectarían cualquier movimiento o fluctuación de poder a sus espaldas. No iban a poder mover las perlas así como así.

«No bueno» envió Camu, que ya intuía la problemática.

«No lo es, no».

«Tener que hacer algo».

Lasgol miró a su espalda y vio a todos los reptiles monstruosos que habían dejado atrás. No era momento de rendirse, no después de haber llegado hasta allí.

«Dame un momento que lo piense».

La situación era de lo más complicada. Un movimiento en falso y los dragones y todos sus sirvientes despertarían y se les echarían encima. No era lo que Lasgol quería, debía conseguir su propósito sin que eso sucediera. Cuanto más miraba las perlas, más sentía que si las tocaban los dragones lo notarían. No sabía cómo, pero temía que lo iban a captar.

Consideró la situación. Rodear a los dragones no representaba un problema si no se despertaban. ¿Pero cómo iban a coger las perlas sin que lo notaran? Observó que dormían como tres grandes sabuesos. Lasgol sabía que estaban regenerando energía, del mismo modo que Camu y él hacían al descansar. Al pensar en la energía tuvo una idea. Era arriesgada, pero podría funcionar.

«Camu, vamos hasta los pedestales. Da un rodeo amplio, ni te acerques a los dragones».

«De acuerdo, yo dar rodeo».

Despacio y con cuidado, pegados a la pared a su izquierda, llegaron hasta los dos pedestales en la pared al fondo. Los dragones quedaron en medio de la caverna, a sus espaldas. Se acercaron hasta casi tocar las perlas.

«Camu, quiero que crees una cúpula de protección anti-magia» pidió Lasgol.

«Yo crear» Camu creó la cúpula, que cubrió las perlas y también a ellos.

«Ahora quiero que envíes mucha energía a la cúpula de forma que niegue cualquier magia en el interior».

«Ya negar magia» envió Camu con un sentimiento de que no entendía lo que Lasgol le pedía.

«Sí, sé que la cúpula nos protege de cualquier magia externa que intente penetrarla. Lo que quiero es que evite al mismo tiempo la magia en su interior».

«No saber si poder».

«Inténtalo, nada perdemos».

Camu cerró los ojos y se concentró. Comenzó a enviar energía a la cúpula, que era translúcida, pero emitía un pequeño brillo plateado.

«Seguro que lo consigues. Tú puedes negar la magia sin problema» animó Lasgol.

«Yo poder. Tú ver» respondió Camu convencido y envió más energía a la cúpula, que ahora no solo evitaba que la magia exterior pudiera afectarles, sino que también negaba la magia en su interior.

«Filtra la comunicación mental. Deja que ocurra o no podremos comunicarnos».

«Yo dejar mensajes mentales» confirmó Camu.

«Voy a hacer una prueba» dijo Lasgol, e invocó su habilidad Agilidad Felina. No se produjo. El destello verde comenzó a darse y falló.

«¿Bien?».

«Muy bien» confirmó Lasgol.

«¿Qué hacer ahora?».

«Ahora voy a coger una de las perlas. Con un poco de suerte, la cúpula que has creado no permitirá que su poder surja hacia el exterior».

«No saber seguro».

«Lo sé, pero tendremos que arriesgarnos».

«De acuerdo. Coger perla».

Lasgol estiró la mano y cogió una de las doce perlas. La levantó mientras miraba de reojo a los dragones, pero no se movieron. Con mucho cuidado, Lasgol metió el objeto en su macuto. Los dragones no parecieron notarlo.

«Parece que funciona. Sigue enviando energía a la cúpula».

«Yo seguir».

Lasgol fue cogiendo una por una las perlas con extremo cuidado y las fue metiendo en su macuto. Cada vez que levantaba una miraba con temor a los dragones.

Seguían durmiendo sin darse cuenta de lo que sucedía. Su idea estaba funcionando. Lasgol apenas podía creerlo.

Terminó de meter las doce perlas en su macuto y llegó el momento de coger la gran lágrima de plata que estaba en el otro pedestal. Dudó si hacerlo. Tenían ya las doce perlas, podían marchar y no arriesgar más, pero eso significaba que Dergha-Sho-Blaska podría seguir creando su ejército y la idea no le gustó lo más mínimo. No, no se lo iban a permitir. Se llevarían todos los objetos.

Puso las manos sobre la lágrima y comenzó a levantarla.

El dragón azul se movió.

Lasgol se quedó quieto, como si fuera de piedra.

El dragón marrón también se movió.

Capítulo 44

La frontera no había visto tanta actividad en mucho tiempo. En el lado norghano los tres ejércitos de Thoran habían tomado posiciones y montado los campamentos de guerra, el Ejército del Trueno en medio, el de las Nieves a su derecha y el de la Ventisca a la izquierda. Miles de soldados aguardaban inquietos, preparados y a la espera de la orden para entrar en combate.

El rey Thoran y sus nobles habían llegado hacía dos días con los Invencibles del Hielo. La reina Heulyn acompañaba a su marido, cosa no habitual en una campaña bélica, pero la Reina Druida era todo menos habitual. Al viajar con el rey y la protección de Guardia y Guardabosques Reales, no requería de las Águilas, aunque había pedido que fueran al frente de todos modos por si se les requería. Esto les daba un respiro a las Águilas y les situaba en la frontera junto a todos los ejércitos.

El séquito del rey había acampado tras los tres ejércitos. Thoran no quería estar demasiado delante y ser blanco de tiradores y asesinos zangrianos. La retaguardia, bien protegida por los Invencibles, era donde se sentía más seguro. Los nobles del Este y sus hombres se mantenían con el rey y los Invencibles. Los nobles del Oeste y sus fuerzas se habían adelantado hasta situarse junto al Ejército de la Ventisca por orden de Thoran. Estaba claro que serían los primeros en cruzar el río que ejercía de frontera.

Al otro lado de este, a una legua de distancia, estaban acampadas las fuerzas del ejército zangriano. Cinco regimientos de infantería liderados por generales zangrianos de valía con unos nueve mil soldados en cada uno. Se estimaba que sus fuerzas contaban con más de cuarenta y cinco mil unidades en total. Estaban bien entrenados y alimentados. Los colores amarillo y negro cubrían una enorme extensión de tierra donde el gran ejército estaba acampado. Caron, Rey de Zangria dirigía a sus hombres y su tienda de mando estaba en medio de éstos. Los estandartes y el tamaño de la enorme tienda no dejaban duda de que el rey estaba allí. Junto a sus Generales se preparaba para la batalla, que ya era inevitable, si bien la guerra no se había declarado como tal.

No muy lejos de donde los ejércitos zangrianos acampaban, Astrid y Viggo se acercaban a la aldea de Murdol desde el sur en medio de la noche. Habían entrado en territorio zangriano evitando la frontera con Norghana, que estaba plagada de soldados, espías, tiradores y asesinos. Egil les había trazado una ruta alternativa, mucho más larga, pero más segura. Habían descendido hacia el sur desde Norghana hasta tener a la vista los bosques interminables de los Usik. Desde allí se habían dirigido hacia el este para entrar en territorio zangriano por una zona vigilada, pero mucho menos que la frontera con Norghana. Y después habían tomado rumbo norte, a la aldea de Murdol.

Les había llevado varios días dar todo aquel rodeo para evitar la frontera, pero había valido la pena, pues estaban ya cerca del objetivo. Habían dejado los caballos ocultos en un bosque y se aproximaban a pie esquivando puestos de vigilancia. La aldea estaba bien iluminada y tomada por un centenar de soldados. No muy lejos, a media legua, había un campamento de guerra con más de un millar de efectivos. De ser descubiertos, los colgarían por espías. Escapar tampoco iba a resultar fácil con todos aquellos soldados en los alrededores.

Se detuvieron a observar la casa. Era una construcción de campo señorial, a una legua al sur de la aldea. Habían investigado y eliminado otras dos casas de terratenientes de la zona. Astrid era la encargada de colarse en las viviendas y registrarlas. Viggo la seguía por si se presentaba alguna dificultad que tenían que eliminar. Los dos vestían con ropajes negros de Guardabosques Asesino y llevaban capucha y pañuelo cubriendo boca y nariz, lo que únicamente dejaba los ojos a la vista.

—Guardias rodeando la casa —susurró Astrid a Viggo.

—¿Me deshago de ellos?

—Solo de los que están bajo el balcón posterior.

—De acuerdo —confirmó Viggo.

—Espera a mi orden.

Viggo asintió.

Se pusieron en movimiento. Salieron de entre la maleza donde se escondían y con cuidado se acercaron a los dos guardias bajo el balcón. Había otros dos no muy lejos y seis en la parte anterior de la casa, vigilando la puerta de entrada. Sin embargo, la mayor dificultad era la patrulla de cuatro que daba la vuelta completa al perímetro de la casa cada cierto tiempo.

A una señal de Astrid se tumbaron en el suelo sobre la hierba. Olía a noche de verano. El aroma era mucho más cálido en Zangria que en Norghana. La temperatura era de lo más agradable, aunque los norghanos no estaban acostumbrados, para ellos era calurosa. Era la ventaja de los reinos de Tremia Central, que tenían un clima de lo más apacible. Los dos Asesinos disfrutaban de aquel buen tiempo, pues por una vez no se helarían en una misión.

Una patrulla pasó frente a ellos. Era lo que Astrid estaba esperando. Una vez lo hicieron, y corriendo el riesgo de ser descubiertos, se pusieron en movimiento. Llegaron hasta unos arbustos decorativos del jardín posterior de la casa y se escondieron. Desde allí podían ver a los dos guardias que charlaban entre ellos apoyados en la pared.

—Adelante —susurró Astrid a Viggo.

Viggo salió disparado hacia ambos a la velocidad de una flecha corriendo con total sigilo. Uno de los dos guardias vio una sombra oscura acercarse y entrecerró los ojos, como para asegurarse de que estaba viendo bien.

—¿Qué...? —balbuceó.

El otro dirigió la vista hacia donde su compañero miraba.

Era demasiado tarde, tenían a Viggo encima. Dio un salto tremendo y cayó sobre los dos guardias como una criatura salida de la oscuridad. Les golpeó en barbilla y sien haciendo uso de las empuñaduras de sus cuchillos para dejarlos fuera de combate en un abrir y cerrar de ojos.

Astrid llegó un instante después y sacó la cuerda con garfio que llevaba en su macuto. Con maestría la lanzó al balcón y se enganchó a la primera. Tiró hacia abajo para ver si el enganche era bueno. Lo era. Comenzó a subir con gran rapidez seguida bien de cerca por Viggo.

Alcanzaron el balcón y Viggo forzó la cerradura con sus ganzúas en un momento. Entraron en la casa sin hacer ruido. La habitación estaba a oscuras y vacía. Astrid se acercó a la puerta y, tras escuchar un momento, la abrió una rendija. Entró luz del exterior. Descubrió que daba a un largo pasillo y que había un guardia apostado en él. Le indicó a Viggo que era uno con el dedo índice y luego se señaló a sí misma con el pulgar. Viggo asintió, se apartó y dejó que Astrid se encargara del guardia.

La puerta se abrió lo suficiente para que Astrid saliera de costado. En cuanto tuvo el cuerpo fuera se pegó a la pared y se agachó detrás de una mesilla para ocultarse. El guardia estaba a medio pasillo y parecía adormilado. Una lámpara de aceite sobre una mesilla a su lado era la que daba luz a la zona. Astrid aguardó hasta asegurarse de que no miraba en su dirección y luego vertió una sustancia de un contenedor de su cinturón en un pañuelo negro. Se acercó con sumo sigilo al guardia, que no la oyó ni la vio venir, y con un movimiento fulgurante le puso el pañuelo sobre la boca y la nariz y apretó con fuerza. Un momento después el guardia quedaba inconsciente sobre el suelo sin hacer ruido.

Viggo se acercó.

Astrid le indicó que la siguiera a distancia y se puso en marcha. Registró la zona habitación por habitación. El objetivo no estaba allí. Subió por unas escaleras amplias de madera al piso superior, donde otro guardia vigilaba el recibidor. Astrid se encargó de él antes de que pudiera reaccionar y lo apartó a un lado para que el guardia del interior del pasillo no se diera cuenta. Lo hizo tan rápido que fue como si un espíritu hubiera caído sobre él sin darse cuenta.

Viggo observaba desde la escalera tumbado sobre los escalones.

El guardia del pasillo se extrañó al no ver a su compañero y se dirigió al descansillo. Astrid había retirado el cuerpo a un lado y aguardaba con la espalda contra la pared. Según el hombre salía al descansillo, Viggo se puso en pie en las escaleras y le tiró su cuchillo de lanzar. Le alcanzó en medio de la frente con la empuñadura. Del golpe y el susto, el guardia echó la cabeza atrás. Astrid surgió a su izquierda y con una mano cogió el cuchillo de Viggo en el aire para que no cayera al suelo y con la otra lo dejó inconsciente con el pañuelo.

Sujetó al guardia para que no hiciera ruido al caer y lo depositó con suavidad sobre la madera del suelo. Luego le devolvió el cuchillo a Viggo, que retiró el cuerpo a un lado, y continuó el registro entrando en todas las habitaciones sin hacer el menor ruido. Llegó al final del pasillo y se encontró con una puerta doble. Miró a través de la cerradura. No había luz, pero era un dormitorio. Pensó en avisar a Viggo, pero ella también tenía ganzúas y sabía cómo abrir cerraduras. Quizá no fuera tan buena como Viggo con ellas, pero se apañaba. Las sacó y con mucho cuidado abrió la cerradura y entró en la habitación.

Cerró la puerta tras ella y se desplazó por el suelo como si fuera una araña negra directa a atacar a quien durmiera en la cama. Observó la gran cama con dosel. Podía ver a alguien gracias a la luz de la luna que se colaba por una ventana cuyas cortinas no estaban del todo corridas. Aquel hombre no era zangriano. Tenía pelo moreno corto, nariz aguileña y tez con un color algo más tostado que la de un norghano o zangriano, era sin duda del reino de Erenal.

Con sigilo se acercó a su lado y sacó uno de sus cuchillos. Le puso la mano en la boca y el cuchillo en el cuello. Al sentir el contacto del frío acero sobre su piel el hombre despertó abriendo los ojos somnolientos y vio a Astrid mirándolo fijamente. Los ojos del hombre se abrieron desorbitados al darse cuenta de lo que sucedía.

—Escucha con atención si quieres vivir —susurró Astrid al oído en un tono apenas audible.

El hombre intentó hablar, pero Astrid le tapaba la boca con fuerza.

—¿Eres Rolemus? —preguntó Astrid y dejó que pudiera asentir o negar retirando un dedo el cuchillo de su cuello.

El hombre negó con la cabeza.

Astrid volvió a ponerle el filo en el cuello.

—En ese caso no me interesas. Tendré que matarte —comenzó a mover el cuchillo para degollarlo.

El hombre intentó decir algo, sus ojos estaban desorbitados y desesperados.

—¿Qué dices? —preguntó Astrid retirando un poco su mano enguantada de la boca del hombre para que pudiera hablar.

—Sí… yo Rolemus —contestó en un norghano con fuerte acento.

—Veo que entiendes mi lengua. Acabas de decirme que no eres Rolemus. Mejor si te mato y sigo buscando.

—¡No, yo probar!

—Bien, pruébalo entonces. En silencio, o te degüello.

Astrid dejó que el hombre se levantara de la cama sin apartar el cuchillo de su cuello y lo siguió hasta una cómoda que el hombre abrió.

—Si intentas coger un arma será lo último que hagas —advirtió Astrid con voz helada.

—No... —negó el hombre, que apartó la mano de donde buscaba en el cajón de la cómoda para retirarse. Fue hasta la alfombra al otro lado de la cama, la apartó con el pie y comenzó a agacharse.

—Despacito o te vas a cortar —sugirió Astrid, que no apartaba el cuchillo de su cuello.

Con la mano derecha presionó sobre dos planchas de madera del suelo. Una emitió un ligero *crack* y se levantó hacia un lado. El hombre metió la mano bajo el suelo, palpó y sacó un objeto.

—Cuidado con lo que sacas de ahí —advirtió Astrid, que apretó más el cuchillo contra el cuello del hombre.

Él le mostró la mano a Astrid. Había un cuaderno pequeño de tapas de cuero gastadas atado con una cuerda.

—Muéstrame —dijo Astrid mientras con el cuchillo le empujaba para que se pusiera en pie.

El hombre desató las cuerdas, abrió el cuaderno y buscó una carta doblada. La abrió y se la enseñó. Estaba en el idioma de Erenal, que Astrid no podía leer. Al cabo de un momento reconoció algo, la firma: Rolemus.

—De acuerdo. Te creo.

Rolemus resopló aliviado.

—Vístete rápido, te vienes conmigo.

Aquello no lo entendió. Astrid le señaló el armario y luego su capa.

—Oh —Rolemus comprendió.

Astrid retiró el cuchillo del cuello y se lo puso en medio de la espalda.

—Rápido.

El noble de Irinel se vistió con rapidez. Al ver que Viggo entraba en la habitación su rostro mostró la desesperación que sentía. No podría escapar y lo sabía. Habían enviado a dos asesinos a por él.

No tenía escapatoria.

A media mañana Astrid, Viggo y su prisionero salían de territorio zangriano. Cuatro jinetes los aguardaban.

—¿Ha ido todo bien? —preguntó Nilsa, que no podía aguantarse de la intriga.

—Suave como la seda —dijo Viggo sonriendo.

—Nos teníais preocupados, habéis tardado más de lo previsto —dijo Ingrid, que miraba a Viggo con ojos de alegría por verlo sano y salvo.

—Las primeras casas que registramos no eran las correctas. Perdimos mucho tiempo —explicó Astrid.

—Es el problema de no tener la localización exacta del objetivo —dijo Egil con tono de disculpa y se encogió de hombros.

—No se puede tener siempre toda la información —le reconfortó Astrid.

—Al final lo encontramos, que es lo que importa —añadió Viggo.

—Yo me encargo de vigilarlo —dijo Gerd que movió su caballo para ponerse junto a Rolemus—. Si intenta algo le atizo en la cabeza.

Egil miró a Rolemus con ojos entrecerrados.

—No hay duda de que es él, ¿verdad?

Astrid negó con la cabeza.

—Me aseguré. Esto te gustará —dijo Astrid y acercando el caballo le dio a Egil el cuaderno.

—Interesante. ¿Hay algo incriminatorio aquí? —preguntó a Rolemus.

—Yo no hablar —negó con la cabeza.

—Oh, hablarás, de eso puedes estar seguro —dijo Egil—. Tengo un par de amiguitos que te harán cantar —dijo mientras ojeaba las anotaciones en el cuaderno y algunas de las cartas plegadas dentro.

—¿Qué hacemos ahora? —preguntó Ingrid.

—Ahora lo interrogaremos para asegurarnos, aunque tengo el convencimiento de que la información que tenemos es la correcta. Fue él quien organizó el intento de asesinato. Ya he visto un par de cartas muy interesantes en este cuaderno suyo.

—Entonces, ¿fue cosa de Erenal? —preguntó Nilsa.

Egil asintió.

—A Erenal le conviene una guerra entre Zangria y Norghana.

¡Qué mejor forma de asegurarse de que ocurre! Y, además, así el reino de Irinel se une a la campaña por la afrenta a Heulyn. Su marido y su padre no perdonarían nunca a Zangria, la destruirían.

—¿Esto es por la disputa de Erenal con Zangria sobre los territorios de los Mil Lagos? —preguntó Astrid.

—Por eso y porque Zangria y Erenal se odian desde tiempos inmemoriales —dijo Egil—. Es lo que suele ocurrir entre reinos vecinos. Siempre hay disputas territoriales y deudas de sangre.

—El rey no nos creerá... Está convencido de que ha sido Zangria —expuso Ingrid.

—Cierto. Cree que los zangrianos no solo intentaron asesinar a la reina, sino también a él —añadió Nilsa.

—Eso es correcto, Thoran cree que ellos son los responsables de ambos intentos de asesinato —explicó Egil.

—El primero no podemos esclarecerlo... —dijo Astrid.

—No, no podemos —asintió Egil—. Pero podemos usar el segundo y culpar a Erenal de ambos.

—Buena idea, me gusta —dijo Viggo asintiendo—. Echaremos la culpa de todo a Erenal.

—Puede funcionar, sí —se unió Astrid.

—Sigo pensando que el rey no nos creerá —insistió Ingrid—. Quiere creer que fueron los zangrianos y está convencido de ello. Y su hermano Orten, también.

—Entonces usaremos nuestra arma secreta —dijo Egil sonriendo.

—¿Arma secreta? ¿Qué arma secreta? ¿Tenemos una? —preguntó Nilsa, aunque todos se preguntaban lo mismo.

—Primordial, mis queridos amigos —sonrió Egil.

Capítulo 45

Lasgol observaba de reojo a los dragones en medio de la caverna. Tenía la lágrima de plata entre las manos. Estaba intentando robarla y llevarla a su macuto, donde tenía ya las doce perlas que había cogido del pedestal. El dragón azul y el marrón parecían haber notado algo porque se habían movido.

«Cuidado, dragones mover» advirtió Camu.
«¿Sigues manteniendo la cúpula anti-magia?».
«Yo mantener».
«Entonces no deberían notarlo».
«Objeto mucho poder, igual salir».
«Cierto. Tenemos las doce pequeñas. ¿Lo dejamos y huimos?».
«No. Llevar todo».
«¿Estás seguro?».
«Yo mucho seguro».

Lasgol no estaba nada seguro. Los dos dragones no habían despertado, pero se habían movido, lo cual no era buena señal. Quizá la cúpula de Camu no estaba conteniendo todo el poder y parte estaba saliendo y era lo que estaban notando. Por otro lado, no quería dejar el objeto allí. Sabía que Dergha-Sho-Blaska la había usado para crear dragones menores y, por lo que habían oído, era parte de su plan para conquistar el mundo. ¡A saber qué planeaba hacer el dragón inmortal con ella! Fuera lo que fuese, no iba ser bueno para la humanidad.

Muy despacio, comenzó a mover la lágrima hacia el macuto.

De nuevo el dragón azul se movió.

«Cuidado...» avisó Camu, que no perdía de vista a los dragones.

Lasgol se quedó quieto como una estatua de granito.

Ninguno de los tres se movió.

El dragón azul abrió los ojos y miró hacia la entrada de la caverna. Parecía que algo había distorsionado su descanso.

«Quietos, ni respiréis» envió Lasgol, que se temía lo peor.

El dragón emitió un extraño gruñido, al que respondió el dragón marrón con otro sonido muy parecido.

Lasgol no sabía qué pensar, pero aquello no le gustaba.

De pronto el dragón azul comenzó a torcer la cabeza, iba a mirar hacia donde estaban ellos. En un movimiento muy rápido, Lasgol dejó la lágrima en su pedestal, como estaba antes.

El dragón miró hacia la lágrima con ojos somnolientos y entreabiertos. Pasó la mirada y volvió a mirar hacia la entrada de la cueva.

¡No se había dado cuenta!

Sin embargo, Lasgol supo que notaría algo raro. Las doce perlas menores no estaban y no se le iba a pasar el detalle. Con gran rapidez volvió a sacar las perlas de su macuto y las puso en su pedestal. Justo había terminado cuando la cabeza del dragón azul se giró a mirar las perlas dando un latigazo con su cuello.

Ona, Camu y Lasgol se quedaron quietos como estatuas de hielo.

El dragón observó los pedestales, pestañeó con fuerza y sus ojos rojos reptilianos parecieron reconocer que todo estaba en su sitio. Un momento después volvía a mirar hacia la entrada de la cueva.

Lasgol aguardó a ver qué hacía, hasta que finalmente cerró los ojos, bajó la cabeza y continuó durmiendo.

Lasgol quiso soltar un largo resoplido de alivio pero no lo hizo por si acaso.

«Dragón dormir de nuevo» avisó Camu.

«Voy a coger las perlas otra vez. Atentos». Con mucho cuidado y sin hacer el menor ruido o movimiento brusco, Lasgol cogió todas las perlas y las introdujo en su macuto. Pesaban bastante y por un momento Lasgol dudó que el macuto aguantase, así que se metió varias de las perlas menores en su bolsillo de Guardabosques.

«Yo malas noticias».

«No es momento para malas noticias».

«No quedar energía».

«Esa es una noticia terrible».

«Por eso avisar».

Lasgol se dio cuenta de que si Camu se quedaba sin energía no solo los dragones podrían captar el poder de las perlas sino también permitir que ellos y todos los reptiles y humanos de las otras cuevas los vieran.

«Tenemos que salir de aquí a toda velocidad».

«Sí, mucho corriendo».

«Hacemos mismo recorrido, pero en dirección contraria. Rápido» indicó Lasgol.

Lasgol dio dos toques a Camu en la espalda y comenzaron a retirarse. Iban con prisa, cuidado y mucha tensión. Arrimados a la pared bordearon a los tres dragones. Lasgol los iba mirando con el miedo de que en cualquier momento se fueran a despertar.

Llegaron a la entrada de la cueva, la traspasaron con rapidez y siguieron la misma táctica: desandar lo andado. Camu los llevó por el mismo recorrido que habían hecho antes, solo que tres veces más rápido. Se estaba quedando sin energía.

Según bordeaban el lago y pasaban entre los cocodrilos, uno de ellos se movió de forma inesperada y se cruzó en su paso. Camu tuvo que detenerse de forma abrupta y la pata derecha de Ona quedó al descubierto al dar un paso de más y salir del área de camuflaje, que parecía que comenzaba a encoger por la falta de energía.

«¡Ona, atrás!» envió Lasgol, que se dio cuenta.

La pantera reaccionó con tremenda rapidez y la pata volvió a desaparecer. Sin embargo, uno de los cocodrilos había visto algo. Se movió para acercarse a ver qué era lo que sucedía seguido por otro.

«¡Rápido, hay que rodearles, nos van a descubrir!».

Camu se movió en lateral acercándose a la pared de la cueva a su izquierda y alejándose del agua. La ruta que seguían se había vuelto impracticable. Los dos enormes cocodrilos investigaban el lugar en el que habían estado ellos hacía un instante. Camu los llevó hasta la pared y siguieron por ella.

«Humanos delante» avisó Camu, que se dirigía directo a ellos.

«Tranquilo. Los humanos son los que menos posibilidad de detectarnos tienen de todas las criaturas que hay aquí».

Pasaron cerca y los vieron dormir. Los ronquidos de algunos de ellos eran bastante potentes, lo que eran buenas noticias.

Lasgol se vio de pronto el brazo derecho. ¡Había quedado al descubierto! Lo intentó tapar acercándolo al cuerpo, pero no pudo.

«¡Camu, se nos ve!».

«No quedar energía» envió a Lasgol con un sentimiento de urgencia.

«No la uses toda o caerás inconsciente y este no es el lugar para eso».

«Yo guardar un poco. No preocupar. No caer aquí».

«Hay que llegar a la espiral y empezar a subir. Ya se nos ve» envió Lasgol que se percató de que se veían las colas de Camu y Ona. Sintió que todas las cobras y todos los escorpiones las habían visto y se les vendrían encima justo cuando Camu agotara su energía mágica y quedaran expuestos.

Miró atrás y excepto tres de los cocodrilos que parecían haber captado su rastro o esencia y comenzaban a moverse para ir hacia ellos, el resto de los ocupantes de la caverna dormían con solo unos pocos vigías. No daba la impresión de que los hubieran visto, pero eso iba a cambiar muy pronto.

«¡Rápido, los cocodrilos han captado el rastro!» avisó Lasgol.

Se apresuraron buscando la zona más oscura para alcanzar la espiral. Al llegar se pegaron contra el fondo y subieron dos vueltas a todo correr antes de que Camu tuviera que detener su habilidad al haberse quedado sin energía.

«No más energía».

«Ahora somos visibles. Todos atentos. Nos pegaremos a las paredes de roca y buscaremos la oscuridad».

Alcanzaron el último tramo que daba a la plataforma. Lasgol no podía creer que hubieran conseguido cruzar las dos cavernas sin ser descubiertos. Sin embargo, los problemas no habían hecho más que empezar. En la plataforma había dos escorpiones de guardia a los que habían engañado antes, pero ahora, sin el camuflaje, la cosa cambiaba por completo.

«Dos escorpiones guardia. ¿Qué hacer?» preguntó Camu.

«No creo que podamos engañarlos de nuevo».

«¿Luchar?».

«Tampoco estamos en condiciones de luchar. Estamos heridos y tú sin magia. Luchar no es una opción aquí».

«¿Entonces qué hacer?».

«Huir».

«¿Cómo?».

«Vamos a salir de aquí corriendo, como si nos persiguiera el mismísimo dragón inmortal».

«¿Funcionar?».

«No lo sé, pero no tenemos más opciones, así que a huir toca».

«De acuerdo. Huir».

Lasgol se colocó bien el macuto y el cinturón de Guardabosques. No quería perder su valiosa carga y tendrían que correr por sus vidas. Luego cogió el Arco de Aodh y puso una flecha en su cuerda.

«¿Preparados?».

«Yo preparado».

Ona le puso la pata en la pierna indicando que también lo estaba.

«Muy bien. Salimos a la plataforma y corremos a la salida. Yo distraeré a los dos escorpiones. Vosotros corred».

«¿Seguro?» Camu no estaba muy convencido.

«Seguro. A mí me queda algo de energía. Puedo usar el arco».

«De acuerdo».

«¡Vamos, ahora!».

Subieron a la plataforma y se vieron desprotegidos y visibles. Los escorpiones de guardia los detectaron. Echaron a correr hacia la salida y Lasgol tiró con una flecha elemental de Tierra que impactó en la boca del escorpión que ya empezaba a correr hacia ellos. La flecha lo dejó cegado y aturdido.

Ona llegó a la salida con Camu corriendo tras ella. Lasgol corría mientras ponía otra flecha en su arco y tiraba. Era otra elemental de Tierra, que alcanzó al otro escorpión en la cabeza. Solo buscaba un poco de tiempo para huir, no matarlos, eso llevaría demasiado tiempo, por no contar que se daría la alarma y tendrían a todos tras su pista.

Salieron de la caverna dejando atrás a los dos escorpiones aturdidos y cegados. Pronto se recuperarían, pero ellos ya corrían como perseguidos por una jauría de monstruos voraces. Ona iba en cabeza y bastante rápida para las heridas que tenía. Camu iba un poco más justo de velocidad a causa de los golpes y porque no era tan veloz como la pantera. A Lasgol las heridas le dolían y también las quemaduras en las piernas y otros golpes, pero solo había una cosa en su mente: huir de aquel lugar.

Cruzaron un par de cavernas de suministro que por fortuna estaban desiertas. De allí se dirigieron a una de las grandes donde tenían a los prisioneros buscando fósiles y la atravesaron por un paso superior. Abajo todos parecían dormir, al menos los humanos. Había escorpiones y serpientes de guardia, pero su cometido era vigilar a los prisioneros y no prestaban atención a quién cruzaba sobre sus cabezas a varias decenas de varas de altura.

«¡No paréis, seguid corriendo!».

«¿Venir detrás?».

Lasgol echó una rápida ojeada a su espalda y vio a varios escorpiones que les seguían.

«¡Sí, vienen, corred!».

Continuaron la huida tan rápido como podían. Lasgol tiraba a su espalda de vez en cuando para aturdir al escorpión que iba en cabeza e intentar ralentizarlos. Al ser tan grandes, avanzaban muy rápido.

Cruzaron otro paso elevado sobre una caverna con esclavos y en la parte final se encontraron con dos cobras de vigilancia.

«¡Cobras, delante!» avisó Camu.

«¡Voy!» Lasgol adelantó a Camu y tiró contra la primera una flecha de Aire. La descarga eléctrica la dejó desconcertada y Ona aprovechó para llegar hasta ella y, cogiendo, impulso saltar sobre la bestia y sacarla del paso con un fuerte empujón. La cobra cayó al suelo de la caverna entre siseos de horror.

La otra atacó a Ona, que dio un brinco hacia atrás para evitar que le clavara los colmillos y le inyectara su letal veneno. Lasgol tiró otra flecha de Aire y la descarga la dejó algo aturdida, momento que Camu aprovechó para soltarle un golpe con su cola y despeñarla.

«¡Seguimos, rápido!» dijo Lasgol, que tiraba de nuevo contra los perseguidores para intentar entorpecer su avance.

Llegaron a una tercera caverna de gran profundidad donde los esclavos dormían y comenzaron a cruzar el paso elevado tan rápido como les era posible. Ona empezaba a resentirse de los golpes y Camu tampoco iba muy bien, perdía pie de vez en cuando. Lasgol comenzó a preocuparse. Huir a la carrera era una buena idea si todos podían correr y estaban bien, cosa que no era así. Los tres estaban heridos, magullados y probablemente con alguna hemorragia interna. No podrían mantener aquel ritmo de huida.

Miró atrás y vio que ahora les seguían escorpiones y cobras que se movían demasiado rápido gracias a su gran tamaño, y eso no les venía nada bien. Lasgol iba tirando a su espalda de vez en cuando, pero se quedó sin flechas.

Les iban ganando terreno. Ellos no podían ir más rápido y se estaban resintiendo de la carrera. Por si eso fuera poco, Lasgol se había quedado sin flechas, lo que hacía su arco, y muchas de sus habilidades, inservibles.

«¡No paréis, hay que salir de estas montañas!» empujaba Lasgol con su aliento.

Llegaron al final de las cavernas y Ona fue capaz de encontrar la esquina de la pared por la que habían cruzado, pero no pudo cruzarla. Para ella allí había una pared de piedra y por mucho que quisiera pensar que no era así, no podía. No fue el caso de Camu.

«Yo cruzar, tú pasar conmigo» le dijo a su hermana y se quedó con medio cuerpo en la caverna y el otro medio en la estancia al otro lado.

Ona gimió y, armándose de valor, subió por la cola de Camu hasta su espalda y cruzó al otro lado pasando por encima.

«¿Ver? Fácil».

Ona gruñó una vez. Lasgol cruzó tras ellos.

«Estoy sin flechas y tenemos que cruzar toda la ciudad para escapar de aquí».

«¿Seguir?».

«Sí, nos sigue media montaña» confirmó Lasgol con urgencia.

«Correr».

«Sí, todo lo que podáis».

Abandonaron el palacio en el que estaban tan rápido como pudieron y se encontraron con el cadáver del dragón rojo y los dos escorpiones que habían matado. Lasgol los miró de reojo según pasaban corriendo junto a ellos. Si sus perseguidores venían enfurecidos, una vez vieran eso lo iba a estar mucho más.

Salieron a las calles de la ciudad y tomaron la primera vía que los llevaba hacia el sur. Siguieron corriendo con toda su alma. Podían escuchar a sus espaldas los siseos de las cobras y los extraños gruñidos de los escorpiones que venían a darles caza. Lasgol echó la vista atrás y de un primer conteo descubrió a más de una veintena de perseguidores. No podían detenerse o se les echarían encima y los masacrarían.

«¡Girad a la izquierda en la siguiente calle!».

Ona tomó la calle a su izquierda y Camu fue detrás. Lasgol los siguió de inmediato. Se dirigieron al este un rato. Lasgol iba mirando atrás y midiendo la distancia que les separaba de sus perseguidores.

«¡Girad a la derecha!». Lasgol veía que los grandes escorpiones y cobras tenían dificultades para girar y, como iban en grupo, se golpeaban y trastabillaban entre ellos. Por esa razón iba ordenando giros bruscos cada dos calles. Con esa táctica consiguieron un poco de ventaja.

Tras dos giros más a la izquierda y luego a la derecha, encararon una gran vía que bajaba hacia el sur. Corrieron por ella agotados por la huida.

«¡Ya casi estamos!» animó Lasgol.

«¿Casi dónde?».

«A la salida de la ciudad».

«Dar a desierto».

Lasgol se dio cuenta de que Camu tenía razón. Una vez que escaparan de la ciudad se precipitarían al gran desierto. No era una perspectiva demasiado buena. Sobre todo, cuando les perseguían una docena de escorpiones y serpientes de grandes dimensiones.

Salieron de la ciudad y, tal y como Camu había anticipado, frente a ellos se abrió el gran desierto.

«¡Seguimos hacia el sur!».

«De acuerdo» envió Camu junto a un sentimiento de gran cansancio. Estaba agotado.

«¡Subid a esa duna! ¡Nos esconderemos detrás!» Lasgol señaló una duna alta frente a ellos que podría esconderles de sus perseguidores, que todavía no habían salido de la ciudad.

Corrieron hacia ella, que podría ocultarlos si conseguían escalarla.

Ona subía y Camu intentaba seguirla. Lasgol iba unos pasos más retrasado mirando hacia atrás. Habían conseguido la ventaja justa, quizá lo conseguirían después de todo. Solo tenían que ponerse a cubierto.

De pronto, la duna comenzó a moverse y los tres se fueron al suelo en medio de temblores y movimientos extraños bajo sus pies.

Y fue cuando Lasgol se dio cuenta.

La duna no era tal.

¡Era el cocodrilo gigante camuflado!

Capítulo 46

Ona gimió.

«¡Agarraos, es el gran cocodrilo!» exclamó Lasgol sujetándose a una de las protuberancias óseas del costado del gigantesco reptil.

Camu consiguió adherirse con sus palmas. Ona, en cambio, tuvo que subir por el costado hasta la parte superior usando sus garras. Una vez arriba, en la descomunal espalda del monstruo reptiliano, se agachó intentando clavarlas sobre su durísima piel.

La gran bestia se levantó y rugió abriendo sus interminables fauces. Sacudió su tremenda cola y luego movió la cabeza de un lado a otro. Sin embargo, el tronco no lo pudo mover demasiado.

Lasgol se dio cuenta.

«¡Subamos a su espalda!».

Camu comenzó a subir, para él era sencillo pues podía adherirse casi a cualquier superficie con sus palmas. Para Lasgol, sin embargo, subir el costado del monstruo era como escalar una gran montaña con sus manos resecas. Se iba sujetando a sus protuberancias y buscaba dónde apoyar los pies para continuar escalando.

El cocodrilo comenzó a sacudirse con más fuerza. Era consciente de la presencia de los tres extraños que se estaban encaramando a su espalda. Las sacudidas eran potentes y Ona y Lasgol tuvieron que agarrarse con fuerza para no irse al suelo. Una caída desde aquella altura no los mataría, pero sin duda supondría grandes daños.

Camu llegó hasta Ona, que se sujetaba como podía, hasta mordía una de las partes óseas que salían de las escamas del monstruo para afianzarse mejor y no irse abajo. Lasgol luchaba contra las sacudidas y la altura. Subir sobre el monstruo le había parecido una buena idea, sobre todo para que no se los comiera con su enorme boca o los aplastara.

Sin embargo, ahora no se lo estaba pareciendo tanto. Perdió pie en una sacudida y estuvo a punto de irse al suelo. Se agarró con las manos y se quedó colgando. Apretó la mandíbula y se sujetó con fuerza mientras el gran monstruo volvía a sacudirse. Quería quitarse a aquellos parásitos de encima. Lasgol se agarraba e intentaba recuperar pie. Al mismo tiempo miraba de reojo su macuto y su cinturón de Guardabosques, si se le caían perdería los objetos.

La situación era de lo más complicada y, para hacerla todavía más crítica, de reojo pudo ver cómo sus perseguidores salían de la ciudad y se acercaban a toda velocidad. Inhaló el tórrido aire del desierto y continuó subiendo. Lo más importante ahora era llegar hasta Camu y Ona.

«Tú poder» animó Camu desde arriba.

«Voy. Agarraos fuerte».

«Nosotros bien arriba».

Lasgol continuó subiendo entre sacudidas de rabia y temibles gruñidos del gran cocodrilo. Lo curioso de aquella estrategia improvisada era que el reptil era tan gigantesco que no podía alcanzar su descomunal espalda. Sin embargo, tarde o temprano encontraría la forma de librarse de ellos.

Lasgol llegó arriba junto a sus dos compañeros.

«Vamos hasta la cabeza» dijo Lasgol, que vio que justo entre la cabeza y el comienzo de la espalda había un espacio donde podían refugiarse entre las prominencias óseas.

Llegaron al lugar y se agarraron bien.

«¿Qué hacer?» preguntó Camu.

Lasgol miró al gran monstruo y luego a las dos docenas de perseguidores que ya les habían alcanzado y estaban junto a él, y resopló.

«Estoy abierto a sugerencias. A cualquier sugerencia».

Ona gimió.

«¿No saber qué hacer?».

Lasgol negó con la cabeza.

«En la vida hubiera pensado que estaría en semejante situación».

«No buena».

«Malísima...».

De pronto el gigantesco reptil se tumbó y comenzó a rodar sobre sí mismo en la arena. Ya había encontrado la forma de librarse de las molestas chinchillas que tenía en la espalda.

«¡Agarraos!».

«¡Cocodrilo loco!» exclamó Camu al ver que el reptil daba

giros sobre sí mismo en la arena.

«¡No está loco, busca librarse de nosotros!».

Por fortuna, Lasgol había elegido bien el sitio en el que situarse. Rodaban y la arena les caía encima, pero al ponerse el monstruo de espaldas, ellos quedaban dentro de una ranura entre dos montículos óseos y no los podía aplastar.

«¡Aguantad! ¡No podrá aplastarnos!».

Lasgol y Ona se agarraban con manos, pies, garras y dientes para no caer. Camu estaba tan tranquilo, a él los giros no lo iban a despegar.

Los escorpiones y cobras observaban al gran reptil revolcarse en la arena sin acercarse demasiado.

De pronto, el monstruo se quedó boca arriba, con la espalda en la arena, y los tres se encontraron con que no podían respirar, estaban semienterrados en ella.

«No… aire…».

Lasgol escarbaba con las manos tratando de abrir un paso de aire mientras el monstruo continuaba tendido sobre su espalda con la barriga al sol. Comenzó a restregarse y todo se volvió una pesadilla de arena.

Se movió demasiado hacia un lado y se quedaron al aire un momento. Respiraron llenando los pulmones. Con el siguiente movimiento, los volvió a soterrar. La sensación de ahogarse en la arena era terrible. Tenían al monstruo encima, su espalda los empujaba contra la arena y los sumergía en ella.

La falta de aire hizo que Lasgol buscara alguna forma de salir de aquel atolladero de forma inmediata. Intentó clavar su cuchillo en la espalda del reptil, pero sus escamas eran durísimas y no consiguió nada. Si quería salir de allí con vida tendría que ser por medio de su magia. ¿Pero cómo? ¿Podría? ¿Iban a morir todos allí? Sintió una angustia terrible.

«Aguantad» envió a Camu y Ona.

Lasgol buscó entre sus habilidades, una por una, para ver cuál podría usar en aquella situación. Descartó todas las de tiro, pues no podía usar el arco ni tenía flechas. Las de defensa tampoco le ayudarían, pues moriría ahogado. Tenía que obligar al descomunal reptil a darse la vuelta de forma que pudieran quedar libres y respirar. ¿Pero cómo? Se le acababa el tiempo. ¿Cómo forzar al gran cocodrilo a girarse?

Lo único que se le ocurrió fue intentar comunicarse con aquella criatura, como si fuera un animal más. No lo pensó, no tenía tiempo, se estaba empezando a ahogar por la falta de aire. Invocó su habilidad Comunicación Animal de forma que pudiera ver el aura de la mente del gran cocodrilo y algo sorprendente sucedió. La captó, pero era muy pequeña en comparación con el inmenso tamaño del monstruo. El aura no era mayor que el tamaño de una manzana y de un color amarronado.

No perdió un instante e intentó comunicarse con el aura del monstruo.

«Escúchame» envió.

Se produjo un destello en el aura amarronada, por lo que Lasgol dedujo que había tenido éxito. El gran cocodrilo dejó de restregarse contra la arena, aunque no se dio la vuelta. Sí, debía de haber recibido el mensaje y se estaba preguntando de dónde procedía o cómo podía ser aquello posible. Decidió probar suerte y enviarle otro.

«Date la vuelta».

De nuevo se produjo un destello en el aura de la mente del reptil, por lo que Lasgol estaba convencido de que estaba recibiendo los mensajes, otra cosa muy diferente era que le fuera a hacer caso. Lasgol no era su amo y aquella bestia probablemente solo respondiese a los deseos de su amo, el dragón inmortal.

Ya no tenía aire. Si no obedecía de inmediato iban a morir asfixiados. Y en medio de la desesperación le vino una idea a la cabeza. Tenía una habilidad que solo había utilizado en unas pocas ocasiones, pero que podría funcionarle aquí, Dominar Animal. Recordó que la había utilizado para espantar a un ogro y a algún oso. No era una habilidad que dominara y al pensar en utilizarla sobre semejante monstruo tuvo grandes dudas. No creía poder hacerlo. Por otro lado, no tenía más opciones, era lo único que le quedaba.

Lasgol cogió una gran cantidad de energía de su lago interior e invocó la habilidad Dominar Animal.

«¡Date la vuelta ahora!» ordenó con un mensaje de autoridad. Se produjo un destello verde en la cabeza de Lasgol y otro fuerte sobre el aura de la mente del gran reptil.

Algo impresionante sucedió.

El cocodrilo obedeció la orden.

Se giró sobre sí mismo y se quedó con la espalda de nuevo hacia el cielo azul.

Lasgol, Ona y Camu respiraron libres de la arena que los aprisionaba y ahogaba.

«¡Respirar! ¡Bueno!» exclamó Camu lleno de alegría.

Ona gimió una vez y levantó la nariz y la boca hacia el cielo para inhalar más y mejor del aire del desierto.

Lasgol se llenaba los pulmones del preciado aire. Apenas podía creer lo que acababa de hacer.

El gran cocodrilo hizo un movimiento.

Lasgol de inmediato uso su poder de nuevo. Se produjo un destello y la habilidad se dio.

«¡Quieto, no te muevas!».

El reptil se quedó quieto, como Lasgol ordenaba.

Camu se dio cuenta de que era Lasgol el que estaba dominando al monstruo.

«¿Tú mandar cocodrilo?».

«Sí. Parece que funciona».

«Eso ser mucho impresionante».

«Sí, bueno, es sorprendente que me obedezca».

«Ser poder Drakoniano».

«¿Tú crees?».

«Estar seguro. Drakonianos dominar con mente».

«Supongo que puede ser... Por la parte de mi magia que es de origen Drakoniano... De todas formas, su mente no es muy grande que se diga... Eso debe ayudar».

«Dominar más fácil».

«Sí, eso estoy pensando yo también. Sea como sea, nos hemos salvado y eso es lo que importa».

Mientras los tres se recuperaban, los escorpiones y cobras parecían darse cuenta de que algo iba mal. No entendían por qué el gran reptil no atacaba a los extraños y comenzaron a acercarse de forma agresiva.

«Problemas» avisó Camu.

Lasgol los vio y casi de forma instintiva ordenó al cocodrilo.

«¡Levanta del suelo!».

El gran reptil así lo hizo y se quedaron fuera del alcance de los escorpiones y las cobras, que comenzaron a rodearlo dudando entre si atacar o no. Era su aliado, pero no les dejaba alcanzar a los enemigos.

Comenzaron a emitir sonidos seseantes y gruñidos extraños. Parecían estar hablando con el cocodrilo. A Lasgol aquello no le gustó nada.

«¡No los escuches!» ordenó.

Al ver que el cocodrilo no respondía a sus demandas, las cobras comenzaron a subir por las patas mientras los escorpiones trepaban por la gran cola.

«Venir a por nosotros» avisó Camu.

Lasgol ya se había dado cuenta.

«¡Sacúdete las cobras y escorpiones de encima!» ordenó Lasgol al gran reptil, que obedeció al momento. Las cobras volaron de sus patas según las sacudía con potencia y los escorpiones salieron despedidos en varias direcciones al menear la cola con gran fuerza.

«Mejor escapar» opinó Camu.

Ona gruñó una vez.

«Sí, salgamos de aquí. Los dragones menores saldrán pronto a ver qué sucede y no quiero que nos encuentren».

Lasgol consideró la situación y ordenó al gran cocodrilo.

«¡Llévanos hacia el sur! ¡Rápido!».

El descomunal reptil se puso en marcha con su grandes y lentos pasos. Lasgol apenas podía creer que estuviera dominando a aquel ser gigantesco, pero estaba funcionando. Según escapaban los escorpiones y serpientes comenzaron a atacar las patas del gran reptil para que no huyera.

«¡Defiéndete de ellos!» ordenó Lasgol.

El cocodrilo se detuvo un momento y con cola y fauces empezó a atacar a escorpiones y cobras. Unos morían en su boca, otros salían despedidos y los peor parados eran aplastados. No tardó demasiado en deshacerse de ellos.

«¡Continúa hacia el sur!» ordenó Lasgol.

Según el gran cocodrilo marchaba y los enemigos y la ciudad quedaban atrás los tres amigos se sintieron invencibles a lomos de aquella impresionante criatura.

«Nosotros mucho buenos» se congratuló Camu.

«Esta vez no te voy a llevar la contraria. La verdad es que hemos estado bastante bien».

Ona gruñó una vez.

Lasgol no podía creer que hubieran conseguido entrar,

descubrir el secreto de Dergha-Sho-Blaska, robarle todas las joyas y salir de allí con vida. Y, sobre todo, que estuvieran montados en un cocodrilo gigante.

«¿Rumbo?» preguntó Camu.

Lasgol lo pensó un momento.

«Iremos hacia el este».

«¿Este? ¿No ir sur a gran ciudad Zenut?».

Lasgol negó con la cabeza.

«De Zenut a casa tendríamos que coger un barco y dar la vuelta a medio Tremia. Tardaríamos una eternidad».

«Eso poco bueno».

«Por eso. Vamos a coger un atajo».

«¿Atajo en este?».

«Al este están las Montañas de Sangre».

«Yo recordar montañas».

«¿Y recuerdas qué hay en las montañas?».

Camu asintió con la cabeza.

«En montañas tribu Desher Tumaini».

«¿Y qué guarda esa tribu?».

«Oh… ya saber. Gran Perla Blanca. Portal».

«En efecto. Tomaremos el portal en las Montañas de Sangre y regresaremos a casa, al Refugio».

«Mucho buena idea».

«Me alegro de que te guste».

Ona gruñó una vez.

«Todos baile de la alegría» pidió Camu, y se puso a bailar flexionando las patas y moviendo la cola.

Ona se le unió al baile.

Lasgol sonrió y no tuvo más remedio que unirse a ellos.

Si ya ver a un cocodrilo monstruoso cruzando los desiertos era algo impensable, ver a uno con ellos tres bailando sobre su espalda lo hacía increíble. Los moradores de los desiertos lo contarían por generaciones.

Capítulo 47

La tienda de guerra del rey Thoran estaba muy concurrida aquella mañana. Junto a él estaban su hermano Orten y varios nobles de importancia del Este: el conde Volgren, el duque Uldritch, el duque Oslevan, y otros. No había ningún noble del Oeste que, aunque estaban en el campamento de guerra, no habían sido llamados a la reunión. Todos vestían sus mejores galas con armaduras tan caras y relucientes como buenas para el combate.

Quien sí estaba presente era el rey Kendryk de Irinel, acompañado de Reagan, General Primero de los ejércitos de Irinel. Habían llegado el día anterior por mar con una pequeña parte de sus tropas. El grueso del ejército de Irinel había llegado por tierra hasta la frontera de Zangria. Kendryk había dejado a su hijo, el príncipe Kylian, al mando, que aguardaba instrucciones para invadir Zangria desde el este.

Los dos monarcas discutían el curso de acción militar situando y moviendo piezas de madera sobre un gran mapa de las zonas fronterizas y gran parte del reino de Zangria que reposaba sobre una mesa de roble. Las piezas representaban los diferentes ejércitos y milicias de todos los reinos implicados en el conflicto y las posiciones que actualmente ocupaban según las últimas informaciones recabadas.

El exterior de la tienda estaba custodiado por Guardabosques Reales y parte de los Invencibles del Hielo. En el interior, la Guardia Real de Thoran vigilaba a todos los presentes. El comandante Ellingsen y el Guardabosques Primero Raner estaban a cargo de garantizar que la seguridad era máxima. Thoran no volvería a sufrir un intento de asesinato, ni él ni sus aliados bajo su protección.

El rey había hecho llamar a los tres generales de su ejército para que les informaran. No tardaron en llegar.

—¡Los generales del ejército de Norghana! —anunció un oficial en el exterior de la tienda de guerra.

Por la puerta de la tienda, fuertemente custodiada por la Guardia Real, entraron los tres hombres.

—Reportad —ordenó Thoran según se inclinaban para mostrar su respeto al rey.

—El Ejército del Trueno está preparado para cruzar la frontera y abrir camino, Majestad —informó el general Olagson.

—El Ejército de las Nieves lo está para seguir al del Trueno —confirmó el general Rangulself.

—El Ejército de la Ventisca tiene a los arqueros preparados a lo largo del río. La caballería ligera cruzará en cuanto se dé la orden —terminó el general Odir.

—¿Algún contratiempo? —preguntó Thoran.

—Ninguno. Todo está dispuesto, Majestad —habló Rangulself.

—¿Han variado las posiciones enemigas? —preguntó Orten.

—Los exploradores y espías que tenemos al otro lado de la frontera han informado de que los zangrianos mantienen su posición —informó Rangulself.

—Lo encuentro un tanto extraño —se pronunció Kendryk—. Tienen todas sus fuerzas amasadas aquí, frente a tus ejércitos —señaló el mapa mirando a Thoran—. Sin embargo, mi hijo puede entrar por el este y atacar sus tropas por el flanco.

—No deben de querer dividir sus fuerzas en dos frentes —razonó Thoran.

—Si no oponen resistencia, las fuerzas de mi hijo podrían incluso bajar hacia el sur y luego atacar por la espalda —razonó Kendrick extrañado.

—¡Bah, eso es porque ni saben organizar una defensa en condiciones! —se jactó Orten.

—No menospreciemos al enemigo —dijo su hermano.

—Tenemos a su mejor General en el calabozo. Seguro que los otros no son nada brillantes —replicó Orten.

—Disculpadme, pero sabemos que los zangrianos son óptimos militares —intervino el general Reagan de Irinel.

—Rangulself, ¿qué opinas? —preguntó Thoran.

—Opino como el distinguido general Reagan. Los militares zangrianos son cautos y bien formados. No podemos subestimarles.

—¡Tonterías! ¡Yo digo que ataquemos ya y los destripemos a todos! —bramó Orten.

Thoran lo meditó.

—¿De cuántas fuerzas dispones? —preguntó a Kendryk.

—Unos treinta y cinco mil soldados, lo mejor de Irinel. Cinco mil aquí conmigo y los otros treinta mil con mi hijo.

—Sumados a nuestras fuerzas nos da una superioridad numérica muy importante —razonó Thoran—. Aunque tengan la ventaja de conocer el terreno y sus soldados luchen por salvar su patria, no podrán contra una fuerza tan superior.

—¡Los arrasaremos! ¡Tomaremos Zangria en una semana! —exclamó Orten enfervorecido.

—Debemos actuar con prudencia —intervino el general Reagan.

—¿Sospechas algo? —preguntó Kendryk.

—Intuyo, por lo que nuestros espías han averiguado, que el rey Caron de Zangria está comprando el apoyo militar de otros reinos.

—¿Qué reinos son esos? —preguntó Thoran con la frente fruncida.

—Sabemos que ha estado hablando con la reina Niria del joven reino de Moontian.

Thoran y Orten se miraron con expresiones de extrañeza.

—¿Por qué habría de apoyar Moontian a Zangria? No son aliados ni tienen intereses comunes —preguntó Thoran.

—Digamos que a la reina Niria no le conviene que Irinel sea una potencia militar y económica —intervino Kendryk.

—¿Tenéis disputas territoriales? —preguntó Thoran.

—Varias, y enquistadas desde hace mucho tiempo —reconoció Kendryk.

—Irinel y Moontian no tienen relaciones cordiales —explicó Reagan.

—Y no quieren que conquistéis Zangria y os hagáis más poderosos porque saben que luego les tocará a ellos —dijo Orten.

Reagan asintió.

—Ningún rey desea que prospere un reino rival —comentó Kendryk.

—Eso puedes jurarlo con sangre —afirmó Thoran.

Orten se rio con fuertes carcajadas.

—Aunque sea así, y los de Moontian envíen fuerzas, no podrán con las nuestras combinadas.

—Puede conseguir apoyo de las tribus Masig —añadió el general Rangulself.

—¿De esos salvajes de las praderas? ¡Patochadas! —Orten

gesticulaba lleno de incredulidad.

—Deja hablar a nuestro General, hermano —pidió Thoran.

—Nadie odia más a los norghanos que los Masig. Si entramos en guerra hay una posibilidad manifiesta de que los zangrianos les pidan ayuda.

—Esas tribus son salvajes y no están organizadas, ni siquiera tienen un líder que hable por todas. De hecho, tienen cientos de jefes tribales —comentó Thoran.

—Que no se hayan unido nunca no quiere decir que no puedan hacerlo ahora. Es una posibilidad que hay que tener en cuenta. También podría ser que solo una parte de los cientos de tribus de la nación Masig se una a Zangria.

—Podrían aparecer por la espalda mientras estamos atacando a las fuerzas zangrianas —argumentó el general Olagson.

—¿Tenemos pruebas de que estas alianzas se hayan formalizado? ¿Se ha visto movimiento de tropas? —preguntó Thoran.

—No… —contestó Reagan.

—Todavía no —respondió Rangulself.

—¡Porque no se van a dar! —exclamó Orten—. ¡Ataquemos y arrasemos!

En ese momento el oficial de la puerta anunció otra visita.

—¡Atención, entra la reina Heulyn de Norghana!

La Reina Druida entró en la tienda de guerra ante la sorpresa palpable de todos los presentes, algunos de los cuales olvidaron cerrar su boca abierta y otros desviar su mirada de incredulidad.

—Mi rey —saludo cortésmente Heulyn a su marido con una pequeña reverencia.

—Mi reina —saludó Thoran con tono frío y la frente fruncida.

—Padre, te veo muy bien con tu armadura de guerra.

—Hija mía, siempre me alegra el corazón verte aunque quizá este no sea el mejor momento y lugar… —insinuó Kendrick, que no creía que fuera cometido de su hija estar en la tienda de guerra.

—Este no es sitio para una reina —expresó Orten con tono de estar muy disgustado por la interrupción.

—Al contrario. Este es el lugar y el momento preciso en el que tengo que estar.

Se alzaron varios murmullos de protesta entre los nobles.

—Esposa… —comenzó a decir Thoran que no la quería allí.

Heulyn acalló a todos levantando la mano y realizando un gesto cortante.

—Estoy aquí para evitar que cometáis un error.

—¿Qué error es ese? —quiso saber Thoran, que ya miraba a la reina de mala forma.

—Atacar al reino que no cometió los intentos de asesinato.

—Pero ¿qué dices? —exclamó Orten como si estuviera loca.

—Zangria fue quien intentó matarnos —aseguró Thoran.

Heulyn aguardó con paciencia a que los murmullos, negaciones, exclamaciones de incredulidad y demás murieran.

—Tengo pruebas de que es el reino de Erenal quien está detrás de los intentos de asesinato y de que lo hizo de forma de que la culpa recayera en Zangria, precisamente para lograr esto que estáis a punto de hacer: atacar.

—¡Eso es una insensatez! —bramó Orten.

—Mide tus palabras, Orten, no olvides que soy la reina de Norghana —amenazó Heulyn señalándole con el dedo índice.

—Todos sabemos que ha sido Zangria, estás equivocada —corrigió Thoran.

—Todos creéis lo que Erenal quiere que creáis. Como bien sabéis, el mayor enemigo de Erenal es Zangria, y aquí estáis todos urdiendo cómo destruirlo. Yo diría que quien más tiene que ganar con la caída de Zangria es Erenal y lo hará sin derramar una gota de sangre de sus fuerzas, ni gastar una moneda de oro de sus arcas. Mientras tanto, vosotros perderéis miles de soldados y monedas si atacáis. Zangria luchará hasta el final, pues Caron sabe que no hizo aquello de lo que le acusáis.

—Lo que dices es cierto, pero te equivocas en cuanto a Caron, él es culpable —insistió Thoran entre nuevos murmullos y cuchicheos de los nobles.

Kendrick se acercó hasta su hija.

—¿Tienes pruebas de esta conspiración?

—Las tengo, padre —confirmó Heulyn e hizo un gesto hacia la puerta.

Astrid y Viggo entraron sujetando a Rolemus, que iba con las manos atadas a la espalda y amordazado.

—¿Quién es ese? ¿Qué significa esto? —preguntó Thoran, cada vez más extrañado.

—Este es el agente del reino de Erenal que contrató al asesino zangriano que intentó matarme. Lo tengo a él y tengo sus cartas con un noble cercano al rey Dasleo, Marchius, en las que preparan el complot —explicó y sacó el cuaderno con las cartas. Lo levantó y se lo enseñó a todos.

—¡No me lo creo! —protestó Orten.

—Luego dejaré que lo interrogues, estoy segura de que le sacarás toda la información con tus métodos y corroborarás lo que he dicho.

—Si esto es cierto, es Dasleo a quien debemos ajusticiar, no a Caron —dijo Kendryk ojeando el cuaderno y las cartas.

—Es cierto, y quiero la cabeza de Dasleo en una bandeja de plata —demandó Heulyn con ojos que echaban fuego—. Nadie intenta matarme y no paga por ello.

Thoran se acercó hasta Heulyn y Kendrick y comenzó a ojear las evidencias.

—Yo no conozco la lengua de Erenal. ¡Traedme un maldito intérprete! —pidió el rey, furioso.

—Te digo que es lo que he explicado —insistió Heulyn.

—Sacaré mis propias conclusiones —respondió Thoran.

Aguardaron a que llegara Irakurteson, un erudito que hablaba varias lenguas y acompañaba al séquito real.

—Lee en alto estas cartas, en norghano —ordenó el rey.

Irakurteson así lo hizo. Las cartas detallaban el encargo de la contratación de un asesino zangriano, el oro disponible para la operación, el motivo y la necesidad de que el atacante fuera zangriano. Una frase se repetía en todas ellas: culpar a Zangria. Un objetivo claro aparecía en varias cartas: provocar una guerra entre Zangria y Norghana para debilitar a ambas y que Erenal tomara Zangria más tarde.

Cuando terminó de leer las cartas y varios apuntes en el cuaderno, se hizo un silencio tenso en la tienda de guerra.

—¿Cómo has descubierto todo esto? —preguntó Thoran a Heulyn.

—Tengo mis medios.

—¡Quiero saber cómo! —exigió Thoran.

—Mis protectores lo han descubierto por mí.

—¿Mis Águilas Reales?

—Así es. Descubrieron el ardid y me lo trasladaron para que yo lo presentara.

Thoran miró a Astrid y Viggo y pareció reconocerlos.

—Orten, interroga a este mentecato. ¡Ya! —dijo Thoran—. Y que no muera.

—Ahora mismo me encargo —dijo Orten, que se lo llevó del cuello.

—Aguardaremos a que mi hermano vuelva. No tardará...

—Creo que está más que claro —dijo Heulyn.

—Tiene todo el sentido del mundo, y vistas las pruebas... —comentó Kendryk.

—No tomaré ninguna decisión hasta no estar totalmente convencido —se cerró en banda Thoran, que no quería admitir que había estado equivocado respecto a Zangria.

Aguardaron. Heulyn hablaba con su padre en su idioma. Thoran guardaba silencio y sus generales también.

Orten no tardó demasiado en volver. No se molestó ni en limpiarse la sangre que tenía en las manos.

—¿Qué le has sacado? —preguntó Thoran.

—Es como dice la reina —reconoció Orten con mala cara.

Thoran asintió.

—¿Vive?

—Sí, vive.

—Mantenlo con vida.

—De acuerdo.

—¿Qué vas a hacer ahora, rey de Norghana? —preguntó Heulyn.

—Todavía podemos tomar Zangria —intervino Orten—. Podemos hacer como que no tenemos esta información. Los demás reinos no podrán culparnos por iniciar una guerra.

—A mí también me apetece aplastar a Caron y a su reino. No ha hecho más que incordiarme durante todo este tiempo, y además es un rival —dijo Thoran.

—Eso no sería buena idea —dijo Kendryk—. Puede que tomemos Zangria, pero nos debilitará mucho a los dos. Ya lo has oído, es lo que le conviene a Dasleo. En un año atacará, cuando estemos recuperándonos de la contienda, y nos arrebatará Zangria de nuestras manos.

—Además, este ultraje demanda una satisfacción. Hay que ir a por Dasleo y Erenal, no a por Caron y Zangria —dijo Heulyn rabiosa apretando los puños.

—¡Los quiero muertos a los dos! —exclamó Thoran.

—Hay que ser inteligente en este momento —dijo Kendryk con tono apaciguador—. Si queremos vengar este ultraje, nuestro mejor aliado para ir contra Erenal no es otro que Zangria.

Thoran y Orten miraron al rey de Irinel.

—¿No pretenderás…? —dijo Thoran.

—¿Por qué no? Explicaremos a Caron lo sucedido, cómo se la ha jugado Dasleo y le ofrecemos ayuda para acabar con Erenal —explicó Kendryk.

—Y será Zangria quien se llevará la mayor parte del desgaste de la guerra… —empezó a ver la jugada Thoran.

—Exacto. Una vez caiga Erenal el que quedará en desventaja será Zangria —ayudó con los razonamientos Kendryk.

—Y entonces podremos tomar Zangria y además Erenal —vio la luz Thoran. Sus ojos se iluminaron.

—Mientras me traigáis la cabeza de Dasleo, no me opondré a esta estrategia —afirmó la Reina Druida.

—General Rangulself —llamó Thoran.

—¿Sí, Majestad?

—Que todos nuestros ejércitos se retiren a territorio norghano. Dos leguas al interior.

—Al momento, Majestad.

—Kendryk, tú y yo enviaremos mensajeros al ejército zangriano pidiendo parlamentar. Hablaremos con Caron. Vamos a hacerle una bonita propuesta.

—¿Para conquistar Erenal? —preguntó.

—Para arrasar Erenal y luego arrasar Zangria.

Kendryk asintió.

—Esperemos que muerda el anzuelo.

—Oh, lo hará, estoy seguro. No hay nada que Caron desee más que ver caer a Dasleo. Odia mucho más a Erenal que a Norghana. Le ofreceremos una oportunidad única y con motivo. No podrá rechazarla.

Kendryk sonrió.

—Esta alianza nuestra llegará lejos.

—Eso no lo dudes. Tremia será nuestra —sonrió Thoran con insidia—. Pongámonos a ello…

Capítulo 48

Tres días más tarde Lasgol entraba en la habitación de las Águilas en la torre de los Guardabosques. Era de madrugada y se encontró a todos durmiendo. La luz nocturna entraba por una ventana e iluminaba la silueta de los cuerpos tendidos en los camastros. Los ronquidos de Gerd retumbaban en las paredes de forma rítmica.

—No deberías entrar a escondidas y de noche en la habitación de las Águilas Reales —dijo una voz ácida que al momento reconoció como la de Viggo. El asesino ya tenía su cuchillo de lanzar preparado en la mano.

—Ya sabes que me gustan los líos —respondió Lasgol con una sonrisa.

—¿Lasgol? —preguntó Astrid temerosa y esperanzada al reconocer su voz.

—El mismo, vivito y coleando —dijo él con una sonrisa de oreja a oreja.

—¡Lasgol —exclamó ella, que saltó de camastro en camastro para lanzarse a los brazos de su amado, al que derribó al suelo con su ímpetu.

—¿Me has echado de menos? —preguntó riendo con la espalda contra el suelo por el tremendo abrazo y la lluvia de besos.

—¿Dónde has estado todo este tiempo? ¡No hemos tenido noticias tuyas! ¿Es que quieres matarme de preocupación? ¡Me has tenido con el corazón en un puño todo este tiempo! —dijo Astrid golpeándole en los hombros con sus palmas a modo de regañina.

—Y a todos —se unió Egil—. Habrás tenido una interesante aventura para haber tardado tanto en regresar y no haber enviado noticias.

Nilsa se levantó y encendió una de las lámparas de aceite.

El resto del grupo se puso en pie en medio del alboroto.

—¡Qué bueno estar de vuelta! —dijo Lasgol con el rostro encendido por la alegría que sentía—. Y sí, ha sido una aventura complicada.

—El rarito tenía que hacer una de sus entraditas... no podía esperar a que amaneciera y dejarnos dormir tranquilos —se quejó Viggo, pero no pudo evitar sonreír al ver a Lasgol.

—En cuanto Astrid deje de achucharle, me gustaría darle uno de mis abrazos de oso —dijo Gerd abriendo los brazos.

—No te ofendas, grandullón, pero prefiero los de Astrid —replicó Lasgol, que no podía borrar la sonrisa de su rostro.

—Dejad que los tortolitos disfruten del reencuentro —dijo Nilsa con una risita.

Astrid continuó besando y abrazando a Lasgol por un largo momento hasta que finalmente se apartó y le ayudó a ponerse en pie. Luego dejó que el resto le saludaran, pero sin soltarle el brazo derecho, no quería volver a perderlo.

—Me alegro de verte. Pareces cansado, pero tienes buen color —dijo Ingrid, dándole una palmada en el hombro izquierdo—. ¿Por dónde has andado para ponerte tan moreno?

—Por el color que trae yo diría que bastante al sur, ¿me equivoco? —dijo Egil, que se acercó hasta él y le dio un sentido abrazo.

—Tú rara vez te equivocas, amigo. Te he echado en falta en esta misión. Me hubieras venido tan bien...

—Pues estás aquí y parece que bien, así que has podido arreglártelas solo. ¿Y Ona y Camu? ¿Están bien?

Lasgol asintió varias veces.

—Sí, están bien los dos. Los he dejado encargándose de un temilla...

—Tengo muchas ganas de verlos —dijo Egil.

—Yo no. Me alegro de que no hayas traído al bicho y al minino —dijo Viggo, que le guiñó un ojo y cogiendo la mano izquierda de Lasgol chocaron hombro con hombro a modo de saludo—. Bienvenido rarito, no te he echado nada de menos.

—No te creo —sonrió Lasgol—. Te habrás aburrido sin mí y mis líos.

—En eso te voy a dar la razón un poco.

—Cuéntanoslo todo —pidió Ingrid—. Nosotros también tenemos novedades importantes que contarte.

—Es una larga historia que os contaré en cuanto descanse un poco. Estoy que me caigo y sé que tendréis infinidad de preguntas en cuanto os explique lo que hemos vivido.

—En ese caso, descansa primero y ya hablaremos por la

mañana —concedió Egil.

—A poder ser después del desayuno —sugirió Gerd—. Como será largo... ya sabéis... —dijo frotándose el estómago.

—¿Cómo puedes ser tan tragón? —recriminó Viggo mientras el resto reía.

Las risas de sus amigos fueron como un bálsamo curativo para el alma de Lasgol. Estar de vuelta con Astrid y ellos era lo mejor del mundo. Lo curaba todo, hasta la ansiedad del incierto porvenir que acechaba.

Dejaron que Lasgol descansara aquella noche. Astrid no se separó de él ni un instante, parecía temer perderlo de nuevo durante la noche.

A la mañana siguiente, después del desayuno, se sentaron en los camastros y llegó el momento de intercambiar experiencias.

—¿Voy yo primero o vosotros? —preguntó Lasgol.

—Quizá sea mejor que te contemos lo nuestro primero —dijo Ingrid.

—De acuerdo, ¿qué ha ocurrido en mi ausencia? —preguntó—. Me muero de curiosidad por saberlo.

—Será mejor que Egil te lo narre —dijo Ingrid.

—Te va a encantar —adelantó Viggo con una mueca de que no iba a ser así.

Egil le relató a Lasgol todo lo que había pasado en Norghana en su ausencia centrándose en la reina, los acontecimientos políticos, el entrenamiento de Guardabosques Reales y los descubrimientos que habían hecho.

Lasgol escuchó con atención sin perder detalle. Cuando Egil terminó de relatarle todo meditó un momento en silencio y después habló.

—Lo primero, daros la enhorabuena por convertiros en Guardabosques Reales. Es un gran logro —felicitó sonriendo.

—Gracias, es un honor —respondió Ingrid muy honrada.

—Me siento mal por ti, tú también deberías serlo —dijo Gerd.

—No te preocupes, grandullón, seguro que habrá otra ocasión más adelante.

—No te creas que es para tanto. No somos más que unos niñeros glorificados —dijo Viggo restándole importancia con la mano.

—Lo segundo, gran trabajo descubriendo el complot de Erenal.

—Es lo que tiene ser tan increíbles —respondió Viggo haciendo como que se quitaba polvo de los brazos.

—De eso estoy más que convencido —rio Lasgol.

—No seas creído, merlucito —dijo Ingrid a Viggo y le lanzó un beso.

—Entonces, ¿vamos a la guerra contra Erenal? —preguntó Lasgol con preocupación.

—Eso parece, aunque todavía no se ha declarado. Parece ser que Thoran y Kendryk andan negociando con Caron una alianza contra Erenal —comentó Nilsa—. De momento han liberado al general Zotomer y a todos los zangrianos presos.

—Vaya. Están haciendo gestos para conseguir un acuerdo —dedujo Lasgol.

—No será fácil. Si lo hacen y, puede que sea así, nos veremos obligados a una guerra dura. Dasleo es buen militar. Erenal tiene ejércitos muy buenos y una gran tradición, además de aliados —explicó Egil.

—Siempre podemos detener también esa guerra —dijo Gerd con tono animado.

—¡Mira al grandullón qué optimista! ¡Como si fuera tan fácil! —se burló Viggo.

—Te recuerdo que hemos impedido la guerra contra Zangria —replicó Gerd y le hizo un gesto indicando que no era imposible.

—Todo un logro, sí —estuvo de acuerdo Lasgol.

—Veremos qué se puede hacer... —dijo Egil con un tono intrigante.

—Otra persona muy importante a la que ha liberado el rey es a Gondabar —dijo Nilsa de pronto.

—¿Lo ha hecho? —Lasgol aguardaba esa noticia con ansia.

—Al volver de la frontera y con la condición de que si oye la más mínima tontería sobre un dragón lo colgará —explicó Ingrid.

—Nuestro rey y líder tan agradable como siempre... —dijo Astrid con tono de gran decepción.

—Al menos está libre y en su puesto, ¿verdad? —preguntó Lasgol.

—Sí. Está en la torre, en sus aposentos. Querrá hablar contigo —dijo Egil.

—Muy bien, iré después.

—Se alegrará mucho de verte —aseguró Nilsa.

Lasgol asintió. Se quedó pensativo.

—¿Qué sucedió con los dos prisioneros que rescatasteis antes de que llegaran a manos de Orten? —preguntó Lasgol.

—Sí, a mí también me gustaría saberlo —dijo Gerd, que miró a Egil con expresión de no estar contento por no saberlo.

—¿No se lo has contado? —preguntó Lasgol, extrañado.

—Ha estado muy callado estos últimos días... —dijo Viggo—. Lo cual no suele ser buena señal...

—Yo no he querido presionarte, pero sí que me gustaría saber qué sucedió —dijo Ingrid.

—Aunque no sea bueno —añadió Astrid—, sabes que estamos contigo.

—Siempre contigo, pase lo que pase —le aseguró Nilsa.

Egil asintió y suspiró profundamente.

—Os lo contaré, tenéis derecho a saberlo. Los interrogué con ayuda de Jengibre y Fred, ya sabéis que son casi infalibles en cuanto a sacar la verdad.

—Bueno, más bien tú valiéndote de ellos —corrigió Gerd.

—Sí, eso es —convino Egil—. Los interrogué durante dos días seguidos. Gracias por cubrir mi ausencia.

—No te preocupes, la reina no nos dio mucho trabajo, una salida al bosque con los druidas y al día siguiente estuvo a gritos con el rey por todo el castillo —dijo Viggo.

Egil sonrió.

—Después de interrogarlos llegué a la conclusión de que no les habían descubierto. Lo que sucedió fue que escaparon de sus vigilantes y cuando intentaban salir de Rogdon fueron descubiertos por los agentes de Orten que los buscaban.

—¿Por qué escaparon? Estaban a salvo y protegidos —preguntó Nilsa.

—Algunos hombres son así. Parece que tienen grandes ideales y que cumplirán su palabra, pero cuando llega el momento, y ven que no les convence su vida, toman un camino equivocado. Decidieron escapar y no cumplir con lo que se había acordado. Debían estar un año en Rogdon escondidos, hasta que todo pasara, y entonces podrían elegir otro destino. Ese era el acuerdo. Pero tenían oro del Oeste en sus bolsas por el servicio que habían realizado y el riesgo que habían corrido. Ese oro les quemaba en los bolsillos. Querían gastarlo y darse a la buena vida. Los vigilantes se lo impedían porque llamarían la atención de los agentes que los buscaban. Todo esto ya lo sabían, y estaba hablado, pero se dejaron llevar por la codicia. Hombres con poco aplomo...

—Vaya... —Nilsa hizo un gesto de no poder creerlo.

—Qué débiles de espíritu —se expresó Ingrid.

—El oro es difícil de resistir —dijo Viggo—. Sobre todo, si lo tienes contigo.

—Se suponía que lo hacían por la causa, no por el oro —afirmó Astrid.

—Sí, eso se suponía —asintió Egil—. La causa quiso recompensarles y también comprar su silencio. De ahí el oro.

—No funcionó... —dijo Lasgol.

—No, al final no lo hizo.

—¿Qué ha sido de ellos? —preguntó Gerd con miedo a hacer la pregunta porque ya se imaginaba la respuesta.

—El Oeste no pude permitirse este problema. Lo han solucionado.

—¿Solucionado para siempre? —preguntó Astrid.

Egil asintió.

—Thoran no podrá sacarles información. Nadie podrá.

Viggo hizo un gesto de pasar el cuchillo por el cuello.

—Un desenlace nada bueno —dijo Lasgol.

—Ya les dije que intentar asesinar a Thoran era mala idea. Ahora recogen lo que han sembrado y han tenido suerte de que hayamos intervenido. Podrían haber terminado en la horca.

—Bueno, un problema menos —dijo Viggo restándole importancia.

—Siento haberos involucrado —dijo Egil.

—Las Panteras estamos juntos en todo. Para lo bueno y para lo malo —dijo Astrid.

—Y para lo peor —añadió Viggo con una sonrisa pícara.

—Cuéntanos tú lo que has vivido —rogó Astrid a Lasgol.

—Muy bien.

Lasgol les relató con tranquilidad todo lo que Ona, Camu y él habían descubierto. Cuando terminó, las expresiones de incredulidad y sorpresa no se hicieron esperar.

—¡Vaya aventurita! ¡Menos mal que no estaba contigo en ese lío! —afirmó Viggo con cara de circunstancia.

—¡Pero si has cruzado medio Tremia! —exclamó Gerd.

—La parte central de Tremia, para ser más exactos —corrigió Egil—. ¡Qué expedición más excitante! Me habría encantado recorrer todo ese trayecto contigo.

—Yo la parte de los desiertos me la saltaba. Demasiado sufrimiento y con mi piel... —puso cara de horror Nilsa.

—A eso lo llamo yo una aventura, lo demás son pequeñeces —dijo Ingrid asintiendo impresionada.

—No debiste correr tantos riesgos, no sin nosotros a tu lado para ayudarte —regañó Astrid, que no estaba nada contenta con lo que había oído.

—No me quedó más remedio que arriesgar —dijo Lasgol—. Hay que ver el lado positivo, hemos descubierto que Dergha-Sho-Blaska no solo es muy inteligente, sino también sabio.

Egil asintió.

—Es una criatura muy poderosa, de una sabiduría e inteligencias milenarias. Eso explica por qué no se lanzó a la acción nada más renacer y por qué aún no ha comenzado a conquistar el mundo. Tiene un plan secreto, uno que está realizando con cautela y sin levantar sospechas. No se precipitará. Debemos entender que es una criatura milenaria, no piensa como nosotros. Para un dragón el tiempo es mucho más relativo.

—Eso es —convino Lasgol—. No tiene prisa, después de todo es un ser milenario y, además, inmortal.

—Uno que llegado el momento podría seguir viviendo simplemente con cambiar de cuerpo. Si se ve en problemas podría revivir —dijo Astrid.

—Entonces está ejecutando algún tipo de plan secreto y lo hace sin correr riesgos, para que nada ni nadie pueda detenerlo —razonó Ingrid.

—Nosotros lo detendremos —afirmó Viggo convencido, cruzando los brazos sobre el torso.

—Eso parece. Ahora tiene más seguidores, no solo humanos sino reptiles monstruosos que le sirven y le son fieles —razonó Nilsa con un escalofrío.

—No va a reinar sobre el mundo. Se lo impediremos —afirmó Gerd con certidumbre, asintiendo varias veces.

—No va a ser nada sencillo —dijo Lasgol.

—Lasgol tiene razón, pero al menos hemos descubierto su secreto —dijo Egil con semblante pensativo—. En lugar de enfrentarse solo contra la humanidad, ha optado por crear un ejército de monstruos reptilianos y dragones que le asegurarán la victoria minimizando el riesgo. Es un plan brillante si lo pensáis con detenimiento.

—Brillante para él, malo para nosotros —replicó Viggo.

—Muy malo —se unió Gerd.

—Si nos unimos todos contra el dragón y sus ejércitos le venceremos, estoy segura. Los reinos de Tremia tienen ejércitos de miles y miles de soldados —expresó Nilsa.

—Eso sería lo ideal, que toda la humanidad se uniera contra él. Pero, ¿de verdad crees que lo harán? Yo no —comentó Astrid con tono pesimista.

—Estoy con Astrid en esto —se unió Ingrid—. Que dos reinos se unan contra un enemigo mayor ya es algo que pocas veces ocurre. Que lo haga toda la humanidad… lo veo imposible.

Egil levantó las manos.

—No nos dejemos llevar por los malos augurios y centrémonos en lo importante. Hemos descubierto su secreto: sabemos dónde está y lo que está intentando. Eso nos da una ventaja.

—Sobre todo porque Lasgol le ha robado las perlas —añadió Astrid con tono de estar muy orgullosa de él.

—Sin ellas no podrá seguir creando a su ejército reptiliano —dijo Nilsa—. Eso son muy buenas noticias.

—No solo eso, por lo que has comentado tenía otro plan para la perla grande, lágrima o como la quiera llamar, y por eso buscaba las menores. Ese plan también se lo has fastidiado —dijo Ingrid.

Lasgol asintió.

—Creo que sí…. Aunque no sé qué era, y eso me tiene intranquilo.

—Lo importante es que hemos conseguido trastocar sus planes, de momento al menos, lo que nos da una oportunidad —comentó Egil, que seguía con mirada de estar dándole vueltas al asunto en su cabeza.

—¿Están a salvo las perlas? —preguntó Astrid.

—De momento sí, las tienen Camu y Ona. Camu está utilizando su habilidad para que su poder no sea captado, pero debemos buscar un contenedor como el que Eicewald tenía o más potente incluso para liberar de esa carga al pobre.

—En ese caso, esa debe ser nuestra prioridad —comentó

Egil—. No podemos dejar que Dergha-Sho-Blaska las recupere.

—Además pone en peligro a Camu y a Ona —añadió Astrid preocupada.

—Estoy de acuerdo, el contenedor debe ser una prioridad —afirmó Ingrid.

—Hay otro tema que deberíamos también perseguir... —comentó Lasgol.

—¿Qué tema? ¿Otro de tus líos? —preguntó Viggo.

—Algo así —respondió Lasgol—. Debemos buscar y conseguir las armas con poder que pueden matar dragones. Lo que se decía del arco de Aodh ha resultado ser cierto. El arma es capaz de matar dragones, lo que significa que algunas de las otras historias pueden ser ciertas también.

—Una idea que me gusta —estuvo de acuerdo Ingrid.

—Y a mí —dijo Astrid.

—Una cosa, liante, ¿no has dicho que para que el arco funcionara usaste tu propia magia? —preguntó Viggo.

Lasgol asintió.

—Sí, sospecho que usa parte de mi magia, la que no es de descendencia Drakoniana...

—Entonces no nos sirven, no podremos usarlas —negó con la cabeza Viggo—. Nosotros no tenemos el Don.

—Puede que las otras armas no necesiten magia para funcionar, eso no lo sabemos —expresó Gerd optimista.

—O que haya otra forma de activarlas —comentó Astrid.

—También podemos armar a magos con ellas —comentó Egil.

—Ya, con lo bien que nos llevamos con los Magos de Hielo y su nuevo líder, es una gran idea —dijo Viggo con ironía.

—No es óptimo, pero es una solución aceptable —afirmó Egil—. Hay diferentes posibilidades para las armas. Veo muy importante que las consigamos, y cuanto antes.

—Entonces... a ver si me aclaro. Tenemos que buscar un contenedor mágico para las perlas, armas anti-dragones, y matar a Dergha-Sho-Blaska y sus dragones y reptiles monstruosos, ¿es eso? —preguntó Viggo.

—Mientras vamos a la guerra contra Erenal —añadió Ingrid.

—Y aguantamos a la Reina Druida y su nueva magia —apuntó Nilsa.

—Y hacemos rey a Egil —añadió Gerd.

—Cierto, ¡qué despiste! Se me habían olvidado esas dos pequeñeces. Pues lo veo sencillísimo, vamos, ¡un juego de niños! —ironizó Viggo y comenzó a gesticular y a poner cara de que era una locura.

—Sea lo que sea que tengamos que hacer, entre todos lo conseguiremos. Eso lo sé —dijo Lasgol.

—¡Por las Panteras! —levantó el puño Nilsa.

—¡Por las Panteras! —se unieron todos.

La aventura continua en:

[El Trono del Norte (El Sendero del Guardabosques, Libro 18)](#)

Mientras esperas a la siguiente entrega de El Sendero del Guardabosques te recomiendo otras dos series mías con las que está relacionada:

Serie El enigma de los Ilenios

Esta serie ocurre unos pocos años después de la serie del Sendero del Guardabosques. Lasgol aparece en el segundo libro y aunque no es uno de los personajes principales tiene un papel importante.

Serie Los Dioses Áureos:
Esta serie ocurre tres mil años antes de la serie del Sendero del Guardabosques y está relacionada.

Nota del autor:

Espero que hayas disfrutado del libro. Si es así, te agradecería en el alma si pudieras poner tu opinión en Amazon. Me ayuda enormemente pues otros lectores leen las opiniones y se guían por ellas a la hora de comprar libros. Como soy un autor autopublicado necesito de tu apoyo ya que no tengo editorial que me apoye. Sólo tienes que ir a la página de Amazon

Muchas gracias.

Agradecimientos

Tengo la gran fortuna de tener muy buenos amigos y una fantástica familia y gracias a ellos este libro es hoy una realidad. La increíble ayuda que me han proporcionado durante este viaje de épicas proporciones no la puedo expresar en palabras.

A Oihana, mi musa, por toda la inspiración y mucho más.

A mi gran amigo Guiller C. todo su apoyo, incansable aliento y consejos inmejorables. Una vez más ahí ha estado cada día. Miles de gracias.

A Mon, estratega magistral y "plot twister" excepcional. Aparte de ejercer como editor y tener siempre el látigo listo para que los "deadlines" se cumplan. ¡Un millón de gracias!

A Luis R. por las incontables horas que me ha aguantado, por sus ideas, consejos, paciencia, y sobre todo apoyo. ¡Eres un fenómeno, muchas gracias!

A Kenneth por esta siempre listo a echar una mano y por apoyarme desde el principio.

A Roser M. por las lecturas, los comentarios, las críticas, lo que me ha enseñado y toda su ayuda en mil y una cosas. Y además por ser un encanto.

A The Bro, que como siempre hace, me ha apoyado y ayudado a su manera.

A mis padres que son lo mejor del mundo y me han apoyado y ayudado de forma increíble en este y en todos mis proyectos.

A Olaya Martínez por ser una correctora excepcional, una trabajadora incansable, una profesional tremenda y sobre todo por sus ánimos e ilusión. Y por todo lo que me ha enseñado en el camino. Y por el tremendo y excepcional sprint final en este libro.

A Sarima por ser una artistaza con un gusto exquisito y dibujar como los ángeles.

A Tanya, por su Ojo de Halcón, y por lo que me ha ayudado con sus comentarios e ideas.

Y finalmente, muchísimas gracias a ti, lector, por leer mis libros. Espero que te haya gustado y lo hayas disfrutado. Si es así, te agradecería una reseña y que se lo recomendaras a tus amigos y conocidos.

Muchas gracias y un fuerte abrazo,
                               Pedro.

Únete a mi lista de correo para recibir las últimas novedades sobre mis libros:
Lista de Correo: http://pedrourvi.com/lista-de-correo/

¡Gracias por leer mis libros!

Comunidad:
Todos mis libros: https://relinks.me/PedroUrvi
Web: http://pedrourvi.com/
Twitter: https://twitter.com/PedroUrvi
Facebook Autor: http://www.facebook.com/pedro.urvi.9
Facebook Página: https://www.facebook.com/pedrourviautor/
Instagram https://www.instagram.com/pedrourvi/
Mail: pedrourvi@hotmail.com

Nos vemos en:
[El Trono del Norte (El Sendero del Guardabosques, Libro 18)](#)

Printed in Great Britain
by Amazon